中国文论的学术史

古代文学理论研究

第四十三辑

胡晓明　主编

华东师范大学出版社

目　录

◆ 文论与考据 ◆

◆ 曲学与小说学 ◆

◆ 文　献 ◆

◆ 通　讯 ◆

编辑部报告

　　"文学批评的产生和发展,是在文学的产生和发展之后",它需要对文学加以整理,"整理就是批评";它需要对文学家、文学作品进行选择,"选择也就是批评";它需要对作家、作品给以一定的评价,也就是品第,"而品第就更是批评了";品第、批评不是凭各人主观爱好,而需要准的,需要批评的理论作根据,"于是为批评的批评也就产生了,这样,批评理论可以指导批评,同时也再可以指导作家。"(郭绍虞《中国文学批评史·绪论》)从先秦时代孔、孟、老、庄、荀、墨诸家有关文艺、文学的片断式言论,到两汉时期《诗大序》、班固《两都赋序》、王逸《楚辞章句序》,到汉魏六朝时出现曹丕《典论·论文》、陆机《文赋》等专论文章,以及刘勰《文心雕龙》、锺嵘《诗品》等系统性专著,以至于唐宋以后大量的诗话、词话、曲话、文话、小说戏剧评点的涌现,中国文论由萌芽而发展、成熟,品类多样,内容丰富,终至于走向繁盛。对中国古代文论的整理和研究,很早就开始了,有的附着于经传的注疏,有的寄寓于总集的著录,有的呈以书籍的提要解题。而真正将中国文论作为一门学科进行科学、系统的整理、分类、研究,则是二十世纪初,五四以来。先是1927年,中华书局出版陈钟凡先生的《中国文学批评史》,是为第一部中国文学批评史著作。接着,1934年,世界书局出版方孝岳《中国文学批评》,商务印书馆出版郭绍虞《中国文学批评史》上册,人文书店出版罗根泽《中国文学批评史》第一册,中国文学批评史学科由是建立,并显示出强大的专业阵容和不俗的实力。遗憾的是,罗根泽先生的批评史仅述至南北朝,郭绍虞先生的批评史亦仅至唐代,皆未全部完成。1931年,朱东润先生至武汉大学讲授中国文学批评史课程,于1932年夏写成《中国文学批评史讲义》初稿,由武汉大学校内印刷出版;后几经修订,1944年由开明书店出版,虽然时间比其它几部略迟,从评述对象看,"却是第一部写到清末的文学批评通史"。

本辑刊发的《清初论词诸家》一文,即是朱东润先生《讲义》1937年增订本残稿中的内容,相比于1933年本,"几乎全部重写","1933年本述邹祗谟、彭孙遹、刘体仁、厉鹗四家,残稿本增至八家。1933年本初述云间宋征璧(字尚木)之论,残稿本改为第一家,引其说后增按断云:'尚木此论,颇为渔洋等所不满,论词之风气一变。然渔洋等虽言南宋,未能有所宗主,去真知灼见者尚隔一层。其所自作,亦多高自期许,互相神圣,后人未能信也。'以渔洋为第二家,仍录批评云间二语,另增评南渡诸家一节。其次仍为邹祗谟、彭孙遹、刘体仁,内容不变。其六为朱彝尊,将原述朱诗文论述末一节挪至此,改写评语云:'大要浙派所宗,在于姜、张,间及中仙。竹垞同时诸人如龚翔麟之《柘西精舍词序》、李符之《红藕庄词序》,其言皆可考也。'其七为厉鹗。以郭麐为殿,则完全新写"(以上并见陈尚君《朱东润先生研治中国文学批评史的历程——以先生自存讲义为中心》,《复旦学报(社会科学版)》2013年6期)。今征得朱先生高弟陈尚君教授同意,本刊得先发表,堪为幸事。

由此,我们想到中国文论学科史、学术史的研究问题。从第一部《中国文学批评史》的问世,至今已近一个世纪,其间中国文论研究的成绩、缺点,中国文论研究道路的曲折、反复,中国文论研究方法、重点的易移,中国文论与西方文论的异同辨析,中国文论学科的建立、争议,是不是都值得现在的学者关注呢?

由此,我们还想到《古代文学理论研究》丛刊的创办及作者阵容的演变。从1979年创刊至今,本刊已出版42辑,共发表文论论文1059篇,另有短文70篇,《编后记》、《编辑部报告》数十篇。这一千多篇论文,固然大体反映了几十年来中国文论研究的基本情况,而创刊之初,前辈学者对文论学科的大力扶持,对刊物的爱护,尤其值得我们尊重。每每翻开第一辑,崇敬之情油然而生。在这一辑,有郭绍虞、王文生先生合撰《审美理论的历史发展》，徐中玉先生《古代文论中的"出入"说》，牟世金先生《诗学之正源　法度之准绳——从赋比兴传统看艺术构思的民族特色》，罗立乾先生《经学家"比兴"论述评》，钱仲联、徐永端先生合撰《关于古代诗词的艺术鉴赏问题》，王达津先生《古典诗论中有关诗的形象思维表现的一些概念》，这6篇文章宏观通论，为第一组；张文勋先生《孔子文学观及其影响的再评价》，袁行霈先生《魏晋玄学中的言意之辨与中国古代文艺理论》，缪俊杰先生《刘勰的文学批评理论和批评实践》，周振甫先生《从〈时序〉看刘勰的创作理论》，杨明照先生《刘勰〈灭惑论〉撰年考》，这5篇文章研究先秦至六朝文论，为第二组；罗宗强先生《清水出芙蓉，天然去雕饰——李白审美理想蠡测》，程千帆先生《韩愈以文为诗说》，姚奠中先生《柳宗元的文论》，蒋凡先生《韩愈柳宗元与唐代古文运动的再评价》，梅运生先生《试论白居易的"美刺比兴"》，这5篇文章专论唐代诗论文论，为第三组；万云骏先生《词话论词的艺术特征》，夏写时先生《宋代的戏剧评论》，马茂元先生《桐城派方、刘、姚三家文论述评》，舒芜先生《曾国藩与桐城派》，吴文治先生《黄子云及其诗论〈野鸿诗的〉》，敏泽先生《刘熙载及其〈艺概〉》，王世德先生《刘熙载〈艺概〉中的辩证思想》，郁沅先生《金圣叹贯华堂本〈水浒传〉考评》，蔡景康先生《晚清小说理论初探》，共9篇文章，研究宋代至晚清的文论，涉及到诗、文、词、小说、戏剧，为第四组，另有不署名《李贽说诗画》，署名一德《"推敲"诗案》，署名涛生《古代文论的艺术性》3篇短文，以及惟一标立栏目的"动态"组，有不署名《日本研究中国古代文论简讯》、《中国古代文学理论学会成立》2篇通讯文。第一辑的作者队伍堪称强大，放在今天看，绝对可以称为超豪华。同时值得一提的是，第一辑版权页上编者的署名是"中国古代文学理论学会"，也就是说，那是以集体的名义，学会的名义，学科的名义，在从事着中国文论的研究、建设，在进行着一本专业刊物从无到有的奠基。前辈学者的这份奉献精神、担当意识，难道不值得我们永远礼敬？

　　第一辑之后，多数作者都继续支持本刊。郭绍虞先生于第四辑担任主编,又在本刊单独署名发表 2 篇论文,1 篇《清诗话续编·前言》;王文生先生担任过副主编,又单独署名发表 2 篇论文;徐中玉先生于第八辑担任主编,又发表 2 篇论文;牟世金先生又发表 2 篇论文;钱仲联先生又发表 2 篇论文;王达津先生又发表 4 篇论文;张文勋先生又发表 3 篇论文,1 篇会史回忆;缪俊杰先生又发表 2 篇论文;周振甫先生又发表 1 篇论文;杨明照先生又发表 1 篇论文,1 篇《我和〈文心雕龙〉》的访谈;罗宗强先生又发表 2 篇论文;程千帆先生又发表 1 篇论文;蒋凡先生又发表 2 篇论文,6 篇短文;万云骏先生又发表 1 篇论文;夏写时先生又发表 1 篇论文;舒芜先生又发表 2 篇论文;敏泽先生又发表 1 篇论文;郁沅先生又发表 3 篇论文;蔡景康先生又发表 2 篇论文,1 篇会议综述。梅运生先生甚至于去世前半年还将《情感、美感与诗的审美价值——梁启超后期诗论述评之一》一文再次投给本刊,于第 42 辑刊发,始终支持本刊。而这些第一批作者先后发文的变化,本刊从第一辑到第 42 辑所刊发文章研究对象的不同、研究手段的演进,是不是可以看作一部小型中国文论学术史,而予以关注、研究呢?

中国文论研究的话题很多,中国文论学术史的回眸是其中一个,本刊学术论文近 40 年来的变迁,更是中国文论学术史的一个缩影。所谓岁月不居,江山有待;法无自性,缘感而生。本刊愿为中国文论学术史的整理、研究开辟新畦,望海内外学者有以教我。谨此谢焉。

《古代文学理论研究》编辑部

清初论词诸家*

朱东润　遗稿

清初词家以云间为最盛,及王士禛官扬州司理,主持东南风雅,其时则有董以宁、邹祗谟、彭孙遹等和之,皆得盛名。既而渔洋入朝,位高望重,绝口不言倚声①,而羡门亦悔其少作,不欲人知矣。同时朱彝尊、陈维崧并世齐名,合刻《朱陈村词》,流传天下。竹垞之论,又衍为浙派,及乎绍述于樊榭,振响于频伽,时则已为清之中世矣。附识于此,不另录。

词话之作,清初亦极盛,士禛有《花草蒙拾》,以宁有《蓉渡词话》,祗谟有《远志斋词衷》,孙遹有《金粟词话》,其他如毛奇龄之《西河词话》,沈雄之《柳塘词话》,贺裳之《皱水轩词筌》,刘体仁之《七颂堂词

---

　　* 附记：朱东润先生著《中国文学批评史大纲》,1944 年由重庆开明书店出版,为中国文学批评史学科奠基著作之一。该书根据他在 1931 年至 1939 年在武汉大学开课的历次讲义整理而成,今存 1932、1933、1937、1939 年四版讲义。在 1936—1937 年对先前讲稿作彻底的重写,期成定本。修订工作是完成了,但因 1937 年抗战发生,下半部修订本遗失,最后只能据 1937 年版的前半部和 1933 年版的后半部公开出版。近期在朱先生自存文稿中发现 1937 年修订本的最后十八章手稿,估计此前二十五章完成后即交印刷厂付排,终至遗失,最后十八章则未及交厂,存于武汉行箧,至抗战后取回,但已难成全璧。根据此部分遗稿,我重新整理了《大纲》的补订本,将由上海古籍出版社出版。谨将其中改动较大的《清初论词诸家》一节,交《古代文学理论研究》发表。1944 年《大纲》中《清初论词诸家》列第六十二节,凡述邹祗谟、彭孙遹、刘体仁、厉鹗四家,残稿本则增至八家。原本述四家,残稿本增至八家,其中于云间、渔洋、竹垞部分有较多改动,郭麟则属新写。《大纲》与 1937 版讲义有差异者,亦加注说明。及门陈尚君谨述。2016 年 7 月 31 日酷暑中。
　　① 1933 年讲义下有"视《花间》《草堂》"等于雕虫小技"。

绎》，徐釚之《词苑丛谈》，皆有名。《词苑丛谈》专辑词家故实，《四库总目提要》称其"采摭繁富，援据详明，足为论词者总汇，大都征引旧文，未尽注其出处，颇为时人所议"，兹不赘述。

一、云间一派，宋征璧、征舆兄弟最有名，持论皆推重北宋，薄视南宋。征璧字尚木，崇祯进士，清潮州府知府，其论见《词苑丛谈》：

> 吾于宋词得七人焉：曰永叔，其词秀逸；曰子瞻，其词放诞；曰少游，其词清华；曰子野，其词娟洁；曰方回，其词新鲜；曰小山，其词聪俊；曰易安，其词妍婉。他若黄鲁直之苍老而或伤于颓，王介甫之镵削而或伤于拗，晁无咎之规检而或伤于朴，辛稼轩之豪爽而或伤于霸，陆务观之萧散而或伤于疏，此皆所谓我辈之词也。苟举"当家"之词：如柳屯田哀感顽艳而少寄托，周清真婉娈流美而乏陡健，康伯可排敩整齐而乏深邃，其外则谢无逸之能写景，僧仲殊之能言情，程正伯之能壮采，张安国之能用意，万俟雅言之能叠字，姜白石之能琢句，蒋竹山之能作态，史邦卿之能刷色，黄花庵之能选格，亦其选也。词至南宋而变，亦至南宋而弊，作者纷如，难以概述。夫各因其姿之所近，苟去前人之病而务其所长，必赖后人之力也夫。

尚木此论，颇为渔洋等所不满，论词之风一变。然渔洋等虽言南宋，未能有所宗主，去真知灼见者尚隔一尘。其所自作，亦多高自期许，互相神圣，后人未能信也。

二、渔洋之论，见于《花草蒙拾》，其言云：

> 近日云间作者论词，有曰："五季犹有唐风，入宋便开元曲。"故专意小令，冀复古音，屏去宋调，庶防流失。仆谓此论虽高，殊属孟浪，废宋词而宗唐，废唐诗而宗汉魏，废唐宋大家之文而宗秦汉，然则，古今文章一画足矣，不必三坟八索，至六经三史，不几赘疣乎！
>
> 云间诸公论诗，持格律，崇神韵，然拘于方幅，泥于时代，不免为识者所少，其于词亦不欲涉南宋一笔，佳处在此，

短处亦坐此。

　　宋南渡后,梅溪、白石、竹屋、梦窗诸子,极妍尽态,反有秦、李未到者,虽神韵天然处或减,要自令人有观止之叹。正如唐绝句至晚唐刘宾客、杜京兆妙处,反进青莲、龙标一尘。

渔洋评《花间》《草堂》二选曰:“或问《花间》之妙,曰:蹙金结绣而无痕迹。问《草堂》之妙,曰:采采流水,蓬蓬远春。”其论皆与渔洋论诗之说相合。

　　竹垞《鱼计庄词序》谓小令宜师北宋,慢词宜师南宋,此言殆为云间词论之反响,即在渔洋、程村之论,亦已逗其意,述邹、彭等诸人之说于次。①

　　三、邹祗谟字讦士,号程村,武进人,顺治进士,有《远志斋集》《丽农词》及《词衷》,其言与渔洋之说相发明,如云:

　　余常与文友论词,谓小调不学《花间》,则当学欧、晏、秦、黄,《花间》绮琢处于诗为靡,而于词则如古锦纹理,自有黯然异色。欧、晏蕴藉,秦、黄生动,一唱三叹,总以不尽为佳。清真乐章以短调行长调,故滔滔莽莽处,如唐初四杰作七古,嫌其不能尽变,至姜、史、高、吴而融篇、练句、琢字之法,无一不备。今惟合肥兼擅其胜,正不如用修奻入八朝丽字,似近而实远也。

　　长调惟南宋诸家才情踸踔,尽态极妍。

　　四、彭孙遹字骏孙,号羡门,顺治进士,康熙中举博学鸿词第一,授编修,历官吏部右侍郎,有《松桂堂》《南泑》等集,少时有《延露词》,渔洋称为艳词专家,程村亦谓词至金粟,一字之工,能生百媚。

　　羡门之说亦主南宋,《金粟词话》云:“南宋词人如白石、梅溪、竹屋、梦窗、竹山诸家之中,当以史邦卿为第一。昔人称其分镳清真,平睨方回,纷纷三变行辈,不足比数,非虚言也。”

---

　　①　以上二节见《大纲》。修订稿于节目有所调整,此二节亦无,今仍存不删。

《延露词》以艳丽为本色，其说亦见《金粟词话》，如云：

> 词以艳丽为本色，要是体制使然，如韩魏公、寇莱公、赵
> 忠简，非不冰心铁骨，勋德才望，照映千古，而所作小词，有
> "人远波空翠"，"柔情不断如春水"，"梦回鸳帐余香嫩"等
> 语，皆极有情致，尽态极妍，乃知广平梅花，政自无碍，竖儒
> 辄以为怪事耳。司马温公亦有"宝髻松松"一阕，姜明叔力
> 辨其非，此岂足以诬温公，真赝要可不论也。

南宋以后词人之作，多有以书卷为词者，羡门既主南宋，其论自随之
转移，故云："词虽小道，非多读书则不能工。"又云："词以自然为宗，
但自然不从追琢中来，便率然无味，如所云'绚烂之极，乃造平淡'耳。
若使语意淡远者，稍加刻画，镂金错绣者，渐近天然，则戛戛乎绝
唱矣。"

五、刘体仁字公㦥，颖州人，顺治进士，历官吏、刑二部郎中，有
诗名，与汪尧峰、王渔洋等唱和，时号十才子，有《蒲庵集》《七颂堂
集》。其《七颂堂词绎》，持论缜密，在当时诸作之上。

《词绎》之论，首重诗词之界，如云：

> 词中境界，有非诗之所能至者，体限之也，大约自古诗
> "开我东阁门，坐我西阁床"等句来。

> 诗之不得不为词也，非独"寒夜怨"之类，以句之长短拟
> 也，老杜《风雨见舟前落花》一首，词之神理备具，盖气运所
> 至，杜老亦忍俊不禁耳。观其标题曰"新句"，曰"戏为"，其
> 不敢偭背大雅如是。古人真自喜。

> "夜阑更秉烛，相对如梦寐。"叔原则云："今宵剩把银缸
> 照，犹恐相逢是梦中"，此诗与词之分疆也。

> 文长论诗曰："陡然一惊，便是兴观群怨。"应是为佣言
> 借貌一流人说法。"温柔敦厚"，诗教也。"陡然一惊"，正是
> 词中妙境。

宋人之词，皆施诸管弦，明清以后，遂仅作文字观，此中消息，正有不
可尽言者。《词绎》亦云："古词佳处，全在声律见之，今止作文字观，

正所谓'徐六担板'。"又其论云：词须上脱《香奁》，下不落元曲，乃称作手。"此则于诗、词、曲之界限，更确定之。①

尤侗序《词苑丛谈》，谓："唐诗有初盛中晚，宋词亦有之，约而次之，小山、安陆其词之初乎，淮海、清真其词之盛乎，石帚、梦窗似得其中，碧山、玉田风斯晚矣。"其言以宋代为限，《词绎》之说，大抵与此相合，其言如次：

> 词亦有初盛中晚，不以代也。牛峤、和凝、张泌、欧阳炯、韩偓、鹿虔扆辈，不离唐绝句，如唐之初，未脱隋调也，然皆小令耳。至宋则极盛，周、柳、张、康，蔚然大家。至姜白石、史邦卿，则如唐之中。而明初比唐晚，盖非不欲胜前人，而中实枵然，取给而已，于神味处全未梦见。

六、明人一代，词学中衰，及竹垞既起，遂有浙派之称。龚翔麟尝刻竹垞及李良年、沈皞日、李符、沈岸登与翔麟之词为《浙西六家词》，此浙派之所以名也。论者谓其崇尚清灵，欲以救嘽缓之病，洗淫曼之陋，及其流弊所及，遂为饾饤寒乞。竹垞选《词综》，其凡例云："世人言词必称北宋，然词至南宋始极其工，至宋季而始极其变，姜尧章氏最为杰出。"又其序《岸登黑蝶斋词》首云："词莫善于姜夔，宗之者张辑、卢兴皋、史达祖、吴文英、蒋捷、王沂孙、张炎、周密、陈允平、张翥、杨基，皆具夔之一体。"于浙派宗主所在，言之已无余蕴。其他如云：

> 曩予与同里李十九武曾论词于京师之南泉僧舍，谓小

---

① 1933年讲义下有一节，修订本删去，录如次：公戬于词之作法，屡屡言之，真深得其中甘苦者，迄录如次：

"惟片言而居要，乃一篇之警策。"词有警句，则全首俱动，若贺方回非不楚楚，总拾人牙慧，何足比数。词起结最难，而结尤难于起，盖不欲转入别调也。"呼翠袖，为君舞"；"情盈盈翠袖英雄泪"，正是一法。然又须结得有"不愁明月尽，自有夜珠来"之妙乃得。美成《元宵》云："任舞休歌罢"，则何以称焉？

中调长调转换处不欲全脱，不欲明黏，如画家开阖之法，须一气而成，则神味自足，以有意求之，不得也。长调最难工，芜累与癡重同忌。衬字不可少，又忌浅熟。词中对句，正是难处，莫认作衬句。至五言对句，七言对句，使观者不作对疑，尤妙。

令宜师北宋,慢词宜师南宋,武曾深然予言。(《鱼计庄词序》)

予少日不喜作词,中年始为之,为之不已,且好之,因而浏览宋元词集,几二百家。窃谓南唐北宋,惟小令为工,若慢词至南宋始极其变,以是语人,人辄非笑,独宜兴陈其年谓为笃论,信乎同调之难也!(《书东田词卷后》)

大要浙派所宗,在于姜、张,间及中仙,竹垞同时诸人如龚翔麟之《柘西精舍词序》、李符之《红藕庄词序》,其言皆可考也。至康熙之季而有樊榭。

七、厉鹗字太鸿,号樊榭,钱塘人,康熙五十九年举人,视金人瑞、李渔、方苞年辈较后,以其论词上承清初诸家,故述于此。樊榭有《宋诗纪事》《辽史拾遗》及《樊榭山房集》,于诗直追宋人,然讳言派别,语见《樊榭山房续集自序》。其序查莲坡《蔗塘未定稿》,亦云"诗不可以无体,而不当有派",其意可见。然其论词则亦主南宋,徐逢吉紫山序其《秋林琴雅》,称为"如入空山,如闻流泉,真沐浴于白石、梅溪而出之者"。吴焯尺凫序之云:"夫词南唐为最艳,至宋而华实异趣,大抵皆格于倚声,有叠有拍有换,不失铢黍,非不咀宫嚼商而才气终为法缚。临安以降,词不必尽歌,明庭净几,陶咏性灵,其或指陈时事,博征典故,不竭其才不止。且其间名辈斐出,敛其精神,镂心雕肝,切切讲求于句字之间,其思泠然,其色荧然,其音铮然,其态亭亭然,至是而极其工,亦极其变,苟舍是无或取焉。今太鸿之词,不必柜其貌,蜡其言,抽其关键,拔其辕镮,上下五百年,居然独树一标坛矣。"其言于浙派之导源南宋处,言之甚明,而浙派之所以不及南宋处[①],其消息亦可见。盖竭其精神于句字之间,以博征典故、指陈时事为才,此固非南宋诸贤之旨也。

渔洋论诗,以画家之南北宗为喻,樊榭论词亦然[②]。樊榭《张今涪

---

①　"而浙派之所以"以下数句,为《大纲》补入,今仍存之。

②　1933年讲义下有"蔽于方域之见,同为无当也"二句。

红螺词序》云："尝以词譬之书画家，以南宗胜北宗。稼轩、后村诸人，词之北宗也，清真、白石诸人，词之南宗也。"此言于南北宗之别已逗出。其序吴尺凫《玲珑帘词》，更畅言之，盖樊榭与徐紫山、吴尺凫最密，酬倡最多故也，其言云：

> 两宋词派推吾乡周清真，婉约隐秀，律吕谐协，为倚声家所宗。自是里中之贤，若俞青松、翁五峰、张寄闲、胡莘杭、范药庄、曹梅南、张玉田、仇山村诸人，皆分镳竞爽，为时所称。元时嗣响则张贞居、凌柘轩。明瞿存斋稍为近雅，马鹤窗阑入俗调，一如市伶语，而清真之派微矣。本朝沈处士去矜号能词，未洗鹤窗余习，出其门者波靡不反，赖龚侍御蘅圃起而矫之，尺凫《玲珑帘词》，盖继侍御而畅其旨者也。

樊榭有《红兰阁词序》，于词之门径，言之尤明，如云：

近日言词者推浙西六家，独柘水沈岸登善学白石老仙，为朱检讨所称。张君龙威于岸登为后辈，其词清婉深秀，摈去凡近，如《咏宋故宫芙蓉石》云"指一抹墙角斜阳，不照蓬莱旧城阙"；《咏秋柳》云"莫再问灵和，剩秃发毵毵如此"；《咏芦花》云"有谁能画出楚天秋晚"等句，直与白石争胜于毫厘。

樊榭有《论词绝句》十二首，今录其六于此：

美人香草本《离骚》，俎豆青莲尚未遥。颇爱花间断肠句，"夜船吹笛雨潇潇"。

> 张柳词名柱并驱，格高韵胜属西吴。可人"风絮堕无影"，"低唱浅斟"能道无？

> 旧时月色最清妍，香影都从授简传。赠与小红应不惜，赏音只有石湖仙。

> 玉田秀笔溯清空，净洗花香意匠中，羡杀时人唤春水，源流故自寄闲翁。

> 《中州乐府》鉴裁别，略仿苏黄硬语为。若向词家论风雅，锦袍翻是让吴儿！

> 寂寞湖山尔许时，近来传唱六家词，"偶然燕语人无

语",心折小长芦钓师。

八、郭麟,吴江人,字祥伯,号频伽,嘉庆间贡生,有《灵芬馆词话》。频伽尝作《词品》,自序云:"余少耽倚声,为之未暇工也。中年忧患交迫,廓落尠欢,用复以此陶写,入之稍深。遂习玩百家,博涉众趣,虽曰小道,居然非粗鄙可了。因弄墨余闲,仿表圣《诗品》,为之标举风华,发明逸态。"共得《幽秀》《高超》《雄放》《委曲》《清脆》《神韵》《感慨》《奇丽》《含蓄》《遒峭》《秾艳》《名隽》十二则。其后杨夔生有《续词品》,亦频伽之亚也。《灵芬馆词话》论古来词派云:

> 词之为体,大略有四。风流华美,浑然天成,如美人临妆,却扇一顾,《花间》诸人是也,晏元献、欧阳永叔诸人继之。施朱傅粉,学步习容,如宫女题红,含情幽艳,秦、周、贺、晁诸人是也,柳七则靡曼近俗矣。姜、张诸子一洗华靡,独标清绮,如瘦石孤花,清笙幽磬,入其境者,疑有仙灵,闻其声者,人人自远,梦窗、竹窗,或扬或沿,皆有新隽,词之能事备矣。至东坡以横绝一代之才,凌厉一世之气,间作倚声,意若不屑,雄词高唱,别为一宗,辛、刘则粗豪太甚矣。其余么弦孤韵,时亦可喜,溯其派别,不出四者。

中国诗的基本特征：写实还是虚构

邓小军

内容摘要：中国诗具有写实性的基本特征。中国诗包含虚构性，但这并不改变中国诗的写实性基本特征。诗歌以虚构为基本特征的文学理论，并不适应中国诗，因此应该相应地改写。研究中国诗，不能忽视中国诗中的历史内容。从文学立场说，诗歌内容如果未被了解，其艺术造诣便无从了解。

关键词：中国诗　基本特征　写实　虚构

Realistic or fictitious: the fundamental character of Chinese poetry

Deng Xiaojun

Abstract: Chinese poetry's fundamental character is Realistic. Chinese poetry contains fictitious character, but it does not change the fundamental role of realism. The literary theory that poetry's fundamental character is fictitious is not applied to Chinese poetry and should be rewritten. The historical facts in Chinese poetry should not be overlooked in researching. From a literary standpoint, the artistic attainments of Chinese poetry cannot be understood if the historical facts are neglected.

Keywords：Chinesepoetry thefundamentalcharacter Realistic fictitious

中国诗的基本特征是写实还是虚构？这显然是文学理论的一个大问题，并且关系到中国诗研究的有效性。

从文学价值说，写实与虚构两种艺术方法没有高低之分，只有使用艺术手法所到达的境界和艺术造诣才有高低之分。

从文学欣赏和研究说，则先需认识诗是具有写实性，还是具有虚构性，以免误解作品。

一、写实、虚构、想象释义

本文所说的中国诗，指中国古典诗歌，同于钱锺书《中国诗与中国画》的中国诗。

本文所说的写实，是中国传统文论概念，指写诗人亲身闻见、亲身经历的现实世界情景，及由此而来的真情实感。《易·乾·文言》："修辞立其诚。"无异是说写实。汉班婕妤《报诸侄书》："成帝则推诚写实，若家人夫妇相与书矣。"梁刘勰《文心雕龙·诔碑》："写实追虚，碑诔以立。"①《全唐文》卷九六二《为刘幽州请致仕表》："量力陈辞，料能写实。"元吴师道《礼部集》卷六《九月二十三日城外纪游》："作诗写实不可缓，马上已复成微哦。"②明胡应麟《诗薮》内编三："《垓下》一歌，……(项)羽模写实情实事。"陆时雍编《唐诗镜》卷五四皮日休《南阳润卿将归雷平因而有赠》评语："平写实在。"王樵《方麓集》卷七《游

---

① "写实"，指写主人公的真实事迹，"追虚"，指通过写实而写出主人公的心灵。

② 这使我们联想到苏轼《腊日游孤山访惠勤惠思二僧》诗："作诗火急追亡逋，清景一失后难摹。""清景"一词，指眼前实有之月光或日光。徐复观解释苏诗说："正是道出抓住刹那的观照、感动，而加以表现的，此种创作过程的心境。由此而来的作品，不须在情景中加上半毫作料，只把它原有之姿显了出来，便会永远给人以自然而新鲜的感觉。"(《中国文学论集》，九州出版社，2014年，第115页。)徐复观解释苏诗很对：作诗就是表现原有情景和当下感动，不加虚构。

西山记》："自山至都城水门，凡三十里，节节有佳境。予诗云：'年年绿树摇春风，一道清溪掩映中。幽赏供人三十里，潺湲又出凤城东。'又云：'名园古刹贵家村，往往清溪恰在门。'皆写实也。"又云："胡邹二君，独入禅房花木深处，登禅床趺坐，背相倚而歌，予为之赋，皆写实也。"《御选唐宋诗醇》卷九杜甫《同诸公登慈恩寺塔》评语："前半力写实境，奇情横溢。"翁方纲《石洲诗话》卷三："王维（诗）《吴道子画》一篇，亦是描写实际。"如上所述，写实就是"写实情实事""写实在""写实境""描写实际"，而非虚构。中国传统文论的写实不同于西方文论及苏联文论的写实主义、现实主义，因为写实主义、现实主义的特征是虚构。

虚构一词，指描写幻想、神话等非现实世界情景，以及并非亲身经历、亲身闻见过的现实世界情景。这个概念适合于西方文学以及中国戏剧小说等，但是并不适合于中国诗的普遍情况亦即主流。

想象一词，在西方文论语境中，往往是指虚构性的想象，往往从属于虚构。

中国诗的想象一词，多是指对现实世界情景未见部分的设想，对过去现实世界情景的回忆，对未来现实世界情景的设想等，这些都是与中国诗的写实性相一致的。《楚辞·远游》："思旧故以想象兮，长太息而掩涕。"《玉台新咏》卷五范靖如《戏萧娘》："因风时暂举，想象见芳姿。"李白《淮海对雪赠傅霭》："飘摇四荒外，想象千花发。"《赠张相镐二首》之二："想象晋末时，崩腾胡尘起。"《禅房怀友人岑伦南游罗浮兼泛桂海自春徂秋不返仆旅江外书情寄之》："飘飘限江裔，想象空留滞。"杜甫《咏怀古迹五首》之四："翠华想象空山里，玉殿虚无野寺中。"储光羲《苏十三瞻登玉泉寺峰入寺中见赠作》："想像玉泉宫，依稀明月殿。"《酬李处士山中见赠》："想像南山下，恬然谢朝列。"李商隐《及第东归次灞上却寄同年》："下苑经过劳想象，东门送饯又差池。"《镜槛》："想像铺芳褥，依稀解醉罗。"苏轼《游桓山会者十人以春水满四泽夏云多奇峰为韵得泽字》："想象斜川游，作诗继彭泽。"叶适《蜂儿榧歌》："后来空向玉山求，坐对蜂儿还想象。"皆其例证。中国诗中的想象一词,往往是指体物传神之想象,即通过对现实世界情景的观照和设想,以达到描写生动传神的艺术境地。

中国诗的想象一词,也有是指对非现实世界情景的设想,但为数较少,分量有限,不占主流。曹植《洛神赋》:"遗情想像,顾望怀愁。"谢灵运《登江中孤屿》:"想象昆山姿,缅邈区中缘。"李白《大鹏赋》:"固可想象其势,仿佛其形。"《游泰山六首》之一:"登高望蓬瀛,想象金银台。"李商隐《初起》:"想像咸池日欲光,五更钟后更回肠。"是其例证。

写实与虚构是基本艺术方法的分野。有写实的诗,有虚构的诗,有写实与虚构组合的诗,无论是一首诗,还是一首诗的一个组成部分,写实可以包含一定的想象、甚至虚构成分,但是不会变成虚构。正如虚构可以包含一定的写实成分,但是不会变成写实。

技巧层面的剪裁、描写、叙事、用典、抒情、议论等具体艺术手法,既可以为写实所用,亦可以为虚构所用。并不影响到写实或虚构的基本艺术方法的分野。

二、诗歌以虚构为特征的现行文学理论,
来自西方文论、苏联文论

中国通行已久的现行文学理论,认为中国诗的主要特征是虚构。从 1950 年代至 21 世纪现在,并没有改变。

在中国传统文论中,诗以虚构为主的理论从来不是主流,这一理论来自何方,何时成为主流,以至于今仍然不知不觉,习以为常?

德国歌德(1749—1832)《诗与真》:"每一种艺术的最高任务,即在于通过幻觉产生一个更高真实的假象。"①

苏联高尔基(1868—1936)《论文学技巧》:"艺术创作永远是一种'虚构'。"②

---

① 《西方文论选》,上卷,人民文学出版社上海分社,第 446 页。
② 《高尔基论文学》,人民文学出版社,1978 年,第 317 页。

苏联季摩菲耶夫《文学概论》第二章《形象性·形象的定义》:"形象是具体的,同时也是综合的人生图画,借助虚构而创造出来,并且具有美学的意义。"[①]

季摩菲耶夫《文学发展过程》第二章《文学的类别·抒情诗》:"这种综合性使抒情诗中形象的虚构有了意义。"[②]

美国韦勒克、沃伦《文学理论》第二章《文学的基本特征》:"文学艺术的中心显然是在抒情诗、史诗和戏剧等传统的文学类型上。它们处理的都是一个虚构的世界、想象的世界。小说、诗歌或戏剧中所陈述的,从字面上说都不是真实的;……甚至在主观性的抒情诗中,诗中的'我'也是虚构的、戏剧性的'我'。"[③]

韦勒克、沃伦《文学理论》第二章《文学的基本特征》:"如果我们承认'虚构性''创造性'或'想象性'是文学的突出特征,那么我们就是以荷马、但丁、莎士比亚、巴尔扎克、济慈等人的作品为文学。"[④]

美国盖特雷恩《认识艺术》第三章《艺术的主题·虚构和幻想》:"文艺复兴时期的理论家们把绘画比作诗歌。诗人可以用词语像变魔术一样变出一个虚构的世界,然后在里面装满人和事件。"[⑤]

由上可见,至迟文艺复兴时期以来至今的西方文论,以及苏联文论,认为诗歌以虚构为基本特征。其中苏联季摩菲耶夫《文学概论》文学形象包括抒情诗形象是虚构的理论,影响了中国几代人,直到今天。

---

① [苏联]季摩菲耶夫:《文学原理》第1部《文学概论》,查良铮译,平明出版社,1953年,第79页。

② [苏联]季摩菲耶夫:《文学原理》第3部《文学发展过程》,平明出版社,1954年,第147页。

③ [美]韦勒克、沃伦《文学理论》,刘象愚等译,生活·读书·新知三联书店,1984年,第13页。

④ [美]韦勒克、沃伦《文学理论》,刘象愚等译,生活·读书·新知三联书店,1984年,第14页。

⑤ [美]盖特雷恩《认识艺术》,王滢译,世界图书出版公司,2014年,第75页。

三、西方史诗虚构性举例：《伊利亚特》

韦勒克、沃伦认为"虚构性"为文学的突出特征，所举第一个例，是西方文学原始典范古希腊荷马的史诗。

荷马史诗《伊利亚特》，描写希腊对特洛伊战争。地中海东岸特洛伊王子帕里斯赴希腊斯巴达作客，与斯巴达王后海伦私奔，希腊联军阿伽门农统帅率十万大军跨海东征特洛伊。战争持续了十年，奥林匹斯山上众天神也各助一方参战，最后希腊人以奥德修斯的"木马计"攻克特洛伊人的王都伊利昂，取得战争胜利。《伊利亚特》写战争第十年情况，并大致反映了十年战争概貌。

《伊利亚特》第二十章《群神出战》：

那些不死之神立刻就分成两个敌对的集团，动身前往那行动的场面了。赫拉（最高神宙斯第七任妻子，天后）和帕拉斯·雅典娜向阿开亚人（希腊人）的舰队进发。还有那绕地之神波塞冬，那幸运的赍送者和最巧妙的奇迹制造者赫耳墨斯，也都往那一边走。赫淮斯托斯（宙斯和赫拉第一个孩子）也跟在他们后边……向特洛亚人方面走的，有戴着闪亮头盔的阿瑞斯（战神）、披着头发的福玻斯（太阳神）、女射神阿耳忒弥斯、勒托（宙斯第六任妻子）、克珊托斯河神，以及爱欢笑的阿佛洛狄忒。

直到群神下来加入人类的一刻儿，阿开亚人都是所向无敌的。……但是等到那些俄林波斯的神们到达战场，那个伟大的战役制造者斗争出其全力挺身出来之后，局面就全然改观了。其时雅典娜已经发出了呐喊，时而站在壁垒外的壕沟上，时而向那有回声的海岸一直喊过来，但在那一边，阿瑞斯也正在和她应答，因他暴怒得像是一阵黑旋风，在那卡利科罗涅的山坡上奔来奔去，一会儿站在城堡的高处，一会儿站在西摩伊斯河边，发出尖利的呼声把特洛伊人激励。……

当神们的战斗开始时……波塞冬正被福玻斯·阿波罗拿着他的飞箭面对着,赫拉正受阿波罗的姊妹女猎神金箭杆阿耳忒弥斯的进攻,勒托正在应付那可怕的幸运赍送者赫耳墨斯,赫淮斯托斯也正受到那在神间叫做克珊托斯、人间叫做斯卡曼得洛斯的涡旋大河的攻击。

就像这样的,神跟神自己交战起来了。

……

这时候,那平原上充满着人类的战士,闪耀着步兵和马匹身上的铜装。当两军相向奔驰的时候,大地在他们的脚下动摇起来。现在,在两军之间的地面上,他们的两个大健将,安喀塞斯的儿子埃涅阿斯(特洛伊王子赫克托耳的主将)和神样的阿喀琉斯(希腊联军大将),走到一起来准备个对个的交战了。……

埃涅阿斯就把他的沉重的枪投上了对方那面可怕的盾牌。……当时那一支枪也曾穿过了两层,可是还有三层没穿过……那支桦木杆的长枪给挡住了。现在轮到阿喀琉斯了,他就投出一支长杆枪。他打中了埃涅阿斯那个圆盾的真正边沿上……阿喀琉斯抽出了他的利剑大喊一声又杀上来了。埃涅阿斯这才也捡起了一块石头。……那位地震之神是在留心看着的,到了这个关头他就啊呀了一声向着他旁边的那些神。"我可不得不替那显赫的埃涅阿斯觉得可怜了",……地震之神波塞冬……就穿过了乱阵和枪林,去到埃涅阿斯和著名的珀琉斯之子(指阿喀琉斯)在交手的那个地点。到那儿之后,他的第一步就是布一阵雾在阿喀琉斯的眼前。然后,他把那支插牢在埃涅阿斯盾牌上的桦木杆枪拔出来,放在阿喀琉斯的脚下,又把埃涅阿斯从地面上高高撮进半空中。埃涅阿斯被那神的手大力一推,竟飞过了所有步兵和马匹的阵线，一直落到战场的极边。①

由上可见，西方文学原始典范荷马史诗《伊利亚特》具有如此发达的虚构和神话描写（包括神充分地卷入人事，天上人间融为一体），西方文论以及派生的苏联文论以虚构为诗歌的突出特征，是自然的事。

荷马史诗如此发达的虚构和神话描写，在中国诗中是从来没有过的。

美国波默罗伊等《古希腊政治社会和文化史》第一章《早期希腊史和青铜时代》之《早期希腊史原始资料》："如果真有此战，开战时间应是公元前 13 世纪。荷马的《伊利亚特》和《奥德赛》以特洛伊战争和随后发生的事件为背景，是现存的最早文本。……从古代社会结束起直至今日，人们一直在争论是否可以把这两首史诗看成史料。"②

《古希腊政治社会和文化史》第二章《黑暗时代和公元前 8 世纪的复兴》之《荷马和口头诗歌》："令史学家们头疼的问题是：荷马史诗是否真实地描绘了荷马时代（公元前 8 世纪末或公元前 7 世纪初）或之前的古希腊社会？它们是否只是表达象征意义的虚构作品？当然，答案是折中的。"③

荷马史诗之中充满那么多的神话、虚构，是否可以把这两首史诗看成史料，西方史学家们怎能不头疼？以至于他们不得不说："这一远征是否确有其事并不重要，对希腊人而言，特洛伊战争就是他们早期历史中最重要的事件。"④

有学者指出："中国诗跟西洋诗在内容上无甚差异；中国社交诗

---

① ［古希腊］荷马《伊利亚特》，傅东华译，人民文学出版社，1958 年，第 337—385 页。

② ［美］萨拉·B. 波默罗伊，斯坦利·M. 伯斯坦，沃尔特·唐兰等著《古希腊政治社会和文化史》，上海三联书店，2010 年，第 15 页。

③ ［美］萨拉·B. 波默罗伊，斯坦利·M. 伯斯坦，沃尔特·唐兰等著《古希腊政治社会和文化史》，上海三联书店，2010 年，第 67—68 页。

④ ［美］萨拉·B. 波默罗伊，斯坦利·M. 伯斯坦，沃尔特·唐兰等著《古希腊政治社会和文化史》，上海三联书店，2010 年，第 67 页。

（versd' occasion)特别多，宗教诗几乎没有，如是而已。"①

又说："中国诗并没有特特别别'中国'的地方。"②

既然西方史诗具有非常发达的虚构和神话描写，而在中国诗中几乎没有，就很难说"中国诗跟西洋诗在内容上无甚差异"。既然"中国社交诗特别多，宗教诗几乎没有"，就已经是极大的差异，也就很难说"中国诗并没有特特别别'中国'的地方"。因为，社交诗显然不会以虚构为主，宗教诗则可能以虚构居多。

刘禹锡《酬乐天扬州初逢席上见赠》：

> 巴山楚水凄凉地，二十三年弃置身。怀旧空吟闻笛赋，
> 到乡翻似烂柯人。沉舟侧畔千帆过，病树前头万木春。今
> 日听君歌一曲，暂凭杯酒长精神。

这样的社交诗，是生活的实录，不是虚构。中间四句用典、象征，表达百折不挠、决不从世俗为转移的独立人格，虽是用典、象征，仍属写实。

白居易《问刘十九》

> 绿蚁新醅酒，红泥小火炉。晚来天欲雪，能饮一杯无？

如果说这样的社交诗是虚构，岂不是有点煞风景？

把这些社交诗理解为写实，其情韵不会减少，只会增加。

四、中国诗以写实为基本特征

《诗经》：写实具有普遍性

孔子整理《诗经》，以之教育弟子，对《诗经》了解最为透辟。孔子曾经指出《诗经》的作用和价值。《论语·阳货》："子曰：小子何莫学夫《诗》？《诗》可以兴，可以观（汉郑玄笺：观风俗之盛衰），可以群，可以怨（汉孔安国注：怨刺上政）；迩之事父，远之事君；多识于鸟兽草木之名。"

---

① 钱锺书《谈中国诗》，《写在人生边上　人生边上的边上　石语》，生活·读书·新知三联书店，2011年，第166页。

② 钱锺书《谈中国诗》，《写在人生边上　人生边上的边上　石语》，生活·读书·新知三联书店，2011年，第166页。

借孔子语讨论《诗经》的特征，各举一例。

1.《诗》可以兴：诗具有日常生活抒情性

《诗·周南·关雎》："关关雎鸠，在河之洲；窈窕淑女，君子好逑。"

2. 可以观："观风俗之盛衰"，诗包含时事性

《诗·小雅·苕之华》："牂羊坟首，三星在罶，人可以食，鲜可以饱。"

《小序》："《苕之华》，大夫闵时也。幽王之时，西戎东夷交侵中国，师旅并起，因之以饥馑。君子闵周室之将亡，伤己逢之，故作是诗也。"

3. 可以群：诗包含朋友之道、人道精神

《诗·郑风·萚兮》："萚兮萚兮，风其吹女。叔兮伯兮，和女。"

《诗·邶风·谷风》："就其深矣，方之舟之。就其浅矣，泳之游之。何有何亡，黾勉求之。凡民有丧，匍匐救之。"

4. 可以怨：诗具有政治批评性

《诗·小雅·节南山》："节彼南山，有实其猗。赫赫师尹，不平谓何。天方荐瘥（《毛传》：荐，重。郑玄笺：瘥，疫病），丧乱弘多（郑玄笺：死丧甚大多也）。民言无嘉，憯莫惩嗟（《毛传》："憯，曾也。郑玄笺：惩，止也。天下之民皆以灾害相吊唁，无一嘉庆之言，曾无以恩德止之者，嗟乎。)。"曾，竟然。

《小序》："《节南山》，家父刺幽王也。"汉郑玄笺："家父，字，周大夫也。"

5. 迩之事父，远之事君：诗包含伦理性

《诗·小雅·蓼莪》："蓼蓼（《毛传》：长大貌）者莪，匪莪伊蒿。哀哀父母，生我劬劳。"汉郑玄笺："我已蓼蓼长大，我视之以为非莪，反谓之蒿。兴者，喻忧思虽在役中，心不精识其事。"

6. 多识于鸟兽草木之名：诗多具有自然意象

《诗·邶风·燕燕》："燕燕于飞，差池其羽。"

由上可见，《诗经》就其题材内容说，普遍具有人间性、非神话性，就其写作方法说，普遍具有如实描写日常生活、时事政治、自然物象

的写实性、非虚构性。

《楚辞》：神话描写异军突起，未取代中国诗写实性传统

中国诗中有虚构性想象，神话描写，主要来自《楚辞》。

《楚辞》代表作《离骚》大部分篇幅是述楚国时事及自己遭遇，是写实，同时有两段神话描写，"驷玉虬以桀鹥兮，溢埃风余上征"至"理弱而媒拙兮，恐导言之不固"，是最长的一段。其中述"吾令帝阍开关兮，倚阊阖而望予"，仅是人对神独语，不成对话；其中述"吾令丰隆乘云兮，求宓妃之所在"，结果是"保厥美以骄傲兮，日康娱以淫游。虽信美而无礼兮，来违弃而改求"；又述"望瑶台之偃蹇兮，见有娀之佚女。吾令鸩为媒兮，鸩告余以不好"；又述"及少康之未家兮，留有虞之二姚。理弱而媒拙兮，恐导言之不固"，皆求索不遇。

《伊利亚特》中的神话描写多为长篇大作，情节复杂，神充分地卷入人事，天上人间融为一体；《楚辞》中的神话描写多为片段，情节简单，人神接触有限，多为求神不遇，绝无神充分地卷入人事，天上人间基本二分。《楚辞》的神话描写有限，远不能与《伊利亚特》的神话描写发达相比。

《楚辞》虚构性想象、神话描写，异军突起，而非主流，只是丰富了而并没有取代中国诗的写实性传统。汉魏至清代，成千上万、数以万计之别集，例皆卷首有少数骚体，或包含虚构，但甚少神话；而大多数卷帙，均为五七言诗，以写实性为主。

在此说到《庄子》。《庄子》华辞，虽是散文，特具诗性。与《楚辞》相似，庄子想象、虚构非常丰富，影响并丰富了中国诗的传统，但没有改变中国诗写实的基本传统。

唐诗：写实具有普遍性

借孔子语讨论唐诗特征，各举一例：

1.《诗》可以兴：诗具有日常生活抒情性

李白《静夜思》："床前明月光，疑是地上霜。举头望明月，低头思故乡。"

2. 可以观："观风俗之盛衰"，诗包含时事性

杜甫《春望》："国破山河在，城春草木深。感时花溅泪，恨别鸟惊心。烽火连三月，家书抵万金。白头搔更短，浑欲不胜簪。"

3. 可以群：诗包含朋友之道、人道精神

王维《送元二使安西》："渭城朝雨浥轻尘，客舍青青柳色新。劝君更尽一杯酒，西出阳关无故人。"

杜甫《又呈吴郎》："堂前扑枣任西邻，无食无儿一妇人。不为困穷宁有此，只缘恐惧转须亲。即防远客虽多事，便插疏篱却甚真。已诉征求贫到骨，正思戎马泪盈巾。"

4. 可以怨：诗具有政治批评性

李绅《悯农》："春种一粒粟，秋成万颗子。四海无闲田，农夫犹饿死。"

5. 迩之事父，远之事君：诗包含伦理性

孟郊《游子吟》："慈母手中线，游子身上衣。临行密密缝，意恐迟迟归。谁言寸草心，报得三春晖？"

6. 多识于鸟兽草木之名：诗多具有自然意象

李白《宣城见杜鹃花》："蜀国曾闻子规鸟，宣城还见杜鹃花。一叫一回肠一断，三春三月忆三巴。"

这些唐诗经典，都是写实，其中包含想象、联想、拟人，但不是虚构。"疑是地上霜"，是想象，是错觉。《春江花月夜》"空里流霜不觉飞"，看月光入神错觉其为质实（好像能摸得到），故曰"霜"；回过神复知其为空灵（摸不到），故曰"不觉"。在这些诗句中，错觉就是美，锦上添花，但是没有改变诗的写实属性。"感时花溅泪，恨别鸟惊心"，是拟人，亦何妨于写实。

唐代山水诗如《终南》《汉江》，田园诗如东皋《野望》《渭川田家》，边塞诗如玉门春风、北庭白雪，赠别诗如渭城朝雨、孤帆远影，多为写实，当然亦可能包含想象成分。边塞诗中，亦有未到边塞的诗人作品，或出自想象、虚构，但唐代边塞诗的主流，是亲历边塞的诗人作品。甚至王建《宫词》百首，"多言唐宫禁中事，皆史传小说所不载

者"①,亦是闻自宦官王守澄②,允称实录。乐府诗或包含虚构,但并非唐诗主流。

北宋曾巩对宋敏求本《李太白文集》诗集"考其先后而次第之",即对《李白诗集》分类,每类之中按行踪、年代先后编次,并且在每类之中行至每一地的第一首题下注明行踪所在地。曾巩《李白诗集后序》总结云:"初隐岷山,出居襄汉之间,南游江淮,至楚观云梦。……去之齐鲁,居徂徕山竹溪,入吴,至长安。明皇闻其名,召见,以为翰林供奉,顷之不合,去。北抵赵、魏、燕、晋,西涉岐邠,历商于,至洛阳,游梁最久。复之齐、鲁,南浮淮、泗。再入吴,转徙金陵,上秋浦、浔阳。……永王璘节度东南,白时卧庐山,璘迫致之。璘军败丹阳,白奔亡至宿松,坐系寻阳狱,……乾元元年,终以污璘事长流夜郎,遂泛洞庭,上峡江,至巫山,以赦得释,憩岳阳、江夏。久之,复如浔阳,过金陵,徘徊于历阳、宣城二郡。其族人阳冰为当涂令,白过之,以病卒,年六十有四,是时宝应元年也。其始终所更涉如此,此白之诗书所自叙可考者也。"

清仇兆鳌《杜诗详注·凡例》:"今去杜既远,而史传所载未详,致编年互有同异。幸而散见诗中者,或记时,或记地,或记人,彼此参证,历然可凭。"

李白一生主要行踪、杜甫一生几乎全部行踪"历然可凭",依据在于李杜诗题目与正文的记时、记地、记人、记行、记事。

唐诗之中,亦包含想象、虚构。以李白、李贺、李商隐诗最有代表性。

李白《古风》其十九:

> 西上莲花山,迢迢见明星。素手把芙蓉,虚步蹑太清。
> 霓裳曳广带,飘拂升天行。邀我登云台,高揖卫叔卿。恍恍
> 与之去,驾鸿凌紫冥。俯视洛阳川,茫茫走胡兵。流血涂野

---

① (宋)欧阳修《六一诗话》。
② 详见(唐)范摅《云溪友议》卷下《琅琊忤》,参阅元辛文房《唐才子传》卷四《王建》。

草,豺狼尽冠缨。

李白此诗,前半是求仙,是虚构、神话描写,结尾仍然回到现实世界,归于写实。李白求仙诗,大抵皆如此。求仙诗也很难说能在李白诗中占第一位。

李贺《梦天》:

> 老兔寒蟾泣天色,去楼半开壁斜白。玉轮轧露湿团光,鸾佩相逢桂香陌。黄尘清水三山下,更变千年如走马。遥望齐州九点烟,一泓海水杯中泻。

李贺此诗几乎全是虚构、神话描写,可是李贺是诗中异数,所以被称为鬼才,只是唐诗的例外。

李商隐《夜雨寄北》:

> 君问归期未有期,巴山夜雨涨秋池。何当共剪西窗烛,却话巴山夜雨时。

《锦瑟》:

> 锦瑟无端五十弦,一弦一柱思华年。庄生晓梦迷蝴蝶,望帝春心托杜鹃。沧海月明珠有泪,蓝田日暖玉生烟。此情可待成追忆? 只是当时已惘然。

《夜雨寄北》前两句是对眼前情景之写实,后两句是对未来情景之想象,其中第四句对未来情景之想象中,叠印出对眼前情景之回忆。想象创新出奇,并未脱离于写实。

《锦瑟》头两句可以理解为托物起兴,结两句是抒情,皆是写实。"庄生"两句、"沧海"两句,用典构成画面描写,画面纯是想象、虚构。全诗是写实包裹想象。

白居易《长恨歌》前面大部分及结尾(120 句)述唐明皇杨贵妃悲欢离合,是写实;后半小部分(36 句)写天上人间相思,是虚构、神话描写。这样较大篇幅的虚构、神话描写,无论在白居易诗,还是在唐诗,皆不多见。

由上可见,唐诗特征与《诗经》一致,题材内容普遍具有人间性、非神话性,写作方法普遍具有写实性、非虚构性。想象、虚构是唐诗重要的艺术手段,丰富了唐诗的艺术世界,但是相对于写实,并不是唐诗第一位的艺术手段。

唐以前的两汉魏晋南北朝诗,唐以后的宋元明清诗,风格成就各不相同,但是普遍具有写实性的基本特征,则与《诗经》、唐诗相同。

中国传统诗学理论：建基于中国诗写实性创作实践

中国诗基本艺术手法赋比兴,来自《诗经》创作实践,规范了中国诗创作方向,赋比兴的写法,是以写实性为主。

赋：主要是写实

《诗大序》："故诗有六义焉：一曰风,二曰赋,三曰比,四曰兴,五曰雅,六曰颂。"唐孔颖达疏："赋者,直陈其事。"

《文心雕龙·物色》："是以诗人感物,联类不穷。流连万象之际,沉吟视听之区。写气图貌,既随物以宛转；属采附声,亦与心而徘徊。……自近代以来,文贵形似,窥情风景之上,钻貌草木之中。……体物为妙,功在密附。……若乃山林皋壤,实文思之奥府。"

由上可见,赋主要是体物,即描写实际事物或景物。体物,通常来自亲临其境,通过"流连万象""窥情风景",达到"写气图貌"、体物传神之妙。赋主要是写实,不是虚构。作为虚构的赋,仅是少数。

比：普遍具有写实性

《诗大序》孔颖达《疏》引汉郑众云："比者,比方丁物。"宋朱熹《诗集传》卷一《螽斯》："比者,以彼物比此物也。"

比是以喻象比喻喻义,使人明白诗意,这就决定了大多数喻象是天地自然常见物象、日常生活普遍经验,而不是人所未知的虚构物象、超常经验。《诗·邶风·谷风》："谁谓荼苦,其甘如荠。"《诗·卫风·硕人》："手如柔荑,肤如凝脂,领如蝤蛴,齿如瓠犀,螓首蛾眉。"《诗·王风·黍离》："行迈靡靡,中心如醉。"《诗·王风·采葛》："一日不见,如三月兮。"《诗·郑风·出其东门》："出其东门,有女如云。"《诗·陈风·衡门》："岂其食鱼,必河之鲂。岂其取妻,必齐之姜。"作为喻象的"荼""荠","凝脂""蛾眉","云",皆是自然物象,人所常见；"醉""三月""食鱼",皆是生活经验,人所共知。可见比普遍具有写实性。

兴：几乎纯是写实

兴是中国诗最有艺术性的表现手法。故《文心雕龙·比兴》云："毛公述传，独标兴体。"

《诗大序》孔颖达疏引汉郑众云："兴者起也。取譬引类，起发己心，诗文诸举草木鸟兽以见意者，皆兴辞也。"

《诗·邶风·燕燕》：

> 燕燕于飞，差池其羽。（汉郑玄笺：差池其羽，谓张舒其尾翼，兴戴妫将归，顾视其衣服。）之子于归，远送于野。瞻望弗及，泣涕如雨。（汉郑玄笺：妇人之礼，送迎不出门。今我送是子，乃至于野者，舒己愤，尽己情。）

《小序》："《燕燕》，卫庄姜送归妾也。"汉郑玄笺："庄姜无子，陈女戴妫生子名完，庄姜以为己子。庄公薨，完立，而州吁杀之。戴妫于是大归，庄姜远送之于野，作诗见己志。"唐孔颖达疏："言'大归'者，不反之辞。"

燕子是庄姜远送戴妫大归，至于卫都郊野眼前所见。"燕燕于飞，差池其羽"，写出燕子起飞时，舒张开剪刀状的双翅双尾的优美兴象，隐喻出戴妫被迫大归时，整理衣服的优美形象，刻画出她临危不惧，维护自己人格尊严的性格。故朱熹曰："譬如画工传神一般，直是写得他精神出。"①

兴是由眼前实际景物而触景生情，兴发感动。有触景生情、兴发感动的兴，然后有借眼前景、道心上事的优美兴象，然后有余味不尽的韵味、神韵。兴象来自眼前景，几乎纯粹是写实，不是虚构。

晋陆机《文赋》："遵四时以叹逝，瞻万物而思纷。悲落叶于劲秋，喜柔条于芳春。"由瞻万物而来的兴，是写实，不是虚构。《文赋》又云："观古今于须臾，抚四海于一瞬。"此是想象，可是这想象并非虚构、神话，而是建基于历史、现实。

《文心雕龙·神思》："文之思也，其神远矣。故寂然凝虑，思接千

---

① 《四库全书》本宋辅广《童子问》卷一，《国风一·燕燕》。

载;悄焉动容,视通万里。吟咏之间,吐纳珠玉之声;眉睫之前,卷舒风云之色。其思理之致乎! 故思理为妙,神与物游。"是言想象功用之大。《文心雕龙·神思》又云:"登山则情满于山,观海则意溢于海。"又云:"刻镂声律,萌芽比兴。"则又言触景生情之写实,乃是想象之萌芽。

梁钟嵘《诗品序》:"'思君如流水',既是即目;'高台多悲风'亦惟所见……观古今胜语,多非补假,皆由直寻。"《文心雕龙·神思》之"登山""观海",《诗品序》之"即目""直寻",皆表明中国诗兴象发生于写实而非虚构。

宋欧阳修《六一诗话》:"(梅)圣俞尝语余曰:……必能状难写之景,如在目前;含不尽之意,见于言外,然后为至矣。""如在目前"的景,是指诗中的景。有在诗人目前的景,然后有诗中写实的景,然后有读者"如在目前"的景。

神韵:主要来自写实

神韵是中国诗的最高艺术标准之一。

神韵之诗往往来自伫兴而作,描写景物非常生动传神,而有韵致,有象外之象、象外之意,如羚羊挂角,无迹可求。伫兴而作,即表明神韵普遍来自对景写实。

中国诗写景而有神韵,如陶渊明《赠从弟敬远》:"倾耳无希声,在目皓已洁",《归园田居》其一:"暧暧远人村,依依墟里烟",《归园田居》其三:"带月荷锄归",谢灵运《登池上楼》:"池塘生春草,园柳变鸣禽",张若虚《春江花月夜》:"月照花林皆似霰,空里流霜不觉飞",王维《使至塞上》:"大漠孤烟直,长河落日圆",《终南山》:"白云回望合,青霭入看无",杜甫《望岳》:"岱宗夫如何,齐鲁青未了",《曲江对雨》:"林花着雨胭脂落",李白《黄鹤楼送孟浩然之广陵》:"故人西辞黄鹤楼,烟花三月下扬州。孤帆远影碧空尽,唯见长江天际流",《早发白帝城》:"朝辞白帝彩云间,千里江陵一日还。两岸猿声啼不住,轻舟已过万重山";写人而有神韵,如陶渊明《述酒》:"流泪抱中叹,倾耳听司晨",《饮酒》:"采菊东篱下,悠然见南山",杜甫《梦李白》:"落月满屋梁,犹疑照颜色",《寄韩谏议注》:"色难腥腐餐枫香",均是写实,并非虚构。

中国诗同时写景、写人而有神韵,如《西洲曲》:"栏杆十二曲,垂手明如玉",《春江花月夜》:"昨夜闲潭梦落花",可以认为是写实,亦可以认为是想象、虚构,不妨见仁见智,但即使是想象、虚构,亦是来自现实生活,而非神话。

中国诗写神话亦有神韵之句,如屈原《湘夫人》:"帝子降兮北渚,目眇眇兮愁予,袅袅兮秋风,洞庭波兮木叶下",曹植《洛神赋》:"凌波微步,罗袜生尘",但是为数不多。

诗史:几乎纯是写实

诗史是中国诗最重要的传统之一。中国诗的写实性,在不同题材的诗中,在同一题材的诗中,均有不同程度的体现。中国诗最深刻、最重要的写实性,体现在诗史即时事诗。

《诗大序》:"是以一国之事,系一人之本,谓之风。"唐孔颖达疏:"风言一国之事系一人,雅亦天下之事系一人。"

《汉书·艺文志》:"自孝武立乐府而采歌谣,于是有代、赵之讴,秦、楚之风,皆感于哀乐,缘事而发,亦可以观风俗,知薄厚云。"

唐孟棨《本事诗·高逸》:"杜逢禄山之难,流离陇蜀,毕陈于诗,推见至隐,殆无遗事,故当时号为'诗史'。"

元稹《乐府古题序略》:"近代唯诗人杜甫《悲陈陶》《哀江头》《兵车》《丽人》等,凡所歌行,率皆即事名篇,无复依傍。"

白居易《新乐府》总序:"其事核而实,使采之者传信也。……为君为臣为民为物为事而作,不为文而作也。"

白居易《与元九书》:"文章合为时而著,歌诗合为事而作。"

《诗经》中的"以一国之事,系一人之本",汉乐府的"缘事而发",杜甫诗史的"即事名篇""推见至隐",白居易《新乐府》的"核而实""传信",诗歌合为时事而作,都清楚地表明中国时事诗具有时事性、实录性和诗史品格。

《诗·小雅·节南山》:"家父作诵,以究王讻,式讹(化)尔心,以畜（养）万邦。"屈原《离骚》："既莫足与为美政兮，吾将从彭咸之所居。"陶渊明《述酒》："流泪抱中叹，倾耳听司晨。"李白《永王东巡歌十一首》其一："永王正月东出师，天子遥分龙虎旗。"杜甫《北征》："拜辞诣阙下，怵惕久未出，虽乏谏净姿，恐君有遗失。"苏轼《六月二十日夜渡海》："九死南荒吾不恨，兹游奇绝冠平生。"陆游《书愤》："楼船夜雪瓜洲渡，铁马秋风大散关"，辛弃疾《鹧鸪天》："壮岁旌旗拥万夫，锦襜突骑渡江初。"顾炎武《重谒孝陵》："问君何事三千里，春谒长陵秋孝陵。"傅山《东海倒坐崖》："佛事凭血性，望望田横岛。"钱谦益《后秋兴》："荷锄父老双含泪，愁见横江虎旅班。"陈三立《纪哀答剑丞见寄时将还西山展墓》："烦念九原孤愤在，忍看宿草碧燐新。"马一浮《病中阅涅盘经举常啼菩萨卖心肝事，因之有作》："手掬心肝何处卖，途人相遇眼终青。"陈寅恪《闻日本乞降喜赋》："降书夕到醒方知，何幸今生见此时。"沈祖棻《浣溪沙》："云中环佩几回闻，蓼香一掬仵千春。"这些诗，所述是诗人的亲历，关系重大的时事，是"以一国之事，系一人之本"的中国诗史典范。这些诗中的"我"，就是诗人自己，而决不是"是虚构的、戏剧性的'我'"。

诗史几乎纯粹是写实，而非虚构。

五、他山之石，可以攻玉：吉川幸次郎的学说

日本吉川幸次郎《中国诗史》之《中国文学史的一种理解》："中国的文学史，其形态与其他地域的文明里的未必相同。至少，在最近时期以前，一直是不同的。被相沿认为文学之中心的，并不是如同其他文明所往往早就从事的那种虚构之作。纯以实在的经验为素材的作品则被作为理所当然。诗歌净是抒情诗，以诗人自身的个人性质的经验（特别是日常生活里的经验，或许也包括围绕在人们日常生活四周的自然界中的经验）为素材的抒情诗为其主流。以特异人物的特异生活为素材、从而必须从事虚构的叙事诗的传统在这个国家里是缺乏的。散文也是以叙述实在事件的历史散文或将身边的日常事情作为素材的随笔式的散文为中心而发展下来的。总之，无论诗或散

文都不需积极的虚构。"①

吉川幸次郎所说中国诗"以实在的经验为素材""不需积极的虚构",不同于其他文明里的诗歌,是卓见,符合中国诗实际。

旁观者清;他山之石,可以攻玉。可惜吉川幸次郎的学说,传译到中国几十年,并没有引起中国文学理论的改变。

六、中国诗写实性的根源

中国诗重写实的特征,与中国人的文化、性格、理想、哲学密切相关。

《书·多士序》:"迁殷顽民。"唐孔颖达疏:"民性安土重迁。"

《诗·大雅·绵》:"乃慰乃止,乃左乃右。乃疆乃理,乃宣乃亩。"汉郑玄笺:"时耕曰宣。徂,往也。民心定,乃安隐其居,乃左右而处之,乃疆理其经界,乃时耕其田亩。"唐孔颖达疏:"民性安土重迁,离居或有所悔。"

《诗·小雅·四月》:"匪鹑匪鸢,翰飞戾天。"汉郑玄笺:"非雕鸢能高飞,非鲤鲔能处渊,皆惊骇辟害尔,喻民性安土重迁,今而逃走,亦畏乱政故。"

《周礼·春官·大宗伯》:"以禽作六挚,以等诸臣。孤执皮帛,卿执羔,大夫执雁,士执雉,庶人执鹜,工商执鸡。"唐贾公彦《疏》:"鹜即今之鸭,是鹜既不飞迁,执之者,象庶人安土重迁也。"

《汉书·元帝纪》:"诏曰:安土重迁,黎民之性。"唐颜师古注:"重,难也。骨肉相附,人情所愿也。"

由上可见,由农耕文明而来中国人的性格,自古是安土重迁。由安土重迁的性格,而投射到审美,便是重写实,而难虚构、难想象。因为生活中的迁,往往是地面的迁、水平的迁,是从此地迁居到彼地。审美上的迁,是上升的迁、凌虚的迁,是从写实迁升到虚构、神话。地面的迁为难,凌虚的可能更难。因此虚构、神话为难,不是没有,只是

---

① [日]吉川幸次郎:《中国诗史》,章培恒等译,复旦大学出版社,2001年,第1页。

很少。

《汉书·谷永传》："使天下黎元，咸安家乐业，不苦踰时之役，不患苛暴之政，不疾酷烈之吏，虽有唐尧之大灾，民无离上之心。"

《后汉书·仲长统传》引《昌言·理乱篇》曰："安居乐业，长养子孙，天下晏然，皆归心于我矣。"

宋卫湜《礼记集说·王制》："高氏文虎曰：斯民由是安居乐业，而廉耻礼义之心生。故继之以兴学。"

由上可见，由农耕文明而来的中国人的理想，自古是安居乐业。由安居乐业的理想，而投射到审美，便是安于写实，安于写现实世界、人间生活、日常生活，从中发现美，并以之为美。

《尚书·周书·酒诰》："惟曰：我民迪小子，惟土物爱，厥心臧。"孔安国《传》："文王化我民，教道子孙，惟土地所生之物，皆爱惜之，则其心善。"

《尚书·商书·盘庚上》："若颠木之有由蘖，天其永我命于兹新邑。"

《诗·大雅·行苇》："敦彼行苇，牛羊勿践履。方苞方体，维叶泥泥。"《序》："《行苇》，忠厚也。周家忠厚，仁及草木。"《毛传》："敦，聚貌。行，道也。叶初生，泥泥。"汉郑玄笺："苞，茂也。体，成形也。"

由上可见，由农耕文明而来的对农作物、对自然万物的爱心，哺育了中国诗的兴象。

《易·系辞下》："古者包牺氏之王天下也，仰则观象于天，俯则观法于地，观鸟兽之文，与地之宜，近取诸身，远取诸物，于是始作八卦，以通神明之德，以类万物之情。"

《易·乾·象辞》："乾道变化，各正性命。"

《礼记·乐记》："春作夏长，仁也。"

《礼记·中庸》："万物并育而不相害，道并行而不相悖，小德川流，大德敦化，此天地之所以为大也。"

《论语·阳货》："子曰：天何言哉，四时行焉，百物生焉，天何言哉。"

万物并育、草木并荣,体现天道之创生不息、公平无私,此是中国文化与儒家思想之根本哲学。换言之。中国哲学认为,自然万物并育是道的体现,自然万物具有真实性、价值性。

由上可见,先圣观物体道的哲学体认方式,启发了诗人触景生情的诗人感发方式。万物并育是道的体现,具有真实性、价值性的中国哲学,则为中国诗的兴象提供了形上的终极支持。

七、结语

本文系列观点已见于上文,简短结论如下:

第一,中国诗具有写实性的基本特征。中国诗包含虚构性,但这并不改变中国诗的写实性基本特征。

第二,诗歌以虚构为基本特征的文学理论,并不适应中国诗,因此应该相应地改写。

第三,研究中国诗,不能忽视中国诗中的历史内容。

中国诗的写实性,意味着诗可能包含历史内容,日常的与重大的,显性的与隐藏的历史内容。荷马史诗,虚构、神话发达,尚且被认为具有部分历史真实性。具有写实性的中国诗,其历史内容更不容忽视。

从文学立场说,诗歌内容如果未被了解,其艺术造诣便无从了解。

(安徽师范大学中国诗学研究中心特聘教授)

诸子互非与古代文论的批判精神*

范春玲　吴中胜

内容提要：诸子时代,是一个思想大解放的时代,其标志就是百家争鸣,各家各派相互诘难。这种敢于怀疑他人、无视权威的精神,对后世文化包括文论的批判精神产生深远影响。古代文论重才学、重胆识、重识力,要求文论家要有自己特有的艺术鉴赏力和审美判断力,主张看出问题,并且能大胆地提出来,就充分体现了中国古代文论的学术品格和批判精神。诸子互非以及古代文论的批判精神,都充分彰显了中国文化的理性品格。

关键词：诸子　古代文论　批判精神

＊　本文为教育部人文社会科学研究项目"子学与古代文论的思辨性研究"(项目批准号：14YJC751008)、江西高校哲学社会科学研究重大课题攻关项目《江西完善优秀中华传统文化教育行动方案研究》(批准号：ZDGG1405)阶段性成果。

Query between philosophers of pre-Qin and critical spirit of Chinese ancient literature theory

Fan Chunling Wu Zhongsheng

Abstract: Pre-Qin is a period of ideological emancipation, the symbol of the time is the contention of a hundred school of thought and the criticism between them. The spirit of daring to suspect others and ignoring to authority bring profound influence to the cultures of later ages, including the literary critical spirit. In China, the ancient literature theory pays special attention to artistic talent, scholarship, courage and insight, which requires that literary theorists should have their own capacity of art appreciation and esthetic judgment, encourage them to discover new problems and dare to put forward. It also fully reflects the academic style and critical spirit of Chinese ancient literature theory. Query between philosophers of pre-Qin and critical spirit of Chinese ancient literature theory bring out conspicuously the rational personality of Chinese cultures.

Key Words: The philosophers of pre-Qin; The Chinese ancient literature theory; critical spirit

冯友兰说："自春秋迄汉初,在中国历史中,为一大解放之时代。"①其标志即思想的大解放,百家争鸣,各言其道,相互诘难,针锋相对,出现"诸子互非"的盛况。正如李建中先生指出:"'非',实乃周秦诸子一种重要的话语方式。"②如《墨子》有《非乐》《非命》《非儒》等

---

① 冯友兰著《中国哲学史》,商务印书馆,1976 年 6 月,第 14 页。
② 李建中撰《词以通道:轴心期中国文化关键词的创生路径》,《社会科学战线》2013年第 4 期。

篇目,批评儒家礼乐等核心思想。《荀子》有《非十二子篇》,批评其他各家"饰邪说,交奸言,以枭乱天下""欺惑愚众",认为"务息十二子之说,如是则天下之害除、仁人之事毕、圣王之迹著矣。"①"墨翟非儒,目以豕彘;孟轲讥墨,比诸禽兽。"(《文心雕龙·奏启篇》)天下辩者混战,人人皆言其理,以致士人不知谁言为是,不知唯谁是从,正如孟子所云:"逃墨必归于杨,逃杨必归于儒。归,斯受之而已矣。今之与杨墨辩者,如追放豚,既入其笠,又从而招之。"(《孟子·尽心下》)其他人虽未用"非"字,但言词同样激烈,同样有致敌手于死地而快的决心,如庄子视杨墨为"多骈旁枝之道"(《庄子·骈拇》)、儒家是"毁道德以为仁义""屈折礼乐以匡天下之形"(《庄子·马蹄》),所以主张"削曾史之行,钳杨墨之口,攘弃仁义"(《庄子·胠箧》)。《韩非子》有《五蠹》篇,提出"儒以文乱法,侠以武犯禁"等观点,认为"人主不除此五蠹之民,不养耿介之士,则海内虽有破亡之国,削灭之朝,亦勿怪矣"②。各家各执其辞,各言其是,正所谓"天下大乱,圣贤不明,道德不一,天下多得一察焉以自好"(《庄子·天下》)③,"九家之术,蜂出并作,各引一端,崇其所善,以此驰说,取合诸侯"(《汉书·艺文志》)④。诸子"互非",具体观点未必正确,但他们敢于坚持自己的观点,敢于怀疑他人、无视权威的精神,奠定了中国文化的理性品格,对后世文化包括文论的批判精神产生深远影响。清代叶燮倡"才、胆、识、力"说,充分体现了中国古代文论的学术品格和批判精神,下面我们就以这几个字为线索对相关问题作些探讨。

一、识

诸子论辩,都认为自己是代表世界的真理,不是为了一己之私或

---

① (清)王先谦撰,沈啸寰、王星贤整理《荀子集解》,中华书局,2012年,第89、92、96页。

② (清)王先慎撰《韩非子集解》,中华书局,2013年,第446、453页。

③ 陈鼓应注释《庄子今注今译》第3册,中华书局1983年,第855页。

④ 《汉书》第6册,中华书局,1962年,第1746页。

偏见,而是冲着他们认为的真理(即所谓"道")去的,正是因其无私,所以成其私。"非以其无私耶?故能成其私。"(《老子》第七章)诸子正是秉持各自的"道"去分析世界、判断事物,同时也以此来批判对手。"道"是诸子的立场、观点和方法。诸子之有"道",就如文论之有"识"。叶燮说:"无识,则不能取舍。"[①]也就是说,要对所说问题有自己见识和见解,这样才有辨识能力。才、胆、识、力四者,叶燮最重"识",他认为:

> 有识以居乎才之先,识为体而才为用,若不足于才,当先研精推求乎其识。人惟中藏无识,则理事情错陈于前,而浑然茫然,是非可否,妍媸黑白,悉眩惑而不能辨,安望其敷而出之为才乎!……人言是,则是之;人言非,则非之。夫非必谓人言之不可凭也;而彼先不能得我心之是非而是之,又安能知人言之是非而是之也!有人曰:"诗必学汉魏,学盛唐。"彼亦曰:"学汉魏,学盛唐。"从而然之。而学汉魏与盛唐所以然之故,彼不能知,不能言也。即能效而言之,而终不能知也。又有人曰:"诗当学晚唐,学宋、学元。"彼亦曰:"学晚唐,学宋、学元。"又从而然之。而学晚唐与宋元所以然之故,彼又终不能知也。或闻诗家有宗刘长卿者矣,于是群然而称刘随州矣。又或闻有崇尚陆游者矣,于是人人案头无不有《剑南集》,以为秘本,而遂不敢他及矣。如此等类,不可枚举。一概人云亦云,人否亦否,何为者耶?[②]

叶燮认为,自己有见识才会有判断,才能分清是非黑白,也才不会人云亦云,随人脚跟。叶燮说:"惟有识,则是非明;是非明,则取舍定。不但不随世人脚跟,并亦不随古人脚跟。"[③]古代文论中,有许多有自己的见解、见识的文论家,他们秉持自己的文论观点,批判前人

---

① (清)叶燮著,霍松林校注《原诗》,人民文学出版社,1979年,第16页。
② (清)叶燮著,霍松林校注《原诗》,人民文学出版社,1979年,第24页。
③ (清)叶燮著,霍松林校注《原诗》,人民文学出版社,1979年,第25页。

或同时代的诗文或观点,体现了特有的艺术鉴赏力和审美判断力,在中国古代文论史上留下了自己耀眼的名字。这样的例子很多,下面我们通过一个典型文案来说明这个问题。

严羽是宋代著名的诗论家,著有《沧浪诗话》,他所处的时代,正是江西派诗风盛行。严羽却一针见血地指出江西诗派"以文字为诗,以才学为诗,以议论为诗。夫岂不工,终非古人之诗也。盖于一唱三叹之音,有所歉焉。"(《沧浪诗话·诗辨》)①直指江西诗派的要害,并自称是江西诗派的"刽子手"(《答吴景仙书》)②对江西派可谓痛恨,态度可谓坚决、立场可谓鲜明。严羽为什么能看到江西诗派的不足呢?因为他有自己的"识",因为他认为:"夫诗有别材,非关书也;诗有别趣,非关理也。"又说:"诗者,吟咏情性也,盛唐诸人,惟在兴趣;羚羊挂角,无迹可求。故其妙处,透彻玲珑,不可凑泊。如空中之音,相中之色,水中之月,镜中之象,言有尽而意无穷。"③所以要向盛唐人学习,而反对江西诗派以文字、以学问、以议论为诗的风气。这是严羽的"识"导致他对江西诗派的抨击。

严羽还提出其他一些重要观点,都是基于他对于诗歌本质特质的"识"而发出的议论。这些议论,后世学者根据自己的"识"又提出自己的对严羽及其所谈问题的回应,有的还是尖锐的批评。明末清初冯班撰《严氏纠谬》,就对严羽的观点逐条提出批评。如严羽提出禅家大小乘、南北宗的问题,冯班认为,严羽根本对禅宗只知皮毛:"乘有大小,是也。声闻、辟支,则是小乘。今云大历已还是小乘,晚唐是声闻、辟支,则小乘之下,别有权乘。所未闻一也。初祖达摩自西域来震旦,传至五祖忍禅师,下分二枝:南为能禅师,是为六祖,下分五宗;北为秀禅师,其徒自立为六祖,七祖普寂以后无闻焉。沧浪虽云宗有南北,详其下文,都不指喻何事,却云临济、曹、洞。按:临

---

① 何文焕辑《历代诗话》下册,人民文学出版社,1981年,第688页。
② 何文焕辑《历代诗话》下册,人民文学出版社,1981年,第706页。
③ 何文焕辑《历代诗话》下册,人民文学出版社,1981年,第688页。

济元禅师、曹山寂禅师、洞山价禅师三人并出南宗,岂沧浪误以二宗为南北乎? 所未闻二也。临济、曹、洞,机用不同,俱是最上一乘。今沧浪云:'大历已还之诗,小乘禅也',又云:'学大历已还之诗,曹、洞下也',则以曹、洞为小乘矣。所未闻三也。凡喻者,以彼喻此也,彼物先了然于胸中,然后此物可得而喻。沧浪之言禅,不惟未经参学,南北宗派,大小三乘,此最是易知者,尚倒谬如此,引以为喻,自谓亲切,不已妄乎? 至云'单刀直入',云'顿门',云'活句''死句'之类,剿窃禅语,皆失其宗旨,可笑之极。"①冯班认为,严羽不懂禅宗,只是胡乱用语,荒唐可笑。又如严羽说:"不落言筌,不涉理路。"冯班说:"此二言,似是而非,惑人为最。夫迷悟相觉,则假言以为筌;邪正相背,斯循理而得路。迷者既觉,则向来之言,还归无言;邪者既返,则向来之路,未尝涉路。是以经教纷纭,实无一法可说也。此在教家,已自如此。若教外别传,则绝尘而奔,诚非凡情浅见所测,吾不敢言也。至于诗者,言也。言之不足,故长言之;长言之不足,故咏歌之。但其言微不与常言同耳,安得有不落言筌者乎? 诗者,讽刺之言也。凭理而发,怨诽者不乱,好色者不淫,故曰'思无邪'。但其理玄或在文外,与寻常文笔言理者不同,安得不涉理路乎! 沧浪论诗,止是浮光略影,如有所见,其实脚跟未曾点地。"②总之,冯班根据自己的"识",对严羽提出了尖锐批评。

对于严羽诗学观念提出意见的还有不少,都是有"识"之见。如严羽说:"夫学诗者以识为主,入门须正,立志须高,以汉、魏、晋、盛唐为师,不作开元、天宝以下人物。若自退屈,即有下劣诗魔,入其肺腑之间,由立志之不高也。"③叶燮《原诗》对此番议论就作为自己的判识:

夫羽言学诗须识,是矣。既有识,则当以汉、魏、六朝、全唐

① (清)冯班撰,何焯评《钝吟杂录》,中华书局,2013年,第79—80页。
② (清)冯班撰,何焯评《钝吟杂录》,中华书局,2013年,第80—81页。
③ (清)何文焕辑《历代诗话》下册,人民文学出版社,1981年,第687页。

及宋之诗,悉陈于前,彼必自能知所决择、知所依归,所谓信手拈来,无不是道。若云汉、魏、盛唐,则五尺童子,三家村塾师之学诗者,亦熟于听闻、得于授受久矣。此如康庄之路,众所群趋,即瞽者亦能相随而行,何待有识而方知乎? 吾以为若无识,则一一步趋汉、魏、盛唐,而无处不是诗魔;苟有识,即不步趋汉、魏、盛唐,而诗魔悉是智慧,仍不害于汉、魏、盛唐也。羽之言何其谬戾而意且矛盾也![1]

指出严羽前后矛盾的地方,一方面强调要有"识",另一方面又不加分别地一概否定盛唐以后的诗。叶燮的分析是很有道理的,这也体现了叶燮的卓识。

清代著名诗论家王士禛自己明言他最喜欢《沧浪诗话》等,认为这些诗话"品骘极当"。[2] 所以他对后人批评严羽就想说句公道话:

> 钱尚书牧斋截取"唐无五言古诗"一句,为沧溟罪案;朱太史竹垞截取"诗有别才,非关书也"二句,为沧浪罪案:其下语气未了,如堕渺茫。两公尚尔,信夫持论之难也。[3]

又:

> 严沧浪《诗话》借禅喻诗,归于妙悟。如谓盛唐诸家诗,如镜中之花,水中之月,镜中之象,如羚羊挂角,无迹可求,乃不易之论。而钱牧斋驳之,冯班《钝吟杂录》因极排诋,皆非也。[4]

为什么王士禛对于严羽的观点大加赞赏、不容别人批评指质呢? 这跟他的"识"也有关系。王士禛主"神韵说",要说其理论渊源的话,与严羽的诗学观念有一定关系。

清代另一个诗学家沈德潜对严羽的观念主张全面地、具体地分析。如严羽说:"夫诗有别材,非关书也;诗有别趣,非关理也。"(《沧

---

① (清)叶燮著,霍松林校注《原诗》,人民文学出版社,1979年,第54—55页。
② (清)王士禛著《带经堂诗话》上册,人民文学出版社,1963年,第58页。
③ (清)王士禛著《带经堂诗话》上册,人民文学出版社,1963年,第1页。
④ (清)王士禛著《带经堂诗话》上册,人民文学出版社,1963年,第65页。

浪诗话》)①沈德潜《说诗晬语》认为对严羽的这一观点要全面理解,不能以偏概全,认为是后人没有全面正确地理解他的意思:

> 严仪卿有"诗有别才,非关学也。"之说。谓神明妙悟,不专学问,非教人费学也。误用其说者,固有原伯鲁之讥。而当今谈艺家,又专主渔猎,若家有类书,便成作者。究其流极,厥弊维钧。吾恐楚则失矣,齐亦未得矣。②

沈德潜的分析是很有道理的,因为严羽就说了"然非多读书,多穷理,则不能极其至,所谓不涉理路不落言筌者上也。"③并没有一概否定读书、穷理。如上所说,严羽反对"以议论为诗",沈德潜对此也作了具体分析:

> 人谓诗主性情,不主议论,似也,而亦不尽然。试思二雅中,何处无议论?杜老古诗中,《奉先咏怀》《北征》《八哀》诸作,近体中《蜀相》《咏怀》《诸葛》诸作,纯乎议论。但议论须带情韵以行,勿近伧父面目耳。④

可见,沈德潜对严羽的论诗观点不是一概否定,也不是不加分析地全盘接受。这体现了他的"识",我们知道,沈德潜主张"格调说",修补了王士禛"神韵说"的空疏灵泛。

清代吴骞说:"著述之道,盖难言矣。昔人论诗话一家,非胸具良史不易为。何则?其间商榷源流,扬抉风雅,如披沙简金,正须明眼者抉择之。予于有韵之语,初未能研其得失,谐其良楛,又乌足以操三寸不律,而雌黄而阳秋哉?"⑤强调"良史"之胸襟和"明眼"之识断。清代黄子云也说:"无所得于心而妄以告人者谓之欺己;有所得于心而不以告人者谓之私己。"(《野鸿诗的》)⑥强调评论自己要"有所得于

---

①　(清)何文焕辑《历代诗话》下册,人民文学出版社,1981 年,第 688 页。
②　(清)沈德潜著,霍松林校注:《说诗晬语》,人民文学出版社,1979 年,第 243 页。
③　(清)何文焕辑《历代诗话》下册,人民文学出版社,1981 年,第 688 页。
④　(清)沈德潜著,霍松林校注《说诗晬语》,人民文学出版社,1979 年,第 249—250 页。
⑤　(清)王夫之等撰《清诗话》下册,上海古籍出版社,1963 年,第 720 页。
⑥　(清)王夫之等撰《清诗话》下册,上海古籍出版社,1963 年,第 847 页。

心"。吴骞和黄子云两人的话,都旨在要求论者要有自己的见识,这样才能分辨和识断。

二、胆

有自己的见识、见解,还有大胆地把自己的观点说出来,叶燮说:"无胆,则笔墨畏缩。"①庄子说:"举世而誉之而不加劝,举世而非之而不加沮,定乎内外之分,辩乎荣辱之境,斯已矣。"(《庄子·逍遥游》)②谓率性自得之境。后世文论引为一种特立独行的文论立场,这是文胆的表现。没有文胆,评诗论文不敢说真话,不能出彩,也非大家气数。薛雪《一瓢诗话》对此有段妙论:

> 诗文无定价,一则眼力不齐,嗜好各别;一则阿私所好,爱而忘丑。或心知,或亲串,必将其声价逢人说项,极口揄扬。美则牵合归之;疵则宛转掩之。谈诗论文,开口便以其人为标准,他人纵有杰作,必索一瘢以诋之。后生立脚不定,无不被其所惑。吾辈定须竖起脊梁,撑开慧眼;举世誉之而不加劝,举世非之而不加沮。则魔群妖党,无所强其伎俩矣。③

人在文坛江湖,碍于各种世俗情况,人往往不敢说真话,明知道对方的不足,但怯于对方地位或声望,或出于亲朋同好之私心,也不说为妙,开口只见表扬,鲜见批评和指质。有文胆,就是要有"舍得一身剐,敢把皇帝拉下马"的决心和信心。"举世誉之而不加劝,举世非之而不加沮",这要多大的理性勇气,也是一种近乎偏执的学术精神,没有"初生牛犊不怕虎"的文胆是万万做不到的。

叶燮对于文胆有生动的阐述,他说:"及伸纸落笔时,胸如乱丝,头绪既纷,无从割择,中且馁而胆愈怯,欲言而不能言。或能言而不敢言,矜持于铢两尺矱之中,既思恐不合于古人,又恐贻讥于今人。

---

① (清)叶燮著,霍松林校注《原诗》,人民文学出版社,1979年,第16页。
② 陈鼓应注释《庄子今注今译》第1册,中华书局,1983年,第14页。
③ (清)薛雪著《一瓢诗话》,人民文学出版社,1979年,第106页。

如三日新妇,动恐失体。又如跛者登临,举恐失足。……笔墨不能自由,是为操觚家之苦趣。"①又曰:"胆既诎矣,才何由而得伸乎?惟胆能生才,但知才受于天,而抑知必待扩充于胆邪!"②叶燮认为,《周易》时说,做人要"独立不惧",做文也应当如此:"易曰:独立不惧。此言其人;而其人之文当亦如是也。"③

在中国古代文论的历史上,也有许多张显出文胆的例子。初唐时期,"王杨卢骆"崭露头角时,代表旧诗风的一些"时流"嘲笑他们"轻薄为文",长时间得不到诗坛的重视。到了杜甫这里,他《戏为六绝句》里说:"尔曹身与名俱灭,不废江河万古流。"这是冒天下之大不韪,需要有胆有识的理论勇气,没有这份胆识和勇气,理论要想有创新是不可能的。

诗话是中国古代诗学的主要载体,多含批评之语。如欧阳修《六一诗话》,自言"以资闲谈",但看似闲谈中却对诗坛多有讥锋,如对"九僧诗",欧阳修说起一段往事:"当时有进士许洞者,善为词章,俊逸之士也。因会诸诗僧分题,出一纸,约曰:'不得犯此一字。'其字乃山、水、风、云、竹、石、花、草、雪、霜、星、月、禽、鸟之类,于是诸僧皆阁笔。"④意在讥讽九僧诗人诗材狭窄,其讥锋有点类似庄子通过"儒以诗礼发冢"(《庄子·外物》)等寓言故事批评儒家的迂腐,不显山露水,字里行间却暗含讥锋。

叶燮本人就是一个有学术胆识的人,比如他对于明代以来的"近世诗文"就提出尖锐批评:"观近代著作之家,其诗文初出,一时非不纸贵,后生小子,以耳为目,互相传诵,取为模楷;及身没之后,声问即泯,渐有起而议之者。或间能及其身后;而一世再世,渐远而无闻焉。甚至诋毁丛生,是非竞起,昔日所称其人之长,即为今日所指之短。

① (清)叶燮著,霍松林校注《原诗》,人民文学出版社,1979年,第24—25页。
② (清)叶燮著,霍松林校注《原诗》,人民文学出版社,1979年,第26页。
③ (清)叶燮著,霍松林校注《原诗》,人民文学出版社,1979年,第26页。
④ (清)何文焕辑《历代诗话》上册,人民文学出版社,1981年,第266页。

可胜叹哉!"①

拉扯古人、名人的话以证明自己观点,是历代诗话批评方式的重要特点。如袁枚说:"余不喜黄山谷诗,而古人所见有相同者。魏泰讥山谷:'得机羽而失鹍鹏,专拾取古人所吐弃不屑用之字,而矜矜然自炫其奇,抑末也。'王弇州曰:'以山谷诗为瘦硬,有类驴夫脚跟,恶僧藜杖。'东坡云:'读山谷诗,如食蝤蛑,恐发风动气。'郭功甫云:'山谷作诗,必费如许气力,为是甚底?'林艾轩云:'苏诗如丈夫见客,大踏步便出去。黄诗如女子见人,先有许多装裹作相。此苏、黄两公之优劣也。'余尝比册、山谷诗,如果中之百合,蔬中之刀豆也,毕竟味少。"②袁枚引用苏轼等人的话以佐证自己的观点,以增强自己的说服力。

引用大家的观点可以增强自己的说服力,批评于大家名著也可以使自己名气大增。对于大家公认的大家名家,古代文论也常提出质疑,这方面最能体现出批评者的胆识。比如陆机《文赋》、刘勰的《文心雕龙》、钟嵘《诗品》是中国古代文论公认的里程碑式的著作,后世也有人提出异议。唐初卢照邻就说:"近日刘勰《文心》,钟嵘《诗评》(即《诗品》),异议蜂起,高谈不息。人惭西氏,空论拾翠之容;质谢南金,徒辩荆蓬之妙。"③把《文心雕龙》《诗品》当成了空谈阔论的著作。王士禛就说:"陆机之《文赋》,刘勰之《文心雕龙》,言非不工也。而试取平原之诗赋,与彦和之文笔,平心读之,能实其言者盖寡。固知连篇累牍,皆无益之风云;积案盈箱,尽无情之月露。"(《师友诗传录》)④王之绩撰《铁立文起序》也说:"《雕龙》修饰词章,未能淋漓委曲,畅所欲言,非独伤于文,而其体亦不备。"⑤如前所说,杜甫对于"初

---

① (清)叶燮著,霍松林校注《原诗》,人民文学出版社,1979年,第28页。
② (清)袁枚著,顾学颉校点《随园诗话》下册,人民文学出版社,1960年,第11页。
③ 周祖譔编选《隋唐五代文论选》,人民文学出版社,1990年,第52页。
④ 王夫之等撰《清诗话》上册,上海古籍出版社,1963年,第141页。
⑤ (清)王之绩撰《铁立文起》,据清康熙刻本,今收入《续修四库全书》第1714册,上海古籍出版社,2002年,第270—271页。

唐四杰"的肯定是他的胆识的体现,杜甫本人的诗歌也是古典诗歌的经典,但后世也有人对杜诗提出批评。我们曾撰写一篇关于历代对杜甫负面性评价的文章。① 基于杜甫崇高的人格精神和高超的诗艺,后代对杜甫多赞美性的评价。但历史上也有一些负面性的意见,天底下偏偏有人胆敢冒天下之大不韪,千方百计从杜甫身上找出不足来,以证明自己的高明。这些批评性的意见主要表现在三个方面:(一)是杜甫喜欢说大话、用大词;(二)是认为杜甫的散文不好;(三)杜甫的诗歌也有不少瑕疵。这些负面性的评价在杜甫批评史上声音虽然很微弱、数量占极小比例,但我们也不能因为杜甫是"诗圣"而忽视这些微弱的声音。它们的出现往往能反映了特定的诗学思潮或诗学家各自不同的诗学观念。刘勰说:"见异唯知音耳。"(《文心雕龙·知音篇》),这些指瑕之音说不定更是杜诗之知音,可以使我们以一颗平常心去品读杜诗。更主要的是,敢于对杜诗说不,也是学术勇气的体现,这是一个人不盲从、有独立思考能力的表现。中国古代文论正是有这样一种有胆有识的精诚坦露,才有一份永久的魅力和美丽。

三、才与力

有胆有识还不够,否则就容易变成为了批评而批评,为了见异而见异,批评最终的目的还是为了理论创新和学术建构。批判别人是为了自己的学术观点或理论体系建构起来。这样,才能在学界独树一帜、自成一家。叶燮说:"大凡人无才,则心思不出""无力,则不能自成一家。"②

《文心雕龙》的作者刘勰就有胆有识,他说:"有同乎旧谈者,非雷同也,势自不可异也;有异乎前论者,非苟异也,理自不可同也。"(《文心雕龙·序志》)③这是学术自信的表现。对于"近代"以来的文学评

---

① 吴中胜撰《也谈历代对杜甫的负面性评价》,《中国诗学》第 17 辑,人民文学出版社,2013 年,第 88—96 页。
② (清)叶燮著,霍松林校注《原诗》,人民文学出版社,1979 年,第 16 页。
③ 南朝·梁刘勰著,范文澜注《文心雕龙注》下册,人民文学出版社,1958 年,第 727页。

论著作,刘勰充分地认识到它们各自的不足,他说:

> 详观近代之论文者多矣:至于魏文述《典》,陈思序《书》,应
> 场文《论》,陆机《文赋》,仲治《流别》,弘范《翰林》,各照隅隙,鲜
> 观衢路;或臧否当时之才,或铨品前修之文,或泛举雅俗之旨,或
> 撮题篇章之意。魏《典》密而不周,陈《书》辩而无当,应《论》华而
> 疏略,陆《赋》巧而碎乱,《流别》精而少功,《翰林》浅而寡要。又
> 君山公幹之徒,吉甫士龙之辈,泛议文意,往往间出,并未能振叶
> 以寻根,观澜而索源。不述先哲之诰,无益后生之虑。(《文心雕
> 龙·序志》)①

刘勰说,这么多的文学评论著作,"各照隅隙,鲜观衢路",大多只
看到某一方面的问题,有的"密而不周",有的"辩而无当",有的"华而
疏略",有的"巧而碎乱",有的"精而少功",有的"浅而寡要",总之,都
是"未足立家"的。刘勰当然不是为批评而批评,他指出别人的不足,
是为了自己的著作中要避免这样或那样的问题,别人无法"立家",他
要"立家"。那么,怎样论文才能算"立家"了呢? 刘勰自然推出了自
己的理论建构,从"文之枢纽"到"论文叙笔",再到"割情析采",这样
话就"纲领明""毛目显"了,也就是有根有枝有叶了,言下之意即足以
自成一体,可以"立家"了。

又拿李清照的《词论》来说,李清照对前人的词作也多有批评,说
柳永词"词语尘下",张先、宋祁等人的词"破碎何足名家",晏殊、欧阳
修、苏轼的词"皆句读不葺之诗尔,又往往不协音律者。"②李清照当然
也不是为了批评而批评,她也是为了建构自己的词学观念,即词"别
是一家"说。

与刘勰《文心雕龙》、李清照的《词论》类似,清代叶燮的《原诗》也
是自成一体的理论著作。叶燮对前人的批评,其落脚点也在建构自

---

① 南朝、梁刘勰著,范文澜注《文心雕龙注》下册,人民文学出版社,1958 年,第 726
页。

② 陶秋英编选《宋金元文论选》,人民文学出版社,1984 年,第 250 页。

己的诗学体系。沈珩在《原诗叙》中即透露出这一层信息。他说："然自古宗工宿匠所以称诗之说，仅散见评骘间一支一节之常者耳，未尝有创辟其识，综贯成一家言……"，又说《原诗·内篇》"标宗旨"，《外篇》"肆博辩也"，"其文之牢笼万象，出没变化，盖自昔南华、鸿烈以逮经世观物诸子所成一家之言是也。"①叶燮《答沈昭子翰林书》说自己决心"于诗文一道，稍为究论而上下之。"在《原诗》，叶燮也多次表露其"欲成一家言"的心迹，所谓"无力则不能自成一家""夫作诗者，至能成一家之言足矣""立言者，无力则不能自成一家""欲成一家言，断宜奋其力矣"等等，即其想自成一家的宣言书。在谈到历代诗论时，叶燮指责"古今人之诗评杂而无章，纷而不一"，甚至指责钟嵘、刘勰也"其言不过吞吐抑扬，不能持论"，除一二句评论能切中时弊外，"两人亦无所能为论也"。② 其言论当然偏激，却尽显自己欲立一家的心愿。正是这一心愿，促使叶燮力避前人"杂而无章，纷而不一"的随笔状态，使其《原诗》自成一体，成为章节严谨的著述。叶燮说："立言者，无力则不能自成一家。夫家者，吾固有之家也。人各自有家，在己力而成之耳；岂有依傍想像他人之家以为我之家乎！是犹不能自求家珍，穿窬邻人之物以为己有，即使尽窃其连城之璧，终是邻人之宝，不可为我家珍。"③又曰："力有大小，家有巨细。吾又观古之才人，力足以盖一乡，则为一乡之才；力足以盖一国，则为一国之才；力足以盖天下，则为天下之才。更进乎此，其力足以十世，足以百世，足以终古；则其立言不朽之业，亦垂十世，垂百世，垂终古，悉如其力以报之。"④《原诗》就是这一观点最好的实践例证。

（赣南师范大学教育科学学院　赣南师范学院中文系）

---

① （清）叶燮著，霍松林校注《原诗》，人民文学出版社，1979年，第85页。
② （清）叶燮著，霍松林校注《原诗》，人民文学出版社，1979年，第54页。
③ （清）叶燮著，霍松林校注《原诗》，人民文学出版社，1979年，第27页。
④ （清）叶燮著，霍松林校注《原诗》，人民文学出版社，1979年，第28页。

象、意分立：
古代文论中"象"概念的语言学探析

高吉国

内容提要：象，在中国古代文论的范畴体系内是和言、意密切关联的。主流观点认为意是根本，言是为立象，立象是为了达意，在言和意之间需要有象作为中介。在西方语言学理论的视野下，象可被解析为三个不同的层次：前语言阶段的象、作为音响形象的象和作为伴随物的象。通过分析，这三个不同层次的象和意之间都无必然的因果关系。在意的达成过程中，象只具有辅助作用，据此应对言、象、意之间的概念关系做适当调整。

关键词：象；意；因果关系；辅助作用；概念调整

Differentiation of Image and Meaning: Image of the Ancient Chinese Literary Theory in the Linguistic Analysis

Gao Jiguo

Abstract: Image, within the category of ancient Chinese literary theory is closely associated with word and meaning. The mainstream opinions of image: meaning is the fundamental, word is to express image, expressing image is to convey meanings, image is a medium between word and meaning. In the perspective of the western linguistic theories, image can be divided into three different levels: pre-verbal image, image of sound and image as accompaniment. The three different levels of image have not inevitable cause-and-effect relationship through the analysis. Image only has auxiliary effect in achiving the meaning. So we should make appropriate adjustments among the concept of word, image and meaning.

Key words: Image; Meaning; Causality; Auxiliary effect; Adjustment of Concepts

象,是中国古代文论中的一个重要概念和范畴,它和言、意之间的关系或者说言意之辨构成了中国古典诗学的重要理论基础。在言意关系上,主要有三派观点,分别是言不尽意论、得意忘言论和言尽意论。言不尽意论,可追溯到《老子》,主要思路见于《庄子》中的相关论述,在魏晋时期也有大量的讨论。得意忘言论,可追溯到《周易》,《庄子》中也有相关论述,在玄学家王弼的《周易略例·明象》中系统的阐述。言尽意论以西晋的欧阳建为主要代表,他的观点主要见于由他撰写的《言尽意论》。与言尽意论相对的是言不尽意论和得意忘言论,后两者具有内在关系的连续性——正因为言不尽意,所以要立象以尽意,得意之后再忘象忘言。得意忘言论是中国古代在言意关系上的主流观点,对后世诗学等各方面都有很深的影响。

从古代的相关论述来看,象与言、意的关系论述虽然众多,对其理解也充满歧义,但主要的线索却是清晰的,即象能否成为意与言的中介,隐含的命题是意、象、言是否具有一条可以进行因果推导的逻辑线索。此处对这条逻辑线索进行语言学的剖析,最后,通过概念考察,将这条逻辑线索彻底瓦解,指出象与意的非因果性联系,从而对象、意、言三者关联作出新的阐述。

一、主流线索：象作为达意的中介

关于象，中国古代文论中有大量的论述。这里，我们尝试追溯"象"的起源及关于它的经典论述，对其主流线索做一个简要描述，以利于明确问题的范围和方向。

（一）象：从象形到概念

"象"字，最早见于甲骨文，本义是指一种特殊的动物。《说文解字》："象，南越大兽，长鼻牙，三季一乳，象耳牙四足之形。凡象之属皆从象。"《韩非子·解老》中也有关于象的论述："人希见生象也，而得死象之骨，案其图以想其生也，故诸人之所以意想者皆谓之'象'也。"这时"'象'这一概念已由大象这一动物的特指称谓，转化为一种普遍运用的表示想象之物的概念，从动物之'象'到'人之所以意想者'，此乃'象'之概念内涵演变上的一个飞跃。"①

象，在实际的用法中从一个象形的汉字逐渐成形为具有象形、象征意义的概念，不过它的内涵直到《周易》才得以真正完善。《周易》本是古代的占筮之书，全书分为《经》《传》两部分。《经》以乾、坎、艮、震、巽、离、坤、兑八卦两两相合，得六十四卦。每卦有六爻，由阴爻和阳爻组合而成。每一卦由卦名、卦画、卦辞、爻辞组成。解《易》之作被称为《易传》，共 10 篇。《繫辞》上下两篇是《周易》的通论，阐论《周易》的底蕴与功用。《周易》被后世尊为群经之首，在思想及思维方面给后世以深远的影响。

可以说，象构成了《周易》的本质和灵魂。"《易》者象也，象也者像也。"《周易》中的象，首先是指的自然万物之象。在创制《周易》卦象时的"仰则观象于天，俯则观法于地"，还有"天垂象，见吉凶""在天成象、在地成形，变化见矣"等等。《周易》中的象还指卦爻之象，如"八卦成列，象在其中矣""君子居则观象""圣人设卦观象"。自然之

---

① 刀生虎《从哲学到艺术——审美之"象"的渊源与流变》，南阳师范学院学报（社会科学版），2006 年第 10 期，第 84 页。

象和卦爻之象是什么关系呢?《周易·繫辞上》说:"圣人有以见天下之赜,而拟诸其形容,象其物宜,是故谓之象。""天垂象,见吉凶,圣人象之。"天下之赜即天垂之象,也就是自然之象,这些自然之象再通过圣人创制成八卦。关于创制的过程,《周易·繫辞下》也有说明"古者包曦氏之王天下也,仰则观象于天,俯则观法于地,观鸟兽之文与地之宜,近取诸身,远取诸物,于是始作八卦,以通神明之德,以类万物之情"。可见卦爻之象是圣人通过仰观俯察天地万物,然后近取远取的方式获得的。这样可以很明显地看到卦爻之象自创制之初就有明显的象征意味。

关于象与言、意之间的关系《周易·繫辞上》有经典性论述:"子曰:'书不尽言,言不尽意。然则圣人之意其不可见乎?'子曰:'圣人立象以尽意,设卦以尽情伪,繫辞焉以尽其言,便而通之以尽利,鼓之舞之以尽神。'"这段话分两层意思:一是指出一个事实:"书不尽言,言不尽意",即语言文字不足以完全表达思想;二是提出方法:"立象以尽意",用立象的方式把思想全部表达出来。这段话已经包含了后世关于言、象、意关系讨论的雏形。其中有一点需要注意:在《周易》的作者看来,言不是不能达意,而是不能尽意。正因为不能尽意,所以需要用立象的方式来尽意。"尽"是全称判断,不能达到全部的意,但可以达到部分的意,甚至我们可以推测,可以达到大部分的意,而不容易"尽"的那个部分,由"象"来帮忙完成,所以这里的"象"可以理解为辅助性的。这一点下文会有更详细的论述。

无论是自然之象,还是卦爻之象,都是通过象征、隐喻的方式来表明义理的。正因为不是通过直接的方式,而是通过象征和隐喻的方式来尽意,所以意的达成便可以通过不止一个象来实现。象对于意不具有唯一性,它们之间也并非单一的因果关联。钱锺书对《易》之象的这个特点有极深入的论述:"《易》之有象,取譬明理也。'所以喻道,而非道也。'(语本《淮南子·说山训》)求道之能喻而理之能明,初不拘泥于某象,变其象也可;及道之既喻而理之既明,亦不恋着于象,舍象也可。到岸舍筏、见月忽指、获鱼兔而弃筌蹄,胥得意忘言之谓也。……故《易》之拟象不即，指示意义之符（sign）也。……不即者可以取代。[①] 关于象与言、意之间的关系在魏晋玄学那里还有更深入的讨论。

（二）王弼：象理论的完善

在展开魏晋玄学关于《周易》中言意关系的讨论之前，先简单介绍下汉代易学的研究情形。汉代易学研究流派众多，但基本都在"象数"之学这个大范围内。所谓象数之学，指的是在解读《周易》的时候，涉及天文、历法、占测、伦理等内容，致使《周易》的研究变得极其庞杂，其所蕴含的义理也因支离繁琐的研究而被遮蔽。到了东汉末年，研究《周易》的义理一派开始兴起。不过这个局面还要到魏晋时的王弼做《周易略例》一书才得以真正改观。王弼的《周易略例》是关于《周易》主要思想的一组论文，他的主要学术贡献在于：否定汉代易学研究的象数之学，直接探究《周易》本身的思想，深入挖掘《周易》中潜藏的思想。义理派往往以老庄之学解《易》，以卦义来象征事物变化之理。

由于王弼在文章关系上的观点和庄子的有一定的承接和发展，所以在展开王弼的论述之前，先有必要简单介绍下庄子在言意观上的基本观点。庄子持得意忘言的观点："筌者所以在鱼，得鱼而忘筌；蹄者所以在兔，得兔而忘蹄；言者所以在意，得意而忘言。"（《庄子·外篇》）有一点特别需要提请注意：庄子在言意关系的论述中并没有涉及象。这并非因为庄子不知道《周易》中立象以尽意的论述，而是他别有用心。庄子有文学家的一面，但他更重要的是一位哲学家。他关于得意忘言的论述是为传达他认为的无法用语言文字表达的神秘经验而做的。在他看来，筌和蹄是工具，鱼和兔是目的，作为工具的言是为作为目的的意服务的，不应执着于工具性的言而忘却了作为目的的意。在由言得意的过程中，庄子并不重视象在表达意中的作用。庄子关于言意关系的论述对文学艺术领域有极深远的影响，

---

① 钱锺书《管锥编》，三联书店，2001年，第23—24页。

比如皎然的"但见性情,不睹文字"司空图的"不著一字,尽得风流"和严羽的"不落言筌"都分明可见庄子思想的影响。由于文学艺术自身独有的特点,象在意的成形过程中有着重要作用,所以后世论者多是从象到意,而不是直接从言到意。在从由言到意到由言到象再到意的理论转变过程中的一个重要人物就是三国魏人王弼。

王弼在《周易略例·明象》篇中径直批评汉代的解易之学:

> 是故触类可为其象,合义可为其征。义苟在健,何必马乎? 类苟在顺,何必牛乎? 艾苟合顺,何必坤乃为牛? 义苟在健,何必乾乃为马? 而或者定马于乾,案文责卦,有马无乾,则伪说滋漫,难可纪矣。互体不足,遂及卦变;变又不足,推致五行。一失其原,巧愈弥甚。纵复或值,而义无所取,盖存象忘意之由也。忘象以求其意,义斯见矣。

汉代的解《易》之学,如王弼所说"定马于乾,案文责卦,有马无乾",重象不重意,存象不存意。这样的解易方法当然抓不住《周易》的精髓。针对着此种解易方法的弊端,王弼阐释了自己的观点:

> 夫象者,出意者也。言者,明象者也。尽意莫若象,尽象莫若言。言生于象,故可寻言以观象;象生于意,故可寻象以观意。意以象尽,象以言著。故言者所以明象,得象而忘言;象者,所以存意,得意而忘象。犹蹄者所以在兔,得兔而忘蹄;筌者所以在鱼,得鱼而忘筌也。然则,言者,象之蹄也;象者,意之筌也。是故,存言者,非得象者也;存象者,非得意者也。象生于意而存象焉,则所存者乃非其象也;言生于象而存言焉,则所存者乃非其言也。然则,忘象者,乃得意者也;忘言者,乃得象者也。得意在忘象,得象在忘言,故立象以尽意,而象可忘也;重画以尽情,而画可忘也。[①]

下面就来看一下王弼具体是如何论述的。先看言象之间的关系,"言者,明象者也。"言为什么能够明象,因为"言生于象,故可寻言

---

① (三国魏)王弼,《周易注疏》,四库全书本,中国书店出版社,2015年,第593页。

以观象。"再看象意之间的关系:"夫象者,出意者也。……象生于意,故可寻象以观意。"象由意生,意由象显。这样言象意之间关系就是:言生于象,象生于意。意以象尽,象以言著。

言对于象、象对于意,在王弼看来,如同蹄筌之于兔鱼,只具有工具性的价值,根本的目的还是在于意。得"意"之后还要忘象、忘言,如果还存象、存言则不是真正的得"意"。这一点是王弼着意强调的,他认为在求意的过程中如果执着拘泥于象、存象,就无法真正得"意"。如果执着于象所表示的东西,就难以体悟到象背后所显示的意。在《周易》的解读中不能拘于具体卦爻象源初所得之时的那个象,而要直寻卦爻象所体现的那个意。换用一般的表述,就是不要执着于语词所显示的象,而且深切把握这个象背后的意。把握了意之后,象和言都是可以忘的。在王弼得意忘言的思想里,象,本身并无独立的价值或作用。它附属于意和言,在言意关系中起的是桥梁或中介的作用。

王弼虽然持和庄子一样的得意忘言的立场,但他重视言象对于得"意"的作用。他认为只有通过象的中介才能达乎意,得意之后再忘象、忘言。那么象在语言中所起的作用确如王弼所论述的那样吗,其中有没有值得商榷或修正的地方? 这是下面行文中将会涉及到的。

二、象与意是否具有因果关系?

中国古代象的内涵非常含糊,意义复杂,缺乏清晰的界定,但主流论述来看,整体上也可以把象可以分为三个不同层面:(1)前语言阶段的象;(2)作为音响形象的象;(3)作为伴随物的象。所谓前语言阶段的象,是指我们在想或思考的时候,心里掠过或浮现的种种形象。作为音响形象的象指的是声音的心理印迹,指见到语词后在心里浮现的图象或形象。这个提法主要来源于索绪尔。作为伴随物的象,是指用语言表达或听别人用语言表达时,心里浮现的与语词相关的图象。下面一一分解之。

（一）前语言阶段的象

前语言阶段的象，往往是模糊的，这时它仍只停留于主体的心中，只能被主体所感知。心中之象仿佛蕴涵着深刻的意指，我们的语言无法穷尽它，只能近似地说明它。但是如果近似地说明它的话，什么是完整的心中之象呢？也就是说，什么是真正的内在之象呢？我们通过什么知道别人心中的那个象到底是什么样子的呢？如果心中之象没有外在的显现形式，我们如何把握内在的心中之象呢？通过沉默凝视、以心会心的方式可以吗？心中之象与用语言表达出来的心里的想法是什么关系？

"心里掠过的意象、形象、感觉并不是你的想法。你仍然要说，这个想法曾寄身在这些意象、形象、感觉之中，潜藏在这些形态之中，好吧，如果你的兴趣是追索这个想法未成形之前我的大脑里都出现了一些什么活动，那么……你是对'心理学问题'感兴趣"，"心理学家可以考察一个想法寄身于哪些心理形态。但这个想法并不是这些形态。"①陈嘉映在这里做出的两个区别非常重要：想法和它寄身于其中的心理状态。想法，之所以是一个想法，并不仅仅是在心里有，而且还需通过可见的形式让别人也知晓。在想法外化的过程中，语言是一个极重要的定形物。想法曾寄身于其中的心理状态，多具有心理学的意义，如果它不能通过定形的形式展现出来，则难以成为研究的对象。索绪尔在《普通语言学教程》中对这个问题有专门论述："从心理方面看，思想离开了词的表达，只是一团没有定形的、模糊不清的浑然之物。……没有符号的帮助，我们就没法清楚地、坚实地区分两个观念。思想本身好像一团星云，其中没有必然划定的界限。预先确定的观念是没有的。在语言出现之前，一切都是模糊不清的。"②上文引用中翻译为"思想"的"thought"，还可以翻译为"想法"。也就是在用语言定型你的想法之前，你的心中尽可以翻腾着无数的图形、

---

① 陈嘉映《言意新辨》，云南大学学报（社会科学版），2013年，第12期，第8页。
② ［瑞士］索绪尔著，高名凯译《普通语言学教程》，商务印书馆，1980年，第157页。

图象,以及难以名状的感觉,但这一切都无济于事,不通过语言你无法向别人传达,别人也不可能理解你。只有当这一切用语言固定下来,你的意思或想法才算成形。"表达是未成形的东西获得明确的形式。"①一个人的想法或思考,在绝大多数情况下是以语言为归宿,或者说语言通常会导引着心中之象的成形。这里的语言可以是狭义的字词语言,还可以广义地包括绘画语言、雕塑语言、建筑语言等。前语言阶段的象是未成形的意或意的未成形阶段。

(二) 作为音响形象的象

作为音响形象的象,来源于索绪尔的理论,他把语言符号看成"一种两面的心理实体",连续的不是事物和名称,而是概念(所指)和音响形象(能指)的结合,并强调音响形象"是这声音的心理印迹,我们的感觉给我们证明的声音表象。"②语言符号的概念(所指),可理解为要表达的意;语言符号的音响形象(能指),是这个符号的声音及在心里响起的图象。

同一个意,在不同的语言中会通过不同的符号表示,这些不同的符号会有不同的音响形象。比如"树"这个概念(意),古人用"木"、英文用"tree"、德文用"der Baum"来表示。这些不同的音响形象,在不同的语言体系中都指的是"树"这个概念。看来,意与音响形象的结合就是任意的,这也是索绪尔在《普通语言学教程》中反复强调的语言符号的首要特征:任意性。

陈嘉映对语言符号的任意性原则有更深入的理解:"任意性原则主要还不是说施指(能指)对所指是任意的,这一原则更深的内容是说:在施指之前和之外,并没有边界明确的所指。语言不是简单地为现成的事物或现成存在的概念命名,而是创造自己的所指。……我们并不是面对一个已经清楚分节的世界,用语词给这些现成的成分贴上标签,实际上,语言才把现实加以明确区分。……任

---

① 陈嘉映《言意新辨》,云南大学学报(社会科学版),2013年第12期,第7页。
② [瑞士]索绪尔著,高名凯译《普通语言学教程》,商务印书馆,1980年,第101页。

意性原则的深义是：概念是对浑然未分的连续的现实任意划分的结果。"①

意（所指）与音响形象（能指）之间的任意性关系，不同于《周易》中卦爻象的拟象或象征。"象征的特点是：它永远不是完全任意的；它不是空洞的；它在能指和所指之间有一点自然联系的根本。象征法律的天平就不能随便用什么东西，例如一辆车，来代替。"或者说卦爻象和它的所指之间还具有某种感性的相似联系。任意性说的是"它是不可论证的，即对现实中跟它没有任何联系的所指来说是任意的。"②

作为音响形象的象对于语言符号来说是不可或缺的，索绪尔认为思想（意）和声音（音响形象）构成了语言这张纸的两面："我们不能使声音离开思想，也不能使思想离开声音。"③

（三）作为伴随物的象

作为伴随物的象，大致指的是在听到或说出语词时在心中的象。让我们先看一看在说出语词时候，心中到底发生了什么，有没有作为伴随物的象随之一同出现？举个简单的例子：比如我向一个人说出"苹果"这个词，对方听到了什么？听到的就是"苹果"这个词。如果在说出"苹果"这个词的时候，心中想到的是红红的苹果、甜甜的味道，对方听到"苹果"这个词时想到的青青的苹果、酸酸的味道，这影响对"苹果"这个词的理解吗？一方面，当然影响理解。我说"苹果"的时候意指的是红甜的苹果，而对方却把它会意成了青酸的苹果，我意指的和他理解的不是同一个苹果。另一方面，并不影响有效的理解。如果对方不清楚我用"苹果"这个词指的是什么，他可以向我发问，我告诉他我用"苹果"这个词指的是什么就可以了。

另一种情形，当我说出"苹果"这个词的时候，心中想的可能不是

---

① 陈嘉映《语言哲学》，北京大学出版社，2003 年，第 75 页。
② ［瑞士］索绪尔著，商名凯译《普通语言学教程》，商务印书馆，1980 年，第 104 页。
③ ［瑞士］索绪尔著，商名凯译《普通语言学教程》，商务印书馆，1980 年，第 158 页。

苹果,而是其他诸如桃子、葡萄之类的东西。如果是这样,那对双方的交流会有什么影响呢?答案仍和上一种情形差不多。也就是心中的图象对语词的意义并不具有因果性的关联。上面提到对方可能不知道我用"苹果"意指的是什么,这时语词到底意指什么不是由主体的心灵状态决定的,好像是我想用这个词意指什么它就意指什么,而且由于这个过程发生在内部只有我才能把握。实际上述的过程只有在一定的语言系统之内才能够实现和完成,或者可以这么说:只有掌握了一种语言的人才能够用语词意指。双方是用语言进行交流,而不是用心灵通过图象进行交流。如果说有心与心的交流,那也只是比喻性的说法,而非指心与心之间就有一种语言可以实现交流。

(四) 象与意的关系再定位

上文谈到了前语言阶段的象、音响形象的象和语言伴随物的象与意的关系,那么意与象到底是什么关系呢?

前语言阶段的象,作为意的成形的前阶段,可以说是另一个意义上的象。不过在从心中之象到语言成形的过程中,有一个容易被忽略的问题,同时这个问题也与对语言本质的认识密切相关。这个问题就是:成形为语言的象与浮现在心里的象,还是不是同一个象?这涉及到如何认识同一性的问题。

先看几种不同意义上的同一:(1)逻辑的同一,如 A=A;(2)关系的同一,两个对象在同一个系统中功能或价值相同。如不同人发同一个音 a 虽有质上的区别,但因在系统中具有相同的功能,所以也被认为发的是同一个音;(3)事实上的同一,两事物的本质属性没有变化,非本质属性的变化并不影响两事物仍被认为事实上是同一的。如昨天的树和今天的树;(4)指称的同一。通俗点说就是同一个事物有两个名称,这两个名称的意义虽有不同,但指称的是同一个对象,如启明星和长庚星指的就是同一颗星;(5)符号的同一,在历史的变迁中,词的施指和所指可能都发生了变化,但仍用同一个语词符号表示。这点在象形文字的汉字中表现最为明显。

心中之象和语言成象在上述几个意义上都很难说是同一的，这是一方面。另一方面，我们也很难说它们不是同一的。先有一个意，它分别以心中之象和语言成象的形式呈现出来，无非就是同一个意的两个不同表现形式，怎么能说它们是不同的呢？实际用同一性概念来言说心中之象和语言成象之间的关系有极强的误导性。上边已说到心中之象是模糊的、不定形的，试想在这种状态下如何拿它与成形后的语言相比较。有一点非常关键但又往往被人忽略：不管是心里的象，还是语言呈现的象，都不能没有语言的参与。如果没有语言，根本没有办法对此进行有效的言说。所以心中之象和语言成象只是意的两个不同呈现形式，两者无法进行有效的对比。

再看音响形象的象与意之间的关系。可以有没意义的声音，这方面又可细分为两类。一类是因为声音没有在语言系统中与其他声音有结构性的差异，故而没有被吸纳进语言。换用一般的说法，这个声音在语言中没有意义。这里说的语言是指的作为整体的语言，而非某个具体语种，因为很明显这种声音组合在某种语言中没意义，但其他语言中则是有意义的。另一类是与音响形象相对应的单个的语词在语言中是有意义的，但若干个语词组合起来则是没意义的。这类情形较为复杂，以乔姆斯基一个例子来说"无色的绿色主义狂热地睡眠"，按照一般的理解这句话是没意义的，但并不妨碍某些人能从中解读出另外的深义。意义是不能没有音响形象的。即使那些已经湮灭的语言现在无从辨识阅读，但当时作为一种活的语言还是会有声音的——语言由声音到文字是另一个复杂的过程。为什么意义必须要有成形的声音或语词，原因在前语言阶段的象一节已有所阐明，此处不赘。可以这么来概括作为音响形象的象与意的关系：音响形象的象并不一定有意义，但意义的实现需要音响形象。

关于伴随物的象与意的关系，上一小节已有部分阐述。在语言阶段的象那一节曾区分了想法和想法寄身于其中的心理形态，这个区分可以用想和思想两个概念来表达。"想"是"更多指涉心智活动过程","思想"则"更多指涉心智活动达至的成果,指涉一种完成的、成形的状态。"①这种完成的、成形的形态,最主要表现形态就是语言。那一节的相关论述实际已经相当接近得出一个重要的思想,这个思想维特根斯坦有非常精彩的表述:"当我用语言思想,语言表达式之外并不再有'含义'向我浮现;而语言本身就是思想的载体。"②(以下所引《哲学研究》皆只标注节号)

维特根斯坦想表达的意思很清楚:语言表达式之外并不再有"含义"向我浮现;语言本身就是思想的载体。如果是这样的话那在说出或听到语词之际心中伴随出现的象就与语词要表达的意义没有实质因果的关联,那是不是意义(语言表达式)与作为伴随物的象没有一点关系呢,也不是的。作为伴随物的象,可以是与语词相关联的图象,可以是外在的表情、动作,如果没有用语词表达式实现的思想,而只重复作为伴随物的象,那仍无法把意有效地传达给对方。作为伴随物的象与语词意义之间并无必然因果关联,前者对后者的实现只起一定的辅助作用。作为主体,能把握的是对方通过语词表达出来的思想,而不是它的伴随物。

词的意义在于它的用法。一个词可能有很多不同的用法,到底在某一情境下是什么意思,要看这个词是被怎么用的。词可能因语境的含糊不清而有歧义,但这并不是说它的意义是不确定的。不管心中浮现是什么图象或形象,只要说出的是在一个语言系统中有意义的语词,那听到的人就能理解你想表达的是什么。象对于意的理解或达成有一定的促进作用,但并具有决定作用。意的实现,可以有象的参与,也可以没有象的参与。所以,虽然前语言阶段的象、作为音响形象的象和作为伴随物的象与意之间都有某种程度的关联,但二者之间皆无法建立起有效的因果关联。

---

① 陈嘉映《言意新辨》,云南大学学报(社会科学版),2013年第12期,第11页。
② [英]维特根斯坦著,陈嘉映译《哲学研究》,上海人民出版社,2005年,第329页。

三、概念调整作为方法及其效果

古代文论关于象与言、意关系的论述，还与哲学上的一些理论关系密切，简单考察一下这些理论对于深入理解象与意之间的关系有一定的帮助。象对于意不可或缺的观点与感觉原子论或建构论有逻辑结构上的相似之处。后者认为物就是一个感知集合体，要知道到物的存在，就需要用感觉器官去感知。用贝克莱的话来说就是"存在即是被感知"。物的属性会在人的心中留下相关印象，这些印象再通过大脑的组合就形成了物的概念。这个理论在 20 世纪的哲学家罗素、艾耶尔那里有非常精细的学术表达。这些哲学理论有一套自圆其说的逻辑，看起来相当精致也有一定的阐释力，如果回归到实际的语用或生活经验可以看到这些理论的不足之处。在实际生活中，我们不是通过对感官感知到的东西在心灵中进行加工组合再在头脑中生成物的概念，而是直接在意义的层面把握物，表现在语言上就是问：那个东西是什么，有什么用？

在古代言意之辨的相关讨论中，象是在几个不同的层面上使用的，典型的如王弼在《明象》中的论述。"言生于象"中的"象"，指的是前语言阶段的象。"存象者，非得意者也"中的象指的是作为语言伴随物的象。古代汉语多是单音字，在表述的过程中一词多义、同一个概念有不同内涵的现象比较普遍。如果不注意这点，把古代汉语中的一个字，比如"象"，理解为现代汉语中的一个概念，只在一个意义上使用，在具体问题的论述过程中就免不了会有概念混乱、层次不清的问题。如果像上文那样对"象"的内涵从不同角度进行划分，就可以在不同的层次上展开论述，它与意之间的关系也会清晰很多。不管象和意之间有怎样复杂的关系，但有一点是可以肯定的：二者之间并没有因果联系。如果认为象是达意的充分条件，在多数情况下也并不会对我们的生活造成严重障碍。但如果在理论上持有这样的观点，则会造成理论上的重要混淆。本文所做的努力是斩断象与意之间的因果关联，在对"象"进行分层论述的基础上,廓清象与意之间的复杂关联,对语言的功能和作用进行一些新的论述。

(华东师范大学中文系)

《文心雕龙》理论视野及
研究路径的新开拓

——童庆炳《文心雕龙》"命题"研究之特色及意义

吴建民　戴梦军

内容摘要：题"作为刘勰表述文论思想的主要
方式，凝聚了《文心雕龙》的理论精髓。学界对全
书提出的近三百个命题虽关注不多，但童庆炳却
持续研究二十多年，所形成的系列论文对于当下
的《文心雕龙》研究来说具有开拓新视野、开创新
路径之重要意义。童庆炳的研究主要有三方面特
色：一是以内涵阐释为主旨、以概念辨析为基础
的研究思路。二是突破传统，提出大量的新观
点。三是运用西方文论、美学对《文心雕龙》理论
命题进行多维度透视和阐释。其研究意义主要
体现在三个方面：一是推进了《文心雕龙》研究
的深化。二是开辟了研究《文心雕龙》的新视野
和新途径。三是对于当下的古代文论研究具有
启发意义。

关键词：《文心雕龙》　命题理论　视野研究
路径

The New Development on Theoretical Vision and Research Path about *The Literary Mind and the Carving of Dragons*

——The Characteristic and Significance of Tong Qingbing's Research on *Proposition* in *The Literary Mind and the Carving of Dragons*

Wu Jianming, Dai Mengjun

Abstract: As the main way of expressing Liu Xie's thoughts,*Propositions* reflect the quintessence of *The Literary Mind and the Carving of Dragons'* theory. Although Academic fields pay little attention to the three hundred propositions in the book, Tong Qingbing continuouslyresearches them for more than 20 years. His series of theories exertgreat significance of opening up new horizons and new paths about research of *The Literary Mind and the Carving of Dragons*. Tong Qingbing's research mainly has three characteristics: First, his research idea is explaining content and differentiating concepts. Second, Tong Qingbing breaks through traditions and put forward a large number of new ideas. Third, Tong uses western literary theory and aesthetics to explain *The Literary Mind and the Carving of Dragons'* proposition in multiple angles. The significance of Tong's researches reflects in three areas: One is to deepen the research of *The Literary Mind and the Carving of Dragons*. Another is to open up new horizons and new paths about research of *The Literary Mind and the Carving of Dragons*. The third is toexert heuristic significance to the study of ancient literary theory.

Key Words: *The Literary Mind and the Carving of Dragons* proposition   Theoretical Perspective Research Path

"命题"是刘勰表述文论思想的重要方式。笔者统计,刘勰在《文心雕龙》中提出了近三百个理论命题。但是迄今却未引起学人的足够重视,因为目前能检索到的研究成果非常少。多年来,学界对《文心雕龙》的理论范畴一直保持着高度的研究热情和兴趣,如关于"风骨""神思""体性""隐秀""六观"等范畴的文章屡见不鲜,而鲜有人对本书的大量命题展开深入探索。所谓"命题",是指"表达判断的句子。……一说凡陈述句所表达的意义为命题,被断定了的命题为判断。也有对命题和判断不作区别,把判断叫做命题的。"①如"心生而言立,言立而文明""各师成心,其异如面""神与物游""情以物兴""物以情观""因内符外""情经辞纬"等,都是《文心雕龙》的经典命题。"命题凝聚着《文心雕龙》的思想精髓,对于全书的理论建构具有非常重要的意义"②。因而,命题研究不但是把握刘勰文学思想的重要路径,也是当下《文心雕龙》研究中一个亟待开发的理论新视野。童庆炳先生是当下学界研究《文心雕龙》理论命题成果最多、用力最深且水平最高、贡献最大的人。自 1993 年以来,发表了二十一篇研究《文心雕龙》理论命题的论文。这些论文作为他辉煌学术成就的重要组成部分,是他多年呕心沥血持续研究《文心雕龙》的结晶,不但体现着他对龙学研究所做出的重大贡献,而且对于当下的《文心雕龙》研究甚至古代文论研究,都具有开拓新视野、开创新路径之重要意义。童庆炳对《文心雕龙》理论命题的研究既有独到特色,又有重要意义。其特色主要体现在如下三个方面。

第一,以内涵阐释为主旨、以概念辨析为基础的研究思路。

童庆炳作为当代文学理论的领军人物,其学术研究以理论阐释为显著特色,这种特色在对《文心雕龙》理论命题的研究中体现得非常充分。他对每个命题的研究,都是以思想内涵的阐释为本,围绕命题内涵而展开多方面分析论证,使命题的思想意义、理论价值得以全面透彻地诠释和揭示。如对"丽词雅义"说的研究,童先生在《〈文心

---

① 《辞海》,上海辞书出版社,1980 年,第 322 页。
② 拙文《"命题"与〈文心雕龙〉之理论建构》,《山西师大学报》,2014 年第 5 期。

雕龙〉的"丽词雅义"说》一文中指出,这一命题的基本内涵在于阐释"赋的创作原则"。为论述清楚刘勰关于"赋的创作原则",童先生提出了五个方面的问题:"刘勰为什么要提出写赋的原则？他对赋、特别是对汉赋是如何评价的？他对赋的评价与他提出的写赋原则有何关联？他所提出的写赋原则应作何种解释？如何才能实现'丽词雅义'的原则?"通过对这五个问题的分析论证,文章阐释了刘勰写赋原则提出的原因、对赋及汉赋的评价态度、"丽词雅义"的具体要求及实现这一原则的路径等。从表面看,"丽词雅义"这一命题似乎并不复杂,但童先生经过深入细致的分析和逻辑严密的论证,揭示了此命题的内涵不但非常丰富,而且极其深刻,并得出"刘勰所提出的立赋的原则不但对于写赋是有意义的,而且对于一般文学创作也是很有价值的"①这一具有普遍理论价值的重要结论。再如对"物以情观"的研究,童先生把这一命题与"情以物兴"联系起来,指出"刘勰全面揭示了情感在文学创作中的运动,'情以物兴'是情感从外物移出到作家的内心的过程,'物以情观'则是情感从作家内心移入到对象的过程。从'物感'论到'情观'论,恰好构成了诗人在创作中的情感全部运动。"②把"情观"论与"物感"论对举,认为"情观"论就是"情感从作家内心移入到对象的过程",强调"刘勰对于文学情感问题的贡献在于他全面揭示了情感在义学创作中的运动",这就透彻阐释了"物以情观"的深刻内涵及其理论价值。从学理角度看,《文心雕龙》理论命题之价值在于具有丰富深刻的思想内涵,这就要求命题研究也必须以思想内涵的阐释为主旨。童先生的研究恰好体现了这一主旨,他所论述的每个命题,其思想内涵都得到了清晰透彻的阐释解读。

由于《文心雕龙》的一些命题涉及到复杂多义的概念,如"风清骨峻"中的"风"与"骨";"奇正华实"中的"奇"与"正";"循体成势"中的

---

① 童庆炳《〈文心雕龙〉"丽词雅义"说》,《中国政法大学学报》,2007年第1期。

② 童庆炳《〈文心雕龙〉"物以情观"说》,《北京师范大学学报》(社会科学版),2011年第5期。

"体"与"势"等,这些概念都有独特复杂之含义,因而要求研究者必须率先对其概念进行考证辨析,通过细致考辨而准确把握其本义,这是展开命题研究的基础。童先生所研究的不少命题如"体有六义""镕意裁辞""风清骨峻""循体成势"等,都需要进行概念的考证辨析,因为学界对这些命题中的概念分歧较大。以"体有六义"为例,童先生说:"《宗经》篇提出'体有六义'说,多数人都认为这里的'体'只是指文章,而不是指'文体',这是一种误解"①。这表明,要研究"体有六义"这一命题,必须从辨析此命题中的"体"之本义开始。

由于对概念本义的准确把握是命题研究的起点,因而,童先生对于命题相关概念的考辨,用力颇深。如对于"镕意裁辞"中的"镕"这一概念,龙学名家们的用法和理解各有不同。黄侃、周振甫、陆侃如、牟世金、祖保泉等皆用作"熔";刘永济、范文澜、王运熙等皆用作"镕"。虽然用法有"镕""熔"之异,但他们基本都把"镕"或"熔"理解为"熔化"。童先生指出:"什么是'镕'? 我们首先要把刘勰所用的这一个字的含义弄清楚。有的研究者把'镕'和'熔'两个字混淆了,认为'镕'就是'熔',熔主化,就是'熔化'的意思。实际上,《文心雕龙》多次用到'镕'这个字,它的含义都不是'熔化'义,而是范式义或法式义。'镕'的古义是'模子'如做'钱'的模子。《说文》:'镕',冶器法也。段玉裁注:'冶者,销也,铸也。《董仲舒传》曰:犹泥之在钧,唯甄者之所为;犹金之在镕,唯冶者之所铸。'师古曰:'镕为铸器之模范也'今人多失其义。又《汉书·食货志》'冶镕炊炭',应注:'镕,谓形容也,作钱模也。'"通过旁征博引《说文》《说文解字注》《汉书·食货志》《董仲舒传》等文献,再联系《原道》《辨骚》《体性》《风骨》《定势》诸篇所用"镕"字之含义,童先生认为,"'镕'的意思是范本的意思,是法式的意思"。"非'熔'的'熔化'义,也非'炼'字的'冶炼'义"。在严密考辨而把握"镕"之本义的基础上,童先生得出结论:"本篇所说的'规范本体谓之镕,''本体'即文章的内容,……'规范本体'的意思

① 童庆炳《〈文心雕龙〉"体有六义"说》,《湖南社会科学》,2014 年第 4 期。

是,书写内容需要一定的标准,一定的范本。""'镕'就是书写内容应有一定的范本为依据,达到雅正的要求"①。这种辨析令人信服。童先生的学术研究不以文献考辨为主,但对"镕"的考辨却显示了他学术严谨的一面。这种考辨的作用有二,一是确立了"镕意裁辞"及《镕裁》篇的研究基础,二是对于龙学界混淆使用"镕""熔"二字的情况,起到了廓清混乱、回归正途的作用。童先生对于其他命题的相关概念,如对"体有六义"之"体"、"循体成势"之"势"、"风清骨峻"之"风""骨"等概念的考辨也都类似。

第二,突破传统,提出大量的新观点。

突破传统,提出大量新的理论观点,是童先生研究《文心雕龙》理论命题系列文章的一个显著特征。张少康主编的《文心雕龙研究史》曾指出:"童庆炳近年来发表了多篇《文心雕龙》研究论文,……提出了不少新的观点。"②这些新观点不但体现了童先生系列论文之价值,而且推进了《文心雕龙》研究的发展和深化,构成了当下龙学研究中一道醒人耳目的学术思想景观。新观点的提出,既体现在对龙学界所经常探讨、运用的命题的研究方面,也体现在对龙学界所很少涉及的命题的研究方面。

童先生所研究的大多数命题,如"感物吟志""神与物游""情经辞纬""因内符外""比显兴隐""披文入情""文外重旨""体有六义""镕意裁辞""杂而不越""质文代变"等,虽然学界议论和运用较多,但却缺乏深入的研究。童先生在综合前人研究成果的基础上,进一步探幽索微,发掘新意,从而能突破传统,提出了大量与众不同的创新性观点。如"体有六义"是学界论述颇多的命题,刘永济《文心雕龙校释》释为"'六义'之说,实乃通夫众体。"③王运熙释"体"为"文章的形式和

---

① 童庆炳《〈文心雕龙〉"镕意裁辞"说》,《陕西师范大学学报》(哲学社会科学版),2010 年第 3 期。

② 张少康主编《文心雕龙研究史》,北京大学出版社,2001 年,第 464 页。

③ 刘永济《文心雕龙校释》,中华书局,2007 年,第 6 页。

内容","六义"为"六美"①。陆侃如、牟世金释"体"为"主体","指文章的基本方面";"六义"之"义"为"意义,好处,这里指文章的特色"②。祖保泉释为"文章具有六大特点"③等。童先生对此命题的看法与上述龙学名家完全不同,他认为,"'体有六义'的'体'是包含了体裁、体要、体貌三层面的文体。"④"六义"则是"学习'五经'的'体要'和'体貌'的要求或含义"⑤。从"文体"角度阐释"体有六义"之"体",是与学界"多数人"完全不同的新观点。童先生又指出,"文体"包含"体裁、体要、体貌三层面",从这三个层面理解"文体",也是对学界关于"文体"传统观点的新突破和新发展。童先生又提出,"'宗经'是'为文之用心'的关键","把'六义'理解为学习'五经'的'体要'和'体貌'的要求或含义,……是从文体论切入,提出的一种新的理解"⑥等,都是与众不同的创新性观点。而童先生提出这些新观点,都是立足于深刻地研究分析基础之上的。虽然"体有六义"出自《宗经》篇,但童先生从"文之枢纽"五篇文章的宏观角度展开分析,而不是像其他学人仅仅从《宗经》篇进行阐释。通过对"文之枢纽"思想主旨的综合分析及各篇之间逻辑结构的反复论证,而得出了"'体'是包含了体裁、体要、体貌三层面的文体"这一可靠结论,言之有理,论之有据,分析论证令人诚服。再如对"比显兴隐"这一命题,学界基本都是从方法论角度进行阐释:周振甫认为"讲比喻和起兴这两种修辞手法"⑦。陆侃如、牟世金认为"专论比、兴两种表现方法"⑧。王运熙认为"研讨比喻、起兴两种修辞手段"⑨等。童先生则从情感表现论的美学角度和认识

① 王运熙、周锋《文心雕龙译注》,上海古籍出版社,1998 年,第 22、322 页。
② 陆侃如、牟世金《文心雕龙译注》,齐鲁书社,1981 年,第 29、199 页。
③ 祖保泉《文心雕龙解说》,安徽教育出版社,1993 年,第 47 页。
④ 童庆炳《〈文心雕龙〉"体有六义"说》,《湖南社会科学》,2014 年第 4 期。
⑤ 童庆炳《〈文心雕龙〉"体有六义"说》,《湖南社会科学》,2014 年第 4 期。
⑥ 童庆炳《〈文心雕龙〉"体有六义"说》,《湖南社会科学》,2014 年第 4 期。
⑦ 周振甫《文心雕龙选译》,中华书局,1980 年,第 207 页。
⑧ 陆侃如、牟世金《文心雕龙译注》,齐鲁书社,1981 年,第 29、199 页。
⑨ 王运熙、周锋《文心雕龙译注》,上海古籍出版社,1998 年,第 22、322 页。

论、存在论的哲学角度阐释比兴,并联系刘勰所说"附理"和"起情",分析"比"与"兴"之区别。他认为:"刘勰的'附理'二字,尤为精辟,'比'的形象或多或少都有'理'的因素在起作用。换言之,比的事物和被比的事物之间,有一个'理'的中介。""由于比要有'理'的中介,所以按照刘勰的说法,其审美效果是'比显'。"①"所谓'兴隐',就是指'兴'所表现的情感是一种开阔的、深微的、不可解的、不必解的"。又指出:"'比'主要是接近认识论的,所以'比显';'兴'主要是接近存在论的,所以'兴隐'。"与龙学名家的观点相比较,童先生观点的创新性、深刻性、逻辑性、合理性等都不言而喻。

童先生还研究了一些为学界所很少涉及的命题,如"物以情观""声得盐梅""阴阳惨舒""循体成势""章明句局"等,并提出了独具新意的观点。因为无人涉及,所以研究本身就具有补苴罅漏之意义。如对"物以情观"的研究,童先生提出了与"物感"论相对应的"情观"论,从而丰富了古代文论关于创作中的感情运动全过程。学界对"物感"论研究非常多,而对"情观"论则鲜有人问津。童先生特别强调"情观"论的重要,在《〈文心雕龙〉"物以情观"说》一文中指出:"'情以物兴'是情感从外物移出到作家的内心的过程,'物以情观'则是情感从作家内心移入到对象的过程。"又指出:"现在许多研究者对于中国古文论如何揭示诗歌情感的发生,只是以'物感'说为中心,只是谈论感情的'移出'过程,这是不够的。实际上诗歌情感的发生是一个双向的过程,即我们所说情感的移出和情感的移入。"并认为刘勰"物以情观"这一命题"与德国里普斯的'移情说'是相似的"。还强调,"对于'物以情观',我们还可以从美学的角度加以解释。这就是人的审美活动形成的机制问题。'审美'成为当今社会的一个流行词语。但审美是什么? 审美是怎样形成的? 对此问题,有各种各样的回答。但我一直在寻找一个最为简捷的答案。在研究了刘勰的《诠赋》篇

①　童庆炳《〈文心雕龙〉"比显兴隐"说》,《陕西师范大学学报》(哲学社会科学版),2004 年第 6 期。

后,我终于找到这个最简捷的答案。这就是'物以情观'。"①这些论述表明,童先生对"物以情观"的研究实际是对刘勰文论思想的新发现和新阐释。学界只注意到并研究了"情以物兴"这一观点,而忽视了"物以情观"。童先生的研究无疑是对当下学界研究疏忽的一种重要补足,其意义与价值不言而喻。"阴阳惨舒""声得盐梅""循体成势"等也都是学界所忽略的重要文论命题,童先生独具慧眼发现这些命题蕴藏着丰富深刻的文论思想,对其展开研究并都提出了创新性观点。如论"阴阳惨舒",童庆炳明确表示"不同意认为《物色》篇位置排列'有误'的观点,认为目前的《物色》篇的位置暗含了社会与自然并列的思想。《物色》篇提出的'阴阳惨舒'说揭示了人的心理世界与自然世界的'同构对应'和'物我交感',也说明了自然景物是文学本原之一,……可以看成中国古代'绿色'文论的起点。"②这一观点的新意有二,一是对于颇有争议的《物色》篇在《文心雕龙》中位置的问题提出了新看法,并做出了有力的论证;二是提出了中国古代"绿色"文论的思想,并把这种思想的根源置于《文心雕龙》的《物色》篇。这些观点对于《物色》篇的研究及古代"绿色"文论观研究都具有开拓性意义。再如论"声得盐梅"说,认为刘勰的这一命题"才是正确对待汉语声律的理论立场",指出刘勰提出的"外听""内听"说及"声萌我心"说等"把汉语诗文声律与感情的表达联系起来"③,都是"有价值的结论"。论"循体成势"说、"章明句局"说等也都有新观点的提出。

第三,运用西方文论、美学对《文心雕龙》理论命题进行多维度透视和阐释。

运用西方文论、美学对《文心雕龙》理论命题进行多视角透视和多维度阐释,由此揭示这些理论命题的深刻性、丰富性、美学意义及

---

① 童庆炳《〈文心雕龙〉"物以情观"说》,《北京师范大学学报》(社会科学版),2011年第5期。

② 童庆炳《刘勰〈文心雕龙〉"阴阳惨舒"说与中国"绿色"文论的起点》,《江汉大学学报》(人文社科版),2005年第6期。

③ 童庆炳《〈文心雕龙〉"声得盐梅"说》,《社会科学战线》2011年第3期。

与西方文论的相通性,是童先生系列论文的又一显著特征。

如对"阴阳惨舒"这一命题的论述,就运用了西方文论中的"格式塔"理论。童庆炳在《刘勰〈文心雕龙〉"阴阳惨舒"说与中国"绿色"文论的起点》一文中指出,刘勰的这一命题"极力要说明的是'物色'与情思的人与物之间'交感同构'","阴、阳,是指自然季节及其景物的变化,而'惨舒'是指人的情绪及其变化。刘勰的意思是,'阴'与'惨'相对,'阳'与'舒'相对,自然季节和景物的转换,与人的季节的转换,是同构对应的,也可以说是同构交感的。"因而,这一命题"可以用'格式塔心理学'的'异质同构'说来加以解释。"此文又说:"如何解释'阴阳惨舒'说?格式塔心理学派认为,因为内在的和外在的两种力的结构相同,在大脑中所激起的电脉冲相同。正是人脑中这种天生就有的力量,使外在的对象与内在的感情契合一致。""阴阳惨舒"说强调物色——物理世界与情思——心理世界具有"同构交感"关系,也就是"格式塔"美学所强调的"两种力的结构相同"。所以,用"格式塔"美学理论阐释"阴阳惨舒",能够更好地揭示这一命题的理论深刻性和合理性。

再如对"杂而不越"这一命题的论述,就运用了美国著名符号学美学家苏珊·朗格的"生命的形式"美学理论。他在《〈文心雕龙〉"杂而不越"说》一文中指出,刘勰为解决"谋篇布局的结构艺术"而提出"杂而不越"说,"把文学作品理解为生命的形式"与苏珊·朗格的观点具有相通一致性,"苏珊·朗格不但像刘勰一样把艺术作品本身理解为充满生命活力的、栩栩如生的生命的形式,而且进一步提出作品的生命的形式究竟是什么的问题"。在比较刘勰和苏珊·朗格都关切的生命的有机性和艺术品有机性问题时,童庆炳认为苏珊·朗格的"论述似乎可以用刘勰在《附会》篇提出的'杂而不越'四个字来概括",苏珊·朗格关于艺术结构原理的论述"可以用刘勰在《附会》篇提出的'首尾周密,表里一体'八个字来概括。"因而童先生得出了这样的结论:"苏珊·朗格的说法可以看作是对刘勰观点的发挥和延伸。"①

又如对"情经辞纬"的论述,童庆炳认为这一命题"总结了艺术创作的普遍规律。我们可以把刘勰的观点与英国诗人华兹华斯的'沉思'说、俄国作家列夫·托尔斯泰的'再度体验'说、美国艺术理论家苏珊·朗格的'非征兆性情感'说作点比较",刘勰的观点与"华兹华思的'沉思'说,托尔斯泰的'再度体验'说,苏珊·朗格的'非征兆'说,产生于不同国家、不同时代,有不同的学术背景,但因为这些理论都是在探讨文学艺术的普遍规律,所以我们作这样的比较是可行的"②。通过这种广泛比较,揭示了此命题的深刻内涵及普遍意义。而童庆炳的这种比较研究之所以"可行",根本原因在于具有坚实可靠的学理基础。

童庆炳认为,《文心雕龙》的《镕裁》《声律》《章句》《丽辞》《比兴》《夸饰》《事类》《练字》诸篇都已"进入了'新批评'的视野"③。因而,对这些篇目中的命题的研究,可以更多地运用西方文论进行比较和阐释。如论《章句》篇"章明句局""振本而末从,知一而万毕""外文绮交,内义脉注,跗萼相衔,首尾一体"等命题时,就运用了法国罗兰·巴尔特的结构主义。指出,这些命题强调文章结构的"整体优先原则",表明"刘勰已经有了结构主义或系统论思想的幼芽"④,体现了"现代理论的气息。因为整体大于部分之和的思想,含有现代结构主义的基本精神。"⑤。这些命题"让我们联想到现代结构主义的整体性原理:关系大于关系项。"⑥论《比兴》篇"比显兴隐"这一命题时,运用西方哲学进行阐释,认为"'比'主要是接近认识论的,所以'比显';

①　童庆炳《〈文心雕龙〉"杂而不越"说》,《文艺研究》2007 年第 1 期。
②　童庆炳《〈文心雕龙〉"情经辞纬"说》,《江苏社会科学》1999 年第 6 期。
③　童庆炳《〈文心雕龙〉"章明句局"说》,《河北学刊》2011 年第 4 期。
④　童庆炳《〈文心雕龙〉"章明句局"说》,《河北学刊》2011 年第 4 期。
⑤　童庆炳《〈文心雕龙〉"杂而不越"说》,《文艺研究》,2007 年第 1 期。
⑥　童庆炳《〈文心雕龙〉"章明句局"说》,《河北学刊》,2011 年第 4 期。

'兴'主要是接近存在论的,所以'兴隐'"①。"用存在论来理解'兴'的问题,那么'兴'的特点就凸显出来了"。此类论述很多,不必一一例举。

童先生的这种研究方式一方面与他渊博深厚的学术修养密切相关,他是研究当代文艺学、美学及西方文论的杰出人物,这方面的理论造诣极其渊深,用西方文论、美学对《文心雕龙》的理论命题进行分析阐释,正是其学术特长所在。另一方面,《文心雕龙》理论命题中的不少思想观点与当代文艺学、美学及西方文论确实具有相通性和可比性,能够进行相互比较、相互阐释和相互打通。运用西方文论、美学阐释《文心雕龙》理论命题能够更好地揭示其思想内涵,也能更好地彰显刘勰文学思想的普遍意义和当代价值。所以反过来看,这种分析和阐释对于《文心雕龙》自身的研究来说,也是一种迫切需要。这也启示学界,当代学人应该思考如何吸收和运用西方文论、美学来加深和强化当下的龙学研究及古代文论研究,应该思考如何打通中西文论之关系,推动古代文论走向当代、走向世界。

童先生对《文心雕龙》理论命题的研究给龙学界带来了新的学术气息。因为他作为当代文论的领军人物,其理论修养、理论视野、思维方式、研究角度、论述方法等与传统龙学研究者都有显著的不同,因而他的系列论文对于当下的龙学研究甚至古代文论研究都具有重要之意义。其意义主要体现在如下三方面。

第一,抓住了《文心雕龙》理论观点之关键因素,推进了《文心雕龙》研究的深化。

命题是刘勰表述思想观点的主要形式,运用命题进行理论建构是《文心雕龙》的一个显著学术特征,命题以简明的语言形式凝聚了刘勰文论思想的精华,体现着《文心雕龙》的核心理论。所以,对《文心雕龙》理论命题的研究,实际是对此书理论精华的研究,这种研究可谓是抓住了关键性环节。童先生精挑细选出二十多个经典命题,

①　童庆炳《〈文心雕龙〉"比显兴隐"说》,《陕西师范大学学报》(哲学社会科学版),2004 年第 6 期。

以论文的方式展开精心入微地研究分析，运用当代文艺学、美学及西方文论进行多角度透视和多维度解读，一篇文章只研究一个命题，探幽索微，细入毛发，论证阐释，深及骨髓，分析全面而具体，诠释充分而透彻，如对"感物吟志""物以情观""风清骨峻""杂而不越""丽词雅义""道心神理"等命题的论述都在万字以上，这样就能使所研究命题的深刻丰富的思想内涵得到透彻的挖掘和充分的展示，这对于当下《文心雕龙》研究的展开和深化来说，无疑具有极其重要的推进作用。因为在整个《文心雕龙》研究史上，这种精深细致的命题研究尚无先例，堪称首创，其意义不言而喻。

第二，开辟了研究《文心雕龙》的新视野和新途径。

多年来，学界对《文心雕龙》的微观研究主要从范畴阐释的角度展开，虽然也有零星的命题研究，如张晶《入兴贵闲——关于审美创造心态的一个重要命题》、赵树功《刘勰"情以物兴，故义必明雅"辨正》、唐萌《试论〈知音〉篇的理论命题》及拙文《命题与〈文心雕龙〉之理论建构》等都是探索《文心雕龙》理论命题的重要文章，但都是零星之文，影响有限，终因数量太少，迄今仍未形成气候。刘勰所提出的大量意义深远的理论命题，对于学界而言，每一个都值得深入研究。因为这些命题在今天仍然具有实际应用和理论研究的双重价值，童先生在其多部文论著作如《中华古代文论的现代阐释》《中国古代心理诗学与美学》《新编文学理论》《文学理论新编》《文学审美论的自觉、文学特征问题新探索》及主编的《文学理论教程》等书中，都引用了《文心雕龙》的大量命题进行思想观点的表述和论证。目前学界对《文心雕龙》命题研究的严重不足实际上表明，迄今龙学研究中仍存在着严重的缺失。童先生二十多年来的持续研究及所形成的系列论文，一方面是对当下龙学研究严重缺失的有效弥补，另一方面也为学界开辟了新的研究视野和途径。童先生的研究成果向学界表明，《文心雕龙》大量的理论命题是一块广阔肥沃而又亟待开发的学术新天地，从命题角度展开研究是探索《文心雕龙》思想精髓的有效途径。

第三,对于古代文论研究具有启发意义。

命题也是古代文论家表述思想观点的主要方式,对于古代文论之理论建构具有举足轻重之作用,历代文论家都提出了大量命题,"文质彬彬""知人论世""发愤著书""文以气为主""文已尽而意有余""文以载道""文,心学"等经典命题都凝聚着古代文论家的思想精华。虽然文论史上存在大量的理论命题,但其命运亦类似于《文心雕龙》,因为迄今仍然没有展开自觉、广泛、深入的研究,成果寥寥,学界的研究兴趣一直聚集于文论范畴。可以说,当下学界对古代文论命题的研究同样存在着严重的缺失。就此而言,童先生的系列论文对于古代文论研究来说无疑是树立了一个典型的示范样板,其研究思路、方法、角度等都值得古代文论研究者吸收借鉴。或者说,童先生二十多年的丰硕成果对于古代文论研究者来说具有这样的启发意义:应该对文论史上的大量命题给予更多的关注和重视,应该投入更多的研究力量和热情,尽快展开积极、广泛、深入的研究。因为命题也是古代文论的思想精华所在,文论史上大量的经典文论命题是学界亟待开发的学术沃土,命题研究是把握古代文论思想精髓的有效途径,也是对古代文论研究新视野和新路径的开拓。

(江苏师范大学文学院)

王元化与童庆炳《文心雕龙》研究比较

方科平

内容摘要：王元化与童庆炳先生的《文心雕龙》研究具有诸多相似性，即由文论范畴切入龙学整体，以跨文化的视野观照古代文论的价值和意义，都表现出自觉的方法论意识和现代性诉求。但由于产生在不同的历史时期，二先生对龙学范畴的提取各有侧重，理论阐释的方法和角度有所不同，此外，与意识形态的联系也有明显的差异。这些都是时代意识所选择的结果。

关键词：文心雕龙　范畴论　方法论　转换论

The Contrast between Wang Yuanhua's and Tong Qingbing's Study of Wen Xin Diao Long

Fang Keping

Abstracts：There seem many similarities between Wang Yuanhua's and Tong Qingbing' study of Wen Xin Diao Long. They both concentrated on literary thought Category, surveyed the value and significance of Chinese ancient literary thoughts from a cross-cultural perspective and owned conscious methodology consciousness and the desire of modernity while studying Wen Xin Diao Long. But owing to different periods of history, they summarized different categories in Wen Xin Diao Long, interpreted literary thoughts in diverse methods and angles and were effected by diverse ideologies, which were controlled by time consciousness.

Keywords: Wen Xin Diao Long　category theory　methodology transformationalist　position

　　王元化先生解放前在国立北平铁道管理学院、60 年代在上海作协文研所曾讲授过《文心雕龙》课程。1979 年他的《文心雕龙创作论》问世,被誉为新时期"龙学"和比较文学方面的代表作,此书后来经过多次的修订和改订。他还多次担任文心雕龙学会领导职务,参加多种学术活动,影响和培养了较多的"龙学"学者。他的研究成果和相关学术活动在当代"龙学"中得到普遍认可和赞同,成为当代最具声望的"龙学"专家之一。相比较而言,童庆炳先生的《文心雕龙》研究起步较晚,学者的关注在目前还不多见。所著《童庆炳谈文心雕龙》(2008)与《文心雕龙三十说》(2016),凝结了童先生"龙学"研究的毕生心血。其中收录的 30 多篇文章,大部分是上世纪 90 年代以来童先生从事《文心雕龙》教学和研究工作的产物。此外,在他个人的很多著作中也有关于《文心雕龙》研究的思想和观点。回顾和比较两位先生的《文心雕龙》研究有助于"龙学"学科发展,尤其在 20 世纪 90 年代中期以来"龙学"研究出现低谷的学术背景下,他们的研究为我们提供了《文心雕龙》文学理论现代转换的成功范例。本文具体分析归纳二者从事"龙学"研究的相似之处,同时揭示出他们之间的差异,以期探寻当代"龙学"研究的新路径。

一、"范畴"论异同

　　王元化先生与童庆炳先生以"范畴"作为研究的切入点,确立了《文心雕龙》文学理论研究的理论深度。王元化先生指出,"文学的范畴、概念以至法则,不是永恒的,而是变化的。但是作为文学最普遍、最根本的规律和方法,却并没有随着时间的流逝而消亡。不过某些这类范畴和概念本身也在发展,并非停滞不变。"①这段文字体现了他从事"龙学"研究的整体思路:即以"范畴"为核心,在"范畴"的历史演变中把握其内涵,探寻服务于文学的"最普遍、最根本的规律和方法"。自上世纪初黄侃《文心雕龙札记》开创了《文心雕龙》义理阐释的新格局以来,理论研究与传统校勘、考证、注释等并行,成为现代"龙学"研究的重要方面。在理论研究中,"范畴"研究占据着重要地位。《文心雕龙》文本由众多范畴构成,对这些范畴进行专门研究,在王元化先生之前是不多见的。王先生针对《文心雕龙》中八篇文章用高度概括的八个"范畴"来阐明,比如,释《物色篇》心物交融说、释《神思篇》杼轴献功说、释《体性篇》才性说等。在具体研究中,他提倡"三结合"的方法,反对将古今中外的范畴简单比附。童庆炳先生在《文心雕龙》文学理论研究中亦采用"范畴"来切入文本,他说:"我的'龙学'研究特点是专攻'范畴',在古今中西比较上用力,力求揭示这些'范畴'的现代意义。"②他在研读文本的基础上提炼出二十九个范畴,比如《原道篇》的"道心神理"说、《风骨篇》的"风清骨峻"说、《情采篇》的"情经辞纬"说等。《文心雕龙》文本中许多范畴并不局限于我们今天所谓的文学领域,对《文心雕龙》进行范畴研究需要哲学、艺术、宗教、思想、文化等众多领域的知识储备和理论视野。王元化先生和童庆炳先生治学都能贯通中西、镕古铸今,擅长逻辑思维,他们的范畴研究及其范畴体系的建构和完善,将会深化《文心雕龙》文学理论研究并有助于"龙学"学科建设。王、童二先生的龙学研究前后相继,个人风格和时代特征都有所不同。虽然如此,两人智慧颇具相通性,即由"范畴"切入整体,以跨文化的视野观照古代文论的价值和意义,都表现出自觉的方法论意识和现代性转换诉求。若仔细辨别,两位先

---

① 王元化《读文心雕龙》,新星出版社,2007年,第262页。
② 童庆炳《童庆炳谈文心雕龙》,河南大学出版社,2008年,第1页。

生在《文心雕龙》"范畴"研究方面有以下不同：

第一，针对《文心雕龙》同一篇文章，两人由于领略到的主旨不同，所概括出来的"范畴"名称不同。比如，关于《情采》篇，王元化先生撰文《释〈情采篇〉情志说》，童庆炳先生撰文《〈文心雕龙〉"情经辞纬"说》。两人对《情采》篇理解和偏好不同，从而提炼出了不同的范畴。这里有区别，但并无高下。王元化先生的文章是以《神思》《附会》《体性》《总术》《指瑕》等篇目为旁证来阐释《情采》篇，他认为刘勰继承了陆机"诗缘情而绮靡"的思想，论述了"情"在文学创作中的作用，《文心雕龙》几乎每篇都涉及到"情"的概念。而且刘勰认为"情"和"志"是互相渗透的，《情采》篇提出的"为情造文""述志为本"说明"情"和"志"应该结合为一个整体。刘勰总结了《诗》《骚》的创作路线，认为两者虽有主志、主情之别但没有严格区分界限；属于感性范畴的"情"和属于理性范畴的"志"是互相补充、彼此渗透的。《附会》篇有"情志"这个概念，古希腊人也有类似的用语。[①] 一般认为《毛诗序》提出了"情志"合一说，相比之下，王元化先生用"情志"这个范畴去阐释《情采》篇，认为"情志"合一的思想在《情采》篇表现得更为突出，他的观点更为稳妥。童庆炳先生在文中首先对《情采》篇的研究做了梳理，大概有三种研究角度：（一）"情采"主从说；（二）内容与形式辩证关系说；（二）情志互渗说。然后他提出文学审美论的成熟的观点，认为情是第一位的，理是第二位的，理是情的补充。最后他在情采关系新解中，运用了美学、心理学的方法揭示了人的自然情感经过两度转换（"蓄愤""郁陶"和"联辞结采"）而变为作品的文学创作机制。[②] 他的解释也较为合理。王元化先生提出"情志"的范畴更易于与传统的"诗言志""在心为志，发言为诗，情动于中，而形于言""诗缘情而绮靡"等命题形成互文，也可能是由于受黑格尔哲学、美学思想影响很深，对文学的"思想和感情"关系问题更感兴趣。童庆炳先生

①　王元化《读文心雕龙》，新星出版社，2007年，第173—185页。
②　童庆炳《童庆炳谈文心雕龙》，河南大学出版社，2008年，第145—157页。

则立足于《情采》篇本身，深刻把握其主旨，加之他曾经是国内文学审美论的积极倡导者之一，语言和情感问题是他所重视的研究对象，因此他提炼出的范畴是"情经辞纬"说。

第二，针对《文心雕龙》同一篇文章，两人虽然提炼出相同的"范畴"，但对其涵义的分析把握有所不同。比如，在《文心雕龙·附会》篇的研究中，王元化先生的文章标题是《释〈附会篇〉杂而不越说》，童庆炳先生的文章题目是《〈文心雕龙〉"杂而不越"说》，两位先生都用"杂而不越"说来阐释《附会篇》。王元化先生首先从史书考察了"附会"概念的源流，并结合"纪评"释《附会篇》题名断定"附会"就是指作文的谋篇命意、布局结构之法；然后从《周易·繫辞下》陈说"杂而不越"的出处及含义，认为刘勰舍去了"杂而不越"的本义并将之运用于文学领域。"杂而不越"的意思是说艺术作品的各部分必须适应一定的目的而配合一致。在艺术结构问题中，"杂而不越"这个命题首先在于说明艺术作品是单一和杂多的统一。所谓单一，指艺术作品首尾一贯，表里一致，围绕共同主旨、奔赴一个目标。所谓杂多，指艺术作品必须具有复杂性和变化性，通过丰富多彩的形式去表现丰富多彩的意蕴。在刘勰"杂而不越"思想的开启下，在两篇附释文章中，王元化先生援引了西方哲学和美学思想，特别是黑格尔的美学思想，进一步分析了文学创作中的必然性和偶然性、整体与部分和部分与部分等重大理论问题。同时，他指出刘勰"朦胧"地感到如果片面要求一切细节包括某些偶然现象都必须从作品的主题引申出来，那么就会把文艺作品变成一种图解式的人工结构，形成刻板呆滞之弊。为了避免这一弊端，刘勰又提出了文学创作中的自然性问题，比如《养气篇》："常弄闲于才锋"，《物色篇》"入兴贵闲"，刘勰用"闲"来代表自然性也是非常"朦胧"的说法①。王元化先生的阐释立足于他那个时代占主导地位的机械反映论，力图通过刘勰的"杂而不越"命题来表明自己的立场。另方面，他认为刘勰"朦胧"地感觉到片面追求细节

① 王元化《读文心雕龙》，新星出版社，2007年，第202—217页。

会出现弊端,这样的表述方式既彰显了刘勰"杂而不越"命题的理论价值,又没有抬高,持论客观公正。童庆炳先生认为学界对《附会》篇的研究意见是一致的,认为《附会》篇是《文心雕龙》中论作品结构谋篇的专论,但突出"杂而不越"这个范畴的理论家是王元化先生。他肯定了王元化先生对"杂而不越"基本内涵的理解。但他又认为,就如何解决"杂而不越"这个"有趣的悖论",王元化先生没有进一步分析。童庆炳先生运用他所谙熟的西方现当代美学思想来阐释,提出了三个原则,即"生命的形式"原则,整体优先原则和"依源循干"原则。最后,他从文化史的角度得出结论,认为刘勰的"杂而不越"说是古老的"和而不同"的文化思想在作品结构艺术思想上面的投射。①他的分析站在的文学理论的前沿而又不乏深刻,正像他自己所说的,"本文是对王元化先生的推进"。②

第三,王元化先生的"范畴"研究侧重于从创作论方面论述,立论角度集中、单一,而童庆炳先生的"范畴"研究呈现出完整性、系统性的特征。王元化先生从事"范畴"研究的八篇文章,甚至包括前四篇文章在内,都是有关《文心雕龙》创作论的研究,比如在《释〈物色篇〉心物交融说》中,他认为刘勰提出了"写气图貌,既随物以宛转;属采附声,亦与心而徘徊"的看法,这种见解陆机、钟嵘等未发现,后来的论者也很少提及。这种说法,一方面要求以物为主,以心服从于物;另一方面又要求以心为主,用心去驾驭物。看似矛盾,实则互相补充、相反而相成。刘勰的论述涉及到了创作活动中主客关系这样重大的问题。③ 因此他给文章拟的副标题是"关于创作活动中的主客关系"。这样,他的《文心雕龙》范畴研究的中心议题就圈定在了"创作论"部分,显得集中而单一。相比之下,从 1993 年到 2015 年间,童庆炳先生提出并研究的《文心雕龙》"范畴"共有 29 个。他的《文心雕

---

① 童庆炳《童庆炳谈文心雕龙》,河南大学出版社,2008 年,第 161—178 页。

② 童庆炳《童庆炳谈文心雕龙》,河南大学出版社,2008 年,第 161 页。

③ 王元化《读文心雕龙》,新星出版社,2007 年,第 80—101 页。

龙》范畴研究涉及文本的各个部分,诸如总纲、文体论、创作论、批评论等,基本上都是用"范畴"去研究。《童庆炳文集》第七卷《〈文心雕龙〉三十说》本卷说明写道,"作者选词炼意,以《文心雕龙》中所涉的诸多文学理论命题为要,提炼出'两个类型',即大文学观和小文学观;'三个序列',即文道序列——情志序列——辞采序列的学理框架,并在此基础上,以'道心神理''奇正华实'之类的点睛之题加以详论。"①这段文字比较恰当地说明了 29 个范畴的内在关联,它们之间具有一定的系统性。另外,童庆炳先生的"范畴"名称的概括,都来源于《文心雕龙》文本,表明他重视基本文献的历史主义的研究方法。此外,童庆炳先生从事"范畴"研究的时候,注意对当代其他"龙学"家的观点进行归纳借鉴,评价其优劣,并把它们写进了论文之中,这也符合现代学术规范。

二、方法论异同

　　王元化先生和童庆炳先生在《文心雕龙》文学理论"范畴"研究中,都具有十分自觉的方法论意识,都明确表述了各自从事《文心雕龙》研究的具体方法。这将进一步推动"龙学"科学化的步伐。王元化先生曾在《文心雕龙创作论》第二版跋中写道:"我首先想到的是三个结合,即古今结合、中外结合、文史哲结合。尤其是最后一个结合,我觉得不仅对我国古代文论的研究,就是对于更广阔的文艺理论研究也是很重要的。"②后来作者又将这几种方法的综合运用称为综合研究法。作为著名的思想家和文艺理论家,他不是为了方法本身而提出方法。他提出方法是基于:(一)对于文论研究领域的因袭成见,绝不妥协让步,为了追求真理尝试采用新方法。(二)不少读者、同行和前辈来信给以鼓励。(三)六十年代初学术界自由探讨活跃,

---

　　①　童庆炳《童庆炳文集》第七卷《〈文心雕龙〉三十说》本卷说明,北京师范大学出版社,2016 年。

　　②　王元化《读文心雕龙》,新星出版社,2007 年,第 260 页。

人们在思考方法问题。(四)把古今中外结合起来的想法萌生于马克思在《政治经济学批判导言》中所说的:"人体解剖对猴体解剖是一把钥匙。低等动物身上表露的高等动物的征兆,反而只有在高等动物本身已被认识之后才能理解。因此,资产阶级经济为古代经济提供了钥匙。"①这几方面因素促使他提出并自觉运用新方法,对当时学术研究具有重大意义,当即受到诸多赞誉。童庆炳先生多年来一直致力于文艺学的学科建设,他的研究先后经历了审美诗学、心理诗学、文体诗学、比较诗学和文化诗学,文化诗学标志着他的文艺学思想的成熟。他明确地申说用"文化诗学"的方法从事《文心雕龙》研究,这对古代文论包括《文心雕龙》研究是非常有益的。他在一篇自述性的文章中说:"'文化诗学'是我 1998 年提出的一种理论方法。实际上,在我开始研究《文心雕龙》的时候,我就较为自觉地运用了这种方法。"②二位先生提出方法的时代不同,动机不同,但是它们面临共同的任务和难题,即:在《文心雕龙》研究中如何做到中西融汇、古今贯通以及跨学科研究的实现。王元化先生说:"有人不大赞成我采取附释的办法,建议我把古今中外融会贯通起来。这自然是最完满的论述方式,也是我写作本书的初衷。但是限于水平,我还没有能力做到这一步。为了慎重起见,我觉得与其勉强地追求融贯,以致流为比附,还不如采取案而不断的办法,把古今中外我认为有关的论点,分别地在附释中表述出来。如果学力深厚的研究者以此作为聊备参考的资料,从而做出进一步的综合论述,那正是笔者所盼望的。"③当然,要真正做到这一点非常不易。蒋述卓先生有恳切的评价,他说:"虽然王元化的诗学实践还不能完全达到自己提出的'三个结合'的标准,还不能提炼出一套真正属于自己的理论话语,但是,他为我们指

---

① 王元化《读文心雕龙》,新星出版社,2007 年,第 257 页—267 页。

② 童庆炳《中国文学之道的美学解说——讲授"〈文心雕龙〉研究"十周年》,《励耘学刊(文学卷)》,2011 年第 2 期。

③ 王元化《读文心雕龙》,新星出版社,2007 年,第 254—255 页。

明了一条诗学研究的方向：综合研究的最终目的必将通向文化诗学。"①由此可见，王元化先生的《文心雕龙》研究所运用的"三个结合"的研究方法和童庆炳所提倡的"文化诗学"方法之间有内在精神的相通。

在研究方法方面，他们有以下三方面异同：

第一，他们都力图从古代文化语境中考究《文心雕龙》的本来面目，同时又重视其现实意义，但是两人的研究理路有所不同。王元化先生在《〈文心雕龙〉创作论八说释义小引》谈到《文心雕龙创作论》下篇的体例时说，"释义的正文和附录各有其不同的重点"，正文侧重于清理，"任务是按照刘勰理论的本来面目忠实地解释它的原有意蕴"，"释义把批判划归附录，作为附录的重点之一"，"因为批判继承古典文艺理论遗产的目的，除了说明它的原来面目如何，也必须进一步弄清问题本身，说明它到底应该怎样"。② 王元化提出的研究对象的"原来面目如何"和"究明它到底应该怎样"，体现了其严肃为学的准则和学术规范。在研究中，王元化先生以范畴阐释为核心，将刘勰的观点同其他文论观点比较辨别，积极探明刘勰本义及其理论价值。"附录"的八组短论各篇相对独立，但都围绕"正文"的中心议题分析，并没有将《文心雕龙》文学理论任意拔高或将其比附现代文论之嫌。他所做的全部工作就是既要揭示古人提出的范畴和命题的理论内涵，又指出它们与后世文论发展的逻辑关联。

童庆炳先生认为："'历史优先'是研究古代文论的基本方法。只有把研究的问题置于原有的历史文化语境中去考察，才能充分揭示研究对象的真义"③，"所谓进入历史文化语境的考察，就是要在历史文化的联系中、在历史文化的发展规律中去理解文论家、文论文本、

---

① 蒋述卓《论王元化"综合研究法"的文化诗学意义》，《湖南师范大学学报》，2003年第11期。

② 王元化《文心雕龙创作论》，上海古籍出版社，1979年，第70页。

③ 童庆炳《获取真意与焕发新意——略谈中华古文论研究的方法论问题》，《文化与诗学》，2009年第1期。

文论范畴等。"①他又提出："建设中国现代文学理论主要应依靠总结中国现当代的文学活动的实践,但借鉴中国古代文论的精神,焕发古代文论的新意,也是一个重要的方面。"②在研究中,他一方面立足于刘勰及其《文心雕龙》的"历史文化语境"考察,探明刘勰撰文本义,追求"恢复历史本真";另一方面立足于1996年之后文论界提出的"中国古代文论现代转化"的学术实践的背景,密切关注《文心雕龙》与中国现当代文论建设之间的关系,深刻揭示其当代价值和意义。

第二,两人都力图参照西方理论家的思想阐释《文心雕龙》,但是在参照的思想家及其思想方面有所不同。王元化先生的《文心雕龙创作论》初版被学界推崇为当时的"比较文学研究代表作"。该书涉及众多外国文论家包括马克思、黑格尔、歌德、威克纳格、契诃夫、别林斯基等。为进行"中外比较",王元化先生所下的功夫超乎寻常。为了研究撰写"释《体性篇》才性说"章的"附释"文章,他翻译了四位外国文艺理论家的相关文章构成专著《文学风格论》。他还多次指出黑格尔和马克思的思想对他的巨大影响。在《文心雕龙创作论》中,他将刘勰的文学观与西方类似的文学理论相互比较参照,特别是"创作论八说"的八篇文章的副标题,充分说明了王元化企图将《文心雕龙》这部古书同西方近现代文学理论体系融会贯通的学术理想。比如,在《释〈养气篇〉举志委和说》中,他指出刘勰讲的"举志委和"同《庄子·知北游》里"生非汝有,是天地之委和"和《抱朴子·至理篇》里"身劳则神散,气竭则命终"的命题无关,相反地,它同别林斯基和车尔尼雪夫斯基所讲的"创作的直接性"或"直接因素"命意相近,也类似于黑格尔讲的知识的直接性。柏拉图把创作的直接性解释为一种由"诗神凭附"所产生的"狂热状态",说得扑朔迷离。而刘勰对于创作的直接性的分析是比较切合于实际的。西方在创作的直接性

①　童庆炳《获取真意与焕发新意——略谈中华古文论研究的方法论问题》,《文化与诗学》,2009年第1期。

②　王元化《读文心雕龙》,新星出版社,2007年,第254—255页。

问题方面有丰富的可供借鉴的资源,他试图用西方的理论来解释刘勰思想,这种比较和融合是成功的。

在"文化诗学"观念的影响之下,童庆炳先生在中西融合的广度和深度方面,比之前的理论家有较大延伸和发展,并具有了解决中西问题的原则和方法,他提出坚持"互为主体"的对话原则。他说:"西方文论是一个主体,中华古代文论也是一个主体。中西两个主体应互为参照进行平等的对话。"①又说:"中国古代文论与西方文论作为不同文化条件下出现的'异质'理论,彼此之间可以'互补'、'互证'和'互释',从这种'互动'中取长补短,这对于揭示文学的共同规律是十分有益的。"②童庆炳先生在此提出了解决中西问题的原则和方法。在"龙学"中,很多前辈学者采用中西结合的方法,但对西方现代、当代美学、文论运用很少。童庆炳先生在引用西方古代、近代文论的同时,较多地引用西方现当代文论来进行研究。在论文《〈文心雕龙〉"情经辞纬"说》中,童庆炳先生把刘勰的"蓄愤""郁陶"说同华兹华斯的"沉思"说、托尔斯泰的"再度体验"说、苏姗·朗格的"非征兆"说相互比较,并认为它们虽然"产生于不同国家、不同时代,有不同的学术背景,但因为这些理论都是在探讨文学艺术的普遍规律,所以我们作这样的比较是可行的,可以加深我们对刘勰的'蓄愤''郁陶'说的理解,使我们看到刘勰的确发现了某些具有普遍意义的文学艺术规律。"③这样的分析充分体现了"文化诗学"的精神内核。

第三,他们力图从跨学科角度研究《文心雕龙》,但在跨学科的广度和深度方面有所不同。王元化先生强调"文史哲"结合。他的理由是:"文史关系难以分割是容易理解的,因为我国古代向来以文史并称……任何文艺思潮都有它的哲学基础。美学作为哲学的一个分枝,就说明两者关系的密切。但这种简单的事实,我们却认识不足。

① 童庆炳《中华古代文论的现代阐释》,中国人民大学出版社,2010年,第9页。
② 童庆炳《中华古代文论的现代阐释》,中国人民大学出版社,2010年,第11页。
③ 童庆炳《童庆炳谈文心雕龙》,河南大学出版社,2008年,第154页。

由于从事文艺理论工作的人，不在哲学基础上从美学角度去分析文艺现象，以致不能触及这些现象的根底，把道理深说透。"①在研究中，王元化更多的是吸取了黑格尔美学的合理内核，把《文心雕龙》的研究引向深入。

童庆炳先生提倡在"文化诗学"观照下的跨学科综合研究方法。他认为，"文化诗学可以研究文学与语言的关系，文学与神话的关系，文学与其他艺术的关系，文学与宗教的关系，文学与科学的关系，文学与历史的关系，文学与政治的关系，文学与哲学的关系，文学与伦理的关系，文学与道德的关系，文学与教育的关系，文学与民俗的关系等等……我们研究文学，也一定要把它放到文学、艺术、宗教、哲学、政治、历史、教育等整个文化系统中，这样文学的本相才能充分显露来。"②童庆炳先生开辟了文学与语言、神话、其他艺术、宗教、科学、历史、政治、哲学、伦理、道德、教育、民俗等众多学科结合的新领域，理论的缜密和视域的广阔，具有更鲜明的现代学术视野和气息。这启发我们一方面要充分认识文学与其他文化成员之间的关系，深刻认识文学的内涵，另一方面要借鉴各个学科中所涌现出的新理论、新思路、新方法进行文学研究。这正是目前"龙学"研究中所匮乏的，也是"龙学"推陈出新的重要途径。在"龙学"研究实践中，童庆炳先生侧重于运用他所熟悉的哲学、美学从事跨学科研究。比如，在论文《〈文心雕龙〉"比显兴隐"说》中，童庆炳先生在梳理了前人对"比、兴"的三种解释即政治的解说、语言的解说和文学的解说之后，进一步提出了"哲学的解说"的观点。他把哲学分成两种类型：一种主要是在西方文化背景下产生的认识论哲学，一种主要是在中国传统文化背景下产生的存在论哲学。他的结论是："比"主要是接近认识论的，所以"比显"；"兴"主要是接近存在论的，所以"兴隐"。③ 这种解释新颖

---

① 王元化《读文心雕龙》，新星出版社，2007年，第261页。

② 童庆炳《文化诗学是可能的》，《江海学刊》，1999年第5期。

③ 童庆炳《童庆炳谈文心雕龙》，河南大学出版社，2008年，第179—194页。

而深刻。对某个研究对象进行基本的学科限制，是必要的，它有利于研究的明确和具体化，是从事科学研究的前提。但是，如果将复杂的研究对象尤其是人文学科的研究对象进行单一的学科限制，则不利于揭示其丰富的内蕴。因此，"龙学"中的跨学科综合研究是一种较佳的研究方法。

三、转换论异同

王元化先生和童庆炳先生的《文心雕龙》研究都关注现实，积极实现《文心雕龙》文学理论价值的现代转换。在王元化先生从事《文心雕龙》研究的时代，学术界尚未提出"中国古代文论的现代转换"的理论命题，但是他以现代"创作论"来建构《文心雕龙》文学理论体系，就已经说明了研究意图：要实现《文心雕龙》文学理论价值的现代转换。童庆炳先生的《文心雕龙》范畴研究更是始终把"现代转换"作为其理论研究的旨归，他说："我的'龙学'研究特点是专攻'范畴'，在古今中西比较上用力，力求揭示这些'范畴'的现代意义。"①童庆炳先生的现代转换的思想表述的更为明确：《文心雕龙》研究就是要服务于当下的现实。

王元化先生的"龙学"研究是在 40 年代到 60 年代之间展开的。当时主流文论的哲学基础是反映论，他是通过黑格尔来补救机械的反映论，当时文学理论的主流是现实主义。此外，他的《文心雕龙》研究处于"以阶级斗争为纲"的时代里，所以"现代转换"的研究带有浓郁的政治色彩。比如他对创作主体精神世界的研究和重视要冒当时所反对的唯心主义的大忌。王元化先生的现代转换研究试图将古代文论服务于现实创作。他所研究的八个范畴分别对应于"关于创作活动中的主客关系""关于艺术想象""关于风格""关于意象""关于情志""关于创作过程的三个步骤""关于艺术结构的整体和部分"及"关于创作的直接性"等，都是现代文学理论所关注和研究的核心问题。他所大力倡导的"古今结合、中外结合、文史哲结合"的研究方法，目

---

① 童庆炳《童庆炳谈文心雕龙》，河南大学出版社，2008 年，第 1 页。

的就是要从《文心雕龙》中"探讨中外相通、带有最根本、最普遍意义的艺术规律和艺术方法"。比如,他在阐释《物色》篇"心物交融说"时,论及黑格尔关于审美主客关系的论述并对其进行梳理和批判,最终归结为"今天"的作家必须在表现"是什么样的生活"中去"显示应该是什么样的生活",是着眼于当时的文艺理论和文学创作实践需要。

童庆炳先生研究《文心雕龙》主要在 1994 年以后。在研究文心雕龙之前他已经写过文学审美特征论方面的文章,研究过文艺心理学,90 年代末走向文化诗学,以后的文学研究走向文化研究,更强调人文精神底蕴,所以思路不再像王元化先生时代研究"龙学"主要是服务于现实创作,而是借龙学探究中国文论现代化的路径,论证方式上也更加吸收了西学体系化思维,文艺理论的学科建构意识更加自觉。他的"现代转换"研究未受太多的意识形态的约束,把视角深入到文学艺术及社会文化的各方面,具有多维性特征,即文学具有"诗性"价值,也具有"文化"价值。童庆炳先生撰文《刘勰〈文心雕龙〉"阴阳惨舒"说与中国绿色文论的起点》。在该文中,他对学界提出的《物色》篇排序问题进行辨别分析,得出结论:"《时序》强调文学与社会的关系,紧接着《物色》篇就要强调文学与自然的关系,暗含了社会与自然并列的思想。基于这样的构想,刘勰把《物色》篇放在《时序》篇后是在情理中的,这里不存在疑问。"①他从文化的高度阐释了《物色》篇放在《时序》篇后的合理性,刘勰的"社会与自然并列的思想"对于我们今天文化建设仍具有积极意义。在文章最后,他分析道:"'物色'篇的意义在于强调人与自然的和谐,强调人和自然都是生命体,因此物我之间不仅可以'交感',而且还可以相互'赠答'。《物色》篇所道出的'人与自然'的和谐,人与自然物之间的'交感',人与自然物之间的'赠答',这三点如此重要,不正可以理解为'生态批评'的理论基础吗? 在这个意义上,我们难道不可以把刘勰《文心雕龙》的'物色'篇

---

① 童庆炳《刘勰〈文心雕龙〉"阴阳惨舒"说与中国绿色文论的起点》,《江汉大学学报(哲学社会科学版)》,2005(12)。

看成是中国'绿色'文论的起点吗?"①很显然,这里对《物色》篇的现代意义的阐释是以"文化诗学"的文学观作为理论指导的。

王元化先生与童庆炳先生将《文心雕龙》文学理论进行现代转换的思想在近年的"龙学"研究中多有回应。最近几年相继召开的几次大型的《文心雕龙》学术研讨会,都把《文心雕龙》的当代价值作为主要议题。比如,北京2006年《文心雕龙》研究与当代文艺学学科建设学术研讨会在首都师范大学召开。会议主要围绕《文心雕龙》研究与当代文艺学研究的关系,"龙学"研究对当代文艺学学科建设的推动和深化的影响等问题展开。2009年在安徽芜湖召开了《文心雕龙》国际学术研讨会暨学会的第十届年会。《文心雕龙》的当代价值及其承传是会议的中心议题。这种研究和思考有利于把《文心雕龙》文本置于现代价值学的视域之中,实现其现实的社会功用,而不是禁锢在大学或高等研究机构,成为封闭的实体;有利于把《文心雕龙》文本当做教材,来提升当代人的审美、伦理人文、文学、文化等方面的素养,推动精神文明建设。

总之,王元化先生与童庆炳先生在《文心雕龙》研究中,都在研读文本的基础上提炼出一系列具体"范畴";都具有方法论意识并明确提出各自的研究方法;都企图对《文心雕龙》文论思想进行现代转换等。两人针对同一文本提炼出不同"范畴"或者提炼出相同名称的"范畴"但其含义不同,王元化先生的"范畴"研究以创作论为核心,童庆炳先生的"范畴"研究涉及文本更全面的内容。王元化先生的研究方法是"三结合"或叫做"综合研究法";童庆炳先生研究方法是"文化诗学"。王元化先生的现代转换研究试图将古代文论服务于现实创作;童庆炳先生借"龙学"探究中国文论现代化的路径。他们都为《文心雕龙》研究贡献了独特的观点,提供了很好的范例。

(渭南师范学院人文学院)

---

① 王元化《读文心雕龙》,新星出版社,2007年,第2页。

文化保守主义学术系统中的《文心雕龙》研究[*]

——以黄侃、徐复观、王元化为主线

王守雪

内容摘要：黄侃、徐复观、王元化皆近代湖北人，时代相近，学术渊源师友交往错综关联，他们的《文心雕龙》研究在"文化保守主义"这一大的场域中形成对话交流的学术形态。黄侃以"文辞"概括《文心雕龙》的核心观念，徐复观以"文体"概括《文心雕龙》的核心观念，王元化以"文学规律"概括《文心雕龙》的核心观念，可以说都是对"文心"的护持。

关键词：文化保守主义 文心雕龙 黄侃 徐复观 王元化

* ［基金项目］国家社会科学基金项目"近代文化保守主义学术系统与中国文论建设研究"（15BZW118）阶段性成果。

A Study of *the Literary Mind and the Carving of Dragons* in the Academic System of Cultural Conservatism—with the Views of Huang Kan, Xu Fuguan and Wang Yuanhua as the Main Line

Wang Shouxue

Abstract: Huang Kan, Xu Fuguan and Wang Yuanhua are Hubei natives in Modern China. Almost contemporaries, their academic origins and social relations are complex and connected. Their studies on *the Literary Mind and the Carving of Dragons* focus on the domain of cultural conservatism with the academic form of dialogue and exchanges. Huang Kan generalized the core point of *the Literary Mind and the Carving of Dragons* as "the literature diction"; Xu Fuguan summarized its core point as "the literature style"; Wang Yuanhua concluded it as "the rule of literary creation". However, they all can be seen as the conservation and preservation of "the literary mind".

Key Words: Cultural Conservatism *the Literary Mind and the Carving of Dragons* Huang Kan Xu Fuguan Wang Yuanhua

这里把文化保守主义作为观测学术史一个视角。黄侃（1886—1935）著《文心雕龙札记》，乃"现代"《文心雕龙》研究的奠基之作，他师从章太炎先生，师徒联名号称"章黄学派"，又同是"国粹派"的重要代表。徐复观（1903—1982）为现代新儒家宗师之一，他早年在湖北武昌国学馆求学时，曾受教于黄侃。中年以后，致力于中国思想史的研究，多涉及中国文学，反于黄氏《文心雕龙札记》多所批评，并著《文心雕龙的文体论》等文，自出途辙。王元化（1920—2008）青年时期颇受国学熏陶，随着走上革命道路，于新文化新文学拳拳服膺；中年受到胡风案牵连，转向学术研究，所著《文心雕龙创作论》，致力于对文学"最普遍最根本的规律和方法"的探讨,晚年以后续有修订。王元化在 20 世纪 90 年代以后,被一些学者冠以"文化保守主义者",当然,这一点颇有争议,不可作为定论。以上三人,对 20 世纪中国文论皆有重要的贡献,在《文心雕龙》研究史上应有重要的地位;三人皆湖北人,时代相近,学术渊源师友交往错综关联,尤其在"文化保守主义"这一大的场域中形成对话交流的学术形态。徐复观的《文心雕龙》研究,深受黄侃的启发,但是他对黄氏的批评颇为尖锐;王元化的《文心雕龙》研究,与黄侃也存在某种关联,也一度受到徐氏的批评。①对于徐复观的批评,批评时黄侃早已作古,无法发出有效的回应;王元化对徐复观的批评意见虽有所回应,但没有展开论述,其中曲折仍有待进一步显发。为什么同在一个大的学术系统内,意见竟如此地不一致呢?他们各自的论述中心究竟相合不相合,相应不相应?究竟在怎样的层面上才能够见出互补互证的意义?本文重新检讨学术史上的曲折,希望能见历史之真实,亦略显疏通之义。

一、黄侃:以"文辞"守护"文心"

黄侃学术以"保守"著称,其《文心雕龙札记》更有守护传统文学的"保守"意义。王元化晚年随笔《谈杨遇夫》,其中谈及杨遇夫《积微翁回忆录》"尊太炎,而对黄侃颇有微词",原因是章、黄学术渊源之不同:"季刚(黄侃)受学太炎,应主实事求是;乃其治学力主保守,逆转为东吴惠氏之信而好古。读《诗》必守毛、郑,治《左氏春秋》必守杜征南,治小学必守许氏。于高邮之经学,不论今古文家法惟是之从者,则力诉之……"王元化又云:"遇夫有《温故知新说》,大意谓温故而不能知新者,其人必庸;不温故而欲知新者,其人必妄。他在回忆录中明言,前者为黄侃,后者指胡适。"②王元化在这里主要是介绍和表彰

---

① 徐复观《陆机文赋疏释》,《中国文学论集续篇》,台湾学生书局,1981 年,第 144 页。

② 王元化《谈杨遇夫》,《王元化集》卷七,湖北教育出版社,2007 年,第 58 页。

杨遇夫的治学精神,而对杨氏所言未及细加辨析。黄侃学术渊源究竟如何? 黄侃治学是否力主"保守"? 其人是否"必庸"?

徐复观指出:

> 清代乾嘉学派,喜为六朝骈俪之文;站在骈俪之文的立场,《文心雕龙》的文章,易合于这一派的脾气。所以《文心雕龙》,实际上是在这一派中重新提出的。但这一派,反宋明理学,反桐城派古文;而其自身对文学的了解,多是隔靴搔痒。因此,他们提出了《文心雕龙》,并不能了解《文心雕龙》。⋯⋯目前发生影响最大的,还是黄季刚先生的《文心雕龙札记》。⋯⋯黄先生在文学方面,天才卓绝,其诗词文章的成就,过于其他学术上的成就。但创作是一回事,理论批评,是另一回事。黄先生在理论批评方面,理解得不多;加以《札记》出于早年,而其偏执来自乾嘉学派。[①]

杨遇夫说黄侃"力主保守",徐复观说黄侃"偏执",然各有所指。杨氏所言,意指黄侃为学不知变通以达真是,而徐氏所言,特指黄侃之《文心雕龙札记》大体有失,偏执于细枝末节,离开了刘勰的原旨。那么,黄侃为学特别是他的《文心雕龙札记》到底"保守"还是不保守呢? 整体来看,黄侃为学确实有所"保守",或者说有所持守,甚至有所坚守,特别是他的《文心雕龙札记》,在新旧文学观念冲突的历史背景下,其解释方向是很明确的,对传统文学的价值持之甚坚。然而他所坚持的,与杨氏、徐氏所认定的传统文化的内容并不一致。

杨氏说黄侃"受学太炎",但却异于太炎变通求是的学术精神,强调黄侃学术渊源于太炎,只是讲出了人所易知的一个大概。其实,黄侃学术渊源并非如此简单。1906 年,黄侃在日本遇章太炎,为其以讲学促革命的精神所动,遂师事之,当时黄侃已 21 岁。在此之前,堪称黄侃学术渊源的还有二端:其一是他的家学渊源;其二是地方学

---

① 徐复观《文心雕龙的文体论》,《中国文学论集》,台湾学生书局,1982 年,第 402 页。

风——近代湖北学术风气的熏陶,特别是张之洞的引导。黄侃的父亲黄云鹄(1819—1898),以二甲进士官至四川按察使,于1891年退休回到老家湖北蕲春,于1893年应湖广总督张之洞的聘请,连任江汉书院、经心书院及两湖书院的山长。[①] 这期间,正是张之洞在两湖进行文化、教育、经济、军事一系列改革的时期,也是戊戌变法酝酿开展的时期。黄侃生逢其时,正是他由童年向青少年过渡求学时期,"其志学实基于此"[②]。关于黄侃之父黄云鹄的学术,不得其详,然而从黄焯整理的《黄季刚先生年谱》中可得仿佛。他以古文名家,号称"以格韵胜";所著诗、文若干卷,《学易浅说》十四卷,《群经引诗大旨》二卷,等等;教导黄侃强调"读经之外,或借诗文以活天趣"[③],综合来看,黄云鹄的学术旨趣偏重于文学与经学,于经学中又偏重平实的义理方向,此等学术规模,对以后黄侃的学术旨趣具有奠基的意义。

黄侃《文心雕龙札记》论者已甚多,如周勋初《黄季刚先生文心雕龙札记的学术渊源》一文[④]从时代背景、文学观念与师承关系等方面条分缕析,细加梳理,突出黄侃对齐梁文学与《文选序》的不同评价、批判骈隅者流及阴阳刚柔之说、反对文以载道提倡自然为文等论题,代表了学术界的主流观点。但同样作为黄侃弟子的徐复观,作为与黄侃颇有交往的时人杨遇夫,对黄侃及其学术却颇有微词。王元化的平议之词虽略有补充,但未能多视角多侧面显示评论者各自的解释方向,黄侃《文心雕龙札记》的文学思想史意义仍缺少纵深的开掘。

综合论者的研究结果,黄侃《文心雕龙札记》显示的文学观念有二:第一,对"道"的消解。黄侃强调"文章本由自然生"(原道第一),引《淮南子·原道》《韩非子·解老》和《庄子·天下》来解释《文心雕龙·原道》,偏重以道家的自然之道来解释刘勰所原之道,又有《汉唐玄学论》,强调刘勰思想的玄学因素。他虽在《札记》的《徵圣》里强调

---

① 黄焯《黄季刚先生年谱》,《黄侃日记》,江苏教育出版社,2001年,第1093页。
② 黄焯《黄季刚先生年谱》,《黄侃日记》,江苏教育出版社,2001年,第1095页。
③ 黄焯《黄季刚先生年谱》,《黄侃日记》,江苏教育出版社,2001年,第1095页。
④ 黄侃《文心雕龙札记》,上海古籍出版社,2005年。

"宣尼……唯文是赖",但仅落在"文辞"之上:"诸夏文辞之古,莫古于《帝典》,文辞之美,莫美于《易传》。一则经宣尼之刊著,一则为宣尼所自修。"《宗经》篇中也强调"宜宗经"之四端,但他强调的"原""柢",经体的广大,杂文的繁博、辞义的全备,莫不是从文章的体例文辞来立论,而避开了经学的思想价值。黄侃对《文心雕龙》"道"的消解,对刘勰儒家思想的避重就轻的曲解,矛头指向清代桐城派主张的"文以载道"的文学思想,而顺应了近代反专制思想的大潮。然而,这样的立论方向打击目标太大,割裂了"道"在中国文学思想史的整体意义,与自己护持传统文学的思想相矛盾,更重要的是,离开了刘勰《文心雕龙》文之枢纽的立基意义。放在一百年后的当下来看,应该视为失误之论,如果非要追究其理论意义,则仅有文学思想史进程中破坏旧有思想的意义,而缺少学术研究和思想理论建设的正面意义。

第二,文辞封略张弛说。黄侃云:"文辞封略,本可弛张,推而广之,则凡书以文字,著之书帛者,皆谓之文,非独不论有文饰与无文饰,抑且不论有句读与无句读,此至大之范围也。……若夫文章之初,实先韵语;传久行远,实贵偶词;修饰润色,实为文事;敷文摛采,实异质言;则阮氏之言,良有不可废者。即彦和泛论文章,而《神思》篇已下之文,乃专有所属,非泛为著之竹帛者而言,亦不能遍通于经传诸子。然则拓其疆宇,则文无所不包,揆其本原,则文实有专美。特雕饰逾甚,则质日以漓,浅露是崇,则文失其本。又况文辞之事,章采为要,尽去既不可法,太过亦足召讥,必也酌文质之宜而不偏,尽奇偶之变而不滞,复古以定则,裕学以立言,文章之宗,其在此乎?"①此一节较为概括地表达了黄侃的文学观及其对《文心雕龙》文学观的理解,前人多以平章阮元、章太炎、刘师培为说,以为黄侃只是将几家的观点加以综合,了无创意,其实未尽黄侃观点之细微曲折。黄侃论文辞封略虽有弛张,但他最关心的文学的狭义而非文学的广义,是文学意义的"张"而非文学意义的"弛",认为这是文学的本原意义,文学有

① 黄侃《文心雕龙札记》,上海古籍出版社,2005年,第10页。

"专美",并且认为刘勰《文心雕龙·神思》篇以下,所讨论文学的范围是"专有所属"。黄侃对"文辞之美"的追求,通向传统的文章之学,"复古以定则,裕学以立言",最能见出其文化保守主义的文学观。但他对以"文辞之美"的文学价值观来观照中国传统文学,来观照《文心雕龙》,仅能得其形体之仿佛,而不能贯通其精神气脉,因为传统文学的精神气脉乃扎根于知识分子的现实关怀之中,往往以儒家思想为基础。黄侃虽然也以文学的开张之义来涵蕴经传诸子,甚至书记笔札,但他忽视其历史文化的负载功能,而仅重视其形式意义,似有照顾平衡,仍然失之偏颇。

二、徐复观:以"文体"守护"文心"

徐复观的《文心雕龙》研究对以黄侃为代表的《文心雕龙》研究方向具有回应讨论的意义。1959 年,徐氏发表《文心雕龙的文体论》一文,篇末揭义"要把文学从语言、考据的深渊中,挽救出来,作正常的研究,只有复活《文心雕龙》中的文体观念,并加以充实扩大,以接上现代文学研究的大流,似乎这才是一条可走的大路。"[1] 后来到了 20世纪的 70 年代,又写了七篇《文心雕龙》专题论文,以申前义。徐复观认为,整个《文心雕龙》是以文体论为脉络来展开的,"《文心雕龙》,即我国的文体论。"他认为,按照刘勰的意思,《文心雕龙》全书五十篇,可以分作三部分:前五篇,刘勰称为"文之枢纽",徐复观认为乃是追溯文体的根源;第二部分由《明诗》到《书记》二十篇,刘勰称为"上篇",徐复观认为乃是历史性的文体研究;第三部分"下篇"则是普遍性的文体研究。在刘勰的笔下,称之为"文之枢纽""文之纲领""文之毛目",徐复观皆转变为"文体的……",将刘勰的研究对象"文",统统理解为"文体",如果借用刘勰的话:"古来文章,以雕缛成体。""文心雕龙"四字,即有将文心雕缛成体的意思,徐复观的理解与刘勰自有相应之处。

然而,徐复观将《文心雕龙》的研究对象"文"理解为"文体",不能不说是一种特指或者转化,或者说是一种修剪整合,与《文心雕龙》原有的论述格局有一定差别。为了补充可能造成的断裂，徐复观将"文体"的内涵进行了充实伸展性的解释，他提出，文体的内涵有三个层次，即体制、体要、体貌。对于这三个层次，学术界多有质疑讨论。徐复观谈体制，基本上就是文章的体裁，与文章的种类相关联，在《文心雕龙》的第二部分"上篇"里，刘勰用二十篇来分类讲解文章的写作要领，徐复观以"历史的文体研究"来概括，这样比较容易理解。徐复观所谈的"体貌"，是以文章风格为中心而扩展到文章由内附外的形象特征，刘勰在《文心雕龙》的下篇里，分开要素来谈文章的写作方法和注意事项，也可以说各要素皆涉及文章的外貌特征，徐复观称之为"普遍的文体"，这和刘勰的原意也比较相应。关于"体要"的提法，学者们多不认同。徐复观曾撰文加以解释，说体要这个词是动宾结构，即题材要求表达的要点，在《文心雕龙》里的根据是《徵圣》篇中引《书》云"辞尚体要，弗惟好异。""正言所以立辩，体要所以成辞；辞成无好异之尤，辩立有断辞之义。虽精义曲隐，无伤其正言；微辞婉晦，不害其体要。体要与微辞偕通，正言共精义并用；圣人之文章，亦可见也。"这里"体要"一词，刘勰是讲圣人文章的文体特征的，"体要"是指曲折含蓄表达之下思想内容的精当，徐复观将它加以普遍化，作为文体的一个层次，似乎寄寓了解释的深意。

徐复观"复活"《文心雕龙》中的文体观念，无疑是一种"保守"传统文化的研究实践，他作为现代新儒家代表人物，所从事的学术研究，皆镶嵌于"返本开新"的大格局。具体到传统文学之本，则埋藏在中国文学史的发源地及其河床之中，从中国文学史上重要节点展开研究，可以重振中国文学的纲维，《文心雕龙》就是中国文学理论的重要代表著作，在这里可以发现中国文学的传统价值，可以接上现代文学的发展潮流。他认为，黄侃虽然是旧文学的代表，但在反对"文以载道"这一点上与新文学是一致的，如果消解了《文心雕龙》中"道"的观念，便在根本上错了，如同斩去了《文心雕龙》的首脑，也如同斩去了传统文学的主脑。黄侃将《文心雕龙》的重心落在"文辞"之上，将传统文学的价值落在文辞之美上，这在徐复观看来，简直是舍本逐末,不得要领。所以他对作为乡贤加老师的黄侃颇有微词,对沿着黄侃的研究方向从事学术研究的学界同道颇不客气,口出严厉之词,时时发出攻难。那么,徐复观对《文心雕龙》文体论的"复活"究其有何"保守"意义呢?

(一)徐复观强调的"文体",指向作家的"心体"。徐复观认为,《文心雕龙》文体论的重心,在《文心雕龙》的"下篇",文之枢纽是文体的追根溯源,上篇以体类展开,亦仅有历史的意义,也就是说,仅有文学史的范例意义,至于下篇,则是文学活动各种因素的具体展开,具有理论指导意义和实践意义。他又认为,整个下篇又是以《体性》为中心展开的,而《体性》篇的具体内容,则是讲作者心体与文体的关联。文章的体制形貌虽有各种类型、各种因素,但那都是作者内心世界的形象展开,所以,论文体必然重视作者心灵的修养。比如,下篇中涉及的情采、熔裁、声律、章句、丽辞、比兴、夸饰、事类、练字等篇,他认为这都是文体的"客观因素",都是"主体"的发挥。这样来讲,无疑消减了这些篇目的独立意义,容易引起简单化的后果。但是,他这样讲法,强调的倾向是很明确的,即非常重视传统文学中"人""文"合一的讲法,突出文学的主体性,也可以说是一种传统的人文主义文学观。

(二)以"文体"沟通西方文论中形象、风格等理论范畴。徐复观著《文心雕龙的文体论》,在方法上具有比较文学的意义,"通中西文学理论之邮",他认为,从根本上来说,文学既然是作者内心世界的形象展开,古今中外概莫能外,必然能找到沟通的理论途径。首先,虽然他将《文心雕龙》的文体内涵分为体制、体要、体貌三个层次,但他认为,体制不过是文章文字的排列形式,是作家容易按照习惯把握到的,是粗浅的文体因素,只有后两个层次,特别是文章的体貌,才是"彻底代表艺术性的一面"。而"体要"之"体",较为集中地体现了中国文学的特色,是刘勰"较一般人更为完整的地方"。① 所以,他以"文

---

① 徐复观《文心雕龙的文体论》,《中国文学论集》,台湾学生书局,1982年,第25页。

体"沟通西方文论中的有关理论范畴,着重于"体貌"。他认为,中国关于文章体貌的自觉,开始于魏晋时期,是由人体转用于文体之"体",文体浅层的意义是形式的统一体,深层意义则是形成文学艺术性的各种因素,它虽由语言而表达,但仅称语言不能表达这个统一体的意义,必须追溯到文学的内容,追溯到作者主体的世界,才能显出文体这个统一体的意义。徐复观认为《文心雕龙》文体与西方文论中style 的意义是相通的:"文体则为六朝很流行的名词,它的基本条件及基本内容,与西方文学中所谓 style 的基本条件与基本内容有本质的一致。"关于这一点,若干年前我已做过较为详细的分析。① 现在来看,徐复观的论断仍然站得住脚,只不过可以作一些补充和限定才较为准确。即徐复观所讲的《文心雕龙》中的"文体",集中指向"体貌"的层次;而他所论述的 style,则集中表达"文风"的内涵。这样,他所强调的文章体貌扎根于作家的情性,具体表现为作品的情调、意味等审美特征,这样来讲作者主体对于文学表达的作用,中西文学在这一根本点上是可以相通的。

(三)以"文体"整合古文理论的重要命题。徐复观虽主要着眼于《文心雕龙》而立论,但他眼光巨大,具有整合中国古论的气魄。他认为,中国古代文学的最后终结于桐城派,在整个清代成就最大,但是这一派在近代文学的理论建设不够,甚至逐渐萎缩。而《文心雕龙》从近代以来备受重视,遗憾的是,黄侃《文心雕龙札记》向下延续的《文心雕龙》研究,没有从根本思想上弘扬传统文学的精神气脉,对桐城派文论多有攻击,从某种意义上说,这是一种人为的隔膜和阻断,因此,他要"窥古今之迹",疏通间隔,以显示中国文学传统的整体统一性。徐复观认为,一方面,《文心雕龙》总结文学发展的成效,欲救当时由过重藻饰而来的文体卑弱之穷,在思想的重要地方,开唐代古文运动之先河;另一方面,唐代古文运动的文学观念,弱化了文学

---

① 王守雪《人心与文学——徐复观文学思想研究》,郑州大学出版社,2005 年,第96—98 页。

在艺术上的追求,原因是道德实用思想太突出了,导致了文体观念中体貌范畴的模糊不清。从韩愈到方望溪,皆是强调"体要"而忽视"体貌",姚鼐开始重视文学的体貌,因此可以视作从某种程度上找回了《文心雕龙》中的"文体"观念。徐复观认为,联结《文心雕龙》与古文家文体观念的是"文气"。虽然二者所讲所强调的并不完全一样,但是,都是以生命为基础,上通于作家的精神,都是作家修养的结果,即需要由生理向精神的升华,就养气的目标来说,都是追求气的充实有力,表现在文气之上,则是作家充实有力的生命力,涵容思想感情力量,注入作品之中,形成作品的以感染力为中心的审美效果。因此,重新检讨《文心雕龙》的文体观念与古文家文体观念的纠结,可以疏通致远,使中国文学精神发扬光大。

徐复观《文心雕龙的文体论》发表以后五十余年中,引发大量讨论,不少学者批评其中的"学理缺失",就学术研究的科学性追求来说,这样的商讨文章具有一定的积极作用。然而,如果对徐复观运用的研究方法有详细的了解,就可以发现"六经注我"的研究方法的建设性意义,局部的学理缺失根本不会动摇立论的根基,因为这种建构性的解释工作是在研究对象留下的"空白"——含而未彰处进行的,史料及文本代替不了思想史,只有对史料及文本的解释才可能重构思想史的图像。当然,这样也并不意味对研究对象客观的"原意"有所轻视。徐复观对《文心雕龙》文体的"复活",表现出他对中国文学传统的护持,他以"文体"追溯"文心",以"文心"追溯作者的"人心",以作者的"人心"辐射到普遍的心灵感受,隐然继承中国古典文学的圣贤精神,并加入现代文学的潮流。

三、王元化:以"文学规律"守护"文心"

王元化祖籍湖北江陵,1920年出生于武昌,其父当时任教清华,遂于次年随母亲与父亲团聚移居北京。王元化涉入《文心雕龙》研究,始由其父请同事汪公严指导,汪公严是广雅书院高材生,朱一新弟子,曾入张之洞幕府,助张之洞撰《劝学篇》。1947年,王元化任教国立北平铁道管理学院，因教学所需，遂问学于汪公严。王元化于20世纪60年代初撰《文心雕龙创作论》，其中内容便最初酝酿于此。王元化展开《文心雕龙》研究的过程中，尚有另外两个学术上的机缘，其一是问学于韦卓民。韦卓民是研究德国古典哲学的专家，对黑格尔哲学造诣很深，王元化对哲学上理性问题、规律问题的重视及研究，便与此相关。其二是问学于熊十力。熊十力是现代新儒家的大师，一生致力传统学术的发扬光大，由佛转儒，或者说，以佛归儒，尤其重视二王——王阳明、王夫之之学。王元化曾因《文心雕龙》研究中佛学、儒学思想的有关问题，向他请教，熊十力在一种由政治环境的压力而来的孤寂心境下，耐心指导政治磨难中的王元化，加上学术方法的指点，文化人格的感染，对王元化进入学术研究产生了极大的影响。

王元化《文心雕龙创作论》的重心在于："从《文心雕龙》中选出那些至今尚有现实意义的有关艺术规律和艺术方法的问题来加以剖析。"王元化怀抱一个愿望，他希望他的解释能让中国传统文学为现代文学的发展提供参考，得到世界范围内更好的理解和重视。因此，他非常重视解释中的本土性和客观性，"除了把《文心雕龙》创作论去和我国传统文论进行比较和考辨外，还需要把它和后来更发展了的文艺理论进行比较和考辨。"[①]他希望能用自己的解释找出文学创作的一般规律，并证明这些规律就埋藏在《文心雕龙》中，就这一点来说，他与徐复观以文体论来观照《文心雕龙》有相同的追求。陆机《文赋》云"普辞条与文律"，刘勰多称"文术"，王元化强调的"艺术规律和艺术方法"与之指向基本一致。只不过，他强调的"创作规律"，虽有创作方法的意义，并不等同于"写作方法"的文法意义，就其内容形态来说，主要是指抽象的一般的创作理论，更接近西方文艺理论的形态。

---

① 王元化《文心雕龙创作论八说释义小引》，《王元化集》卷四，湖北教育出版社，2007年，第81页。

王元化《文心雕龙》研究的基本方向是强调《文心雕龙》"文律"的普遍性与客观性,另外,对刘勰身世及其思想的一些考辨性文章,也意在强调刘勰的低层庶士身份及"唯物"思想,结合研究者面对的社会政治环境来看,不能不说是对刘勰及《文心雕龙》的一种"护持"。《〈文心雕龙〉创作论八说释义》是王元化阐释"文律"的代表性成果,"八说"包括《释物色篇心物交融说》《释神思篇杼轴献功说》《释体性篇才性说》《释比兴篇拟容取心说》《释情采篇情志说》《释熔裁篇三准说》《释附会篇杂而不越说》《释养气篇率志委和说》,每一篇皆对应现代文艺理论范畴,它们分别是创作活动中的主客关系、艺术想像、风格、意象、思想感情、创作过程、艺术结构、创作的直接性。王元化在解释的时候,是极为审慎的,但他脱不开当时"批判地继承"思想方法的格局,称"清理与批判"并重,"正文"侧重在"清理","附录"侧重在"批判",其内容放到现在来看,不乏机械或评判失当之处,但其苦心孤诣和认真的态度仍可以让人领会得到。在一些重要问题或范畴的解释中,可以看出其正面的建设的意义。比如,他对刘勰的"心物"观念的理解,以"对立统一"解之,就颇有当时语境下立论的深意。他清楚地认识到刘勰对于作家主体因素"心"的重视,这是贯穿其整个创作论的中心线索;但他从《物色》篇着手,分析物、情、辞三者之间的关系,避而不谈心的意义,从物我对峙到物我交融,观点显得更加全面平正。王元化将刘勰的文学起源论与创作论分开来讲,认为《原道》篇显示的是一种"儒学唯心主义观点",是五十篇其中"不用"的一篇,"混乱而荒唐";认为"刘勰的文学创作论并不完全受到他的文学起源论先验结构的拘囿,其中时时显露出卓识创见"①。这种分析与其说是一种"批判",不如说是一种特别的"选择",以突出刘勰文学创作论的理论价值。然而,这种论断有割裂《文心雕龙》的危险,因此受到一些学者的质疑。王元化的《文心雕龙》研究对黄侃《文心雕龙札记》多

---

① 王元化《文心雕龙创作论八说释义小引》,《王元化集》卷四,湖北教育出版社,2007年,第63页。

有补正，摘引随处可见，非一般参考书可比。据记载，王元化写作《文心雕龙创作》之际，曾手抄黄著。20世纪60年代初，王元化写作几篇《文心雕龙柬释》请郭绍虞审阅，郭在信中说："我信此书出版，其价值决不在黄季刚《文心雕龙札记》之下也。"①黄著的重点也在《文心雕龙》的下篇，兴趣也是文学观与创作论，王著应该有后出转精、迈越而上之的意义。然而，值得注意的是，王元化的"补正"显示的不只是一种"超越"和"歧异"，更显示出一种"关联"。比如，王著指出黄著缺略《物色》篇，骆鸿凯所补的《物色》篇关于"物"的解释亦未能尽其底蕴；范文澜《文心雕龙注》"物"字含混矛盾，以黄、骆、范师徒三人为基础，申说补正，以显发《文心雕龙》创作论主、客关系中客观因素的重要性。《释神思篇杼轴献功说》认为黄侃《文心雕龙札记》："杼轴献功，此言文贵修饰润色。"王元化认为，这种看法不能解释刘勰的原意，创作不是修饰润色就可完成，必须想象活动起作用。王著无疑提升了理论高度，更符合一般文学创作的原理。

综上所述，黄侃、徐复观、王元化三位学者的《文心雕龙》研究构成20世纪龙学的重要内容，可以视作一条特殊的线索。一方面，就一般的观测而言，他们是在不同的语境下，从不同的进路，对《文心雕龙》发出不同的声音。黄侃当"五四"前后，新旧文学观念激烈冲突之际，以激发旧文学的活力而涵容新文学的生机，以"独殊"之力收"始变"之功②。他消解"道"的学说，强调"文辞"的载体意义，暗含对旧文学所附着的政教功能的剥离，促进文学向审美本体的迁变。徐复观流寓港台，面临两岸对峙的态势，认识到文化上的古今中西之争常为

---

① 钱钢《王元化学术年表》，《庆祝王元化教授八十岁论文集》，华东师范大学出版社，2001年，第19页。

② 《黄侃日记》，江苏教育出版社，2001年，第51页。"学术有始变，有独殊。一世之所习，见其违而矫之，虽道未大亨，而发露端题，以诒学者，令尽心力，始变者之功如此。一时之所尚，见其违而去之，虽物不我贵，而抱守残缺，以报先民，不悫矩镬，独殊者之功也。然非心有真知，则二者皆无以为。其为始变，则堕决藩维，以误群类。其为独殊，又不过抄袭腐旧，而无从善服义之心。是故，真能为始变者，必其真能为独殊者也。"

意识形态所宰制,试图以中华文化相倡,在学术上力主"窥古今之迹,通中西之邮",他以"文体论"论《文心雕龙》,实为"六经注我"研究方法的一个大胆尝试。王元化《文心雕龙创作论》虽写作于 20 世纪 50 年代,但出版于 70 年代末,时间跨度较大。这是他在一种特殊政治环境中思想活动的结晶。他对"文学规律"的执着追求和转向反思,皆有政治生活的背景发挥作用。从这一方面来看,三位学者的《文心雕龙》研究好像是各讲各的话,独立性很强。但另一方面,三位学者的《文心雕龙》研究又是皆有核心、互相关联、各有所守的学术共同体。他们对《文心雕龙》皆怀有一颗保爱之心,对中华文化具有深深的同情,在各自不同的语境中,开掘《文心雕龙》的价值和意义。黄侃以"文辞"概括《文心雕龙》的核心观念,徐复观以"文体"概括《文心雕龙》的核心观念,王元化以"文学规律"概括《文心雕龙》的核心观念,可以说都是对"文心"的护持。从地缘、学缘、学术上的沟通交流可以发现他们的学术思想存在着一定关联。三位学者皆湖北人,深受近代湖北学风的熏陶,张之洞于 19 世纪末 20 世纪初在湖北进行的文化、教育、政治改革形成的风气,成为孕育他们学术思想的地方环境。就三位学者的《文心雕龙》来讲,徐复观、王元化二人的龙学研究,实在是基于黄侃的《文心雕龙札记》而有意加以纠正补充;徐、王二人的龙学论著中虽少有互相引用称述,但晚年声气相闻,颇有会心之论。如果放在 20 世纪中国学术文化展开的大背景下,则可以发现他们具有文化保守主义的大致倾向。他们的龙学研究,可以说都是在应对西方现代文学思潮的冲击,从而转向传统文学资源的开发而产生的,他们保护了传统,也弘扬了传统,以传统文学理论接引世界文学的大流,真是功在千秋。

(湖北师范大学文学院)

论刘勰的"文本于经"说[*]

论刘勰的"文本于经"说[*]

黄诚祯　李　平

内容摘要：刘勰的"文本于经"说是传统经学与文体学发展的必然产物，在前人成果的基础上，刘勰建构了以经为源、以各体文章为流的文体学谱系，梳理了"五经"与各体文章风格的对应关系。刘勰这样做本欲挽救其时颓靡的文风，富有积极意义。然而，受其宗经思想的影响，且从个人主观角度出发，又不免具有一定的局限性。

关键词：刘勰　"文本于经"　理论内涵　理论意义　理论局限

Onthe 'Literature Rooted in the Five Classics' of Liu Xie

Huang Chengzhen　Li Ping

Abstract：Liu Xie's theory of 'Literature Rooted in the Five Classics' is

---

* 本文系 2015 年度国家社科基金项目"海峡两岸'龙学'比较研究"(15BZW040)和 2014 年度国家社科基金重大项目"东亚《诗品》《文心雕龙》文献研究集成"(14ZDB068)子课题"东亚文心雕龙研究史"阶段成果。

inevitable outcome of the developments of traditional classics and stylistics. On the basis of predecessors' achievements, Liu Xie constructed stylistics spectrum which regards classics as source and the baby of the article as the flow, and combed the corresponding relation between 'Five Classics' and each article style. Liu Xie did this to save the low style of writing at the very start, full of positive significance. However, influenced by his classics ideas, and from the subjective perspective, so it unavoidably has some limitations.

Key words: Liu Xie　Literature Rooted in the Five Classics　Theoretical connotation　Theoretical significance　Theoretical limitation

《文心雕龙·宗经》论及"五经"与各种文体的关系时说："故论说辞序,则《易》统其首;诏策章奏,则《书》发其源;赋颂歌赞,则《诗》立其本;铭诔箴祝,则《礼》总其端;纪传盟檄,则《春秋》为根,并穷高以树表,极远以启疆,所以百家腾跃,终入环内者也。"①这里,刘勰首次明确地将"五经"与论、说、辞、序等二十种文体联系在一起,丰富了"文本于经"说的理论内涵。刘勰之后,颜之推、黄佐、章学诚、刘师培等人也有相似的论述②。"文本于经"说强调了经学与文体学之间的密切联系,这是文体研究史上一个不可忽视的动向,是经学与文体学发展互融的必然产物。那么,刘勰为什么会提出"文本于经"说,其"文本于经"说有哪些具体内涵,我们又该如何评价其"文本于经"说呢?

一、刘勰"文本于经"说的文化渊源

刘勰"文本于经"说的提出,既有外部影响因素,也有内部影响因素。经学研究的深入是刘勰提出"文本于经"说的重要前提,前人对

---

① 范文澜《文心雕龙注》(上),人民文学出版社,1958 年,第 22—23 页。以下引用《文心雕龙》文字,均见此书,不再单独出注。

② 参阅吴承学《中国古代文体学研究》,人民出版社,2011 年,第 34—35 页。

于"五经"的研究,尤其是对"五经"的文本内容与行文风格的研究,在《文心雕龙》中得到了很好的继承。在刘勰看来,《易》《书》《诗》《礼》《春秋》这五部经典在形式与内容上是有区别的,《宗经》谓:"《易》张十翼,《书》标七观,《诗》列四始,《礼》正五经,《春秋》五例。"所谓"十翼"是指关于《易经》卦辞、爻辞的注释和论述。"七观"即《尚书大传》对于《尚书》的内容的概括:"六《誓》可以观义,五《诰》可以观仁,《甫刑》可以观诚,《洪范》可以观度,《禹贡》可以观事,《皋陶谟》可以观治,《尧典》可以观美。""四始"即《毛诗序》所言"是为四始,诗之至也"。"五经""谓吉礼、凶礼、宾礼、军礼、嘉礼也"。"五例"见诸杜预《春秋左传序》:"为例之情有五:一曰微而显……二曰志而晦……三曰婉而成章……四曰尽而不汙……五曰惩恶而劝善。"①继而,刘勰又指出:"夫《易》惟谈天……《书》实记言……《诗》主言志……《礼》以立体……《春秋》辨理……"这一观点正是继承了前人有关"五经"特点的论述。《庄子·天下》:

> 《诗》以道志,《书》以道事,《礼》以道行,《乐》以道和,《易》以道阴阳,《春秋》以道名分。②

《荀子·儒效》继而阐发为:

> 《诗》言是,其志也;《书》言是,其事也;《礼》言是,其行也;《乐》言是,其和也;《春秋》言是,其微也。③

到了扬雄《法言·寡见》则云:

> 或问:"五经有辩乎?"曰:"惟五经为辩。说天者莫辩乎《易》,说事者莫辩乎《书》,说体者莫辩乎《礼》,说志者莫辩乎《诗》,说理者莫辩乎《春秋》。舍斯,辩亦小矣。"④

比对以上文字,不难发现,《宗经》所云"五经有别",可谓是渊源有自。

魏晋以降,文体既多,众制锋起,文体理论也随之发展成熟起来,

---

① 参见祖保泉《文心雕龙解说》,安徽教育出版社,2009年,第39—40页。
② 陈鼓应《庄子今注今译》(下),中华书局,2009年,第908页。
③ (清)王先谦《荀子集解》,中华书局,1988年,第133—134页。
④ 汪荣宝《法言义疏》(上),中华书局,1987年,第215页。

这就为刘勰建构"文本于经"说提供了重要的实践和理论基础。首先,各体文章的勃兴为文体风格学的研究提供了优秀范本,《文心雕龙·才略》道出了这种文体勃兴的局面:"魏文之才,洋洋清绮,旧谈抑之,谓去植千里。然子建思捷而才俊,诗丽而表逸;子桓虑详而力缓,故不竞于先鸣;而乐府清越,《典论》辩要,迭用短长,亦无懵焉……仲宣溢才,捷而能密,文多兼善,辞少瑕累,摘其诗赋,则七子之冠冕乎! 琳瑀以符檄擅声;徐干以赋论标美;刘桢情高以会采;应玚学优以得文;路粹杨修,颇怀笔记之工;丁仪邯郸,亦含论述之美:有足算焉。刘劭《赵都》,能攀于前修;何晏《景福》,克光于后进;休琏风情,则《百壹》标其志;吉甫文理,则《临丹》成其采;嵇康师心以遣论,阮籍使气以命诗:殊声而合响,异翮而同飞。"饶宗颐通过对《隋书·经籍志》的梳理,考证出刘勰撰《文心雕龙》之前,诗、乐府、赋、檄、移等各体文章的专集已经出现,从而为刘勰文体分类提供了依据。①

其次,魏晋之际,文论家对各体文章的风格学概括也已萌现。曹丕《典论·论文》曰:

> 夫文,本同而末异。盖奏议宜雅,书论宜理,铭诔尚实,诗赋欲丽。此四科不同,故能之者偏也;唯通才能备其体。②

陆机《文赋》亦曰:

> 体有万殊,物无一量,纷纭挥霍,形难为状……诗缘情而绮靡,赋体物而浏亮。碑披文以相质,诔缠绵而凄怆。铭博约而温润,箴顿挫而清壮。颂优游以彬蔚,论精微而朗畅。奏平彻以闲雅,说炜烨而谲诳。虽区分之在兹,亦禁邪而制放。③

刘勰在此基础上指出:

> 是以括囊杂体,功在铨别。宫商朱紫,随势各配。章表

---

① 饶宗颐《文心雕龙探原》,载《文心雕龙研究专号》,明伦出版社,1971年。
② (梁)萧统《文选》(六),上海古籍出版社,1986年,第2271页。
③ 张少康《文赋集释》,人民文学出版社,2002年,第99页。

奏议，则准的乎典雅；赋颂歌诗，则羽仪乎清丽；符檄书移，则楷式于明断；史论序注，则师范于核要；箴铭碑诔，则体制于宏深；连珠七辞，则从事于巧艳：此循体而成势，随变而立功者也。（《文心雕龙·定势》）

此外，挚虞的《文章流别志》、李充的《翰林论》等也成为刘勰建构"五经"与各体文章对应关系的理论资源。黄侃曾指出："即如《颂赞》篇大意本之《文章流别》，《哀吊》篇亦有取于挚虞。"①

经学与文体学的发展均属于外部因素，真正促使刘勰提出"文本于经"说的还在于其自身所持的学术传统与文学本质观②。实际上，刘勰"文本于经"说的提出不是偶然的，而是其文学理论建构的必然结果，这主要体现在《文心雕龙》的"文之枢纽"部分。从《原道》到《徵圣》再到《宗经》，刘勰完成了对"文学本质论"的第一层面上的理论建构，用他自己的话说即"道沿圣以垂文，圣因文而明道"。用纪昀的话说就是："文以载道，明其当然；文原于道，明其本然，识其本乃不逐其末。首揭文体之尊，所以截断众流。"③"明其当然"意指文学之功用，"明其本然"实谓文学之本质。在这里，刘勰建构起明确的文学本质论。而对于"文学本质论"的第二层面上的建构，主要体现在《宗经》《正纬》《辨骚》诸篇，即《序志》所言之"体乎经，酌乎纬，变乎骚"。换言之，刘勰试图以《宗经》为核心，建构起上溯文学之本源，下启文学之通变的文学理论体系。他认为，文是自然之道的外在感性体现，只有圣人才具有全面把握这种天地之文的能力；经过周公、孔子等能感知天地的圣人的删述，无所不包、臻于完美的经典得以形成，而一般人则可通过阅读经典来把握天地之道。这样一来，经典便具有了无可置疑的合法性，从而作为后世文章的来源也便具有了合理性。正是这样的"道——圣——文"三位一体的思想，使得刘勰将当时的经

---

① 黄侃《文心雕龙札记》，上海古籍出版社，2000年，第221页。

② 关于刘勰所秉承的学术传统，吴承学的《中国古代文体学研究》一书已有详论，此不赘述。

③ （清）黄叔琳：《文心雕龙辑注》，中华书局，1957年，第1页。

学与文体学的研究成果融汇在一起,形成其独特的"文本于经"说。

事实上,刘勰"道——圣——文"三位一体的文学本质观,亦是渊源有自。《荀子·儒效》早就提出"原道""徵圣""宗经"的思想:

> 圣人也者,道之管也。天下之道管是矣,百王之道一是矣。故《诗》《书》《礼》《乐》之归是矣。①

扬雄《法言·吾子》则进一步发挥为:

> 舍舟航而济乎渎者,末矣;舍五经而济乎道者,末矣。弃常珍而嗜乎异馔者,恶睹其识味也;委大圣而好乎诸子者,恶睹其识道也。
>
> 或曰:"人各是其所是,而非其所非,将谁使正之?"曰:"万物纷错则悬诸天,众言淆乱则折诸圣。"或曰:"恶睹乎圣而折诸?"曰:"在则人,亡则书,其统一也。②

从荀子到扬雄再到刘勰,"原道""徵圣""宗经"三位一体的思想可谓一脉相承,而刘勰的历史功绩则在于从文学理论的层面进行详赡的论述,并在此基础上将之发展为"文本于经"说。

二、刘勰"文本于经"说的理论内涵

"五经之所以成为文章的渊源,一方面是五经本身具有文章的特质,这是潜在的前提;另一方面,汉末魏晋以降逐渐重视文章特质的时代风气也为当时人提供了在五经之中发现文章之美的意识和眼光。"③的确,傅玄、陆机、任昉、挚虞等人的相关论述已或多或少说明了这一点,而在他们的论述中也透露出"文本于经"说的端倪。《文心雕龙·宗经》则明确将章、表、奏、议等二十余种文体与五经联系起来。从文体学角度看,刘勰的"文本于经"说具有两个层面的理论内涵。

首先,刘勰将"五经"与各体文章一一对应,构成"经"与"文"的源

---

① (清)王先谦《荀子集解》,中华书局,1988年,第133页。
② 汪荣宝《法言义疏》(上),中华书局,1987年,第67、82页。
③ 吴承学《中国古代文体学研究》,人民出版社,2011年,第34—35页。

流关系,使其"文本于经"说具有文体发生学的内涵。《宗经》将二十种不同的文体与"五经"一一对应起来,勾勒了一个以"五经"为核心的文体学谱系:

源	流			
《易》	论	说	辞	序
《书》	诏	策	章	奏
《诗》	赋	颂	歌	赞
《礼》	铭	诔	箴	祝
《春秋》	纪	传	盟	檄

所谓"《易》统其首""《书》发其源""《诗》立其本""《礼》总其端""《春秋》为根",其实一也,即指腾跃之"百家"文章,皆源于"五经"之环内。刘勰将"论说辞序"这四种说理性较强的文章纳于《易》之谱系,将"诏策章奏"这四种公文性比较突出的文章归于《书》之名下,将"赋颂歌赞"这四种抒情性比较明显的文体与《诗》联系在一起,将"铭诔箴祝"这些在祭祀、喜庆场合较常出现的仪式类文章归于《礼》之谱系,将"纪传盟檄"这些凸显国家外交与军事功用的文章归于《春秋》之名下,表明他对这五组文章与"五经"之间渊源关系的认同。《文心雕龙》文体论部分主要论述了三十四种比较重要的文体,而涉及的各类文体则多达一百种以上。且不说刘勰论述的言说策略意味,仅从形式上看,"文本于经"说的确是从理论层面建构起以五经为源,以适用于古代吉礼、凶礼、宾礼、军礼、嘉礼的各体文章为流的文体学谱系。范文澜在《文心雕龙注》中就关注到这点,他曾在《原道》题注中列了一个《文心雕龙》上篇结构体系表,表中将文体论分为"文类""文笔杂""笔类"三个部分,并着力揭示各类文体与"五经"的源流对应关系。① 为使表述更为直观,下面将各类文体与"五经"的关系以表格的

---

① 参见范文澜《文心雕龙注》,人民文学出版社,1958年,第4—5页。

形式呈现出来：

文体篇目（流）	文体对应及顺序原因	五经类别（源）
辨骚	轩翥诗人之后，奋飞辞家之前，故为文类之首。	《诗》
明诗	诗原上古，体备两汉，故次于骚。	
乐府	诗为乐心，声为乐体，故与诗并。	
诠赋	拓宇于楚辞，盛于汉代，故次于诗。	
颂赞	诗之流裔。	
祝盟	告于鬼神，礼之大者。	《礼》
铭箴	铭勒功德，箴御过失，生人之事，故次祝盟。	
诔碑	树碑述亡，死人之事，故次铭箴。	
哀吊	哀夭横，吊灾亡，故次诔碑。	
封禅	登岱祀天，祭之大者。	
史传	史肇轩黄，体备周孔，记事载言，六经皆史，故为笔类之首。	《春秋》
檄移	国之大事，惟戎与祭，事出非常，故次诏策。	
论说	述经叙理口论，又博明万事为子，适辨一理为论，故次诸子。	《易》
诏策	帝王号令，衍自尚书。	《书》
章表	章表奏议，经国枢机，章以谢恩，奏以按劾，表以陈情，议以执异，事有重轻，故三者相次。	
奏启议对		
书记	杂记庶事，故次于末。	

这张表有两点值得注意：一方面，注意到刘勰"论文叙笔"部分不同文体与"五经"对应的可能联系，对《宗经》提出的"文原于经"说加以阐明与补充。如将"赋颂歌赞，诗立其本"一句，扩展为《辨骚》

《乐府》《明诗》《诠赋》《颂赞》，这可能是注意到《文心雕龙》的骈体行文简约的特点，故而加以阐明。又如《封禅》与五经之关系，《宗经》并无交代，范文澜则立足史料，加以补充。另一方面，注意到不同文体之间的排列顺序关系，并以原文为据，加以申述：他认为《辨骚》列为文类之首，原因在于以《离骚》为代表的楚辞"轩翥诗人之后，奋飞辞家之前"，而《书记》"杂记庶事，故次于末"；又如《乐府》之所以与《明诗》并列是因为"诗为乐心，声为乐体"；再如《章表》《奏启》《议对》三者相次，依据在于"章表奏议，经国枢机，章以谢恩，表以陈情，奏以按劾，议以执异，事有重轻，故三者相次"。

范文澜的努力为我们还原刘勰的文体论与"五经"的关系提供了很好的视角。然而，将五经与《文心雕龙》所论各种文体一一对应，不免失之拘泥。这里不妨举个较为明显的例子，范文澜一方面承认"纪传盟檄，则《春秋》为根"，另一方面又以《祝盟》"告于鬼神，礼之大者"为依据，将《祝盟》划为《礼》之流裔。如此一来，盟这一文体既源于《春秋》，又源于《礼》，显然与刘勰"五经有辩"的思想相矛盾。这说明刘勰"文本于经"说所建构的文体学谱系，并非严格意义上的源流谱系，而只是一个有伸缩性的对应体系。正如贾奋然所说："'文源五经'之说没有涉列他所论及的所有文体类型，关于各类文体与经典之间的源流对应关系也只是为了适应《文心雕龙》四六骈体形式写作的需要所作的大致论列，在具体考释中，刘勰并没有否定某些文体与其他经典之间所具有的源头流变关系。"[1]事实上，刘勰在《文心雕龙》中也并未明确交代杂文等文体与经典的对应关系。"文本于经"说只说明他已开始关注文体的源流问题，并努力从理论层面加以梳理与解释。

其次，刘勰对"五经"与各体文章的风格加以归纳，又使其"文本于经"说具有文体风格学的理论内涵。他立足于扬雄的"五经有辩"说，以文章的功用、特点和风格为核心，建构"五经"与各体文章的联

<hr>

① 　贾奋然《六朝文体批评研究》，北京大学出版社，2005年，第169页。

系。我们先看刘勰对扬雄"五经有辩"思想的继承和发展：

扬雄的"五经有辩"说	刘勰的继承和发展
说天者莫辩乎《易》	夫《易》惟谈天，入神致用。故《繫》称旨远辞文，言中事隐，韦编三绝，固哲人之骊渊也。
说事者莫辩乎《书》	《书》实记言，而训诂茫昧，通乎《尔雅》，则文意晓然。故子夏叹《书》，昭昭若日月之明，离离如星辰之行，言昭灼也。
说志者莫辩乎《诗》	《诗》主言志，诂训同书；摛风裁兴，藻辞谲喻，温柔在诵，故最附深衷矣。
说体者莫辩乎《礼》	《礼》以立体，据事制范，章条纤曲，执而后显，采掇片言，莫非宝也。
说理者莫辩乎《春秋》	《春秋》辨理，一字见义；五石六鹢，以详略成文；雉门两观，以先后显旨；其婉章志晦，谅以邃矣。

扬雄将"五经"的不同写作功用概括为"说天""说事""说体""说志""说理"，刘勰承之曰"谈天""记言""立体""言志""辨理"，并联系"五经"的文体风格加以证明、解说。在此基础上，《宗经》明确将论说辞序、诏策章奏、赋颂歌赞、铭诔箴祝、纪传盟檄等不同的文休归类合并，以与"五经"的风格相对应。

而《定势》又把关注的焦点放在各体文章的风格归类上，指出："章表奏议，则准的乎典雅；赋颂歌诗，则羽仪乎清丽；符檄书移，则楷式于明断；史论序注，则师范于核要；箴铭碑诔，则体制于宏深；连珠七辞，则从事于巧艳。"刘勰"在这里已经把《文心雕龙》上编文体论部分所划分的各种体裁，归纳成六个大类，并仿照《典论·论文》的体制，对每一大类的共同风格要求，都用两个字来概括。这段话可以说是《文心雕龙》文体风格论的纲领。"①倘若我们将《宗经》与《定势》联

---

① 詹瑛《文心雕龙的风格学》，人民文学出版社，1982 年，第 132 页。

系在一起，把"五经"与文章的风格特点结合起来看，则更可看出刘勰文体风格学的纲领之所在：

五经	风格特点	文章	风格特点
《易》	谈天——旨远辞文	史论序注	核要
《书》	记言——言昭灼也	章表奏议	典雅
《诗》	言志——最附深衷	赋颂歌诗	清丽
《礼》	立体——据事制范	箴铭碑诔	宏深
《春秋》	辨理——一字见义	符檄书移	明断

很显然，刘勰以文章的写作功用及风格为媒介，力图打通"五经"与各体文章之间的鸿沟。《宗经》所谓"环内"，即指"环中"，意为圆环之中。《庄子·齐物论》说："彼是莫得其偶，谓之道枢；枢始得其环中，以应无穷。"这透露出刘勰"文本于经"说的文体风格学意蕴：如能把握"五经"的各体风格，便如处在圆环的中心，撰写或评论各体文章就能做到得心应手。

刘勰的"文本于经"说虽然并未建立严格意义上的文体学谱系，但是其初步尝试已说明古代文体学的研究是植根于传统文化的土壤中的。其一，受传统文化的影响，古代文体学研究具有鲜明的政治色彩。中国文化是与封建统治的需要紧密结合，即依从于政治，为封建统治服务的政治型文化。无论从中国文化的主体内容，还是从作为中国文化核心的中国哲学来看，它们都是受制于政治，为政治服务的。在历史上，中国的学术文化，尤其是儒家思想，一直被用来当作施行"教化"和服务于政治的工具。经学作为国家政治层面之文化主流，对于一个国家的民族心理，尤其是知识分子影响至深，表现在文学上亦是如此。刘勰之后的颜之推、章学诚、刘师培等人对"文本于经"说的继续阐扬即为明证。其二，与政治性紧密联系的便是崇尚实用的民族心理。古代文体的产生，基于审美需要的并不多，更多的是基于实用功能，而这实用功能也在很大程度上影响了文体风格。刘勰的"文本于经"说便高度强调文体的实用性。以"奏"为例，曹丕《典论·论文》谓"奏议宜雅",陆机《文赋》谓"奏平彻以闲雅",虽然道出了奏的文体风格,然而并未触及这种风格形成的功能性因素。到了刘勰,则谓"《书》实记言","诏策章奏,则《书》发其源"(《宗经》),"章表奏议,则准的乎典雅"(《定势》),又谓"陈政事,献典仪,上急变,劾愆谬,总谓之奏。奏者,进也。言敷于下,情进于上也",还指出"夫奏之为笔,固以明允笃诚为本,辨析疏通为首,强志足以成务,博见足以穷理,酌古御今,治繁总要,此其体也"(《奏启》)。这些论述,充分注意到奏的源流、文体风格与使用功能之间的密切联系。

另外,刘勰的"文本于经"具有极强的言说策略意味:在"文之枢纽"的总论部分,刘勰强调宗经的重要性,但是也指出"变乎骚"是"文本于经"说的重要补充;"文本于经"说看似一个静止的对应体系,实际上到了"论文叙笔"的文体论部分,他往往采取"原始以表末"的原则,对各种文体进行动态考察;而在创作论部分,他既从创作主体的角度论述文章风格的主、客观因素(比如才、气、学、习),又从文章体制的角度探讨风格的形成要素,强调"因情立体,即体成势";在评论和鉴赏文章时,他虽然强调"宗经",然而已从伦理层面的道德规范走向审美的维度,更重视文章的"雅"与"丽"。

三、刘勰"文本于经"说的理论意义与局限

刘勰之所以提出"文本于经"说,煞费苦心地建构起五经与各种文体的源流谱系与风格谱系,在很大程度上就是因为"宗经"是刘勰论文的重要原则。那么,我们该如何评价刘勰的"文本于经"说呢?

首先,刘勰的"文本于经"说具有重要的理论意义。一方面,"文本于经"说是经学向文学嬗变历程中,"文的自觉"在理论层面上的体现。正如李泽厚所说:"从东汉末年到魏晋,这种意识形态领域内的新思潮即所谓新的世界观人生观,和反映在文艺——美学上的同一思潮的基本特征,是什么呢?简单说来,这就是人的觉醒。它恰好成为从两汉时代逐渐脱身出来的一种历史前进的音响。在人的活动和观念完全屈从于神学目的论和谶纬宿命论支配控制下的两汉时代,

是不可能有这种觉醒的。但这种觉醒，却是通由种种迂回曲折错综复杂的途径而出发、前进和实现。"①魏晋之际的士人往往有意识地将"五经"与各体文章联系在一起，这并非仅仅是因为经学处于统治地位，也是基于"五经"本来就具有文学的审美特质。刘勰的"文本于经"说的提出，正是"人的觉醒"思潮在文学层面的直接反映——"文的自觉"。例如，《徵圣》论述的繁、略、隐、显的文章表现手法时就以"五经"为例：

> 夫鉴周日月，妙极机神；文成规矩，思合符契。或简言以达旨，或博文以该情，或明理以立体，或隐义以藏用。故《春秋》一字以褒贬，丧服举轻以包重，此简言以达旨也。《邠诗》联章以积句，《儒行》缛说以繁辞，此博文以该情也。书契断决以象《夬》，文章昭晰以象《离》，此明理以立体也。四象精义以曲隐，五例微辞以婉晦，此隐义以藏用也。故知繁略殊形，隐显异术，抑引随时，变通会适，徵之周孔，则文有师矣。

仅从刘勰论述《春秋》的特点中，就可见时人对于《春秋》文学审美特性的把握。《宗经》云："《春秋》辨理，一字见义，五石六鹢，以详略成文；雉门两观，以先后显旨；其婉章志晦，谅以邃矣。"对于"五石六鹢"和"雉门两观"的写作特点的关注，并非始于刘勰②。然而，将前人对于《春秋》的注释成果转用在论文中，则是刘勰的贡献，即强调经典的文学特质。此外，在人的觉醒的思潮中，刘勰还特别关注文体的历史渊源、类别划分以及风格流变，尽管还带着浓厚的经学色彩，但是"文本于经"说可谓"文的自觉"的一种历史表现。

　　另一方面，刘勰的"文本于经"说还具有挽救时风，纠谬扶偏的理

---

① 李泽厚《美的历程》，天津社会科学院出版社，2001年，第147页。

② 关于"五石六鹢"，《公羊传》解释为："曷为先言陨而后言石？陨石记闻，闻其石磌然，视之则石，察之则五……曷为先言六而后言鹢？六鹢退飞，记见也，视之则六，察之则鹢，徐而察之则退飞。"而关于"雉门两观"，《公羊传》曰："其言雉门及两观灾何？两观微也。然则曷为不言雉门灾及两观？主灾者两观也。时灾者两观，曷为后言之？不以微及大也。"

论意义。"文本于经"说实际上构建了以五经为核心的文体范型,刘勰之所以特别强调经典的重要性,在很大程度上是为了匡正当时浮靡淫丽的文风。他指出《诗》为楚辞之源头,而楚辞又是汉赋的源头,从"诗经时代"到"《离骚》时代"再到"汉赋时代"是一个"弥近弥讹"的过程,尤其是到了近代更是"辞人爱奇,言贵浮诡,饰羽尚画,文绣鞶帨,离本弥甚,将遂讹滥"。《序志》之外,《文心雕龙》还多次直接或间接地谈及(圣)诗人、(屈原)楚人、辞人(词人)三者的关系:

> 楚襄信谗,而三闾忠烈,依《诗》制《骚》,讽兼比兴。炎汉虽盛,而辞人夸毗,诗刺道丧,故兴义销亡。于是赋颂先鸣,故比体云构,纷纭杂沓,倍旧章矣。(《比兴》)

> 是以诗人感物……及《离骚》代兴……及长卿之徒,诡势瑰声,模山范水,字必鱼贯,所谓诗人丽则而约言,辞人丽淫而繁句也。(《物色》)

在刘勰看来,从圣(诗)人到楚人(屈原)再到辞人,这三者的文学地位呈梯级下降趋势。这说明他对以《诗经》《离骚》、汉赋为代表的文学发展史的总体判断:《诗经》时代的文学臻于至善至美,《离骚》时代次之,汉赋及其以后时代"采滥乎真"。为了复归文学之雅丽文风,他提出了"文本于经"说。换言之,即以经典之"正"来纠齐梁文坛之"末",从而使文章写作做到:"文能宗经,体有六义:一则情深而不诡,二则风清而不杂,三则事信而不诞,四则义直而不回,五则体约而不芜,六则文丽而不淫。"(《宗经》)因此,作为刘勰文学理论的重要一环,"文本于经"说的价值既体现在五经是影响文学创作和发展的重要因素,也体现在刘勰有意识地以"五经"的崇高地位推尊文章地位,以质朴雅正的"五经"挽救淫滥的文风。

其次,刘勰的"文本于经"说也有一些明显的不足。一者,刘勰既要寻求经典与各种文体的对应关系,又要对各种文体作"原始以表末"的考察,而由于宗经思想的局限,以致其历史考察与源流对应之间常常存在矛盾。例如,《礼记·祭统》明确指出"铭"之性质、用途等,并用文字的形式记录了卫孔悝鼎铭的内容。于是,刘勰在《宗经》

篇依《礼记》来论述铭文,明确指出"铭诔箴祝,则《礼》总其端"。但是,他在《铭箴》的论述则是从遥远的黄帝、大禹开始,继而才是商汤时期的《盘铭》,周武王时期的《户铭》(《盘铭》的记载见诸《大学》,《户铭》的记载见诸《大戴礼记》),其后才提到孔悝鼎铭。可见,《铭箴》对"铭"所作的"原始以表末"的考察,与《宗经》对"铭"所作的"文本于经"的归纳是相互矛盾的。

次者,"五经"本来就不是一个圆融的体系,而且"五经"作为经典出现有着特殊的政治意图,依据人为设定的五部典籍来考察不同体裁的文章风格与来源,不免出现文体对应的交叉重合。因为某一特定文体的发生,并非仅仅根源于一部或几部人为设定的经典,而是与社会发展、个人与群体情绪表达等诸多因素紧密相关;同时,某一文体的风格也并非一成不变,而是随着时代与社会的变化有所变化。如铭文,从字数来看,早在殷代青铜器上,铭文已开始出现,但长达五十字的铭文不算多,到了西周则更涌现了百字以上的长篇铭文;从文字和文体上看,其演变呈现出由简略到繁复,由贫乏到丰富的趋势;而其性质也随着时代的推移而渐生变化[①]。

再者,不同的人对于经典与文体风格的认识也存在差异,就以"铭"和"诔"为例,曹丕认为"铭诔尚实",而陆机认为"诔缠绵而凄怆,铭博约而温润",这显然是有所区别的。而刘勰以实证的方法在"五经"中寻找各类文体的风格与源流的对应关系,从而使其"文本于经"说具有明显的理论体系的机械性、对应关系的僵化性、适用范围的有限性和操作层面的主观性。

（安徽师范大学文学院）

---

① 容庚、张维持《殷周青铜器通论》,文物出版社,1984年,第80—86页。

论阮籍形象建构的两个传统

伏 煦

内容摘要：《文选》五臣注以降，形成了以比兴讽喻诠释阮籍《咏怀》诗的传统，在南宋曾原一《选诗演义》和元末刘履的《选诗补注》中，阮籍忠于曹魏并且在司马氏篡权的背景下选择韬晦自保的形象被建构出来；与之相对的是，东晋南北朝士人对阮籍的认识偏重于其作为名士的一面，这一传统由《世说新语》肇端，唐修《晋书》阮籍本传继之，两者均甚少涉及其政治活动。由此看来，两种不同性质的文本在各自的传统中，构建了两种相对独立的阮籍形象，然而《咏怀》诗的注家以"知人论世"的批评方式，在勾连诗义和阮籍轶事的同时，亦沟通了阮籍形象建构的两个传统。

关键词：阮籍 《咏怀》诗 《世说新语》 比兴讽喻 魏晋名士 沟通

The Study of Two Traditions of Ruan Ji's Image Construction

Fu Xu

Abstract: After WuChen's annotation of *Anthologies*, the tradition that interpreted Ruanji's *Songs of my hearts* in the way of allegory had formed. In the context of *Xuanshi-Yanyi* writtened by Zeng Yuanyi in South Song Dynasty and *Xuanshi-Buzhu* writtened by Liu Lv in Yuan Dynasty, Ruan Ji's image of loyalty and self-protection at the background of Sima'family usurping power was constructed. On the other hand, the intellects of East Jin, Ruan Ji was regrarded as a personage in the Nouth and Sorth Dynasties. This tradition began with *A New Account of Tales of the World*, Ruan Ji's biography in *History of the Jin Dynasty* succeeded, both of them seldom involved in his political activities. From this, we can see that two kinds of texts were followed by their traditions, and constructed two different kinds of Ruan Ji's image, which were independent from each other. However, the interpreters of *Anthologies* used the way of "knowing the persons and considering the age they lived", telling Ruan Ji's anecdote while explaining the poems. In this way, two traditions of Ruan Ji's image construction were contacted.

Keywords: Ruan Ji; *Songs of my hearts* *A new account of tales of the world*; allegory WeiJin's personages communication

　　阮籍《咏怀》诗的诠释是文学史研究中争讼不休的话题,《世说新语》和《晋书·阮籍传》记载的阮籍轶事,风流神采至今仍魅力不绝。小说与正史的编纂及其接受,与《咏怀》诗的诠释一道,建构了不同的阮籍形象。通过梳理这两个传统的形成过程,我们发现这两种形象是由不同性质的文本在各自的话语体系中发展而来,相对独立而又有所沟通。本文由此立意,希望可以为汗牛充栋的阮籍及其《咏怀》诗研究打开一个新的角度。

一、《咏怀》诗的比兴讽喻诠释与阮籍政治身份的认定

太史公在《史记·孔子世家》篇末赞文中有这样一句话："余读孔氏书,想见其为人。"①说的就是读书引起的共鸣与对作者的敬慕。从《咏怀》诗进入阮籍的内心世界,正符合这种由作品理解作者的途径。然而阮籍《咏怀》诗意旨幽微,距离魏晋之交不过二百年的南朝学者颜延之,已是"怯言其志",稍后的批评家刘勰与钟嵘,亦叹"阮旨遥深""厥旨渊放,归趣难求"。降至初唐李善注《文选》,对《咏怀》诗的注解偏重于词义的训诂和典故的注释,并不涉及诗义,遑论作者阮籍本人的政治态度。直至五臣注不满李善注不涉文意的做法,开创了勾抉索隐《咏怀》诗微旨的传统,这一传统到了宋元,亦有选诗的注家继承并发扬,以南宋曾原一编撰的《选诗演义》②和元末刘履编撰的《选诗补注》③两书为代表。同时,两家在串讲诗义的过程中,加入了各自对阮籍心态的理解;这种理解最终形成了一个被赋予政治立场的阮籍形象。通过细读这些注释材料,我们可以清楚地看到这一阮籍形象是如何建构出来的。

李善注及其保存的颜延之、沈约两家旧注,态度都较为慎重,并不引申意象与典故的所指;《咏怀》诗中的意象与典故的比兴作用,是由五臣注发挥而来的。比如"嘉树下成蹊" 诗"驱马舍之去,去上西山趾"一句,善注和五臣注分别如下:

善曰:西山,夷、齐所居,言欲从之以避世祸。

铣曰:西山,伯夷、叔齐隐处也;趾,山足也。言晋无始

---

① (汉)司马迁著,[日]泷川资言会注考证《史记会注考证》,新世界出版社,2009 年,第 2933 页。

② 《选诗演义》一书清初以后不见于中国的书目著录,现仅存日本名古屋市蓬左文库藏朝鲜王朝世宗十六年(1434 年)所刊的活字本。感谢南京大学文学院卞东波教授惠赠这一珍贵资料。

③ 《选诗补注》是刘履所编撰《风雅翼》一书的前八卷,近人隋树森《古诗十九首集释》,黄节《阮步兵咏怀诗注》《谢康乐诗注》等对此书多有征引。

终，不及夷、齐，故上西山也。①

李善对于诗意"欲从之以避世祸"的解读，已经是少有的超出意象与典故范围的诠释了，但"世祸"仅是大体言之，张铣注则明确指出"晋无始终"才是效仿伯夷、叔齐隐居西山的缘由。《选诗演义》与《选诗补注》的体例与五臣注有所不同，两者不采用随文注释的方式，而是先录诗作，再择要解释意象和典故，最后串讲诗意同时将意象和典故的比兴作用加以揭示。虽然讽喻诠释这一思路与五臣注一致，但曾原一和刘履的串讲比之随文注释，着眼于全篇而不是受限于单句，更容易在阐释全篇的基础上敷演诗意，进而对阮籍其人加以评价，比如"嘉树下成蹊"一诗，曾原一的意见如下：

> 此章感时之衰而归隐也。嘉树如桃李，今为秋风而零落，犹魏之盛业，今为司马之所摧伤。堂上，朝廷也，荆杞，奸邪也，谓朝廷生荆杞矣，亦通。于是驱马而去西山，以寻夷、齐之侣。时势如此，此身与妻子其奚以自保乎？忧伤之深，末复为之嗟叹。若曰"我生不辰，罹此叔末，为之奈何！"

刘履则认为：

> 此言魏室全盛之时，则贤才皆愿禄仕其朝，譬犹东园桃李，春玩其花，夏取其实，而往来者众，其下自成蹊也。及乎权奸谮窃，则贤者退散，亦犹秋风一起，而草木零落，繁华者于是而憔悴矣。甚至荆杞生于堂上，则朝廷所用之人，从可知焉？当是时，惟脱身远遁，去从夷齐于西山，尚恐不能自保，何况恋妻子乎？篇末复谓"严霜被草，岁暮云已"者，盖见阴凝愈盛，世运垂穷，朝廷终将变革，无复可延之理。是以情促词绝，不自知其叹息之深也。②

曾原一与刘履对"嘉树""桃李"和"秋风"三个意象的理解，显然

---

① 《六臣注文选》，中华书局，1987年，第420页。

② （元）刘履编《风雅翼》，《选诗补注》卷三，影印文渊阁四库全书，第1370册，台湾商务印书馆，1986年，第48页。

与五臣吕延济注一脉相承,并非如沈约注停留在意象本身。① 在继承五臣比兴讽喻的解诗方式的基础上,《选诗演义》与《选诗补注》更进一步的是,在诗意的串讲中增加了对阮籍心态的还原,比如说曾原一就从"嘉树下成蹊"一诗末句"凝霜被野草,岁暮亦云已",读出了阮籍生不逢时而又无可奈何的嗟叹;刘履也以其为"叹息之深"。五臣注开以讽喻比兴诠释《咏怀》诗的风气之先,而对阮籍内心世界的解读只是初见端倪,如吕向注"嘉树下成蹊"曰:"言霜凝岁暮,野草当尽,我值今日,身亦固然,此乃阮籍忧生之词也。"②所谓"忧生之词",似来自"夜中不能寐"一诗后的颜延之注:"嗣宗身仕乱朝,常恐罹谤遇祸,因兹发咏,故每有忧生之嗟。虽志在刺讥,而文多隐避。百代之下,难以情测,故粗明大意,略其幽旨也。"③吕延济注"昔日繁华子"曰:"誓约如丹青分明,虽千载而不相忘也,言安陵、龙阳以色事楚、魏之主,尚犹尽心如此,而晋文王蒙厚恩于魏,不能竭其股肱而将行篡夺,籍恨之甚,故以刺之。"此说俨然视阮籍为曹魏之忠臣、《咏怀》诗为讥刺之作了。"徘徊蓬池上"一诗"小人计其功,君子道其常,岂惜终憔悴,咏言著斯章"句下亦有刘良注曰:"言我守以正道,岂能憔悴及已?所以著此诗以自明也。"④总的来说,五臣注涉及阮籍心态的内容还比较少,"忧生"和"刺讥"继承了颜延之的说法,还难以看到一个完整的阮籍形象,这一步最终是由《选诗演义》与《选诗补注》共同完成的。

---

① 沈约曰:"风吹飞藿之时,盖桃李零落之日,华实既尽,柯叶又凋,无复一毫可悦。"济曰:"嘉,美也。蹊,道也。藿,犹叶也。言及秋风而零落也。言晋当魏盛时则尽忠,及微弱则陵之,使魏室零落自此始。"虽然在刘履的解释中,是贤者的进退之变而非司马氏的忠奸,但结论并不与五臣注相悖。

② 《六臣注文选》,中华书局 1987 年版,第 420 页。吕向亦于"天马出西北"一诗"清露被皋兰,凝霜沾野草"句下注亦有重复表述,见《六臣注文选》,第 421 页;"昔年十四五"一诗末句亦有吕向注,曰:"乃悟羡门轻举而我负累,所以自嗤,安可嗤笑也。籍忧于生理,或以此词自释。"见第 423 页。

③ 此段注文明诸家引用多作颜延之注,黄节、陈伯君的阮诗注本题为李善注,具体辨正见于溯《李善〈文选·咏怀诗注〉中的旧注问题》一文,《南京大学学报》,2011 年第 1 期。

④ 《六臣注文选》,中华书局 1987 年版,第 423 页。

《选诗演义》每于篇首概言全诗大义，并含有极深的感情色彩，如"夜中不能寐"旨为"忧魏室之将亡也"，"炎暑惟兹夏"旨为"叹魏之将亡而犹望魏之存而不忍见其亡"，"徘徊蓬池上"旨为"悲魏之将亡且以自守"，"湛湛长江水"旨为"悲司马之图魏，感兴废之相承"，"登高临四野"旨为"悲魏之将亡，嗟附势趋利之徒而自明守道之不变"，"北里多奇舞"旨为"叹魏氏之将亡，疾小人之附晋而思自隐以避祸"，"步出上东门"旨为"言贤者之将隐而忧魏氏之亡"。[①] "忧""叹""不忍""悲""感""嗟"等词语，无疑是注家以意逆志，设想阮籍在魏晋易代的激荡中对曹魏政权风雨飘摇的嗟叹[②]。本文无意讨论历史上的阮籍是否有着类似的心理活动，但在南宋之时，联系魏晋易代背景，《咏怀》诗的诠释已经建构出一个心忧曹魏的阮籍形象。

与曾原一《选诗演义》的诠释反复喟叹阮籍之忠贞、抒情强烈不同的是，刘履在《选诗补注》中较为理性，较少直接使用带有感情色彩的词汇，代之以分析阮籍如何自处于世：

> 此嗣宗自悔其失身也。言少时轻薄而好游乐，朋侪相与，未及终极而白日已暮，乃欲驱马来归，则资费既尽，无如之何。以初不自重，不审时而从仕。服事未几，魏室将亡，虽欲退休而无计，故篇末托言太行失路，以寓懊叹无穷之情焉。
>
> "平生少年时"
>
> 嗣宗知魏亡有日，不乐久仕，思得如秦故侯种瓜于青门，则志愿毕矣；故咏其事以自见……复言膏火以明自煎，人以多财而致患，则以明夫宠禄之易失，不若布衣之可以安且久也。

---

① 除了模仿《毛诗》小序概言大义，其中多含阮籍忠贞之怀，《选诗演义》在串讲诗义之中，亦对阮籍之忠常有感叹，如"吁！籍其忠于魏乎！"（"炎暑惟兹夏"），"籍之为悲抑其深矣乎！"（"湛湛长江水"），"安得不凄怆伤心乎？"（"步出上东门"）。

② 卞东波在《曾原一〈选诗演义〉与宋代"文选学"》一文中指出："《演义》虽然政治性不是很浓烈，但生活于晚宋的曾原一在阐释阮籍《咏怀》诗时表现出的家国情怀，不难让我们想到曾原一对南宋政权的忧思。"《文学遗产》，2013年第4期。

"昔闻东陵瓜"

……为今之计，宁辞尊而居卑，庶几韬晦以自全，若攀附高远，一遭篡夺之变，则我既为魏臣，岂忍复事于晋？此所以虑中路之无归也。史称"籍本有济世之志"，"朝议以其名高，欲尊崇之"。籍以"天下多故，名士少有全者"，"乃求为步兵校尉，纵酒昏酣，遗落世事"，大概与此诗相合。然诗中微意，又岂史氏所能悉哉？

"灼灼西颓日"

言北里之舞、濮上之音，皆作于亡国，以寓魏国将亡之意。轻薄游子，竞趋荒淫，以比小人之阿附权奸，不知所止。当此之时，所见率皆如此，岂有若王子乔能超世绝俗，全身远害者哉！然其人已远，其法尚存，我虽未免罹乎世网，庶几托此得以外绝荣利，内保天真，有足慰我心耳。厥后嗣宗卒获令终者以此，亦可谓善处乱世者矣。

"北里多奇舞"

阮籍身为魏臣这一点，曾、刘两家的意见是一致的。阮籍于《晋书》有传，但《选诗演义》和《选诗补注》都将《咏怀》诗附于魏诗之下。[①]《选诗演义》中的阮籍对曹魏怀有满腔热忱，注者曾原一在串讲中大量抒发忠贞之情，对于阮籍在此乱世如何自处这个更为关键的问题，涉及较少而略有矛盾，如"登高临四野"之旨为"自明守道之不变也"；"平生少年时"之旨为"刺附和司马之小人且以讽其归王室也"，不仅仅是在表达自己的忠诚，更是推己及人；而到了"北里多奇舞"，则"思自隐以避祸也"，完全是自我保全之态。刘履在《选诗补注》中很明确地回应了阮籍的生存之道，那便是韬晦以自保，"嘉树下成蹊"中提到

---

① 《选诗演义》和《选诗补注》均打破选诗以类相从的方法，依据时代对选诗进行了重新编次。曾原一认为："籍亦见《晋史》，然实名于魏代矣，故附于魏。"刘履对此的补充是："《演义》以嵇、阮诗系于魏，或者非之，盖见世称'竹林七贤'，名在《晋史》故尔。然考二人之立心，殆与陶靖节略同……且康被潜诛，籍以寿终，并在景元年中，自与建安诸子委身曹氏者不类，今特依《演义》列于魏诗之后。"

的伯夷叔齐隐居西山与"昔闻东陵瓜"所用的邵平种瓜青门两个典故,数见于阮籍诗文,刘履从其中引申出阮籍逃避世事的处世原则,"平生少年时"一诗在刘履看来,虽然说的是阮籍自悔于轻率出仕,但这种观点实际上暗含了刘履所肯定的全身远害的态度。

从《文选》五臣注,到《选诗演义》和《选诗补注》,我们可以看到的不仅是《咏怀》诗的政治讽喻意旨,亦通过诠释而非作品本身,看到了作者阮籍的政治立场与处世态度。一个韬晦自保的忠臣形象是在解读《咏怀》诗的过程中生成的,这一过程跨越了唐、宋、元三代,上距阮籍的时代已有千年。如果把"知人论世"的批评方法分为两个方面,那么五臣等注家在"论世",即联系时局来解读《咏怀》诗几乎达到了登峰造极的程度。如"夜中不能寐"一首,(五臣)吕延济注认为:"夜中喻昏乱,不能寐言忧也。""孤鸿号外野,翔鸟鸣北林"一句,(五臣)吕向注认为:"孤鸿喻贤臣孤独在外,号,痛声也。翔鸟,鸷鸟,好回飞,以比权臣在近,则谓晋文王也。"①两说俱为曾原一所采,到了刘履的《选诗补注》,"薄帷鉴明月,清风吹我衿"一句,甚至被理解为"所谓薄帷照月,已见阴光之盛;而清风吹衿,则又寒气之渐也。"②《咏怀》诗中的意象都不是简单的物象,而是时局的隐喻。与之相对的是,《咏怀》诗比兴讽喻的诠释传统最终建构出阮籍的政治态度和处世原则,大多通过以语词意象牵连时势;与阮籍本人在史料中有据可考的行止联系,也就是"知人"之论,较为少见。我们在《世说新语》和《晋书·阮籍传》中看到的阮籍形象,亦与《咏怀》诗的深沉与苦闷大相径庭,因而有必要将子部小说与史传中的阮籍形象,作为另外一个传统讨论。

二、阮籍的魏晋名士形象及其接受

《咏怀》诗反映了阮籍内心的苦闷与迷茫之情,《世说新语》中的

---

① 《六臣注文选》,中华书局,1987年,第419页。
② (元)刘履编《风雅翼》,《选诗补注》卷三,影印文渊阁四库全书,第1370册,台湾商务印书馆,1986年,第48页。

阮籍形象则是放达任情的名士。就阮籍自身而言,其人"虽不拘礼教,然发言玄远,口不臧否人物",而"又能为青白眼,见礼俗之士,以白眼对之。"①《咏怀》诗虽然"难以情测",而"志在刺讥",看似充满了矛盾,实际上《咏怀》诗的忧生之词和阮籍放诞毁礼之行有着内在的一致性,前者是焦虑情绪在政治压力下的隐约流露,而后者则是明哲自保的手段。② 作为记载魏晋名士言行的小说集《世说新语》,与史传《晋书·阮籍传》一样,它们的编撰并不以全面反映传主为目的,而是关注人物典型的性格和特别的言行,所以这种带有选择色彩的书写,虽然与《咏怀》诗的诠释不同,但也是一种建构活动,而且建构的那个作为魏晋名士的阮籍,在后代广为接受。《世说新语》记阮籍事,《德行》《文学》《赏誉》《伤逝》《栖逸》《贤媛》和《排调》各一条,《简傲》两条,《任诞》多达九条,其中反映阮籍名士风度的行止集中于《任诞》篇,可见一斑。

至晚在阮籍身后三十年西晋元康(公元291—299)年间的中朝名士,便有对阮籍等七贤放达之行的仿效:

> 魏末,阮籍嗜酒荒放,露头散发,裸袒箕踞。其后贵游子弟阮瞻、王澄、谢鲲、胡毋辅之之徒,皆祖述于籍,谓得大道之本。故去巾帻,脱衣服,露丑恶,同禽兽。甚者名之为通,次者名之为达也。③
>
> ——《世说新语·德行》篇刘孝标注引王隐《晋书》

当然,他们并没有阮籍的忧患意识,也没有借放诞毁礼之行逃避世事的因由,只是在表面上模仿竹林七贤离经叛道的行为而已。无怪乎戴逵在《放达为非道论》中这样讥讽他们:"是犹美西施而学其颦眉,慕有道而折其巾角,所以为慕者,非其所以为美,徒贵貌似而已矣……然竹林之为放,有疾而为颦者也,元康之为放,无德而折巾者

---

① (唐)房玄龄等撰《晋书》卷四十九,中华书局,1974年,第1361页。
② 这一问题详见方向红《〈世说新语〉与〈咏怀诗〉中阮籍形象差异之因由》一文,《求索》,2013年第9期,第141—143页。
③ 徐震堮《世说新语校笺》,中华书局,1984年,第14页。

也，可无察乎！"①值得注意的是，东晋南朝士人对阮籍放达表面下的痛苦，颇有理解之词，如《世说新语·任诞》中记载：

> 王孝伯问王大："阮籍何如司马相如?"王大曰："阮籍胸中垒块，故须酒浇之。"②

所谓"胸中垒块"，就是后人"难以情测"的阮籍心中郁结。又如沈约《七贤论》：

> 阮公才器宏广，亦非衰世所容。但容貌风神，不及叔夜，求免世难，如为有涂。若率其恒仪，同物俯仰，迈群独秀，亦不为二马所安。故毁行废礼，以秽其德，崎岖人世，仅然后全。③

在十六国北朝，亦有效仿阮籍的士人，这种行为受到礼法之士的激烈批评：

> 京兆韦高，放浪不羁，慕阮籍之为人。居母丧，弹琴饮酒，诜闻而叹曰："吾当私刃斩之，以崇风教。遂拔剑求高，高惧而逃匿，终身不敢见诜。④

韦高虽效仿阮籍居母丧饮酒，但未必有阮氏的"至孝"；因而这种模仿和元康名士的性质类似，东施效颦而已。《颜氏家训》的《勉学》篇对阮籍的批评亦是十分激烈："阮嗣宗沈酒荒迷，乖畏途相诫之譬也。"⑤《文章》篇亦云："阮籍无礼败俗，嵇康凌物凶终。"⑥可见十六国北朝士人对阮籍酗酒废礼之事极为反感，甚至连类似戴逵对七贤"有疾而为颦者也"的理解态度都没有了。

尽管在人物品评的层面，南、北朝士人毁誉不一，他们针对的是

---

① 《晋书》卷九十四，第 2457—2458 页。

② 徐震堮《世说新语校笺》，中华书局 1984 年，第 409 页。

③ 陈庆元校笺《沈约集校笺》，浙江古籍出版社，1995 年，第 245 页。

④ 旧题北魏崔鸿撰《十六国春秋》卷六一，影印文渊阁四库全书，第 463 册，台湾商务印书馆，1986 年，第 821 页。

⑤ 王利器撰《颜氏家训集解》(增补本)，中华书局，1993 年，第 225 页。

⑥ 王利器撰《颜氏家训集解》(增补本)，中华书局，1993 年，第 286 页。

阮籍放诞毁礼行为的是非,东晋南朝士人理解阮籍内心的苦闷,而十六国北朝士人严守礼法,对魏晋名士倍加苛责。虽然对阮籍的评价与魏晋易代的政治风波诡谲相关联,但不涉及阮籍自身的政治态度,更不会预设阮籍为曹魏之忠臣,这与后人诠释《咏怀》诗构建的阮籍十分不同。深入人心的是阮籍的名士行止,这在之后唐宋的诗文之中,几乎已经成为固定的事典。比较早以阮籍名士形象入诗的,是南北朝末期的庾信,《奉和赵王隐士》中有"阮籍惟长啸,嵇康讶一弦"①一句,《世说新语·栖逸》与《晋书》本传,均记载阮籍能啸之事。更典型的阮籍与酒的故事,亦见于庾信诗,如《拟咏怀》二十七首之一:"步兵未饮酒,中散未弹琴。"②《蒙赐酒》:"阮籍披衣进,王戎含笑来。"③

庾信两诗仅仅提及饮酒,而把阮籍从相关的背景中抽离出来,如居母丧饮酒,因美酒求为步兵校尉,与醉卧邻家妇之侧等,此类举动挑战世俗礼法过甚,或许在后代士人没有阮籍"礼岂为我辈设也"的自信。不仅如此,阮籍还借饮酒逃避世事,如《晋书》本传所言:"文帝初欲为武帝求婚于籍,籍醉六十日,不得言而止。钟会数以时事问之,欲因其可否而致之罪,皆以酣醉获免。"④表面上看,酒在阮籍的生命中具有非同一般的意义,但实际上不过是阮籍自我保护的工具,他通过饮酒进入自然放达的状态,消极回应世道昏暗的逼仄。但阮籍作为魏晋名士的形象固定下来并且深入人心之后,阮籍与酒便共同成为潇洒放达的符号进入文学创作。王绩《醉后》一诗与庾信的做法类似,都是把阮籍较为单纯地看作名士而已:"阮籍醒时少,陶潜醉日多。百年何足度?乘兴且长歌。"⑤王绩并非没有注意阮籍饮酒的深层次意义,其《醉乡记》一文,描绘了一个"其俗大同""淳寂也如是"的

---

① (北周)庾信撰,(清)倪璠注《庾子山集注》,中华书局,1980年,第227页。
② (北周)庾信撰,(清)倪璠注《庾子山集注》,中华书局,1980年,第229页。
③ (北周)庾信撰,(清)倪璠注《庾子山集注》,中华书局,1980年第286页。倪璠注引《世说新语·简傲》篇"王戎弱冠诣阮籍"条。
④ 《晋书》,中华书局,1974年,第1360页。
⑤ (唐)王绩撰《王无功文集》,上海古籍出版社,1987年,第58页。

理想世界。韩愈"悲醉乡之徒不遇",《送王秀才序》一文有论曰:"吾少时读《醉乡记》,私怪隐居者无所累于世而犹有是言,岂诚旨于味邪? 及读阮籍、陶潜诗,乃知彼虽偃塞不欲与世接,然犹未能平其心,或为事物是非相感发,于是有脱而逃焉者也。"①点出了《醉乡记》中阮、陶诸人借饮酒逃避世事的趣旨。与之相似的看法还有杜甫《晦日寻崔戢李封》一诗中:"至今阮籍等,熟醉为身谋。"②宋人称其为"善看史书"③,不为谬赞。苏辙《答黄庭坚书》中亦云:"盖古之君子不用于世,必寄于物以自遣。阮籍以酒,嵇康以琴。阮无酒,嵇无琴,则其食草木而友麋鹿,有不安者矣。"④

阮籍"时率意独驾,不由径路,车迹所穷,辄恸哭而反"⑤一事,虽不见于《世说新语》及刘孝标注,然其率性而为体现出十足的名士风范。后代诗歌亦常用其事,王勃《滕王阁序》从反面立意:"阮籍猖狂,岂效穷途之哭?"⑥骆宾王《答员半千书》:"斯所以杨朱徘徊于歧路,阮籍恸惕于穷途。"⑦与骆宾王一样,杜甫在《早发射洪县南途中作》亦将杨朱与阮籍并提:"茫然阮籍途,更洒杨朱泣。"⑧这或许是受到《咏怀》诗:"杨朱泣歧路,墨子悲染丝。"⑨句的影响。阮籍"穷途之哭"实际上是其现实遭际的一种隐喻,即在政治压力下无路可走的绝望。这一点,与其《咏怀》诗"平生少年时"一首中所说的"失路将如何"所表达的情感是相通的。因而可以说,在"穷途之哭"这一轶事上,我们找到

① 马其昶校注《韩昌黎文集校注》,上海古籍出版社,2014 年,第 288 页。
② (唐)杜甫著,(清)仇兆鳌注《杜诗详注》,中华书局,1979 年,第 298 页。
③ (宋)许顗《彦周诗话》,《历代诗话》本,中华书局,2004 年,第 387 页。
④ 陈宏天、高秀芳点校《苏辙集》,中华书局,1990 年,第 392 页。
⑤ 《晋书》卷四十九,第 1361 页。此两事亦见于《三国志·魏书》卷二一《阮瑀传》裴松之注引《魏氏春秋》,(晋)陈寿撰、(南朝宋)裴松之注《三国志》,中华书局,1959 年,第 605 页。
⑥ (唐)王勃注,(清)蒋清翊注《王子安集注》,上海古籍出版社,1995 年,第 234 页。
⑦ (唐)骆宾王著,(清)陈熙晋笺注《骆临海集笺注》,上海古籍出版社,1985 年,第 281 页。
⑧ (唐)杜甫著,(清)仇兆鳌注《杜诗详注》,中华书局,1979 年,第 955 页。
⑨ 陈伯君校注《阮籍集校注》,中华书局,1987 年,第 282 页。

了阮籍外在和内心的一个结合点，从这个结合点切入，阮籍种种矛盾，都不难得到理解。

三、两个传统的形成之理及沟通

"穷途之哭"与"失路将如何"的结合，让我们理解了表面上任诞不羁的阮籍，实际上内心充满了忧郁和压抑。这也似乎是史传中为数不多的可以与《咏怀》诗结合的相关记载，但我们仍无法回避的是，以比兴讽喻的方式诠释《咏怀》诗，已经建构了阮籍的政治身份；而《世说新语》和《晋书》本传的记载，又建构了阮籍的名士形象。为什么会形成相对独立的两个传统？这两个传统之间各自发展的线索在本文前两节已经初步梳理，那么它们之间有无相互沟通的可能？

《咏怀》诗比兴讽喻的批评方式构建阮籍形象，意义并不在于为《咏怀》诗的读者还原一个真实的阮籍，但与其说是意识形态支配下的建构活动，不如说是在诗歌批评传统的影响下，诠释者自觉不自觉的倾向。政治与文学创作和批评的关系早在《诗大序》就得以确立，诗歌反映政治而又作用于政治，因此有着重要的现实作用，诗歌的创作在讽谏的同时，也要讲究含蓄委婉，使言者无罪、闻者足戒。在此影响下，诗人以比兴见义，注家要透过手法本身，挖掘意象和语词背后的意义；在这个过程中，亦需要"知人论世"，这样才能理解诗歌具体的意旨。

汉儒解读诗骚以下，比兴讽喻的批评传统一度中断：六朝人的诗文诠释"较少拘于言辞而执象指意，推测诗人之志"，张伯伟先生认为其原因在于："在玄学思想占统治的魏晋时期，'美刺''讽谏'的概念既不会在'形而下'的现实中生根，因为这不符合玄学的性格……尽管阮籍的诗'志在刺讥'，但是解说者却不将其所'讥'之事与所'刺'的'人'——指明坐实。总之，思想上玄学时代的开始，就是批评上讽喻传统的中断。它从魏晋开始，贯穿整个南朝，并延续到唐代。"①直至宋代理学兴起，挖掘诗歌物象深意和联系史实的诠释诗歌

① 张伯伟《中国古代文学批评方法研究》，中华书局，2002年，第52页。

的批评方法再次盛行。《咏怀》诗本身意旨遥深,五臣及宋元注家努力勾抉其中深意,在解诗的过程中对阮籍的政治立场和处世原则多有评说,正是讽喻批评传统的具体例证。

与《咏怀》诗比兴讽喻的诠释传统不同的是,《世说新语》编纂有着远离现实政治的意味。周一良先生从《宋书·刘义庆传》中"世路艰难"四字,联系到宋文帝猜忌宗室功能的政治背景,对刘义庆放弃骑乘武功,转而招募文士的原因做出了合理的解释,刘义庆"为了全身远祸,于是招聚文学之士,寄情文史,编辑了《世说新语》这样一部清谈之书……《世说新语》里记载的人物、事件、议论,都和刘义庆当时的政治社会背景相去悬远,不相涉及,而这正是他著述的宗旨所在。"①《世说新语》所记载的阮籍轶事,大抵名士放诞和品藻人物而已,只有《文学》篇记载的阮籍宿醉作《为郑冲劝晋王笺》一事涉及政治:

> 魏朝封晋文王为公,备礼九锡,文王固让不受。公卿将校当诣府敦喻,司空郑冲驰遣信就阮籍求文。籍时在袁孝尼家,宿醉扶起,书札为之,无所点定,乃写付使。时人以为神笔。②

此事和魏晋易代时局关涉甚大,然对阮籍的描述却出乎意料地淡化了这一背景,阮籍处于酒醉的状态,这暗示了他与司马昭加九锡这场政治闹剧相隔甚远;在宿醉的状态写就了一篇文不加点的佳作,则是说明阮籍本人才思之高。整则故事意在表现阮籍之文才,政治变局只是一个使得阮籍展示才华的诱因。可见,魏晋易代的政治变

---

① 周一良《〈世说新语〉和作者刘义庆身世的考察》,载《魏晋南北朝史论集》,北京大学出版社,2010 年,第 301 页。《世说新语》编纂亦有刘宋时代对魏晋风流的追慕这一社会原因,详见范子烨《魏晋风度的传神写照——〈世说新语〉研究》一书第二章《〈世说新语〉成书考》,世界图书出版公司,2014 年,第 107—111 页。其书第八章《〈世说新语〉故事原论》第一节"'竹林七贤':一个历史的旧梦",讨论了东晋士人追怀的想象魏晋之际名士活动这一问题,亦可参看,第 305—318 页。

② 徐震堮《世说新语校笺》,中华书局,1984 年,第 135 页。

局,在《世说新语》记载阮籍轶事上,只是一个比较模糊的背景,《任诞》篇记载的轶事,更是无一提及当时具体的历史事件。不管这种安排是否乃刘义庆或其文学幕僚有意为之,我们不得不承认,《世说新语》的编纂与《咏怀》诗的诠释,对于阮籍政治身份的处理及其不同,前者塑造的阮籍形象,政治色彩很淡薄;而后者则是在相应的诠释传统中有意无意地加强化了阮籍身上的政治色彩。《晋书·阮籍传》中的名士放诞之事,只有能为青白眼、登广武和"穷途之哭"三事不见于《世说新语》及刘孝标注,也是旨在表现一个名士风流的阮籍,虽是史书却并未与政治有过多关涉,唐初官方史家依然继承东晋南朝以降对阮籍的看法,在正史中为其立传也是展现其名士风采为主。①

另外,《世说新语》以人物品行分三十六门,以类相从。阮籍的名士行止,集中于《任诞》一篇,此篇以竹林七贤为首,专门记魏晋士人任性放诞之事,本身即与政治关涉较少。阮籍在《晋书》中与嵇康、向秀、刘伶合传②,同在此卷的还有稍晚的谢鲲和胡毋辅之,即有意模仿阮籍放诞毁礼之行的元康名士;另外,为胡毋辅之所知的毕卓亦与之合传,《世说新语·任诞》篇记载了他的一句名言:"一手持蟹螯,一手持酒杯,拍浮酒池中,便足了一生。"③《世说新语》的编纂受到子书《说苑》的影响,④《说苑》分二十类,依门系事,每一类集中表现某类人物的某种品质。而对于史传来说,《史记》以降的类传体例在诸家正史中均已成熟,不少人物虽然并未被编入类传,但与事迹品性相似,或

---

① 刘湘兰在《六朝小说与唐修〈晋书〉叙事比较》一文中认为,唐太宗重修《晋书》,在于实录典午一朝的"清高"与"遗芳",史官的修撰自然要努力表现魏晋时期清高超逸的名士风流,"竹林七贤"的《阮籍传》等和《卫玠传》都是名士风流事迹,不涉及军政大事,亦少及其他方面的社会生活。刘湘兰撰《中古叙事文学研究》,北京大学出版社,2011年,第129页。

② 《阮咸传》附于《阮籍传》,七贤中山涛与王戎的政治地位显赫,两人与乐广合传于《晋书》卷四三。

③ 徐震堮《世说新语校笺》,中华书局,1984年,第397页。

④ 详见范子烨《魏晋风度的传神写照——〈世说新语〉研究》一书第一章《〈世说新语〉原名与体例考论》的相关内容,第33—34页。

者生平相关的人物合传，也是史家惯常做法。子部小说和正史列传都有以类相从的传统，按照人物的性格、品行、职守类型，对材料有所选择和剪裁。

《诗大序》以降的政治与诗歌创作和批评的密切关系，和子部小说与正史列传以类记人的传统，结合一系列诠释者和编纂者的时代背景和著述目的，我们可以看到，阮籍形象建构的两个传统，是阮籍自身的复杂性，更是不同性质文本的发展传统与身在其中的诠释者的共同作用造成的，尤其是诠释者，他们可能是选诗注家，可能是史官，可能是参与《世说新语》编纂的文学幕僚，也可能是各怀襟抱的诗人文士，虽然他们的性格与时代背景不同，但在特定的文本发展传统之中，都是难以规避传统而别出机杼的。然而，试图沟通两个传统来理解阮籍的也不乏其人。《咏怀》诗最早的注家颜延之作《五君咏》，其中《阮步兵》一首曰：

> 阮公虽沦迹，识密鉴亦洞。沈醉似埋照，寓辞类托讽。
> 长啸若怀人，越礼自惊众。物故不可论，途穷能无恸？[1]

"寓辞类托讽"和"志在刺讥，而文多隐避"的说法似可相发明，说的就是《咏怀》诗寄托讽喻之意。阮籍之能啸、毁礼、口不臧否人物和"穷途之哭"也作为其名士风范的典型轶事，被写入诗中。颜延之作此诗适逢仕途失意，《宋书》本传曰：

> ……作《五君咏》以述竹林七贤，山涛、王戎以贵显被黜，咏嵇康曰："鸾翮有时铩，龙性谁能驯。"咏阮籍曰："物故可不论，途穷能无恸。"咏阮咸曰："屡荐不入官，一麾乃出守。"咏刘伶曰："韬精日沉饮，谁知非荒宴？"此四句，盖自序也。湛及义康以其辞旨不逊，大怒。[2]

《五君咏》中的竹林七贤，是颜延之在艰难仕途上的一种精神寄托。东晋南朝士人对阮籍等七贤颇多理解之词，然其论常就事论事，

---

① 《六臣注文选》，中华书局，1987年，第396页。
② （梁）沈约撰《宋书》卷七十三，中华书局，1974年，第1893页。

未必如颜延之一般牵涉自身境遇。颜延之《五君咏》之《阮步兵》，和《咏怀》诗及阮籍的内心郁结有所结合，可以说是较早地将阮籍的政治身份和名士风流结合在一起的实例。颜延之注是现存最早的《咏怀》诗旧注，虽然颜氏本人虽然承认"嗣宗身仕乱朝，常恐罹谤遇祸，因兹发咏，故每有忧生之嗟"，但其注解《咏怀》诗，依然只注典故语词，不言幽旨。尽管如此，颜延之还是注意到了《咏怀》诗的讽喻含义，并在注释和《阮步兵》中概而言之。

总的来说，《咏怀》诗注释中结合阮籍轶事的内容较少，《选诗演义》在《咏怀》诗十七首后附一段论阮籍的文字，对阮籍不乏"了解之同情"，姑录于此：

> 世谓阮步兵酗酒废礼，往往斥讥之。余读步兵秋怀诸将，率皆悼魏室之沦夷，疾权臣之奸宄。考之于传，司马昭欲为炎求昏于步兵，醉六十日不得言乃止。何曾欲杀之，昭又每为之曲护，盖拳拳于步兵者。步兵父文学夙起，从魏世受主知，步兵之心盖在魏，伤时之不可为，而又惧昭之逼用己也。故为放诞酗酒废礼以自昏污，步兵岂真不知礼哉？

曾原一将《咏怀》诗读出的阮籍忧魏室、疾权臣之意，与《晋书·阮籍传》的相关记载结合起来，已深入阮籍内心幽微之处，其中何曾欲杀阮籍之由，即《世说新语·任诞》记载的阮籍母丧饮酒之事。《咏怀》诗的具体诠释，"论世"多于"知人"，曾氏此处以自己理解的《咏怀》诗所表达的阮籍心迹，来解释阮籍放诞酗酒废礼之事，有其合理之处。[1]

《选诗补注》解"灼灼西颓日"一诗，就《晋书·阮籍传》"籍本有济世志，属魏晋之际，天下多故，名士少有全者，籍由是不与世事，遂酣饮为常"[2]的史评立意，算是《咏怀》诗注释中为数不多将"知人"和比

---

① 卞东波在《曾原一〈选诗演义〉与宋代"文选学"》中《〈选诗演义〉的学术价值》一节中，对此段议论有较高的评价，可参。

② 《晋书》，中华书局，1974年，第1360页。

兴讽喻的解诗手段联系起来的例子，刘履强调："然诗中微意，又岂史氏所能悉哉？"批评史家没有窥察阮籍之心，对群臣依附司马氏而阮籍坚守臣节的"微意"未能体察。曾原一与刘履试图从史传为自己的诠释寻找依据，甚至对史家未能通过《咏怀》诗来理解阮籍颇有微词。在与政治密切结合的诗歌批评传统之中，"知人论世"的方法是沟通诗歌与史传的一个重要途径，对于阮籍形象的建构与接受，和《咏怀》诗的诠释这一个案，也具有了沟通两个传统的意义。但以《世说新语》和《晋书·阮籍传》为中心的将阮籍作为魏晋名士来建构其形象的这一传统，几乎看不到编撰者见其为人而想读其书的倾向，《世说新语·文学》篇亦未提及阮籍的《咏怀》诗创作。于是，两个传统的相对保持独立，在《咏怀》诗的诠释中偶有沟通的情况。后代专论阮籍文学批评中，这种沟通时见，比较典型的例子是张溥的《汉魏六朝百三家集题辞·阮步兵集》：

> 咏怀诸篇，文隐指远，定哀之间多微辞，盖指此也。履朝右而谈方外，羁仕宦而慕真仙，大人先生一传，岂子虚亡是公耶？步兵厨人，可以索酒，邻家当垆，可以醉卧，哭兵家之亡女，恸穷途之车辙，处魏晋如是足矣。叔夜日与酣饮，而文王复称至慎，人与文皆以天全者哉！①

阮籍内心痛苦压抑，在严酷的政治环境下保持天性的代价极大，张溥一方面揭示阮籍诗文的婉讽与微词，另一方面肯定阮籍之名士风流，"处魏晋如是足矣"。可以说《题辞》对阮籍其人其文的论述，在阮籍形象建构的两个传统形成之后，兼而有之，是一种较为全面而深入的认识。

（南京大学文学院）

---

① （明）张溥著，殷孟伦注《汉魏六朝百三家集题辞注》，中华书局，2007年，第116页。

皎然诗学"高"论的重构

滕小艳

内容摘要：皎然在《辨体有一十九字》中首列
"高"体，并释云"风韵朗畅曰高"。其"高"属于意
蕴高远、境界壮阔意的诗歌审美风格，这一风格主
要由"情"与"气"支撑。受儒、释、道的影响，构成
"高"格之"情"与"气"强调阴阳调和，追求"气高而
不怒"、"情高而不暗"的中和、中观之美。在皎然
看来，"取境"、"立意"是创作具有"高"之风格作品
的法门，且需崇尚自然、不落俗套。

关键字：皎然　诗式　高　取境

A New Interpretation of High Poetics Theory of Jiao-ran

Teng Xiaoyan

Abstract：Jiao-ran's "Nineteen Word of Discerning Style" put the style of
"High" in the first place. He thinks "High" means "Feng-yun-lang-
chang". "High" is pursue the poetry aesthetic style of "Yi-yun-gao-
yuan", "Jing-jie-zhuang-kuo". This aesthetic style is composed of love
and chi and pursue the beauty of neutralization. In Jiao-ran's opinion,

"Selecting Artistic", "approach", natural, Innovation are key elements of poetry creation.

Key words: Jiao-ran "Shi-shi" High Selecting Artistic

《诗式》是唐代诗僧皎然在丰富的创作经验上总结而出的系统的诗歌理论著作。在卷一《辩体有一十九字》中,皎然列举了十九种诗歌风格,分别是:高,逸,贞,忠,节,志,气,情,思,德,戒,闲,达,悲,怨,意,力,静,远。① 这十九字的偏重有所不同,有的重在"诗中所抒发的思想情志之性质"②,有的则偏重于诗的艺术格调。十九字中,皎然首列"高"体,且在其《诗式》中,多次提到"高"。然而,这些"高"的意蕴并非一致,如"格情并高者可称上"③,指诗之格调和情志俱优者则为上品,"不问用事格之高下"④,"识高而才劣者,理周而文窒"⑤,是对诗歌作品水平高低的评判,属于批评范畴。《辩体有一十九字》中的"高",多指向诗歌所呈现出来的精神状态,即诗歌所涵养的意蕴、境界,是风格论,属于审美范畴。皎然认为"高"为最上者,故将其置于首位,通过辨析"高"这一审美范畴,可以更好地把握皎然的诗学思想。

一、皎然"高"格之溯源与文学内涵

"高"在魏晋时期开始进入审美范畴,用于品鉴音乐、书画等艺术。但"高"并非单用,而多与其他词组合而用。嵇康的《声无哀乐论》在品评琵琶、古筝和笛子的声音时说:"以高声御数节,故使人形躁而志越。"⑥揭示乐器的高低音可带来不同的情感体验。张彦远《历

① (唐)皎然著,李壮鹰注《诗式校注》,人民文学出版社,2010年,第68—71页。
② (唐)皎然著,李壮鹰注《诗式校注》,人民文学出版社,2010年,第73页。
③ (唐)皎然著,李壮鹰注《诗式校注》,人民文学出版社,2010年,第39页。
④ (唐)皎然著,李壮鹰注《诗式校注》,人民文学出版社,2010年,第206页。
⑤ (唐)皎然著,李壮鹰注《诗式校注》,人民文学出版社,2010年,第376页。
⑥ (魏)嵇康《声无哀乐论》,(清)严可均辑《全上古三代秦汉三国六朝文》第3册《全三国文》卷四九,中华书局,1958年,第1331页。

代名画记》载顾恺之论画语曰："至于龙颜一像,超豁高雄,览之若面也。"①谢赫在点评"袁蒨"时说:"比方陆氏,最为高逸,象人之妙,亚美前贤。"②刘勰将"高"引入文学批评中,说:"慷慨者逆声而击节,蕴藉者见密而高蹈"③。北宋郭熙在《山水训》中亦提到具有隐逸情结的"高蹈远引"④。唐代是诗歌繁盛的时代,亦是诗论兴盛的时代。皎然之前,王昌龄已有"高"这一审美理念。

> 凡作诗之体,意是格,声是律,意高则格高,声辨则律清,格律全,然后始有调。用意于古人之上,则天地之境,洞焉可观。古文格高,一句见意,则"股肱良哉"是也。其次两句见意,则"关关雎鸠,在河之洲"是也。其次古诗,四句见意,则"青青陵上柏,磊磊涧中石。人生天地间,忽如远行客"是也。又刘公幹诗云:"青青陵上松,飂飂谷中风。风弦一何盛,松枝一何劲。"此诗从首至尾,唯论一事,以此不如古人也。⑤

王昌龄十分看重"意"的营构,"格,意也,意高为之格高,意下为之下格"⑥,从"意"的塑造着眼,指明意蕴决定诗作品格的高低。所造意蕴高于前人,则可称为佳作,而他最欣赏的,是"一句见意"式的表达艺术,即用最简洁明了的话语抒发深远的意蕴。王昌龄在《诗有五趣向》中首列"高格","诗有五趣向,一曰高格;二曰古雅;三曰闲逸;

---

① (唐)张彦远《历代名画记》卷五,卢辅圣等《中国书画全书》第 1 册,上海书画出版社,1993 年,第 141 页。

② (齐)谢赫《古画品录》,卢辅圣等《中国书画全书》第 1 册,上海书画出版社,1993年,第 1 页。

③ (梁)刘勰著,范文澜注《文心雕龙注》卷十,人民文学出版社,1962 年,第 714 页。

④ (宋)郭熙著,周远斌点校《林泉高致·山水训》,山东画报出版社,2010 年,第 9页。

⑤ (唐)王昌龄《诗格》,张伯伟《全唐五代诗格汇考》,江苏古籍出版社,2002 年,第160—161 页。

⑥ (唐)王昌龄《诗格》,张伯伟《全唐五代诗格汇考》,江苏古籍出版社,2002 年,第148 页。

四曰幽深;五曰神仙。"①他认为曹植《赠丁仪王粲》篇中的"从军度函谷,驱马过西京"就是高格的典范。诗句写随军穿越函谷关,驱马经过长安城时宏大的出征场景,结合王昌龄对"意"的偏好可知,"高格"指诗意高,侧重于诗歌意蕴之高远,意境之壮阔。

皎然接过王昌龄的"高格"说,并进行了发挥。"风韵朗畅曰高"②,风韵,指风度、韵致,一般用于形容诗文书画的风格、情趣。朗畅,李壮鹰注曰:"明朗畅达"。以"朗畅"讨论文学作品,始于陆机《文赋》,赋曰:"论精微而朗畅,奏平彻以闲雅。"③"论"指议论性的文章,他认为议论性的文章应当具有精确入微且流利畅达的特点。在陆机之前,曹丕在其《典论·论文》中首次明确文体分类,强调文体特征,其言:"盖奏议宜雅,书论宜理"④,陆机继承并发展了曹丕的文体观。"论"与"书论"性质相近,"朗畅"与"理"亦可相互映证,即评论、议论的文章,说理要精深微妙、精确细密,措词要明白通畅。刘熙载《文概》则说:"精微以意言,明畅以辞言。精微者不惟其难,惟其是;明畅者不惟其易,惟其达。"⑤显然,陆机更多的是从创作论的角度来谈论"朗畅"一词,而皎然的"朗畅"重在"风韵",即从风格论的角度探讨诗歌之美,二者存在差别。

皎然言"风韵朗畅"谓之"高",关照其诗学论述及所举诗例,他的"高"更多是指诗歌意蕴高远、境界旷达的审美状态。"取境偏高,则一首举体便高;取境偏逸,则一首举体便逸。"⑥"境"是客观存在和主体情感二者陶钧的结果,即诗人在进行诗歌创作时构思出的情景交

　　① (唐)王昌龄《诗格》,张伯伟《全唐五代诗格汇考》,江苏古籍出版社,2002 年,第 182 页。
　　② (唐)皎然著,李壮鹰注《诗式校注》,人民文学出版社,2010 年,第 69 页。
　　③ (晋)陆机《文赋》郭绍虞、王文生《历代文论选》第 1 册,上海古籍出版社,1979 年,第 171 页。
　　④ (魏)曹丕《典论·论文》,郭绍虞、王文生《历代文论选》第 1 册,上海古籍出版社,1979 年,第 158 页。
　　⑤ (清)刘熙载著,王气中笺注《艺概笺注》,贵州人民出版社,1986 年,第 126 页。
　　⑥ (唐)皎然著,李壮鹰注《诗式校注》,人民文学出版社,2010 年,第 39 页。

融的艺术境界。在皎然看来，"取境"是"高"的前提，而"高"这一诗歌风格从属于"境"。皎然《诗有七德》又云："一识理，二高古，三典丽，四风流，五精神，六质干，七体裁。"[①]"高则俯视一切"[②]，"高，对卑言"[③]。这一种美，是居高临下、傲视世间情与物之"高"，这一"傲视"，有的来源于得意之时的自信，有的则是参透人事后的超脱，因澹然而从内心升起的浩然之气。皎然十分推崇谢灵运，与其说是因为皎然是谢灵运十世孙，兼有述祖德之意，不如说是谢灵运"芙蓉出水"般高洁、清丽的作品风格契合其作为僧人和诗人的审美理想。皎然评价谢诗云："何以得其格高、其气正、其体贞、其貌古……"[④]《诗式》引用谢诗颇多，谢灵运的《从游京口北固应诏》以陪侍身份，写出游时气象宏大的场景，通过写景、移情、用典等方式，将理趣和颂赞包含其中，"昔闻汾水游，今见尘外镳"展现对当朝四海晏清之况的歌颂以及陪驾的自豪感，皎然评曰"高也"[⑤]。皎然对谢灵运的尊崇也影响了与皎然交好的于頔，他在《吴兴昼上人集序》中大赞谢灵运，言"其文炳而丽，其气逸而畅"[⑥]。

皎然追求意蕴高远、境界旷达的审美风尚，他对诗人的批评亦用"高"论，如评《三良诗》曰：

> 陈王诗云："秦穆先下世，三臣皆自残。"王粲云："秦穆杀三良，惜哉空尔为。"盖以陈王徙国，任城被害已后，常有忧生之虑。故其词婉娈，存讥谏也。王粲显责穆公，正言其过，存直谏也。二诗体格高逸，才藻相邻。至如"临穴呼苍

---

① （唐）皎然著，李壮鹰注《诗式校注》，人民文学出版社，2010年，第28页。

② （清）杨廷芝《二十四诗品浅解》，孙昌熙，刘淦校点《司空图〈诗品〉解读二种》，齐鲁书社，1980年，第92页。

③ （清）孙联奎《诗品臆说》，孙昌熙，刘淦校点《司空图〈诗品〉解读二种》，齐鲁书社，1980年，第17页。

④ （唐）皎然著，李壮鹰注《诗式校注》，人民文学出版社，2010年，第118页。

⑤ （唐）皎然著，李壮鹰注《诗式校注》，人民文学出版社，2010年，第166页。

⑥ （唐）皎然著，李壮鹰注《诗式校注》，人民文学出版社，2010年，第369页。

天,泪下如绠縻。"斯乃迥出情表,未知陈王将何以敌。"①

在《邺中集》中,皎然说曹植"气格自高"②。在《诗议》中,他评价柳恽、王融、江总三人的诗歌云:"江则理而情,王则情而丽,柳则雅而高。予知柳吴兴名屈于何,格居何上。"③"雅而高"是皎然对柳恽艺术风格的批评,他认为,尽管柳恽的名声低于同时代的何逊,但格却在何逊之上。换言之,皎然非常欣赏柳恽"雅""高"的诗风。另外,皎然认为,一首诗歌的风格往往兼具数种,即在一种主导风格之外,还有其他的艺术风格包蕴其中,"如车之有毂,众美归焉"④,主导风格如同马车的车毂,贯穿全诗,而其他风格则如车辐一样,围绕主轴而动。如评郭璞《游仙》"逸也,高也。"⑤

皎然推崇"高"体,且将其运用于诗歌理论评赏中。那么,在皎然的眼中,怎么样的诗歌才称得上"风韵朗畅"呢?抑或,"高"之审美形态、审美意蕴如何造就?

二、情与气:"高"格的重要元素

在皎然笔端,"情"与"气"是构成"高"这一诗歌艺术风格的重要元素。其《品藻》云:

> 古来诗集,多亦不公,或虽公而不鉴。今则不然,与二三作者县衡于众制之表,览而鉴之,庶无遗矣。其华艳如百叶芙蓉,菡萏照水。其体裁如龙行虎步、气逸情高;脱若思来景遏,其势中断,亦须如寒松病枝,风摆半折。⑥

他于"其体裁如龙行虎步,气逸情高"条下,引左思《咏史诗》为

---

① (唐)皎然著,李壮鹰注《诗式校注》,人民文学出版社,2010年,第137页。
② (唐)皎然著,李壮鹰注《诗式校注》,人民文学出版社,2010年,第110页。
③ (唐)皎然著,李壮鹰注《诗式校注》,人民文学出版社,2010年,第374页。
④ (唐)皎然《诗议》,张伯伟《全唐五代诗格汇考》,江苏古籍出版社,2002年,第204页。
⑤ (唐)皎然著,李壮鹰注《诗式校注》,人民文学出版社,2010年,第114页。
⑥ (唐)皎然著,李壮鹰注《诗式校注》,人民文学出版社,2010年,第64页。

证,其一为:"吾希段干木,偃息藩魏君。吾慕鲁仲连,谈笑却秦军。"其二为:"被褐出阊门,高步追许由。振衣千仞岗,濯足万里流。"而在《诗式》另一处,同样是此诗,皎然评之曰"高也"[1]。可见,在皎然看来,左思"被褐出阊门"句是"高"之一体,属于"气逸情高"类。即在气与情的共同作用下,左思的诗句有了韵致高远的意境。

在详述"高"体的构成元素之前,首先要辨析皎然《辩体有一十九字》中的"情""气"和构成"高"之体的"情"与"气"的联系和区别。在《辩体有一十九字》中,皎然言"情"为"缘境不尽"[2],而"风情耿介"曰"气"[3]。与之并列的,还有"贞""忠""节""思""德""戒""悲""怨"等。然而,从宏观上来说,这些字亦从属于"情"。皎然将它们并列,显然是将宏观之"情"细化成具有侧重的微观之"情",这一灵活的分类方式,亦为提炼出组成"高"体的"情""气"内涵提供了立论依据。皎然"十九字"中的"情"偏重于"缘境而发",强调主、客互动。皎然"高"体的"情"素,则是细化后的微观之情,是相对狭隘的"情",此情悠远、寥廓,多指向高蹈的情怀。其次,皎然提到"风情耿介曰气",刘勰《文心雕龙·时序》言:"雅好慷慨……故梗概而多气也。"[4]李壮鹰也认为"慷慨激越,为诗文有气之特征"[5],按照他们的理解,文章之"气"多"慷慨""激越",追求的是磅礴的气象。皎然的《诗式》多处提到"气",但并非都是"慷慨激越"之态,亦有低调之"气"、沉稳之"气"等。既然"气"有多种姿态,就可进行选择。"高"中的"气",并非皎然"十九字"里的"风情耿介"之"气",而是侧重于文章所具有的凌然之"势",即皎然在《明势》中提到"或极天高峙,崒焉不群,气腾势飞,合沓相属"[6]的状态。总而言之,组成"高"之格调的"情"与"气",与皎然《辩体一十

---

①　(唐)皎然著,李壮鹰注《诗式校注》,人民文学出版社,2010年,第113页。

②　(唐)皎然著,李壮鹰注《诗式校注》,人民文学出版社,2010年,第70页。

③　(唐)皎然著,李壮鹰注《诗式校注》,人民文学出版社,2010年,第70页。

④　(梁)刘勰著,范文澜注《文心雕龙注》卷九,人民文学出版社,1975年,第674页。

⑤　(唐)皎然著,李壮鹰注《诗式校注》,人民文学出版社,2010年,第76页。

⑥　(唐)皎然著,李壮鹰注《诗式校注》,人民文学出版社,2010年,第11页。

九字》中的"情""气"有联系,也有区别。

皎然"高"体,是"风韵朗畅"之高,意蕴高远、境界旷达的审美状态,他笔下的情是高旷之情,是超越自我的情怀;气是充沛之气,将诗的境界提升到"俯视全局"的姿态。

(一) 情与高

皎然评为"高也"的诗句,表达了多种具体的、蕴意高远的审美形态,如功名之情和仕途理想的弘扬。王粲《从军诗》中的"朝发邺都桥,暮济白马津。逍遥河堤上,左右望我军"二句,写浩浩大军清晨从魏都邺城出征,傍晚安营扎寨于白马津的情景。此时诗人信心满满,逍遥地行走在河堤上,左右观望军队驻扎的宏大阵势:连舫逾万艘,带甲千万人。白马津是一处古渡,《史记》记载刘邦"使刘贾将二万人,骑数百,渡白马津入楚地"[1],因而,白马津是一处极有象征意味的地点,"白马津"也由"实"入"虚",成为文化意象,王粲用"白马津"一词寄寓他成就大业的希冀。次句"逍遥"一词,鲜明地体现了诗人悠然自得和信心满怀的姿态,抒写了渴望建功立业的豪迈情怀。

再如迥绝纤尘的、高蹈的隐世之情。皎然评左太冲《咏史》"被褐出阊阖,高步追许由。振衣千仞冈,濯足万里流"高也。[2] 北宋郭熙亦云:"岂仁人高蹈远引,为离世绝俗之行。"[3]都是表达超脱尘俗的避世情怀。然而,宋代文人的这种隐逸思想,是积极入世而不得之后暂时的放松和心灵补偿。这与魏晋时期文人在动荡不安的环境中感受到的生年不满百、命常如草芥的生命体验而不得不生成的隐世情怀有明显的区别。

又如遗世独立的、对神仙的向往之情。曰:"郭景纯《游仙》:'翘足企颖阳,临河思洗耳。阊阖西南来,潜波涣鳞起。灵妃顾我笑,粲

---

① 《史记》第6册,中华书局,第1993页。
② (唐)皎然著,李壮鹰注《诗式校注》,人民文学出版社,2010年,第74页。
③ (宋)郭熙著,周远斌点校《林泉高致·山水训》,山东画报出版社,2010年,第9页。

然启玉齿。'高也。"①郭璞描绘与人世相接的虚幻仙境,把隐逸和游仙合为一体。诗歌既暗含有政治动乱带来的痛苦和对高蹈遗世的向往,又深藏不忍弃世的矛盾。

在皎然眼里,静谧的田园和山水生活所带来的悠然自适之情也可以创造"高"的意境。曰:"《杂诗》:'秋菊有佳色,裛露掇其英。泛此忘忧物,远我遗世情。'高也。"②李公焕《笺注陶渊明集》卷三引艮斋语,称"秋菊有佳色"句"洗尽古今尘俗气"③,菊花盛放,姿色自生,带露摘花,色香俱佳,且服用菊花有延年益寿之功效,菊花泡酒是忘忧佳物,使人忘却俗世之扰。黄文焕《陶诗析义》说:"遗世之情,我原自远,对酒对菊,又加远一倍矣。"④陶渊明部分带有沉重的人世之忧的作品亦属于"高"格,如《饮酒》第二十首"羲农去已久,举世少复真"从羲农说起,历经孔子到汉儒,回顾了中国儒家文化衰落的过程,抒发了他对现实社会败坏的悲慨情怀,皎然评为"高也"⑤。

在"高"统筹下的"情",多为高蹈之情,它超越了自我的局限,暗含儒、道的理念,是对大化化生的思考和反省,是透悟后的超脱。这种情感的抒发,并非无奈的叫嚣,也不是悲吟低唱,而是有所节制,因为"溺情废语,则语朴情暗;事语轻情,则情阙语淡"⑥。皎然认为,如果诗具有音韵之美,又拥有适度的、协调的声律,携与高情,则文章格调不仅不受损,还有所增益,"韵合情高,此未损文格",反之,碎用四声,则会导致文章"天机不高"⑦。

(二) 气与高

在《诗式》中,皎然并没有直接提到"气"与"高"的关系,但从他的

---

① (唐)皎然著,李壮鹰注《诗式校注》,人民文学出版社,2010年,第114页。
② (唐)皎然著,李壮鹰注《诗式校注》,人民文学出版社,2010年,第168页。
③ (元)李公焕《笺注陶渊明集》卷三,元刻本。
④ (明)黄文焕《陶诗析义》,明崇祯刻本。
⑤ (唐)皎然著,李壮鹰注《诗式校注》,人民文学出版社,2010年,第169页。
⑥ (唐)皎然著,李壮鹰注《诗式校注》,人民文学出版社,2010年,第376页。
⑦ (唐)皎然著,李壮鹰注《诗式校注》,人民文学出版社,2010年,第14页。

论述和举例可以得知。皎然在《辩体有一十九字》中言"风情耿介曰气",且在《讲古文联句》言:"左张精奥,嵇阮高寡……鲍照《从军》,立意危苦。气胜其辞,雅愧于古。"[1]但皎然评为"气也"的诗句中,并未收入鲍照的《从军诗》。由此,可以侧面反映出尽管鲍照的《从军诗》是"气胜其辞",即气格在措词之上,但其所体现出来的"气"并不属于"风情耿介"类。可见,皎然笔端"气"的概念不是唯一的,也并非一成不变。前文已提到,"高"之所以有"气"的元素在,不是因为诗作"慷慨激越",而是偏指以充沛的气势提升诗格。皎然言:

> 左太冲《招隐诗》:"白云停阴冈,丹葩耀阳林。石泉漱璃瑶,纤鳞或浮沉。"又"峭蒨青葱间,竹柏得其真。"高也。[2]

> 陶潜《饮酒》:"山气日夕佳,飞鸟相与还。此中有真意,欲辨已忘言。"高也。[3]

> 嵇叔夜《送人入军》:"目送归鸿,手挥五弦。俯仰自得,游心太玄。"高也。[4]

左思的诗歌描绘隐士所居环境:山冈之上白云飘飘,山林之中红花闪耀,清泉从石上流过,小鱼蜿然游动于水涧。其诗写景细致、真切,语言简洁、古朴,抒情自然、和谐,通过所见所闻直抒胸臆,誓欲挂冠归去,追步隐士,表达不与世俗同流合污的决心和高洁的情志。

陶渊明的《饮酒》融情入景,记叙诗人归隐田园后生活悠闲自得的心境。诗人生活在没有车马喧嚣的南山之下,坐看云起云落,静听花谢花开。夕阳中的南山愈加美丽,鸟儿也归巢晚歇。此景此情,欲说还休,不如静默,用心去感受自然赋予之美,体会生存之意义。诗人从飞鸟、南山、夕阳、秋菊中悟出了人生大道,领悟人与自然共生的意义,生活如斯平淡,心境如斯安详。"此中有真意,欲辨已忘言",言有尽而意无穷,两句充满理趣的话语发人深思。

---

① (唐)皎然著,李壮鹰注《诗式校注》,人民文学出版社,2010年,第389页。

② (唐)皎然著,李壮鹰注《诗式校注》,人民文学出版社,2010年,第148页。

③ (唐)皎然著,李壮鹰注《诗式校注》,人民文学出版社,2010年,第125页。

④ (唐)皎然著,李壮鹰注《诗式校注》,人民文学出版社,2010年,第145页。

皎然曰:"正始中,何晏、嵇、阮之侪也,嵇兴高邈,阮旨闲旷,亦难为等夷。"①嵇康《送人入军》在目送大雁归去与拨动五弦琴的俯仰之间,心已感悟大道。流水淙淙的山林间,一位白衣飘飘之人沉醉于琴弦之音、自然之景。嵇康从视觉转换到听觉,由归鸿而至广袤的苍穹,从眼前景上升到精神世界,与天地,宇宙融为一体。自古以来,"琴"被视为"道器",借之可以致虚静、通大道、愉心性、返自然。嵇康用短短四句,使独与天地精神相往来的境界,挥洒自如的悠然姿态,高格兼具风神的形象浮动于字里行间。

三首典型的、具有"高"格的作品,在闲淡的语言间,呈现出"从容率情,优柔适会"②的审美境界。而这种意蕴高远、意境旷远的审美意境,是由"情"与"气"撑起。这"气",是孟子所说的"我善养吾浩然之气"③,之所以能营建起"高"格,是因为此气"至大至刚,以直养而无害,则塞天地之间;其为气也,配义与道,无是,馁也。"④换言之,其包含了道德修养的成分,才能"充塞于天气之间",高邈悠远。曹丕亦说:"文以气为主"⑤,孔融诗"体气高妙"⑥,刘勰《文心雕龙·养气》提倡"清和其心,调畅其气"⑦,也都在强调内心修养之气对文学创作的益处。三首涵养"大道"的诗歌,气由内生,理由语出,轻盈而有质感,读来使人神观飞越。皎然对此类作品的倾慕,还缘于其早年的修道经历。

皎然早年慕道,后因学道失败和社会动乱而弃道入佛。其文学思想佛理最重,然亦有儒、道的烙印。皎然的"高"亦暗含着道教"虚

---

① (唐)皎然著,李壮鹰注《诗式校注》,人民文学出版社,2010年,第373页。
② (梁)刘勰著,范文澜注《文心雕龙注》卷九,人民文学出版社,1975年,第647页。
③ (宋)朱熹《四书章句集注》,中华书局,1983年,第231页。
④ (宋)朱熹《四书章句集注》,中华书局,1983年,231页。
⑤ (魏)曹丕《典论·论文》,郭绍虞、王文生《历代文论选》第1册,上海古籍出版社,1979年,第158页。
⑥ (魏)曹丕《典论·论文》,郭绍虞、王文生《历代文论选》第1册,上海古籍出版社,1979年,第158页。
⑦ (梁)刘勰著,范文澜注《文心雕龙注》卷九,人民文学出版社,1975年,第647页。

"静""超逸"的审美理想,左思、陶潜、嵇康具有"仙姿道骨"的作品尤被其赞赏。其诗文中对老庄言意之辨的继承、对道教术语的灵活运用等,都反映了道教对其文学观的影响,如"象忘神遇非笔端"(《奉应颜尚书真卿观玄真子置酒张乐舞破阵画洞庭三山歌》)[1],"因问老仙求种法,老仙咍我愚不答"(《寓兴》)[2]。道教的仙逸文化,使皎然"高"中之"气",不仅充沛,而且飘逸不滞,他所标为"高"的左思等人的诗歌读来亦有玄之又玄、妙不可言的机理在其间。

(三) 情、气与中和、中观之美

在"情"与"气"的程度选择上,皎然追求气势高昂但不激烈、情感充沛而不直露的"中"之美。其言:"气高而不怒,怒则失于风流;力劲而不露,露则伤于斤斧;情多而不暗,暗则蹶于拙钝;才赡而不疏,疏则损于筋脉。"[3]气势太激烈,则显得狂躁,失去风流之美,而情感过于繁琐、外露,则缺乏婉转之美和蕴藉之美。皎然既遵循传统文学"温柔敦厚"的中和诗风,又注入"中观"这一佛学修养。

作为诗人,皎然继承了传统"诗教"观。他笔下"高"的审美意义与西方之"高"有明显的区别。公元 1 世纪,朗吉努斯提出"崇高"这一影响深远的美学概念,依他而言,"崇高"是"伟大心灵的回声"[4],由慷慨激昂的感情、庄严伟大的思想、高雅的措辞、辞格的藻饰和尊严的结构组成。后来的西方美学家认为崇高感由伟大而生,是壮美,并且与悲剧联系在一起,有悲壮之感。而在中国传统美学中,最初是以"大"对应西方之"崇高","大"以主体为主,突出人的社会价值,但其情感依然遵循儒家的中庸之道,在此基础上生发多种审美形态。皎然所举的诗句,都具有高蹈远引、宁静绝俗的意境,它们所携带而来的情感和气势,亦是醇厚得宜,激昂有度,以适度的节奏表达"高"之

---

① (唐)皎然《杼山集》,影印文渊阁四库全书第 1071 册,台湾商务,第 831 页。
② (唐)皎然《杼山集》,影印文渊阁四库全书第 1071 册,台湾商务,第 834 页。
③ (唐)皎然著,李壮鹰注《诗式校注》,人民文学出版社,2010 年,第 17 页。
④ [古罗马]朗吉努斯《论崇高》,章安祺《西方文艺理论史精读文献》,中国人民大学出版社,1996 年,第 92 页。

旷达、悠远。如曹植的诗歌,皎然评为"气格自高",王昌龄亦云:"汉魏有曹植、刘桢,皆气高出于天纵。"①然而,皎然认为曹植诗歌的情感并非一泻千里、不知收敛,也并非刘桢式的褊狭,而是在旷达、高蹈之中"得其中"②,处于恰当的状态,即气高、气足而不怒张。皎然倡导的"中和之美"显然承接"温柔敦厚"的诗教观而来。"温柔敦厚"是汉儒对孔子文艺思想的概括,"其为人也,温柔敦厚,《诗》教也。……其为人也,温柔敦厚而不愚,则深于《诗》者也。"③儒家提倡"温柔敦厚"更多的是从伦理道德的立场出发,要求诗歌能感化人心。孔颖达云:"诗依违讽谏,不指切事情,故云温柔敦厚是诗教也。"④他强调诗歌的讽谏功能。"温柔敦厚"又是文学审美理想,它强调感情适度,表现含蓄,要"乐而不淫,哀而不伤",要"发乎情,止乎礼义",要运用比兴的手法,塑造委婉含蓄的文学风格。

作为僧人,深受佛学熏陶的皎然将"中观"论融入到其诗学理论中。皎然《诗议》云:"且文章关其本性……巧拙清浊,有以见贤人之志矣。抵而论属于至解,其犹空门证性有中道乎!何者?或虽有态而语嫩,虽有力而意薄,虽正而质,虽直而鄙,可以神会,不可言得,此所谓诗家之中道也。"⑤以中道观为指导,提出了"气""力""情""才"等具有艺术辨析思维的诗学主张,不执空执有,不偏执一端,做到中正不倚。"《古诗》以讽兴为宗,直而不俗,丽而不朽,格高而词温。"⑥他认为《古诗十九首》具备了"讽谏"的功能,诗歌直白、清丽而不落俗套、不迂腐,格调"高"但措辞"温",凸出"高"中有"温"的中观之美。

---

① (唐)王昌龄《诗格》,张伯伟《全唐五代诗格汇考》,江苏古籍出版社,2002年,第160页。

② (唐)皎然著,李壮鹰注《诗式校注》,人民文学出版社,2010年,第110页。

③ 《礼记正义》,上海古籍出版社,2008年,第1903页。

④ 《礼记正义》,上海古籍出版社,2008年,第1904页。

⑤ (唐)皎然《诗议》,张伯伟《全唐五代诗格汇考》,江苏古籍出版社,2002年,第209页。

⑥ (唐)皎然《诗议》,张伯伟《全唐五代诗格汇考》,江苏古籍出版社,2002年,第203页。

他的这一文学批评观与其对"气"与"情"的适度把握——即前文所言之"气高而不怒,怒则失于风流""情多而不暗,暗则蹶于拙钝"等观点是一脉相承的。

三、取境:"高"格之构建

"情"与"气"是构成"高"格的重要元素,这种高,具有中和、中观之美,即意蕴深远而不奥,意境壮阔而不烈。如何去创作具有"高"之美学的诗歌作品,皎然认为关键在于"取境"。

取境涉及主客关系,关于主客关系的辨析引发"言意之辩","圣人立象以尽意",文人围绕言、意、象开始了中国文学批评史上长久的讨论。魏晋时期,佛学传入中国,被其浸淫的、以直觉思维为主要特征之一的中国文学批评在思维上受到启发,调整了以理性思维为特征的玄学对文学批评的单一影响,使文论的理性和非理性调和并济,开启批评新模式,如对"境"的消化、吸收、运用以及"意境"论的创立。"境"与"意境"是中国古代文论的元范畴之一,对中国文学批评影响深远。

在诗学批评上,王昌龄明确提出"三境"说:

> 一曰物境,二曰情境,三曰意境。物境一,欲为山水诗,则张泉石云峰之境,极丽绝秀者,神之于心,处身于境,视境于心,莹然掌中,然后用思,了然境象,故得形似。情境二,娱乐愁怨,皆张于意而处于身,然后驰思,深得其情。意境三,亦张之于意,而思之于心,则得其真矣。①

物境、情境、意境三者是并列与递进关系的复合体,先得其"形",强调客观事物的投射;次得其"情",重在创作的主观参与;后得其"真",则是物(形)与心(情)融合的结果,是审美情趣、人格趣味与客观景物的交相辉映,"真"是物象受主观情志加工后产生的美学效果,是客体心

---

① (唐)王昌龄《诗格》,张伯伟《全唐五代诗格汇考》,江苏古籍出版社,2002年,第172—173页。

灵化的产物,承载主体意识。

　　"意境"的生发,即如王昌龄所言:"夫置意作诗,即须凝心,目击其物,便以心击之,深穿其境。"强调心随物动,感物生情,将见于眼前,感于心的物象和气韵,诉之笔端,营造物我交融的境界。而更能揭示"意境"形成过程的,是他的"三思"说,其云:

　　　　生思一。久用精思,未契意象,力疲智竭,放安神思,心偶照境,率然而生。感思二。寻味前言,吟讽古制,感而生思。取思三。搜求于象,心入于境,神会于物,因心而得。①

　　"取思"一格,明确提出了象、境、心、神的关系。在王昌龄"意境"论和"取思"说的启发下,皎然提出了"取境"说。皎然对"境"的全面认识是"取境"的前提。在皎然看来,境是心内的,又是心外的,"境非心外,心非境中,两不相存,两不相废"②,看似矛盾的概念,揭示了心、境复杂的关系,若离若即,又相辅相成。境既是虚的,又是实的,他在《诗议》中说:"夫境象不一,虚实难明,有可睹而不可取,景也;可闻而不可见,风也;虽系乎我形,而妙用无体,心也;义贯众象,而无定质,色也。凡此等,可以对虚,亦可以对实。"③皎然用二分法揭示了事物存在多面性的特征,可睹之景、可闻之风、系乎我形之心、义贯众象之色,皆是实在之物,同时,在它们的特性中,又分别含有不可取、不可见、妙用无体、无定质的一面。虚实之辩,可谓导严羽"水中月""镜中像"诗论之先路。正因为境与心密切相关,且境是虚实二分的,使得情感在选择载体时游刃有余,表达诗歌主旨显得得心应手,从而为"取境"说作了理论铺垫。《诗式》云:"夫诗人之思初发,取境偏高,则一首举体便高;取境偏逸,则一首举体便逸。"④"取境"指诗人在进行

---

　　① (唐)王昌龄《诗格》,张伯伟《全唐五代诗格汇考》,江苏古籍出版社,2002 年,第173 页。

　　② (唐)皎然《唐苏州开元寺律和尚坟铭》,《吴兴昼上人集》卷八,四部丛刊本。

　　③ (唐)皎然《诗议》,张伯伟《全唐五代诗格汇考》,江苏古籍出版社,2002 年,第205页。

　　④ (唐)皎然著,李壮鹰注《诗式校注》,人民文学出版社,2010 年,第69 页。

诗歌创作时构思出的情景交融的艺术境界,它包含几个要素:一、"意境"为双向投射,偏重于情(心)和景(象)交会后生成的意蕴。而"取境"暗含主动机能,不仅体现了主观情志对物象的有意识的选择、构设,是"取材"在创作中的具体实施,是形象思维和抽象思维融合的过程;还体现了对意境的能动选择,即选取最适合表达情志的意境来作诗。二、因为是"思"之发,即精神上的感发生成,则"取境"并非指对场景的简单投射,而是"心"与"物"共同作用的结果,即王夫之所说的"情景交融"的美学观。三、因为是"初"发,则最初最能触动人心的情感或者构思方式、艺术风格决定了诗歌的主导情感、风格。简言之,落笔前的构思和酝酿阶段,是诗歌主导格调形成的关键时期,务必要谨慎思考。

在取境的过程中,皎然重点突出思想与形式俱美、雕琢又不失自然、敢于创新的诗学观。皎然在《诗式》卷一《取境》中分别否定了两种较为普遍的诗学观念:一是诗不需要修饰,应任其朴素,只要风韵有致、天真淳朴即为上品;二是作诗不需要苦心经营,否则会丧失其天然的本质。与此二种观念相反,皎然认为诗歌既需要修饰,也需要苦心经营,二者并不妨碍淳朴、自然诗风的形成。他运用钟无艳和太姒的典故表明:"德貌兼具"胜过"有德无貌",即诗歌创作既要重视思想内涵,又要注重形式之美。同时,皎然主张创作时要使思想进入冥想状态,搜肠刮肚,用奇思妙想构筑佳篇丽句,"夫不入虎穴,焉得虎子?取境之时,须至难至险,始见奇句。"[1]这与刘勰、王昌龄反对"苦思"的观点正好相反。

"自然"也是皎然着重突出的诗学观。皎然十分赞赏苏武、李陵,他指出,苏、李的诗歌并没有经过精心的构思和冥想,而是天生具有真性情,"发言自高,未有作用"[2]。然而,皎然又直言,类似苏、李的诗人及作品毕竟是凤毛麟角,多数还是需要谋篇布局,依靠人工雕琢、

---

① (唐)皎然著,李壮鹰注《诗式校注》,人民文学出版社,2010年,第39页。
② (唐)皎然著,李壮鹰注《诗式校注》,人民文学出版社,2010年,第103页。

润色。他指出,人工雕琢的最高境界是使其"自然"。"成篇之后,观其气貌,有似等闲,不思而得,此高手也。有时意静神王,佳句纵横,若不可遏,宛如神助。不然,盖由先积精思,因神王而得乎!"①精心构思的作品,要去掉斧凿痕,做到浑化自然,无迹可寻。

此外,皎然提倡诗歌立意应当具有创新性,不因循,不守旧,不落俗套。"凡诗者,虽以敌古为上,不以写古为能,立意于众人之先,放词于群才之表。"②他认为,高是豪放之气、旷远之致,但是不能因为追求"高"之意境而在抒情写景上荒诞不经,"以虚诞而为高古"③,而是将"高"落于实处。同时,"高"又要远离陈旧的、拘泥的模式,"虽有道情,而离深僻;虽用经史,而离书生;虽尚高逸,而离迂远;虽欲飞动,而离轻浮。"④在评论曹植诗时,皎然赞赏其不拘泥于对偶的创作方式,尽管偶尔为之,也是"语与兴驱,势逐情起,不由作意,气格自高"⑤。

"取境"是皎然诗学的奠基石,具体到"高"这一美学风格的营造时,则需要作者立意高远,行文流利,诗心所指晓畅通达,诗歌具有深远、高旷、自然之感。在他人的作品中,皎然善于品味诗作之"高"境。如寄托功名之情和仕途理想的"邺都桥""白马津",展示迥绝纤尘的隐世之情的"闾阖""许由""千仞冈""万里流"等词组,再如暗藏遗世独立之情的"洗耳"典故,"灵妃"形象,以及陶渊明在失意中寄寓深情的"菊"意象,在皎然看来,都是"高"之境的显现,是心志和外物碰撞而出的火花。情与景熔铸而成的诗境,是作者思想的投射,对于读者而言,则可在对理性与感性相交融的诗境的咀嚼和寻味中领会诗人的情思。在皎然自身的创作实践中,"高"之美学范畴中的各种审美形态亦成为他吟咏的对象。例如皎然常在其诗歌中运用"高情"以遣

---

① (唐)皎然著,李壮鹰注《诗式校注》,人民文学出版社,2010年,第39页。
② (唐)皎然著,李壮鹰注《诗式校注》,人民文学出版社,2010年,第375页。
③ (唐)皎然著,李壮鹰注《诗式校注》,人民文学出版社,2010年,第24页。
④ (唐)皎然著,李壮鹰注《诗式校注》,人民文学出版社,2010年,第22页。
⑤ (唐)皎然著,李壮鹰注《诗式校注》,人民文学出版社,2010年,第110页。

怀,"寒食江天气最清,庾公晨望动高情"(《奉和陆中丞使君长源寒食日作》)①;"主人高情始为开,高情放浪出常格"(观李中丞洪二美人唱歌轧筝歌》)②;"云泉谁不赏,独见尔情高"(《送稟上人游越》)③,再如"飘然飞动姿,邈矣高简情"(《读张曲江集》)④等。不管是奉和诗,还是送别诗,都有一股轻逸的姿态在其中,不因酬酢而卑微,不因离别而惆怅,而是有着"雅而逸,高且真"(《周长史昉画毗沙门天王歌》)⑤的畅达。这种不滞不殆、不扬不抑的情感表达方式,除了得益于皎然的审美理想和对诗歌创作的清晰认识外,还来源于皎然作为僧人的修养。在一些诗中,皎然将"高情"与"禅境"结合起来,如"释事情已高,依禅境无扰"(《奉酬颜使君真卿王员外圆宿寺兼送员外使回》)⑥。可以说,皎然将生命的存在与诗歌创作、理论总结很好的融汇了起来。

余　论

皎然生于公元 703 年,卒于 800 年⑦,生活在诗学理论繁荣的时代。皎然诗人、僧人、评论家身份集于一身,为"释门之慈航智炬"⑧,他的诗歌带有浓厚的佛理禅趣,同时还受到道教和儒家观念的影响,促成其诗学理论的丰富性。皎然承接前代"高"之诗学范畴,并启发了后世文人。

晚唐司空图发扬殷璠、皎然诗论,其《二十四诗品》列"高古"品:"畸人乘真,手把芙蓉。泛彼浩劫,窅然空踪。月出东斗,好风相从。

---

① (唐)皎然《杼山集》,影印文渊阁四库全书第 1071 册,台湾商务印书馆,第 794 页。
② (唐)皎然《杼山集》,影印文渊阁四库全书第 1071 册,台湾商务印书馆,第 837 页。
③ (唐)皎然《杼山集》,影印文渊阁四库全书第 1071 册,台湾商务印书馆,第 819 页。
④ (唐)皎然《杼山集》,影印文渊阁四库全书第 1071 册,台湾商务印书馆,第 822 页。
⑤ (唐)皎然《杼山集》,影印文渊阁四库全书第 1071 册,台湾商务印书馆,第 834 页。
⑥ (唐)皎然《杼山集》,影印文渊阁四库全书第 1071 册,台湾商务印书馆,第 784 页。
⑦ (唐)皎然著,李壮鹰注《诗式校注》,人民文学出版社,2010 年,第 1 页。
⑧ (唐)于頔《杼山集原序》,皎然《杼山集》,影印文渊阁四库全书第 1071 册,台湾商务印书馆,第 777 页。

太华夜碧,人闻清钟。虚伫神素,脱然畦封。黄唐在独,落落玄宗。"①
司空图不仅发扬了皎然四字句式以及充满佛禅意味的点评方式,又
将"高"与"古"这两种诗歌风格结合起来,开创新的美学范畴。"高
古"指高雅古朴,即诗歌既立意高远、意境壮阔,又兼具含蓄雅致、浑
厚朴素之风,杨廷芝云:"高则俯视一切,古则抗怀千载。"②司空图的
诗学充满了佛禅之道,塑造出清空、高远、飘逸、冲淡的审美风尚,是
对皎然《诗式》的发展。

　　南宋严羽赞许皎然"在唐诸僧之上"③,他的《沧浪诗话》不仅延续
了皎然以佛禅喻诗的路径,如"羚羊挂角"等,亦视"高"为九品之首,
曰:"诗之品有九:曰高,曰古,曰深,曰远,曰长,曰雄浑,曰飘逸,曰
悲壮,曰凄婉。"④何为"高",何为"古"? 郭绍虞引陶明濬《诗说杂记》
解释说:一为"凌青云而上,浮颢气之清英是也",一为"金薤琳琅、瀰
瀰溢目者是也"⑤。严羽之"高"亦属风格论,指高远的意境。同时,严
羽也很重视诗歌创作的"入门"之法和立意,其《诗辨》云:"夫学诗者
以识为主,入门须正,立志须高。"⑥这与皎然"夫诗人之思初发,取境
偏高,则一首举体便高;取境偏逸,则一首举体便逸"的文学思想一脉
相通,都强调下笔前诗歌构思、境界营造的重要性。近人王国维提出
"词以境界为最上,有境界则自成高格,自有名句"⑦的著名论断,他不
仅系统总结了"意境说",还将"意"与"境"统一起来,作为评判作品的
准绳,强调意境对文学的影响,这虽与王昌龄、皎然"意""境"分离的
诗学有所区别,但异曲同工。总体而言,"高"是我国古代文论的重要

　　① (清)孙联奎《诗品臆说》,孙昌熙,刘淦校点《司空图〈诗品〉解读二种》,齐鲁书社,
1980 年,第 17 页。
　　② (清)杨廷芝《二十四诗品浅解》,孙昌熙,刘淦校点《司空图〈诗品〉解读二种》,齐鲁
书社,1980 年,第 92 页。
　　③ (宋)严羽著,郭绍虞校释《沧浪诗话校释》,人民文学出版社,1983 年,第 188 页。
　　④ (宋)严羽著,郭绍虞校释《沧浪诗话校释》,人民文学出版社,1983 年,第 7 页。
　　⑤ (宋)严羽著,郭绍虞校释《沧浪诗话校释》,人民文学出版社,1983 年,第 7 页。
　　⑥ (宋)严羽著,郭绍虞校释《沧浪诗话校释》,人民文学出版社,1983 年,第 1 页。
　　⑦ 王国维《人间词话》,上海古籍出版社,2014 年,第 1 页。

内容,这一审美风格历经了"高""高蹈""高古""高格"等变化,其内涵也在文人笔下不断丰富。以"高"论作为切入点,可深入了解皎然《诗式》的诗学主张及其承前启后的作用,正确评价皎然诗学的文学地位。

（华东师范大学　广西科技大学）

论诗眼批评在宋元的发展
及其与诗格的关系

姚鹏举

内容摘要：诗眼是一个常见的比喻性批评术语,现在常指一句中最为传神的某个字。对其作历史的梳理,可知这一含义最早出现在北宋初保暹《处囊诀》中,但广泛被使用则在南宋后期和元代。这可以说是对江西诗派"句中有眼""句眼"等术语进行变异并和南宋后期的诗歌创作及批评的风气相适应的结果,因而带有诗格批评的精细、琐碎的特点,同时又综合了内容与形式。明清对形式上的诗眼说进行了批评和反拨,因而现今多是从内容上去理解这一术语。

关键词：诗眼批评　宋元时期　发展　诗格

The Research of the Development of The Eye of Poem Lyrics and its Relationship with Poetic Specification in the Song and Yuan Dynasty

Yao Pengju

Abstract：The Eye of Poem Lyrics is a very common figurative term which usually means the most vivid word in a sentence. From the historical perspective, this meaning first appeared in BaoXian's book ChuNangJue at the beginning of Northern Song Dynasty, but widely used in the late Southern Song and Yuan Dynasty. The term was the variation of the Jiangxi Poetry School' idea "there is an eye in the verse" and adapted to the ethos of the poetic creation and criticism. So The Eye of Poem Lyrics which integrated content and form is often elaborate or trivial. Then it was crticized by poetical theorists in Ming and Qing Dynasty. And now we usually understand the term from its content.

Key words：the Eye of Poem Lyrics   Song and Yuan Dynasty Development   Poetic Specification

诗眼,现在多理解为一句中最为传神,最为精警动人之处,常常指某个字。但这仅仅为诗眼的一种最常见的含义。有时它还会指几个字或一句诗,同时含义也有某种变异。另外,追其源流时,也并不能将其和黄庭坚"句中有眼"及范温"诗眼"等简单联系起来。研究诗眼批评在宋元时期的发展,对其作历史的梳理,可以解决上述问题并使我们对诗眼的含义有全面的了解。

一、诗眼批评在宋元的发展

这里需要首先处理的是对"句中有眼""句眼"等术语的辨析。这些术语来源于禅宗,和"正法眼"有关,最初被应用到文学批评中时,其含义和某个字的传神、精警动人不同。[①] 将黄庭坚等人关于"句中有眼""诗眼"等术语的用法和用字区别开后,可以发现保暹《处囊诀》虽然最早以"诗眼"批评诗句中某个精彩的字,但却是一种孤立的现

[①] 参周裕锴《法眼与诗心——宋代佛禅语境下的诗学话语建构》,中国社会科学出版社,2014 年,第 201—205 页。周先生的《文字禅与宋代诗学》及论文《宋代诗学术语的禅学语源》等对此均有阐述。笔者后来发现一个旁证:"空疏嗟我句无眼,俊逸知君笔有神。"(邓肃《栟榈集》卷一《子安提举》),"空疏"作为"句无眼"的表现,可以与周先生的论述相印证。

象——此前和此后很长一段时间内很少有人再将诗眼和诗歌中的某个字联系起来。① 这意味着保暹的诗眼批评对于后来的相关批评并没有发生影响。②

考察宋代诗人有关诗歌用字的论述，也可发现整个北宋几乎没有将诗眼和用字明显联系起来。他们虽然很重视用字，强调炼字，但是将其归属到句法之下，这一点和晚唐五代诗格论述相一致，似乎是一脉相承下来的。因而他们常说"诗以一字论工拙"（晁补之）、"句法以一字为工"（《诗眼》）。同时，他们将用字和"造语"一词相联系，常常用"工""妙""好""佳"等来形容，时而也用"善下字"等词。这可以说是将欣赏、批评诗歌的用语应用到用字的批评中了。随着江西诗派的发展，又出现了"点铁成金""响字""活字"的论述。这些最初和句眼、诗眼均未发生明显的联系。

但是，"使用这个词汇的诗人，大抵与黄庭坚及江西诗派有着千丝万缕的联系，从某种意义上来说，'句中有眼''句中眼'，可视为江西诗派提倡的诗学纲领之一"。③ 江西诗派十分重视诗歌的技法，并且群体内部也不断发生变化，因而就有可能出现后人借用"句中有眼""句中眼"的术语却消解、变异了其内涵的情况。考查宋代相关论述材料，可知以"句眼"指代诗中传神、精警的字，正是这种变异的结果。

目前发现的最早将"句眼"和用字直接联系起来的论述，见于《竹庄诗话》卷一所引的《漫斋语录》：

　　　　五字诗，以第三字为句眼；七字诗，以第五字为句眼。

---

① 此后，最早将句眼和用字联系起来的已经是南北宋之际的蒲大受《漫斋语录》，而此书所受的影响来自于江西诗派。详见下文。

② 张海沙先生在《云门宗风与晚唐五代诗论》（《学术研究》，2005 年第 2 期）认为《处囊诀》的以眼论诗和云门宗一字禅有关系，并且影响到晚唐五代语言锤炼之风。但张艮《宋初九僧宗派考》（《暨南学报》（哲学社会科学版），2014 年第 2 期）则考订保暹为天台宗僧人。因史料之不足，对于《处囊诀》的以眼论诗理论渊源等情况暂时阙疑。

③ 周裕锴《法眼与诗心——宋代佛禅语境下的诗学话语建构》，中国社会科学出版社，2014 年，第 203 页。

古人炼字,只于句眼上炼。①

《漫斋语录》的作者是蒲大受,主要生活在徽宗、高宗年间。② 而这条论述和《童蒙诗训》所引潘大临论"响字"十分近似:

> 潘邠老言:"七言诗第五字要响,如'返照入江翻石壁,归云拥树失山村',翻字、失字是响字也。五言诗第三字要响,如'圆荷浮小叶,细麦落轻花','浮'字、'落'字是响字也。所谓响者,致力处也。"③

响字一般和字的音节相连,所以才会注意到诗的节奏。④ 最早关注五言诗第三字、七言诗第五字的也是潘氏。潘氏进一步认为"响字"即"致力处",一个字是一句诗的"致力处",这很容易和炼字联系起来。可以说蒲大受只是在此基础上进一步以句眼代替响字,同时指向炼字而已。"古人炼字,只于句眼上炼",这里所谓的"句眼",似指其所处的位置而言,即五言诗的第三字和七言诗的第五字,致力于此,成为"响"字,也就真正成了诗眼。这就不仅关涉到内容,也和形式有关。这一点下面还会再论述。

蒲大受在诗学倾向上接近于黄庭坚,可纳入江西诗派的诗学理论范围。⑤ 他的上述论述很明显是糅合江西诗派句眼说和响字说的结果,也即利用响字说改造了句眼说,使这一本来和诗句意韵、诗歌见识有关的术语变成了和用字有关。这种改造也有一定的原因:

> 苕溪渔隐曰:"汪彦章自吴兴移守临川,曾吉甫以诗迓之云:'白玉堂中曾草诏,水精官里近题诗。'先以示子苍,子苍为改两字,'白玉堂深曾草诏,水精官冷近题诗。'迥然

---

① (宋)何汶撰,常振国、绛云点校《竹庄诗话》,中华书局,1984年,第8—9页。
② 李剑国、任德魁《〈蒲氏漫斋录〉新考》,《文学遗产》,2004年第6期。
③ 郭绍虞辑《宋诗话辑佚》,中华书局,1980年,第587页。
④ 王德明、王子西《宋代诗学中的"响字"说的演变与传播》,《文学与文化》,2013年第4期。
⑤ 邓国军、王发国《〈蒲氏漫斋录〉论考》,《文学遗产》,2003年第2期。

与前不侔,盖句中有眼也。"①

材料中修改后的两句诗,表达的意义更鲜明,更有韵味了,而这样的效果是由两个字的不同造成的。这在某种程度上便将诗的意义、韵味和用字联系起来。同时,材料中关于"句中有眼"的论述,虽然可以被视为对黄庭坚"句中有眼"含义的继承,但却显示出一定的模糊性:既可以指向诗歌的意韵,也可以指向诗句的用字。诗的意韵可以和用字相联系,有时论述又具有模糊性,这两点当是"句中有眼""句眼"和用字得以沟通的原因。可以说,这种沟通承接江西诗派"句中有眼"的话头而将其变异为和用字传神有关。《漫斋语录》则证实了这种变异。

这一番变异消解了诗眼、句眼对于意韵、见识的关注,更多专注于字眼的讲求。如果说黄庭坚讲求法度是为了"技进于道",以道为追求目标的话,那么这种变异则使"句眼""诗眼"缺失了这个目标,更讲求法度。从这一点可以看出江西诗派后期的弊端。本来以意统法,法随意变。但现在更关注法,一方面容易使法变得死板,另一方面也使其变得琐碎。吕本中的"活法",某种程度上是纠偏补正。所以以"句眼"指句中传神的字,除上面的论述外,在南宋前中期仍不见使用。

大量的论述出现在南宋后期到元代这一段时间。《沧浪诗话》论用功处提到"字眼"。② 之后在《诗人玉屑》《瀛奎律髓》《诗学禁脔》《诗法家数》等书中开始大量出现。而引述《漫斋语录》的《竹庄诗话》也是南宋末期著作。③ 这些著作都具有诗格的特点。张伯伟先生论述了诗格在宋代以后的发展情况:

---

① (宋)胡仔纂集、廖德明点校《苕溪渔隐丛话(后集)》,人民文学出版社,1962年,第264—265页。

② (宋)严羽著、郭绍虞校释《沧浪诗话校释》:"其用工有三:曰起结,曰句法,曰字眼。"人民文学出版社,1961年,第8页。

③ 见《竹庄诗话》"点校说明",(宋)何汶撰,常振国、绛云点校《竹庄诗话》,中华书局,1984年,第1页。

需要注意以下两种现象：一是许多书有诗格之实，而无诗格之名。以元代为例，当时的诗学亦可谓以诗格为中心，这种风气承自南宋末期。其著述方式有两种：一是以选诗形式出现，……方回《瀛奎律髓》，专选五、七言律诗，根据内容分作四十九类。其《自序》云："所选，诗格也。"……另一种是以诗话形式出现的诗格，在宋代有郭思《瑶池集》（一作《瑶谿集》）、严羽《沧浪诗话》、魏庆之《诗人玉屑》等。元代这一类诗格很多，如旧题杨载《杨仲弘诗法》（又名《诗法家数》）、《杜律心法》、旧题范梈《诗学禁脔》……如果说前一类是诗格与诗选的混合体，那么这一类就是诗格与诗话的混合体。①

由论述诗眼较集中的《诗人玉屑》的相关条目——眼用活字、眼用响字、眼用拗字、眼用实字——也可知其具有很明显的诗格特点。② 因而结合张先生的论述，可以将诗眼的大量出现和南宋后期的诗格批评联系起来。南宋后期出现众多诗格类著作的现象和晚唐五代十分类似，而晚唐诗歌也被南宋后期的诗人效仿、学习，他们在创作上重视炼字、炼句，探讨技巧。因而可以说，诗歌批评上又一次出现的规范诗学和这一时期的诗歌创作有关系。③ 诗眼消解了对"句中有眼"对意韵的关注，而变异为对技巧的讲求，这种变异因为和南宋后期的创作、批评的风气相适应，所以才被广泛应用。

此时如果再对比一下讲求"句中有眼"的黄庭坚等人和南宋后期的诗歌创作群体，上面的结论会更加清楚。吉川幸次郎《宋诗概说》已对此有所察觉：

---

① 张伯伟《中国古代文学批评方法研究》，中华书局，2002 年，第 381—382 页。

② 《诗人玉屑》的诗格特点，可参袁明青《〈诗人玉屑〉研究》第三章第一节，南京大学 2011 年硕士论文。

③ 参张伯伟《论唐代的规范诗学》，《中国社会科学》，2006 年第 5 期。同时参卞东波《南宋诗选与宋代诗学考论·〈唐宋千家联珠诗格〉与宋代诗学》，中华书局，2008 年，第 204—261 页。

　　　　宋诗最后时期的十三世纪,南宋已没有大诗人产生,只有小诗人所写的小诗充斥着诗坛。……

　　　　首先,小诗人大都不是官僚,是民间人士。有的是都市的商人,有的是农村的地主。这种情况,也可以说是在以后整个元明清时期,文学主要由民间人士来承当的开端。如果用稍奇特的话来说,就是文学民主化的开始。

　　　　再一点,只是民间人士的诗,要象以前的宋诗那样维持深远的理智,显然是困难的。因而向唐诗平实明快的抒情复归,就愈来愈显著。这也是元明诗学习唐诗的开始。①

这些论述将黄庭坚等人和南宋末期的诗人群体之间的身份差异、诗学目标及学习对象的不同概括得十分清楚。有了这些差异的诗人对"句中有眼"的消解和变异可以说具有必然性。这种对比也可以使我们清楚江西诗派群体内部的诗人对"句中有眼"的变异,很大原因也是他们的身份认同和诗学目标其实已经和黄庭坚等人的不同了。

　　　　这样,我们再审视诗眼的发展,便发现它最初出现在受晚唐五代诗格批评影响的《处囊诀》中,而后来的大量出现也和南宋后期的诗格批评有密切关系,它的出现和发展都和诗格批评有联系。但是诗眼后来的发展并不是受《处囊诀》的影响,而是受江西诗派及后期诗格批评影响的结果。"句中有眼"算是江西诗派的一个诗学规范,但是后来却被消解、变异为和用字有关的概念。这其中的原因一是论述的模糊性,一是后期诗人身份认同、诗学目标的不同。而这种消解、变异结果又和南宋后期的诗歌创作、批评风气相适应,从而有较快的发展。元代追随这一风气继续发展,这在《瀛奎律髓》《诗法家数》等书中有明显展现。

　　　　————————

　　① ［日］吉川幸次郎著、李庆等译《宋元明诗概说》,中州古籍出版社,1987年,第136—138页。

二、诗格的展现：诗眼批评在宋元的类型

在论述诗眼在宋元时期的发展脉络及其与南宋后期的诗格批评的关系后，若总结这一时期诗眼批评的类型，便可进一步显示出其诗格批评的特点，也可发现其精细化甚至琐碎化的特点，在某种程度上甚至给人一种"死法"的感觉。本节即从事总结工作，对其做一个具体的展现。

1. 一句一字为眼

这种观点最早出现，也最流行。《诗人玉屑》集中搜集了这方面的论述，整理出眼用活字、响字、拗字、实字①，后人又整理出眼用虚字②，而活字、响字、拗字、虚字、实字等相互可以包容，比如方回论述眼用拗字，也是响字。这一点各家研究的比较充分，此处不再赘述。

2. 一句两字为眼

近体诗的节奏一般是两字为一节拍，通过两个字传达出一句的精神也是可能的，所以诗歌中有一句中以两字为眼的现象。这一观点最早出现在《瀛奎律髓》中。方回评杜甫《九日蓝田崔氏庄》：

> 杨诚斋大爱此诗，以予观之，诗必有顿挫起伏。又谓起句（按，即"老去悲秋强自宽"）以"自"对"君"，亦是对句，殊不知"强自"二字与"尽君"二字，正是着力下此，以为诗句之骨、之眼也。但低声抑之读五字，却高声扬之读二字，则见意矣。"③

---

① （宋）魏庆之著、王仲闻点校《诗人玉屑》，中华书局，2007年，第105—108页。

② （清）施补华《岘佣说诗》："五律须讲炼字法，荆公所谓诗眼也。……'古墙犹竹色，虚阁自松声''蚁浮仍蜡味，鸥泛已春声''江山有巴蜀，栋宇自齐梁''入天犹石色，穿水忽云根'，此炼虚字。炼实字有力易，炼虚字有力难。"（明）王夫之等撰《清诗话》，上海古籍出版社，1978年，第973页。

③ （元）方回著、李庆甲集评校点《瀛奎律髓汇评》，上海古籍出版社，1986年，第634页。

若以七言以第五字为眼的观点看,首联句眼当是两句的"强"和"尽"字,它们连接、贯通前后成分,同时可从中看出诗人强打起精神的用力、勉强。但是这里方回将"强自""尽君"两字看成诗眼,打破了传统的看法。推测其本意,大概是"自""君"二字显示主客,正和全诗主客分别明显相照应。所以这里以两字为诗眼,对比明显而又贯通了全诗。以两字为一句之眼,在方回并非个案,杜诗"转添愁伴客,更觉老随人",他便认为"转添""更觉"为句眼。①

另外,诗中也有以叠字为眼的,宋元时代虽未有类似的称呼,但已有类似的评论了。②

论诗本是仁者见仁,所以如果认为每句中两字作为一体更能传达出诗句的意味来,故而认其为诗眼,本也合乎情理。由此可知诗眼批评中有以两字为眼的。

3. 一句两字分别为眼,即一句两眼

这一类型也在《瀛奎律髓》中出现,书中选了杜甫《晓望》一诗:"白帝更声尽,阳台曙色分。高峰寒上日,叠岭宿霾云。地坼江帆隐,天清木叶闻。荆扉对麋鹿,应共尔为群。"方回评曰:

> 五六以"坼"字、"隐"字、"清"字、"闻"字为眼,此诗之最
> 紧处。③

这一观点为后人继承,《诗法家数》列举字眼在第二、五字的诗句时,

---

① (元)方回著、李庆甲集评校点《瀛奎律髓汇评》,上海古籍出版社,1986 年,第 325—326 页。

② (宋)叶梦得《石林诗话》:"诗下双字极难,须使七言五言之间除去五字三字外,精神兴致,全见于两言,方为工妙。唐人记'水田飞白鹭,夏木转黄鹂'为李嘉佑诗,王摩诘窃取之,非也。此两句好处,正在添漠漠阴阴四字,此乃摩诘为嘉祐点化,以自见其妙,如李光弼将郭子仪军,一号令之,精彩数倍。不然,如嘉祐本句,但是咏景耳,人皆可到。""精神兴致,全见于两言,方为工妙"正可做句眼的注脚。由所举例子可知,叠字多是形容词,诗句所显示的意境多是通过叠字的形容展现出来的。参(宋)叶梦得著、逯铭昕校注《石林诗话校注》,人民文学出版社,2011 年,第 42—46 页。

③ (元)方回著、李庆甲集评校点《瀛奎律髓汇评》,上海古籍出版社,1986 年,第 501 页。

就有这两句,同时又说"诗句中有字眼,两眼者妙,三眼者非"。①

杜甫这两句诗,正好也有前人认为是诗眼的评论:

> 作诗在于炼字,如老杜'飞星过水白,落月动沙虚',是炼中间一字。'地坼江帆隐。天清木叶闻',是炼末后一字……②

葛立方的这一见解在后代就发展成了以最后一个字为诗眼的观点。我们先不论两种观点的对错,可以考虑一下两句的句式特点、方回的立论依据以及一句两眼的可能性。这两句诗是二三节奏,诗句的意思可以按照节奏分成四个意义部分:地坼、江帆隐、天清、木叶闻。方回评诗,有时候要求读者一句"截上二字下三字分为两段而观",认为这样"方见深味"。③ 站在方回的角度看,上面两句诗是二三节奏,一句中有两个意义群,大致等同于两个句子的组合,也即"天清"相当于一句,"木叶闻"相当于一句,两句各有一个突显其意义的字眼,同时彼此又似乎有因果关系。从这样的角度看,一句诗中有两眼,倒也可能。由此可知,方回认为一句两眼的原因当和他对诗句的节奏及意义的看法有关。

理论上可作如此看,但方回的这种观点招致了后代的批评,很少再出现这样论述了。

4. 一篇之眼(目)

《瀛奎律髓》选了杜甫的《独酌》:"步屧深林晚,开樽独酌迟。仰蜂黏落絮,行蚁上枯梨。薄劣惭真隐,幽偏得自怡。本无轩冕意,不是傲当时。"方回

评曰:

---

① (清)何文焕《历代诗话》,中华书局,2004 年,第 730 页。张伯伟《元代诗学伪书考》(《文学遗产》1997 年第 3 期)定《诗法家数》乃"从若干唐人的诗学著作中杂纂而成"。故而此处不言是杨载的观点。下面所引《韵语阳秋》语,也出现在此书中。

② (南宋)葛立方《韵语阳秋》,上海古籍出版社,1984 年,第 54 页。

③ (元)方回著、李庆甲集评校点《瀛奎律髓汇评》,上海古籍出版社,1986 年,第 1133—1134 页。

此以独酌为题，其实皆幽栖自怡之事。仰蜂、行蚁，盖独酌时所见如此。凡为诗，只两句摹景精工，为一篇之眼，余放淡净为佳。①

分析其评论，杜诗这两句写得"摹景精工"，传达出了"幽栖自怡"的神态，所以是一篇之眼。这应该和炼字精工传神而成为诗眼的道理是一样的。只是这里诗眼的含义发生变化，不再是一句诗中的某些字，而是一首诗中的某些诗句。这时的诗眼不再仅仅等同于句眼，而是内涵更丰富，外延更周全，可以和秀句、警策发生联系，这也反映了诗眼的发展。②

由上面的类型总结可知，诗眼可以是一句之眼，也可以是一篇之眼，可以是某些字，也可以是某些句子。一句中可以一字为眼，也可以两字为眼，而两字可分别为眼，也可合在一起为眼。充当诗眼的字可以是活字、响字、拗字、实字，同时对其位置也有说明。类型多样的同时，其含义也不断丰富，一篇之眼又和秀句、警策有了交叉。值得注意的是，《诗人玉屑》《瀛奎律髓》两部书可以将上述诗眼的类型全部囊括。这样的总结都在技巧的探讨范围内，精细而又全面，有些甚至琐碎化、程式化，这些都可以认为是诗格批评影响的结果。

如果和后代诗眼的论述做一番比较，上述特点会更加明显。刘熙载《艺概·诗概》：

炼篇、炼章、炼句、炼字，总之所贵乎炼者，是往活处炼，非往死处炼也。夫活亦在乎认取诗眼而已。

---

① （元）方回著、李庆甲集评校点《瀛奎律髓汇评》，上海古籍出版社，1986年，第725页。

② 《冷斋夜话》引用黄庭坚说句中眼，似乎就是指这些诗句是一篇中之眼，只是没有那么明确。后来在一首诗中诗眼的含义更丰富，如果将诗歌的主旨表现出来，便等同于传神，就可以被认为是诗眼。这一含义类似于警策，可以是一句诗，也可以是几个字。如赵臣瑗《山满楼笺注唐诗七言律》卷三评卢纶《晚次鄂州》言："第六句中'归心'二字，是一篇之眼。前五句，写归心之急；后二句，写归心所以如此之急故。'逢秋色'，则'愁鬓'不胜憔悴；'对月明'，则'归心'愈觉凄惶。字字真情，字字真理。""虽众辞之有条，必待兹而效绩"，和警策使桴鼓相应。

诗眼有全集之眼,有一篇之眼,有数句之眼,有一句之眼;有以数句为眼者,有以一句为眼者,有以一二字为眼者。①

这两条论述具有集成的特点,将古典诗歌中有关诗眼的论述囊括殆尽。相比于刘熙载论述的圆融全面,可知宋元时期对诗眼的总结一方面已经基本完备,另一方面虽更精细,却也具有琐碎化、程式化的特点。

三、对形式上的诗眼批评的关注与反拨

我们通常理解的诗眼、词眼,突出的是其内在含义对整句诗词之精神的表现。举例来说,《人间词话》曾言:"'红杏枝头春意闹',着一'闹'字,而境界全出。'云破月来花弄影',着一'弄'字,而境界全出矣。"②这里"闹""弄"一般被视为句眼,而其好处全在其内在含义。宋祁词的词境并不俗,而却用了一个极俗的"闹"字,用得险,很容易败坏词境,然而却将春意盎然的情形贴切地形容出来,似乎找不出比这更好的字,这又是化俗为雅。由此可见作者的功力。而张先词中"弄",有一种欣赏、把玩的意味,将花拟人,赋予其情感,而能欣赏把玩,则其境之美,自在其中。所以,因着一"弄"字,将皎洁月光下花影婆娑的美好场景显现出来。两句的诗眼不仅形容贴切,而且将句子盘活了,使其有一种生命的动感。

但是上文引用的《漫斋语录》"五字诗,以第三字为句眼;七字诗,以第五字为句眼",却和通常的理解有所不同。这里论述诗眼而强调其位置,在某种程度上便是对诗眼所指内容的削弱,突显出了外在的形式。③《诗人玉屑》亦言"五言以第三字为眼,七言以第五字为眼",并列举大量的例子:

---

① (清)刘熙载著、袁津琥校注《艺概注稿》,中华书局,2009 年,第 378 页。
② 王国维《人间词话》,上海古籍出版社,1998 年,第 2 页。
③ 张伯伟先生最先指出诗眼可以综合内容与形式。参张伯伟《诗词曲志》,上海人民出版社,1998 年,第 185 页下注③。

孤灯燃客梦,寒杵捣乡愁。(岑参《客舍》)

夜灯移宿鸟,秋雨禁行人。(张蠙经《荒驿》)

万里山川分晓梦,四邻歌管送春愁。(许浑《赠何押衙》)

莺传旧语娇春日,花学严妆妒晓风。(章孝标《古宫行》)①

仔细推敲这些例子,可知第三字、第五字成为句眼,一方面固然和其字的内在含义有关系,另一方面也和这个字的连接、贯穿作用有很大关系。例子中的五言均是"二一二"节奏,七言均是"四三"节奏,细分为"二二一二",本来两个音节一个节拍,而五言第三字、七言第五字却是一字占了一个节拍,可以停顿的时间较长,无形中便得到强调。同时它的前后成分多显现一种静态,而第三、五字则多为动词,是一种动态,它们连接前后,便将前后的静态成分盘活,成为一个表达完整意思的飞动的句子。因而这一位置上的字用得越好,整个句子便越飞动。《诗人玉屑》下面所举的"眼用活字""眼用响字""眼用拗字"的例子均可作如此分。

由此可知,当诗眼和外在形式有关时,一般是因为(1)诗歌的节奏,这一点和潘邠老所言"响字"有密切联系,也是《蒲斋漫录》能对"响字说"改造的原因。(2)诗眼所用字对前后成分的连接贯穿作用,这一作用使得句子前后成为一个整体,诗句也因此而飞动。这样,诗眼的类型便非单一:有些诗歌诗眼的传神,主要是通过眼的内容来实现的,因而强调炼字,而对位置不在意;有些诗歌诗眼的传神则是综合了内容和形式两方面而言的,有时形式上的连接、贯穿作用甚至是主要的。

诗眼是一个比喻性的批评,眼睛是形体的一部分,则诗眼关涉到形式自然也有一定的道理。这一点也可以和绘画传神理论中的"点睛"相参照:

---

① (宋)魏庆之著、王仲闻点校《诗人玉屑》,中华书局,2007年,第105—106页。

顾长康画人，或数年不点目精。人问其故，顾曰："四体
妍蚩，本无关于妙处，传神写照，正在阿堵中。"（《世说新
语·巧艺》）①

金陵安乐寺四白龙，不点眼睛，每云："点睛即飞去。"人
以为妄诞，固请点之，须臾雷电破壁，两龙乘云腾去上天，二
龙未点眼者见在。（张彦远《历代名画记》卷七《张僧繇》）②

绘画中的传神关涉到多方面的问题，而若只关注材料中眼睛的作用，
可以发现两点值得注意的地方：

（1）顾恺之画人一例，重点说明的是作为眼睛的内在的"精神挺
动"，和外在的形体关系不密切；

（2）张僧繇画龙点睛，龙的有神的传达形式是身体呈现一种活
泼泼的飞动状态，和外在的形体密切相关。这里的眼睛作为形体的
一部分，赋形以神，因而可以说是形、神的连接处，起着连接、贯穿的
作用。

如果说第一点强调的是眼睛内在精神的传达，那么第二点则相
对突出了其位置的连接贯通作用。因而可以说明绘画中的眼睛也同
时在内容和形式两方面发生作用。绘画、诗歌中，"眼"的存在又都是
为了传神，这种艺术的相通性，某种程度上也可以彼此相印证。

相对于后来的诗眼批评，对形式关注可以视为宋元时期诗眼批
评的一个特点。我们现在承续了明清时期对诗眼的理解，缩小了其
内涵，这也有原因。在形式上强调诗眼，很容易形成一种模式，显得
死板。以上面句眼在第三字、第五字的说法为例，句眼在第三、五字，
是因为句子的节奏在那里得到强调，当句子节奏发生变化，内部便会
出现新的组合关系，句眼的位置也因此会发生变化。于是，一方面诗
眼可以通过内在的精警动人而传神，并不依赖外在的形式；另一方面
可以通过变换诗歌的节奏而调整诗眼的位置，诗眼的位置可以灵活

① 徐震堮《世说新语校笺》，上海古籍出版社，1984 年，第 388 页。
② 于安澜《画史丛书》（第一册），上海人民美术出版社，1963 年，第 90 页。

不定。这样,强调句眼在第三、五字上,相比之下便显得呆板了。而一种模式用多了,便容易出现陈词滥调。古人可能看到这些弊端,所以更多强调的是内容上的精警。这在某种程度上可以说是对宋元诗眼批评讲求技巧的一种反拨。

以上的论述可总结如下:

1. 以"眼"论诗中精警的字,在宋初已经出现,但是并没有在后来发生影响。

2. 黄庭坚等江西诗派诗人十分重视诗人内在的修养,同时也重视诗歌的技巧法度。二者统一于诗歌的意韵。"句中有眼"显示了黄庭坚等诗人对诗人内在修养及诗歌意韵的重视,后来成为江西诗派的诗学主张之一。然而江西诗派中有些诗人却对这一概念进行了消解和变异,使之由重视诗意转而重视技巧法度。其中的原因是(1)诗歌的意韵有时会和用字有关,而"句中有眼""句中眼"在表述的时候有时又会显得模糊,这就容易使人误解;(2)诗人群体的个人修养、诗学目标等和黄庭坚等人出现了差异,这一点在南宋后期表现得更为明显。

3. 在南宋后期的诗歌创作及批评风气的影响下,变异后的诗眼、句眼开始较多地被使用,它的各种类型基本得到总结,并呈现出精细化、琐碎化的特点。这一过程中,其概念也和最初的含义有所不同,比如一篇之眼的含义便和警策、秀句有了交叉。

4. 宋元时期的诗眼批评,综合了内容和形式。诗眼在形式上的表现是(1)强调诗歌的节奏对诗眼位置的影响,这一点可以说是受到之前响字说的影响,二者可以沟通;(2)强调诗眼对于前后成分的连接、贯通作用。形式上的东西一般容易形成规则、模式,进而出现陈词滥调,所以招致了后代的批评。而后世的批评则相对重视内容,可以视为对宋元时期过分讲求法度技巧的反拨。

（南京大学文学院）

理论的构建与裂缝：
《沧浪诗话》"体"论

刘帼超

内容摘要：《沧浪诗话·诗体》部分专门谈诗歌体式，其他部分中也多有相关表述。可见"体"同样是严羽诗学体系的重要一环。本文首先对《诗体》部分的论述顺序与划分原则进行探讨，明确严羽辨体的思路。再讨论"体"与诗歌外在形式的关涉，以及"体"与作品的风格、内容、气象的关联。严羽辨体是为推尊盛唐的诗歌本色论张本，这种指导思想下，《诗体》着力讨论格律、用韵、对仗等因与盛唐风格不符，在其他部分往往成为忽略不提，这构成了严羽"体"论的理论裂缝。

关键词：体　沧浪诗话　外在形式　风格　裂缝

Theconstruction and crack of the theory: a research on Ti theory of Canglangshihua

Liu Guochao

Abstract: The part of Shiti in Canglangshihua focused on the form of poetry, and similar discussion could be found in other parts. From which we know, Ti theory was very important in the YanYu's theory system. This thesis discussed the order and classification principles in the first part. Then, discussed the relationship between Ti and external from, as well as the style, content, meteorology of poem. The discussion of Ti aimed at lay the foundation of the worship on the poem in Tang Dynasty, based on which, the metre, rhyme, and antithesis were totally ignored because of the non-conformance. This was the crack in YanYu's theory system.

Keywords: Ti Canglangshihua external form style crack

古代文学批评中的"体",基本含义包括两层,罗根泽先生的《中国文学批评史》对此解释尤为明确:"一是体派之体,指文学的格(风格)而言,如元和体、西昆体、李长吉体、李义山体……皆是也。一是体类之体,指文学的类别而言,如诗体、赋体、论体、序体……皆是也"①。《沧浪诗话》的《诗体》部分专门谈诗歌体式,该部分曾出现在《诗人玉屑》中,题"沧浪编"②,具有前人论诗体的相关资料汇编的性质。而《诗体》自注也说:"近世有李公《诗格》,泛而不备;惠洪《天厨禁脔》,最为娱人。今此卷有旁参二书者,盖其是处不可易也"③,明确提出了惠洪《天厨禁脔》、李公《诗格》是其部分观点的来源。郭绍虞先生《沧浪诗话校释》也说:"注中所引李之仪、张表臣、姜夔以及郭茂倩《乐府诗集》所言,均为沧浪辨体所资。"④这种"集大成"的举动彰显了严羽对辨体的热情和自觉意识。其他四部分也有涉及"体"的论述,比如《诗法》部分有"辨家数如辨苍白,方可言诗"句(自注:"荆公评文章,先体制而后文之工拙"⑤),先辨体后言诗的说法,足见严羽对

---

① 参罗根泽《中国文学批评史》(一),上海古籍出版社,1984年,第146页。
② 魏庆之《诗人玉屑》卷二"诗体上",中华书局,2007年,第30页。
③ 郭绍虞《沧浪诗话校释》,人民文学出版社,1961年,第101页。
④ 郭绍虞《沧浪诗话校释》,人民文学出版社,1961年,第98页。
⑤ 郭绍虞《沧浪诗话校释》,人民文学出版社,1961年,第136页。

于辨体一事的重视。根据现有的研究成果,《沧浪诗话》并非严羽生前所作,而是后人对其单篇论诗文章的辑录,其中的每一部分都曾单行[1]。但即便如此,严羽的诗学理论也表现出某种前后统一性,是完全能够自洽的。不过,就"体"论而言,《诗体》部分资料来源广泛,说法众多,但严羽对于"体"之好坏自有判断标准,两者碰撞下自然容易形成矛盾之处,可谓理论的裂缝。本文将以沿着这样的思路,去探讨严羽的"体"论,从而对严羽之"体""辨体"理论,以及二者之间的关系,进行一些简要的探究。

一、《诗体》的论述顺序与划分原则

从专门言"体"的诗体部分出发,有必要先对该部分的论述顺序与划分原则进行一些探讨。

前文提到,《诗体》部分来源广泛,有资料汇编的性质,与现代的理论体系相比,稍显琐碎和凌乱,所以之前学者曾进行重新划分,张健的《〈沧浪诗话〉研究》便是一例。"体裁论"部分,作者以"形式""时代""作者""特殊来源""特殊技巧"五种类别,概括了《诗体》涉及的所有体类。"时代""作者"类即是原文"以时而论""以人而论"两段。"以形式分"首先列出"风雅颂""楚辞""古诗(含乐府)""律诗"、"绝句"、"杂言"六种笼统的诗歌形式,再将不同体式放入不同形式下。"特殊来源"包括选体、柏梁体、玉台体、西昆体、香奁体、宫体、风人、稿砧、五杂俎、两头纤纤十类,"特殊技巧"多与音韵及对仗有关,即原文从"有全篇双声叠韵者"至"如王勃……乃就句对也"所包含的各种音韵、对仗类型。[2] 这种划分方法的混乱,已经有研究者指出并进行了部分纠正[3],笔者在此作一些补充。

---

① 见张健《沧浪诗话校笺》,上海古籍出版社,2012年,第2页。

② 参见张健《〈沧浪诗话〉研究·体裁论》,五南图书出版有限公司,1966年,第61—89页。

③ 见黄景进《严羽及其诗论之研究》,文史哲出版社,1986年,第六章第一节"诗的分类",原书第241—245页。

很明显的是,五种类别中"以时代分""以作者分"面目最为清楚,"以形式分""特殊来源""特殊技巧"三类不甚妥当。首先,"以形式分"中,"古诗"大类下包括五言、杂言、七言、四言、六言、三言、九言、口号、歌行、乐府、琴操、谣、吟、词、引、曲、咏、篇、弄、长调、短调、叹、愁、哀、怨、思、乐、别等。包、歌行、乐府、琴操、谣、吟、词、引、曲、咏、篇、弄、长调、短调、叹、愁、哀、怨、思、乐、别属于音乐文学体式,而《诗体》部分中"有一句之歌"至"以别名者"专门说音乐文学,与之前部分的论绝句杂言,之后的论声韵对偶区别显著,可见严羽对于音乐文学的独立性有一定的认知。所以将音乐文学体式归为古诗的看法,破坏了原体系中音乐文学的独立性。其次,"特殊来源"类中的风人、稿砧、五杂俎、两头纤纤,在严羽的体系中属于杂体中的具体类别,与选体、柏梁体、玉台体、西昆体、香奁体不在同一个比较层面上。相对而言,风人、稿砧、五杂俎、两头纤纤几类在特征上更接近"特殊技巧"类别中的作品。第三,张健先生命名的"特殊来源"类,似乎不能概括此类作品的主要特征:它们有的来自总集(选体、玉台体、西昆体、宫体),有的体制相似(柏梁体),有的风格类似(宫体、香奁体);它们本身代表了一种类型、一种范式,但不是一代、一人风格的面貌,所以不如称作"类型代表"类。

　　即便带有汇编常见的零碎和错误,《诗体》部分大致遵从了从大类到小类、从概括到具体的划分原则与标准。以下将按《诗体》原文的顺序,介绍该部分的层次逻辑,并对其中表述、划分不当,且前人未尽之处略作辨正。

　　"风雅颂既亡"至"九言起于高贵乡公",是对诗歌体式发展情况以及不同体式诗起源的论述。

　　"以时而论"一段,在诗歌不同体式的发展阶段中,寻找了一些较有代表性的"时段性诗歌",它们可以代表不同时段的风貌。

　　"以人而论"一段,是不同时段下有代表性作家的作品。

　　"柏梁体"至"宫体"一段,笔者概括为"类型代表体"。其中,"香奁体"与其他几种不尽相同,因其他几种体为众多作者共有,《香奁集》则成于一人之手,但《香奁集》中作品并非韩偓诗歌的全部,也不能完全代表作者的创作面貌,这一点上与其他几种还是相似的。

"有古诗"至"有一字至七字"是按诗歌类别进行划分。其中"古诗""近体"的区别主要在于格律、对仗;"绝句""杂言"的区别主要在于每句字数是否整齐。之后的"有三五七言"列举的是杂言诗不同的字数形式。

"有三句之歌"至"以别名者",是对音乐文学的划分。"三句之歌""两句之歌""一句之歌"是以句数为标准划分。之后的口号、歌行、乐府等是以文体划分,这些体类主要参照了郭茂倩的《乐府诗集》。这部分中的"有四声,有八病"两句与所论无关,应当放入专门探讨诗歌内部体式信息的部分。

"有全篇双声叠韵者"至"有就句对",是对诗歌内部字声、用韵、写法、对仗等方面的阐述。"有四声,有八病"与字声直接相关,应当归入该部分。

"论杂体则有"至最后,则是对杂体的不同格式的区分与阐述。

由此看来,严羽的思路大致是:先将诗歌体式的发展分为五期,再从五期中找到代表时代、代表人物、代表体式等,然后划分不同的诗歌体类,以及诗歌内部的形式要素,是比较明确的。

二、"体"与诗歌外在形式

"体"与诗歌外在形式的关涉,主要体现在《诗体》部分,主要阐明了诗歌体式辨别的标准。

体式划分不仅划分出不同诗类,还对同一类别中的不同体式进行了分辨。首先是诗类之间的区分。不同的诗类是不同的语言组织形式,而形成这些不同形式的因素,有格律、用韵、对仗、句数,如"古诗"和"近体";也有每句的字数、句子整齐与否,如"绝句"和"杂言"。而在同类的作品中,也有区分不同体式的必要。其区别因素包括:句数("有三句之歌,有两句之歌,有一句之歌")、每句字数("有三五七言有半五六言;有一字至七字)、句子的位置与作用("有额联,有颈联。有发端,有落句")、平仄("有全篇双声叠韵者,有全篇字皆平声者,有全篇字皆仄声者")、用韵("有律诗上下句双用韵者,有辘轳韵者,有进退韵者,有古诗一韵三用者,有古诗三韵六七用者,有古诗重用二十许韵者,有古诗旁取六七许韵者,有古诗全不押韵者,有律诗至百五十韵者,有律诗止三韵者")、对仗("有律诗彻首尾对者,有律诗彻首尾不对者……有十字对,有十字句。有十四字对,有十四字句。有扇对,有借对,有就句对")等①。

由上可见,比起区分不同体式,作者更加关注的是区分相同体式作品的不同形式要素,这可能是因为当时对体式大类的区别已详;也可能是受到江西诗派以还盛谈"句法"风气影响的结果。而不管是区分不同诗类的体式,还是同类下的不同体,都要牵扯到格律、用韵、对仗、句数、每句字数这些要素。

值得注意的是,作者不仅分析了不同体式下格律、用韵、句法等要素的差异,还以这些要素为标准,将诗体进行重新划分。如"有后章字接前章者,有四句通义者。有绝句折腰者,有八句折腰者。有拟古,有连句,有集句,有分题"②,这是以不同的句法、写法将相关诗作从原有体系中分离出来。又如"有分韵,有用韵,有和韵,有借韵,有协韵,有今韵,有古韵","协韵"处注曰:"《楚辞》及《选》诗多用协韵"③,《楚辞》与《文选》,属于不同的诗歌体式,这里明显是以用韵情况将二者放入同 体式内。

郭绍虞先生在评价"又有古诗"至"有就句对"一节时,认为严羽在事实表述、诗体划分方面"固有疏舛之处",但冯班对细节的求全责备"亦嫌过火"。他认为真正有意义的,并不是从细枝末节方面寻求失误——比如举例、溯源等,而是寻找诗体整体架构方面的大问题。这个大问题出在"体与格不分,格与法不分,混体格法三者而为一"④。这一点引发了后来研究者对严羽"融合体论"的关注,甚至有人认为"体、格、法"的融合

---

① 本段引用,皆出自《沧浪诗话·诗体》部分,见《沧浪诗话校释》,第71—74页。
② 郭绍虞《沧浪诗话校释》,人民文学出版社,1961年,第73—74页。
③ 郭绍虞《沧浪诗话校释》,人民文学出版社,1961年,第74页。
④ 郭绍虞《沧浪诗话校释》,人民文学出版社,1961年,第100页。

恰是严羽体论的一个重要特征,而不是缺陷①。

"格""法"都有规范、法度的意思,区别在于,"格"的范围较"法"狭窄,"大致说来,诗格主要探讨具体的创作、构思与欣赏的法则,指涉范围相对窄些;而诗法则既可探讨诗歌创作与欣赏的法则,也可考察其他诗学理论命题,所涉范围更宽"②。具体到《诗体》部分,讨论诗歌中声韵、对仗、句法、用典等技巧的,都应属于格与法的范畴。对诗格、诗法的分析,大概始自上官仪的《笔札华梁》,中唐王昌龄的《诗格》、皎然的《诗式》大大拓宽了讨论范围,使诗格、诗法的创作进一步发展。宋代诗格逐渐衰落,诗话兴起,但宋代前期依旧有讨论诗格、诗法的著作,比如僧保暹《处囊诀》、僧景淳《诗评》、旧题梅尧臣《续金针诗格》、惠洪《天厨禁脔》等。相较于兼谈诗歌内容、艺术技巧、创作技法的中晚唐、五代诗格,宋代前期的诗格主要关注于诗句内部的用字、声韵、对仗等技巧。比如皎然《诗式》卷一"诗有四不""诗有四深""诗有二要""诗有四离""诗有六迷""诗有六至"等条③,谈论的是意境、气象、情感、风格等,并非现代意义的"格"。而宋代保暹《处囊诀》、宋代僧景淳《诗评》都是从谋篇、破题、对仗、用字等方面论诗的作法,并举前人诗句为例,指出其中佳处,已经是常见的狭义的"格"。④

上文提到,《诗体》部分具有资料汇编性质,汇集了前人的相关论

---

① 参见方向红《试论严羽〈沧浪诗话〉的诗体论》第一部分。《长江学术》,2012年第3期,第175—176页。

② 参胡建次、邱美琼《中国古代文论承传研究》,中国社会科学出版社,2012年,第493页。

③ 见(唐)皎然《诗式》卷一,李壮鹰校注本,人民文学出版社,2003年,第17—26页。

④ 现存《处囊诀》列目有:诗有五用、诗有七病、诗有四合题目、诗有眼。其中,"诗有眼"结合具体诗句分析句中之眼,如贾岛"鸟宿池边树,僧敲月下门"句,"敲字乃是眼也。"景淳《诗评》相对较为完整,据《吟窗杂录》卷十三,列目有:诗有三体、象外句格、当句对格、当字对格、假色对格、假数对格、十字句格、十字对格、隔句对格、璞玉格、雕金格、镂水格、盘古格一、腾骧格二、离题断一、抱期断二、独体格、第一句见题格、第二句见题格、第三句见题格、第四句见题格、擒纵格。其中,每种格下都有具体诗句,盖用以方便读者参悟此格特点。如"象外句格":"诗曰:'微阳下乔木,远烧入秋山。'又诗:'听雨寒更尽,开门落叶秋。'又诗:'万里残秋籁,孤船半夜猿。'"

述。据前引《诗体》自注，惠洪的《天厨禁脔》和李公《诗格》（据张健考，当是李淑《诗苑类格》）是严羽明确表示参考过的。惠洪《天厨禁脔》今存，《四库提要》言其："是编皆标举诗格，而举唐、宋旧作为式"[①]，提出了二十多种诗法、句法、韵法。李淑《诗苑类格》不存，方回《桐江集》卷七《诗苑类格考》对其内容有所考辨，大致卷上、卷中谈诗之"类"，卷下谈诗之"格"[②]。惠洪、李淑对自己谈论对象有相对明确的分辨意识，"体""格"不再混为一谈，但到了再编者严羽手中，前人关于"体""格""法"的看法却都是《诗体》部分的资料来源，未加以分别。从历史的角度，在"体""格""法"已有详细分别的南宋，如果想对三者实现理论上的融合，就需要重新进行理论建构，阐述三者之间的联系。可事实上，严羽只是把相关资料汇集在一起，没有进一步阐释，从而构成了"诗体"论内部的一种理论裂缝。

三、"体"与风格、内容、气象

"体"与诗歌的内在关涉，不仅体现在风格方面，还体现在内容、气象方面。

《诗体》"以人而论"部分，大致就是根据个人的风格、诗歌面貌而区分的。比如"后山体"条注云："后山本学杜，其语似之者但数篇，他或似而不全，又其他则本其自体耳"[③]，"语"是作品风格、面貌的意思，不单指作品语言。比如"香奁体"注云"韩偓之诗，皆裾裙脂粉之语"[④]，《诗评》云："大历以前，分明别是一副言语；晚唐分明别是一副

---

① 见《四库全书总目提要》卷一九七，诗文评类存目。
② （元）方回《桐江集》卷七《诗苑类格考》："上卷冠以真宗五、七言八篇，次以沈约、钟嵘、王通、上官仪、刘允济、孙翌、殷璠、释皎然、元微之、孟郊、李翱、姚合、杜牧、皮日休、司空图、顾陶、释虚中、李忠、徐生、徐衍、邱旭、张泊二十有二人议论。中卷采古诗、杂体为三十门。下卷别录诗格六十七门，盖亦有可观者，如鲁国孔融文举拆六字为四言诗二十四句，曰离合体，谑浪之所为耳。"清嘉庆宛委别藏本。
③ 郭绍虞《沧浪诗话校释》，人民文学出版社，1961年，第59页。
④ 郭绍虞《沧浪诗话校释》，人民文学出版社，1961年，第69页。

言语;本朝诸公分明别是一副言语。"①这里的"语"("言语")都是指作品的整体风格面貌。而该部分中提到的少陵体、太白体、岑嘉州体、高达夫体、李长吉体、卢全体、孟东野体等,在之后的《诗评》部分亦可以找到相应的风格评价:"子美不能为太白之飘逸,太白不能为子美之沉郁""高岑之诗悲壮,读之使人感慨;孟郊之诗刻苦,读之使人不欢""玉川(卢全)之怪,长吉之瑰诡,天地间自欠此体不得"②。同时,风格不仅是区分诸家之体的重要特征,也是区别不同文体的依据。《答出继叔临安吴景仙书》云:"又谓盛唐之诗'雄深雅健',仆谓此四字但可评文,于诗则用'健'字不得。"③严羽认为,论诗应用"雄浑悲壮",以"壮"代"健"。"壮""健"二字的区别,在于"健"实而"壮"虚,"健"可以形容布局谋篇、骨力之妙,而不能形容情感之饱满殷实。许学夷《诗源辩体》曰:"若沈佺期'卢家少妇',崔颢'黄鹤''雁门',毕竟圆健二字足以当之。若高岑五言、子美七言,以古为律者,不待言矣"。④沈佺期'卢家少妇',崔颢'黄鹤''雁门',都比较注重形象的铺缀,和语言表达的明朗流畅,简明生动而富感染力,这种"简明生动"之风,可以被称为"健",但正因为简明,情感表达的力度却不够强,整篇作品也不够厚实。而严羽追求的"吟咏情性",是作品志高、情满、意足的状态,所以他认为文"健"而诗"壮",与他的"本色"观是相应的。

与风格类似,"气象"指作品的整体面貌,是作者的主体精神通过意象、规模等呈现出来的整体风貌。但与"风格"不同的是,"风格"只有差异,并无高下之分;"气象"则有深厚浅薄、雅俗高下之别,《白石诗话》云:"气象欲其浑厚,其失之也俗"⑤,浑成饱满的文气氤氲之势是好诗的追求。对于严羽而言,气象与"兴趣"——其诗学观的核心

① 郭绍虞《沧浪诗话校释》,人民文学出版社,1961年,第139页。
② 郭绍虞《沧浪诗话校释》,人民文学出版社,1961年,第168、181、180页。
③ 见郭绍虞《沧浪诗话校释·附录》部分《答出继叔临安吴景仙书》,第252页。
④ (明)许学夷《诗源辩体》,杜维沫校点,人民文学出版社,1987年,第172页。
⑤ 郭绍虞《沧浪诗话校释》,人民文学出版社,1961年,第7页。

直接相关,是兴趣的外在表现形式①。所以气象成为"辨体"的依据。《诗评》云:"汉魏古诗,气象混沌,难以句摘。晋以还方有佳句。"②汉魏古诗因为全篇浑融,"难寻"佳句,从而可以同佳句易见的晋宋诗形成区别;又有"唐人与本朝人诗,未论工拙,直是气象不同"③,唐宋体的区别也在"气象"而不是作品质量的高下。同时,气象也能够分别不同人的作品:"《西清诗话》载:晁文元家所藏陶诗……余谓此篇诚佳,然其体制气象与渊明不类,得非太白逸诗,后人谩取以入陶集耳。"④郭绍虞对严羽的考证结论有所质疑⑤,但其判断根据本身十分明确:因"体制气象与渊明不类",便不是陶渊明的诗;那么是太白逸诗,便意味着诗作的体制、气象与李白诗有相似性。

"体"与作品内容的相关,首先见于《诗辨》:"诗者,吟咏情性也";"近代诸公乃作奇特解会,遂以文字为诗,以才学为诗,以议论为诗;夫岂不工,终非古人之诗也"⑥。"情性""文字""才学""议论",都是作品的题材内容,严羽提倡"吟咏情性"的唐体,反对以文字、才学、议论为内容的"宋体",可见"体"与作品的内容也有一定的关系。

以上分别分析了"体"与作品内容、风格、气象三个内在方面的关涉。某种程度上,内容、气象方面与"体"的关系,都是通过"风格"联

---

① 参见程小平《严羽诗学之"气象"与"兴趣"》,北京工业大学学报,第 12 卷第 1 期,第 79—82 页。

② 郭绍虞《沧浪诗话校释》,人民文学出版社,1961 年,第 151 页。

③ 郭绍虞《沧浪诗话校释》,人民文学出版社,1961 年,第 144 页。

④ 郭绍虞《沧浪诗话校释》,人民文学出版社,1961 年,第 221—222 页。需要注意的是,此处的"体制"并不是严羽所说的"体",而是"诗之法有五"中与"气象"并列的"体制"。陶明濬《诗说杂记》将这五个要素比喻成人体的五部分,并认为这五者应当有不同的特征:"体制如人之体干,必须俊壮;格力如人之筋骨,必须劲健;气象如人之仪容,必须庄重;兴趣如人之精神,必须活泼;音节加人之言语,必须清朗。五者俱备,然后可以为人"(见于《文艺丛考》初编,卷二;引自郭绍虞《沧浪诗话校释》,第 7 页),可见体制是内沉的,是构成诗歌的最基本要素,无体制而不成诗;气象则是外扬的,依附于体制、格力之上。所以,此处的"体制"指的应该是诗的格律、音韵、句子长短、语汇等构成诗歌的基本形式要素。

⑤ 郭绍虞《沧浪诗话校释》,《诗评》第十四条案:"案:《问来使》一篇,固不类渊明,然亦何尝类太白",第 223 页。

⑥ 郭绍虞《沧浪诗话校释》,人民文学出版社,1961 年,第 26 页。

系起来的。遍照金刚《文镜秘府论》南卷《论体》就曾阐述过"体""内容""风格"之间的关系:"夫模范经诰,褒述功业,渊乎不测,洋哉有闲,博雅之裁也;敷演情志,宣照德音,植义必明,结言唯正,清典之致也;体其淑姿,因其壮观,文章交映,光彩傍发,绮艳之则也;魁张奇纬,阐耀威灵,纵气凌人,扬声骇物,宏壮之道也;指事述心,断辞趣理,微而能显,少而斯洽,要约之旨也;舒陈哀愤,献纳约戒,言唯折中,情必曲尽,切至之功也。"①严羽《诗评》也有:"孟郊之诗,憔悴枯槁,其气局促不伸,退之许之如此,何邪? 诗道本正大,孟郊自为之艰阻耳","孟郊之诗刻苦,读之使人不欢"②。"刻苦"二字偏重读者的感受,有尖刻苦涩之意,与"憔悴枯槁"有相通之处。这种风格下的作品"其气局促不伸",气象狭隘、掣手掣足,没有浑厚雍容之感。《诗辨》又云:"其末流甚者,叫噪怒张,殊乖忠厚之风,殆以骂詈为诗。"③以谩骂为内容的诗作形成了"叫噪怒张"的风格,与诗三百提倡的忠厚之风相去甚远,这是内容与风格之间的联系。

四、辨体的盛唐指向与"体"论的裂缝

众所周知,严羽与诗推尊盛唐,在确定为其自撰,并自以为"断千百年公案,诚惊世绝俗之谈"的《诗辨》部分,他认为:

论诗如论禅,汉、魏、晋与盛唐之诗,则第一义也。大历以还之诗,则小乘禅也,已落第二义矣;晚唐之诗,则声闻辟支果也。

学汉、魏、晋与盛唐诗者,临济下也。学大历以还之诗者,曹洞下也。④

盛唐诸人惟在兴趣,羚羊挂角,无迹可求。故其妙处,透彻玲珑,不可凑泊,如空中之音,相中之色,水中之月,镜中之象,言有尽而意无穷。近代诸公,乃作奇特解会,遂以文字为诗,以才

① 王利器《文镜秘府论校注》,中国社会科学出版社,1983年版,第331—333页。
② 郭绍虞《沧浪诗话校释》,第195、181页。
③ 郭绍虞《沧浪诗话校释》,人民文学出版社,1961年,第26页。
④ 郭绍虞《沧浪诗话校释》,第11—12页。

学为诗，以议论为诗。夫岂不工？终非古人之诗也。①

三条材料早已被研究严羽以禅论诗的学者征引过多次，大意是说魏晋盛唐为诗之最高境界，大历以还的中唐次于盛唐，晚唐则更次，本朝诗则尽失古意，不足以学。他认为"盛唐诸人，惟在兴趣；羚羊挂角，无迹可求。故其妙处，透彻玲珑，不可凑泊"，这种褒奖牵扯到诗作内容、深层次的艺术旨趣、浑融的体貌风度等多个方面。严羽对宋调的批判也是全方位的，虽然上面引文有一句"夫岂不工"，但接下来便是"终非古人之诗也，盖于一唱三叹之音，有所歉焉。且其作多务使事，不问兴致，用字必有来历，押韵必有出处，读之反覆终篇，不知着到何在。其末流甚者，叫噪怒张，殊乖忠厚之风，殆以骂詈为诗。"②这是一种让步转折：虽然不是不工整，但与古代人标榜的吟咏性情、一唱三叹相去甚远。而且又有典故多、次韵等毛病，让读者云里雾里。甚至，宋诗的末流作者以叫嚣怒骂为诗，违背了忠厚之风。足见严羽对宋诗的不满是深刻的，"夫岂不工"只是一句程式化的客套之言。对宋诗的批评，集中在了内容、写法、风格三个方面。

严羽大力辨体，正是为推尊盛唐的诗歌本色论张本。已有研究者指出，辨体的根本目的不在于"体"本身，而是要"学者以学诗门径，使学者不为旁门所惑，"目的是知优劣，这可精炼为'辩白是非，定其宗旨'"③。这种指导思想，使得《诗体》部分的资料汇集与其他部分的体论产生了裂缝：《诗体》部分汇集了宋人谈论诗歌体式的各种资料，本不应该归于此中的诗格、诗法论也掺杂其中，算是在江西诗派影响下的资料整理；其他部分中，严羽推崇盛唐体，因其"羚羊挂角，无迹可求""透彻玲珑，不可凑泊"，诗歌的外在形式因素——包括格律、用韵、对仗等，往往成为忽略的对象。《诗体》部分力图辨明诗格、诗法、体式、风格等要素，而《诗辨》《诗评》提到更多的却是风格、内

---

① 郭绍虞《沧浪诗话校释》，人民文学出版社，1961年。
② 两段引用皆出自《沧浪诗话校释》，人民文学出版社，1961年，第26页。
③ 参见任竞泽《论严羽〈沧浪诗话〉之辨体批评》，北方论丛，2007年第4期，第8页。

容、兴趣。"辨体"更加强调诗作的内容、旨趣、气象，这正是唐诗区别于宋诗的差异。

另一方面，上引"论诗如论禅"三段，叙述了魏晋到盛唐，再到中晚唐、宋代的诗歌之变，是一种时代变革论。这种观点大概始于南朝，如沈约《宋书·谢灵运传论》："自汉至魏，四百余年，辞人才子，文体三变。"刘勰《文心雕龙》也有《时序》篇。它从文与时的互动角度出发，承认"文变染乎世情"，大致是一种比较通达的文体发展观。然而，从盛唐至宋，严羽认为的时变论却是一种"恶变"：随着时间的推移，诗歌的面貌逐渐恶化，离古意越来越远。

而如果回到本文的出发点，具有资料汇编性质的《诗体》部分，开头几句话我们似乎一直没有提及："风雅颂既亡，一变而为《离骚》，再变而为西汉五言，三变而为歌行杂体，四变而为沈、宋律诗"①。它们揭示了诗歌体式发展的五个阶段：风雅颂——离骚——五言——歌行杂体——沈宋律诗，将诗的来源上溯到离骚（因"风雅颂亡"），本身没有晦涩难懂之处。"变"的内涵是文体随时代变化发生的变化，顺其思路，诗歌体式的变化是时代发展的结果，某种程度上也是诗体发展的自身规律所致，这与严羽所谓的从唐至宋之"恶变"，显然是一对矛盾。理论之间裂缝的形成，还是由于《诗体》的资料汇编性质，张健《沧浪诗话校笺》指出，开头几句话或来自项安世《家说》，非严羽自撰②，时变论观点的差异，或能成为这段话来源的某种佐证。

总体而言，严羽的"诗体"观，与他崇唐抑宋，提倡兴趣、情性的诗歌观念是分不开的。这种先定的辨体宗旨，对其"体"论产生了很大的影响，使得严羽不乏构建理论体系的自觉性。资料汇编的集大成性质，是"诗体"论的另一个维度，本着求全的态度，严羽收集了论述不同诗歌体式的文字，甚至是论声韵、格律、字句等属于"格"、"法"范

---

① 郭绍虞《沧浪诗话校释》，人民文学出版社，1961年，第48页。
② 张健《沧浪诗话校笺》，上海古籍出版社，2012年，第192页。

畴的具体内容。站在两个略显矛盾的维度上，严羽的"体"论在详辨体式而不用、"时变论"成"恶变论"两方面呈现出了裂缝，表现出理论体系尚不完备的一面。

（复旦大学中文系）

明代杜诗"兼备众体"说[*]

张慧玲

内容摘要：明人在杜诗批评中，对元稹提出的"尽得古今之体势，而兼人人之所独专"一说，作了深入细致的阐释和发挥，并概括为"杜诗兼备众体"的观点。杜诗"兼备众体"同时包括备众人之体、备众诗之体的意义，区别于李白和王、孟、高、岑诸人的"自为一体"。杜诗备众体，是盛唐诗"体备风骨"的集中体现，是其被宋人推崇为"集大成"、明初高棅标举为"大家"的重要原因。而杜诗之所以能备众体，主要在于杜甫不但具备全面、精深的传统文化学养，而且天分、才情、学力皆高。

关键词：明代 杜甫 杜诗辨体 兼备众体

＊ 【课题项目】2016年度国家社会科学基金青年项目"宋元明杜诗学理论嬗变研究"（项目编号：16CZW026）；浙江越秀外国语学院校级科研启动项目"宋元明杜诗学理论嬗变研究"（项目编号：2016QDA028）。

Views on "The 'integration' feature" of Du Fu's poetry in Ming Dynasty

Zhang Huiling

Abstract: "The Poetry of Du Fu is an unity of all writing styles and genres. "This view was summarized by scholars in Ming Dynasty, who explained and developed further the standpoint "Though featured with all styles' characteristics, his poems still possess unique writing styles" raised by Yuan Zhen in comments for Du Fu's poetry. Du Fu's poetry contains all kinds of writing styles and genres, which are distinctive from the "striking individual writing styles" of poets—Li Bai, Wang, Meng, Gao, Cen, etc. The indispensable reason that Du Fu's poetry will be respected as "a collection of all styles" by persons in Song dynasty and "Integration" by Gao Bing in Ming dynasty is that the style of poetry of Du Fu is a concentrated reflection of "both writing style and inherent expressivity". Du Fu possesses comprehensive and quintessential traditional culture. Apart from that, he is mainly qualified with high talents and education degrees so that his poems can be featured with all kinds of styles.

Key words: Ming Dynasty Du Fu analysis on the style of Du's poetry an unity of all styles

明代诗学以辨体为重心,杜诗批评进入明代之后,也表现出与宋人不同的取向,其中较为突出的便是"杜诗兼备众体"说。

一、"兼备众体"理论溯源

元稹《唐检校工部员外郎杜君墓系铭》评杜诗有说曰:"上薄风骚,下该沈宋,古傍苏李,气夺曹刘,掩颜谢之孤高,杂徐庾之流丽,尽得古今之体势，而兼人人之所独专矣。"①这几句话从具体的事实出发，得出"尽得古今之体势，而兼人人之所独专"的判断。此说开唐以降百千年杜诗批评的先声。

据传，韩愈曾作挽诗云："有唐文物盛复全，名书史册俱才贤。中间诗笔谁清新？屈指都无四五人。独有工部称全美，当日诗人无拟伦。笔追清风洗俗耳，心夺造化回阳春……"②从为杜诗价值定位的角度作了阐发，其所谓"全美"、"无拟伦"云云，隐然以杜诗为唐诗第一相标榜，是此后杜诗批评的一个重要方向。

北宋前期，宋祁在为《新唐书·文苑传》写杜甫传赞时，说："至（杜）甫，浑涵汪茫，千汇万状，兼古今而有之。"③用语直承元稹论杜，尚未揭出新鲜内涵。稍后的秦观，在其《韩愈论》中说："孟子曰：'伯夷圣知清者也，伊尹圣之任者也，柳下惠圣之和者也，孔子圣之时者也。孔子之谓集大成。'呜呼，杜氏、韩氏，亦集诗文之大成者欤！"④秦观所引孟子语见《孟子·万章下》，北宋孙奭（962—1033）疏解对孔子之"时"被孟子评为"集大成"的理由作了阐发："是其所行之行，惟时适变，可以清则清，可以任则任，可以和则和，不特倚于一偏也，故谓之孔子为集其大成，得纯全之行者也。盖集大成，即集伯夷、伊尹、下惠三圣之道，是为大成耳。"⑤后来的朱熹注亦谓："愚谓孔子仕、止、久、速，各当其可，盖兼三子之所以圣者而时出之，非如三子之可以一德名也。"⑥秦观以孔拟杜，即谓风骚以降、杜甫以前诸家犹如一条条

---

① 《元稹集》，中华书局 1982 年版，第 601 页。"人人"，原本作"今人"，兹从《四部丛刊》本。

② [唐]韩愈《题杜工部坟》，华文轩编《古典文学研究资料汇编（杜甫卷）》上编唐宋之部第一册，中华书局 1964 年版，第 11 页。

③ [宋]欧阳修，宋祁撰《新唐书》（第 18 册）卷二百一·列传第一百二十六·文艺上，中华书局 1975 年版，第 5738 页。

④ [宋]秦观撰，徐培均笺注《淮海集笺注》卷二十二，上海古籍出版社 1994 年版，第 751—752 页。

⑤ [汉]赵岐注，[宋]孙奭疏《孟子注疏》，北京大学出版社 2000 年版，第 317—318 页。

⑥ [宋]朱熹撰《四书章句集注》，中华书局 1983 年版，第 315 页。

涓涓细流,杜甫则汇聚众多支流而为江海,站上了诗史的巅峰。秦观的"集大成"说,将元稹、韩愈、宋祁论杜之意提升到了价值论的高度,成为宋人论杜的代表性观点。

以秦观为代表的宋人提出"集大成"说,其基点是肯定杜诗能积众长、逾众人。但是,主要发挥的是元稹原说的"尽得"和"兼"两个关键词,元稹原说的"体势"一词则在无形中被淡化、消解了。而从宋末严羽开始,辨体诗学盛行,后来逐渐流衍为明代诗学的重点。在此背景下,元稹论杜的"尽得古今之体势,而兼文人之所独专"一语中的辨体意义,也便被激活,成为明代杜诗学的重要特色。明人的杜诗批评,沿袭元稹而独具时代特色的表述可举以下三条为代表:

> 尝闻唐宋诸贤之作不为少矣,然各自成一家,不若老杜
> 之兼备众体,超出前古。①

> 杜诗,前人赞之多矣。予特喜其诸体悉备。②

> 兼容并包之谓大。帝王大,圣贤大。文章有大家,亦谓
> 无所不包也。诗,杜甫大,众体兼备,尘垢糟粕,时亦有之。
> 无朽腐不化神奇,不得以瑕訾瑜也。③

这三条诗话分别出自释怀悦、王鏊和郝敬。三人没有直接提及元稹和秦观,但是都隐含有元稹和秦观之说。三条诗话语境有别,但观点高度接近,最值得注意的主要有二:一、杜甫与一般诗家之别在于诸家都只"自成一家"此即孙奭所谓"倚于一偏"或朱熹所谓"以一德名",杜甫则蔚为"大家","超出前古";二、杜之为杜在于"兼容并包"和"众体兼备",而"诸体悉备"正是杜诗艺术高度的标志或原因。将宋、明两代的杜诗批评与元稹原说加以对照,明显看出:宋人站在价

---

① [明]释怀悦《诗法源流》,周维德集校《全明诗话》(第一册),齐鲁书社 2005 年版,第 156 页。

② [明]王鏊《震泽长语》卷下《文章》,影印《文渊阁四库全书》第 867 册,上海古籍出版社 1987 年版,第 215 页。

③ [明]郝敬《艺圃伧谈》卷三,周维德集校《全明诗话》(第四册),齐鲁书社 2005 年版,第 2912 页。

值论的高度论杜,自是极重要的发挥,但是却不免忽略了元稹原说的"体势"这一要点。明人既接受了宋人价值论的视角,但又觑准宋人的盲点,从"体势"的角度提出了杜诗兼备众体之说,从而将杜诗学延展、落实到辨体论。由此可见,明代杜诗学已发展到既有高度又很细密的水平。

二、"兼备众体"内涵阐释

明人对杜诗"备众体"的讨论,堪称热闹、细致。其所展开的阐释维度,大体可分为两方面:于人而言,杜诗备众人之体;于诗而言,杜诗备众诗之体。杜甫在《戏为六绝句》其五中说:"未及前贤更勿疑,递相祖述复先谁?别裁伪体亲风雅,转益多师是汝师。"[1]事实上,他本人就真正做到了"转益多师"。对此,上引元稹论杜语中已列举他对风骚以降苏武、李陵、曹植、刘桢、颜延之、谢灵运、徐陵、庾信乃至沈佺期、宋之问的学习。严羽在《沧浪诗话》中称:"少陵诗宪章汉魏,而取材于六朝。"[2]亦是此意。明人也有很多沿着这个方向细说的。

但是,明人更多从辨体的角度来言说的,因此提出了很具有时代特色的"兼备众体"说。明人评杜诗兼备众体,其内涵首先在于:一般诗家都"自为一体",而唯有杜诗众体皆备。王世懋说:"诗有必不能废者,虽众体未备,而独擅一家之长。如孟浩然洮洮易尽,止以五言隽永,千载并称王孟。"[3]徐𤊹亦谓:"诗岂易言哉?求其成一家言,良不易易,况备诸体称大家乎?盖工近体者或弱于古风;长七言者或短于五字。即王、孟二氏,盛唐名家,一以清婉称近体,一以风骨雄古风。且各擅所长,况其他乎?"[4]人的才性所限,一般能擅一长,工一

---

① [清]仇兆鳌注《杜诗详注》,中华书局 1979 年版,第 900 页。
② 郭绍虞《沧浪诗话校释》,人民文学出版社 1983 年版,第 171 页。
③ [明]王世懋《艺圃撷馀》,何文焕辑《历代诗话》,中华书局 2004 年版,第 782 页。
④ [明]徐𤊹撰《幔亭集》卷首《幔亭集原序》,影印《文渊阁四库全书》第 1296 册,上海古籍出版社 1987 年版,第 3 页。

体),则可称名家。王、孟五言古近体诗自然神妙,高、岑歌行劲健豪壮,都为盛唐气象的代表性诗人。即使是大诗人李白,按明初的宁王朱权《西江诗法》的看法,"太白天才放逸,故其诗自为一体",与之形成鲜明对比的是,"子美学优才赡,故其诗兼备众体"①。李杜比较是杜诗批评中的一大课题,内涵非常丰富,而接着朱权的思路继续阐发的人很多,胡应麟的辨体思想比较有代表性,他在《诗薮》内编卷四辨析道:

> 太白五言沿洄魏、晋,乐府出入齐、梁,近体周旋开、宝,独绝句超然自得,冠古绝今。子美五言《北征》《咏怀》,乐府《新婚》《垂老》等作,虽格本前人,而调出己创。五七言律广大悉备,上自垂拱,下逮元和,宋人之苍,元人之绮,靡不兼总。故古体则脱弃陈规,近体则兼该众善,此杜所独长也。②

在胡应麟看来,李杜二人都深得魏晋至齐梁诗歌濡染,但是超然自得、冠古绝今的只在五七言绝句一体,而杜甫则"格本前人,而调出己创",有所本,更有所创,无论五言、七言,也无论古体、近体,并臻兼工并善的程度。

这里,还有一点需要特别值得注意,胡应麟在"格""调"分论之时,已显示出他所辨之"体"不限于外在"体式",更在内在"体势"或风格。这在他从"才""体"分殊出发所作的细致最能看出这个倾向:

> 唐人才超一代者,李也;体兼一代者,杜也。李如星悬日揭,照耀太虚;杜若地负海涵,包罗万汇。李惟超出一代,故高华莫并,色相难求;杜惟兼总一代,故利钝杂陈,巨细咸畜。③

其意谓:李白天才卓荦、享誉海内,其诗随性而发、依情而生,又变化无端、而自然至于高华境界。杜甫"地负海涵",胸襟、魄力大,不以高

---

① [明]朱权《西江诗法》,周维德集校《全明诗话》(第一册),齐鲁书社 2005 年版,第68 页。

② [明]胡应麟撰《诗薮》内编卷四,上海古籍出版社 1979 年版,第 70 页。

③ [明]胡应麟撰《诗薮》内编卷四,上海古籍出版社 1979 年版,第 70 页。

华为追求,却"包罗万汇","利钝杂陈,巨细咸畜"。杜甫包罗、接纳"万汇"之后,最终消化、熔铸"万汇",所以,利、钝,巨、细都为我所用,成我之大。可见,李白之"体"若评以"高"字,则杜之体为"大"字。胡应麟又说:

> 李、杜二家,其才本无优劣,但工部体裁明密,有法可寻;青莲兴会标举,非学可至。又唐人特长近体,青莲缺焉,故诗流习杜者众也。①

这是说:李白是天才,其作诗一出之以"兴会标举"(即灵感勃发、情绪亢奋),由此造成的诗歌"体势"或风调,是不能学、不可学的。而杜甫则集天分、学力于一身,在诗的程式、技法等方面作了很全面的学习,很周详、深入的探究,这都是可在一定程度上移植的。可见,杜诗在兼备众体基础上形成的经验可以成为诗家取径的方便法门。宋人多得杜之衣钵,即由于此。胡应麟从宋代诸家接受的角度也作了总结:

> "力侔分社稷,志屈偃经纶",欧、苏得之而为论宗。"江山如有待,花柳更无私",程、邵得之而为理窟。"鲁卫弥尊重,徐陈略丧亡",鲁直得之而为沉深。"白屋留孤树,青天失万艘",无己得之而为劲瘦。"烟花山际重,舟楫浪前轻",圣俞得之而为闲澹。"江城孤照日,山谷远含风",去非得之而为浑雄。凡唐末、宋、元人,不皆学杜,其体则杜集咸备,元微之谓自诗人来,未有如子美者,要为不易之论。至轻俊学流,时相诋驳,累亦坐斯,然益足见其大也。②

在胡应麟看来,无论欧苏以议论为诗、程邵以义理为诗,还是黄庭坚"沉深"、陈师道"劲瘦"、梅尧臣"闲澹"、陈与义"浑雄"的诗风,都是"得"之于杜诗。由此足见杜诗的体性完备,无所不能。

明人论杜拈出"兼备众体"一语,并非将杜诗所取资的诸多养料

---

① [明]胡应麟撰《诗薮》外编卷四,上海古籍出版社 1979 年版,第 190 页。
② [明]胡应麟撰《诗薮》内编卷四,上海古籍出版社 1979 年版,第 72—73 页。

等量齐观的看待。在这点上,宋末严羽的《沧浪诗话》为明人确立了一个重要方向,严羽说:"少陵诗宪章汉魏,而取材于六朝。至其自得之妙,则前辈所谓集大成者也。"①严羽的用词中,"宪章"出《礼记·中庸》:"仲尼祖述尧舜,宪章文武。"朱熹注:"祖述者,远宗其道;宪章者,近守其法。"②可见,严羽之意谓,杜甫所守的汉魏诗的传统,六朝诗只是其学习的材料,二者的关系近于中国哲学中所谓的"体"与"用"的关系。还不止于此,即使是学汉魏,杜甫也学到了"自得之妙",不是一般性继承汉魏诗传统,而是在继承风骚、汉魏诗的传统基础上,充分吸收、消化前代诗歌养分,形成独具面目的杜诗"体性"或风格。对此,徐祯卿《谈艺录》以下观点似有相通之处:"魏诗,门户也;汉诗,堂奥也。入户升堂,固其机也。""由质开文,古诗所以擅巧;由文求质,晋格所以为衰。"③从体制而言,汉魏诗的传统,应是盛唐诗的骨干。具体到诗法的层面,方以智对杜诗的备众体之看法,亦可参看:"老杜以平实叙悲苦而备众体,是以平载乎奇,而得自在者也。"④而关于杜诗独具面目的"体性"该如何明确指认,何良俊《元朗诗话》的"体备风骨"之说,当为最具有见地的代表性看法:

> 世之言诗者,皆曰盛唐。余观一时如王右丞之清深,李翰林之豪宕,王江陵之俊逸,常徵君之高旷,李颀之沉着,岑嘉州之精炼,高常侍之老健,各有其妙,而其所造皆能登峰造极者也,然终输杜少陵一筹。盖盛唐之所重者风骨也。少陵则体备风骨,而复包沈、谢之典雅,兼徐、庾之绵缛,采初唐之藻丽,而清深豪宕,俊逸高旷,沉着精炼老健。盖无

---

① 郭绍虞《沧浪诗话校释》,人民文学出版社 1983 年版,第 171 页。
② [宋]朱熹撰《四书章句集注》,中华书局 1983 年版,第 37 页。
③ [明]徐祯卿著,范志新编年校注《徐祯卿全集编年校注》卷六《诗话·谈艺录》,人民文学出版社 2009 年版,第 762 页。
④ [明]方以智《通雅诗话》,周维德集校《全明诗话》(第六册),齐鲁书社 2005 年版,第 5097 页。

所不备。此其所以为集大成者欤！①

"风骨"一词起源于六朝文学批评，原指人的精神体貌、风采骨相，至《世说新语·轻诋》篇云："旧目韩康伯将肘无风骨"②，已引入刚健之意味。唐初，被誉为"唐之诗祖"③的陈子昂作《修竹篇并序》慨叹"文章道弊五百年矣。汉魏风骨，晋宋莫传……暇时观齐梁间诗，彩丽竞繁，而兴寄都绝"④。这种对建安以来雄健深沉、慷慨悲壮诗风及比兴寄托传统的呼唤，有力地推动了盛唐诗的整体面貌朝着奋发昂扬、骨气刚健一路发展。韩愈赞之曰："国朝盛文章，子昂始高蹈。"⑤杜甫正是沐浴着这股革故鼎新的时代潮流，又竭力在复归与创新之路中找寻适度的平衡。于是，在无所不备的杜诗中注入汉魏诗那种激越凛然的风骨，便成了他比盛唐诸家略胜一等的关要因素。若依今人吴承学就审美范畴的"风骨"所归纳的两层含义：一是专指清峻刚健这种特殊审美内涵的风貌；二是泛指一种由艺术个性所决定又形诸作品总体的风貌，也即广义的风格⑥。那么，明人所谓的杜诗"体备风骨"则至少可作两种解释：一种从狭义上说，杜诗各种体势均具备了汉魏风骨所特有的审美规范，这种骨力是造就盛唐之盛的精神脊梁；另一种从广义上说，杜诗各种艺术表现均包罗了六朝、初唐及盛唐诗的风格特征，这种风貌方能成就集众之长的大成境界。

从文学史的角度看，清人吴乔《围炉诗话》在唐人皎然《诗式》提

---

① ［明］何良俊《元朗诗话》卷一，周维德集校《全明诗话》（第二册），齐鲁书社 2005 年版，第 1425 页。

② ［南朝·宋］刘义庆撰，徐震堮著《世说新语校笺》卷下《轻诋第二十六》，中华书局 1984 年版，第 453 页。

③ ［明］杨良弼《作诗体要·盛唐体》："陈拾遗子昂，唐之诗祖也。不但《感遇》三十八首为古体之祖，其律诗亦近体之祖也。"周维德集校《全明诗话》（第二册），齐鲁书社 2005 年版，第 1548 页。

④ ［唐］陈子昂著，徐鹏校点《陈子昂集》卷一，中华书局 1960 年版，第 15 页。

⑤ ［唐］韩愈著，钱仲联集释《韩昌黎诗系年集释》卷五《荐士》，上海古籍出版社 1984 年版，第 528 页。

⑥ 参看吴承学《中国古典文学风格学》第十四章《风格概念辨析·风骨》，北京大学出版社 2011 年版，第 225 页。

出"复"和"变"这对概念的基础上,指出:"诗道不出乎变复。变,谓变古;复,谓复古。变乃能复,复乃能变,非二道也。汉、魏诗甚高,变《三百篇》之四言为五言,而能复其淳正。盛唐诗亦甚高,变汉、魏之古体为唐体,而能复其高雅;变六朝之绮丽为浑成,而能复其挺秀。艺至此尚矣!"①这就道出了唐人"变古"与"复古"的终极目的都是为了在革新古体中仍保有一份古意,同时又有所发展、有所超越。杜甫所面临和承担的诗学任务也正在于此,如杜诗《杜鹃》"西川有杜鹃,东川无杜鹃。涪南无杜鹃,云安有杜鹃"②,既保留了古乐府《江南》"鱼戏莲叶东,鱼戏莲叶西,鱼戏莲叶南,鱼戏莲叶北"③那种朴赡明朗的遗风,又将描写对象独由"鱼戏"之灵动自然转入发散杜鹃声时有时无、若隐若现的感染力。所以,尊体与破体、师古与变革、集人之长与扬己之见在杜诗的大胆尝试与矛盾碰撞中时常被表现得淋漓尽致。

胡应麟叹曰:"甚矣,诗之盛于唐也! 其体,则三、四、五言,六、七、杂言,乐府、歌行,近体、绝句,靡弗备矣。其格,则高卑、远近、浓淡、浅深、巨细、精粗、巧拙、强弱,靡弗具矣。其调,则飘逸、浑雄、沉深、博大、绮丽、幽闲、新奇、猥琐,靡弗诣矣。"④闻一多也说,"从整个文学史来看,唐诗的确包括了六朝诗和宋诗,荟萃了几个时代的格调,兼收并蓄,发挥尽致,古今诗体,至此人备"⑤,均清楚点明了诗体大备于唐,实为杜诗备众体提供了必要的前提准备;又"盛唐诗风的

① [清]吴乔《围炉诗话》卷一,郭绍虞选编,富寿荪校点《清诗话续编》,上海古籍出版社 1983 年版,第 471 页。

② [清]仇兆鳌注《杜诗详注》卷十四《杜鹃》,中华书局 1979 年版,第 1249 页。

③ [宋]郭茂倩编《乐府诗集·相和曲上》第二十六卷"相和歌辞一",中华书局 1979 年版,第 384 页。

④ [明]胡应麟撰《诗薮》外编卷三,上海古籍出版社 1979 年版,第 163 页。

⑤ 闻一多《唐诗杂论》附录二,郑临川笔录《闻一多先生说唐诗·诗的唐朝》,中华书局 2009 年版,第 233—234 页。

发展,乃作螺旋式的上升,由齐梁陈逐步回升到魏晋宋的古风时代"①,则俨然挑明了盛唐诗始终不忘回溯汉魏古风精神,确为杜甫集众长指引了必然的师法源流。

三、"兼备众体"原因探析

明人论杜,还多注意挖掘杜诗之能兼备众体的原因。其观点概而言之,主要为:既源于家族文化传统熏染下的责任感、使命感,又出于自身学问积淀深厚和才情天赋异禀的完美结合。

上一节所引朱权辨析李诗"自为一体"与杜诗"兼备众体"时的一段话完整的表述如下:

> 唐海宇一而文运兴,于是李、杜出焉。太白曰"大雅久不作",子美曰"恐与齐梁作后尘",其感慨之意深矣。太白天才放逸,故其诗自为一体。子美学优才赡,故其诗兼备众体,而述纲常,系风化为多。《三百篇》以后之诗,子美其大成也。……唐人以诗取士,故诗莫盛于唐。然诗原于德性,发于才情,心声不同,有如其面,故法度可学而神意不可学。是以太白自有太白之诗,子美自有子美之诗,……不可强而同也。②

在这段话中,朱权除了对李白之"自为一体"和杜甫之能"兼备众体"作了比较,还有一个重要信息值得揭出,这就是:朱权虽然从性分、心理的层面肯定了李杜二人不能"强而同"之,但又站在儒家诗教观念的立场指出杜诗在"兼备众体"中,"述纲常,系风化为多",并总结出"诗原于德性,发于才情"的诗学观,认为杜诗符合他的诗学观念。

笔者对杜甫的知识结构作过统计,即以《杜诗详注》二十三卷中能够相对清晰地呈现杜甫思想文化背景的 17 部典籍为考察对象,分

---

① 闻一多《唐诗杂论》附录二,郑临川笔录《闻一多先生说唐诗》,中华书局 2009 年版,第 275 页。

② [明]朱权《西江诗法》,周维德集校《全明诗话》(第一册),齐鲁书社 2005 年版,第 68 页。

卷提取杜诗脱化的详细数据①。其结果显示：杜诗传统文化学养相当深厚，传统知识功底相当深厚。在杜甫众多的知识积累中，最重要的三部书是：《诗经》《左传》和《庄子》。这里说明：一，杜甫以儒家思想为本位，活化儒家经典入杜诗的频度亦最高；二，庄学影响在杜甫创作中的地位也不容忽视。细辨之，接续《诗》之传统即于作诗中寄寓风雅比兴精神，而深谙《左传》则肯定与杜氏先世中有杜预、杜叔毗两位先人精善《左氏春秋》有关。

除了儒、道思想、史学兴趣，杜甫的文学积累也与家学有关。他曾十分自豪于"吾祖诗冠古"②、"诗是吾家事"③的家学渊源，倍加称扬"亡祖故尚书膳部员外郎先臣审言，修文于中宗之朝，高视于藏书之府，故天下学士到于今而师之"④。从大处说，作为新变齐梁体为唐体的过渡性人物，杜审言可谓苦心孤诣而首倡律体之妙⑤、筚路蓝缕而草创联章律体，这对盛唐体的兴盛及组诗的成型功不可没；从小处说，作为少陵诗法的实际奠基人，杜审言拓宽了五律的用韵限度⑥、开

---

① 详参张慧玲《论儒道互补视阈下的杜甫与庄学》第一章"杜诗脱化前代典籍的统计数据表"。被列为考察对象的 17 部典籍，按照杜诗脱化总数据多少依次排序分别为：诗经 662 条、左传 361 条、庄子 353 条、三礼 251 条、世说新语 245 条、淮南子 169 条、易经 160 条、尚书 133 条、抱朴子 90 条、列子 83 条、老子 56 条、论语 50 条、孟子 26 条、荀子 21 条、公羊传 13 条、春秋 7 条、穀梁传 5 条。江西师范大学硕士学位论文，2011 年 5 月，第 8—9 页。

② 〔清〕仇兆鳌注《杜诗详注》卷九《赠蜀僧闾丘师兄》，中华书局 1979 年版，第 767 页。

③ 〔清〕仇兆鳌注《杜诗详注》卷十七《宗武生日》，中华书局 1979 年版，第 1477 页。

④ 〔清〕仇兆鳌注《杜诗详注》卷二十四《进雕赋表》，中华书局 1979 年版，第 2172 页。

⑤ 〔明〕胡应麟撰《诗薮》内编卷四："初唐无七言律，五言亦未超然。二体之妙，杜审言实为首倡。五言则'行止皆无地'、'独有宦游人'，排律则'六位乾坤动'、'北地寒应苦'，七言则'季冬除夜'、'毗陵震泽'，皆极高华雄整。少陵继起，百代模楷，有自来矣。"上海古籍出版社 1979 年版，第 67 页。

⑥ 〔明〕胡应麟撰《诗薮》内编卷四："初唐四十韵惟杜审言，如《送李大夫作》，实自少陵家法，杜《八哀李北海》云：'次及吾家诗，慷慨嗣真作。'是也。"上海古籍出版社 1979 年版，第 75 页。

创了七律的工密笔法①,还树立起一字不苟的作诗家法②,这些都深刻影响着杜甫一生致力于探索唐体古律互参原则甚而独辟拗律一体,及其始终执着于"语不惊人死不休"③和"晚节渐于诗律细"④的艺术追求。

世人多以李白才高八斗,而谓杜甫学富五车。明初人胡俨赞曰:"李杜诗篇今古豪,只缘裁体具风骚。昆仑万折归沧海,到底方知出处高。"⑤诚然,"读书可以医俗"⑥,非博涉书史,难造惊世妙语;不广识多闻,恁致用事奇警。即如支允坚《艺苑闲评》所言"杜诗本忠爱,且读万卷书而备诸家体。实为鼻祖,集诗之大成"⑦,亦以博古通今为杜诗囊括众体之由,并与忠爱精神一道,使其博得诗家鼻祖、集大成的盛誉。

回视杜甫早年,也曾颇自负云:"读书破万卷,下笔如有神。赋料扬雄敌,诗看子建亲。"⑧明弘嘉间,安磐谓"少陵'读书破万卷,下笔

---

① 〔明〕胡应麟撰《诗薮》内编卷五:"唐七言律自杜审言、沈佺期首创工密。"上海古籍出版社 1979 年版,第 84 页。

② 〔明〕杨慎撰,王大厚笺证《升庵诗话新笺证》卷六:"杜审言《早春游望》诗,《唐三体》选为第一首,是也。首句'独有宦游人',第七句'忽闻歌古调',妙在'独有'、'忽闻'四虚字。《文选》殷仲文诗'独有清秋日',审言祖之。盖虽二字,亦不苟也。诗家言'子美无一字无来处',其祖家法也。"中华书局 2008 年版,第 320—321 页。

③ 〔清〕仇兆鳌注《杜诗详注》卷十《江上值水如海势聊短述》,中华书局 1979 年版,第 810 页。

④ 〔清〕仇兆鳌注《杜诗详注》卷十八《遣闷戏呈路十九曹长》,中华书局 1979 年版,第 1602 页。

⑤ 〔明〕胡俨撰《颐庵文选》卷下《阅古作寄简子启八首(其六)》,影印《文渊阁四库全书》第 1237 册,上海古籍出版社 1987 年版,第 678—679 页。

⑥ 〔明〕何伟然撰《广清纪序》,见〔清〕黄宗羲编《明文海》卷二三○,中华书局 1987 年影印本,第 2376 页。

⑦ 〔明〕支允坚撰《梅花渡异林》卷九《艺苑闲评》,《四库全书存目丛书》子部第 105 册,齐鲁书社 1995 年版,第 761 页。

⑧ 〔清〕仇兆鳌注《杜诗详注》卷一《奉赠韦左丞丈二十二韵》,中华书局 1979 年版,第 74 页。

如有神',未尝不用事,而浑然不觉,乃为高品也"①,已将善用事归入博览经籍而学力深厚的重要标志。谢榛《四溟诗话》更细论曰:"《世说新语》:徐孺子九岁时,尝月下戏,或云:'若令月中无物,当极明邪?'子美诗'斫却月中桂,清光应更多',意祖于此。造句奇拔,观者不觉用事。所谓'读书破万卷,下笔如有神',杜老不欺人也。"②郝敬将之归于"读书多,见闻富,笔底自宽绰。唐诗莫如杜甫,使事莫如杜甫,而使事人不觉莫如杜甫"③,均折射出杜甫读书多与擅活用先哲掌故、兼法诸家诗体间是具有一定必然联系的。

在家学渊源的优势、自身学力深厚这两端之外,杜诗能备众体,还与其性分有关。明末贺贻孙在《诗筏》中为之申辩:"李以天分独胜,而杜则天工、人巧俱绝。"④一般认为李白是天才,杜甫则备极"人力",认为杜甫主要靠后天的"学力"才站上诗史的峰巅。而贺贻孙则明确指出杜甫是"天工、人巧俱绝",这一观点应是得当的。

总而言之,明人在杜诗批评中,将元稹的论杜思想和宋人的"集大成"说,作了全面的总结和深入的阐发,延展、落实为杜诗辨体的层面,提出了有着丰富内涵的"兼备众体"说,从而为后人全面把握杜诗的艺术经验、诗学价值,提供了重要的参考。明人的杜诗批评,是当今的杜诗研究无法绕开的重要资源。

(浙江越秀外国语学院中国语言文化学院)

---

① [明]安磐撰《颐山诗话》,影印《文渊阁四库全书》第 1482 册,上海古籍出版社 1987 年版,第 463 页。

② [明]谢榛《四溟诗话》卷四,人民文学出版社 1961 年版,第 96 页。

③ [明]郝敬《艺圃伧谈》卷三,周维德集校《全明诗话》(第四册),齐鲁书社 2005 年版,第 2913 页。

④ [明]贺贻孙《诗筏》,郭绍虞编选,富寿荪校点《清诗话续编》,上海古籍出版社 1983 年版,第 179 页。

论王昶《湖海诗传》对后期格调派诗学的守护与调整[*]
——兼及乾嘉诗学趋势的转变

龙　野

内容提要：《湖海诗传》是《国朝诗别裁集》之后格调派的重要选本。王昶编选此书对沈德潜的诗论既有呼应，以采选近唐的作品为主，又改变了"格调说"独宗唐音的倾向，采入一些重学问、近"宋调"的诗，体现出既守护唐诗传统，又肯定"宋调"价值的取向。这是后期格调派领袖在诗坛风气发生变化时主动做出的调整，对妥善处理学唐与学宋、雅正与新变的矛盾，兼取唐宋之长，纠正诗坛片面宗唐、宗宋的弊病都有积极意义。《湖海诗传》有限度采纳"宋调"，客观上促长了学宋之风，与乾嘉诗学由宗唐向唐宋并取演变的趋势一致，至于最终衍演出一场宋诗运动则并非王昶的初衷。

关键词：王昶　《湖海诗传》　乾嘉诗学　格调派　唐诗传统的守护与调整

＊　本文是国家社科基金重大项目"清诗话全编"（批准号 12&ZD160)的阶段性成果。

OnProtection and Adjustment in *Hu Hai Shi Chuan* by Wang Chang for the Late Period of Style School: With a Consideration of the Changes of the Qian-Jia Poetics

Long Ye

Abstract: *Hu Hai Shi Chuan*（《湖海诗传》）is an important collection of Style School（格调派）after *Guo Chao Shi Bie Cai Ji*（《国朝诗别裁集》）. When selecting and editing this book，Wang Chang inherits the "Theory of Style"（格调说）of Shen Deqian. He tooks the poems that are close to the Tang Dynasty's flavor as a mainstream. Meanwhile，some poems similar to the "Song Dynasty's flavor"（宋调）are also adopted，which changes Shen Deqian's Worshiping Tang as the Orthodoxy（独宗唐音）. It's an active Poetics adjustment made by the leaders in Late Period of Style School，which brings active significance in the following three aspects，namely：one，to deal with the contradiction between Learning Tang and Learning Song，and that of elegance-orthodoxy and innovation-reform appropriately；two，to absorb the merits both of Tang and Song；three，to correct the malady of bias in the attitude of poetic academy concerning taking Tang as orthodoxy or taking Song as orthodoxy. *Hu Hai Shi Chuan* takes the Song style in to account with a limited degree，which boosts the inclination of Learning Song，and also accords with the Qian-jia poetic evolution in changing from taking Tang as orthodoxy to taking both Tang and Song as orthodoxy. In terms of the Song poetic development afterwards，it is not what Wang Chang thinks of at the very beginning.

Key Words: Wang Chang　*Hu Hai Shi Chuan*　Qian-Jia Poetics　Style School　Protection and Adjustment for the Tang poetry tradition

王昶(1725—1806)字德甫，号述庵、兰泉，别署定香居士，青浦

（今上海市青浦区）人。乾隆十九年（1754）进士，官至刑部右侍郎。著名学者、文学家。他治学广博，著述繁富，在众多领域均取得了令人瞩目的成就。他继沈德潜成为格调派领袖，沿格调而寓变化，与袁枚为首的性灵派抗衡，使东南诗坛出现了"或宗袁，或宗王"①的局面；他继朱彝尊、厉鹗引领浙西词学，是乾嘉间推广浙派词学的重要代表。其文学活动与乾嘉诗学、词学演变关涉颇深。王昶以高位引领一时风气，有众多影响广泛的选本，其中《湖海诗传》（以下正文简称《诗传》）是继《国朝诗别裁集》之后格调派的重要总集，甄选其交游的614位诗人，4 472篇诗歌，活动在乾嘉间的著名诗人基本收录其中。该书既展现出王昶与格调、浙派、性灵、肌理等诗人群体的交游景况，也在较大程度上反映出后期格调派的诗学取向。

自钱谦益提倡宋诗以纠明前后七子"伪盛唐"流弊，经王士禛等人推动，康熙前期诗坛出现了宋诗热潮。此后，唐宋诗互有升降，渐分门户。沈德潜论诗宗汉魏盛唐，排斥宋调，以"格调说"引领乾隆前期诗坛。沈德潜过世后，诗坛发生了明显的变化：一是以袁枚为首的性灵派不遵循先辈诗学轨范，提倡抒写自我性灵；二是以钱载为代表的秀水派刻意学黄庭坚诗以自开新径，翁方纲等肌理派也取法"宋调"，推动学宋思潮日益高涨。他们或重视抒发性灵，或强调取法宋诗，本质上均是追求新变，忽略了取法雅正，给唐诗传统带来了巨大的冲击。此外，吴地诗人对沈德潜过度宗唐不乏批评之声，格调派内部对宋诗价值的认识也逐步增加。王昶在格调派面临外在挑战与内在反思的形势下编选《诗传》，重视唐诗传统的同时又改变了独宗唐音的倾向，有限度地肯定"宋调"价值，体现出对格调派诗论的守护与调整，颇有诗学意义。

一、重视唐诗传统：《湖海诗传》对"格调说"的守护

乾嘉时期是清代诗学发生明显变化的阶段。浙派、秀水派、肌理

---

① 孙原湘《天真阁集》卷四十一，上海古籍出版社，2010年，第446页。

派等取法宋诗以开新风,性灵派重视抒发性灵以求新变。这些诗人群体或取法宋诗中黄庭坚的瘦硬生涩,或流于杨万里的"浅俗",类似于蒋寅所揭橥的清初学"硬宋"与"软宋"①的现象,且比康熙初年的学宋更进了一步(尤其在学山谷诗方面),在开新的同时忽视了对唐诗雅正传统的继承,未处理好传统与新变的关系,产生了一些弊病。此学宋思潮不断高涨所带来的问题是王昶与格调派主要面对的。以下分别述之。

（一）袁枚及其性灵派的"轻佻俚俗"

沈德潜过世后,袁枚成为实际上的诗坛领袖,尤其在江南一带影响广泛。袁枚注重抒写性灵,"矜新斗捷,不必尽遵轨范"②,其创作求新求变,对生活充满敏锐的感受,并以机警谐趣的方式展现出来,近似于杨万里,往往难免"浅俗"。王昶云:"杨诚斋加俚俗焉。查初白学诚斋,圆熟清切,于应世谐俗为宜,苦无端人正士高冠正笏气象,特便于世之不学者。"③实际是借批评杨万里、查慎行来批评袁枚(袁枚颇推崇杨万里)等性灵派诗人过分追求风趣而落入浅俗的弊病。客观地说,袁枚诗歌在拓展描写范围、展现诗人的内心方面具有积极的意义,但其论诗过于强调树立自我,也带来了流弊。在他的影响下,乾嘉之际出现了"诗歌自我表现观念的极端化倾向"④的弊端。这对沈德潜努力建构的"格调说"产生了巨大冲击,使雅正诗学传统遭到破坏。王昶对此充满焦虑:"自文悫殁后,迄今又几三十年,聪明秀杰之士各以所好为诗,不复求宗于正轨,是以诗道日卑。"⑤这是针对嘉庆初年性灵派后学创作过度追求新变,不遵守唐诗正轨的批评。因

---

① 蒋寅《再论王渔洋与清初宋诗风之消长》,卢盛江等编《罗宗强先生八十寿辰纪念文集》,中华书局,2009 年,第 550 页。

② 钱仲联《清诗纪事·乾隆朝卷》,江苏古籍出版社,1989 年,第 5085 页。

③ (清)王昶《答李宪吉书》,《春融堂集》卷三十二,上海古籍出版社,2010 年,第 350 页。

④ 蒋寅《乾嘉之际诗歌自我表现观念的极端化倾向——以张问陶的诗论为中心》,《复旦学报》(社科版),2014 年第 1 期,第 114—126 页。

⑤ (清)王昶《春融堂集》卷三十九,上海古籍出版社,2010 年,第 403 页。

此，王昶对袁枚过世后性灵派仍腾凌的现状颇为不满，对其进行了严厉批判，以维护"格调派"的雅正诗学传统。①

（二）秀水派的"瘦硬"与"险涩"

以厉鹗为代表的浙派诗人以学问为辅，以宋诗为取法对象，于唐诗之外开拓一片新的诗学领地。这种尝试被认为是败坏唐风，沈德潜生前曾对其有批评。浙派疏离唐诗传统、自创新风的追求在稍后的秀水派上体现得更为明显。② 以钱载为代表的秀水诗人多学黄庭坚，刻意瘦硬枯拗，以偏师取胜。王昶赞同他们注重学问的取向，但反对秀水派刻意追求新奇的做法。

王昶《与彭芝庭少司马》云："诗道沦胥，往往以枯硬为能，以险涩为巧，心知其误而不敢为之附和。"③就是与彭启丰谈及他并不认同京师诗坛刻意学宋诗的风气。王昶早年在京师曾受金德瑛的礼遇，与王又曾、汪孟锔等交往颇密，对他们学山谷诗风，显然是熟悉的。以上言论是在私人信件中表达，很可能即是针对当时京师诗坛刻意学黄庭坚诗的现象而发。

沈德潜过世后，王昶逐渐由格调派的中坚成长为领袖。此时，秀水派的影响不断扩大，成为王昶所要面对的学宋诗的主要力量。王昶与钱载私人交谊颇佳，但对钱氏刻意学山谷"瘦硬"诗风的做法并不赞同。王昶《答李宪吉书》批评宋人七律刻意求新，"黄鲁直、陈后山诸君，瘦硬通神，不免失之粗率"④，钱载七律受黄庭坚影响，就不乏此类作品，如《北流水上作》"新燕子飞上下渡，小桃花发东西楼"（《萚石斋诗集》卷七）；《语永丰乡人》"秋月郡东南白苎，石桥溪上下红栏"

---

① 龙野《论王昶对袁枚诗学的批评：兼及乾嘉之际诗坛传统与新变的矛盾》，《贵州师范大学学报》（社科版），2015 年第 3 期，第 94—98 页。

② 其实，乾隆初年金德瑛早已在京师提倡学黄庭坚"瘦硬枯涩"的诗风。后来，这种学黄诗的诗风经钱载等推而广之，并与翁方纲等人提倡学黄形成合力，在乾嘉之际诗坛产生广泛影响。

③ （清）王昶《履二斋尺牍》卷一，清抄本。

④ （清）王昶《春融堂集》卷三十二，上海古籍出版社，2010 年，第 350 页。

（卷五〇）等即与常见句式不同，刻意新奇。《诗传》中所选秀水派诗人还有金德瑛、祝维诰、汪孟鋗、王又曾、朱休度等，均与王昶交好。对于这些诗人学黄庭坚瘦硬新奇的诗歌，王昶选得颇少。如王又曾诗好仿宋人，由钱载点定的十二卷本《丁辛老屋集》保存其大量近"宋调"的诗，多具生趣，一些诗"律体以散为偶，于排比中见游行自在"①。如卷五《经天姥寺》颔联以散为偶，与格调派的七律就有别，此类诗王昶很少选入《诗传》。

　　此外，如翁方纲"肌理派"等学宋者尚多，不再赘述。当时的诗坛普遍注意到了宋诗的价值，但人们在强调学习宋诗的同时，对唐诗传统又带有偏见性疏离，后期浙派②诗人向往宋诗的艰涩，秀水派学习黄庭坚"瘦硬通神"的诗风等均是表现。袁枚及其性灵派不守先辈诗学轨范，虽不能简单视为学宋的结果，但其求新的内在精神取向却与宋诗相似。过度的取法宋诗，表明当时诗人在如何对待唐诗传统、吸取"宋调"长处方面仍未找到理想的方案。面对性灵派腾凌趋于浅俗，后期浙派、秀水派刻意学宋带来的问题，王昶需要积极应对。对他来说，守护"格调说"的唐诗雅正传统不仅是关系他个人诗学师承的问题，更是关涉到诗坛合理走向的问题，编纂《诗传》正体现出王昶的努力，在清中期诗歌史上具有独特的意义。

　　王昶早年诗学"一以三唐为法"③，入沈德潜门下后传其格调诗学。在诗坛背离雅正传统时，王昶举起了守护唐诗传统的大旗。《诗传》选诗蕴藉闲淡、格调浑雅并重，以格调派诗人群体为主，对沈氏及门下诗人的作品甄选最多。如选沈德潜 79 首，赵文哲 81 首，吴泰来 78 首，钱大昕、曹仁虎各 38 首，王鸣盛 30 首等，远远超过了浙派、性灵、肌理等其他流派诗人入选诗作的数量。

----

　　①　钱锺书《谈艺录（补订本）》，中华书局，1993 年，第 518 页。
　　②　本文的"后期浙派"特指乾隆中后期至嘉庆初效法厉鹗学宋诗，而又与秀水派相区别的浙江诗人群体。
　　③　（清）陆元鋐《青芙蓉阁诗话》卷上，张寅彭选辑《清诗话三编》，上海古籍出版社，2014 年，第 2587 页。

对一些非格调派诗人,王昶多取其接近唐音之作。如商盘歌行体学"初唐四杰"及元、白,近体文辞清丽,情韵跌宕。《诗传》选其诗46首,在整部选本中列第五位,在浙籍诗人中列第一。商盘《论诗截句》赞扬沈德潜"诗格吴门有正宗"①,认同"格调说"的正宗地位。其创作出入唐宋大家,格调才情兼备,是王昶所赞许的。入选的五律《闻蝉》、七律《环娘至淮》、七绝《忆金陵旧游》等风格近唐。严遂成早期诗有瘦硬之作,缒幽擢新,如"修鲤跃波雨点大,怪禽呼树风声寒"(《泷中舟行》);"雨方得气能医草,风自生香不借花"(《城隅春寒》)等即是,但此类诗王昶并不欣赏。入选的《曲峪镇远眺》:"地近边秋杀气生,朔风猎猎马悲鸣。雕盘大漠寒无影,冰裂长河夜有声。白草衰如征发短,黄沙积与阵云平。洗兵一雨红灯湿,羊角鱿鱼堠火明。"②气势雄奇悲壮,格调颇高,接近盛唐边塞诗的风貌。

《诗传》选袁枚诗如《春柳》等多是少作,尚镕《三家诗话》批评王昶"专录子才少年未定之作,而故没真面"③,实际上,王昶之所以选袁枚早期诗作而不取性灵诗,是因"袁诗早岁丰姿骀宕,有晚唐人风格,及召试鸿博以后,猖狂恣肆,诗格日卑"④,袁枚早年作品颇具风致,接近晚唐风格,格调大致符合王昶宗唐的审美标准。而他参加博学鸿词后,以"性灵"论诗,创作上轻浮率意,不遵守前人格律轨范,标榜"情所最先,莫如男女",逸出了儒家诗教范围,此类"性灵"诗王昶不可能选入。赵翼、张问陶等人之诗,《诗传》也多选其风格近唐的山水之作,非刻意抒写性灵者。

即使是以"宗宋"享有盛名的诗人,《诗传》也多选其近唐音的诗歌。如选厉鹗诗37首,比起《国朝诗别裁集》只选择8首(初刻本选9首),数量上有较大的增加,且列在卷二首位,肯定了厉鹗在浙派中的

① (清)商盘《质园诗集》卷十二,上海古籍出版社2010年,第128页。
② (清)王昶《湖海诗传》卷三,上海古籍出版社,2013年,第33页。
③ 郭绍虞《清诗话续编》,上海古籍出版社,1983年,第1922页。
④ (清)林昌彝撰,王镇远、林虞生标点《射鹰楼诗话》卷七,上海古籍出版社,1988年,第150页。

领袖地位。沈德潜评厉鹗"诗品清高,五言在刘眘虚、常建之间"①,王昶评"所作幽新隽妙,刻琢研炼,五言尤胜,大抵取法陶、谢及王、孟、韦、柳,而别有自得之趣。莹然而清,窅然而邃,撷宋诗之精诣,而去其疏芜"②。二人都认为其最杰出的是五言诗。沈德潜有意强调厉鹗诗之"真"在于其"清高"的一面,意在否定浙西谈艺家片面地以厉鹗为用典之偶像,且以此影响诗坛风气的做法;王昶承认厉鹗诗歌学宋的一面,表明他对宋诗价值的认可,但选诗时更多是选厉鹗近唐音的诗作。厉鹗五古源于陶、谢,与王、孟、韦、柳等山水田园诗风格相近,有唐诗的格调与神韵,符合"格调说"的审美标准,故入选独多。《诗传》所选钱载、金德瑛等人的诗也多取近唐音者。如选金德瑛诗 3 首,仅《朱子六经图碑》是学杜、黄的七古,其余 2 首近唐。这种以唐为宗的选诗策略体现出王昶对"格调说"唐诗传统的守护。

综上,王昶《诗传》以唐音为主,坚持雅正传统,有意识多选格调派诗人作品,多取性灵派、宗宋派近唐音的雅正诗作。他在乾嘉诗学发生深刻变化,宋诗益重、性灵派流弊益显的背景下,守护唐诗传统,为唐诗一脉在清朝绵延发展,保持多样诗风并存的健康格局而主张,自有其意义。对此,我们不能简单以"谨守师说"或"拘于门户"来评价。

二、有选择肯定"宋调":《湖海诗传》对独宗唐音的调整

王昶《诗传》在守护"格调说"唐诗传统时,也对其有调整,有选择性的采入了一些重学问、近"宋调"的诗作。洪亮吉批评王昶受沈德潜影响,"所选诗一以声调格律为准,其病在于以己律人,而不能各随人之所长以为去取"③,认为其选诗以格调律人,受累于过度宗唐。这种看法注意到了王昶对沈德潜诗学的继承,但忽略了其对近"宋调"

---

① (清)沈德潜《清诗别裁集》卷二十四,上海古籍出版社,2013 年,第 969 页。

② (清)王昶《湖海诗传》卷二,上海古籍出版社,2013 年,第 13 页。

③ 洪亮吉撰,陈迩东点校《北江诗话》卷一,人民文学出版社,1983 年,第 8 页。

诗作的采纳,不如法式善说《诗传》"兼收宋派"①更加全面、公允。近来,有研究者注意到了王昶对宋诗的采纳,夏勇认为王昶大量采纳宋诗是唐宋兼宗,是"格调派后继者诗学取向的深刻转变"②。虽然未仔细区分王昶对不同"宋调"的态度,但认为其诗学与沈德潜相比发生了变化的判断是成立的。王昶对"宋调"有选择的采纳依其本质而言是对沈氏独宗唐音的改变,是对后期格调派诗学进行的调整。这与诗坛风气的变化密切相关。

沈德潜的宗唐诗学思想产生于康熙后期,是在批判江南地区盲目学宋诗,不知取法正轨的流弊中形成。他在《国朝诗别裁集》中表示"未尝贬斥宋诗,而趣向旧在唐诗,故所选风调音节,俱近唐贤"③,因他个人诗学趣向在唐诗,故选诗以接近唐诗风调者为准,不取近"宋调"者。他认为唐诗是"正",宋、金、元诗是"变",学诗应以唐为宗。沈氏评陆次云:"云士诗本真性情出之,故语多沉着,而所选诗转在宋元,以之怡情,不以之为宗法也。"④在沈氏看来,陆次云编选《宋诗善鸣集》《元诗善鸣集》等选本的意图是以之怡情,而不是以其为宗法。这表明沈氏在"怡情"的层面也许并不排斥宋元诗,但在自己编选标举诗歌宗旨的"别裁"诸选本时,出于正变观念,仍对接近宋、金、元诗风格的作品保持着谨慎的态度——他在选本意义上还未真正接纳"宋调"。即使是晚年所选的《宋金三家诗选》也仍是以唐诗标准来衡量苏轼、陆游、元好问的诗作,去取颇严,并未改变其选本意义上宗

①　法式善撰,张寅彭、强迪艺编校《梧门诗话合校》卷十三,凤凰出版社,2005年,第390页。

②　夏勇《王昶〈湖海诗传〉与格调派诗说之嬗变——以唐宋之争为中心》,《河北科技师范学院学报》(社科版),2006年第1期,第1—6页。

③　沈德潜《清诗别裁集》卷首,上海古籍出版社,2013年,第2页。

④　沈德潜《清诗别裁集》卷十五,上海古籍出版社,2013年,第597页。

唐弃宋的取向。①

王昶的诗学思想成熟于乾隆中期,此前具有官方指导意义的《御选唐宋诗醇》已刊刻,宋诗逐渐被广泛接纳。袁枚主张诗不分唐宋,翁方纲等主张宗唐祧宋、唐宋兼采;诗人创作取法的主流是唐宋并取,甚至下及金元大家,如翁方纲《七言律诗钞》等指导后学的选本多是如此。批评领域也普遍以诗人的创作能出入唐宋大家、吸收唐宋诗之长为较高标准。在学宋诗思潮日益高涨,并对唐诗传统产生强烈冲击的背景下,王昶《诗传》在守护唐诗传统的同时,适当选入一些近"宋调"的佳作,体现出其对宋诗价值的肯定,也是对诗坛变化趋势的某种认同。

《诗传》对近"宋调"诗作的评价与处理,也体现出王昶对宋诗较客观的态度。他在《诗传》"诗话"中尽量将诗人的总体创作特点予以揭示,如为程梦星、诸锦、金德瑛、翁方纲、张埙等人撰写的诗话就指出他们对宋诗(江西诗派、黄庭坚)的喜好,对其近"宋调"作品也酌情选入。如程梦星创作兼取唐宋,其入选的《登看山楼观残雪,用东坡聚星堂雪韵》《同人携茶集张渔川斋中试惠山泉,用山谷谢黄司业寄惠山泉韵》等诗不仅是用苏、黄诗韵,诗歌整体上也接近宋诗风格。

王昶创作也受诗坛学宋诗风的影响,集中如《湖楼旅夜用苏文忠腊日游孤山韵》《苏文忠公生日再集终南仙馆作》《试院阁文用放翁韵示同事诸君》等诗即是用苏、陆诗韵。《诗传》选有《消寒第三集遇雪,用东坡聚星堂雪诗韵》等三十多首用(次)苏轼诗韵的诗歌。这种纪念苏轼生日与用其诗韵写诗的现象本身就足以说明众人对苏轼人品

---

① 王顺贵《沈德潜与〈宋金三家诗选〉》认为"格调论诗学发展至沈德潜,在对待唐宋诗歌的问题上已发生了明显的转变"(《文学遗产》,2006 年第 6 期,第 137 页);王炜《论沈德潜的宋诗观》(《武汉大学学报》人文科学版,2009 年第 1 期)认为沈德潜《国朝诗别裁集》"选了不少有宋诗风格的诗";陈岸峰《沈德潜诗学研究》(齐鲁书社,2011 年)从沈德潜选《清诗别裁集》《宋金三家诗选》出发,认为沈德潜并不排斥宋诗。笔者并不赞同以上诸说。沈德潜在选本上仍是独宗唐音,未接纳宋调,格调派选本对宋以后诗风采纳是在王昶身上实现的。

及诗歌的喜好,"在相当程度上反映出宗宋诗风的兴盛"①。它表明乾隆中后期的诗坛已经慢慢走出宗唐抑宋的阶段,开始向唐宋并取上倾斜。《诗传》还选入少量效"山谷体"的诗作,如黄文莲《寄怀王德甫效山谷体》、汪如洋《夏虫篇戏仿山谷演雅体》等,可见王昶对此类诗歌的包容态度。

宋诗一个明显特点是以学问为诗,尤以江西诗派为代表。乾嘉诗坛上出现了很多学者型诗人,如杭世骏、王鸣盛、钱大昕、翁方纲、程晋芳、姚鼐、赵翼、洪亮吉等。他们诗歌中会不自觉地融入学问、典故。施朝干说王昶与友人"相与探经史之渊源,极文章之流别。至于《说文》、小学、丛书、石墨,靡不上下其议论,睢涣交宣,宫商互应,师友所资,博观约取,并发于诗"②,这实际上也适用于绝大部分乾嘉学者型诗人群体。与乾嘉朴学紧密相关,各种关于《说文》、小学、金石等的题材入诗,成为此时诗坛创作风气与显著特点。王昶论诗首重学问,强调以学辅诗,对偏"宋调"的学问诗持肯定态度,如前引其评厉鹗"撷宋诗之精诣而去其疏芜",就肯定了厉鹗诗有宋诗学问、细密之长,而无浅陋芜杂之弊。精诣是宋诗的一大特点,与学问紧密相关,"宋人精诣,全在刻抉入里,而皆从各自读书学古中来"③。翁方纲偏好宋诗,尤其是对江西诗派的取法,使其诗有浓厚的学问特色。《诗传》选其七古七首,《汉石经残字歌》等便是以学为诗的代表。

对能反映出当时文化主流面貌的乾嘉学人书画、金石题跋诗,王昶选得颇多。如《题山夫兄所撰〈金石存〉卷尾》《朱子六经图碑》等诗歌骋才铺展,学杜、韩、苏、黄,涉及大量学问入诗。翁方纲《汉建昭雁足灯款拓本为述庵先生赋并序》在小序中考证源流,辨别讹误,是以考据为诗的代表。贾虞龙《题伏生授经图》用大段文字叙述从西周初至秦焚书坑儒时段内经学发展的过程;薛龙光《题钟鹤汀〈古钱谱〉》

---

① 朱则杰《毕沅"苏文忠公生日设祀"集会唱和考论》,《江南大学学报》,2014 年第 2 期,第 88 页。

② (清)王昶《述庵诗钞》卷首,乾隆五十五年(1790)刻本。

③ (清)翁方纲《石洲诗话》卷四,人民文学出版社,1981 年,第 120 页。

叙述古钱的发展变化,均涉及学问入诗。此类金石、书画题跋诗多是七古长篇,最能体现学问与才情,带有"宋调"的色彩。此外,《诗传》还选有程梦星、蒋士铨、王又曾、翟灏、曹仁虎、阮元等人的"禁体诗",如程梦星《登看山楼观残雪用东坡聚星堂雪韵》等即是。禁体诗要避开常见的体物词及代词,用类似赋体的白描手法咏物,难中出奇,体现出文人学者博学求新的审美趋向。选入这些诗体现出王昶对学问诗的偏好。

当然,值得说明的是,王昶《诗传》对近"宋调"的诗是选择性采纳,并非背弃"格调说"。如前所述,康熙以来江南盛行的学浅俗一派"宋调"的弊病,在乾隆间主要表现在性灵派诗人身上。《诗传》对袁枚及性灵派诗人近宋诗浅俗、粗率的诗一律删汰。后期浙派学宋诗"生涩"、秀水派学黄庭坚"瘦硬通神"的诗,王昶采选得少,而多选其学杜、韩、苏、陆雄奇一面的诗。总体上而言,王昶选诗虽然仍有沈德潜"以唐律宋"的影子,但他对"宋调"的接纳比沈氏更宽。

三、吸收"宋调"与后期格调派诗学调整之意义

在沈德潜之后,真正能引领吴中诗坛的是王昶,他对"格调说"有调整。袁枚《再答李少鹤》:"当归愚极盛时,宗之者止吴门七子耳,不过一时借以成名,而随后旋即叛去。"①提及七子借沈氏成名,后来诗学皆背弃"格调说",袁枚未注意到王昶对沈德潜诗学的守护是其诗学的主流,因而这种评价是不客观的。但必须承认,袁枚指出王昶等人诗学出现过变化也并非毫无根据。

王昶后期确实对"宋调"有所采纳。但我们不能简单地以"背弃师说"来批评他采纳"宋调"的举动,正如我们不能简单以"谨守师说"或"拘于门户"来评价其以诗坛大雅扶轮手身份自觉守护唐诗传统的举动。实际上,他对唐诗传统的守护与对"宋调"价值的承认,均是出于对诗坛现实的考虑。吴泰来述王昶论诗语云:"诗之为道,偏至者

---

① 王英志主编《袁枚全集》,江苏古籍出版社,1997年,第5册,第207页。

多,兼工者少,分茆设蓝,各据所获以自矜。学陶、韦者斥盘空硬语、妥帖排嚣为粗;学杜、韩者又指不着一字、尽得风流为弱。入主出奴,二者恒相笑,亦互相绌也。吾五言诗期于抒写性情,清真微妙,而七言长句颇欲拟于大海回澜,纵横变化。世之偏至者,或可以无讥也欤?"①其中"盘空硬语、妥帖排嚣"大概是指杜、韩、苏、陆等奇雄一类诗风,这接近宋诗的特点;而"不着一字、尽得风流"是指王、孟一派,与"学陶、韦者"接近,追求平淡清雅,实际也指神韵派。王昶诗歌创作欲统摄性情、学问,兼取平淡、雄奇,试图克服偏颇。这种观念也渗透在《诗传》中。王昶选五言诗多偏于王士祯所推崇的清真微妙一类,近于"唐音";选七言诗(尤其是七古)则多注意留心驱使典籍、纵横变化的一类,也即鲸鱼碧海、巨刃摩天般风格的作品,接近宋调。这体现出王昶选诗欲兼取清真微妙、雄奇纵横两类风格,融合唐、宋诗风。

王昶有限度地接受"宋调"诗,将一部分作品采入《诗传》,是诗坛风气变化在选本上的反映。早在沈德潜高唱盛唐"格调说"的同时,薛雪、吴雷发、李重华等同调诗人就对其流于模拟、排斥"宋调"的做法有微词。袁枚与翁方纲也对沈氏有批评,都主张兼取宋诗;其他诗人群体大多唐宋兼采,反映出诗坛接受宋诗的诉求。宋诗比唐诗更能拓展才情学问,能用以补救格调派流于模拟所产生的问题。王昶在坚持唐诗正宗的同时,也感受到了诗坛风气变化对独宗唐音的"格调说"的冲击,他必须对沈氏在选本领域不正视宋诗价值的做法进行调整以适应这种变化。以接近唐诗"雅正"风格的作品为主,再适当选择接近"宋调",但不乖风雅之诗的编选策略,能避免偏执的指责,也与诗坛总体上由宗唐向以唐为宗、唐宋并取演进的趋势一致。因此,王昶编选的《履二斋诗约》《兰苕集》②等采诗也下及清代。这是格

① (清)王昶《春融堂集》卷首,上海古籍出版社,2010年,第3页。
② 《兰苕集》残钞本选有七律、五排等,各体均按唐宋金元明清顺序排列,其五排清部分取自《履二斋诗约》卷四十五。今未见《诗约》全本,由"凡例"知其选诗上起汉、魏,下至清朝,范围颇广。

调派在选本上对宋以后诗风有实际采纳的体现,比起沈德潜对明代前后七子选诗的修正又进了一步。

王昶是沈德潜之后的格调派领袖,其《诗传》对唐诗传统的守护与调整可视为格调派诗学在新环境下的一种变化,体现出王昶试图完善格调派诗学的用心。这种以唐为宗、唐宋兼采而非并重的做法,客观上推动了格调派(至少是选本领域)对"宋调"的容纳。当然,随着诗坛风尚的变化,后来的诗学主流不断走向宗宋,以至道咸以降宋诗兴盛,出现了影响广泛的宋诗运动,则并非王昶的初衷。

综上所述,《诗传》是继《国朝诗别裁集》后格调派的重要选本。在诗坛学宋诗日盛的大趋势下,王昶在守护格调派唐诗传统的同时,也对近"宋调"的学问诗有采纳,对格调派诗学进行了调整。这在一定程度上突破了格调派在选本领域对"宋调"的偏见,使诗坛呈现出多样化的趋势,有着重要的诗学意义。

(南昌大学新闻与传播学院)

民国时期词体声律研究
成就及其词学史意义[*]

刘少坤

内容摘要：民国时期，词学家全面总结了明清词学家于词律上的贡献，开拓了晚清词律批评理论，词律研究日渐细化。词学家还补正明清词律研究的许多不足，使词乐研究更加深化与系统。他们还深入研究《白石道人歌曲》旁谱，取得了非常突出的成绩。

关键词：民国　词律　批评理论　成就

The Achievements of Rhythm Research About Ci During the Period of The Republic And Its Signifcance In The History of Ci Study

Liu Shaokun

Abstract：The researchers during the period of the Republic summarized the contributions made by the scholars of Ming and Qing Dynasties,

＊　基金项目：国家社科基金重大攻关项目《词体声律研究与词谱重修》(项目编号15ZDB072)

develop Ci lv criticism theories, supplemented and corrected many deficiencies of the researchers about Ci lv of Ming and Qing Dynasties. All these made the study of Ci lv more deepening and system. Besides they In-depth study of the score attached the "Bai Shi Dao Ren songs" and achieved very outstanding results.

Key words: The Republic of China   Ci lv   Criticism theories   Achievements

民国词学家在词律学上全面系统总结了明清词学家之词律成就,以四大词人弟子为代表的词学家于词律、词韵、词乐上进行了更加细密的研究工作,透露出深刻的词律思想,补充了清代词律研究的许多缺憾与不足,分析中肯深刻,取得了令人瞩目的成就,其词学价值与词学地位颇高。

一、开拓晚清词律批评理论

自万树开创的词律严密一脉经过浙西词派的承扬,势头越来越大。到了清代中期,浙西词派成为最为显赫的词派。以厉鹗为中心的词人于词风上更加追求清空,于填词上严格要求遵守词律,崇尚四声填词法。而词律研究方面,浙西词派中期人物继续阐扬万树的词律主张,而戈载、杜文澜等人还对《词律》进行了修订。杜文澜修订之《校勘词律》于 1831 年刊刻,一时成为词坛显学。到了清代晚期,四大词人糅合浙、常二派,以浙西词派之清空嫁接常州词派之寄托。词体上严守词律,词风上追求清雅,词的内容上要有寄托,成为众多词人填词的基本要求。

至民国时期,词学家通过总结晚清词学家在词律研究上的成绩,更加细致地探讨词体乐律与格律之间的关系,取得了不小的进展。作为晚清词学家的弟子,赵尊岳、陈运彰、龙榆生、唐圭璋、夏承焘等人更是直接承继了晚清四大词人的词学观。如郑文焯的弟子蔡嵩云论述严守四声才能向宋词靠拢:

> 词讲四声,宋始有之,然多为音律家之词。文学家之

词,分平仄而已。音律家之词,原可歌唱,四声调叶,为可歌之一种要素。北宋如屯田、方回、清真、雅言诸家,南宋如白石、梅溪、梦窗、草窗、玉田诸家,大都妙解音律,所为词,声文并茂。吾人学其词,多有应守四声者。①

蔡嵩云在阅读时发现"四声调叶之词,今虽以音谱失传而不可歌,然较之仅分平仄者,读时尚觉铿锵可听。"而通过辨析四声而创作的词会"合乎宋贤轨范",况周颐、朱祖谋等严守四声而创作的词仍然自然流畅,而浅学者却如受桎梏,实是不应该。再如陈匪石谈论词的句法问题:

> 讴曲者只须节拍不误,而一拍之内,未必依文词之语气为句读。作词者只求节拍不误,而行气遣词,自有挥洒自如之地,非必拘拘于句读。两宋知音者多明此理,故有不可分之句,又有各各不同之句。②

作为音乐的词与作为文学的词是不一样的,陈匪石从声律的角度分析宋词句法多有不同的原因,认为只要节奏无误,词的句法还是允许有所变化的。接着他由此而议论到格律类词谱制作的原因:

> 以句法平仄言律,不得已而为之也。在南宋时,填词者已不尽审音,词渐成韵文之一体,有深明音律者如姜夔、杨瓒、张枢辈,即为众所推许,可以概建。及声律无考,遂仅有句法、平仄可循,如诗之五、七言律绝矣。万树《词律》作于清康熙中,前乎万氏者,明有张綖《诗余图谱》、程明善《啸余谱》,清有沈际飞《词谱》、赖以邠《填词图谱》,"触目瑕疵",为万氏所指摘。证以久佚复出之各词集,万说什九有验。③

陈匪石在此谈论声律谱到格律谱之间的转换,观点颇为中肯,这远胜于明清制谱者刻意夸大格律谱的行为,这也昭示出人们的词体

---

① 蔡嵩云《柯亭词论》,《词话丛编》本,第4899页。
② 陈匪石《宋词举外三种·声执》,江苏古籍出版社,2002年,第168页。
③ 陈匪石《宋词举外三种·声执》,江苏古籍出版社,2002年,第168页。

观趋于统一。

　　陈匪石肯定乾嘉经学治学态度治词："乾嘉经师有恒言曰：'始为之不易，后来者加详。'由晚近之词学上视清初，声律如是，句法亦如是。万氏纠明代清初之误读，所用方法，审本文之理路语气，校本调之前后短长，再取他家以资对证，此万古不易之说也。"①民国词学家继续采用乾嘉经学的治学态度进行词律研究：如王鹏运的弟子陈运彰谈到张炎《山中白云词》的用韵情况：

　　　　仇山村称张玉田词"律吕协洽，当与白石老仙相鼓吹"。然《山中白云》用韵至为泛滥，真、文、庚、青，阑入侵、寻；元、寒、删、先，杂用覃、临。句中于双声叠字，亦有安之未洽者，读之顿觉戾喉棘舌，如〔新雁过妆楼〕《赋菊》云："瘦碧飘萧摇梗，腻黄秀野发霜枝。"飘、萧、摇三字连用，政恐未易上口。惟用入声韵，则又极为谨严，屋、沃，不混入觉、药；质、陌，不混入月、屑，极为可法。②

　　这样细致的分析，与晚清时期词学家在词律上的探究态度是一致的。同时，民国词学家也积极借鉴新时代的各种新思想，这促使词律研究向更加细密的思维发展。如蔡嵩云详细地从词体发展的历史观论述宋人按照字声填词的历史：

　　　　无论何事物，在原始时代，均纯任自然，本无所谓法。渐进则法立，更进则法密。音乐进展，亦复如是。始何尝有五音六律与四声，其后觉天然歌唱，过于简单凌乱，于是始有音律之发明。其实此音律，仍含于自然法则中，特后人加以发明。③

　　这无疑是借鉴进化论的观点来论述词体的发展，四大词人的弟子们在耳濡目染中，也主动地接受了西方的一些先进理论，并应用于

---

① 陈匪石《宋词举外三种·声执》，江苏古籍出版社，2002 年，第 184 页。
② 陈运彰《双白龛词话》，《雄风》，1947 年第 2 卷第 2 期。
③ （清）蔡嵩云《柯亭词论》，《词话丛编》本，第 4900 页。

词律研究之中，深化了词律研究。关于字声与发音部位口法之间的关系，元人顾瑛《制曲十六观》中谈到：

> 曲中用字，有阴阳法。人声自然音节，到音当轻清处，必用阴字，音当重浊处，必用阳字，方合腔调。用阴字法，如〔点绛唇〕首句，韵脚必用阴字。试以"天地玄黄"为句歌之，则"黄"字为"荒"字，非也。若以"宇宙洪荒"为句，协矣。盖"荒"字属阴，"黄"字属阳也。用阳字法，如〔寄生草〕末句七字内，第五字必用阳字。以"归来饱饭黄昏后"为句歌之，协矣。若以"昏黄后"歌之，则歌"昏"字为"浑"字，非也。盖"黄"字属阳，"昏"字属阴也。①

沈曾植则根据顾瑛之论详细加以总结："阴字配轻清，阳字配重浊，此当是乐家相传旧法。"②吴梅更以工尺字谱引申其说："七音中合四为下，宜阳声字隶之；六五为高，宜阴声字隶之。"③论述了字声与工尺谱之间的关系。这皆为倚声家讲究四声阴阳与词之音律关系的理论根据。这样高度的理论总结，无疑大大推进了词律研究。夏承焘在字声上的探讨也颇为细致。夏承焘认为："词中四声，前人无多发明。"他细检唐宋人词集，历考字声演变之过程：

> 自民间词入士大夫手中之后，飞卿已分平仄，晏、柳渐辨上去，三变偶谨入声，清真益臻精密。唯其守四声者，犹仅限于警句及结拍，自南宋方、吴以还，拘墟过情，乃滋丛弊。逮乎宋季，守斋、寄闲之徒，高谈律吕，细剖阴阳，则守之者愈难，知之者亦鲜矣。④

为此，他认为了词人守四声与创作会发生矛盾，并促使词作质量更加低下：

> 吾人在今日论歌词，有须知者二义：一曰不破词体，一

---

① （元）顾瑛等《制曲十六观及其他三种》，《丛书集成初编》本，第6页。
② 沈曾植《菌阁琐谈》，《词话丛编》本，第3609页。
③ 蔡桢《词源疏证》卷下引，中国书店1985年影印本，第12页。
④ 夏承焘《唐宋词字声之演变》，《月轮山词论集》，《夏承焘集》，第二册，第52页。

曰不诬词体。谓词可勿守四声,其拗句皆可改为顺句,一如明人《啸余谱》之所为,此破词体也,万树《词律》论之已详。谓词之字字四声不可通融,如方、杨诸家之和清真,此诬词体也。过犹不及,其弊且浮于前者。盖前者出于无识妄为,世已尽知其非;后者似乎谨严循法,而其弊必至以拘手禁足之格,来后人因噎废食之争。是名为崇律,实将亡词也。①

夏先生认为词人在具体创作时应该融通一些,这个意见得到了词学家们一致的肯定。夏承焘在词的声情特征上也廓清了前人的一些僵化的认识,过去有些词家如张炎、杨缵等,主张填词须与宫调声情相合,必须依月用律等等,然这些玄之又玄的说法,使得词乐散佚之后的明清词学家于词律内部研究手足无措。而夏先生通过仔细比较柳永、周邦彦等"深解词乐"的词人词作,发现"宋人填词,但择腔调声情而不尽依宫调声情。"②针对张炎《词源》中"五音宫调配属图"以八十四调分属十二月的记载,指出:

> 盖借古乐装点。今考周清真《片玉集》,前六卷分四时编次,以其宫调核对时令,符者仅下列七首。〔秋蕊香〕、〔一落索〕二首皆属双调,即夹钟商,属二月律;二词皆写春景。〔蕙兰芳引〕属仙吕,〔丁香结〕〔氐州第一〕〔解蹀躞〕三首皆属商调;仙吕、夷则宫、商调、夷则商皆七月律,四词皆写秋景。〔华胥引〕属黄钟,即无射宫,是九月律,属秋景。……美成是首创此制之人,而所作不符月律如此,他可概见。③

其细致入微的辨析让人叹服。据《词学季刊》创刊号《词坛消息》介绍,夏承焘曾计划写一部词律专著——《词例》。作者自谓:"《词律》究一词之格律,此书将贯全宋、元词为一系统。"此书约分字例、句例、片例、辞例、体例、声例、韵例等模块。可惜最终未能完成。但据

---

① 夏承焘《唐宋词字声之演变》,《月轮山词论集》,《夏承焘集》,第二册,第81—82页。

② 夏承焘《词律三义》,《月轮山词论集》,《夏承焘集》,第二册,第6页。

③ 夏承焘《词律三义》,《月轮山词论集》,《夏承焘集》,第二册,第7页。

夏先生所著《词律三义》《"阳上作去"、"入派三声"说》《词韵约例》《唐宋词字声之演变》《犯调三说》《填词四说》等论文来设想，其规模、精深程度可见一斑，足令人服膺。

二、补正明清词律研究

自张綖《诗余图谱》、程明善《啸余谱》之后，词学家一直在词谱的科学性、严谨性方向发展，而在穷尽式整理上，自万树《词律》后，方成培、徐本立、杜文澜、秦巘等人一直在补充词律上努力，如王奕清等把词谱所收词调扩展到 826 个，而杜文澜把《词律》与徐本立之《词律补遗》以及自己所补之词调刊刻成《校勘词律》一书，词调数量达到 875 个，到了晚清，秦巘《词系》一书把词调数量扩张到 1 029 个，达到了词谱书籍的最高峰。

民国词学家继续补充词调，如夏敬观《词律拾遗补》(《同声月刊》1941.11.20)、《词律拾遗补（续）》(《同声月刊》1942.01.15、1942.02.15、1942.04.15))、《词律拾遗再补》(《同声月刊》1942.05.15、1942.07.15)、《词律拾遗再补（续）》(《同声月刊》1942.08.15、1942.10.15、1942.11.15、1941.12.15、1943.01)，先后于《同声月刊》十一期中刊载词调拾遗，补调近百个。这是自万树制《词律》，徐本立《词律拾遗》，杜文澜《补遗》于 1831 年刊刻《校勘词律》之后，最为集中且大规模补辑《词律》的行为。夏敬观不单单作补调，而且还采用最新的校勘成果，如《四印斋所刻词》《彊村丛书》等来对比校勘。同时，他还积极采用万树以来所建立的"律校法"来说明补调的原因，并进而讨论词调的句法章法等问题，如其补贺铸〔更漏子〕后注曰：

> 《词律》收杜安世词，而有未能断句之处。以此词比对，则句读可得。杜词于"芳草赠我殷勤"句，作"客馆悄悄闲庭"，"庭"字是叶。后段"明朝水馆渔村"句，杜词作"长是宦游羁思"，"思"字不叶。红友以前后异，遂不能加旁注。杜词平仄颇异，"画桥接口"作仄仄平平。"恹恹"第二"恹"字，"罗巾双泪痕"之"巾"字、"双"字，皆用仄声。"阑珊独上"，

作平仄平平。"洞户人间",作仄仄仄仄。"紫云车远",作仄仄仄平。"明朝水馆渔村",作平仄平平平仄。"招断魂"之"招"字用仄声。"明月"作仄平。其音节固迥异矣。当以此词为正体,杜词为又一体。①

夏敬观通过对杜安世与贺铸〔更漏子〕词作的分析,仔细比斟二词用韵、平仄差别,得出"当以此词(贺铸)为正体,杜词为又一体"的结论,让人信服。

而至龙榆生,他1933年12月发表于《词学季刊》第一卷第三号中的《词律质疑》一文,详细论述了词律发生、发展的过程。他认为"北宋词但言乐句无四声之说",指出北宋之前词为乐体,而万树《词律》针对苏轼两首〔念奴娇〕对北宋词"知其不可强同,而列《赤壁怀古》为又一体。"最后认为"四声之说,北宋既无所闻,求之周、柳集中,亦多不合;然则协律为一事,四声清浊又为一事;虽二者有相通之点,究不可混为一谈。北宋诸词,所谓不协音律之说,固以乐句为准,非必一字之清浊四声,不容稍有出入也。"②"词之协律与否,自当以音谱及管弦为断。若仅取前人雅词,拘守四声,以为能中律吕,吾未见其然也。"③"然归纳众制,尚可发见共通之点;就共通之规式,以求歌词声韵上之变化,与其音节之美,则四声清浊之间,亦大有研究之价值。必守一家之说,以为四声清浊,可以尽宋词之妙,乃谨守勿失,而自诧为能契其微,则恒以偏概全,动多窒碍。"④龙榆生引证沈义父《乐府指迷》、张炎《词源》、王灼《碧鸡漫志》、晁补之言论、叶梦得《避暑录话》、万树《词律》中的论律、论乐之资料,材料非常丰富,论证严谨,改变了以前词学家要么重律、要么重乐的偏执作法。

沈茂彰《万氏〈词律〉订误例》一文在肯定万树《词律》取得成就的同时:"万红友(树)之《词律》出,词谱之规模始具,其于《图谱》《啸

---

① 夏敬观《词律拾遗补(续)》,《同声月刊》,第二卷第四号。
② 龙榆生《龙榆生词学论文集》,上海古籍出版社2009年,第140页
③ 龙榆生《龙榆生词学论文集》,上海古籍出版社2009年,第145页。
④ 龙榆生《龙榆生词学论文集》,上海古籍出版社2009年,第148页。

余》，纠讹驳谬，累牍连篇，不无廓清之功。"指出《词律》中存在的问题："惟红友为此，正橐笔幕游，载籍无多，所引以为据者，不过《花庵》《草堂》《尊前》《花间》《万选》《汲古刻诸家》《沈氏四集》《啸余》《词统》《词汇》《词综》《选声》等书，故阙漏时所不免，后来杜筱舫（文澜）之校勘记，徐诚庵辈之《词律拾遗》，递相补订，字句体调，稍稍密矣。"①并纠正了《词律》中存在的"体例之不当""改摘新名之过甚""立调分体之失""分句之误""论四声之误""论韵之误""论衬字羡字之误""离于古而不知今之误""论断之误"九个方面，这是对词律进行的一次较大规模的纠正，值得肯定。

夏敬观、吴梅等人对戈载的《词林正韵》进行了补充与修正。众所周知，自戈载《词林正韵》刊刻后，词学界都给予了非常高的评价，"考订精详，洵可传世"②，"近代词家，遵而用之，无待他求矣。"③又由于词韵之学过于艰深，很少有人对此书之不合理处进行怀疑，20世纪20年代吴梅在《词学通论》中有专门"论韵"一章。吴梅承继了戈载《词林正韵》平上去三声的分类，但对于戈载把入声分为五部的做法，他提出了自己的见解。他把"术、物"二韵和"陌、麦"二韵从"质栉"韵部分离出来，又把"没、合、末"三韵从"黠屑"韵部中分离出来，从而把戈载的五部分离为八部，共为二十二部词韵。实践证明，此分部法更加细密，更加准确。

之后夏敬观发表于《同声月刊》第三卷第四号、第六号、第六号（1943.06.15、08.15、09.15）的《戈顺卿〈词林正韵〉纠正》一文，长达数十页。而夏敬观于此文中首先梳理了词韵学发展史，分析了《词林正韵》之前的清代词韵书籍的得失。他在肯定了《词林正韵》于词韵学上的地位同时，于十九韵部中详细地指出各韵之出格词作，纠正了《词林正韵》中归纳不够精确的地方。虽然他最终对一些出格之词作

---

① 沈茂彰《万氏〈词律〉订误例》，《词学季刊》，第三卷第四号。
② 杜文澜《憩园词话》，《词话丛编》本，第2858页。
③ （清）蒋兆兰《词说》，《词话丛编》本，第4636页。

并未提出合理的解决方法,但这是词学史上第一次对戈载《词林正韵》进行的最为客观而系统的评析,其怀疑的治学态度值得我们肯定与学习。

民国时期,词学家还对律校法进行了系统总结。如陈匪石在清代词律研究者"上、入可以代平""去声字"论基础上,更加细致总结了填词用律规律七条:

（一）领句之字多用去声。

（二）句中或韵上之一字限用去声者。

（三）某字某句限用入声者。

（四）句首或句中或句尾限用去上者。

（五）二字相连用上声者。

（六）平声三字以上连用者。

（七）句中各字四声固定者。以四字句为多。①

陈匪石在其中举了很多例子来说明此七条,其总结比较到位。这是词学史上第一次对"律校法"进行全方位总结,其示范作用为今人的研究提供了很多可资借鉴的思想与方法。

三、词乐理论研究更加深入系统

词乐理论研究真正深入并开始成体系,发生在清代中期,凌廷堪《燕乐考原》、方成培《香研居词麈》、陈澧《声律通考》诸书基本廓清了燕乐的理论体系。到了晚清,词学家们沿着凌廷堪诸人在词乐理论上的开拓,继续更加深入、更加全面的研究,其中以郑文焯的《词源斠律》最为突出。清代中后期词学家对词乐理论的研究深化了人们对燕乐理论的认识,基本廓清了宋代俗字谱的基本理论问题,然而有一些细致的问题仍待解决。

到了民国时期,词学家沿着晚清词学家在词乐理论上的贡献,继续向更加深入的方向拓展,这一阶段主要代表作有林谦三的《隋唐燕

---

① 陈匪石《宋词举外三种·声执》,江苏古籍出版社 2002 年,第 180—181 页。

乐调研究》、蔡桢的《词源疏证》、陈能群《词源笺释》、吴梅的《词学通论》等。蔡嵩云的《词源疏证》、陈能群《词源笺释》主要针对张炎的《词源》进行更加详细的解释与笺释，蔡、陈二先生在笺证过程中旁征博引，以唐宋元明所保留之文献反复论证，其结论达到了新时代的较高水平。词学家的一些专门论文也对张炎《词源》进行了较为深入的研究，如赵尊岳《玉田生讴歌要旨八首解笺》、饶宗颐《玉田讴歌八首字诂》（均发表于《词学》第二辑，华东师范大学出版社 1983 年出版）两文均针对张炎《词源》上卷卷尾所附之"讴曲旨要"而论。二人在两文章中基本解决了宋代俗字谱所提到的一些节奏、节拍、专有术语，为今人进一步研究宋代俗字谱奠定了基础。

吴梅《词学通论》通过对八十四调排列，又取姜夔十七首旁谱的资料与西方音律进行对比，验证了杀声、管色的内涵以及运用情况，其论据充分，考证严密，极具说服力，时人称赞道：

> 本书先论平仄四声，次论韵，次论作法。于《论音律》章内，又附《八十四宫调正俗名对照表》《管色杀声表》《古今雅俗乐谱字对照表》《中西律音对照表》，最为本书特色。……诚足津逮来学，而为有功词苑之著作云。①

这一阶段，不得不提的一位研究者是日本学者林谦三。其著作《隋唐燕乐调研究》全面梳理了燕乐体系，并对隋唐所用的乐调进行了非常深入的考证，在燕乐理论研究方面后出转精，成绩斐然。作为一名外国学者，尤令人钦佩。

民国词学家在词乐理论上的贡献非常突出，廓清了词乐理论上的基本问题，为后来杨荫浏、夏承焘翻译姜夔十七首旁谱提供了坚实的基础。遗憾的是，林谦三等人的研究仍以算律为主，而不是较为融通的利用对律来翻译唐宋古谱，致使他们的研究只能停滞于理论阶段，而不能借此而实践，殊为可惜。

---

① 《词籍介绍》，《词学季刊》，第一卷第二号。

四、《白石道人歌曲》旁谱研究取得突破

由于词乃小道，在经历改朝换代的过程中，词的歌唱之法逐渐亡佚，词乐文献亦散佚严重，所剩无多，而在这些少之又少的词乐文献中，最为著名的莫过于姜夔《白石道人歌曲》中所保存的《十七首旁谱》。由于姜夔十七首旁谱的解读关系到宋代俗字谱以及宋词的歌唱之法，故诸多词学家一直于此不懈努力，并取得了重大的进展。

自从清代发现了元末陶宗仪1350年手抄的《白石道人歌曲》后，词学家们开始注意到书中17首用俗字谱记写的词调歌曲。惜这些字谱难如天书，词学家多于此束手无策，即使四库馆臣这样一个英才济济的群体亦是如此：

> 惟自制曲一卷，及二卷〔鬲溪梅令〕、〔杏花天影〕、〔醉吟商小品〕、〔玉梅令〕，三卷之〔霓裳中序第一〕，皆记拍于字旁。宋代曲谱，今不可见，亦无人能歌。莫辨其似波似磔，宛转欹斜，如西域旁行字者，节奏安在。然歌词之法，仅仅留此一丝。录而存之，安知无悬解之士，能寻其分刌者乎？鲁鼓、薛鼓，亡其音而留其谱，亦此意也。[1]

而吴衡照甚至认为宋乐俗字谱亦为唐乐半字谱：

> 白石自制曲，其旁注半字谱，共十七调。谱与朱子全集字样微不同，由涉笔时就各便也。半字之谱，自唐以来，陈氏《乐书》可证。黄泰泉（佐）因楚辞大招四上竞气之语，谓即大吕四字、仲吕上字。寻撅穿凿，不若王叔师旧注为长。[2]

唐代俗乐所实行的是燕乐半字谱，而宋代俗乐则已经转变为俗字谱。虽然如此，但词学家们开始研究这些音乐图谱，方成培《词麈》、凌廷堪《燕乐考原》、陈澧《声律通考》、戴长庚《律话》、张文虎《舒艺室余笔》中多有对宋乐俗字谱的整理与解读。如吴衡照在阅读十

---

① 《四库全书总目·白石道人歌曲提要》，中华书局，1983年，第1819页。

② （清）吴衡照《莲子居词话》，《词话丛编》本，第2400页。

七首旁谱时发现其词"毕曲不苟":

> 歌家十六字外,别有疾徐重轻赴节合拍之字,见梦溪笔谈,亦半字也。白石此谱,有折有掣,折高半格,掣低半格,于毕曲处尤兢兢不苟,足见当时词律之细。[1]

到了晚清,刘熙载针对四库馆臣的论调批评曰:

> 姜白石制词,自记拍于字旁。张玉田《词源》详十二律诸记,足为注脚,盖即应律之工尺也。《辽史·乐志》云:"大乐其声凡十:五、凡、工、尺、上、一、四、六、勾、合。"乐家既视《辽志》为故常,当不疑姜记为奇秘矣。[2]

再如张文虎系统梳理十七首旁谱的符号,纠正了传抄中出现的一些错误,但他们未能把这些俗字谱歌曲译成当时的工尺谱。这些先期工作为唐兰、夏承焘、任二北诸人的研究奠定了坚实的基础。

民国时期,学者们进一步致力于把姜白石的全部歌曲译成工尺谱。任二北的《南宋词之音谱拍眼考》(1927)、唐兰的《白石道人歌曲旁谱考》(《东方杂志》,1931年第31卷第7号)、夏承焘的《白石道人歌曲旁谱辨》(1932)、杨荫浏和阴法鲁的《宋姜白石创作歌曲研究》(1957)以及丘琼荪的《白石道人歌曲通考》(1959),逐步完善了翻译姜白石十七首俗字谱歌曲、一首琴歌和十首律吕字谱歌曲的工作。其后姜谱的研究者尚有饶宗颐、赵尊岳等人。尽管诸家在调式和节拍节奏等方面尚未达成一致的看法,但他们对姜谱的翻译和研究,毕竟为唐传古乐谱的研究奠定了基础。其中,尤以夏承焘与杨荫浏二先生的贡献最为突出。

夏承焘先生既是传统词学的总结者,亦是现代词学的开拓者。他继承了晚清词学家的卓越成就,又对传统词学进行了多方面的开拓。他以无征不信的严谨态度研究词体、词乐、词律和词史,大大扩展了词学研究的领域,在词人年谱、词论、词史、词乐、词律、词韵以及

---

① (清)吴衡照《莲子居词话》,《词话丛编》本,第2400页。
② (清)刘熙载《艺概》,上海古籍出版社,1978年,第127页。

词籍笺校诸方面均取得突破性成果,拓展了词学研究的疆域,构筑了严整的词学体系,大大提高了词学研究的总体水平,为词学走上系统化、理论化作出了突出贡献。

夏承焘解译姜夔十七首旁谱首先是建立的在前人基础上的。他于《姜夔词谱学考绩》一文中精准地论述了清代白石旁谱研究的"四境":

> 赅而论之,姜词自清初陶宗仪抄本复见以来,世人于旁谱之认识,有四境焉。方成培首以朱子"琴律说"相校,粗得面目,此一境也。方氏由未见《词源》全书,致不明南北宋乐纪异同,犹多误认。嘉庆间,《词源》上下卷出,戈载得以稍稍补正方氏之遗,此二境也。顾《词源》初见,讹夺杂出。廷堪考乐,未遑董理。秦、戈校刻,亦未精到。逮张文虎校《守山阁本》成,以勘姜词,乃渐启此学窔奥,此三境也。《事林广记》在中土不易见,清季重自日本流入,其《乐星图谱》《音乐举要》二卷,载管色谱字綦详,《姜谱》于是多一旁证。文焯校律,略释一二。晚得唐兰,乃集其成焉。此四境也。[①]

他批评"方成培为《词麈》,在戴氏《律话》之前,其依《朱子大全集》辨白石旁谱,殆清代第一人"[②],"姜词旁谱,经长庚、文虎诸家之考校,虽未能通其节奏,于谱字大体无碍矣。乃光绪间郑文焯为《词源斠律》,又横生枝节,'寄煞'之说,重返于方(成培)戈(载)之蒙,是不可不辨也"[③],"张文虎后,于《姜谱》重有发明者,推近人嘉兴唐兰"[④]。对词乐之辨析不可谓不深。之后,夏先生一直致力于对姜夔十七首旁谱的处理工作。先后发表有《白石歌曲旁谱辩》(《燕京学报》,1932

---

① 夏承焘《姜夔词谱学考绩》,《月轮山词论集》,《夏承焘集》,第二册,第121—122页。

② 夏承焘《姜夔词谱学考绩》,《月轮山词论集》,《夏承焘集》,第二册,第372页。

③ 夏承焘《姜夔词谱学考绩》,《月轮山词论集》,《夏承焘集》,第二册,第381—382页。

④ 夏承焘《姜夔词谱学考绩》,《月轮山词论集》,《夏承焘集》,第二册,第384页。

年 12 月)、《白石道人歌曲考证》(《之江学报》,1933 年 4 月)、《白石歌曲旁谱辩校法》(《词学季刊》,1933 年 12 月)、《与龙榆生论陈东塾译白石〔暗香〕谱书》(《词学季刊》,1933 年 12 月)、《与龙榆生论白石词谱非琴曲》(《词学季刊》,1934 年 1 月)、《再与龙榆生论白石词谱》(《词学季刊》,1934 年 1 月)、《重考唐兰白石道人歌曲旁谱考》(《东方杂志》,1934 年 4 月第 31 卷第 7 号)、《姜白石议大乐辨》(《文学》,1934 年 6 月)、《白石道人歌曲考》(《国学论衡》,1934 年第 4 期下)、《白石道人歌曲斠律》(《燕京学报》,1934 年 12 月)、《白石词乐说笺证》(《浙江学报》,1947 年 12 月)、《姜白石词谱的读译和校理》(《浙江师范学院学报》,1967 年 3 月)。

夏承焘的白石乐学系列成果问世之后,得到海内外学术界的高度评价。《天风阁学词日记》1936 年 12 月 26 日载:"接益藩片,索白石考各种,谓吴瞿安在中央大学讲词,许予治白石为今日第一人。"[1]1961 年 5 月 30 日载:"柔庄二十八函,转来日本林谦三自奈良所发信,谓二十余年前即见予《白石歌曲旁谱辨》及《校辨法》,尝手写予全文藏之,谓今人研究白石旁谱者皆以予所作为基础。"[2]王延龄指出:

> 虽然,这项破译是吸收了古代、近代和同代中外学人的成果,引用了近代的考古学新发现和传于国外的古籍文献,但先生的考证发明,折冲论断,则是大成之集,从而为近年来继续研究的新进展奠定了基础。夏先生这项破译的秘钥有三:一为文献校勘学的功力,二为词学的根基,三为科学乐律理论的掌握。[3]

建国后,夏承焘先生继续不懈的用力于十七首旁谱,他针对杨荫浏的翻译,提出了自己的看法,也进行了翻译。夏先生在十七首旁谱上的贡献为后人树立了榜样,其严谨而不懈的治学态度值得我们

---

① 夏承焘《夏承焘日记》,《夏承焘集》,第四册,第 483 页。
② 夏承焘《夏承焘日记》,《夏承焘集》,第七册,第 885 页。
③ 王延龄《天籁人声,尽在抑扬吟咏中——夏承焘先生的词乐研究》,《夏承焘教授纪念集》,中国文联出版公司,1988 年,第 58—59 页。

尊敬。

　　杨荫浏在姜夔十七首旁谱上的贡献亦颇为突出,其代表有《白石歌曲旁谱释》(《和平日报》1947.1.14、1.11、1.18)、《宋姜白石创作歌曲研究》两种。《白石歌曲旁谱释》(音乐出版社,1957年)为杨荫浏先生1947年发表于《和平日报》,他在前人基础上,基本廓清了十七首的谱子,并提出了自己对这十七首旁谱节奏的看法。建国后,杨荫浏先生在调查研究五台山《八大套》和西安鼓乐的基础上,重新整理白石旁谱,并与阴法鲁合作,编成《宋姜白石创作歌曲研究》一书,并于1956年出版,十七首旁谱得以翻译成现代乐谱。这是首次对姜夔十七首旁谱的翻译,十七首旁谱因此而得以歌唱。之后,杨荫浏又组织音乐家姜嘉锵、单秀荣录制其所翻译的谱子,姜夔十七首旁谱得以唱播天下。

　　由于宋代俗字谱早在元代即已散佚,而流传的《白石道人歌曲》版本中含有俗字谱的只有陶宗仪的抄本,其中鱼鲁亥豕,存在的问题颇多,但没有其他本子进行对校。故各家认识各有不同,如在〔角招〕一词第一行中,现存陆宗辉本、张奕枢本、朱祖谋本皆是旁谱缺一字,陆本缺在第二句末"垂柳"与第三句"自看烟"之间,张本缺在"柳"字处,朱本缺在"西湖尽是垂杨"之"西"字处。

　　这种情况是衍字还是缺一谱? 若衍字,所衍之字为何? 若脱谱,所缺之谱又应为何? 鲍廷博认为"柳、自"共用一谱。张文虎引汪曰桢之观点,认为"西"字衍。朱祖谋《彊村丛书》本中注曰:

　　　　按宋赵以夫、元邵亨贞俱有是调,是句俱作九字。此缺
　　一旁谱,"西"字疑衍。[1]

　　郑文焯认为:

　　　　谛审第五句"湖上携手",则次句"绕湖"语气自疏以达,
　　不须更出"西"字,此本(指逊斋本)次句"柳"字独缺旁谱,可
　　知原作九字句,必衍一字无疑。又云:"柳"字均,衍一"西"

---

　　① 朱祖谋《白石道人歌曲》,《彊村丛书》本,广陵书社,2005年。

字，有旁谱可证。赵以夫赋梅、元邵亨贞有此调二解，是句并作九字。考诸本是解次句并同此误，以宋本沿讹，少有据旁谱审订者。①

杨荫浏先生《白石道人创作歌曲研究》（音乐出版社，1957年）则认为是缺一谱，并在"是"处添加"一"谱字。

夏承焘先生《白石道人词集》（人民文学出版社，1959年）依据朱祖谋之论断而删掉"西"字：

> 赵（以夫）此句作"苔枝上，剪成万点冰蕚"，邵作"东风外，画帘倚遍寒峭"，皆是三六句法，字声亦同。以上下段旁谱校之，上段"湖尽"，至"外岫"十字，与下段"相映"至"欲溜"全合，"西"字衍无疑，今依朱校删去。②

刘崇德先生在整理文献过程中，赫然发见《永乐大典》卷二二六五中竟有缀有旁谱之《角招》，其文字中无"西"字。③ 而《永乐大典》本又去宋未远，故实证证明了汪曰桢、张文虎、朱祖谋、夏承焘的论断是正确的，由此，争论了近二百年的一段学术公案至此而画上完满句号。

在民国极其宽容、兼容并包的学术研究环境下，词律研究亦取得了惊人的进步。它进一步完善了晚清以来的词律研究成果，丰富了词律批评理论研究的内容。词乐研究更是日渐突破，以郑文焯、林谦三为代表的燕乐研究达到了一个新高峰，而夏承焘、龙榆生、陈思、陈能群、丘琼荪、杨荫浏等人在对姜夔《十七首旁谱》的解读上也实现了突破，直到今日，民国以来的词学家在词律上的贡献仍指引着我们向词律更深处开拓。

（河北大学文学院）

---

① 郑文焯《批校白石道人歌曲》，《大鹤山人词话》（孙克强、杨传庆辑），第104页。
② 夏承焘《白石道人词集》，人民文学出版社1959年版，第137页。
③ 刘崇德、龙建国《姜夔与宋代词乐》，江西高校出版社2006年版。

文学家族的"遗传"与"变异"

——以桐城姚氏诗学思想的演变为观测点

卢 坡

内容摘要：有清一代，桐城姚氏为典型的文学家族。姚范作为桐城诗派的先行者，以"六经"为根本，以杜甫等为师法对象，追求"往复顿挫"之境，对桐城诗派产生了深远的影响。姚鼐主张"镕铸唐宋"，以古文之法行之于诗，追求"深古健雅"之境，成为桐城诗派的集大成者。姚莹受时代风云、经世情怀的影响，艺术创作与批评呈现继承与新变并存的面貌，做到了"有所法而后能，有所变而后大"。"遗传"体现了文学家族的稳定性，"变异"则突显了因环境与个体差异引起的发展与变化。桐城姚氏诗学思想正是在"遗传"与"变异"的双链结构下不断演进。

关键词：桐城姚氏　诗学思想　遗传　变异

heredity and variation of literature family

——The evolution of the tongcheng Yao Shi family's poetics thoughts as the observation point

Lu Po

Abstract：in the qing dynasty, tongcheng Yao Shi for typical literary family. Yao Fan as pioneers of the tongcheng school, in order to "images" as the fundamental, with du fu as the object of imitation, the pursuit of "realm of reciprocating frustration", has a far-reaching influence on tongcheng school. Yao Nan pointed out should study at the same time tang poetry and song poetry artistic achievement, to write prose approach to writing poetry, the pursuit of "deep GuJian elegant", thus becoming a master of tongcheng school. Yao Ying affected by time situation, saving their feelings, artistic creation and criticism to present the appearance of inheritance and the new change, did it "method, and then can somewhat, somewhat and big". Genetic reflected the literary family stability, variable has highlighted the development and changes caused by environment and individual differences. Tongcheng Yao Shi family's poetics thought it was under the heredity and variation of double chain structure evolution of continuous development.

Key words: tongcheng Yao Shi　Poetics thoughts　Genetic　variation

　　明末清初桐城一地的文学活动逐步兴盛起来,诗文创作方面取得较高成就,并形成较有影响的文学派别。桐城诗派是清代诗坛众多诗派之一,其中桐城麻溪姚氏对诗派的发展影响甚大,因此桐城诗派既有地域流派的特点,又打上家族型文学的烙印。

　　桐城派的诗论家方东树道:"近代真知诗文,无如乡先辈刘海峰、姚姜坞、惜抱三先生者。"①陈用光《送姚石甫序》称:"桐城姚石甫大令,吾师姬传先生从孙也,为诗古文辞,皆有才气法度,称其家学。"②刘大櫆为姚范之友,姚鼐《刘海峰先生八十寿序》:"鼐之幼也,尝侍先生,奇其状貌言笑,退辄仿效以为戏。及长,受经学于伯父编修君,学文于先生。"③姚范于诸子之中,尤看重姚鼐,因此姚鼐得以受经学于姚范,学文学于刘大櫆。姚鼐于诸孙之中,对姚莹青眼有加。姚永朴

---

① (清)方东树著,汪绍楹校点《昭昧詹言》,人民文学出版社,1961年,第46页。
② (清)陈用光《太乙舟文集》卷七,清道光二十三年孝友堂刻本。
③ (清)姚鼐著,刘季高标校《惜抱轩诗文集》,上海古籍出版社,1992年,第115页。

《旧闻随笔》载："按察公(姚莹)弱冠,贫不能应试,从祖惜抱公给资入场。"① 姚莹成进士,姚门弟子多谓其能继家声,姚鼐多与其谈论诗文,并将整理刊刻姚范《援鹑堂笔记》等交由姚莹办理。姚范、姚鼐、姚莹作为桐城诗派的代表,皆来自桐城麻溪姚氏家族,文学与家族之因缘在这里得到淋漓尽致的突显。桐城姚氏一族几代诗人以"六经"为根本,追求诗作往复顿挫之境,这种一致性,展示家族"遗传"的稳定性;姚氏在注重传承的同时,又积极汲取新质,主动迎合外部环境的变化,以求新求变,则展示了文学家族的新变特质。

一、"桐城亦有诗派,其端自姚南菁范发之"

钱锺书先生《谈艺录》指出"桐城亦有诗派",紧接着又说:"其端自姚南菁发之。"② 钱先生同时指出姚鼐"渊源家学,可以征信",认为"今世末流奉惜抱谈艺之论"是"不解析骨肉以还父母也"③。从姚范对姚鼐以及后来的桐城诗派诗学观念影响而言,钱先生所论是颇有眼光的。姚范著有《援鹑堂笔记》一书,于经史子集无所不览,其中不乏对诗歌的精切认识。姚范认为诗文应本源于"六经"而不落窠臼,确为桐城诗派定了家法。以"六经"为根本,不袭陈言,"创意造辞皆不相师"。这种文学观念深刻影响了姚鼐、方东树以及吴汝纶、姚永朴等人,几成历代桐城诗人所共同遵守之家法。姚范虽不赞同机械模仿缺乏性情之作,却一反钱谦益、冯班等人极贬"七子"之论,于"七子""未尝尽夺不与"。姚鼐、姚莹和方东树也继承了这一观点,甚至认为可以通过学习"七子"之摹拟前人来学诗。姚范于历代诗人中推崇杜甫、韩愈、黄庭坚等人,认为:"涪翁以惊创为奇,其神兀傲,其气崛奇,元思瑰句,排斥冥筌,自得意表,玩诵之久,有一切厨馔腥蝼而不可食之意。"这就为桐城诗人树立了师法的对象。桐城诗派"以古

---

① 姚永朴著,张仁寿点校《旧闻随笔》,黄山书社,2011年,第202页。
② 钱锺书《谈艺录》(补订本),中华书局,1984年,第144页。
③ 钱锺书《谈艺录》(补订本),中华书局,1984年,第146页。

文之法通之于诗"的论点,在姚范那里已见端倪。姚范比较柳宗元和韦应物之诗认为:"韦自在处过于柳,然亦病弱;柳则体健,以能文故也。"①在姚范看来,柳宗元诗风劲健,是把文风融入诗风之故。从上述所论可知,姚范诗论确实对桐城诗派产生了深远的影响。

姚莹在《援鹑堂集后序》言:"公所为诗古文辞,皆力追古人而得其渊诣。尝与同人约十年不下楼,成举世不好之文。其谈艺精深,多前人所未发,今散见所著笔记中。"②姚范没有系统、集中地发表自己的诗学思想,其诗学思想散见于《援鹑堂笔记》之中,今将姚范的诗论观点归纳为以下几个方面:

首先,姚范并不反对复古,主张应当在学习古人的基础上,体现自己的性情,形成自己的风格。姚范这一诗论观点在对李梦阳诗作的评价中最能明显地体现出来。姚范指出李梦阳摹拟之作是"仿其形迹,遗彼神明,天韵既非,句格皆失妍矣",批评那些"情韵都非,遂同木偶"的作品,可见姚范欣赏的是有情韵之作。钱锺书《谈艺录》引姚范这段话,认为"古来评七子拟古,无如此之心平语妙者"③。姚范不认同陆机的《拟古》之作,称赏鲍照的拟古之篇,亦是从诗中有无性情和是否形成风格着眼。姚范认为黄庭坚善于学习杜甫,"杜千四篇中精粗杂糅,夔州诸什,山谷偏嗜,就其自撰亦以能得法外意故佳"。杜甫为诗歌创作之集大成者,为后人提供了可资借鉴的范例,但是后世之学者多"失于多歧",以未得为得,黄庭坚是善于学习杜甫的,"能得法外意",所以成就较高。可见姚范主张摹拟应该有所感悟,以得法外之意为上,而并非仅仅亦步亦趋地完全拜倒在前人脚下。

其次,在对诗歌阐释时,姚范主张诗未必皆有寓意,不必穿凿附会、深索大意。姚范之所以持此诗论观点,和他注重实学的学术思想

---

① (清)姚范《援鹑堂笔记》卷四四,清道光乙未冬刊本。

② (清)姚莹《东溟文集》卷二,清同治六年姚濬昌安福县署刊本。

③ 钱锺书:《谈艺录》(补订本),中华书局,1984年,第146页。

以及不满虞山诗派深求诗歌背后之"微言大义"的解诗方式相关。姚范解诗不从"比兴"入手，更强调诗中"赋"法，姚范最欣赏的诗人是杜甫、韩愈和黄庭坚等擅长述景刻物者，而对屈原、阮籍等人的诗歌评价不特别高。针对吴乔所谓"宋人不知比兴，小则为害于唐体，大则为害于《三百》"，"明人不知比兴而说唐诗，开口便错"，"宋诗率直，失比兴而赋犹存。弘、嘉人诗无文理，并赋亦失之"①的诗论观点，姚范提出了批评。在谈到阮籍的《咏怀诗》（赵李相经过）诗时，姚范言："此诗不过言少时侠游纵倡乐耳。假赵李为经过之地，似不必索异解也。"又言："何于十七篇多援魏、晋易代之事释之。夫阮旨渊放，归趣难求，昔人之所怯言而必为一一举其事以实之，岂悉合哉。"②姚范反对"索异解""一一举其事以实之"的解诗方式。这就和重"比兴"的虞山诗派异趣。尽管不能否认诗中"比兴"之法，但是姚范对虞山后学的批评，是对这种不正常解诗方式的一种反驳，体现了姚氏注重实学、赋法的诗学思想。

再次，姚范虽然不反感谢朓、李白、苏轼等"圆美流转如弹丸"之作，更为欣赏的是以"崚嶒健崛之笔叙状情事"致使"往复顿挫、一出一入竟满纸烟波老境"的诗作。姚范的这一诗学主张与桐城文人擅长古文、注重古文的篇章结构和布局相关联。姚范对郭璞《游仙诗》的评价与钱谦益相左，姚范认为郭璞《游仙诗》写得很好，因为"此诗结构却奇"，虽"上下各判，如不相属，而隐脉自通"。姚范对屈原《九辩》的理解也是从篇章结构入手，甚至把《九辩》的最后一章分为三个部分，这样就把《九辩》由九章分成了十一章，认为《九辩》应当从《九歌》，皆为十一篇。且不管姚范的这种疑古思想是否有据，从中却可以看出姚范注重诗歌的篇章结构。这种从打破诗文界限的角度论诗的观点，在桐城诗派后学那里被广泛运用，成为桐城诗派诗学的代表

---

① （清）吴乔《围炉诗话》，《清诗话续编》本，上海古籍出版社，1983年，第481—482页。

② （清）姚范《援鹑堂笔记》卷三十八，清道光乙未冬刊本。

观点之一。方东树《昭昧詹言》中强调诗文相通的诗论观点随处可见,就受到姚范的影响。

最后,在诗歌的语言和音律方面,姚范认为诗歌语言应当雅洁,不应以俗语入诗;在诗歌的音律方面,姚范有较为通融的观点。桐城文人多是饱读诗书的儒士,生活上勤俭朴素,思想作风比较严谨,又多有执教的经历,为人师表,严于律己。姚范更是这样的典型。反映到诗歌批评方面,姚范强调诗歌用语应当雅洁。姚范在辩驳赵执信关于诗歌音律问题的时候,涉及对元、白诗歌语言的看法,认为"夫白之格律诗一皆里老灶婢之词"。姚范对虞山诗派后学用市井骂街之言语专以攻击他人为能事,显示了强烈的不满。这都能看出姚范对诗歌用语雅洁的要求。姚范对诗歌的音律问题也有着较深入的认识,但是姚氏又不过分强调诗歌的音律。姚范言:"赵伸符以渔洋不识格诗,而误云律诗……但以声病而论,则永明诗体,盖求之于浮声切响、飞沉双叠,原未尝核之于粘缀之间,亦未尝以一三五等字与取韵平侧异者为声病也。"①从上述所论可知,姚范并不过分强调诗歌声律问题,这对后来姚莹等人以"性情气韵"为诗之精、以"声律字词"为诗之粗的观点有一定影响。但是姚范同时也强调诗歌音律的和谐,如对韩愈评价道:"韩退之学杜,音韵全不谐和,徒见其佶倔。如杜公但于平中略作拗体,非以音节聱牙不和为能也。"②

姚范本以学问见长,其"谈艺精深,多前人所未发",更是以批判的眼光审视清代中前期诗坛各种诗论观点,不立派,不苟同,更不盲目攀附一家之说,突显了较强的批判意识和反思精神。这种反思批判精神和自立的学术勇气,被桐城诗派后学所继承,以诗家正途自居,彰显了桐城诗派特立的学术品质。姚范本不意于批评诸家之后,抬出一个桐城诗派,但又实为一个新的诗派做了某些准备工作。当姚鼐从姚范手中接过这面大纛,与友人弟子相唱和,桐城诗派就渐成

---

① (清)姚范《援鹑堂笔记》卷四四,清道光乙未冬刊本。
② (清)姚范《援鹑堂笔记》卷四四,清道光乙未冬刊本。

气候了。

二、"镕铸唐宋"与"以古文之法通之于诗"

姚永朴在《惜抱轩诗集训纂》前写下这样一段：

> 昔先生在时，袁简斋称其七古雄厚，王禹卿又谓五古韵味尤胜；近时武昌张廉卿，则以先生七律与施愚山五古、郑子尹七古并推为一代之冠。然上元梅伯言评先生诗云："以山谷之高奇，兼唐贤之蕴借。先生自谓可附虞伯生，岂伯生所可及哉！"湘乡曾文正公尝言，惜翁能以古文之法，通之于诗，故劲气盘折。斯盖综其全言之也。吾师吴挚甫先生语永朴曰："先生诗勿问何体，罔不深古雅健，耐人寻绎。彼自谓才薄，观于诗殊不然。"①

姚永朴在称赞姚鼐各体诗作成就之后，以梅曾亮之言点出了姚鼐"镕铸唐宋"的诗学理想；以曾国藩之语说明了姚鼐"以古文通之于诗"的诗学实践；以吴汝纶之论指出了姚鼐"深古雅健"的诗学追求。

（一）"镕铸唐宋"

唐诗以蕴藉空灵、兴象华妙、情韵兼备著称。唐以后学唐诗者，代不乏人，金元以后特别是明代，更是学唐之风独占诗坛。明人高棅编选《唐诗品汇》，演"沧浪"之绪，界划唐诗为初盛中晚，奉盛唐为正宗。其后"七子"交相鼓吹，以为"诗必盛唐"，于中晚已稍加贬斥，更无论宋金元之诗。但是，物极必反。文学新变的内在规律和文人求新的心理需求，使得诗人们不再仅仅满足于惟唐音是尊，而是寻求其他诗风，开辟出一条新的诗歌创作道路和批评标准。宋代诗人是学古而能新变的典范，他们能变化于唐而出其自得，学习唐人而不为唐人所囿，形成了自己的风貌，宋诗成为唐以后中国诗歌史上又一奇峰。清人认识到明人之失，转学宋诗。清初的钱谦益、黄宗羲、朱彝

---

① （清）姚鼐撰，姚永朴注，宋效水校点《惜抱轩诗集训纂》，黄山书社，2001年，第1页。

尊等指出明"七子"及公安派在诗歌理论和创作上的缺陷,强调"转益多师",宋诗成为学习和取法的对象。特别是吴之振、吴自牧等编写《宋诗钞》,"欲天下黜宋者得见宋之为宋如此",诗坛上兴起了一阵宋诗热。当时执诗坛牛耳者的王士禛亦"越三唐而事两宋",其《冬日读唐宋金元诸家诗偶有所感各题一绝于卷后》曰:"一代高名孰主宾,中天坡谷两嶙峋。瓣香只下涪翁拜,宗派江西第几人?"①抒发了对以苏轼和黄庭坚为代表的宋诗的欣赏。但是一味强调学宋,其弊端也是非常明显的,王士禛在"越三唐而事两宋"之后,又以唐为宗,这就非常耐人寻味了。

可见在姚鼐之前,清代已有不少诗人在理论和实践上都有兼采唐宋的倾向。姚鼐则比前人和时人更加明确、自觉地把"镕铸唐宋"作为学诗、论诗的不二法门。这一诗学思想在姚鼐的诗歌创作、诗论和选诗等方面都有相当明显的表现。

就创作而言,吴德旋称姚鼐"诗从明七子入,卒之兼体唐宋,模写之迹不存焉"②。在论诗方面,姚鼐更是明确提出学诗应当兼取唐宋的观点。除了在《与鲍双五》尺牍中直接指出"镕铸唐宋,则固是仆平生论诗宗旨",还多次提出相类似的观点。姚鼐认为诗歌创作应当注重学力,注重模拟,"凡学诗文之事,观览不可不泛博",同时还就如何取法前贤、达到"兼体唐宋"的诗风,给出了具体的学习途径:

> 近人每云,作诗不可摹拟,此似高而实欺人之言也。学诗文不摹拟,何由得入?须专摹拟一家,已得似后,再易一家。如是数番之后,自能镕铸古人,自成一体。若初学未能逼似,先求脱化,必全无成就,譬如学字而不临帖,可乎?③

结合姚鼐所论,我们知道,这里的"专摹拟一家,已得似后,再易一家",实际就是以唐之杜甫、韩愈,宋之苏轼、黄庭坚为取法对象;通

---

① (清)王士禛著,袁士硕主编《袁枚全集》,齐鲁书社,2007年,第484页。
② (清)吴德旋《初月楼文续钞》卷八,清光绪中蛟川张氏花雨楼刊本。
③ (清)姚鼐《惜抱轩尺牍》卷八,清海源阁刻本。

过数番模拟之后,自能镕铸古人(唐宋),自成一体。姚鼐不仅提出了"镕铸唐宋"的诗论观点,还通过诗歌选本来宣扬自己的诗论观点。姚鼐认为王士祯《五七言古诗钞》取径太窄,不能仅以谢灵运及苏轼为宗,而应当宗法李杜,兼取王孟高岑,以广其趣。姚鼐为此亲自编选了《今体诗钞》,姚鼐指出:

> 此后但就愚《今体诗钞》,更追求古人佳处,时以己作与相比较,自日见增长。大抵作诗平易则苦无味,求奇则患不稳。去此两病,乃可言佳。至古体诗,须先读昌黎,然后上溯杜公,下采东坡,于此三家得门径寻入,于中贯通变化,又系各人天分。①

姚鼐认为作诗如果平易则容易缺乏韵味,而一味追求奇怪则常常落得险怪不平的诗风。这是针对前人滥学唐人诗作而落入平滑和片面追求幽情单趣、偏向奇怪两种诗风提出的不满。如何才能去此两种弊病,达到较为理想的诗歌创作境界?应当兼法唐宋。姚鼐指出学习古诗应当"先读昌黎,然后上溯杜公,下采东坡"。这实际上就是以唐、宋诗人为学习之对象。《今体诗钞》中重点选录了李白、杜甫、李商隐、苏轼及黄庭坚等人诗作,对杜甫更是推崇备至。姚鼐认为"杜公今体,四十字中包涵万象,不可谓少。数十韵百韵中,运掉变化如龙蛇,穿贯往复如一线,不觉其多。读五言至此,始无余憾"②。又指出"杜公七律,含天地之元气,包古今之正变,不可以律缚,亦不可盛唐限者"③。姚鼐如此推尊杜甫,除了杜甫忠君恋阙、仁人爱物之高尚品质外,姚鼐更赞赏的是杜甫的集大成诗歌创作艺术成就。杜甫不仅是唐代诗歌的总结者,同时也是宋诗的某些特质的开启者。姚鼐指出:"山谷刻意少陵,虽不能到,然其兀傲磊落之气,足与古今作俗诗者澡濯胸胃,道启性灵。""放翁激发忠愤。横极才力,上法子

---

① (清)姚鼐《惜抱轩尺牍》卷八,清海源阁刻本。

② (清)姚鼐编选,曹光甫标点《今体诗钞》,上海古籍出版社,1986年,第2页。

③ (清)姚鼐编选,曹光甫标点《今体诗钞》,上海古籍出版社,1986年,第3页。

美,下揽子瞻,裁制既富,变境亦多。"①在姚鼐看来,黄庭坚与陆游都是学杜而有所成的。姚鼐选取一位兼具唐诗和宋诗之美的杜甫作为诗选中最推崇之人物,这本身就能从一方面说明其"镕铸唐宋"的诗学理想。

(二)"以古文之法通之于诗"

桐城派中多能文之士,姚鼐更是以诗文兼美,并称于世。姚鼐除留下丰富的诗文及学术著作,还编选了两部比较有影响的集子,一为《古文辞类篹》,一为《今体诗抄》。可见,姚鼐终身诗文并重,不废其一。关于姚鼐诗文创作方面的成就,吴德旋论道:

> 先生为学无所遗,而尤工为文。其文高洁深古,出自司马子长、韩退之,而才敛于法,气蕴于味,断然自成一家之文也。诗从明七子入,卒之兼体唐宋,模写之迹不存焉。②

吴德旋高度评价姚鼐的诗文成就,但就姚鼐诗文艺术成就之高低及关系如何,则未做进一步阐释。姚鼐认为:"凡文之体类十三,而所以为文者八:曰神、理、气、味、格、律、声、色。神、理、气、味者,文之精也;格、律、声、色者,文之粗也。然苟舍其粗,则精者亦胡以寓焉? 学者之于古人,必始而遇其粗,中而遇其精,终则御其精者而遗其粗者。"③诗文两种体裁的差别,更多体现在"文之粗"层面;从"文之精"方面而言,诗文又是相通相似的。"行文之道,神为主,气辅之"。所谓"神"应当是作家本身所拥有的具有高度意蕴、内在生气和思想的精神状态;所谓"气",应当为行文的节奏及内在的律动。诗文虽分属于不同文学门类,但同属于文学的范畴,都可以用来叙事和抒发情感。从这一角度而言,诗文相通又是合情合理的。

曾国藩曾非常有见地地指出姚鼐诗文相通的一面:"惜翁能以古文之法,通之于诗,故劲气盘折。"姚鼐的一些诗歌确实呈现出这样一

---

① (清)姚鼐编选,曹光甫标点《今体诗抄》,上海古籍出版社,1986年,第4页。

② (清)吴德旋《初月楼文续钞》卷八,清光绪中蛟川张氏花雨楼刊本。

③ (清)姚鼐篹集,胡士明、李祚唐标校《古文辞类篹·序目》,上海古籍出版社,1998年,第19页。

些特点。如《德州浮桥》,整首诗作几乎每句之第三字都显得特别凝练有力。强调诗词中语词的锻炼,古已有之,但像姚鼐这样逐句逐字讲求锻炼,实属难得。更难能可贵之处在于,姚鼐所选词语多为常见之语,诗歌并没有因此而显得拗口难读,这样就形成一种"劲气盘折"的诗歌风貌。又如《挽袁简斋四首》之二,姚鼐选取了袁枚生平之中最能表现其生活和思想作风的几件小事,融入诗中,俨然一篇《袁枚传》。这也充分显示出姚鼐精于选材和谋篇的特点,其诗文相通之诗学观点亦可见一斑。

姚鼐不仅在创作方面打破诗文的鸿沟,更是多次提出诗文可以相通的诗论观点。姚氏在《与王铁夫书》中说道:"诗之与文固是一理,而取径则不同。"在《复刘明东书》中论道:"见赠五言排律,句格颇雄,此是长进处;但于杜公排律布置局格,开阖起伏、变化而整齐处,未有得也。大约横空而来,意尽而止,而千形万态,随处溢出,此他人诗中所无有,惟韩文时有之,与子美诗同耳。"①姚鼐认为韩文有杜诗的格局变化,体现了他诗文相通的主张。姚鼐经常把"古诗、文"并称,并非随意言之,而是看出了诗文相通、相一致的一面,更进一步指出诗文在"悟入""去俗""知音律""博观览""求法度"等方面都有一致的地方。

"诗文相通"的观点在姚范那里已见端倪,姚鼐则论述得最多,又在实践中多有发挥,对桐城诗派的影响颇为深广。如方东树认为:"所谓章法,大约亦不过虚实顺逆、开合大小、宾主人我情景,与古文之法相似。"②姚莹以及姚永朴、姚永概等人皆奉为圭臬。尽管各人对"诗文相通"的理解不尽相同,或从文道关系而言,或从创作层面着眼,却始终把其作为桐城诗派的法典。至于能否创作出既具文之流美,复含诗之缱绻的作品,则看各人的修行了。

吴汝纶认为姚鼐诗作呈现"深古雅健"的风貌,这亦与姚鼐"以古

---

① (清)姚鼐著,刘季高标校《惜抱轩诗文集》,上海古籍出版社,1992年,第290页。
② (清)方东树著,汪绍楹校点《昭昧詹言》,人民文学出版社,1984年,第382页。

文之法通之于诗"有关,也与姚鼐调和阴阳、追求"阴阳刚柔并行而不容偏废"的境界有关。我们在肯定姚鼐的创造的同时,要看到姚鼐兼容并包的一面。正是这种有容乃大的包纳精神,才使得姚鼐成为桐城派集大成者。姚鼐兼容并包之物,有很大一部分是来自姚范的;而姚鼐又会成为姚莹取法的对象;姚莹则顺应着时代的变化,将桐城诗派引向另一阶段。

三、"有所法而后能,有所变而后大"

姚莹不仅以事功著称,在诗文创作和批评方面也有一定的建树。姚莹自称"余自束发即好为诗",虽忙于政事却不废诗文。姚莹的诗文创作和批评有三个比较显著的方面:一是继承"家法",诗论多宗法桐城诗派的观点;二是论诗有较明确的建设当世诗坛意识,认为诗文创作是"不得已"而为之,突出诗歌对真情实感的抒发,显示一种批判的态度和反思的精神;三是发扬儒家传统诗教观,倾听时代的召唤,强调诗歌的思想内容及社会功用。

姚莹论诗继承了桐城诗派的诗学观点。我们先以"以文为诗"为例。姚莹在论欧阳修诗歌成就及特色时指出:"欧公文法本钦韩,长句何曾别调弹。标出格中疏宕处,当年原不学邯郸。"[1]欧阳修的诗文创作取法韩愈,在"以文为诗"方面,有继承关系。但欧阳修于韩愈并非一味模仿,而是自出机杼,戛戛独造,形成自己独特的艺术风格。姚莹对"诗文相通"的理解与姚鼐不同,是从"近道"的角度而言的。姚莹在《赠王栻序》言:"虽然文之至者必近道,非知道者不能为,则文成而道以立。"[2]在《张南山诗序》中姚莹指出韩愈和苏轼"其诗也,即其文也",也是从"近道"及"抒情"的角度而言的。姚莹的这一观点在《复杨君论诗文书》中表露得更为清楚:"吾以为不得其道,即文亦乌可得哉。夫文者,将以明天地之心,阐事物之理,君臣待之以定,父子

---

① 黄季耕著:《姚莹论诗绝句六十首注》,黄山书社,1986年,第42页。

② (清)姚莹《东溟文集》卷二,清同治六年姚濬昌安福县署刻本。

赖之以亲,夫妇朋友赖之以叙其情而正其义,此文之昭如日月者,'六经'所以不废为文,苟求其不废,舍斯道无由也……道与艺合,气斯盛矣,文与'六经'无二道也,诗之与文尤无二道也。"①可以看出,姚莹的这种文艺观点是从文学和社会之间的关系而言的,强调文学应当服务社会,突出了文学的社会责任,但是忽视诗文以及其他文学样式之间的差别,显然又是不合理的。

桐城诗派自姚鼐以来,论诗不主专一的风格,往往是阳刚和阴柔并举,这种诗论观点在姚莹那里亦有体现。姚莹无论是诗歌创作,还是论诗,都偏爱具有阔大、阳刚风格的作品。姚莹在评论谢朓诗歌时,不认同李白"解道澄江静如练,令人长忆谢玄晖"的评价。姚莹认为谢朓"余霞散成绮,澄江静如练"不能算是诗人的佳句代表,"大江流日夜,客心悲未央"才是姚莹所推赏的。姚莹欣赏的是具有渡河香象、掣海长鲸般雄伟气势及走马驱山笔力的作品。但是姚莹同样不废偏于阴柔风格的作品。这集中体现在对王士禛等人的评价:"间气英灵妙选堪,寂寞赏会莫轻谈;极玄便是真三昧,知己千秋有济南。"②姚莹认为《河岳英灵集》和《中兴间气集》为较好的诗歌选本,而对《极玄极》和《唐贤三昧集》也表示赞赏。这种不主一格、兼收并蓄的诗学思想,与姚鼐颇有相似之处。又如,姚莹认为"格律""声响""藻饰"等是可以学而得的,而"意趣""兴象""神境"和"情韵"是不可学而得的,而"忠孝之怀""温厚之思""卓越之旨""奇迈之气"则又是不可悟得的。这分明能够看到其受姚鼐"神、理、气、味者,文之精也;格、律、声、色者,文之粗也"的影响。

姚莹论诗主情,认为诗歌应当"感物而动",情未至不可强作。姚莹在《孔荫浦诗序》称:"诗为六艺之一,动乎性情,发乎声音,畅乎言辞,中乎节奏,其始也,必有所感,感于性情者深厚,然后托于辞者婉

---

① (清)姚莹《东溟文集·外集》卷二,清同治六年姚濬昌安福县署刻本。
② 黄季耕著《姚莹论诗绝句六十首注》,黄山书社,1986 年,第 85 页。

挚,使人读之不觉其何以油然兴观群怨,此古诗所以可贵也。"①姚莹
论诗以《诗》为典范,古诗所以贵是因为其"必有所感","动乎性情"得
"性情深厚"。只有富有"性情"的作品才具有打动人心的艺术力量,
使人在不觉中被感动。虽然于诗中强调性情已不是新鲜的观点,但
是从抒发真情实感的角度来突出《诗》的地位,无疑还是有见解的诗
论观点。姚莹在《后湘集自叙》中认为自己的创作是"适然而合不知
其然",为"感于物而后动",对"其情未至有强作者"提出了质疑。从
诗歌主情的角度,姚莹对王士禛、沈德潜、袁枚和翁方纲等人提出了
批评。姚莹认为"国朝作者尤众",但是王士禛"失之靡弱",沈德潜言
诗,颇能"脱去纤秾,别裁伪体,而才质凡近,骨力不腾,每多死句滞
意"。姚莹更是对袁枚不满,批评道:"近世虚骄之流,又以其豪艳狷
薄、伤风败俗之辞,倡导后生,自比铁崖,然铁崖当日已有文妖之目,
斯又下矣。"②尽管姚莹和袁枚都主张诗歌要有情,但姚莹主张之情和
袁枚主张之情还有一定的差距,姚莹虽然主张诗中要有情感,但是这
种情感要受到一定的限制,而不应该如袁枚等不受礼法约束之情。
姚莹对那些"真情不足,假故实以文其疏舛"不满,更是对"孜孜考证,
好古搜奇,破碎繁芜"提出了严厉批评。姚莹有较为自觉的文学批评
意识,对清代诗坛的诸多诗论观有主动的反思精神。这与姚范对清
前中期诗坛的批评何其相似,联系姚莹为姚范整理《援鹑堂笔记》的
情况,姚莹受其曾祖父的影响更显而可见了。

姚莹看重诗人经历的"穷"和"奇",认为"不穷不奇,不奇不可大
而久",人之遭际越困顿、越奇,就越发能成就斯文,这是对司马迁"发
愤"说的继承和发展。姚莹在《答张亨甫书》中指出"屈原、贾谊、马
迁、相如、昌黎、眉山父子以其雄骏瑰伟之文奇;李陵、苏武、陈思、越
石、李白、杜甫各以其悲愤慷慨之诗奇"的文学现象,接着揭示其中缘
由:"是奇也,大抵有所为而后发,有所为而非困顿沉郁、势极情至而

① (清)姚莹《东溟文集》卷二,清同治六年姚濬昌安福县署刻本。
② (清)姚莹《东溟文集》卷二,清同治六年姚濬昌安福县署刻本。

不可已,则发之也浅,其成之也不可以大而久。"①姚莹进一步指出"不穷不奇,不奇不可以大而久"。但是姚莹强调的"奇"是一种人生遭际和胸中郁积的不平之奇,并非竞尚新奇之奇,姚莹甚至反对避熟就生和力求新异的诗作。姚莹在《松坡诗说序》中指出:"世之君子或囿于耳目,邪说丛滋,颇难扩辟,良由人心好新尚异,筝笛盛则琴瑟无音,燕赵陈则姬姜无色。漫陈古义,谁则悦之? 又自胜国诸贤,或遗神取貌,抄袭堪嗤,共戒斯途,遂以法古为耻。由是淫哇俚唱,竞出驰声,诗道极坏,曾莫之悟。譬犹惩误剂而废医,见噎者辍食,未有不至于饥病且死者,不亦舛哉。"②可见姚莹是反对袁枚等人为求新奇以"淫哇俚唱"为诗的诗学主张,应当不以法古为耻。这种诗学思想又是与姚范和姚鼐的论诗观点暗里相通的。

姚莹论诗认为诗歌应当发明"道义",关乎人心风俗,而不应过多关注诗歌"声律""格调"等细枝末节。这一诗论观点和当时的社会状况以及姚莹济世思想有很大关系。姚莹的这一诗学观点在《黄香石诗序》表露得非常清楚,姚莹认为:"夫人之一身有子臣友之责、天地民物之事,至没世后,举无一称,而独称其文章,末矣。"姚莹又指出:"文章之大者,或发明道义,陈列事情,动关乎人心风俗之盛衰,乃又无一称,而徒称其诗,抑又末矣。"③姚莹进一步指出李白、杜甫、白居易、陆游等人之所以以诗人震耀今古,称名之伟如日月江河的原因在于"不惟其诗,惟其人也"。姚莹批评道:"今世之士,徒取其声音文字而揣摩之,辄鸣于人曰:吾以诗名。其与古人之自命不亦远哉? 宋元以来工诗者奚啻千百,而赫然见称于世无几人也,亦可思矣。""诗以载道",带着这种社会责任,姚莹对王士禛标举神韵、沈德潜讲求格律不太满意,指出"学其诗不可师其人",否则"诗虽工犹粪壤也"④。

姚莹生活的时代正是中国社会较为动荡的时期,深受儒家诗教

---

① (清)姚莹《东溟文集·外集》卷二,清同治六年姚濬昌安福县署刻本。
② (清)姚莹《东溟文集·外集》卷一,清同治六年姚濬昌安福县署刻本。
③ (清)姚莹《东溟文集·外集》卷一,清同治六年姚濬昌安福县署刻本。
④ (清)姚莹《东溟文集·外集》卷一,清同治六年姚濬昌安福县署刻本。

观念影响的姚莹更是自觉发扬"兴、观、群、怨"的诗教传统。姚莹重视文学的社会作用,强调诗歌的思想内容,因而对爱国忧民的作家作品给予较高的赞誉,对于反映社会现实、揭示民众疾苦的诗作大加赞赏。姚莹对陈子昂《感遇诗》青眼相加,即是从反映社会生活的深广着眼。姚莹对李商隐诗歌的评价,更能看出其论诗之取向:"锦瑟分明是悼亡,后人枉自费平章,牙旗玉帐真忧国,莫向无题觅瓣香。"唐文宗太和九年(835)发生了"甘露事变",宰相李训、凤翔节度使郑注等谋诛宦官不成,反而遭害,诛杀甚广,李商隐愤恨不平,写下《有感二首》,继之又有《重有感》之作,表现出深沉的忧国之思。李商隐有一部分诗作诸如《有感二首》《重有感》《哭刘蕡》《行次西郊作一百韵》等带有强烈的现实批判色彩。相对于更为广泛流传的《无题》诸作,姚莹更欣赏"真忧国"的诗作,其中"牙旗玉帐真忧国",即是从李商隐《重有感》"玉帐牙旗得上游,安危须共主君忧"化得。从这一诗论观点出发,姚莹极力推崇陆游"铁马楼船风雪里,中原北望气如虹",进一步指出"平生壮志无人识,却向梅花觅放翁",突出了陆游战斗的精神和崇高的节操。姚莹正本溯源,肯定此类作品,是其重视诗歌社会功能的突出表现。

姚莹的诗论观和当时的时代特征(内忧外患)是息息相关的,强调诗歌应当发明"道义"、关乎人心风俗,主张对以往的诗论观点加以梳理和反思,这种难能可贵的反思批判,不仅仅指向何、李、王士禛、沈德潜、翁方纲,对桐城派的诗学思想也有一定的修正。姚莹发展了姚鼐的"义理""考据""辞章"三者合一的主张,加入了"经济",在《与吴岳卿书》中认为学问要有四端:"义理也,经济也,文章也,多闻也。"[①]把"经济"提到了"考据""辞章"之前,足见其对"经济"的重视,姚莹的经世思想为桐城诗派增添了新的内涵。

姚莹在为徐璈选编《桐旧集》的序言中,批评了诸家之诗论观点之后,又标榜道:"海内诸贤谓古文之道在桐城,岂知诗亦有然哉!"吴

---

① (清)姚莹《东溟文集·外集》卷二,清同治六年姚濬昌安福县署刻本。

汝纶在《姚慕庭墓志铭》中说："方侍郎顾不为诗,至姚郎中乃以诗法教人。其徒方植之东树,益推演姚氏绪论。自是桐城学诗者一以姚氏为归,视世所称诗家若断潢野潦,不足当正流也。"①可见,经过姚范、姚鼐等人的努力,姚莹已经打出桐城诗派的大旗,吴汝纶等更是以姚氏为归,谓他家为"断潢野潦",不足以当桐城之正流了。

　　通过上文可以看出,姚范对清代诗坛的批判精神在姚鼐和姚莹那里都有体现,似一股暗流,又似一种遗传代码,延绵不绝,保持了桐城诗派独立的意识。姚范对杜诗的推崇,对"往复顿挫"之境的追求,影响了姚鼐的诗歌创作和诗学思想,并导启了其"镕铸唐宋"的尝试。姚鼐继承了批判意识的同时,更多地显示出兼容并包的精神,桐城诗派由此得以壮大。姚莹继承姚氏家族的诗学批评意识的同时,重扬儒家传统诗教观,将"经济"提到了"考据""辞章"之前,强调诗歌的思想内容及社会功用,将诗歌从书斋中解放出来。桐城诗派正是在姚氏这一文学家族的"传"与"变"中,既保持了自立的特色,也在不断地变化中丰富了自身,最终成为蔚为大观的清代诗苑中根深叶茂的一树繁花。

（华东师范大学中文系博士后流动站）

---

① （清）吴汝纶撰,施培毅、徐寿凯校点《吴汝纶全集》,黄山书社,2000 年,第 213 页。

浙西词派的词体正变观与宗法门径考辨*

王卫星

内容摘要：浙西词派宗法门径的形成及演变，以词体正变观为理论支柱，能集中体现出其词学特色及得失。目前学界普遍认为浙派在宗主朱彝尊的倡导下，宗法对象局限于南宋词，而不包括唐五代北宋词。其实不然。浙派推尊南宋词的理论依据是在灵活运用正变原则后，独创的"集成尽变"说，主张无唐五代北宋词之小成，不能臻南宋之大成。因此，在朱彝尊后期词学观的影响下，浙派早期论者普遍采用小令宗唐五代北宋，慢词宗南宋的融通门径；中期以后门径由宽转狭，以厉鹗提出的南北宗之说为理论基础，逐渐形成了专宗南宋的主流取向；而后期部分论者对取径偏狭流弊的反思，促成了南北宗说的新变与小令慢词分宗说的复兴，呈现出浙西与常州二派合流的趋向。

关键词：浙西词派 宗法门径 词体 正变 南宋

---

* 基金项目：国家社会科学基金后期资助项目"词体正变观研究"（16FZW004）。

Textual Research on the Learning Approach and Zheng Bian Theory of Ci-Poetry Style in West Zhejiang Ci-Poetry School

Wang Weixing

Abstract: The formation and evolution of West Zhejiang Ci-Poetry School's learning approach, taking the Zheng Bian Theory of Ci-Poetry Style as theoretical pillar, can reflect its academic characteristics. At present, the academic circles generally think that this school, under the advocacy of leader Zhu Yizun, learning models included only the Southern Song Ci-Poetry, not included the Ci-Poetry before the Southern Song Dynasty. Actually otherwise. Although Zhu Yizun preferred Southern Song poetry, but advocated the learning approach is Small Ci-Poetry mainly to learn the Tang Dynasty and Northern Song Dynasty, Long Ci-Poetry mainly to learn the Southern Song Dynasty, rather than learning only Southern Song Dynasty. This open way of learning popular in the early academic of this school, still exist in the late academic, played a positive role in broadening the way of learning.

Key Words: West Zhejiang Ci-Poetry School   learning approach   Ci-Poetry Style Zheng Bian Theory   Southern Song Dynasty

清代前中期最大的浙西词派(以下简称浙派)大力推行立"横"追"纵"类正变观;而其对正变原则的灵活运用、词体发展的辩证认识、自成一家的词学好尚,集中体现在对宗法门径的界定及演变中。历来学界对浙派的宗法门径颇为重视,普遍认为浙派在宗主朱彝尊倡导下专宗南宋,而将唐五代北宋词排除在宗法门径之外。此种观念在晚清已颇流行,如蒋敦复云:"浙派词,竹垞开其端,樊榭振其绪,频伽畅其风,皆奉石帚、玉田为圭臬,不肯进入北宋人一步,况唐人乎?"①陈廷焯云:"国初多宗北宋,竹垞独取南宋,分虎、符曾佐之,而风气一变。"②蒋兆兰云:"清初诸公犹不免守《花间》《草堂》之陋。小令竞趋侧艳,慢词多效苏、辛。竹垞大雅闳达,辞而辟之,词体为之一正。"③此种观点在近现代仍占据主流,如陈匪石云:"朱氏当有明之后,为词专宗玉田,一洗明代纤巧靡曼之习,遂开浙西一派,垂二百年。"④现代部分学者关注到朱彝尊前后期词论在宗法门径上的变化,但仍将其视为专宗南宋的倡导者。如萧鹏认为"朱彝尊早年曾提倡'小令宜师北宋,慢词宜师南宋'的改良主张,经过漫长的探索,才在彻底抛弃晚唐五代和北宋、宗法南宋的基础上凝聚形成浙西词派。"⑤陈美朱也赞同此说,主张朱彝尊词体正变论前期"南北宋词兼收并采",而后期"独标南宋为正宗"⑥。

然而,综合考察正变观的基本原则、浙派词体正变观的立场,以及各词论的创作时间,便会发现上述观念值得商榷:首先,唐词在浙派主流词论中一直被尊为正宗,而"小令宜师北宋,慢词宜师南宋"的主张来源于朱彝尊后期词学,而非早期词学。再者,浙派宗法门径存在多样性与融通性,不宜以"专宗南宋"概之。下文将在明辨词体正变观特色的基础上,系统考察浙派宗法门径的形成及演变,据此探讨在学界存在争议或误读的相关问题,以求教于方家。

一、浙派独创的宗南宋之法:集成尽变说

正变观源于先秦崇源始、立统绪的思想,在儒家推重下颇具权威

---

① 蒋敦复《芬陀利室词话》,唐圭璋编《词话丛编》第四册,中华书局,2005年,第3636页。

② 陈廷焯著、屈国兴校注《白雨斋词话足本校注》,齐鲁书社,1983年,第244页。

③ 蒋兆兰《词说》,唐圭璋编《词话丛编》第五册,第4637页。

④ 陈匪石《声执》,唐圭璋编《词话丛编》第五册,第4962页。

⑤ 萧鹏《群体的选择　唐宋人选词与词选通论》,文津出版社,1992年,第276页。

⑥ 陈美朱《明末清初诗词正变观研究——以二陈、王、朱为对象之考察》,花木兰文化出版社,2007年,第265—273页。

性,被广泛运用于各体文论中。其理论内涵相对稳定,"正"与"变"在时间上是源始与后继的关系,在性质上是主导与从属的关系,"正"代表正确、最佳,是判定"变"正邪的参照点——继正而不改则仍为正,继正而改之则为邪。因此,正始具有至尊地位,崇正推源是正变观的核心特征,也是正变论必须遵从的基本原则。但这并不意味着正变观是一种排斥新变的守旧理论,只因在特定的源流体系中,源始产生的时间本难定论,包含的特征也不只一种,因此,在具体正变论中所确立的正始,未必是实际的源头,只是一个在时间上相对早,且在性质上能具备论者心目中合"正"的特征的象征性源头①。最终目的是指导流变向论者心目中最佳的方向发展,这也是其能在历代众多的源流论中脱颖而出,广泛流行的关键原因。

由于特定事物从属于不同的正变体系,故"正""变"地位具有相对性。具体到词体正变观,可分为"纵""横"两大体系:纵向正变论探讨的是词体在各文体演变中的源流情况,正始首推《诗》《骚》,被赋予雅正的内涵;而横向正变论探讨的是词独立成体后,体制内部的源流情况,以词体定型的特征为正始。因此,词自成一体的特征在纵向上理当居于流变地位,可贬为流靡邪变,也可尊为风雅遗音;而在横向上则能以柔美的独至之妙别于诗体自立正宗。明确论者的正变立场是正确解读正变观的基础。

浙派论者在宗主朱彝尊引领下,一方面,为了最大限度地发挥正变理论优势来推尊词体,普遍延用明代以来流行的立"横"追"纵"类正变立场——即立足于横向体制,力求在保证合体的前提下接续纵向正源;基本思路是为论者提倡的词体特征及典范在"纵""横"源流中都争得"正宗"地位,以利用正变观在古典语境中的权威性,达到推尊的目的。即如朱彝尊云:"(词体)萌于唐。"(《水村琴趣序》)"盖有诗所难言者,委曲倚之于声,其辞愈微,而其旨益远。善言词者,假闺

---

① 例如史学正统论常将三皇五帝视为正始,塑造成盛世明君典范;而文学正变论往往将儒家诸经视为正始等。

房儿女子之言,通之于《离骚》变雅之义。"(《陈纬云红盐词序》)吴锡麒云:"大抵词之道,情欲其幽,而韵欲其雅。"(《屈翼园竹沪渔唱序》)"足以嗣小雅之正音,而不失为大晟之乐府。"(《唐陶山刺史露蝉吟词序》)肯定词体自立的横向正体,独具细美幽约之妙,且能借此上承纵向正源《诗》《骚》的雅正宗旨。

另一方面,所界定的词体正变典型,展现出有别于前代的特色——明代中期以来的同类正变观大都以奠定词体本色的唐五代词为横向正始,北宋为正宗,而将南宋词视为衰变、邪变之始,故偏宗唐五代北宋词,流行选本是以唐五代北宋词为主的《草堂诗余》;而浙派标举的最佳正宗典范却是南宋词,邪变典型则是明代中后期词,且将明词中衰归咎于以《草堂诗余》为主要宗法对象。即如堪称浙派词学纲领的《词综》发凡云:"世人言词,必称北宋。然词至南宋,始极其工,至宋季而始极其变,姜尧章氏最为杰出……古词选本……皆轶不传。独《草堂诗余》所收最下最传,三百年来,学者守为《兔园册》,无惑乎词之不振也。"主张以姜夔为词宗的南宋清雅派词,婉挚醇雅,成就南宋词之极盛;而以《草堂诗余》之"陈言"为主要取法对象,引发的"陈言秽语,俗气薰入骨髓"之弊,则导致明代中后期词之极衰。因此,才要选编《词综》,提倡其心目中堪为正宗最佳典范的南宋词,以纠前代不正的宗法门径——"务去陈言,归于正始。"①

然而,要在"纵""横"源流中,为南宋清雅派词争得正宗地位,以纠正前代因偏宗唐五代北宋词而导致的纤艳、陈熟之弊,首先要解决一大难题:词体在横向上当以其定型的初始特征为正始,而词别于诗自立一体的时间在唐末五代,主要体裁是小令,又是连浙派论者都承认的客观事实,故按照"正始至尊、崇正推源"的正变原则,作为流变的南宋词、慢词理当等而下之,地位及造诣都难与正始抗衡,这也是前代正变论者推尊唐五代北宋词最有力的论据。

那么,浙派如何能在维护正变原则的前提下,越过唐五代北宋

———————

① (清)朱彝尊、汪森辑《词综》,上海古籍出版社,1999年,第8—10页。

词,将南宋词奉为正宗典范呢?方法是利用在传统诗乐正变论中颇具权威性的集大成观念。《孟子·万章下》云:"伯夷,圣之清者也;伊尹,圣之任者也;柳下惠,圣之和者也;孔子,圣之时者也。孔子之谓集大成,集大成也者,金声而玉振之也。金声也者,始条理也,玉振之也者,终条理也。始条理者智之事也,终条理者圣之事也。"朱熹注云:

> 此言孔子集三圣之事而为一大圣之事,犹作乐者集众音之小成而为一大成也。成者,乐之一终,《书》所谓"箫韶九成"是也。[1]

儒家自先秦起就奉行正变观,论者为了越过上古具有正始地位的先王前贤经典,将孔子整理的典籍奉为后世取法的最佳典范,往往采用集大成之说。[2] 此说的特色在于能将正始确立的时间延长,不限于某一个时间点,而是跨越一个时段,在这个时段中,所有对确立"正"有所贡献者均堪称正始,且在整个源流中具至尊地位,但越往后积累的合"正"特点自然越多,最终确立正始者集"正"之大成,最能充分展现"正"之妙,也最适合成为后世取法的典范。试看浙派创始人的以下词论:

> 唐初以诗被乐,填词入调则自开元、天宝始。逮五代十国,作者渐多,遗有《花间》……等集,宋之初,太宗洞晓音律,制大小曲,及因旧曲造新声……仁宗于禁中度曲,时则有若柳永;徽宗以大晟名乐,时则有若周邦彦……皆明于宫调,无相夺伦者也。洎乎南渡,家各有词……而姜夔审音尤精。终宋之世,乐章大备。(朱彝尊《群雅集序》)[3]

---

[1] (明)朱熹《四书章句集注》,中华书局,2011年版,第294页。

[2] 即如《文心雕龙》所谓:"爰自风姓,暨于孔氏,玄圣创典,素王述训。莫不原道心以敷章,研神理而设教。""夫子继圣,独秀前哲,熔钧六经,必金声而玉振。"一方面,维护了前哲的正始地位,将孔子"独秀前哲"的超越归功为"述训"的传承。另一方面,赋予孔子最佳典范的地位。只因对自然文道的认识需要过程,文章产生后,由质趋文,历代圣人不断从自然中领会文道,施行文教,至孔子时才臻于文质彬彬的完善状态。

[3] (清)朱彝尊著、王利民校点《曝书亭全集》,吉林文史出版社,2009年,第456页。

诗人而工词，唐之李太白，特偶为之；他如温、韦、牛、薛诸家，及宋之欧、秦、范、陆，皆诗人也。词非不工，而世终诗人目之，则以诗掩其词，抑或其词尤未免逊于专家耳。宋固多专于词者，至南宋而盛，白石、玉田、梦、草二窗，极专家之能事矣。（李良年《钱鱼山词序》）①

当开元盛日……李白《菩萨蛮》等词亦被之歌曲……西蜀、南唐而后，作者日盛。宣和君臣，转相矜尚。曲调愈多，流派因之亦别。短长互见，言情者或失之俚，使事者或失之伉。鄱阳姜夔出，句琢字练，归于醇雅。于是史达祖、高观国羽翼之；张辑、吴文英师之于前；赵以夫、蒋捷、周密、陈允衡、王沂孙、张炎、张翥效之于后，譬之于乐，舞《箾》至于九变，而词之能事毕矣。（汪森《词综序》）②

普遍认为词体虽萌于唐，但至南宋清雅派才发展完善，别于诗自成一体的特征也才真正确立：此前多小令，慢词未成熟，至南宋则词调大备；此前豪宕伉直近于诗，俚俗淫亵近于燕乐，至清雅派出，婉挚醇雅，最终确立了横向正体，且最能传承纵向正源：强调南宋词始极之"变"，可类比古雅乐中的"舞《箾》至于九变"，《箾》即舜乐《韶箾》，又称"箫韶"，公认是能集大成的正声。即如《尚书》曰："箫韶九成，凤凰来仪。"③箫韶每曲一终，必变更奏，故"九变"与"九成"同义。乐未至九变，只能招致平凡鸟兽，至九变，集正音大成，才能致凤凰。而其能至于九成，因有雅正意蕴来驾驭辞乐技法的变化，唯极其"变"，才能彰显其"正"。同理，南宋词所极之"变"，也非不如"正"的邪变，而是正始大成，"词之能事毕矣"的表现——作者堪称专家、体制臻于完善，技法臻于纯熟，才能最大限度地表现雅正的意蕴。

总之，在浙派所建构的正变体系中，南宋清雅派词可类比集大成

① （清）李良年《秋锦山房集》，《四库全书存目丛书》集部 251 册，齐鲁书社，1997 年，第 178 页。
② （清）朱彝尊、汪森辑《词综》，中华书局，1975 年，第 1 页。
③ 《尚书正义》，北京大学出版社，2000 年，第 152 页。

的"舞箾九变",能令词体臻于大成,在横向上能最终确立正体,在纵向上又最能秉承正源宗旨,故堪称沟通"纵""横"正始的最佳典范。此种以"极变"为体制大成、归复雅正所必须的观念,尤有创见,为在正变理论中肯定"变",又辟一新途。但是否符合客观事实则有待商榷:词调不断增加,体制日趋成熟确是事实,但何时才算大备却难定论;而称词体必定要到词调大备时,才能别于诗自立一体,必要专家始能工,也非公论。

值得注意的是,按照集大成的理论建构,词体正始确立的时段跨越唐宋,故南宋词固然代表了词体发展的最佳状态,但南宋以前词同样具有横向正始的地位——无此前小成,不能臻南宋之大成。因此,浙派正变论者普遍肯定唐五代北宋间不乏能为南宋词开先的正宗名家。在宗法门径上,宗主朱彝尊在后期词论中率先提倡小令宗唐五代北宋,慢词宗南宋(以下简称小令慢词分宗)的主张,在后期创作中又兴起了偏宗南宋的风尚,从而在浙派内部引发宗法门径的分歧。系统考察这些分歧,有助于了解浙派主流词风的成因及缺陷、词派内部的自我调解及转入常州词派的原因。

二、早期唐宋词兼取的融通门径:小令慢词分宗说

在创作上,朱彝尊词凡历三变,对此前辈学者考论甚详,概言之:早年专学唐五代北宋词,《眉匠词》风格类似唐五代北宋词,以小令为主,多写儿女柔情;此后陆续编成的《静志居琴趣》,主要抒写其与一女子(世传为其妻妹静志所作)的真挚恋情,也以小令居多、婉雅、艳质兼有,得《花间》、北宋词遗风;中年唐宋兼收,《江湖载酒集》抒写江湖漂泊经历,融入悲郁顿挫的身世之感,刚柔疾徐相济,颇见风骨,"小令之工,兼唐、宋、金、元诸家,而奄有众长;长调之妙,尤为沈郁顿挫,独往独来,取法南宋而不泥于南宋"[1];直到康熙十八年(1679)入京后,《乐府补题》刊刻推行,身份地位也发生变化,故南宋清雅派词

---

① (清)陈廷焯著,屈兴国校注《白雨斋词话足本校注》,第289页。

风的倾向日益明显,以《茶烟阁体物集》为代表,浙派即乘此风而起。

在词论中,朱彝尊针对前后宗法重点的变化,提出小令以唐五代北宋为宗,慢词以南宋为宗的主张,以求得平衡。有学者认为这一主张是朱彝尊早期词论所有的,后期则转为专尚南宋,其实不然。试看《鱼计庄词序》云:

> 曩予与同里李十九武曾,论词于京师之南泉僧舍,谓小令宜师北宋,慢词宜师南宋,武曾深然予言……十年以来,其年、容若、羡园相继奄逝,同调日寡。①

朱彝尊与李良年论词是在康熙十七年(1678),《鱼计庄词序》作于十年(1688)以后。再看《水村琴趣序》云:

> (词)萌于唐,流演于十国,盛于宋。予尝持论谓小令当法汴京以前,慢词则取诸南渡。锡山顾典籍不以为然也。魏塘魏孝廉独信予说,频与予唱和。②

此序作于朱彝尊归田(康熙三十一年)后,故均属后期词论。所述赞同朱彝尊"小令慢词分宗"主张的李良年,"于词不喜北宋,爱姜尧章,吴君特诸家"(朱彝尊《征士李君行状》);不认同朱彝尊主张的顾贞观,论词则崇北宋、抑南宋③,而顾贞观的观点也代表了当时的主流观点,即如朱彝尊《书东田词卷后》云:

> 予少日不喜作词,中年始为之,为之不已,且好之,因而浏览宋元词集,几二百家,窃谓南唐北宋,惟小令为工,若慢词,至南宋始极其变。以是语人,人辄非笑,独宜兴陈其年谓为笃论,信夫同调之难也。④

可见,小令以唐五代北宋为宗,慢词以南宋为宗的观点,应是朱彝尊

---

① (清)朱彝尊著、王利民校点《曝书亭全集》,吉林文史出版社,2009年,第455页。
② (清)朱彝尊著、王利民校点《曝书亭全集》,吉林文史出版社,2009年,第455页。
③ (清)朱彝尊《啸竹堂集题辞》云:"典籍以拙词近南宋人,意欲尽排姜、史诸君。"姜宸英《题蒋君长短句》云:"梁溪圆美清淡,以北宋为宗。"(《湛园未定稿》,《四库全书存目丛书》集部第261册,第709页)由此可见顾贞观崇北宋、抑南宋的词学观。
④ (清)朱彝尊著、王利民校点《曝书亭全集》,吉林文史出版社,2009年,第555页。

在词风转尚南宋的过程中提出的，是其博览历代诸家词，并结合自身创作实践后得出的，目的是矫正当时偏尚唐五代北宋词，而忽视南宋慢词之妙的词坛风尚。在后期词风转近南宋后，此种观念也仍被认可，否则也不会被后期词论一再转述。

参看具体词评，朱彝尊后期对南宋的偏好，并不影响其对唐五代北宋词风的认可。如《江湖载酒集》中《解佩令·自题词集》云："不师秦七，不师黄九，倚新声，玉田差近。"①表明其填词好尚已转向南宋，即如吴梅所论："不学秦，而学玉田，盖独标南宋之帜耳，"②故常被学者举为"专宗南宋"的论据，然而，与此词相邻的《百字令·酬陈纬云》则云："新词赠我，居然黄九秦七。"③对己所不师的北宋词也同样称赏。再如《陈纬云红盐词序》云："纬云之词，原本《花间》，一洗《草堂》之习。"④可见，朱彝尊论词正变的关键因素是婉挚醇雅，无陈言秽语等，并不拘于时代，因此，对陈纬云、曹溶等以南宋前词为取法重点的词人，仍能引为同道。

不少学者认为朱彝尊后期词论转为专宗南宋，依据是其多次标举南宋清雅派姜夔词，并以之为最佳典范，然而，笔者认为这只能说明朱彝尊认为南宋清雅派慢词，最宜于表现其心目中醇雅婉挚的词体正宗，而不能说明他主张小令也须宗法南宋：试看称"姜尧章氏最为杰出"的《词综》刻成于康熙十七年，即上述《鱼计庄词序》中朱彝尊提出"小令宜师北宋，慢词宜师南宋"观点的同一年，可见这两种观念是并行互补的关系，而非转折关系。也正是在此年朱彝尊将收录清雅派慢词的《乐府补题》抄本携至京师，鉴于当时"必称北宋"的世风，及明代以来专尚唐五代北宋词的传统，朱彝尊没有必要再强调唐五代北宋小令之妙，他亟待宣扬的是南宋慢词之妙；再加上他此时的好尚及创作重心已偏向南宋清雅派，以慢词为主，宣扬南宋慢词的需要

---

① （清）朱彝尊著、王利民校点《曝书亭全集》，吉林文史出版社，2009 年，第 304 页。
② 吴梅《词学通论》，上海古籍出版社，2006 年，第 116 页。
③ （清）朱彝尊著、王利民校点《曝书亭全集》，吉林文史出版社，2009 年，第 304 页。
④ （清）朱彝尊著、王利民校点《曝书亭全集》，吉林文史出版社，2009 年，第 453 页。

就更为迫切了。因此,所谓"莫善于南宋","至南宋始极其工"的词,应是就慢词而言的,目的是强调南宋清雅派专工的慢词,足以与前代专工的小令分庭抗礼,甚至更适于表现词体正宗。参看以下词论:

> 南唐北宋,惟小令为工,若慢词,至南宋始极其变。
> (《书东田词卷后》)

> 词至南宋始工,斯言出,未有不大怪者。惟实庵舍人意
> 与予合。今就咏物诸词观之,心摹手追,乃在中仙、叔夏、公
> 瑾诸子,兼出入天游、仁近之间。北宋自方回、美成外,慢词
> 有此幽细绵丽否?若读者仍谓不如北宋,则舍人亟藏之,俟
> 后世子云论定可矣。(珂雪词•咏物词评)[1]

正可为"南宋始工始变论"作注脚,所举的姜夔一宗清雅词,均以慢词为主,咏物词范本《乐府补题》全为慢词,故能称得上"最工""始工"的也只能是慢词,而不可能涵盖小令。再参看其后期称赏的浙派词,评戴镐词的特点是"务去陈言,谢朝华而启夕秀,盖兼夫南北宋而擅场者也。"东田词的特点是"小令慢词,克兼南北宋之长,与予意合。"可见其小令宗北宋,论正宗也不排斥北宋的观点是贯穿始终的。

朱彝尊小令慢词分宗的主张,既能同时将其前后期词风合理化,又能在偏宗唐五代北宋小令的词坛中,推重南宋慢词,为浙派词学的建立奠定基础。不少浙派早期论者与朱彝尊有着相似填词经历、时代背景及论词宗旨,也支持此种主张,朱彝尊上述词论中提到的李良年、魏塘都支持此说。参看浙派创始人沈皞日《瓜庐词序》(康熙三十五年即 1696 年作)云:

> 近代词家林立,指不胜屈。阳羡宗北宋,秀水宗南宋,
> 北宋以爽快为主,南宋以幽秀为主,好尚或有不同,而秀水
> 《词综》一书,二者并收,未尝有所独去而独存也。爽快之弊
> 或近于粗,或入于滑,而泛滥极于鄙且俚,幽秀则无弊,秀水

---

① (清)朱彝尊著、王利民校点《曝书亭全集》,吉林文史出版社,2009 年,第 968 页。

之意盖如是乎？虽然，一代有一代之风气，一人有一人之性情，既不可强之使合，亦不可强之使分……勉强求南，勉强求北,余则未之敢信,而何以信于人?[①]

对朱彝尊唐宋兼收，而偏尚南宋的原因分析得尤为透彻，而沈皞日依据时势、性情，确定宗法对象的主张，也是浙派中难得的融通之论，颇能矫正浙派偏尚南宋的流弊。

其实，朱彝尊在诗词正变论中一直提倡以真纯性情为依托，"正""变"兼收，以"正"驭"变"的开阔门径[②]。不仅对共同确立正始的唐宋词兼宗并采，即使对被视为衰变、邪变的元代以后词，也主张择善取法，而非完全摈弃。浙派诗词论中秉承此种融通门径者不在少数。即如厉鹗《查莲坡蔗塘未定稿序》云："诗不可以无体，而不当有派。诗之有体，成于时代，关乎性情，真气之所存，非可以剽拟似，可以陶冶得也。是故去卑而就高，避缛而趋洁，远流俗而向雅正。少陵所云'多师为师'，荆公所谓'博观约取'，皆于体是辨……盖合群作者之体而自有其体，然后诗之体可得而言也。"[③]对诗体正变及门径的认识与朱彝尊略同。参看《词综》，选词以最佳正宗典范南宋词为最多，其次小令正宗的唐五代北宋词，崇"正"的意识鲜明；但也兼收金元词，连最受谴责的明词也拟收录，惜因故未及刊行，而王昶则秉承浙派前辈未竟之志，选编了《明词综》与《国朝词综》。

然而，由朱彝尊到厉鹗，再到王昶，浙派实际奉行的学词门径却日趋狭窄，究其原因，厉鹗、王昶虽提倡博观，但其拟定的学词门

---

① （清）沈皞日《瓜庐词序》，孙克强等编著《清人词话》上，南开大学出版社，2012年，第544页。

② 参看其诗体正变及宗法门径论，《丁武选诗集序》云："学唐人而具体，然后可以言宋……未知正而先言变……吾未信其持论之平。"《忆雪楼诗集序》云："每怪世之称诗者，习乎唐，则谓唐以后书不必读；习乎宋，则谓唐人不足师，一心专事规摹，则发乎性情也浅。惟夫善诗者，畅吾意所欲言……其用情也挚，斯温柔敦厚之教生焉。"主张只有在保持纯真性情的前提下，从正入门，以正驭变，才能得诗教真谛，如僵化学古，不过是逐正之末而失其本。

③ （清）厉鹗著、董兆熊注《樊榭山房集》，上海古籍出版社，1992年，第735页。

径及宗法对象却均是按照其"约取"后的结果而定的（参看下节），故从其说者能观到的也只是其"约取"的部分，很难称得上"博观"了。

客观而言，小令、慢词在体式技法上各有特点，成熟的时间也有先后，故朱彝尊小令宗唐五代北宋，慢词宗南宋，兼采历代佳作的理念，符合词体发展的客观规律，比起前后代专以一时代为尚，而排斥其他的词论更为融通。那么，为何浙派最终占据主流的是偏宗南宋的偏狭门径，而非唐五代两宋词兼宗并采的融通门径呢？只因朱彝尊后期词学论正宗典范，更偏重南宋慢词，创作也是如此，致使小令一宗形同虚设，浙派中专宗南宋的词论逐渐兴起。

三、中后期专宗南宋的主流门径：南北宗说

浙派中后期的主要论者，尽管在词作鉴赏上颇为融通，能兼容历代词，也肯定南宋以前存在正始，但在论宗法对象时，门径却由宽转狭，倾向于专宗南宋，最终形成了浙派专宗南宋的主流取向。而以禅寓词的南北宗之说，又为专宗南宋奠定了理论基础：南北宗之说由唐代高僧神会（惠能弟子）提出，主张禅宗正宗本在北方，自五祖弘忍后，分为南北二宗，分别由弘忍弟子惠能、神秀创立——惠能南下曹溪开宗立派，故称南宗。南宗所主"顿悟"比北宗所主"渐悟"更能得禅宗真谛，故取代北宗成为正宗，为后世正宗所从出。因此，后人要得禅宗正宗，就唯有效法南宗了。宋代的发展史与禅宗颇为相似，正统原在北方，宋高宗南渡后转至南方，而北方则为少数民族政权占据。因此，浙派词学引入南北宗之说来推尊南宋词，颇为巧妙：既秉承了唐宋为正始的主流定位，尊重了小令以唐五代北宋为高、慢词以南宋为高的客观事实；又能令专宗南宋的门径合理化。

率先提出南北宗之说，堪称宗法门径转变先锋的是浙派中坚厉鹗（1692—1752），即如丁绍仪《听秋声馆词话》云："我朝竹垞太史尝言，小令当法五代，故所作尚不拘一格。逮樊榭老人专以南宋为宗，

一时靡然从之,奉为正鹄。"①综观厉鹗词体正变论,具有从小令慢词分宗向专宗南宋过渡的特点。其《论词绝句》(1732年作)概述历代词云:

美人香草本离骚,俎豆青莲尚未遥。颇爱花间肠断句,
夜船吹笛雨潇潇。

张柳词名枉并驱,格高韵胜属西吴。可人风絮堕无影,
低唱浅斟能道无?

鬼语分明爱赏多,小山小令擅清歌。世间不少分襟处,
月细风尖唤奈何。

贺梅子昔吴中住,一曲横塘自往还。难会寂音尊者意,
也将绮障学东山。

旧时月色最清妍,香影都从授简传。赠与小红应不惜,
赏音只有石湖仙。

头白遗民涕不禁,补题风物在山阴。残蝉身世香莼兴,
一片冬青冢畔心。

玉田秀笔溯清空,净洗花香意匠中。羡杀时人唤春水,
源流故自寄闲翁。

中州乐府鉴裁别,略仿苏黄硬语为。若向词家论风雅,
锦袍翻是让吴儿。

送春苦调刘须溪,吟到壶秋句绝奇。不读凤林书院体,
岂知词派有江西。

寂寞湖山尔许时,近来传唱六家词。偶然燕语人无语,
心折小长芦钓师。

闲情何碍写云蓝,淡处翻浓我未谙。独有藕渔工小令,
不教贺老占江南。

去上双声子细论,荆溪万树得专门。欲呼南渡诸公起,

---

① （清）丁绍仪《听秋声馆词话》,唐圭璋编《词话丛编》第三册,第2649页。

韵本重雕菉斐轩。①

论正宗特征，除公认的醇雅婉挚外，还特别推重其所偏好的幽秀深
窈。而小令以唐五代北宋为尚、长调以南宋为尚的倾向依然存在：
在唐五代，颇爱的花间词以小令为主；在北宋词中，爱赏的是晏几道
小令——所谓"鬼语"，正有幽秀深窈的特点；而在南宋词中，特别称
赏的则是擅写慢词的清雅派词宗姜夔、张炎，及慢词名篇《暗香》、《疏
影》、选本《乐府补题》。耐人寻味的是，厉鹗主张后世词中能接续正
宗的是浙派词，折服于宗主朱彝尊，但特别称赏的朱彝尊词，却并非
来自其偏尚南宋后的词集，而是来自早年《静志居琴趣》中的《卜算
子》："镇日帘栊一片垂，燕语人无语。"属小令，词风偏向北宋；又特别
欣赏严绳孙（藕渔）小令，称其善写闲情，堪与北宋擅写小令的贺铸
（论贺铸词时特别欣赏的"一曲横塘"，即指其小令《青玉案》中的名句
"凌波不渡横塘路"）相抗衡。可见，厉鹗对唐五代北宋小令妩媚深挚
的独至之妙及堪为后世典范的作用非无体会，也确实喜爱。然而，因
其有溺于情，不合雅正的流弊，如贺铸之"绮障"，晏几道之"流连惑
溺"②，故在论学词门径时，并不愿提及小令宗唐五代北宋的观点。

其门生汪沆《籽香堂词序》转述其词论云："词权舆于唐，盛于宋，
沿流于元明，以及于今，门户各别，好尚异趋，然豪迈者失之粗厉，香
艳者失之纤亵：惟有宋姜白石、张玉田诸君，清真雅正，为词律之极
则。"在历代词中，专尚南宋清雅派词，以杜绝粗豪、纤亵诸弊的意向
十分明确。因此，在此后的《张今涪红螺词序》（约 1934—1940 年
作）③中提出南北宗之说：

> 以词譬之画，画家以南宗胜北宗，稼轩、后村诸人，词之
> 北宗也；清真、白石诸人，词之南宗也。④

---

① （清）厉鹗著，董兆熊注《樊榭山房集》，上海古籍出版社，1992 年，第 509—514 页。
② （清）厉鹗《群雅词集序》云："予爱小山词……又惜小山必待寄情声律，流连惑溺。"
③ 序云："今则尺凫物故，楞山远游，紫山亦老且病。"吴焯（尺凫）卒于 1733 年，徐逢
吉（紫山）卒于 1740 年。
④ （清）厉鹗著，董兆熊注《樊榭山房集》，上海古籍出版社，1992 年，第 753—754 页。

表面上与前代流行的以柔婉为正，刚健为变的横向正变观无甚分别，但结合南北宗说来源与南宗典范，便能体会其中深意：由明代莫是龙、董其昌等人提倡的画分南北宗说[①]，是参照禅家南北宗说而来的，禅家至唐代始分南北二宗，以六祖惠能开创的南宗为正宗，南北宗确立前非无正始，但至南北分宗之后，后世可师承的正宗就限于南宗了；故厉鹗以南北宗之说论词，目的即将可供后世取法的正宗典范限定在南宗，宗主是周邦彦与姜夔，羽翼为南宋清雅派。参看其《吴尺凫玲珑帘词序》论周邦彦词云：

> 南宗词派，推吾乡周清真婉约隐秀，律吕谐协，为倚声家所宗。自是里中之贤，若……张玉田、仇山村诸人，皆分镳竞爽，为时所称……尺凫之为词……寓托既深，揽撷亦富，纡徐幽邃，懔恍绵丽，使人有清真再生之想。[②]

周邦彦虽为北宋词人，但公认词风下开南宋，厉鹗将其推为正宗典范，赋予其南宋清雅派词宗的地位，与乡邦情结不无关系：其将周邦彦词特征，概括为"婉约隐秀"，善学的表现是"寓托既深，揽撷亦富，纡徐幽邃，懔恍绵丽"，显然是按其所理解的正宗特征设定的——客观而言，上述特征在清雅派中更接近于吴文英，周邦彦词中确有能下开清雅派的典丽精工、慢词技法娴熟之处，但基调仍是流丽、通俗的，寄兴用典还不至十到深隐幽邃的程度。厉鹗专尚南宋清雅派词，又偏好其中幽秀深窈的词风，故要将此种词风上溯到本乡地位最显赫的词宗周邦彦，以便互相推尊，醉翁之意实不在北宋。参看《群雅词集序》云："词之为体，委曲啴缓，非纬之以雅，鲜有不与波俱靡，而失其正者……今诸君词……缠绵而不失其正，骋雅人之能事。方将凌

---

① 莫是龙云："禅宗有南北二宗，唐时始分。画之有南北宗，亦唐时分也，但其人非南北耳。"首先提出画分南北宗的观念，董其昌加以发挥，促成其流行，另一同道陈继儒释此说云："李派（即北宗）极细而无士气；王派（即南宗）虚和萧散，此又惠能之禅，非神秀所及也。"由此可见南北宗说所对应的正变关系。

② （清）厉鹗著，董兆熊注《樊榭山房集》，上海古籍出版社，1992年，第754页。

铄周、秦,颉颃姜、史。"要"凌铄周、秦"①,始能"颉颃姜、史",可见其心目中周邦彦词的雅正仍不如姜夔,北宋词更不如南宋词。

厉鹗南北宗之说,开启了专宗南宋的门径,在浙派中从者颇众,各出新意,互相发明,可更为深入地了解此说的实质及导向。试看江春《白石道人集序》(1771年作)云:

> 唐之李太白、白乐天、温飞卿,宋之欧阳永叔、苏子瞻,皆诗词兼工者,古或有其人焉。其在南渡,则白石道人实起而继之……其词则一屏靡曼之习,清空精妙,复绝前后。以禅宗论,白石为曹溪六祖能,竹屋、梦窗、梅溪、玉田之流,则江西让、南岳思之分支也。盖自唐五代北宋之南渡,而白石始得其宗,截断众流,独标新旨,可谓长短句之至工者矣。②

直接以六祖南下后建立的禅之南宗,寓南渡后的南宋清雅派词,突现出其"复绝前后",独传正宗的词史地位。

参看此后凌廷堪(1755—1809)的词体正变论,更有助于了解南北宗说是如何回避南宋前已成熟的小令一宗,使专宗南宋慢词合理化的。张其锦在《梅边吹笛谱跋》(1826作)中转述其师凌廷堪词论云:

> 词者,诗之余也。昉于唐,沿于五代,具于北宋,盛于南宋,衰于元,亡于明。以诗譬之,慢词如七言,小令如五言。慢词北宋为初唐……体格虽具,风骨未遒。片玉则如拾遗,骎骎有盛唐之风矣。南渡为盛唐,白石如少陵,奄有诸家……宋末为中唐,玉田、碧山风调有余,浑厚不足,其钱、刘乎……稼轩为盛唐之太白,后村、龙洲亦在微之、乐天之间。金元为晚唐……小令唐如汉,五代如魏晋,北宋欧、苏以上如齐、梁,周、柳以下如陈、隋。南渡如唐,虽才力有余

---

① (清)厉鹗著,董兆熊注《樊榭山房集》,上海古籍出版社,1992年,第755页。

② (清)江春《白石道人集序》,转引自:施蛰存主编《词籍序跋萃编》,中国社会科学出版社,1994年,第234页。

而古气无矣。

　填词之道,须取法南宋,然其中亦有两派焉。一派为白石,以清空为主,高、史辅之。前则有梦窗……后则有玉田、圣与……诸人,扫除野狐,独标正谛,犹禅之南宗也。一派为稼轩,以豪迈为主,继之者龙洲、放翁、后村,犹禅之北宗也。元代两家并行,有明则高者仅得稼轩之皮毛,卑者鄙俚淫亵,直拾屯田、豫章之牙后。我朝斯道复兴,若严荪友、李秋锦……诸公,率皆雅正,上宗南宋,然风气初开,音律不无小乖,词意微带豪、艳,不脱《草堂》前明习染。唯朱竹垞氏,专以玉田为模楷,品在众人上。至厉太鸿出,而琢句炼字,含宫咀商,净洗铅华,力除俳鄙,清空绝俗,直欲上摩高、史之垒矣。①

上段以诗寓词,分论小令、慢词正变:小令以唐五代为正宗,北宋为接武,南宋为衰变;慢词则大体沿用厉鹗的主张,以由北宋末周邦彦开启,至南宋姜夔大成的清雅派为正宗,而对清雅派内部的正变分期更为细致。然而,下段论宗法门径时,却不主张小令、慢词分宗,只强调须宗南宋,而借以自圆其说的法宝即是南北宗之说:禅至五祖弘忍之后,神秀并不能得其真谛,北地正宗无以为继,故随惠能南下,建立南宗以继之,为后世正宗所从出。同理,词至南宋,小令一宗,"正"无以为继,"虽才力有余而古气无矣",故不得不转入慢词中,由姜夔确立的正宗继之,扫除前代豪、艳二派野狐,独标最少流弊的清空正谛,故后世欲学正宗也只宜取法南宋了。这种理论建构带有诡辩的成分,而能自圆其说。从中可见南北宗之说的高明之处:以博观兼赏为铺垫,而以限制门径为目的,其中令人信服的持平之论即多出于博观兼赏的部分——既肯定南宗前词的正始地位,也能适度包容豪放北宗,致使从其说者被导入"约取"后的狭窄门径中而不自知,故其高明之处却也是最易误导后学之处。

---

① （清)张其锦《梅边吹笛谱跋》,陈乃干辑《清名家词》第六卷,上海书店,1982 年版。

浙派后劲王昶(1725—1806),充分利用浙派前辈的各种主张,缩小正宗门径。堪称浙派中最能集成,也最为极端的"专宗南宋"论者。总体而言,持立"横"追"纵"的正变立场,以纵向正源的雅正特征为基准,结合词体婉约特性,以盛唐词为体制、格调初成的正始,南宋为体制、格调大成的正宗,元明为衰变,清代浙派为复兴返"正"。试看以下词论:

> 李太白、张志和始为词,以续乐府之后,不知者谓诗之变,而其实诗之正也……嗣是温岐、韩偓诸人,稍及闺襜,然乐而不淫,怨而不怒,亦犹是《摽梅》《蔓草》之意。至柳耆卿、黄山谷辈,然后多出于亵狎,是岂长短句之正哉? 余弱冠后与海内词人游,始为倚声之学,以南宋为宗。(《国朝词综自序》)

> 北宋之季演为长调,变愈甚,遂不能复合于诗。故词至白石、碧山、玉田,与诗分茅设蕝,各极其工。(《琴画楼词钞自序》)

> 余常谓论词必论其人,与诗同。如晁端礼、万俟雅言、康与之,其人在俳优戏弄之间,词亦庸俗不可耐。周邦彦亦未免于此。至姜氏夔、周氏密诸人,始以博雅擅名……是以其词冠于南宋,非北宋之所能及。暨于张氏炎、王氏沂孙,故国遗民,哀时感事,缘情赋物,以写闵周哀郢之思,而词之能事毕矣。(《江宾谷梅鹤词序》)[①]

秉承浙派前辈"集大成"的尊南宋方式,以词体滥觞的盛唐词为正始,词体大成,"与诗分茅设蕝"的南宋词为正宗,并强调二者均符合《诗》《骚》温柔雅正的宗旨;而最大的特色在于明确将北宋词排除在正宗之外。论北宋词仅强调有俗艳流弊者,素来被视为俗艳邪变罪魁的柳永词自然是首当其冲,连浙派前辈推崇的周邦彦词也不能幸免。最终得出"倚声之学,以南宋为宗",至南宋"词之能事毕矣",始能"变

---

① (清)王昶《春融堂集》,《续修四库全书》第1438册,第91、90、88页。

而复于正,与骚雅无殊"(《琴画楼词钞自序》)的结论。对宋后历代词正变的判断均以南宋词为基准——元明以来词衰变,因其"往往以诗为词,粗厉媟亵之气,乘之不复能如南宋之旧"(《琴画楼词钞自序》),《明词综》选明词中稍可取的佳作,"选择大旨,亦悉以南宋名家为宗"(《明词综自序》),清初广陵派词不能改明代陋习的原因是仍不出五代北宋"《花间》《草堂》柔曼淫哇之习",而浙派拨乱反正的标志是"蔚然跻于南宋之盛"(《姚茞汀词雅序》)。专宗南宋,以南宋为基准,兼取诸代的态度十分明确。后世许多论者误认为排斥北宋是浙派的一贯宗旨,恰能反映出王昶正变论对浙派的影响之大。

四、南北宗说的新变与小令慢词分宗说的复兴

专宗南宋的宗法观念占据主流后,取径偏狭的流弊日益暴露,故不同声音也渐次兴起。

浙派后期论者有重新阐释南北宗说的。如邓廷桢(1776—1846)《双砚斋词话》虽也沿用南北宗说来推尊南宋清雅派词,以姜夔类比六祖惠能,但具体阐释却自成一家:将历来被视为刚健变宗宗主的苏轼词,类比在黄梅寺传衣钵予惠能的五祖弘忍,纳入正宗,有与常州词派合流的趋向。试看以下二则词论:

> 东坡以龙骧不羁之才,树松桧特立之操,故其词清刚隽上,囊括群英。院吏所云:"学士词须关西大汉,铜琶铁板,高唱'大江东去'。"语虽近谑,实为知音。然如⋯⋯《蝶恋花》之"枝上柳绵飞又少,天涯何处无芳草"⋯⋯《水龙吟》之"晓来雨过,遗踪何在,半池萍碎。春色三分,二分尘土,一分流水'⋯⋯皆能籇之揉之,高华沉痛,遂为石帚导师。譬之慧能肇启南宗,实传黄梅衣钵矣⋯⋯

> 其时临安半壁,相率恬熙。白石来往江淮,缘情触绪,百端交集,托意哀丝。故舞席歌场,时有击碎唾壶之意。如《扬州慢》之"自胡马窥江去后,废池乔木,犹厌言兵。渐黄

> 昏清角吹寒,都在空城"……以此辉映湖山,指挥坛坫,百家
> 腾跃,尽入环中。①

称清雅派宗主姜夔词足以使后世"百家腾跃,尽入环中",专宗南宋的倾向昭然若揭,但鉴赏视角却颇为独特:对苏轼词,除通常的豪放风格外,还特别推崇其隽逸、高华、沉痛等类似姜夔词的意格;对姜夔词,除通常的婉雅清空,字琢句炼、技法娴熟外,还特别注意到其时有清刚顿挫,类似苏轼词的"击碎唾壶之意",从而确立二者的渊源,下开清雅派正宗。尽管邓廷桢并非首个关注苏轼与清雅派词关联的论者——清雅派领袖张炎论清空就曾举苏轼词为典范,但此种关联在很长一段时间被忽视,浙派其他论者也少有提及,故邓廷桢明确标举二者的渊源,确有创见。同时萌芽的常州词派,也是按此种思路,将苏轼、辛弃疾词纳入正宗的。邓廷桢将苏轼词的正始特征概括为"高华沉痛",也与常州词派定义的浑厚、沉郁的正宗特征颇为接近。

更有不少论者重新采用更符合词体体性及发展规律的"小令慢词分宗说"。乾隆初年已有论者尝试通过标举此种观点,来矫正浙派专尚南宋的流弊。如洪振珂《词苑英华序》(1752年作)云:

> 国初名辈,多研磨《花庵》《草堂》之体,绮语虽工,独乏
> 幽渺之音于味外。有欲矫其弊者,并《尊前》《花间》、《词林
> 万选》等书一并而弁髦之,殊不知其中有唐人五代杰作,而
> 不恬吟密咏,是为因哽废食,终属方隅之见耳。余故善乎竹
> 垞老人之论:"小令当法汴宋以前,慢词则取诸南宋。"兼收
> 并采,而不宜后此明矣!②

是较早意识到浙派专尚南宋流弊的词论之一,在明辨清初专尚唐五代北宋与浙派专尚南宋的流弊后,标举朱彝尊小令慢词分宗的主张,显然是希望以此来拨乱反正,拓宽门径。

---

① (清)邓廷桢《双砚斋词话》,唐圭璋编《词话丛编》第三册,第 2529、2530—2531 页。
② (清)洪振珂《词苑英华序》,转引自:金启华等编《唐宋词集序跋汇编》,中国社会科学出版社,1990年,第415页。

而同时也确实有浙派词人能在创作中实践这一主张,参看丁绍仪《听秋声馆词话》(1869 年作)云:

　　　　词至南宋而极工,然如白石、梦窗、草窗、玉田,皆胥疏江湖,故语多婉笃,去北宋疏越之音远矣。我朝竹垞太史尝言"小令当法五代",故所作尚不拘一格。逮樊榭老人专以南宋为宗,一时靡然从之,奉为正鹄。独吾乡诸老,不随俗转。余家有《柳外词》一卷,为阳湖沈鹿坪大令作……杂诸《乐章集》,几不能辨。又《竹轩词》二卷,为李玉陛司马作……大令名钟,乾隆戊子举人……司马名荃,乾隆戊寅举人,官广平同知,家居宜兴,词亦不失《乌丝》风格。[①]

其中提到的沈钟、李荃诸老,即能"不随俗转",兼作小令,延续北宋"疏越之音",但毕竟影响有限,无法改变浙派在厉鹗等大宗影响下专宗南宋的大势。

　　稍后的论者更为详尽地阐述了"小令慢词分宗"的必要性。如周之琦(1782—1862)云:

　　　　词之有令,唐五代尚矣。宋惟晏叔原最擅胜场,贺方回差堪接武。其余间有一二名作流传,然皆专门之学。自兹以降,专工慢词,不复措意令曲,其作令曲,仍与慢词声响无异。大抵宋词闲雅有余,跌宕不足。长调则有清新绵邈之音,小令则少抑扬抗坠之致。盖时代升降使然。虽片玉、石帚,不能自开生面,况其下者乎?[②]

对小令慢词演变及清雅派词得失的概括都十分精辟,也暗示浙派专宗南宋,必然会堕入以慢词之法为小令的套路中,无法尽词体之妙。又如陆志渊《兰纫词自序》(1866 年作)云:"作小令,先宗五代,而后宋元;作慢词,以南宋诸名家为法。篇短者,古香古色,字贯珠玑;篇长者,宜雅宜骚,声铿金石……综而约之,去质实屏浮艳,淡则清空,

---

① (清)丁绍仪《听秋声馆词话》,唐圭璋编《词话丛编》第三册,第 2649—2650 页。
② 转引自杜文澜《憩园词话》,唐圭璋编《词话丛编》第三册,第 2865 页。

浓则流丽。"①从韵律、体式、风格的差异入手,揭示出"小令慢词分宗"的合理性。

杜文澜(1815—1881)《憩园词话》也持"小令慢词分宗"的主张,因不满浙派专宗南宋的弊端,而显现与常州词派合流的趋向。杜文澜虽为浙西人,但论词体正变却能兼收云间、浙西、常州诸派观点。其转引同乡词友顾文彬《檃括古乐府序》云:

> 词者,古乐府之变曲也。唐词最为近古。五代十国犹
> 有古音。至南北宋始极其变,然去古渐远。洎乎国初,以迄
> 今日,由宋词而推衍之,几于尽态极妍,而古意寖微矣。

持论与尚南宋的浙派已有较大差别,更近于常州词派。又转引上述周之琦关于南宋小令不足取法的论述,评曰"其论如此,取径可知。余求其词……浑融深厚,洵为盛世元音,足资后学津梁,坛坫弇冕也。"既然将周之琦词推为正宗典范,则对揭示其取径的唐宋小令、慢词发展史论,当然是极为称赏的。其自评时人词"小令少而慢调多"的现象时,观点也略同:

> 北宋为小令,重含蓄,继唐诗之后。南宋为慢词,工抒
> 写,开元曲之先。凡专力于南宋人词,每于小令不甚经意。

与上引顾文彬之论互相发明,正能揭示出南宋"古意寖微"的重要原因是小令渐衰而慢词渐兴,改变了词体含蓄绵邈的本色,渐流为曲体。参看杜文澜论诗词曲之别,认为词须别于诗、曲始能自立正宗,而"余谓诗、词分际,在疾徐、收纵、轻重、肥瘦之间,娴于两途,自能体认。至词之与曲,则同源别派,清浊判然……总之,词以纤秀为佳,凡使气使才、矜奇矜僻,皆不可一犯笔端。"反观南宋词,既被认为慢词"开元曲之先",又比前代词更多使气使才、矜奇矜僻的似诗流弊。杜文澜称周济《宋四家词选》"抉择极精……其论深得词中三昧。摘录止庵原序云'……问途碧山,历梦窗、稼轩,以还清真之浑化,予所望

---

① (清)陆志渊《兰纫词自序》,《丛书集成续编》集部 161 册,第 67 页。

于世之为词人者盖如此。'此序示人从学之径，为阅历甘苦之言。"①转而遵从常州词派周济由"南"追"北"之说，其实也是针对浙派专尚南宋的流弊而发的。

综上所述，浙派宗主朱彝尊小令宗唐五代北宋词，慢词宗南宋词的主张，本是针对明代至清初专尚唐五代北宋词、偏尚小令，而忽视南宋词、慢词的狭窄门径而发的，主要目的是纠正词坛时弊，推尊符合时代审美及抒情需要的南宋清雅派词——此派既以清空婉雅为尚，正能纠正纤艳、陈熟的时弊；又以慢词见长，体制舒展，比小令更适合表现安和舒缓、一唱三叹的雅音，顺应歌咏太平的时需。

早期浙派论者以这一主张为理论基础，成功拓宽了门径，但在实际应用时难免矫枉过正，使慢词逐渐取代小令成为词坛创作的主流。随着宗南宋之风愈演愈烈，小令慢词分宗的主张也逐渐被专宗南宋的主张所取代，南北宗说的兴起，使得浙派一贯推崇的博观兼赏观念与实际创作脱节，唐五代北宋词空具正始之尊，实际上已丧失了宗法典范的地位。而后劲王昶将五代北宋词排除在正始之外，使得宗法门径更为狭窄，最终导致了浙派的衰落。

考察浙派门径趋狭的原因：首先是唐五代北宋对应的小令一宗，长期被忽视，朱彝尊提出此说时，实际的创作重心就已转向南宋慢词了。其次，是浙派论者大都未超越将苏、辛一派词均视为变体的传统观念，而忽视了各家词风的多样性，故未能将其纳入宗法门径中。因此，无论其在鉴赏时如何广博，实际宗法对象却局限在南宋清雅一派。而后起的常州词派所建构的词体正宗，却能兼收唐宋诸名家，大大拓宽了门径，更适用于指导填词，无怪乎不少浙派后期论者，都受到常州词派的同化，呈现出浙、常合流，甚至转入常州词派了。

（中山大学中文系）

---

① 本段杜文澜词论依次引自：杜文澜《憩园词话》，唐圭璋编《词话丛编》第三册，第2898、2865、2945、2859—2860、2853 页。

论"学人之诗"与"诗人之诗"

——以清末民初的诗学与诗为中心

唐一方

内容摘要：由宋至清，"学人之诗"与"诗人之诗"的提法频频出现，且人言言殊，前人对它们的解说也往往囿于单个论者的观点，繁琐而欠清晰。本文将"学人之诗"的文论话语贯穿来看，发现它们主要是从表现对象、艺术特征、文化内涵三个方面来界定的，而其中又尤以第三义"根源于雅颂传统的儒家君子之道"最具有诗学的普遍价值。这一义在清末民初经陈衍的推崇而影响益大，与沈曾植的"雅人深致"说相得益彰。追根溯因，陈衍在后期尤其推崇"学人之诗"的第三义，既是对于当时诗坛空疏浅薄的竟陵流弊的一种疗救，更是对于在西学冲击下经学衰落的文化大环境的一种回应，这更能加深我们对"学人之诗"价值的时代性的理解。清末民初的许多诗人，他们的创作亦能与当时的诗学理论相互印证，将"学人之诗"与"诗人之诗"合一，方为"真诗人境界"。

关键词：学人之诗　陈衍　经学

On "Poem by scholar" and "Poem by poet": Focusing on Poetics and Poetry at the End of the Qing Dynasty and the Beginning of the Republic of China

Tang Yifang

Abstract: During the period from Song Dynasty to Qing Dynasty, the "poem by scholar" and the "poem by poet" appear frequently, and former explanations thereof are often confined to the viewpoints of the individualists, which is tedious and less clear. In this article, the literary discourse of the poem by scholar is defined in three aspects: expression objects, artistic features and cultural connotations, among which the third meaning is rooted in the tradition of "the Way of Confucian gentlemen originated in *Ya* and *Song*", and has the most universal poetic value. This meaning, in the late Qing Dynasty and the Republic, grows more influential through Chen Yan's esteem, and interacts well with Shen Zengzhi's "elegant deep". The reason lies in that Chen Yan in his later time especially praised the third meaning of "Poem by scholar", which was not only a cure for the empty and sparse poem at the time, but also for the cultural environment of the decline of Confucian classics under the impact of Western learning. From this perspective, it can deepen our understanding of the epochal nature of the value of "Poem by scholar". Many poets at the end of the Qing Dynasty and the beginning of the Republic of China, their creation can also confirm with the poetics theory at that time, which unites "the poem by scholar" and "the poem by poet" and into "a real poet realm".

Key words: Poem by Scholar　Chen Yan　Chinese Classical Philology

　　自宋以来,说诗话语中频频出现"学人之诗""文人之诗""儒者之诗""才人之诗""诗人之诗"这样的词,入清而愈繁,至晚清,"学人之言与诗人之言合"更是说诗主将陈衍的主要观点之一。但由于古人说诗的零散随性、不成系统,这些概念往往是人言言殊,并没有清晰一致的理解。笔者以为,这些词语乍看是以创作主体的身份类型来划分,但其实还是要落实到诗歌本身,因为评论者总是先感受到这类诗歌具有怎样的特点,再归因于创作主体的。

比如,"才人之诗"在清代其实就有褒贬悬殊的两种理解:一则天才绝逸,强调气势雄浑、诗才敏捷、"顿挫凌厉"①,"字句章法,若罔知之,李白诸人是也"②,清代吴梅村、陈维崧、黄仲则等人的诗歌就具有这种特点;一则词藻华丽,"事雕绘,工镂刻,以驰骋乎风花月露之场""极乎谐声状物之能事"③,没有真性情,只是逞才炫技的匠人技艺而已。后一种无论矣,即使前一种,在清代的诗学论争中,也从未成为焦点。

而"文人之诗"与"诗人之诗"在宋代曾是很有张力的一对论述,因为"以文字为诗,以才学为诗,以议论为诗"是宋诗的一大新变,反对者说以文为诗非诗之正体④,支持者说文法的介入使长篇诗歌活力大增,生色不少⑤。而清中叶以后,学杜、学韩、学苏都是正途,以散文句法入诗也有不少佳作,如许疑庵的《老树对》就句法参差,诗味十足。以文为诗而扩大诗体已被广泛接受,这个争议也就不复存在了。

所以,在晚清最受瞩目的乃是"学人之诗"与"诗人之诗"这两个概念之间的张力。但前人提到"学人之诗"的时候内涵差异也很大,

---

① (清)李光地《榕村语录》卷三〇,《影印文渊阁四库全书》,第725册,第467页。
② (清)费经虞《雅伦》卷一六,康熙四十九年(1710)刻本,第15b页。
③ (清)叶燮《密游集序》,《己畦集》卷八,王寿亨编选:《中国古代文艺理论专题资料丛刊·本原》,北京中国社会科学出版社,第48页。
④ 如魏泰《临汉隐居诗话》记沈括言"韩退之诗乃押韵之文尔,虽健美富赡,而格不近诗"。
⑤ 如刘辰翁《赵仲仁诗序》言"韩、苏倾竭变化,如雷霆河汉,可惊可快,必无复可憾者,盖以其文人之诗也"。

今人研究对此概念也没有清楚的条分缕析①。笔者受西方文论的启发，特别是关于文学本质的模仿论、实用论，以及艾布拉姆斯提出的所有文论皆是从作者、文本、世界和读者这四个角度来定义文学的，豁然发现前人对"学人之诗"的论说可以从以下三个角度来加以统观分类。

一、"学人之诗"有三义

首先，最直接的是从诗歌的表现对象来界定的，用西方文论术语来说就是模仿对象。从宋代的理学诗到清代的考据诗再到晚清民国的佛理诗、科学诗都属此类。宋代理学家张栻最早提到："诗人之诗也，可惜不禁咀嚼。""非学者之诗，学者诗读着似质，却有无限滋味，涵泳愈久，愈觉深长。"②他所谓的学者诗就是理学诗，语言质朴，谈玄说理。可是正如明代李梦阳所说，"诗何尝无理，若专作理语，何不作文而诗为耶？"（《空同集·缶音序》）大多数理学诗都是无理趣而有理障的。清代程恩泽、郑珍、莫友芝都作考据诗，论者勉强言其为创新，但也说这不过是"学之别体"，以另一种形式来讲学问。而真要讲清楚哲学义理和考据成果，文章比诗体更合适，因诗歌受五七言的限制，必然有很多迁就舍弃的地方，并不利于说理。所以这样直接描写专门学问的"学人之诗"无论对于诗歌还是对于专门之学来说都没有什么益处，且当它是学者兼诗人的自娱自乐罢了。

第二种是从诗歌的艺术特征来界定的，用西方文论术语来说就是专注文本本身。如方贞观说"学人之诗，博闻强识，好学深思，功力

① 如宁夏江《晚清学人之诗研究》中第三章《晚清学人之诗的群体特征：论学人之诗》，先从学人有大成、小成之分出发，将"学人之诗"分为圣贤之"师"所创作的诗歌和博学强识之"儒"所创作的诗歌；然后又据钱仲联、钱锺书的观点，分为学人创作的诗歌和不是学人所作但具有学人之诗风格和特征的诗歌；最后又分为据学问知识而写成的诗歌，即"学之别体"，以及在学人性情的基础上，为抒情言志而写的诗歌，即"情志心声"。基本上是在前人分散的论述里转圈，而没有综合起来得出一个统一的概念内涵说，以便于理解。

② （元）盛如梓《庶斋老学丛谈》，《丛书集成初编》，中华书局，1985年。

虽深,天分有限,未尝不声应律而舞合节,究之其胜人处,即其逊人处"①,学人诗受其治学习惯影响,有过于拘谨的特点。陈衍说祁寯藻的诗"证据精确,比例切当",张亨素的诗"惨淡经营,一字不苟",数百字的两首诗"凡用经史十许处,几于字字皆有来历",皆"所谓学人之诗也"。也是指学者做学问时严谨求实的思维习惯和对经史的熟悉间接影响到了他们诗歌的美学风格。

民国时范罕对此有进一步的论述。他首先说"诗在学业上是离开一步说话。研究学问时,无诗可做也。非无诗也,无好诗也。今之学者以科学为职志,科学虽是万能,然未必能入诗"。这正是对第一种"学人之诗"的意见,反对以诗来直接陈述专门之学。那么哲学家、科学家就不能写诗了吗? 不然。只是当他们思考哲学或做科学实验时,"诗无一字可为立足之地","诗不能占其时间之一刹那",而当哲学家"一旦脱离习缚,看花走马,吟兴忽生,则前此精刻过人之脑想,必尽量输入于五七字中,而成为细组,其美亦必逾恒美","苟使笃好此诸科之学者,暂置严密之心思,陶写片时之愉适,则前此之物情纠绕,试术变化,又必一一穷形尽相,输之于此五七字中,而呈一种灼丽燏煌之怪物,然则物理学家,一变而为诗人,可也"②。当哲学家、自然科学家暂时离开他们的研究,回到大自然和烟火人生中来,感愉悦而兴诗情,当然也可以写诗抒情寄意,而其长年所从事的研究对思维习惯和性情的影响则会润物无声地进入他们的诗,使其诗或具深折简炼之美,或呈万怪惶惑之态,一定程度上能体现创作者身份的独特性。

总而言之,无论褒贬,这两种界定主要是针对一些有专门学问研究者身份的诗人来谈,这样的人总是少数,对诗歌创作而言并不具有普遍性。而第三种界定的内涵则更为丰富复杂,且影响深远。

首先是从诗歌的功用来看——实用论在西方文论史上也占据了

---

① （清）方南堂《辍锻录》,《清诗话续编》,上海古籍出版社,1983 年,第 1936 页。
② 范罕《蜗牛舍说诗新语》,《民国诗话丛编》第二册,562—563 页。

很长时间的优势地位。清人杭世骏言:"三百篇之中,有诗人之诗,有学人之诗。何谓学人?其在于商,则正考父;其在于周,则周公、召康公、尹吉甫;其在于鲁,则史克、公子奚斯。之二圣、四贤者,岂尝以诗自见哉?学裕于己,运逢其会,雍容揄扬,而雅颂以作,经纬万端,和会邦国,如此其严且重也。"①这里举的"学人"例子并不是有专门学问的学者,而是国之重臣,"二圣"乃周公、召公,他们都有劝勉天子的诗作,"四贤"即作商颂之正考父,作《大雅·烝民》《大雅·江汉》等的尹吉甫,作鲁颂的史克、公子奚斯。他们都不是为了表现自己的文才而写诗,而是身居要位,学问与道德并修,从容有威仪,发为歌诗则自成雅颂,有"经纬万端,和会邦国"之大用。

钱谦益与杭世骏观点相似,"余惟世之论诗者,知有诗人之诗,而不知有儒者之诗。《诗》三百篇,巡守之所陈,太师之所系,采诸田畯红女涂歌巷谣者,列国之《风》而已。曰《雅》曰《颂》,言王政而美盛德者,莫不肇自典谟,本于经术。"②他意中的"儒者之诗"和杭世骏的"学人之诗"内涵一致,都是《诗经》中雅颂的作者,其诗之功用乃"言王政而美盛德"。政治诗其实占了《诗经》相当大的比重,正所谓"美刺风戒为作诗者之意。其谤也,不可禁;其歌也,不待劝"③,正是从实用论的角度来谈诗的。

同时,他们也指出,要实现这样的功用,与作者的气度修养是分不开的,这则是西方文论文学四要素中重视作者一端的理论了。前引材料中,杭世骏尊之为"二圣四贤",钱谦益也说雅颂之作"莫不肇自典谟,本于经术。……非通天地人之大儒,孰能究之哉?"在他看来,雅颂的作者不只是通晓经典,善治理之术,甚至能通天人之际。

---

① (清)杭世骏《沈沃田诗序》,《道古堂文集》卷10,《续修四库全书》第1426册,上海古籍出版社,2002年,第286页。

② (清)钱谦益《顾麟士诗集序》,《牧斋有学集》卷19,上海古籍出版社,1996年,第823页。

③ (明)刘基《书绍兴府达鲁花赤九十子阳德政是后》,《诚意伯文集》卷七,王寿亨编选:《中国古代文艺理论专题资料丛刊·本原》,中国社会科学出版社,第21页。

钱谦益在《瑞芝山房初集序》中又说:"古之人,其胸中无所不有,天地之高下,古今之往来,政治之污隆,道术之醇驳,苞罗旁魄,如数一二。及其境会相感,情伪相逼,郁陶驵荡,无意于文而文生焉,此所谓不能不为者也"①。他所钦慕的"古之人",其胸怀之宏阔,见识之深远,也可作"儒者之诗""学人之诗"的注脚了。

明代李梦阳在其晚年所作的《诗集自序》中主张求真,说到他的朋友王叔武认为诗以比兴为要,而今世"文人学子比兴寡而直率多。何也? 出于情寡而工于词多也",批评文人学子缺少真情,刻意为诗。李梦阳反驳道:"子之论者,风耳。夫雅颂不出文人学子手乎?"他抬出雅颂为文人学子辩护,王叔武也反驳不得,只能转向感慨道:"是音也,不见于世久矣,虽有作者,微矣!"②意谓雅颂虽不可磨灭,可惜今世的文人学子已非古之文人学子,再也作不出雅颂之音了。

杭世骏与钱谦益论述中所举的人物确实令人高山仰止,因这些作者的身份地位是有特殊性的,儒家讲内圣外王,内圣或可自修,外王则赖际遇。所以当嘉道年间的陈文述以"学人之诗""诗人之诗""才人之诗"来梳理诗史时,就扩大了作者的范围,将"韦孟之讽谏,张华之励志,少陵之时事,香山之讽谕,邵尧夫之温厚,陆放翁之忠爱,元遗山之眷怀故国"都归入了"学人之诗"③。西汉诗人韦孟作诗讽谏楚王孙刘戊;西晋文学家张华"学业优博,词藻温丽"(《晋书》),虽不无"儿女情多,风云气少"(《诗品》)的诟病,但他的《励志诗》九首却是写得大气磅礴,所以陈文述特别将其拈出。邵雍是宋代大儒中最善于写诗的,其"德气粹然",更为一世所重,《宋史》言"雍高明英迈,迥出千古,而坦夷浑厚,不见圭角,是以清而不激,和而不流",程颢称其

---

① (清)钱谦益《瑞芝山房初集序》,王寿亨编选《中国古代文艺理论专题资料丛刊·本原》,第25页。

② (明)李梦阳《诗集自序》,《李空同全集》卷五十,明刊本。王寿亨编选《中国古代文艺理论专题资料丛刊·本原》,第22页。

③ (清)陈文述《顾竹峤诗叙》,《颐道堂文集》卷一,《续修四库全书》,第1505册,第553页。

有"内圣外王之学",学养温厚亦流于其诗。其他如杜甫沉郁顿挫的诗史之作、白居易的讽谕诗都是心系苍生民瘼,以儒家仁政为理想,陆游至死不渝的爱国情怀、元好问的遗民情结则是家国民族之感。从陈文述挑选的这些诗人并提炼各人的特点来看,他们或无大臣之位,但就像孔子为素王一样,是有济世安民的忠爱之志的。如此看来,"学人之诗"在清前期便有以儒家的学问、志向和性情为依归的这一义了。

到了晚清,沈曾植论诗极为赞赏谢安标举《诗经》中"訏谟定命,远猷辰告"一句之意,谢安说此句有"雅人深致"(《世说新语》)。这句出自《大雅·抑》,按朱熹与方玉润的解释,乃卫武公自警自戒之词。其实乾嘉时期的孙原湘已提到过此篇,"言志之谓诗,而所以文其言者殊焉。有诗人之诗,有学人之诗。同一言德行,而《抑》戒,学人之诗;《雄雉》,则诗人之诗。同一饮酒,而《伐木》,诗人之诗;《宾筵》,则学人之诗。此辨之于气息,辨之于神味,不当于字句间求之也。"[①]孙原湘说的"文其言者""气息""神味"似都是从艺术风格上来感受的,这四首诗确有明显差异,《抑》和《宾筵》都是赋体,长篇往复铺陈,以议论为主;《雄雉》与《伐木》则是比兴体,以抒情为主。[②]但除此以外,《抑》和《宾筵》的主角都是卫武公,乃一国之君,《伐木》与《雄雉》则只是友朋之间的欢饮与互勉。"不忮不求,何用不臧"讲的只是韬光养晦的君子之德,和"訏谟定命,远猷辰告""四国顺之"的诸侯国君的威仪盛德比起来,不可同日而语。

《诗·卫风·淇奥》一篇就专"美武公之德",全诗以绿竹起兴斐然君子,"史称武公修康叔之政,百姓和集,佐周平戎,有勋王室。《国语》又称其耄而咨儆于朝,受戒不怠",确是有盛德与伟业之"圣贤"。而方玉润言此诗叙写"武公一生学术,次序本末无差","即威仪动静

---

① (清)孙原湘《黄琴六诗稿序》,《天真阁集》卷四一,《续修四库全书》,第 1488 册,第 326 页。

② 李金松《诗人之诗、才人之诗与学人之诗划分及其诗学意义》,《文学遗产》2015 年第 1 期,20 页。

间,已知其学之日进无疆也",又说"诗之摹写有道气象可谓至矣"。①
强调其学养与治术足以经世济民,堪称"有道",可见古人是将学问看
作立身行己至成就兼济功德的根基的。

沈曾植将谢安所说的"雅人"等同于"大雅、小雅之材",并提炼他
们的特点为:"夫其所谓雅材者,非夫九能之士,三代之英,博闻强识
而让,敦善行而不怠之君子乎?夫所谓深致者,非夫函雅故,通古今,
明得失之迹,达人伦政事,文道管而光一是乎?"②李瑞明先生对其中
典故出处都有细绎,结论是沈曾植意中的"雅人"指"具有文化修养,
德操高洁关心国事勇于进取的士人"③,"深致"指"不但有经典文本的
修养依据,还要有对历史与现实的清醒认识,更要有高远而敦实的精
神志趣"④。简言之,沈氏意中的"雅人深致"与前引钱谦益意中的"古
之人"意蕴相通,都是要"深会儒家学说之要,作为自己诗歌创作的精
神根底与动源"⑤。

但其中的"九能之士"似乎还有发掘的余地。"九能"出自《诗·
鄘风·定之方中》毛传,包括"建邦能命龟,田能施命,作器能铭,使能
造命,升高能赋,师旅能誓,山川能说,丧纪能诔,祭祀能语",李瑞明
先生说这九种才能都"关乎治道",确实不错。但笔者还注意到,这九
能几乎都与表达有关,既有古时的应用文体卜辞、命、誓、铭、诔等,也
有登高作赋、山川能说的文学性文体,所以"君子能此九者,可谓有德
音,可以为大夫"的"德音"或者取善于言辞一义比有好名声更为准
确,因为其训农、外交、誓师、礼仪、文赋样样皆通。

更值得注意的是,陈衍在谈论"学人之诗"时也提到过这九能:

① (清)方玉润《诗经原始》,中华书局,2011 年,第 173 页。
② 沈曾植《瞿文慎公止庵诗序》,李瑞明:《雅人深致——沈曾植诗学略论稿》,黑龙
江人民出版社,2009 年,第 118 页。
③ 李瑞明《雅人深致——沈曾植诗学略论稿》,黑龙江人民出版社,2009 年,第 123
页。
④ 李瑞明《雅人深致——沈曾植诗学略论稿》,黑龙江人民出版社,2009 年,第 125
页。
⑤ 李瑞明《雅人深致——沈曾植诗学略论稿》,黑龙江人民出版社,2009 年。

余亦请剑丞评余诗,则谓由学人之诗作到诗人之诗,此许固太过;然不先为诗人之诗,而径为学人之诗,往往终于学人,不到真诗人境界。盖学问有余,性情不足也。古人所以分登高能赋、山川能说、器物能铭为九能,反之又东坡所谓孟浩然有造法酒手段,苦乏材料耳。①

当夏敬观称赞他的诗是"由学人之诗作到诗人之诗"时,他自知赞许太过,并且他认为理想的顺序应该恰恰相反。或许因为性情需要天赋,而学问则可赖后天之努力,所以应以诗人之性情为先。他说这就是"古人所以分登高能赋、山川能说、器物能铭为九能"的原因,即这三种文学性的才能也被纳入"九能"之中,说明古人也认为士人需有文学之性情。但"反之又东坡所谓孟浩然有造法酒手段,苦乏材料耳",则说明若仅仅有这三能,而乏另外六能,则又像苏轼说孟浩然"韵高而才短"(《后山诗话》),"一味妙悟而已"(《沧浪诗话》),因学问与阅历的单薄而导致题材和风格的狭隘。所以,"九能之士"乃是既有诗人之性情,又有阅历丰富、见识广博、学问深厚所带来的丰富诗材,本身已有"学人之诗"与"诗人之诗"合一的意味了。

陈衍论诗主"诗人、学人二者,非肆力兼致,不足以薄风骚、副雅材"②,诗人对应风骚,学人对应雅材;又说"余生平论诗,以为必具学人之根柢,诗人之性情,而后才力与怀抱相发越,《三百篇》之大小雅材是也"③,今人引用此段多截止于"相发越",而忽略了陈衍希望才力与怀抱交相辉映所成就的乃是《诗经》中的雅传统。陈衍还认为《诗经》的写作题材广泛,"朝章国故,治乱贤不肖,以至于山川风土,草木鸟兽虫鱼,无弗知也,无弗能言也",从政治人文到自然天文无不备,而其中他又特别看重"三百篇朝章国故,治乱贤不肖之类"足以备诸

---

① 陈衍《石遗室诗话》,张寅彭《民国诗话丛编》,上海书店出版社,2002年,第200页。

② 陈衍《榕阴谈屑叙》,《陈石遗集》,福建人民出版社,1999年,第580页。

③ 陈衍《聆风簃诗叙》,《陈石遗集》,第688页。

史书之未有，"有之必相吻合"①。可见表现时世治乱的诗史观念亦是"学人之诗"的题中应有之义。

至此我们可以推论，第三种含义的"学人之诗"根源于《诗经》中的雅颂传统，指受儒家思想熏陶而养出的君子之德、气、行，并不是一种专门学者，而这对于诗歌来说也更具有普遍价值。杭世骏所称的"二圣四贤"已"不见于世久矣"，清代虽不乏"以高位主持诗教"者，但王渔洋之神韵、沈归愚之格调、翁方纲之肌理、张之洞之清切，皆就诗论诗。直到清末民初，陈衍力推"学人之诗"，沈曾植拈出"雅人深致"，笔者以为都并非偶然，他们之所以会重新发现、重视"雅"传统，与当时的诗坛风气和晚清国事日非、新旧变巨的大环境，以及同光朝这一批有识、有志又迭经变故的士人是分不开的。

二、陈衍提出"学人之诗"的两个原因

首先，从诗歌内部的发展纵向来看，陈衍对明代竟陵体的诗风流弊深为不满。明末沈春泽说彼时后进学竟陵体者"空则有之，灵则未也"，陈衍以为"不啻为今日言之"。因今日作诗有一派，"靠着一二灵活虚实字，可此可彼者斡旋其间，便自诧能事也"，以致满纸"坐觉""微闻""稍从""暂觉""稍喜""聊从""正须"等等虚字虚情，而无"真实怀抱、真实道理、真实本领"。② 他赞许李审言诗时说其"非近日妙手空空一派"③，又说朱祖谋诗"远追春海、子尹，近友伯严、右衡"，"可以药近日之枵然其腹者矣"④。程春海、郑子尹、陈三立皆陈衍意中学养深厚之人，可见他认为"真实怀抱、真实道理、真实本领"需从学问中来，提"学人之诗"可以疗诗坛空疏之病。

陈衍在序王晋卿诗集时也将此意详细言之："咸同以降，古体诗

---

① 陈衍《瘿庵诗叙》，钱仲联编校《陈衍诗论合集》，福建人民出版社，1999 年，第1057—1058 页。
② 陈衍《石遗室诗话》卷八，《民国诗话丛编》，第 112 页。
③ 陈衍《石遗室诗话》卷八，《民国诗话丛编》，第 136 页。
④ 陈衍《石遗室诗话》卷八，《民国诗话丛编》，第 137 页。

不转韵,近体诗不尚声貌之雄浑耳。其敝也,蓄积贫薄,翻覆只此数意数言。或作色张之,非其人而为是言,非其时而为是言,与貌为汉、魏、六朝、盛唐者何以异也?"题材、内涵贫薄与非其人其境而故作大言、形似前人,都是当日诗坛之弊病。而他听闻王晋卿"向治考据,工古文词,著述行世有几",虽"道远莫得详",然"海内学人不易得,时时往来心中",所以现在读到他的诗,感觉如读岑参之塞外诸作,赞其"历少陵、嘉州所历之地,为少陵、嘉州所为之诗",既有幸至其地,才力亦"称其景物之壮远",乃是有"实在理想、实在景物"的。并进而发论:"余于诗文,无所偏好,以为惟其能与称耳。浅尝薄植,勉为清隽一二语,自附于宋人之为江湖末派之诗耳;而步武岑、杜之诗以为诗,固治考据、工古文词者所饶为哉!"①学问精深的人思维缜密,写诗更容易与实际相"称",而不会是大话、空话。

如前所述,熟悉经史典故是"学人之诗"的特点之一,而陈衍"称"的标准也体现在对用事精切的要求上。如其言:

> 自前清革命,而旧日之官僚伏处不出者,顿添许多诗料。"黍离麦秀""荆棘铜驼""义熙甲子"之类,摇笔即来,满纸皆是。其实此时局羌无故实,用典难于恰切。前清钟虡不移,庙貌如故,故宗庙宫室未为禾黍也。都城未有战事,铜驼未曾在荆棘中也。义熙之号虽改,而未有称王称帝之刘寄奴也。旧帝后未为瀛国公、谢道清也。出处去就,听人自便,无文文山、谢叠山之事也②。

陈衍是重视诗中隐含时事的,《石遗室诗话》对许多诗都不厌其烦地细绎"今典"缘由,如"仁和吴观礼久客文襄幕,著有圭庵诗,多关系时事。其最传者为冢妇篇、小姑叹、天孙机、邻家女诸首"③,——阐明其中所写张之洞之经历;陈弢庵《感春》四律"作于乙未中日和议成

---

① 陈衍《石遗室诗话》卷八,《民国诗话丛编》,第 203 页。
② 陈衍《石遗室诗话》卷八,《民国诗话丛编》,第 138 页。
③ 陈衍《石遗室诗话》卷八,《民国诗话丛编》,第 183 页。

时"，今人多已知其中消息，但当时作者却是"秘不欲宣"的，是陈衍最早在《石遗室诗话》中"详此诗所指，以告观览者"①。

但他认为民国代清不同于以往的朝代更替，"故今日世界，乱离为公共之戚，兴废乃一家之言"，传统那些写一姓兴亡的典故并不切合当下。所以当章梫赠诗予他时，他特意指出"生年同在周秦际，梦想躬逢尧舜时"一句中的"周秦之喻亦未切"。周秦之变乃史学上一大论题，从"周制"到"秦制"，法家实际战胜了儒家，中国在经济、政治和社会结构方面都发生了巨大的变化。或许陈衍认为那依然是在中国思想文化内部发生的转型，不能表达清末民初无论是学问还是政体都受到西方强烈冲击的深刻感受。

如此看来，用事要合乎陈衍的标准岂非太难？其实也未必。如他叙述江春霖直言极谏朝廷重用皇室亲贵导致时事日非而被降官，假归养母，"都下赋诗送行者甚众"，其中"陈弢庵七律后二联用事为最切"②。其中用了北宋名臣鲁宗道因直言招致宋真宗厌烦，但真宗终究思念其为直臣的典故，以及唐德宗时谏议大夫阳城极力反对掌管财赋却玩弄权术、剥削百姓以讨好皇帝的裴延龄做宰相，扬言若以延龄为相，必"取白麻而坏之，哭于廷"，最后皇帝也只好让步。正如"时以某为军机大臣，亦罢论也"③，从事情的性质到结局都相当贴切。如此用事非对史书相当熟悉则不能办，但若非如此贴切，古典又难以传达出今典事件的隐微之处，价值就要大打折扣了，所以，有此要求并不为过。陈衍赞"张篁斋诗用事无不精切"④，也多为此类。

所以，力推"学人之诗"，与陈衍反竟陵体流弊，强调写诗要有"真实怀抱、真实道理、真实本领"，不故作大言、不乱用典故的诗学态度是一致的。

---

① 陈衍《石遗室诗话》卷八，《民国诗话丛编》，第 238 页。
② 诗句云："书壁会当思鲁直，裂麻竟不相延龄。陔余尚有酬恩地，勤与乡邻讲孝经。"
③ 陈衍《石遗室诗话》，第 107 页。
④ 陈衍《石遗室诗话》卷八，《民国诗话丛编》，第 187 页。

第二，近代史学家蒙文通先生提出"事不孤起，其必有邻"的研究视角，即任何事物都不可孤立地看，而必定要联系到社会、政治、文化等各个层面来观察，文学亦如此。若横向观照全局，不难发现光宣以至民国，对知识人影响巨大的乃是经学地位的衰落。蒙文通先生说："自清末改制以来，昔学校之经学一科遂分裂而入于数科，以《易》入哲学，《诗》入文学，《尚书》《春秋》《礼》入史学，原本宏伟独特之经学遂至若存若亡，殆妄以西方学术之分类衡量中国学术，而不顾经学在民族文化中之巨大力量、巨大成就。"①如王汎森先生所言，"经学思维提供的是恒常不变的、确定性的价值"②，"经学所蕴涵的价值体系会隐然支配学术工作，深刻地影响选题、诠释、价值判断，或想在研究中寻求经学式的恒常道理"③，而"后经学时代显然留下巨大的价值空白"④。这个价值空白又显然是令旧式知识人惶惑不安的。

虽然陈衍中年以后以说诗著名，但他自"二十一岁，始治小学"，到四十出头时已成书不少，汪辟疆说他"初治经，旁及许氵冄长，多可听"⑤，治许学颇有造诣。光绪二十二年(1896)，四十岁的他与沈曾植谈话时也说自己"喜治考据之学"⑥。《石遗室诗话》虽以说诗为主，但其经学立场亦时相显露。如卷七言："二十年前，从湘人章伯和处见章太炎所著《左传经说》，以为杭州人之杰出者，言于林迪臣、高啸桐，使罗致之。"还推荐给张之洞，"广雅以为文字诡谲，余复言终是能读书人"⑦。章太炎的《春秋左传读》成于1896年，驳斥康有为、刘逢禄等人，与今文阵营争衡，亦可见出陈衍古文经学一派的立场。

在评论宋育仁写甲午庚子时事的《感旧诗》时，他感慨道："自中

---

① 蒙文通《论经学遗稿三篇》，王汎森《近代中国的史家与史学》，复旦大学出版社，2010年，第99页。

② 王汎森《近代中国的史家与史学》，复旦大学出版社，2010年，第100页。

③ 王汎森《近代中国的史家与史学》，复旦大学出版社，2010年，第78页。

④ 王汎森《近代中国的史家与史学》，复旦大学出版社，2010年，第100页。

⑤ 汪辟疆撰，王培军笺证《光宣诗坛点将录笺证》，中华书局，2008年，第50页。

⑥ 陈衍《石遗室诗话》卷一，第18页。

⑦ 陈衍《石遗室诗话》卷七，第102页。

日事起,新学渐兴,稍知旧说者,持之益坚。然如国君死社稷、夷夏之防、食焉不辟其难诸大义,全失经旨,何论微言?"①从中亦可见他重视的乃是经典的本义、古义,即"经旨",而非今文学家所重的"微言大义"。他所列举的这几点亦是当日焦点,而他认为"国君死社稷"不适用于清民交替,因社稷本就是民生,而"民主共和之政体,为中国数千年历史之创局,与历代君主异姓有殊"②,既然国归民有,何死之为?"夷夏之防"体现的是"内诸夏而外夷狄"的自尊自大的天下观,而国门打开后,国人方晓得"世界上的人,原来是分作一国一国的,此疆彼界,各不相下"③,此时再讲"夷夏之防"未免迂腐好笑;"食焉不辟其难"乃子路忠于其主而死的典故,今文学家借此鼓吹食君之禄忠君之事的封建道德,于当时也有多重的不适用。

胡瘦唐有长诗《题吴吉士秋林读书图长句》"论咸同以来朝士学派,致慨于新学之败坏旧学",陈衍认为"颇跌宕可喜"。诗中回忆了自祁文端到曾文正到潘文勤三公,旧学研究是"倏忽承平四十年",但"广陵一曲随苍烟",现在已是难乎为继,举目望去是"绝域方言满都市,曹郎奋臂争版权。太玄奇书覆酱瓿,胡儿碧眼登经筵。汉廷公卿草间起,笑溺儒冠骂儒士"。这也引发了陈衍对旧学的追念,"祁文端、曾文正、潘文勤三公,皆于嘉道间朴学歇绝之余,稍兴朴学"④,而且"祁文端为道咸间钜公工诗者。素讲朴学,故根柢深厚,非徒事吟咏者所能骤及"⑤,其经学根基也使其诗内涵更为深厚。而"今日则号称读书者,能留心目录版本之学,已翘然自异于众,又学风之一变矣"⑥。结合梁启超《清代学术概论》中说清代"学问之中坚,则经学也。经学之附庸则小学,以次及于史学、天算学、地理学、音韵学、律

---

① 陈衍《石遗室诗话》卷七,《民国诗话丛编》第 105 页。
② 吴宗慈《陈三立传略》,《散原精舍诗文集》,上海古籍出版社,2008 年,第 1197 页。
③ 唐宝林、林茂生《陈独秀年谱》,上海人民出版社,1988 年,第 17 页。
④ 陈衍《石遗室诗话》,《民国诗话丛编》,第 234 页。
⑤ 陈衍《石遗室诗话》,《民国诗话丛编》,第 165 页。
⑥ 陈衍《石遗室诗话》,《民国诗话丛编》,第 234 页。

吕学、金石学、校勘学、目录学等"来看,此时竟只余最后的目录版本之学尚有人留心了,旧学之衰落可谓至矣。章梫赠他的诗末句云:"申公辕固皆耆旧,一卷残经好护持",陈衍对此是"敢不拜嘉"。申公、辕固乃齐、鲁传《诗》之人,以此为比,狭义可理解为陈衍对《诗经》雅颂传统的护持,广义来说也可指其有护持经学之心。

陈衍称"杜陵有乱离之悲,无沧桑之感也"[①],可谓知觉敏锐。这种沧海桑田的巨变可能只有清末民初的这批知识人感受是最为刻骨的。如赵尧生在清末"为谏官,视国事如己事"[②],辛亥革命后回到四川老家讲学,寄诗多首使陈衍分致故人,"语意沉痛,皆从肺腑中迸出,非薄俗轻隽之子所能勉托也"。其中特别是《读石遗室诗话记慨》一首,"一灯说法悬孤月,五夜招魂向四围。当作楞严千偈读,老无他路别何归?"沉痛至极,写尽了旧知识人入民国后的伤感、孤独和迷茫。陈衍说"读之使人累欷",特别是"'一灯说法'二句,括余十数卷诗话中许多议论、许多生死交情"[③]。照理说陈衍说诗以来,名声大噪,"投诗乞品题者无虚日",场面非常热闹,但这样的热闹并不能掩盖他内心深处的孤独。钱锺书《石语》中记载拜访陈衍,谈到赵尧生此诗时,陈衍朗吟一过,"于末语'老无他路欲安归',尤三复不置"[④]。如王汎森先生所言:"辛亥革命使得旧知识分子失势,被另一群对经学不再看重的新人所取代,古文、今文之争已经不再时髦,人们关心的焦点是'革命的'或'反革命的','新的'或'旧的'。1912 年,教育部宣布废止尊孔读经,其影响亦不可小看。"[⑤]

进入当时的学术和思想氛围,我们才越发能理解陈衍的无所归依之感,以及他提出"学人之诗",和沈曾植提出"雅人深致""以经发

① 陈衍《石遗室诗话》,《民国诗话丛编》,第 203 页。
② 陈衍《石遗室诗话》,《民国诗话丛编》,第 127 页。
③ 陈衍《石遗室诗话》,《民国诗话丛编》,第 232 页。
④ 王培军《光宣诗坛点将录笺证》,第 59 页。
⑤ 王汎森《近代中国的史家与史学》,第 78 页。

诗"都不只是简单地受到清代朴学传统的影响①，更应看到这是他们对于经学衰落时代的一种回应。他们努力强调经史学养对诗歌创作所具有的价值内涵，透出尊经之意。否则为何这样的诗学概念不是在朴学兴盛时提出，反而到了清末民初才由陈衍大书特书呢？

三、"诗人之诗"与"真诗人境界"

"诗人之诗"并不是一个新概念，似乎有诗人就自然有"诗人之诗"。但每当一个有时代特色的新词兴起时，无论是宋代的"文人之诗"，还是清代的"学人之诗"，总是与"诗人之诗"对举而出的。但当作为参照物时，"诗人之诗"的内涵也就显得比较狭窄。大略看来，主要是从题材和艺术特征两方面来界定的。

题材如刘克庄所言："以情性礼义为本，以鸟兽草木为料，风人之诗也；以书为本，以事为料，文人之诗也"②，其实他自己尚不敢言"诗人之诗"，而曰"风人"，"风人之诗"虽是以性情礼义为本，但表现的只是鸟兽草木等自然风物。到钱谦益则直接将国风等同于"诗人之诗"，雅颂归之于"儒者之诗"了。方贞观说："诗人之诗，心地空明，有绝人之智慧；意度高远，无物类之牵缠。诗书名物，别有领会，山川花鸟，关我性情。信手拈来，言近旨远，笔短意长，聆之声希，咀之味永"③，也是限定了"诗人之诗"只能表现自然与文人雅趣，与时事无干，而艺术特征则与王渔洋的神韵说相似。沈起元"谓才人以气雄，学人以材富，诗人以韵格标胜"④，也是从艺术特征来说的。陈文述的诗史列表中以"陶之冲淡，鲍之俊逸，小谢之清华，王、孟、韦、柳之隽永澄澹""愚山、渔洋"为"诗人之诗"，则其意中的艺术特征也是一样。

但这都是作为参照物的"诗人之诗"，而正如前引陈衍之语："不

---

① 参周薇《清代朴学背景下的陈衍"学人之诗"诗论》，《社会科学》，2009年第12期。

② （宋）刘克庄：《跋何谦诗》，王寿亨编选：《中国古代文艺理论专题资料丛刊·本原》，第19页。

③ （清）方南堂：《辍锻录》，《清诗话续编》，上海古籍出版社，1983年，第1936页。

④ （清）沈起元《梅勿庵诗集序》，《敬亭诗文》卷二，清乾隆刻增修本，第29b页。

先为诗人之诗,而径为学人之诗,往往终于学人,不到真诗人境界",可见当脱离参照物的语境时,"真诗人境界"应有所不同。

黄宗羲曾将"常人之诗"与"诗人之诗"对比,"常人之诗"是"以景为实,以意为虚",景与意之间截然有界限,诗意呆板,而"诗人萃天地之清气,以月露风云花鸟为其性情,其景与意不可分也"。这段话说明两点,一是并不是能写韵语的就配为"诗人",二是诗人并不是只可描写月露风云花鸟之类,而是诗人之性情乃如天地中的月露风云花鸟一般,清纯、粹净、自然。清中期诗人厉志亦言:"凡作诗必要书味熏蒸,人皆知之。又须山水灵秀之气,沦浃肌骨,始能穷尽诗人真趣,人未必知之。试观古名人之性情,未有不与山水融合者也。观今之诗人,但观其游览诸作,虽满纸林泉,而口齿间总少烟霞气,此必非真诗人也。"①"真诗人"性情必是淡泊清净,无一丝尘滓,而这又必须浸淫山水自然中方能养出。

诗人的清净心虽需山水来养,却并非只能写山水。黄宗羲进一步阐述道:

> 古之人情与物相游,而不能相舍,不但忠臣之事其君,孝子之事其亲,思妇劳人结不可解,即风云月露,草木虫鱼,无一非真意之流通,故无溢言曼辞以入章句,无谄笑柔色以资应酬,唯其有之,是以似之。

"情与物相游"的"物"既包括自然界的花鸟风云,也包括人世间的君臣父子夫妇之道,而真"诗人"的特点乃是有真情真意。何谓真情?黄宗羲以为:

> 今人亦何情之有,情随事转,事因世变,干啼湿哭,总为肤受,即其父母兄弟亦若败梗飞絮,适相遭于江湖之上。劳苦倦极,未尝不呼天也;疾痛惨怛,未尝不呼父母也。然而习心幻结,俄顷销亡,其发于心著于声者,未可便谓之情也。

---

① (清)厉志《白华山人诗说》,郭绍虞编选:《清诗话续编》,上海:上海古籍出版社,2016年,第2164页。

由此论之，今人之诗非不出于性情也，以无性情之可出也。①

今人往往只是因一己切身遭遇的痛苦而呼天抢地，甚至连父母兄弟都不顾念，这只可谓是自私自利和一时的情感冲动，并不算诗人的真性情。

关于诗本性情之说，古往今来可谓汗牛充栋，不胜枚举，但多止于强调诗人应抒发一己之性情，诗中有我在，不剿袭前人。对于究竟怎样的性情才称得上是诗人之性情则相对讨论较少。而将性与情分开而论，对回答此问题则颇有启发。如元初杨维祯言："诗本情性，有性此有情，有情此有诗也"②；明末清初诗人彭宾言："诗之为道，本于性生；而亦随其闻见睹记，情绪感遇之浅深以递进"③，他们都认为性在情之先，所以性正乃是根本。纪昀言："夫在天为道，在人为性，性动为情，情之至由于性之至，至性至情不过本天而动"④，更将性与情上溯至道，性应是合乎天道的人性，与天道越是相合，即"性之至"，则因各种遭遇而摇曳变化的情也就越合乎天道，即"情之至"。

如此说来，并非抒发情感即可谓是真诗人，唯有发乎性情之正，才是真诗人的标记。如明人吴应箕就批驳竟陵派推崇之性情，认为"竟陵之诗……其言有以性情浮出纸上者为真"，未免太过简单，以至于"今承袭其风者，以空疏为清，以枯涩为原，以率尔不成语为有性情，而诗人沉着、含蓄、直朴、澹老之致以亡"⑤。率尔随性并不就是有性情，真诗人之性情有更高的标准。

同时，发乎性情之正并不是说一定要出之以温柔敦厚、和平中正，而是既可以沉郁悲痛，亦可以婉转蕴藉。如清人吴雷发所言，"近见论诗者，或以悲愁过甚为非；且谓喜怒哀乐，俱宜中节。不知此乃讲道学，不是论诗。诗人万种苦心，不得已而寓之于诗。诗中之所谓

---

① （清）黄宗羲《黄孚先诗序》，《本原编》，第 26 页。
② （元）杨维祯《荆韶诗序》，《本原编》，第 129 页。
③ （清）彭宾《岳起堂稿序》，《本原编》，第 45 页。
④ （清）纪昀《冰瓯草序》，《本原编》，第 137 页。
⑤ （明）吴应箕《曾学博诗序》，《本原编》，第 133 页。

悲愁,尚不敌其胸中所有也。《三百篇》中岂无哀怨动人者?乃谓忠臣孝子贞夫节妇之反过甚乎?"①《诗经》就是既有温柔敦厚,也有哀怨动人的,但无论出以何种情态,皆不失性情之正。

而关于真诗人之标准,清中期其实早已有普遍的成熟认知。如宋大樽云:"诗之铸炼云何?曰:善读书,纵游山水,周知天下之故而养心气,其本乎!"②潘德舆云:"言志者必自得,无邪者不为人,是故古人之诗,本之于性天,养之以经籍,内无怵迫苟且之心,外无夸张浅露之状;天地之间,风云日月,人情物态,无往非吾诗之所自出,与之贯输于无穷。"③性情、学养、见识、江山之助无一或缺,这不正是陈衍意中由"诗人之诗"到"学人之诗"的"真诗人境界"吗?这也恰好说明了前文论述的,在清末民初,陈衍要提"学人之诗",沈曾植要提"雅人深致",以及陈宝琛论诗标举"思无邪",都不约而同地回到《诗经》传统,并非因为前人没有,而是出于对彼时经学作为一种生命学问的价值大大衰落的一种振衰起敝之心。

余论:"真诗人之诗"的创作

在近代诗学理论的研究中,往往极少涉及作家作品,似乎文论与文学是截然两路。但一种诗学理论的提出,在当时必是有创作作为基础,并且希望可以发挥引导创作与批评作品的作用的。对于今人来说,理论也是一种帮助我们更深刻认识古人诗歌的工具。陈衍的诗论非常丰富,其提出"不专宗盛唐"的"同光体",就发掘了一批以前被忽视的宋代诗人,如梅圣俞,使得宋诗派在晚清更加活跃;其因自己"生于末造,论诗主变风变雅",便强调"今日之为诗"需有"哀乐过人之真性情"④,和郑孝胥为陈三立诗集作序时的意思一样,"世事万变,纷扰于外,心绪百态,腾沸于内。宫商不调而不能已于声,吐属不

① (清)吴雷发《说诗菅蒯》,《清诗话》,《本原编》,第 135 页。
② (清)宋大樽《茗香诗论》,《清诗话》,《本原编》,第 53 页。
③ (清)潘德舆《养一斋诗话》,《清诗话续编》,《本原编》,第 53 页。
④ 陈衍《山与楼诗序》,《陈衍诗论合集》,第 1077 页。

巧而不能已于辞",这样的创作虽不符合张之洞"清切"的标准,但却最能表现这个时代下的诗人心境,"吾安得谓之非真诗也哉?"①

可惜的是,他的"学人之诗与诗人之诗合一"的理论明确举出的诗人则至道咸年间的祁文端、程春海、曾文正、郑珍、莫友芝等人为止②,而其时他并未特别强调雅传统,所说的"学人之诗"恐还只是前二义。入民国后,"变故相寻而未有届,其去小雅尽废而诗亡也不远矣"③,旧学沦亡的危机感愈加深重。究竟哪些诗人才符合他此时意中的"真诗人境界"呢?哪些诗人可以代表光宣至于民国这个时期的诗歌成就呢?

若从陈衍说诗看来,陈宝琛无疑是其中一位。他不只用事精切,其于1925年所作的《疑庵诗序》论诗云:"圣人以'思无邪'称《诗》,旨盖深矣",因"思至无邪,斯哀乐之情通于性命。好贤求诸寤寐,恶恶欲界之豺虎,悉发于天倪而不能自已,又何门庭派别之分哉?"④跳出派别之争,强调要将贞人正士之哀乐与好恶真实无伪地表达出来,与陈衍晚期的诗论一致。陈衍屡屡苦劝其印诗,称"先生,清诗人之最后劲也。不为己诗计,独不为清诗生色计乎?"⑤

而弢庵以外,陈三立、郑孝胥、赵尧生、许际唐等由晚清人民国的一批诗人,其诗都可以放在雅废诗将亡的背景下去阅读。这将是一个用诗学理论来指导我们继续去发掘近代诗歌的过程。

(上海立信会计金融学院)

---

① 郑孝胥《散原精舍诗序》,《散原精舍诗文集》,上海古籍出版社,2003年,第1216页。

② 陈衍《近代诗钞序》,《陈衍诗论合集》,第875页。

③ 同上注。

④ 陈宝琛《疑庵诗序》,《沧趣楼诗文集》,上海古籍出版社,2013年,第486页。

⑤ 陈宝琛《沧趣楼诗文集》,第788页。

清代闺秀诗人"传名"意识探幽

——以女性别集序言为考察中心

戴 菁

内容摘要：作为清代闺秀创作蔚然成风的表征，大量女性别集得以刊刻、流传，从这些传世文本的女性自序或互序可以察知，文学女性"传名"这一话题存在着一定的敏感性与争议度。清代女性对于"传名"的态度和表述，是其创作意识与女性意识的交集与凝结，在隐微抑扬之际亦张显出某种时代共性。

关键词：清代女性 "传名"意识 自序

Analysis on Consciousness of Spreading Fame among Lady Poets in Qing Dynasty

——Focusing on Prefaces of Women's Anthologies

Dai jing

Abstract: Female writing came into vogue during Qing dynasty, as a result, large amount of women's anthologies were able to be published and spread. According to self-made prefaces and prefaces written by others for these anthologies, we can find that there existed sensitivity as well as controversy about women making efforts in spreading their fame.

Approaches adopt by lady poets in Qing dynasty in expressing their attitudes towards spreading fame, in a manner of speaking, are intersections of their creative sense and female consciousness, which also share some sort of universality in choosing words and building sentences.

Keywords: Women in Qing dynasty　Consciousness of spreading fame Self-made prefaces

中国女性文学起源可追溯至《诗经》，在女性别集的序言中，常可见到这种"溯源"。历史绵延中，女性作家散落排布，一朝一代，或孤星朗曜，或萤火二三，至明代，始有女性别集大量刊刻，呈现出青楼伎师与名门淑媛两大创作群。① 清初以降，诸大儒致力于复兴古礼，名妓风流辞采式微，闺秀作文蔚然成风。当时，虽有袁枚、陈文述等诸多男性文人为妇女创作、刊刻作品积极正名，但对此的质疑之声亦从未停歇。如章学诚在其《文史通义·妇学》中对当世才女热衷"传名"的风气提出批评：

> 妇人文字，非其职业，间有擅者，出于天性之优，非有争于风气，骛于声名者也。（好名之习，起于中晚文人，古人虽有好名之病，不区区于文艺间也。丈夫而好文名，已为识者所鄙。妇女而骛声名，则非阴类矣。）②

他所缅怀的妇学涵盖德言容功，以礼为本，"非如后世只以文艺为学也"③，在他看来，今世之妇学已非古时之妇学，今世之"才女"多为"浅俗好名者"④，不免"舍其本业而妄托于诗"⑤。虽然"好名"不限性别

---

① 孙康宜《柳是和徐灿的比较：阴性风格或女性意识》认为，晚明女性创作主要呈现出青楼伎师与名门淑媛两大传统，并指出："不同于青楼伎师们通常是透过身旁的名士友人来建立自我意识，晚明的'闺阁'诗人往往视女性为一个群体，具女性相互依属的观念。"这种"群体"观念亦体现在清代女性所编纂的女性诗集的序言中。载《词与文类研究》，北京大学出版社，2004年，第174页。
② （清）章学诚著、叶瑛校注《文史通义校注》，中华书局，2011年，第532页。
③ （清）章学诚著、叶瑛校注《文史通义校注》，中华书局，2011年，第532页。
④ （清）章学诚著、叶瑛校注《文史通义校注》，中华书局，2011年，第534页。
⑤ （清）章学诚著、叶瑛校注《文史通义校注》，中华书局，2011年，第537页。

都有"浅俗"之嫌,但对居于深闺的女性而言,如果一味要求她们藏而不露,抑制与创作、出版相关的舆论活动,这种道德压力实属严苛。这也反映了女性留名较男性更难觅得理解与支持。于是大多数女性选择"藏芸香于箧笥"①,有的甚至即作即焚,但亦有少数女性勇于表达自己的"传名"意愿。将作品汇集付梓的女性,邀请亲人诗友撰写序言的同时,常常还会撰写自序,序中多叙述生平,抒发情志,借自序为女性创作辩护。亲友所作之序,与作者自序亦常有呼应和烘托。

一、来自男性的参照

在清代诸多女性别集得以出版的过程中,不乏来自家族或社交圈的男性为之撰写序言。披览这些文本,有一种结构性的书写惯例令人瞩目。由于在社会的意识或潜意识层面,人们关于女性创作正当性的疑虑未消,故序者不忘重提这一疑虑,并乐于引用《诗经》存有女性创作为典例来确认女性从事文学的正当性。兹举数例如下:

> 目论者动谓诗文非闺阁所宜,不知《葛覃》《卷耳》,首冠《三百篇》,谁非女子所作?②(袁枚《听秋轩诗集序》)

> 世之目论者谓女子不宜诗,夫《葛覃》、《卷耳》、《柏舟》、《绿衣》皆妇人之诗而圣人且以冠国风之首者何耶?③(汪楷亭《绣余吟稿序》)

> 诗之为义,上原风雅,不独文人学士流连景物、陶写性灵,即闺阁名媛亦往往按节循声,抒思逸响。④(刘秉恬《绣余吟序》)

① 吴文媛《女红余绪》自序,见胡文楷著《历代妇女著作考》,上海古籍出版社,1985年,第298页。

② 见(清)骆绮兰《听秋轩诗集》,胡晓明、彭国忠主编《江南女性别集二编》上册,黄山书社,2010年,第579页。

③ 见(清)袁杼《楼居小草题辞》,方秀洁、伊维德主编《美国哈佛大学哈佛燕京图书馆藏明清妇女著述汇刊》卷4,广西师范大学出版社,2009年,第12页。

④ 见(清)冯思慧《绣余吟》,方秀洁、伊维德主编《美国哈佛大学哈佛燕京图书馆藏明清妇女著述汇刊》卷1,广西师范大学出版社,2009年,第3页。

《三百篇》中,《周南》言女德者十,《召南》言女德者九,汝坟江汉之地风土清淑,游女皆得而咏歌之。①（吴锡麒《在璞堂续集序》）

抑思孔子删诗,首述《关雎》一什,其诗出自宫闱,其他若《鸡鸣》,若《桑落》诸篇,俱巾帼之言,而圣人未尝不录。②（石韫玉《自然好学斋诗钞序》）

自来选诗者以闺秀一门置之卷末,窃以为未得大圣人《三百篇》之旨也。《三百篇》首列《关雎》……开一朝风雅颂之先声,实自宫闱讽咏基之。③（陈祖望《信芳阁诗草序》）

《风》诗冠后妃夫人之作,其采之列国者,亦多妇人女子之词,传其诗,不传其人。④（朱智《吟翠楼诗稿序》）

诗发源于《三百篇》。宣圣删诗,首列《关雎》,取其哀乐得性情之正。⑤（曾国荃《吟云仙馆诗稿序》）

《三百篇》首列二南,《关雎》之三,《鹊巢》之三,盖言后妃夫人命妇之事。……诗教之始于闺门,断可识也。说者顾以女子无才为德,谓耽玩吟咏非妇道,不其颠乎?⑥（顾家相《紫藤萝吟馆遗集序》）

观夫《关雎》之咏,起自宫中,因之《采蘩》《采苹》,为命妇者皆赋其事以见志。……汉魏以来,如谢道韫之咏絮,卫

① 见(清)方芳佩《在璞堂续集》,胡晓明、彭国忠主编《江南女性别集二编》上册,黄山书社,第 147 页。

② 见(清)汪端《自然好学斋诗钞》,胡晓明、彭国忠主编《江南女性别集二编》上册,黄山书社,第 321 页。

③ 见(清)陈蕴莲《信芳阁诗草》,胡晓明、彭国忠主编《江南女性别集三编》上册,黄山书社,第 393 页。

④ 见(清)孙佩兰《吟翠楼诗稿》,胡晓明、彭国忠主编《江南女性别集三编》上册,黄山书社,第 513 页。

⑤ 见曾咏《吟云仙馆诗稿》,胡晓明、彭国忠主编《江南女性别集二编》下册,第 1447 页。

⑥ 见(清)章婉仪《紫藤萝吟馆遗集》,胡晓明、彭国忠主编《江南女性别集初编》下册,黄山书社,第 1287 页。

夫人之簪花,伏女之解传经,曹昭之能续史,至若唐之李、柳,宋之苏、程,皆诗才也,而亦各励品。① (罗本周《月薰轩诗草序》)

这些序者,无论是乾隆年间的袁枚,还是晚清的顾家相,他们青睐于这种援据《诗经》的套路,通过向《诗经》溯源而使女性传名的正当性得到实现。这种表达既容易自居神圣性,又减省了辩护正名的"战斗性"。

不可否认,倾向于向《诗经》溯源正名的男性序者中,有相当一部分人的目的是为了规范女性为人为文的合乎"温柔敦厚"之旨,"淑性情,重伦纪"的作品理所当然更令人称赞。②

然而,当女性选择将自身作品结集出版,或亲友有意于刊刻某位妇女的作品时,仍有可能触碰到舆论的敏感点:由秉天性之优偶尔作之、不以之为女子事的定位,转向了一种跨出了自己"本分"的追求。此时,女性作家便处在了易受人指摘的境地。诸多序言中有关女性的刊刻动机、"传名"观念的表述,暗含着序者们的刻意态度,隐约传达出女性"传名"意识在当时的争议度与敏感性。

例如乾隆年间的鲍之钟在为其妹鲍之兰诗集所作之序中,通过对女诗人自谦、本分乃至于"自我否定"品性的描述,达成对其妇德的维护:

妹至性谨朴,勤于女红;结缡后,尤专事井臼,操作弗倦,时有余暇,即手撷一编。……顾尝谓文咏非闺阁事,有所著不以示人,遂多散佚。今集中若干首,不及生平手著十分之一,皆妹诸子所窃藏,以时编辑,私自宝贵而妹不知

① 见(清)袁镜蓉《月薰轩诗草》,胡晓明、彭国忠主编《江南女性别集二编》下册,黄山书社,第906页。
② (清)沈德潜《绿净轩集序》,见(清)徐德音《绿净轩续集》,胡晓明、彭国忠主编《江南女性别集初编》上册,第87页。

也。①（鲍之钟《起云阁诗钞序》）

以操持家事为重，奉行"文咏非闺阁事"的观念，不轻易将作品示人，不重作品保存。一切叙述均将鲍之兰的形象稳定在"守本分""不骛声名"的形容中。鲍之钟还强调此集的刊刻是在妹妹去世后进行的，是自己以及侄儿们的心愿，而非女诗人为自身传名而刻。清代如此例者并不少见，序者表达程度虽各有差别，在着重书写女德完善以及削弱或回避女性传名意识这一点上却有其一致性。再如查为仁《芸书阁賸稿序》曰：

> 偶出数首，旋复毁去，曰：吟咏非妇人所宜，聊以摅一
> 时之怀抱耳。其自矜重也如此。……呜呼吉光片羽，孺人
> 岂求世知，予之存此者，盖不忍孺人之淑慧能文竟以夭折终
> 泯灭而无传也。②

序中描绘了金至元才气横溢却又自矜自重，不以吟咏为女子事的形象，并以"孺人岂求世知"的反诘语气以示其无一丝求名之心的"美德"，诗集的刊刻只是出于序者自己的保存之意愿。序者尽力在文字中塑造出"无意传名"的女性形象，这些例子也许亦体现了清代妇德的内涵有所"窄化"的现象。

湘乡曾国荃则在其序中将才情诗思完全纳入道德的统摄中，将道德视为女性传名之优良前提，诗作成为道德的附庸，德行的价值传递才是序者所褒奖之物：

> 故夫精忠苦节，其人不必专工于诗，思以传世，而其诗
> 卒无不传者，以其得性情之正，有不可磨灭者在也。……始
> 困终亨，天之所以报忠臣节妇者，又岂仅传其诗而已哉！③

----

① 见（清）鲍之兰《起云阁诗钞》，胡晓明、彭国忠主编《江南女性别集三编》上册，黄山书社，第 579 页。

② 见（清）金至元《芸书阁賸稿》，方秀洁、伊维德主编《美国哈佛大学哈佛燕京图书馆藏明清妇女著述汇刊》卷 4，第 244 页。

③ 见曾咏《吟云仙馆诗稿》，胡晓明、彭国忠主编《江南女性别集二编》下册，黄山书社，第 1447 页。

（曾国荃《吟云仙馆诗稿序》）

文字中体现了对道德的极端性强调。又有一种序，所述女性在当时多已德高望重，序言文字则多有恭谨赞叹之意。女性作家创作的高峰期一般分处于少女及中老年时期，然而唯有处于后一时期，逐渐脱身于米盐琐事，且家族繁荣，子孙济济者方有不畏舆论质疑的自信与底气。便如石韫玉为汪端《自然好学斋诗钞》所撰之序：

> 亟付梓人，天下之宝，令天下人共见之可也。① （石韫玉《自然好学斋诗钞序》）

鲍之钟、查为仁、曾国荃、石韫玉……，这些序者理所当然地表露出各自的赞美之意，序言附着了他们更大的文化情感于其中——这是否意味着更大的真实性？可以肯定的是，这样的表达更易传达出序者对于女性文学的态度与看法，却不一定能符合他们所书写的女性作家本人的意态。当对不同序者为同一女性作品所作序言进行比照时，若干表述上的矛盾性值得我们注意，不同的处理方式或强调面向似乎传达出时人对于女子"传名"的某种深层纠结。

二、矛盾表述引发的思考

对于同一位女性作者，当她的"传名"之心在其友人、丈夫或是老师乃至自己笔下呈现出　定的矛盾性，我们从中可获取怎样的讯息？

钱塘锁瑞芝生于嘉庆十四年（1809），殁于道光十一年（1831），生涯仅二十三岁。其遗诗被编纂为《红蕾吟馆诗稿》，有数人作序。对比阅读其夫吴兆麟所撰后序与吴振棫所撰《锁孺人传》，可觉察到二者对这位女性创作观念、传名态度的描述存在着矛盾：

> 幼好读书，工诗，能琴。暇日坐窗下，得佳句则急起书之，欣然自赏而不以示人，曰："此非女子事也。"②（吴振棫

---

① 见（清）汪端《自然好学斋诗钞》，胡晓明、彭国忠主编《江南女性别集二编》上册，黄山书社，第 321 页。

② 见（清）锁瑞芝《红蕾吟馆诗稿》，胡晓明、彭国忠主编《江南女性别集初编》上册，黄山书社，第 796 页。

《锁孺人传》)

> 噫！内子之于诗，盖力求其可以传者。天不与年，此志
> 未遂，亦恨事也！然予谓诗之可传与否，姑俟定论，则今日
> 之谋诸梨枣者，非内子之心也，而聊以尽予之心也云尔。①
>
> (吴兆麟《红蕾吟馆诗稿后序》)

吴振械在文字中塑造的是一位好读书、作诗，欣然自赏却不以之为女
子分内之事，故而不以诗作示人，安守于内闱的女性形象。锁瑞芝的
丈夫却直接以慨叹的语气说出妻子对于将诗稿传下去的强烈愿望，
并称之为其妻之"志"。然而，在论及"谋诸梨枣"之事时，他依旧下笔
迂回了一下，将这种诉求归为"予之心"，而非"内子之心"。既然已是
"力求"传己诗稿，想来锁瑞芝当亦有此"心"。这与吴传中所形容的
女作家的性格形象有着不少出入，这两种彼此冲突的序言信息共存
于一集，不由让人想要探究女诗人自身真正的想法。

再如，对读袁枚为其女弟子骆绮兰《听秋轩诗集》所作之序以及
骆绮兰《听秋轩闺中同人集》所撰自序，②两序在言及刊刻、传名之时
却有着不同的表述：

> 余今年八十矣，明知佩香之学问后进无涯，而余则暮景
> 颓光，前途有限，故劝其板而行之，以及于吾身亲见之也。③
>
> (袁枚《听秋轩诗集序》)

> 女子之诗，其工也，难于男子。闺秀之名，其传也，亦难
> 于才士。……兰年四十有二矣！近日流览内典，游心虚无，
> 作《归道图》以自勖。毁誉之来，颇澹然于胸中，深悔向者好
> 名太过，适以自招口实。但结习未除，每当凉月侵帘，焚香

---

① 见(清)锁瑞芝《红蕾吟馆诗稿》，胡晓明、彭国忠主编《江南女性别集初编》上册，黄
山书社，第808页。

② 这两篇序言的写作年份接近，袁枚序作于清乾隆六十年(1795)，骆绮兰序作于嘉
庆二年(1797)，故在此并提。

③ 见(清)骆绮兰《听秋轩诗集》，胡晓明、彭国忠主编《江南女性别集二编》上册，黄山
书社，第579页。

默坐,时于远近闺秀投赠之什,犹记忆不能忘。披诵一遍,深情厚意,溢于声韵之外,宛然如对其人。因哀而辑之,以付梓人。使蚩蚩者知巾帼中未尝无才子,而其传则倍难焉。①(骆绮兰《听秋轩闺中同人集诗序》)

袁枚序中一个"劝"字便削弱了女作家本人刊刻、传名的欲望,他强调自己对女弟子诗集付梓的愿望,有意回避了女作家本人刊刻意志。然而,据我们所知,骆绮兰是不吝于表达"求名"欲望的。② 观其自序,开篇便直接感叹闺秀传名之难,其传名之意愿溢于言表,亦可感知到她所具有的女性群体相互依属的意识。值得注意的是,在书写自身传世欲望时,她并非只凭一腔激愤而毫无策略,③序中由激烈的辩护转为对自身"好名太过"的反省,又款款表达出仍旧难以忘怀翰墨的心理,姿态逐渐放低,最终再次站在女性作者群体的角度述说编纂此书的目的:使贤媛才女之名得以为世广知。

　　以上两例的个案意味在于,无论是序者的叙事笔触,还是文字中所呈现的同一女性作者的形象,均有着某种事态上的差异性。吴兆麟与骆绮兰所撰之序中的女作者对"传名"的态度显得要直率一些,吴兆麟为锁瑞芝之夫,骆绮兰更是为自己作序,我们或许可以推测这两篇序可复原出更为"真实"的历史图景。历史长河中,无数女性作者除了些许篇章留存,并无再多文字传世,如骆绮兰一般书写自序者并不占多数,于是,我们只能从她们的诗作以及他人所作之序中尝试

----

　　① (清)骆绮兰《听秋轩闺中同人集诗序》,胡晓明、彭国忠主编《江南女性别集二编》上册,黄山书社,第695页。

　　② 有研究者提出,骆绮兰出版《听秋轩闺中同人集》的动机之一是为了回应章学诚对袁枚及其女弟子的攻击。参见 Robyn Hamilton, "The Pursuit of Fame: Luo Qilan(1755 - 1813?)and the Debates about Women and Talent in Eighteenth-Century Jiangnan. " Late Imperial China 18: 1(1997): 40.

　　③ 罗彬《看不见的手——骆绮兰及其选集的背景》指出:"有趣的是,恰恰是她在前言结尾处中对自己求名行为的自我批评,获得了其他人的赞扬。她公开承认自己'好名',使人减少对她不合礼教行为的批评,但是她又很谨慎地说,她是因为年轻,不懂得约束自己。"见方秀洁、魏爱莲编《跨越闺门:明清女性作家论》,北京大学出版社,2014年,第134页。

拼凑出她们的形象，或是从锁瑞芝、骆绮兰之例所示的矛盾葛藤中，看到纠缠在文字之下的真实，探究她们所感受的压力和内心想法。

三、甘于"藏芸香于箧笥"？

无论有无将自己的作品付诸梨枣，女性都处在对"传名""好名"有所争论的大环境中，如果说"焚稿"是女性在某种环境下自行抹杀才情的手段，断绝传名的可能性，①自序则是另一批女性主动面对社会上的不同观点，选择在自己的文字中发出对"传名"的追求、对自身在世间存在过的痕迹的确认。相比于《列女传》等正史以及旁人所作之序，显然女性自序更贴近她们的心声，书写之际，内心真实情志不由自主地流露出来，或潜藏在文字之下，供读者揣摩。

在自序中，女性作者是如何向读者传达她们对于"传名"的态度的呢？大部分女性选择了自谦自贬式的表达，她们采取迂回自省的方式，以"自我否定"的笔触削弱"传名"之欲，淡化刊刻别集所具有的"逾越性"。

这种自谦式的表达与前文所提及的为女性创作"溯源"《诗经》一样，逐渐成为一种书写格套，但其特殊处在于它更普遍地见于女子自序中。例如，"女子之识字也，不过数千，不必墨舞而笔歌，焉用执经而难字；宜勤工于绣作，莫懒惰于馈事"，②"弄文舞字，非妇人所便；每为一字，若不由规矩，虚费精神"，③"衣憎蝶扑，洗铅粉于妆奁；书怕蟫

侵,藏芸香于箧笥。"①"箧笥"这一物品在诸多序言中都曾被提及,应该说它已经成为女作家作品放置之处的一个象征,而"藏芸香于箧笥"的行为更是成为某种程度上的惯例行为——在"闭门课子"之余,"绣倦炊闲"时吟咏的诗句被一张张藏入了箧笥中,②它们或者在作者生前被整理结集,或者在作者身后为周围父兄子辈搜罗编纂,又或者作者选择将它们焚烧殆尽,徒留后人叹惋。纵观女性别集,诸如此类的表达仍不胜枚举。女性作者常在自序中勾勒出在家事余暇中偶尔吟咏的形象:

> 每针停绣榻,人倦倚窗。春院花开,秋轩月上。值刺绣之闲暇,感时光之绮丽。缠绵悱恻,不无遣兴之思;月露风云,颇有谐声之作。③

创作的间断性也为她们所强调,这种大规模的间断多发生于出嫁后,女性逐渐被米盐琐屑所环绕,无暇分身,于是"弃笔墨""疏诗思"的形容便出现在自序中:

> 余少耽吟咏,砚匣笔床,无时离手。年长以来,随夫子宦游四方,意与岁驰,此事遂废。④

> 惟乙巳至今,凡有吟咏,随作随忘,零星抛弃,散失殊多。⑤

> 瑛生平喜读懒吟,初以长兄下世,惧堂上寡欢,绕膝承颜,而诗思疏。后出室事姑,又以姑晚年多疾,称药量水,而

---

① (清)吴文媛《女红余绪自序》,见胡文楷著《历代妇女著作考》,上海古籍出版社,第298页。

② (清)顾静婉《钞韵轩诗稿自序》,见胡文楷著《历代妇女著作考》,上海古籍出版社,第808页。

③ (清)谢香塘《红余诗词稿自序》,胡晓明、彭国忠主编《江南女性别集初编》下册,黄山书社,第1227页。

④ (清)方芳佩《在璞堂续集自序》,胡晓明、彭国忠主编《江南女性别集二编》上册,黄山书社,第148页。

⑤ (清)郑兰孙《莲因室诗词集自序》,胡晓明、彭国忠主编《江南女性别集二编》下册,黄山书社,第1023页。

诗思再疏。存者寥寥,不过登览山水,及巾帼中酬和之作而已。①

这种自谦自省、"自我否定"式的表达用迂回的笔触表明自己在妇女"本分"之内对于文学创作的喜爱,至于为何要将作品付梓,则一笔带过,或是表达自己不愿传名的态度,刊刻之举是为亲友所劝:

雅不欲传,而诸闺友怂恿不已。②

能够将自己对于文学创作的喜爱直率道出、将把自己作品流传下去的愿望坦然书写的序言少之又少,但亦并非无有。在流传至今的女性自序中,依旧有一小部分女性作者直率地表达了自身的想法。

例如,江阴陈蕴莲生于近世扰攘之时,诗集之中对鸦片战争、太平天国之乱等均有吟咏。或许正因为她一生并未囿于闺阁中,行吟所见颇多,故能坦然表达自身之志。咸丰年间,她主动将诗作付梓,并写自序述生平、明己志。《信芳阁诗草》共有五篇序言,女性序者包括潘素心序以及作者自序。在论及自身创作过程时,与传统的大多女性自序相比,这篇自序显得坦然而率真,下笔并不迂回。她将自己对于诗歌的喜爱坦然托出:"少长,觉女红之外,惟翰墨足以涵养性灵,而通我诚款,畅我襟怀,尤于诗有偏嗜也。"在自序末尾,她更是说道:"或谓词章非闺阁所宜,则古作充栋汗牛,未尝弃巾帼而悉取冠裳也,则无待余之置辨矣。"明确地表达了自己对于"词章非闺阁所宜"传统观念的不以为然。

爰取数十年来所存诗,厘为四卷,以画易资,付诸梨枣。非敢妄冀永传,其或以此存吾之志,而留吾情性于天壤间,是亦此心之不容已者欤。③

---

① (清)包兰瑛《锦霞阁诗词集自序》,胡晓明、彭国忠主编《江南女性别集初编》下册,黄山书社,第 1437 页。

② (清)包兰瑛《锦霞阁诗词集自序》,胡晓明、彭国忠主编《江南女性别集二编》下册,黄山书社,第 1437 页。

③ (清)陈蕴莲《信芳阁诗草自序》,胡晓明、彭国忠主编《江南女性别集三编》上册,黄山书社,第 393 页。

有心于"存吾之志""留吾情性于天壤间",这是所阅女子自序中难得的坦荡抒怀。女诗人所处时代正是近世忧患之时,其诗集中有不少忧患国难之作,可见她的目光不仅仅局限于闺阁之内,或许亦可因此进一步理解她所选择的这种直抒胸襟的表达方式。

再如,甘立媃为《咏雪楼稿》所作自序亦秉"人各有心,在心为志,发言为诗,则诗即妇言之见端也"之观点:

> 第阅世久,其间送往事居,值骨肉变故、离别死丧及身历险阻困顿危难不敢告人,而实有不能已于言者,一一寄诸讴吟,写我心已尔,言我志已尔。……今老矣,且病目昏,次儿辞官归养,因乘暇葺予稿本,欲请付梓。予令于膝下逐首诵一通,半从芟削,可存则存,不过留贻我后人开卷披读时识吾志已尔,体吾心已尔。若以问世使比诸咏絮颂椒媲古才女之列,则非所愿也。①

她认为就以诗摹心、以诗言志来说,丈夫妇人并无二致。当谈及刊刻、传名之目的时,较陈蕴莲所述更为详尽,其传名之愿不仅是为"留吾情性于天壤之间",亦为子孙后人体其心志,并在结尾处对"才女"这一头衔表达了拒绝之意,这点亦耐人寻味。

再者还有如清代女科学家、诗人王贞仪,直面持"妇女不以名尚"观点的士人,直截了当地点出"好名之心,人皆不能无",自序中别有一股潇洒气息:

> 录缮既成,有士者讥之以为妇人女子唯酒食缝纫是务,不当操管握牍、吟弄文史翰墨为事。况妇女不以名尚,今之衰然成集也,其意何哉?仪闻而不敢置辨,为其论之似近乎正也,第以好名疑之则非矣。好名之心,人皆不能无。而概观古今来能于诗古文章者,士大夫固无论,即闺阁之中代不乏人,一云乎传,何啻寥寂不数,数觏即或传矣,而不能卓然

---

① (清)甘立媃《咏雪楼稿自序》,方秀洁、伊维德主编《美国哈佛大学哈佛燕京图书馆藏明清妇女著述汇刊》卷2,第381页。

以传,则与不传等。仪何敢以名是好,况仪之所作,固有不
足云者哉！噫嘻,剑头一吷,聊用自娱。①

此序言较前两例在情感上又有一层递进。她对妇女文名传世的困难
性似有所控诉,自谓"仪何敢以名是好"也带有反讽之感。值得注意
的是,尽管王贞仪对当今士人观念颇有微词,却因他们的言论"近乎
正也"而"不敢置辨"。由此亦可见清代闺阁文化有其时代特征上的
某种正统性,这种正统性或可折射出当时社会上的一些重要思潮,比
如自清初诸大儒首倡古礼复兴后,对礼学的重视贯穿了整个朝代,其
影响亦体现在对女德的要求上。王贞仪处在乾隆朝后期,其作诗亦
曾重袁枚"性灵"之说,再以相近时期章学诚所撰《妇学》为例,章学诚
所缅怀的古时妇学以礼为本,"必由礼以通诗",今世妇学却大多在文
辞上用功,"因诗而败礼",②在章氏看来,妇学当以礼为本,赋诗作文
皆当不离这一本质要求,从而保证其"正当性",由此可见,他所批评
的妇学是脱离根本之"礼",而以文辞为重的妇学,而重文辞、望传名
的今世闺秀,自然易被视为妇学"不修"。处在清代重视礼学、强调正
统性的大环境中,女性在写作时所感知的文学空间自由度自与前代
不同,而这种感知以及随之而来的应对方案体现在她们的书写方式
中。王贞仪自序最后的"剑头一吷,聊用自娱"兼有自嘲、自谦之意,
再回望前文所举诸多女性作者自序中的各类表达,均在一定程度上
体现了对于这一社会思潮的融汇与回应。

正统史传论述侧重"女性生命中的母性与道德层面",③其中所收
录的女性给后世读者的印象总是显得有些千篇一律,这些高度公式
化的记叙文字从所处之世的道德评判依据出发将她们的人生经历进
行筛选、概括,进而将此形象传递给子孙后人。正如曼素恩所说,"丰

---

① (清)王贞仪《德风亭初集自序》,方秀洁、伊维德主编《美国哈佛大学哈佛燕京图书
馆藏明清妇女著述汇刊》卷 4,第 139 页。
② (清)章学诚著、叶瑛校注《文史通义校注》,中华书局,2011 年,第 537 页。
③ 胡晓真《才女彻夜未眠》,北京大学出版社,2014 年,第 64 页。

富的中国传记史料在许多话题上是沉默不语的"，①尤其在清代，即使女性的才华在其传记中蒙获品藻，却往往只是依附于道德的完善之下。

清代礼学复兴的大背景下，极具规模的女性别集的刊刻、流传以及"德"与"才"传统地位高低的微妙变动导致了妇女"传名"这一话题的敏感性与争议度。无论书写者是在维护、在掩饰，还是在如实地摹写，女性作者对于"传名"的真实态度都显得有些幽微难寻。她们中的一部分人或选择焚稿，或因未刊刻别集作品渐渐"半付诸荒烟蔓草湮没"②，我们只能通过所能找寻的一些残余作品、亲友相关叙述来尝试触摸和拼接她们的心境。而那些有自序传世的女作家则使得我们能够站在一个更为亲近的角度去了解她们对于"传名"所抱的态度以及相应所采取的策略。绝对的真实永远无法得到保证，但通过序言文本的细读与参照，一个个更为鲜活、立体的女性作者形象也许能够款款呈现。

（南京大学文学院）

---

① 曼素恩撰、吴玉廉译《传记史料中的言与不言》，季家珍、游鉴明、胡缨主编《重读中国女性生命故事》，江苏人民出版社，2012年，第19页。

② 陈芸《小黛轩论诗诗序》，见王英志主编《清代闺秀诗话丛刊》，凤凰出版社，2010年，第1520页。

"隔帘听"与唐宋词的审美意识

汪 倩

内容摘要："隔帘听"最初作为一种社会行为，与礼法、社会制度相关，是礼乐文化传统影响下的一种尊礼的体现。接着成为生活中的一种习惯，"隔帘听"以实用功能为主。后来作为曲名在《教坊记》中出现，进而成为词牌名，"隔帘听"更多地作为一种表演方式与欣赏方式出现，随之逐渐具有了审美的功能。词中"隔帘听"具有女性内敛优美的特征和余音绕梁的艺术韵味，其表演对象包括清唱、奏乐、舞蹈、乐舞、表演者及其环境等要素。"隔帘听"与唐宋词审美意识的探讨，对于理解唐宋词艺术精神也具有启发性。

关键词：唐宋词 隔帘听 帘文化 表演方式 审美意识

"Ge Lian Ting" and Aesthetic consciousness of Tang and Song Ci

Wang Qian

Abstract：As a kind of social behavior, "Ge Lian Ting" is associated with

Confucianism and the social system, which is influenced by Confucian Li Yue. Then it becomes a habit in lives, the main function of which is utility function. It as a song name appeared in the "Jiao Fang Ji" later, and then become a Ci-pai. "Ge Lian Ting" is more in a way of acting and appreciating, and gradually has the aesthetic function. "Ge Lian Ting" of Ci has characteristics of female implicit beauty and artistic lasting appeal. The performance object contains cantata, playing music, dance, music and dance, the performers and environmental elements, etc. The study of "Ge Lian Ting" and the aesthetic consciousness of Tang and Song Ci are instructive to understand the artistic spirit.

Key words: Tang and Song Ci   "Ge Lian Ting"   Curtain culture Performance way   Aesthetic consciousness

近年来,作为可以歌唱兼具有文学功能的词,其表演艺术特征逐渐受到研究者的重视。本文便立足唐宋词的表演方式,从"隔帘听"的历史发展及其在词史中的演变入手,分析唐宋词中"隔帘听"的基本特征,并在此基础上关注唐宋词表演与帘文化的关系,揭示"隔帘听"所反映出唐宋词的审美意识与艺术精神。

一、"隔帘听"及其在词史中的演变

"隔帘听"作为一种社会行为,在春秋战国时期就已经出现。此时的"隔帘听"与礼法、社会制度相关。如,《荀子·大略》曰:"天子外屏,诸侯内屏,礼也。外屏,不欲见外也;内屏,不欲见内也。"《礼记·郊特牲》"台门而旅树"汉代郑玄为此注曰:"礼,天子外屏,诸侯内屏,大夫以帘,士以帷。"①在中国礼乐文化传统的影响下,根据身份和社会地位而隔以屏、隔以帘、隔以帷等是一种符合社会规范的尊礼行为。隔帘在后来,更多的先是具有实用功能,再逐渐具有审美功能的。如,班固在《汉书》中关于隔帘也有记载,卷七十二曰:"(严君平)

---

① (清)王先谦撰,沈啸寰、王星贤整理《荀子集解》,中华书局,2012年,第470页。

得百钱足自养,则闭肆下帘而授《老子》。"①这里是写严君平挣够生活必需之后,就回家垂帘安静地钻研《老子》。下帘是生活中的一个动作,垂下的帘子具有实用功能。正是在实用功能基础上,隔帘逐步具有了审美意识。

晋葛洪《西京杂记》卷二曰:"汉诸陵寝,皆以竹为帘,帘皆为水纹及龙凤之像。昭阳殿织珠为帘,风至则鸣,如珩佩之声。"②这里因隔帘所听的声音"如珩佩之声",说明隔帘而听,在一定程度上已经具有了审美的意识。南北朝刘敬叔《异苑》卷六曰:"晋永嘉中,李谦素善琵琶。元嘉初,往广州,夜集坐倦,悉寝,惟谦独挥弹未辍,便闻窗外有唱佳声,每至契会,无不击节。谦怪,语曰:'何不进耶?'对曰:'遗生已久,无宜干突。'始悟是鬼。"③这里虽然讲的是一志怪故事,但是"隔帘听琵琶"已经是一种有意识的描绘。再如,《南齐书》卷二四列传第五曰:"(世隆)在朝不干世务,垂帘鼓琴,风韵清远,甚获世誉。"④柳世隆以军功起家,晚年却倾心于琴艺。这种垂帘弹琴或是隔帘而听的记载,既表明了南朝武人对文艺的钦慕,也说明了"隔帘听"作为一种表演方式或欣赏方式已具雏形。在诗文中,"隔帘听"也逐渐成为一种特有的描写场景,成为一种表达情感的方式。如,《玉台新咏》卷十有《弹筝》诗曰:"弹筝北窗下,夜响清音愁。张高弦易断,心伤曲不遒。"⑤唐宋诗文里关于"隔帘听"的描写似乎更多。杜佑《通典·乐五》谈到:"郝三宝亦善歌《行天》。有人引三宝歌之,诸女隔帘听之,发声便笑。"⑥这里描写了歌女隔帘而听郝三宝歌唱名曲《行天》,三宝听好乐音后自愧不如方等音的事情。"诸女隔帘听之"的行为表明,

---

① 王继如主编,王华宝、谢秉洪副主编《汉书今注(4)》,凤凰出版社,2013年,第1787页。

② (晋)葛洪《西京杂记》,三秦出版社,2006年,第90页。

③ (南朝宋)刘敬叔撰、范宁校点:《异苑》,中华书局,1996年,第53页。

④ 《南史》,中华书局,1975年,第568页。

⑤ (南朝陈)徐陵编、吴兆宜注、程琰删补、穆克宏点校《玉台新咏笺注》,中华书局,第511页。

⑥ 《通典(下)》,岳麓书社,1995年,第1948页。

"隔帘听"作为一种表演方式或者欣赏方式已经形成。

再如,王建《咏霓裳》诗曰:"中管五弦初半曲,遥教合上隔帘听。"谓堂下奏曲,堂上垂帘以听。如开元二十二年,郑万钧《代国长公主碑》曰:"至于筚篥、笛、琴、搊琵琶、七弦、阮咸、筝,隔帘听之,随手便合:有若天与,实同生知。""(隔帘听)又曾见于金元院本明目内,乃戏名,非曲名"①,而作为曲名,《隔帘听》首见于唐代崔令钦《教坊记》中,与《清平乐》《春光好》等类似,是当时比较著名的演出乐曲。《教坊记》中记载的三百多首曲子被认为是盛唐乐曲名的总汇,其中的许多曲名就是后来的词牌名。

《隔帘听》作为教坊曲中比较早出现的曲名,后来又成为词牌名,在某种意义上可以说"隔帘听"和当时的乐曲演唱方式有着重要的关系。不过,《隔帘听》作为教坊曲,后人按谱填词者并不多。目前可见的,北宋柳永较早填有《隔帘听》词,属林钟商:

> 咫尺凤衾鸳帐,欲去无因到。虾须窣地重门悄。认绣履频移,洞房杳杳。强语笑。逞如簧、再三轻巧。 梳妆早。琵琶闲抱。爱品相思调。声声似把芳心告。隔帘听,赢得断肠多少。恁烦恼。除非共伊知道。

柳永在这首词里描绘男子隔帘听曲时,对帘内一位歌伎深切的相思之情。近在咫尺,而不能相见。只能透过虾须垂帘若隐若现地看到心上人款款移步的绣鞋。歌伎弹唱的琵琶正是相思之调,那缱绻深情的琵琶乐音透过垂帘深深搅动着男子的内心,让他隔帘听曲后徒增了更多的痛苦和思念。

除了填写《隔帘听》词,身处歌词表演氛围的唐宋词人,对"隔帘听"极为熟悉,不经意间多有记录。如秦观《一丛花》云:

> 年时今夜见师师。双颊酒红滋。疏帘半卷微灯外,露华上、烟袅凉飔。簪髻乱抛,偎人不起。弹泪唱新词。佳期。谁料久参差。愁绪暗萦丝。想应妙舞清歌罢,又还对、

---

① (唐)崔令钦撰、任半塘笺订《教坊记笺订·弁言》,中华书局,2012年,第73页。

秋色嗟咨。惟有画楼,当时明月,两处照相思。

和柳永的《隔帘听》类似,秦观的《一丛花》描写了对歌伎师师的深刻怀念。这种怀念是在对师师隔帘表演的回忆中场景再现的。词的上阕描写了疏帘是半卷状态,师师弹泪唱新词。那令人怜爱的神情与姿态再次让人难忘,下阕承接而来,想想如今只能空有感慨。隔帘听的表演方式就这样逐渐形成了一种沟通词人与歌伎之间的桥梁,这种桥梁贯通了表演者与欣赏者的精神交往,也成就了人性中的思念与依恋。具有这样意境的作品还有晏殊《木兰花》(杏梁归燕双回首)"帘外青蛾回舞袖"、苏轼《浣溪沙》(学画鸦儿正妙年)"雾帐吹笙香嫋嫋,霜庭按舞月娟娟。曲终红袖落双缠"、贺铸《小重山》四首之二"帘影新妆一破颜。玳筵回雪舞,小云鬟"、向子諲《浣溪沙》"犹省当来求识面,隔帘清唱倒琼彝"、高观国《声声慢》(壶天不夜)"歌传翠帘尽卷"、刘过《贺新郎·平原纳宠姬,能奏方响,席上有作》"莫放珠帘容易卷,怕人知、世有梨园手"、以及姜夔《翠楼吟》(月冷龙沙)"新翻胡部曲,听毡幕、元戎歌吹、层楼高峙。看槛曲萦红,檐牙飞翠。人姝丽,粉香吹下,夜寒风细",等等。

宋代黄庭坚《粹老家隔帘听琵琶》诗中"妆罢黄昏帘隔面,曲终清夜月当轩"是写宴会中的隔帘听,这些诗文材料都说明了,"隔帘听"是唐宋时期极为常见的歌曲表演与欣赏的方式。"隔帘听"表演方式虽非词中独有,但词中"隔帘听"更具特点,如王安中《临江仙》一词,即是于贺州"刘师忠家隔帘听琵琶"所作:

凤拨鹍弦鸣夜永,直疑人在浔阳。轻云薄雾隔新妆。

但闻儿女语,倏忽变轩昂。

且看金泥花那面,指痕微印红桑。几多余暖与真香。

移船犹自可,卷箔又何妨。

实际上,"隔帘听"的表演方式也并非局限唐宋时期,后代也有延续。元代贯云石写过散曲《殿前欢·隔帘听》:"隔帘听,几番风送卖花声。夜来微雨天阶净。小院闲庭,轻寒翠袖生。"这里虽然描绘的是作者隔帘听春雨的闲适情境,但是他设定的一种观物审美方式依然是隔帘听。明代杨慎在《鹧鸪天·元宵后独酌》中写道:"千点寒梅晓角中,一番春信画楼东。收灯庭院迟迟月,落索秋千嬲嬲风。鱼雁杳,水云重,异乡节序恨匆匆。当歌幸有金陵子,翠斝清尊莫放空。"也描写了这种歌唱表演方式。

清代词人陈世祥《隔帘听》有云:"罗帷笑揭声还悄。悄悄问檀郎,为侬懊恼。"陈维崧听旧家歌伎隔墙度曲所作的《隔帘听》云:"十载画楼烟月,凝想归何处。黄缬新作瑶妃侣。怅碧海茫茫,琼楼清苦。无一语。掩纱窗、低笼雁柱,将情诉。妆楼一所,红粉墙围住。歌声偏透红墙去。想他墙内,新愁万缕。伊知否?隔墙一般凄楚。"邹祗谟《隔帘听·立夏日雨》(何事欺花赚柳)虽未对表演方式进行描写,但是对立夏日听雨场景的描绘从某种程度上也是"隔帘听"观物方式的体现,董元恺《隔帘听·咏蝉筝》(正是恹恹天气)有云:"十五盈盈女。十三弦上情千缕。看玉比蝉钿,银排雁柱。弹再鼓。动春纤、当窗手语。音如诉。含宫嚼羽。婉转歌喉吐。斜撅慢撚相思谱。空闺似人,湘江凄楚。潇潇雨。偷将泪丝重数。"描述了隔帘细听弹筝的场景。蒋敦复《隔帘听》"十二绣屏深窈。翠篆余香袅",也描写了隔帘而听的欣赏方式……在一定意义上,这些描写"隔帘听"的词作,或多或少都在延续唐宋词隔帘听的情感体验。而近现代的汪东和吴湖帆两位词人也填过《隔帘听》,但所写内容主要是题书画作品,离乐舞表演远矣。这些清词作品有的虽然在表演方式上失去了唐宋词乐舞表演的现场感,但是至少说明隔帘听作为一种欣赏方式有着强大的生命力。

二、"隔帘听"与词的表演对象

俞平伯谈到唐宋时期唱词的情形,曾指出大约有两种:"(一)有舞态的,间或表演情节。(二)和歌,即清唱。"①这是从唱词的角度说的,若从歌词的表演环境说,作为一种表演方式,"隔帘听"的

---

① 俞平伯《读词偶得·清真词释》,人民文学出版社,2000年,第8页。

内容实则涵盖了清唱、奏乐、舞蹈、乐舞、表演者等多个对象。这在展现词的表演功能的同时，亦丰富了我们对词的艺术内涵的解读。

（一）清唱

清唱是唐宋词最基本的呈现方式，"隔帘听"便是其中比较正式的表演形式。如柳永《凤栖梧》（一作欧阳修）词云："帘下清歌帘外宴。虽爱新声，不见如花面。牙板数敲珠一串，梁尘暗落疏璃盏。桐树花深孤凤怨。渐遏遥天，不放行云散。坐上少年听不惯。玉山未倒肠先断。"这是典型的"隔帘听"场景。词人描绘了一组客人在帘外饮酒听乐，歌女在帘后清歌一曲的场面。词中特地点出"清歌"，而不见歌女面，给人一种揣测而好奇的朦胧感觉。随着牙板声也从帘内传来，在清歌的音调和内容的感染下，听者早已进入其中，愁肠寸断。又如苏轼《菩萨蛮》词：

> 绣帘高卷倾城出。灯前潋滟横波溢。皓齿发清歌。春
> 愁入翠娥。　凄音休怨乱。我已先肠断。遗响下清虚。累
> 累一串珠。

苏轼在这首词中刻画了一位倾国倾城的歌女，从华丽秀美的帘中出来，继而歌唱表演的情景。歌女的美貌在卷起的绣帘下显得更为妩媚动人，表演的方式却依然是清唱。这种清歌唱出的愁怨同时激起欣赏者的共鸣，并滋生"我已先肠断"的情感。

作为唐宋词表演的最基本形式，隔帘听唱曲也是词人感受歌词审美经验的基本方式。对此，唐宋词人笔下时有流露。如晏殊《诉衷情》（世间荣贵月中人）"兰堂帘幕高卷，清唱遏行云"、晏几道《木兰花》上阕"玉真能唱朱帘静。忆在双莲池上听。百分蕉叶醉如泥，却向断肠声里醒"及《六幺令》（绿阴春尽）"画帘遮匝，新翻曲妙"、刘过《蝶恋花·赠张守宠姬》"帘幕闻声歌已妙。一曲尊前，真个梅花早"、张炎《醉落魄》（柳侵阑角）"小楼帘卷歌声歇"，等等，均是纯粹唱曲的"隔帘听"表演描写。

(二) 奏乐

"与人的歌声相比,器乐曲似乎更为纯粹,尤能见人的心情的深挚"[1],而隔帘听奏乐,尤能展现音乐的空灵之美,别有一番滋味。在众多乐器中,琵琶尤为词人所关注。如贺铸《减字浣溪沙》词便描写了隔帘聆听琵琶演奏的情景:

> 闲把琵琶旧谱寻。四弦声怨却沉吟。燕飞人静画堂深。 敧枕有时成雨梦,隔帘无处说春心。一从灯夜到如今。

此词上阕开始以闲抱琵琶定位,琵琶声怨而沉吟,那种闺中女子落寞而沉闷的心情刻画得相当细腻。又静又深的画堂连燕子也不愿久留,歌女弹琵琶隔着门帘,心事也难以诉说,这种由来已久的伤感大片弥漫。末句"一从灯夜到如今"得到陈廷焯很高的评价:"妙处全结句,开后人无数章法。"[2]又如,张孝祥《桃源忆故人》云:"朔风弄月吹银霰。帘幕低垂三面。酒入玉肌香软。压得寒威敛。 檀槽乍捻么丝慢。弹得相思一半。不道有人肠断。犹作声声颤。"上片描绘帘阁及其所处环境,下片想象弹奏过程,抒写聆乐的感受,真实记录了词人隔帘听的美感经验。

需要说明的,"隔帘听"不仅是一种剧场环境,也是一种社会环境,如此方能更为深切地认识唐宋词人欣赏歌词的艺术经验。如,晏殊《望仙门》(紫薇枝上露华浓)云"管弦声细出帘栊",宴会之中,未见其人,而先闻其音;苏轼《诉衷情·琵琶女》云"小莲初上琵琶弦。弹破碧云天。分明绣阁幽恨,都向曲中传",琵琶女绣阁之内的独奏,也是一种特殊的隔帘听之演奏;黄庭坚《蓦山溪》(朝来风日)云"行乐闻弦管……一醉几缠头,过扬州、珠帘尽卷",游走街衢,耳闻帘内乐声,依旧不失为一种隔帘听的氛围;秦观《浣溪沙》上阕云"锦帐重重卷暮霞。屏风曲曲斗红牙。恨人何事苦离家",这杂乱的绰板之声,正是

---

① 杨柏岭《唐宋词审美文化阐释》,黄山书社,2007年,第29页。
② (清)陈廷焯《白雨斋词话(卷八)》,人民文学出版社,2006年,第215页。

锦帐之内主人公纷乱心绪的传达，而词人对锦帐之内的想象，道出了"帘隔"内外那特殊的欣赏体验。

（三）舞蹈

在一定程度上，歌词表演本质上属于视听共享的综合艺术，而唐宋词又是士与歌妓关系的产物。所谓隔帘"听"，也包括隔帘"观"，妓人的歌舞在士人的视听欣赏中得到了进一步的美化。此番"美化"过程，便有隔帘"听""观"。忽视了这一点，无法全面把握唐宋时期"词"艺术带给时人的感动。从中国舞蹈史来看，"宋代舞蹈美学把中国舞蹈美学推向了一个新阶段，在舞蹈形成、风格、情调上都有新的发展和演化。私宅府邸的舞蹈更趋向于士大夫化，舞姿婆娑中获得赏心悦目的美感。风靡于两宋舞坛红毡上的是红巾翠袖与烛烟腾腾，这是其舞蹈美学的情调性写照。""府邸的轻歌曼舞，体现了宋代乐舞的轻盈式特点和舒卷自如的审美风调，这恰是最能代表宋代乐舞美学的。因此，宋代舞蹈极力表现的是舞蹈演技的美姿、美态，女性的腰肢便成为文学作品最为欣赏和不嫌重复地加以描述的对象"。[①] 如苏轼《南乡子·赠田叔通家舞鬟》在"灯晃帘疏"氛围中，描写舞伎"面旋回风带雪流。春入腰肢金缕细，轻柔"；晏几道《阮郎归》（晚妆长趁景阳钟）云"舞腰浮动绿云波，樱桃半点红"，而舞妓此番"芳容"亦"春寒帘幕几重重"隔断中，令词人"沉思暗记"；毛滂《诉衷情》亦是在"花阴柳影映帘栊，罗幕绣重重"的环境下，欣赏舞伎"行云自随语燕，回雪趁惊鸿"的回雪舞姿，而如向子諲《好事近》描绘的更为完整：

> 初上舞茵时，争看袜罗弓窄。恰似晚霞零乱，衬一钩新月。　　折旋多态小腰身，分明是回雪。生怕因风飞去，放真珠帘隔。

舞伎登台，如晚霞一般的裙纱中时而露出玲珑的小脚，就像一弯新月；灵动多姿的腰身轻盈优美，就像空中飞舞的雪花，如此美妙的舞者真让人担心随时会被风刮走，赶紧垂下珠帘将她围住。歇拍放帘

---

① 吴功正《宋代美学史》，江苏教育出版社，2007年，第497页。

动作,在展现词人对舞伎的怜爱之情的同时,透露出"隔帘观"所具有的呵护美感的特殊艺术体验。可以说,词人笔下隔帘"观"舞蹈表演的描写,是宋代舞蹈水平的反映,也是研究宋代文化尤其是宋词表演特征不可忽略的一个方面。

(四) 乐舞

以上有关清唱、奏乐、舞蹈的分析,多具有相对性,其实,"歌词最适宜的宴会、歌馆等表演场所,大多有歌舞一体的氛围……唐宋人接受词,不仅要阅读,要听歌聆弦,而且要观包括舞在内的整个氛围"①。如此方能在真正的视听共享氛围中,探寻唐宋时期歌词带来的艺术感动。或是伴乐而唱的表演,如张先《碧牡丹·晏同叔出姬》上片云:"步帐摇红绮。晓月堕,沉烟砌。缓板香檀,唱彻伊家新制。怨人眉头,敛黛峰横翠。芭蕉寒,雨声碎。"首句便描绘所悬挂的是一顶红色丝质的帘子,在表演者与观众通宵达旦欢聚声中振动,而姬人执檀板尽情歌唱主人的新词,感情投入,表情哀怨,已觉知即将被遣的命运。或是歌舞表演,如欧阳修《浣溪沙》云:"灯烬垂花月似霜。薄帘映月两交光。酒醺红粉自生香。 双手舞余拖翠袖,一声歌已醋金觞。休回娇眼断人肠。"在月映薄帘的浪漫环境中,伎人在一段动人的长袖舞之后,又歌以侑酒,娇眼动人,令人心醉。又如苏轼《蝶恋花》(帘外东风交雨霰)词所描绘的"掺鼓渔阳挝未遍。舞褪琼钗,汗湿香罗软"的"帘里佳人",令词人发出"今夜何人吟古怨,清诗未就冰生砚"的感喟;苏轼方外至交佛印了元《品字令》写到,欣赏了"觑著脚。想腰肢如削。歌罢遏云声,怎得向、掌中托"的佳音妙舞之后,身心俱醉,以至于"几回欲去待掀帘";黄庭坚《西江月》(宋玉短墙东畔)亦写到"浓妆下著绣帘遮"的剧场环境,以及"鼓笛相催清夜。转昡惊翻长袖,低徊细踏红靴。舞余犹颤满头花"的动人歌舞。可见,总的说来,即便是清唱、奏乐、舞蹈等单一表演形式,也是一种综合的艺术氛围,而词人亦擅于通过这种综合艺术传达其特殊的心境或情思,那些优

---

① 杨柏岭《唐宋词审美文化阐释》,黄山书社,2007年,第23页。

秀的词作亦会把这些歌舞及其环境艺术化成一种淡淡的痕迹,转化为情思与美感符号。

(五)表演者及其环境

通过对唐宋时期词人"隔帘"视听经验的分析,可以看出作为歌词表演的审美对象,是包括诗乐舞在内的整体氛围,他们抓住了剧场环境的特殊审美特点。在具体的欣赏经验的描绘中,也许会重点关注如歌唱、奏乐、舞蹈等艺术形式本身,但无不有"身临其境"的艺术氛围在。同时,唐宋词是士与歌妓制度下的艺术形式,欣赏者还有个极其重要的视听对象,那就是"剧场"中表演者本人。此时,词人也许省略了具体的表演内容,而将美感、情感投注于表演者,这不仅不是一种残缺的剧场审美感受,而且是深度抉择歌词表演的独特性。因为此时的表演者就是视听的内容。识见如此,我们可以深刻地把握唐宋词人笔下众多的歌伎形象。如柳永《荔枝香》(甚处寻芳赏翠)上阕揭橥宴会上那位"众里盈盈好身段"的歌舞伎人的妆饰,下阕则进一步细致描绘这位伎人一连串的动人姿态:"拟回首,又伫立、帘帷畔。素脸红眉,时揭盖头微见。笑整金翘,一点芳心在娇眼。"虽非剧场表演,但这位伎人常态下的行为本身就是表演,足令词人感慨"王孙空恁肠断"。又如,吴激《虞美人》(双眸翦水团香雪)所描绘的"羞红腻脸语声低。想见流苏帐掩、烛明时",赵师侠《朝中措》刻画的"疏疏帘幕映娉婷。初试晓妆新。玉腕云边缓转,修蛾波上微颦。铅华淡薄,轻匀桃脸,深注樱唇。还似舞鸾窥沼,无情空恼行人",等等,均是帘隔环境下的歌舞伎人行为姿态刻画。

三、"隔帘听"与"帘"文化

"隔帘听"作为唐宋词重要的表演方式之一,它与帘文化具有怎样的关系?解决这个问题是对"隔帘听"这一表演方式进行深入理解而不能绕过去的。兹从以下三个方面进行分析:

(一)"帘"丰富了"隔帘听"的文化内涵

隔帘听借助的物象是帘。帘意象的文化内涵与其形成与发展有密切的关系。帘和"怜""恋""莲"等字音相同,根据材质和颜色或状态等来划分,帘还有珠帘、翠帘、水晶帘、朱帘、绣帘、竹帘、卷帘、垂帘等等。在中国传统文化里,语言和意象有着特殊而亲密的关系,往往有一种互动的意味。"怜""恋""莲"等意象都有一种怜爱美好的意思。而在言象互动的关系问题里,汪裕雄说:"中国文化基本符号的构成,有一个引人注目的特点,即语言与意象的平行互补。这个'言象互动'的符号系统,作为中国传统文化观念的载体和交流媒介,深刻影响着传统文化观念的形成与传播,影响着中国人的思维方式和行为方式"。Lian 这一读音和构成的意象对"隔帘听"意境的形成有着最直接和重要的作用。通过"帘"自然能引起"怜""恋"等情感的联想。

"中国文化的总体风貌,它那重经验、尚感悟、趋向反省内求的特色,很大程度上受制于这一符号系统,尤其是意象符号的文化功能。因此,从文化符号入手,着眼于'意象'的结构和功能的考虑,对中国文化研究而言,不失为必要的向度和可行的途径"。① 汪裕雄指出的文化符号,在"隔帘听"中就是对帘文化的一种感悟、反省。唐宋词中的帘意象非常丰富,而且具有规律性。据笔者统计,《全唐五代词》中主要是花间词人在使用"帘"意象。花间词精美的语言和朦胧含蓄的帘意象产生的情感联想,也能促使人们审美体验的丰富。花间词人使用帘意象,而且词组基本固定(如:水晶帘、水精帘、卷帘、帘栊、帘外、珠帘、帘幕、绣帘、重帘、翠帘等)。帘这一审美意象,对"隔帘听"这个动态审美体验过程也很重要。如,周紫芝《西江月》(画幕灯前细雨)上片所写"画幕灯前细雨,垂莲盏里清歌。玉纤持板隔香罗"中"垂莲"意象的描写,"垂莲"又和歌舞伎人"垂帘"表演、欣赏者"垂帘"观赏在文化情感中产生相关联想,具有一种"言有尽而意无穷"的艺术韵味。

---

① 汪裕雄《意象探源·导引》,人民出版社,2013 年,第 2 页。

(二)"帘"配合了"隔帘听"的表演诉求

追究"帘"的文化内涵,帘意象与隔帘听表演方式的形成紧密相关。"帘"配合了"隔帘听"的表演方式,营造出一种令人愉悦的美感体验氛围。赵梅曾就唐宋词中的帘意象专门论述过:"不管是竹帘、珠帘、犀帘还是玳瑁帘,总还留出了丝丝隙缝,即使是布帘,也还有风吹帘开的瞬间,使得帘外人得以隐隐绰绰地瞥见帘内动静。欲见而不能十分真切,这种遗憾尤能启人遐思、发人联想,以之入词,便成为一种对朦胧美的追求。……不少情况下,'帘'只是作为一种寓示了距离、隐秘、朦胧之美的意象符号出现,未必是实有之情境,这在唐宋词中亦不例外"。① 帘所具有的这种能营造朦胧美的功能,恰恰配合了歌舞伎人的表演心理。唐宋词的表演者大多为青楼伎女,她们在酒楼、青楼等场合下需要这种朦胧物象营造的氛围,而设身处地的表演环境也是促成隔帘听这一表演方式与欣赏方式的原因之一。高观国《御街行·赋帘》专门写到:

> 香波半罩深深院,正日上、花阴浅。青丝不勒玉钩闲,
> 看翠额、轻笼葱茜。莺声似隔,篆烟微度,爱横影、参差满。
>
> 那回低挂朱阑畔。念闲损、无人卷。窥春偷倚不胜情,仿
> 佛见、如花娇面。纤柔缓揭,蓦然飞去,不似春风燕。

其中"隔帘听"表演或欣赏能产生一种美感,这种由帘隔产生的朦胧美感往往更具欣赏性更为动情。体验美感的过程往往就是强烈感情流露的过程,动情、好奇、喜悦等等充斥其中。隔帘欣赏本身就能增加一种好奇心,越是不能够清晰观赏到就越有一种求知欲。词人们对隔帘观赏更能增加这种审美而乐此不疲,更有想揭帘一看究竟的欲望。如前文所述,苏轼方外至交佛印了元《品字令》就写到欣赏了舞伎"觑著脚。想腰肢如削。歌罢遏云声,怎得向、掌中托"的佳音妙舞之后,身心俱醉,以至于"几回欲去待掀帘"的心态正是动情的

---

① 赵梅《重帘复幕下的唐宋词——唐宋词中的"帘"意象及其道具功能》,《文学遗产》,1997年第4期,第42页。

体现。

　　杨柏岭指出："与歌妓制度有关的帘隔现象也是士与歌妓结合的一种普遍存在。"[1]士与歌妓因隔帘表演,形成表演方式上的欲说还休以及欣赏方式上的迫切期待。如,晏殊《望仙门》(紫薇枝上露华浓)云"管弦声细出帘栊",宴会之中,未见其人先闻其声,总是有一种期待看见的观赏感受。再如,秦观《浣溪沙》上阕云"锦帐重重卷暮霞。屏风曲曲斗红牙。恨人何事苦离家",这杂乱的绰板之声,正是锦帐之内主人公纷乱心绪的传达,而词人对锦帐之内的想象,也因帘隔显得更为丰富。事实上,无论是表演者还是欣赏者,都有一种隐蔽自我真情的本能,都希望在一个相对隐秘的环境中尽情流露自己的情感。这种隔帘而演或者隔帘而赏的场景,不管是在表演进行的过程中还是行将结束时,都能给人一种可以随时"退居二线"的安全感。总之,隔帘听的表演与欣赏方式在士与歌妓的心灵需求上和"中隐"的哲学理念又是一致的。帘的隔断作用不是生硬的而是柔软的,能屈能伸而不显山露水,只是远远的若隐若现的存在。这种含而不露的处世法则几乎成了唐宋尤其是宋代文人追求的一种人生哲学。

四、"隔帘听"的审美意识

　　从"隔帘听"的发展尤其是在词史中的演变,到"隔帘听"与词的表演对象的种类,再到与帘文化关系的探析,"隔帘听"作为一种广泛意义上视听表演方式或欣赏方式,它带给人更多的是一种审美体验,满足人们的审美享受。"隔帘听"具有强烈的审美意识,这是其具有生命力的一个缘由。

(一)"隔帘听"的优美风格与女性特质

　　从审美风格上来说,"隔帘听"作为一种审美方式具有优美属性而非崇高属性。其实就词的美学形态而言,词本身也是优美的。从性别特征看待诗词两种文体,词无疑偏向于女性。黄御卜论词:"词

---

① 　杨柏岭《唐宋词审美文化阐释》,黄山书社,2007 年,第 243 页。

体如美人,含娇掩媚,秋波微转,正视之一态,旁观之又一态;近窥之一态,远窥之又一态。数语颇俊,然此以亦谓温、李、晏、秦耳。"①朱崇才说:"词的女性化倾向,不但体现在词的作者、演唱者、接受者的文化心理素质上,体现在词的价值功能上,而且主要地还体现在作品的内容上"。② 更有学者直指词的女性内质,"词中充满了女性化意象、女性化器物、女性化情感或者女性化语境。换言之,词的'内质'就是具有女性化特征。"③唐宋词表演者的歌舞伎人大多是女性,"帘"本身就是一种装饰性的事物,兼有实用和审美,而这种装饰性体现在"隔帘听"中就更具有一种女性之柔美。

隔帘听的表演方式本身彰显了一种女性婉约的情感色彩。无论赵彦端《鹧鸪天》"翩翩舞袖穿花蝶,宛转歌喉贯索珠。帘翡翠,枕珊瑚"中对优美歌舞的观赏体验,还是姚述尧《忆秦娥》"珠帘深。玉人天上传清音"中奏琴于帘间的审美陶冶,抑或是管鉴《洞仙歌·访郑德兴郎中留饮》云:"绿窗帘尽卷,吹到眉心,点缀新妆称闲雅。缓歌喉、余舞态,云遏风回"中描写宴饮时观赏到轻歌曼舞的喜悦等等,都说明了隔帘听这种表演方式极尽女性婉约美之能事。所以从一定范围内来说,词不属于阳刚的力量之美,而属于细腻迷离的优美。康德说:"崇高使人感动,优美则使人迷恋"。④ 同时康德认为女性是一种美丽的性别,这种美丽和其中装饰性的因素分不开。"女性对于一切美丽的、明媚的和装饰性的东西,都具有一种天生的强烈感情。""她们有许多同情的感受、好心肠和怜悯心,她们把美置于实用之前"。⑤

(二)"隔帘听"的内敛特征和余音绕梁韵味

"隔帘听"艺术精神最重要的特征之一就体现在含蓄内敛上,这

① 孙克强《唐宋人词话(增订本)》上,南开大学出版社,2012 年,第 235 页。
② 朱崇才《从高频字看宋词的女性化倾向》,《中国韵文学刊》,1993 年第 7 期,第 70 页。
③ 孙艳红《唐宋词的女性化特征演变史》,中华书局,2014 年,第 1 页。
④ 康德《论优美感和崇高感》,商务印书馆,2009 年,第 3 页。
⑤ 康德《论优美感和崇高感》,商务印书馆,2009 年,第 29 页。

也和表演环境中"帘"意象特殊的审美效果有关。尤其是宋代,"隔帘听"含蓄内敛的艺术特征和宋人追求韵味的审美心理分不开。如,晏几道《清平乐》(红英落尽)云:"钿筝曾醉西楼。朱弦玉指梁州。曲罢翠帘高卷,几回新月如钩。"这种曲罢卷帘的行为习惯本身,就有一种欣赏性和追求生活韵味之情。"诗情、词心、书韵、琴趣、禅意便构合为宋人的心态……他们对于这些文化艺术对象所怀抱的是玩味性、欣赏性(又更多的是清赏性)、体验性的态度,这便进入审美层面"。①"隔帘听"的表演方式符合宋人这种欣赏性、体验性的态度,也符合他们追求韵味之趣的欣赏习惯。

这种清赏性和韵味性的审美习惯,与宋人较为敏感细腻的心理以及怀旧伤感的情绪也有关系。"入宋以后,词中的情感世界更为拓展,更趋深细,心灵的审美也愈为发展,愈形丰富"。② 如前文所述,帘有怜、恋之意,唐宋词中的"帘"在审美意象上能造成这种敏感忧伤的气氛。如,谢逸《江神子》"帘幕低垂,人在画阁间。闲抱琵琶寻旧曲,弹未了,意阑珊"、毛滂《临江仙》"石阑干外上疏帘……瑶琴试奏流泉。曲终谁见枕琴眠"、以及高观国《风入松》"粉娇曾隔翠帘看……静听三弄霓裳罢,魂飞断、愁里关山"语言文字之中透露出无法掩饰的苍凉感,这些暗含忧伤情绪的词句也丰富着"隔帘听"的表演。在音乐表演方面,中国传统音乐相对于西洋音乐更讲究余音绕梁,那种不是直面进入的乐音在幽婉曲折中似乎更能揪住欣赏者的内心,更能在抑扬顿挫的旋律中抒发听者各自不同的心境。唐君毅说:"余音之回绕,盖中国音乐之所特重。沉郁顿挫之音,即盘旋回绕之余音所凝结。而悠扬安和之音,即回旋之音舒展疏达者也"。③ 恰恰就是"隔帘听"的"隔",能尽情演绎人们心中的这种绵密伤感的情绪,使得表演过程一波三折,使得表演者与欣赏者的心理也一波三折。而情思

① 吴功正《宋代美学史·绪言》,江苏教育出版社,2007年,第3—4页。
② 邓乔彬《唐宋词美学》,齐鲁书社,1993年,第21页。
③ 唐君毅《中国文化之精神价值》,广西师范大学出版社,2005年,第226页。

浓郁后的回荡往往带给人一种情感的宣泄和心理的享受与满足。

从词体艺术的审美角度来讲，"隔"也有着特殊的意义。王国维论词明确主张"不隔"，"不隔"才能有境界。杨柏岭说："这个不隔传统主要是从'能写之'角度说的，而此处讨论的是词人的一种'隔'的时空体验。"[①]也就是说，在"能写之"之前的"能感之"阶段，"隔"是需要的，而且是重要的。有"隔"，才有那似隐非隐、若隐若现的更悠远深刻的情感体验。通过"隔"，"能感之"变得更透彻更丰富，然后在"能写之"阶段才能达到如"羚羊挂角，无迹可求"[②]的审美境界。某种意义上来说，"隔帘听"作为一种表演与欣赏方式，深化了"能感之"的情感体验，无论是表演者还是欣赏者，都能加深自己的审美体会，给人余音绕梁的艺术享受。

总之，"隔帘听"从最初与礼法、社会制度相关的一种社会行为，到生活中的一种习惯，进而作为曲名，后来的词牌名，再到一种表演方式与欣赏方式，"隔帘听"经历了从以实用功能为主，到以审美功能为主的华丽蜕变。作为唐宋词的表演与欣赏方式之一，"隔帘听"演绎了唐宋词的美好与辉煌，展示了唐宋人特有的审美品味，丰富了唐宋词的表演样式，彰显了词这一文体的独立个性，还原了词在那个时代的独特魅力。

（安徽师范大学文学院）

---

① 杨柏岭《唐宋词审美文化阐释》，黄山书社，2007年，第242页。
② (宋)严羽著、郭绍虞校释《沧浪诗话校释》，人民文学出版社，2012年，第26页。

论词学史上的杜诗与杜甫[*]

夏志颖

内容摘要：杜甫及其诗歌对古代词学史的发展产生了多重作用。在词作笺注方面，自北宋陈师道开始，杜诗成为注解词作的重要来源；在词学批评方面，杜诗或被直接用于诗词间字法、句法、章法、寓意的对比分析，或间接启发了有关词作艺术的评论；在"诗词之辨"文献中，杜诗作为诗歌典范，反衬出词体"以婉约为正宗"的文体特性；在词学尊体论中，杜诗、杜甫是词体题材比附、价值确立、地位判定的主要参照，"词圣"、"词史"因之成为词学史上影响深远的概念。

关键词：杜甫 杜诗 词学 尊体 诗词之辨

———————

　*　本文为重庆市人文社会科学重点研究基地重点项目"清代中期词学变革研究"（批准号：13SKB009）资助成果；2015 年度教育部人文社会科学研究青年基金项目"清词演进的诗学观照"（批准号：15YJC751050）阶段性成果；西南大学 2015 年教育教学研究项目（2015JY064）阶段性成果。

On Du Fu and His Poems of the History of Ci

Xia zhiying

Abstract: Du Fu and his poems exerted various effect on the evaluation of ancient Chinese Ci studies. On the one hand, Chen Shidao, a scholar of North Sung dynasty, began the tradition that scholars who annotated Ci collections should view Du Fu's poems as reference. On the other hand, scholars who made comparative studies on poetry and Ci, especially on the lexicon, syntax, structure and metaphor of Ci, would view Du Fu's poems as reference also. In addition, through comparing Ci and Du Fu's poems, the canon of poetry, scholars analyzed the restrained style of Ci in their discussions. Moreover, scholars adopted two concepts "Ci Sage" and "Ci History", which corresponding to Du Fu's honor "Shi Sage" and "Shi History", to improve the status of outstanding Ci poets. Also, "Ci Sage" and "Ci History" became very important concepts on the history of Ci studies.

Key Words: Du Fu　Du Fu's Poems　Ci Studies　Improve the Status of Ci Relationship Between Poetry and Ci

　　杜甫是中国古代最重要的诗人之一,与此相应的是,批评家们也不断提及杜甫、杜诗对其他文体甚至是艺术形式的影响。这些努力对于发掘杜甫及其诗歌的文学价值和文化价值,对于以杜诗为参照,辨析其他文体或艺术形式的特性都具有积极意义。具体到"杜诗与词体"这一论题而言,目前学界已颇有注意,但此类研究多是从创作角度着眼,侧重于阐明词体在创作层面对杜诗的接受。而本文关心的则是,古代的词学实践对杜诗资源的借鉴或利用,即通过对相关文献的详尽梳理,揭示出杜诗(杜甫)介入词学史发展的方式、历程与实际产生的效果。

一、词作笺注对杜诗之引证

词作笺注是词学研究的基础内容,它包括注明词中典故的来源、释义、注音等工作。系统集中地保存此类资料的无疑是词集(别集、总集)的笺注评点本。除此以外,大量散见于各种诗话、词话、笔记中的相关论述也应被视为词作笺注的一种特殊形态,其中涉及杜诗的就相当多。

从笔者所见资料来看,最早指出词中语句出自杜诗的是陈师道,《后山诗话》云:

> 苏公居颍,春夜对月,王夫人曰:"春月可喜,秋月使人愁耳。"公谓前所未及也,遂作词曰:"不似秋光,只与离人照断肠。"老杜云:"秋月解伤神。"语简而益工也①。

王夫人的无心之言是苏轼写下这首词的灵感,但陈师道还是为其中的一句找到了杜诗中的原型,并赞叹杜诗"语简而益工"。陈师道是苏门弟子,尝以填词自负,同时他也是杜甫的追随者,由他率先在词作笺注中引入杜诗,恐怕不是偶然,而这种"索隐出处+比较评判"的表述模式也成为后来涉杜笺注的主流。曾季狸《艇斋诗话》云:"东坡和章质夫杨花词云'思量却是,无情有思',用老杜'落絮游丝亦有情'也……皆夺胎换骨于。"②曾氏论诗土江西诗派,他用"夺胎换骨"这一江西诗派的论诗术语肯定了苏轼化用的成功,可见诗词创作技法的互通。茅璞评刘夷叔长短句"以少陵之肉传东坡之骨"③,同样也带有明显的江西派诗学痕迹。又如杨慎所言:"杜老《重阳》诗,后来作者

---

① (宋)陈师道撰《后山诗话》,(清)何文焕辑《历代诗话》,中华书局,1981年,第314页。案:《后山诗话》是否为陈师道原作,历来颇有疑问,然本文所引于情理无碍,当属可信。

② (宋)曾季狸撰《艇斋诗话》,丁福保辑《历代诗话续编》,中华书局,1983年,第309页。

③ (金)王若虚《滹南诗话》卷三,《历代诗话续编》,第524页。

俱用其语,总不如东坡'酒阑不必看茱萸,俯仰人间今古'二语绝倒。"①无独有偶,张綖也感叹苏轼这句词"翻案老杜诗句,则意度旷达,超越千古矣!"②这些文字对比了唐宋两朝最杰出作家的例句,不论谁优谁劣,都会加深读者对杜、苏作品之间承传关系的体认。

还有一些词作笺注则呈现出与诗词校勘合流的状态。陈鹄《西塘集耆旧续闻》卷九云:

> "伤心故人去后,零落清诗",今之歌者类云"冷落",不知用杜子美酬高适诗"自从蜀中人日作,不意清诗久零落",盖"零"字与"泠"字同音,人但见"泠"字去一点为"冷"字,遂云"冷落",不知出此耳③。

宋词的传播在很多场合得益于歌者的演唱,但受汉语同音字因素及歌者文学水平的限制,出现了一些因误改而产生的异文。陈鹄所言即是校注合一,论证较为全面。其实,诗词之间的化用并不意味着文字的完全一致,诗词互校可以成为取舍异文的参考,但在运用时应有谨慎的态度。有的学者在校注杜诗时也会引用词学文献,这实际上就变相地指出了词中语词的出处,如黄希注杜甫《玩月呈汉中王》"关山同一照"句:

> "照",或作"点",尝见善本如此,故东坡有"一点明月"之词④。

杨慎在《升庵诗话》卷十四中也有类似的说法,但胡应麟对此不以为然:"杜诗非'点'字,余已详辨《诗薮》中,第杨引坡词'一点明月窥人'

---

① (明)杨慎《批点草堂诗余》卷四,葛渭君编《词话丛编补编》,中华书局,2013年,第300页。案:引文"酒阑"原作"酒闲",据苏轼《西江月》词改。

② (明)张綖《草堂诗余别录》卷二,朱崇才编纂《词话丛编续编》,人民文学出版社,2010年,第79页。

③ (宋)陈鹄撰《西塘集耆旧续闻》卷九"梅词汉宫春乃晁叔用作"条,《师友谈记·曲洧旧闻·西塘集耆旧续闻》,中华书局,2002年,第382页。

④ (宋)黄希、黄鹤补注《黄氏补千家集注杜工部诗史》卷二三,萧涤非主编《杜甫全集校注》,人民文学出版社,2014年,第2683页。

乃'绣帘开一点','点'字句绝者,读本词,杨之误,不辨自明。"①他不但驳斥了杨慎的观点,而且还认为苏词应从"点"后点断,然而到了清初,朱鹤龄却引钱谦益之说再次驳回了胡应麟的意见②。这些争论对注解苏轼《洞仙歌》"一点明月窥人"句自然颇有助益。

词作笺注中对杜诗的引证有时会走向另一个极端,即在注释词作语汇时,只注重字面的相同,却忽视诗词的整体语境,今存的两种宋词宋注中都普遍存在这种情况。傅洪《注坡词序》称苏轼词"片词只字,皆有根柢"③,故傅干注坡词的主要工作就是引证前人诗句,其中,部分杜诗的出现显得颇为勉强。如是书卷十二《望江南》(微雨过)"柘林深处鹁鸪鸣"注:"鹁鸪,鸠也。杜子美'鸣鸠乳燕青春深。'"苏词与杜诗的字面不同,二"深"字的含义亦有别。与傅注情形极为相似的是陈元龙的《详注周美成词片玉集》,刘肃《序》云:"周美成以旁搜远绍之才寄情长短句……借字用意,言言皆有来历。"④因此,陈元龙仍将精力集于索隐词中语句出处,在这一例行工作外,他还对词调作了这一思路的注释,卷一《渡江云》注:"杜甫诗:江入度山云。"卷三《浣溪沙》注:"杜甫:移舡先主庙,洗药浣溪沙。"卷五《霜叶飞》注:"杜甫诗:清霜洞庭叶,故欲别时飞。"⑤《浣溪沙》《霜叶飞》二注在后世曾有继承⑥,但首创之功应归属陈元龙。陈振孙《直斋书录

---

① (明)胡应麟《少室山房笔丛》卷六,上海书店出版社,2001年,第72页。

② (清)朱鹤龄辑注、韩成武等点校《杜工部诗集辑注》卷九,河北大学出版社,2009年,364页。

③ (宋)《宋傅干〈注坡词〉》卷首,北京图书馆出版社,2001年影印旧钞孤本。

④ (宋)陈元龙《详注周美成词片玉集》,吴昌绶、陶湘编《景刊宋金元明本词》,中国书店,2011年影印本,第576页。

⑤ 《详注周美成词片玉集》,《景刊宋金元明本词》,第583上、590下、599上页。

⑥ (明)杨慎撰《词品》卷一"词名多取诗句"条(唐圭璋编《词话丛编》,中华书局,1986年,第428页)、(清)沈雄撰《古今词话·词品》上卷"疏名"条(《词话丛编》,第827页)。又,(明)都穆《南濠诗话》:"《霜叶飞》取老杜诗'清霜洞庭叶,故欲别时飞'。"(《历代诗话续编》,第1343页)。

解题》卷二一云:"(清真词)多用唐人诗语隐括入律,浑然天成。"①这几乎是宋人对周词创作特色的共识,但清真词是否做到了"浑然天成"则是见仁见智,胡仔《苕溪渔隐丛话》云:

> 词句欲全篇皆好,极为难得……周美成"水亭小,浮萍破处,檐花帘影颠倒",按杜少陵诗'灯前细雨檐花落',美成用此'檐花'二字,全与出处意不相合,乃知用字之难矣。②

王楙认为胡仔所说"考究未至。少陵'檐花落'三字,元有所自……渔隐但见杜诗有此二字,引以证周词,不知刘邈之先,已有'檐花落'三字矣……详味周用'檐花'二字,于理无碍,渔隐谓与少陵出处不合,殆胶于所见乎? 大抵词人用事圆转,不在深泥出处,其纽合之工,出于一时自然之趣。"③以"自然之趣"立论,反而坐实了周词"用事圆转"的长处,王说相对通达。

词作笺注中指出语句源出杜诗的例子还有很多,所涉词人也绝不仅苏、周二位,并且古代的词学家在引证杜诗时还总结出其中存在着正用、反用、活用等多种方式。正用者如前举陈师道对苏词的评论;反用者往往翻新出奇,如苏词"思量却是,无情有思""酒阑不必看茱萸"对杜诗的点化,又如况周颐所说:"'诗酒尚堪驱使在,未须料理白头人',少陵句也。梅溪词《喜迁莺》云:'自怜诗酒瘦,难应接、许多春色。'盖反用其意。"④而在张炎看来,活用杜诗则需要更高的写作技巧:"词用事最难,要体认著题,融化不涩……白石《疏影》云:'……昭君不惯胡沙远,但暗忆江南江北。想佩环月下归来,化作此花幽独。'用少陵诗。此皆用事不为事所使。"⑤

---

① (宋)陈振孙撰,徐小蛮、顾美华点校,《直斋书录解题》卷二一,上海古籍出版社,1987年,第614页。

② (宋)胡仔纂辑、廖德明校点《苕溪渔隐丛话》前集卷五九,人民文学出版社,1962年,第411页。

③ (宋)王楙撰,郑明、王义耀校点《野客丛书》卷十"周侍郎词意"条,上海古籍出版社,1991年,第138页。

④ (清)况周颐撰《蕙风词话续编》卷一"梅溪《喜迁莺》"条,《词话丛编》,第4529页。

⑤ (宋)张炎撰《词源》卷下"用事"条,《词话丛编》,第261页。

二、"以杜评词"的两种情形

杜诗是词学批评活动中频繁引入的资源,其具体情形大约有直接与间接两类。直接引入者主要是到对诗词间字法、句法、章法、寓意的对比分析,如:

> 辛幼安《祝英台》云:"是他春带愁来,春归何处,又不解和愁归去。"王君玉《祝英台》云:"可堪妒柳羞花,下床都懒,便瘦也教春知道。"前一词欲春带愁去,后一词欲春知道瘦,近世春晚词,少有比者。杜少陵《独步寻花》第二首云:"稠花乱蕊里江滨。行步敧危实怕春。诗酒尚堪驱使在,未须料理白头人。"实怕春,可见春累次归,使人愁,使人瘦,欲留连不得。坡翁云:"花应羞上老人头。"意思尤长①。

这段文字罗列了不同作品中的"伤春"语句,相形之下,杜诗"怕春"的语意要更丰富些。相似的例子还有王懋对比晏几道《鹧鸪天》、杜甫《赠卫八处士》等诗词中的写梦传承,杨慎对比杜诗等唐宋诗词中的"熨"字用法等②。对比的结果,有的是以杜诗为优,有的则是词作差胜。罗大经曾列举杜甫诗、赵嘏诗、李顾诗、李煜词、秦观词中以山水喻愁的句子,认为贺方回"试问闲愁知几许,一川烟草,满城风絮,梅子黄时雨"最为杰出,"盖以三者比之愁多也,尤为新奇,兼兴中有比,意味更长。"③这些评论并不作过多的辨体分析,而是力求沟通它们之间的联系,对于促进词体创作向诗体的靠拢具有一定积极作用。到了清代,词学家在分析词体创作技巧时提出"词之断续开合,抑扬吞吐,神而明之,则未尝不通于文与诗,存乎其人耳"④,可谓顺理成章。

---

① (宋)张侃《拙轩词话》"晚春诗词"条,《词话丛编》,第194页。

② 《野客丛书》卷二十"词句祖古人意"条,第298页。(明)杨慎《升庵诗话》卷十一"诗用'熨'字"条,《历代诗话续编》,第864页。

③ (宋)罗大经撰《鹤林玉露》乙编卷一"诗家喻愁"条,中华书局,1983年,第127页。

④ (清)吴蔚光撰《小湖田乐府自序》,冯乾编校《清词序跋汇编》,凤凰出版社,2013年,第608页。

章法上的对比,如陈维崧评曹贞吉《百字令·天龙寺高欢避暑宫遗址和锡鬯》:"章法极似老杜《哀江头》。"①《哀江头》是杜甫身陷安禄山叛军控制中的长安时所作,诗"因春游曲江而动兴亡之感,以见明皇之失政,至不能保其妃后也"②,苏辙曾称赞此诗"词气如百金战马。注坡蓦涧,如履平地,得诗人之遗法"③。曹词与杜诗一样,也是借地抒怀,词之上片先从眼前实景落笔,极写避暑宫现今之荒凉,再写其地当年之盛况,下片抒发词人的历史兴亡之感。其先作今、昔对比,再抒发感慨的三段式结构与《哀江头》完全一致。因此,陈评对曹词艺术特色的说明是相当有见地的,换句话说,不了解杜诗,就不能很好地把握曹词在章法安排上的匠心。同理,陈维崧评曹贞吉《减字木兰花·杂忆》:"八词历乱摧藏,迷离断续,拟之古人,殆《章华九招》《同谷七歌》也。"④也揭示出杜诗与曹词之间的联系,足资参考。

　　以杜诗印证词作寓意的如谭献评苏轼《贺新凉》(乳燕飞华屋):"颇欲与少陵《佳人》一篇互证。"⑤杜甫《佳人》写战乱中一位女子的遭遇,意境"高华绝俗,又非寻常咏闺中思妇之诗所能及"⑥。苏词"前一阕是写所居之幽僻",与杜诗有近似处,"次阕又借榴花以比此心蕴结,未获达于朝廷,又恐其年已老也"⑦,而杜诗也约略有美人迟暮之感。两相对照,诗词均有言外之意,正符合谭献论词主寄托的特点。

　　词学批评对杜诗的间接引入是一种联想式的类比评论。如《苕溪渔隐丛话》引《漫叟诗话》云:"前人评杜诗云:'红豆啄残鹦鹉粒,碧梧栖老凤凰枝',若云'鹦鹉啄残红豆粒,凤凰栖老碧梧枝',便不是

　　① (清)曹禾等《珂雪词话》,《词话丛编续编》,第171页。
　　② 《杜诗言志》卷三,(宋)黄希、黄鹤补注《黄氏补千家集注杜工部诗史》,萧涤非主编《杜甫全集校注》,人民文学出版社,2014年,第767页。
　　③ (宋)苏辙撰,曾枣庄、马德富点校《栾城集》,上海古籍出版社,1987年,第1553页。
　　④ (清)曹禾等《珂雪词话》,《词话丛编续编》,第153页。
　　⑤ (清)谭献撰《复堂词话》"评苏轼词"条,《词话丛编》,第3993页。
　　⑥ (宋)黄希、黄鹤补注《黄氏补千家集注杜工部诗史》,《杜甫全集校注》,第1355页。
　　⑦ (清)黄氏撰《蓼园词评》"贺新郎"条,《词话丛编》,第3092页。

好句。余谓词曲亦然。"后文便对李璟与舒信道词中的用语进行分析①。范温先是引用黄庭坚对杜甫《谢严武》"雨映行官辱赠诗"中"雨映"两字的意见,得出"余然后晓句中当无虚字"的结论,紧接着就记录了自己与黄庭坚讨论秦观《踏莎行》"杜鹃声里斜阳暮"的情形②。所引杜诗与所评之词并无直接关联,但这些记载至少表明,宋人已经注意到诗词两种文体在字法、句法上的相通性。

再看关于杜诗与辛词的两个例子:

> 古乐府有三息诗,杜工部用于诗,辛待制用于词,各臻其妙。③

> 作诗用经语,尤难得峭健。杜子美《端午赐衣》……用之不觉其弱……余谓近日辛幼安作长短句,有用经语者……亦为新奇④。

宋人认为辛词为唐宋词史中的"第三变"⑤,刘辰翁称赞辛词说:"词至东坡,倾荡磊落,如诗如文,如天地奇观,岂与群儿雌声学语较工拙,然犹未至用经用史,牵雅颂入郑卫也。自辛稼轩前,用一语如此者,必且掩口。及稼轩横竖烂漫,乃如禅宗棒喝,头头皆是。"⑥"掩口"者自不必论,有心肯定稼轩创新者也不免底气不足,上述两条的重点都是辛词,但偏以杜诗的同类创新引发,这种颇有意思的现象,大概能反映出时人对待辛词变革的微妙心理。

又如陈廷焯所云:

---

① (宋)胡仔纂辑、廖德明校点《苕溪渔隐丛话》前集卷五九,人民文学出版社,1962年,第406页。

② 《苕溪渔隐丛话》前集卷五十,第339页。

③ 《拙轩词话》"三息诗用于诗词"条,《词话丛编》,第191页。

④ (宋)陈鹄撰《西塘集耆旧续闻》卷五"作诗用经语"条,《师友谈记·曲洧旧闻·西塘集耆旧续闻》,第332页。

⑤ (宋)汪莘撰《方壶诗余自序》,朱孝臧辑校编撰《彊村丛书》,上海古籍出版社,1989年,第3721页。

⑥ (宋)刘辰翁撰《辛稼轩词序》,辛弃疾撰、邓广铭笺注《稼轩词编年笺注》(增订本),上海古籍出版社,1993年,第599页。

美成词，操纵处有出人意表者。如《浪淘沙慢》一阕，上二叠写别离之苦……故作琐碎之笔。至末段云……蓄势在后，骤雨飘风不可遏抑。歌至曲终，觉万汇哀鸣，天地变色。老杜所谓"意惬关飞动，篇终接混茫"也①。

上引诗句出自杜甫《寄彭州高三十五使君适虢州岑二十七长史参三十韵》，仇兆鳌注云："用意惬当，则神机飞动，此诗思之妙；篇势将终，而元气混茫，此诗力之厚。二句极推高岑，实少陵自道也。"②陈氏曾指出周词"妙处亦不外沉郁顿挫。顿挫则有姿态，沉郁则极深厚。既有姿态，又极深厚，词中三昧，亦尽于此矣。"③参考仇注的理解，这首《浪淘沙慢》可以说是达到了"诗思之妙"与"诗力之厚"的统一，同时，这二者也基本对应了陈廷焯所说的"顿挫则有姿态"和"沉郁则极深厚"。"沉郁顿挫"是《白雨斋词话》的理论核心，与杜诗学有密切联系，因此，若要分析其在词学批评中的涵义，就应对杜诗学中的相关论述给予必要的关注。

与上述例证略有不同，杜诗中的有些作品与文学创作原本无关，但在后世的词学文献中却常被移作批评之用。朱晞颜《瓢泉吟稿》卷五《跋周氏埙篪乐府引》："余谓才、情、韵三事，惟长短之制尤费称停，大抵才胜者失于矜持，情胜者失于刻薄，韵胜者失于虚浮，故前辈有曲中缚不住之诮，信哉言乎！杜子美诗云：'美人细意熨贴平，裁缝灭尽针线迹。'吾于周氏之作亦谓此。"④"美人"二句出自杜甫《白丝行》，言制衣之精，与文学创作无关，这里成了对词体"才、情、韵"和谐表现的赞誉。此外，杜甫《观公孙大娘弟子舞剑器行并序》的精彩描写也让批评家们印象深刻，南宋张端义首次用这一典实去褒奖李清

---

①　（清）陈廷焯撰《白雨斋词话》卷一"美成《浪淘沙慢》"条，《词话丛编》，第3789页。

②　（宋）黄希、黄鹤补注《黄氏补千家集注杜工部诗史》，《杜甫全集校注》，第1633页。

③　《白雨斋词话》卷一"词至美成乃有大宗"条，《词话丛编》，第3786页。

④　（元）朱晞颜撰《瓢泉吟稿》卷五《跋周氏埙篪乐府引》，影印文渊阁《四库全书》，集部第1213册，第424页。

照的作品,他评《声声慢》开篇十四叠字云:"此乃公孙大娘舞剑手。"①在此后词学批评中,这种表述屡见不鲜,如聂先评《衍波词》:"纵笔任意之妙,公孙氏舞剑器,浑脱流漓,差足相拟。"②王士禛评曹贞吉《蝶恋花》:"十二首流漓顿挫,公孙大娘舞浑脱手段,乃于行墨遇之。"③陈维崧评曹贞吉《沁园春》:"流脱顿挫,想见公孙舞剑、张旭草书时。"④

三、"诗词之辨"中的杜诗功能

如何在文体互渗的趋势下维护词体的特性,是历代词学家关心的热点问题。他们在辨析诗词之别时,时常以杜诗为参照,从诗词语句的细微对比中,以小见大,突显二者在文体风格上的差异。如:

> 张子野"云破月来花弄影"为时脍炙,王荆公谓其不如李冠"朦胧淡月云来去"。今观张句纤巧,李句淡雅,诚为过之。又俱不如老杜"云月递微明"简而妙也。⑤

> "夜阑更秉烛,相对如梦寐",叔原则云:"今宵剩把银缸照,犹恐相逢是梦中。"此诗与词之分疆也。⑥

> 蜀王衍宫词曰:"晖晖赫赫浮五云,宣华池上月华春。月华如水浸宫殿,有酒不醉真痴人。"近世词曲"月明如水浸楼台"祖此,然水浸宫殿,虽有形容,而乏蕴藉,入词曲可,入诗则不可。乃知杜诗"四更山吐月,残夜水明楼",真古今绝唱也。⑦

"云破月来花弄影"出自张先的名作《天仙子·时为嘉禾小倅以病眠不赴府会》,在其自诩的"张三影"中最为著名,句中隐含的一连串因

---

① (宋)张端义《贵耳集》卷上,《丛书集成初编》本,中华书局,1985年,第14页。

② (清)聂先、曾王孙辑《名家词钞评》卷一,《词话丛编续编》,第652页。

③ (清)曹禾等《珂雪词话》卷二,《词话丛编续编》,第160页。

④ (清)曹禾等《珂雪词话》卷三《词话丛编续编》,第185页

⑤ (明)张綖《草堂诗余别录》卷一,《词话丛编续编》,第63页。

⑥ (清)刘体仁撰《七颂堂词绎》"诗词分疆"条,《词话丛编》,第619页。

⑦ (明)焦竑辑《焦氏笔乘续集》卷三"水明楼"条,《中华再造善本》据明万历三十四年谢与栋刻本影印。

果关系,照应词末的"风不定,人初静。明日落红应满径",且"花弄影"之顾影自怜态又与上片抒情主人公"临晚镜,伤流景"的感触相互映发,文思细密。"朦胧淡月云来去"出自李冠《蝶恋花》,词写伤春怀人之情,笔触轻倩。"云月递微明"出自杜诗《宿青草湖》,"简而妙"与该诗五律的体裁正相吻合。要言之,词体不妨"纤巧""淡雅",联系诗词文体而言,三者各有胜场。"夜阑更秉烛,相对如梦寐"是杜甫《羌村三首其一》中的句子,戴叔伦、司空曙、陈师道等人均曾化用,晏几道则以词体出之。杜诗为五古,风格质直浑朴,至于晏词,正如唐圭璋所评:"老杜云:'夜阑更秉烛,相对如梦寐',小晏用之,然有'剩把'与'犹恐'四字呼应,则惊喜俨然,变质直为宛转空灵矣。上言梦似真,今言真如梦,文心曲折微妙。"[1]"四更山吐月,残夜水明楼"是杜甫五律《月》的首联,黄生评曰:"月本照水,楼中虚白,又水光为之,故曰'水明楼'。起句之妙,从次句衬出。次句写景逼真,诵之令人心魂肃肃,毛骨俱清耳。"[2]而"月华如水浸宫殿""月明如水浸楼台"只是直白的比喻,体现出部分词曲发露通俗的表达特点,与杜诗营造的水光月色清莹之境相比,确实"乏蕴藉"。

陈廷焯论及诗词之辨时也曾引用过杜诗,《白雨斋词话》卷二云:

> 碧山《花犯·苔梅》云:"三花两花破蒙茸……山中人乍起。"笔意幽索,得屈、宋遗意。少陵每饭不忘君国,碧山亦然。然两人负质不同,所处时势又不同。少陵负沉雄博大之才,正值唐室中兴之际,故其为诗也悲以壮。碧山以和平中正之音,却值宋室败亡之后,故其为词也哀以思。推而至于国风、《离骚》,则一也[3]。

陈氏论词极力推崇王沂孙,屡屡以之比杜,但并没有完全消泯诗词畛

---

① 唐圭璋选释《唐宋词简释》,上海古籍出版社,1981 年,第 83 页。

② (宋)黄希、黄鹤补注《黄氏补千家集注杜工部诗史》,《杜甫全集校注》,第 5149 页。

③ 《白雨斋词话》卷二"碧山《花犯》"条,《词话丛编》,第 3813 页。

域。他既看到杜、王二人忠君爱国的共同点,又能结合各自所处时代和个性,辨析诗风词情的不同面貌,所论令人信服。

总体而言,"诗庄词媚"是对诗词风格差异的客观概括,而作为诗歌典范的杜诗,它与词体的差别无疑会更为鲜明,因此,保守派的批评家才会把杜诗作为词体的对立面,如徐钑评江皋《染香词》:"圣期肆力风雅,五七言诗,颇觉豪宕感激,闯入少陵堂奥。偶一填词,复能缠绵温丽。至此始知才人固不可量。"丁澎评鲁超《谦庵词》:"其诗气骨高华,于沉郁顿挫中,宛有少陵风调。今读其词,则又冷艳处幽香逼人,字字惊心动魄。"①王士禄《棠村词题词》:"司农诗格雄浑,酷似少陵,词复婉约儇艳,雕组天然。"②三人都把诗、词看作是风格截然不同的文体,"幽香逼人""缠绵温丽""婉约儇艳"均是以婉约为正宗的陈言,杜诗作为诗学典范的出现,其目的是反衬出词应当"别是一家"。

除了风格上的差异,相对于诗体而言,词体在表现能力与题材选择上也有不足,沈祥龙云:

> 作词须择题,题有不宜于词者,如陈腐也、庄重也、事繁
> 而词不能叙也、意奥而词不能达也。几见论学问、述功德而
> 可施诸词乎?几见如少陵之赋《北征》、昌黎之咏《石鼓》而
> 可以词行之乎。③

杜甫《北征》为长篇五古,叙写其自凤翔赴鄜州探亲途中的所经所感,并对唐王朝艰难的命运提出看法,属于"庄重""事繁"的题材,而词体通常体制短小,并不适合夹叙夹议式的赋法铺陈,实际上,词史上也没有出现过此类名篇。沈氏所云可以为王国维所说"词之为体,要眇宜修。能言诗之所不能言,而不能尽言诗之所能言。诗之境阔,词之言长"提供佐证。

---

①　《名家词钞评》卷三,《词话丛编续编》,第705、726页。

②　(清)梁清标撰《棠村词》卷首,《清词序跋汇编》,第149页。

③　(清)沈祥龙撰《论词随笔》"作词须择题"条,《词话丛编》,第4050页。

杜诗的典范性除了体现在题材风格上,其在诗律方面所取得的成就也在后世得到了高度认可。而随着词体律化程度的加强,论者又试图将诗律与词律联系起来,"晚节渐于诗律细"①这句夫子自道的写诗甘苦之言在词学领域于是得到了不少共鸣。姚椿曾说袁枚、蒋士铨、赵翼三家诗"气概皆足牢宠一切,惟去唐音尚远。少陵云:'老去渐于诗律细','细'之一字,概似未闻。盖未能敛才就范,是故能诗而不能词。"②雷文辉评姚椿词云:"诗律平生宗老杜,便填来、词律严还细。"③按照时人的说法,姚椿是以其词体创作实践搭起了诗律、词律相通的桥梁,只是相对于诗而言,词体对声律的要求更为精密复杂。袁枚自称"余不耐学词,嫌其必依谱而填故也"④;蒋士铨词"粗粗莽莽,任意疾书,但不免有生硬处"⑤;赵翼少时习为词曲,后弃置而专力于举业⑥,"江右三大家"虽才力雄放,但反讽的是,他们碍于词体的声律特性,无法"于节制之中嘘吸灵气"⑦,因而,均与主流词坛无缘。而原本是论诗律的"细",却最终被改造成了词体创作中的"敛才就范",这一定也是老杜所始料未及的。其他的例子,如张兆熙《曙彩楼词钞跋》云:"外舅澹园先生以词鸣三十余年……今家日落,词乃益工。少陵云'老去渐于诗律细',先生于词亦然。"⑧王荄《冰瓯馆词钞序》云:"冰瓯馆主人少工倚声,已而弃去,解组后,复稍稍为之。刻羽引商,声情窈眇,少陵所谓'老去渐于诗律细'也。"⑨俞樾《荔园词序》

---

① (唐)杜甫撰《遣闷戏呈路十九曹长》,《杜甫全集校注》,第 4397 页。

② (清)丁绍仪撰《听秋声馆词话》卷十八"蒋知节词"条,《词话丛编》,第 2803 页。

③ (清)雷文辉撰《贺新凉·姚椿〈洒雪词〉题辞》(历数诗余意),《清词序跋汇编》,第 957 页。

④ (清)袁枚撰、顾学颉点校《随园诗话》卷一一,人民文学出版社,1982 年,第 383 页。

⑤ (清)陈廷焯选评《云韶集》卷二一,《词话丛编补编》,第 1919 页。

⑥ (清)佚名编《瓯北先生年谱》"乾隆九年"条,光绪三年重刻《瓯北全集》本。

⑦ (清)徐致章《青藐盦词跋》:"若夫三四两卷,更于节制之中嘘吸灵气,纯任自然,殆少陵所谓'老去渐于诗律细'者,尤词家化境矣。"《清词序跋汇编》,第 1821 页。

⑧ (清)顾成顺撰《曙彩楼词钞》卷首,《清词序跋汇编》,658 页。

⑨ (清)张丙炎撰《冰瓯馆词钞》卷首,《清词序跋汇编》,1680 页。

云:"少陵云'老去渐于诗律细',夫诗之律诚有难言,至词之律则宋元矩矱犹有可寻,承学之士所宜遵守。"①值得一提的是,这些言论都出现在清道光朝以降,它们应该能折射出是时词学界对词律的重视风气。

四、杜诗、杜甫与词学尊体论

词体出身卑微,长久以来被视作是"小道",为摆脱这种文体困境,历代词人和评论家在词学尊体方面作出了不懈努力。不管是题材的比附、价值的确立,还是地位的判定,杜诗、杜甫都是词体心仪的重要对象。

北宋的黄裳最早在词学尊体论中引入杜诗,为了说明"词人盛世之黼藻,岂可废耶",他将柳永词与杜诗相提并论:"予观柳氏乐章,喜其能道嘉祐中太平气象,如观杜甫诗,典雅文华,无所不有。"②这成为后世词学批评中,以某词人比附杜甫的滥觞,由此也产生了诸多关于谁是"词圣"(词中老杜、词中少陵)的争议。说到底,这些都是词学尊体论中以词攀诗思路的体现。"诗圣"的提出与确立是诗学史演进深化的结果,没有人会去怀疑诗歌的价值,诗圣就在一个方面宣告了诗歌的神圣性。而如果能在词学史上找到一位杜甫式的作家,那无疑也会在一定程度上证实词体类同诗体的"岂可废"的价值,江顺诒《词学集成》中的一句话就是对此心态的最好说明:

> 皋文《词选》云:碧山咏物诸篇皆有君国之忧。"渐新
> 痕悬柳",咏新月一篇,喜君有恢复之志,而惜无贤臣也。
> "残雪庭除",梅花一篇,伤君臣宴安不思国耻,天下将亡也。
> "玉局歌残",榴花一篇,言乱世尚有人才,惜世不用也。诒
> 案:此解亦古人所未有。而词家之有少陵,亦倚声家所亟

---

① (清)徐本立撰《荔园词》卷首,《清词序跋汇编》,第1530页。
② (宋)黄裳撰《书乐章集后》,薛瑞生校注《乐章集校注》,中华书局,1994年,第284页。

欲推尊矣。①

然而，对"词圣"的追寻又终将是徒劳无功的。"诗圣"的完整内涵必须包括：一、诗歌成就无与伦比；二、诗人服膺于儒家伦理，具备忠君爱民等高尚品行。此二者缺一不可。应该说，这是一个完美的概念，它统一在孔子删诗的行为中，也统一在杜甫的品行与诗艺中。"词圣"既然是从"诗圣"转换而来，它就应该同时满足人与词两方面的条件，但词史上还没有这样成功的范例。周邦彦是公认的词艺上"集大成"者，可他"疏隽少检，不为州里推重"②，又依附于蔡京党人，品行不足称道；苏轼、辛弃疾、王沂孙等人虽忠君爱国，但在词艺上都达不到"集大成"的高度。而完美的"词圣"应当既有词艺上的集大成，又能在品行上符合"圣"的要求。《孟子·公孙丑上》云："子夏、子游、子张皆有圣人之一体，冉牛、闵子、颜渊则具体而微。"③"有圣人之一体"者不是圣人，"具体而微"者也不是圣人。对于理想的"词圣"而言，周邦彦等候选人要么侧重于得儒家伦理的一体，要么侧重于得写作手法高妙、艺术风格多样的一体，等而下之者，只能得词艺中某个细节的一体。尤侗《词苑丛谈序》云："秦、黄、周、柳得少陵之体"④，如果把"少陵"二字改为"词圣"，这个问题就更好理解了，类似的意见还有史鸣皋的《春巢诗余序》：

> 甚矣哉，杜之无所不包，善学杜者，不必以诗学之，直以词学之可耳。诗之肖杜一体者，玉溪、山谷、崆峒，而词则稼轩、东坡得其壮，淮海、草窗、易安、遗山得其秀，白石、梦窗、玉田得其遒郁。体制不同，神理则一矣。试取春巢词观之，《呈别祖母》，小山慈竹之遗也；《忆内》《赠内》，云鬟香雾之遗也；《题水竹居》，风磴云门之遗也；《涿州》《乐城》，宋玉

---

① （清）江顺诒撰《词学集成》卷六"碧山咏物有君国之忧"条，《词话丛编》，第 3282 页。

② 《宋史》卷四四四，中华书局，1977 年，第 13126 页。

③ 杨伯峻撰《孟子译注》，中华书局，2005 年，第 63 页。

④ （清）徐釚撰、唐圭璋校注《词苑丛谈》，上海古籍出版社，1981 年，第 3 页。

宅、明妃村之遗也;《别友》《怀人》,江东云、屋梁月之遗也。
世有头童齿豁,终其身学杜而不能通一解者,读春巢之词,
可以愧矣。①

杜诗"无所不包"的诗史地位就如同孔子的"集大成"一样,史《序》思路由此生发。他极力拉近《春巢诗余》与杜诗的距离:以词学杜者,或于风格上得杜诗之一体,如辛弃疾、秦观等;或在题材上具体而微,如《春巢诗余》。在"体制不同,神理则一"的观照下,杜甫俨然要兼任"词圣"之职,而那些有关某词人应为"词圣"的论述至此似乎都沦为了无谓之争。

与"词圣"相似,"词史"是又一个仿制杜诗学术语而形成的概念,其雏形可以追溯至明代。署名杨慎的《批点草堂诗余》评苏轼《念奴娇·赤壁怀古》云:"古今词多脂软纤媚取胜,独东坡此词感慨悲壮,雄伟高卓,词中之史也。"②苏轼的赤壁词在题材与风格上,迥异于传统的词体写作。所谓的"词中之史",除了点明词中体现出的史实与史观外,也突出了苏词的革新特征,显然是对杜诗"诗史"说的仿制。到了清初,易代的剧变推动了杜诗学与词学的同时繁荣,词学领域对杜诗资源的利用较以往显得更为自觉与深入。陈维崧《词选序》云:"东坡、稼轩诸长调,又骎骎乎如杜甫之歌行与西京之乐府也……为经为史,曰诗曰词,闭门造车,谅尤异辙也……选词所以存词,其即所以存经存史也夫。"③首次阐述了"词史"的内涵,"为经为史"云云,可见其尊体意识之强烈。在此意识的主导下,杜诗在很大程度上成了确立词作价值的标杆,故陈维崧评曹贞吉《百字令》(三台鼎峙):"置此等词与龙门列传、杜陵歌行间,谁曰不如。彼以填词为小技者,皆下士苍蝇声耳。"评曹贞吉《贺新凉·地震后喜濂至都门》:"朴老高

① 《清词序跋汇编》,第 524 页。
② (明)杨慎《批点草堂诗余》卷四,《词话丛编补编》,中华书局,2013 年,第 308 页。
③ (清)陈维崧撰《词选序》,陈振鹏标点、李学颖校补《陈维崧集》,上海古籍出版社,2010 年,第 54 页。

浑,老杜歌行。"①同时词人如李良年评曹贞吉《满江红·金台怀古》:"杜陵诗史后,又添一词史。"曹尔堪评吴伟业《满江红·白门感旧》:"陇水呜咽,作凄风苦雨之声,少陵称诗史,如祭酒可谓词史矣。"②均与陈氏的尊体之举桴鼓相应。

伴随着清廷政局在康熙朝的稳定,浙西词学开始笼罩词坛,与杜诗、杜甫有关的词体写作及批评都进入了一个相对低潮期。至道、咸年间,清代社会逐渐暴露出重重问题,常州词派乘势崛起,杜诗、杜甫才又重新成为词学家瞩目的一个焦点。道光十二年(1832),周济对"词史"作了精彩的阐发:

> 感慨所寄,不过盛衰。或绸缪未雨,或太息厝薪,或已溺己饥,或独清独醒。随其人之性情、学问、境地,莫不有由衷之言。见事多,识理透,可为后人论世之资。诗有史,词亦有史,庶乎自树一帜矣。③

从"词中之史"到"词亦有史","词史"所指已从某一具体作品泛化成一种文体;从"为经为史"到"自树一帜","词史"所为已从拓展词体的功能上升为确认词体独立不迁的价值。周济所言跳出以往尊体者在形式上的争论,直接从根本入手,强调词体应该拥有等同(而非攀附)杜诗的充盈内涵,这标志着对"词史"意义的开掘已进入到一个前所未有的深层境界。不过,这种理论上的诉求并未得到创作层面及时、充分的回应,"词史"与"诗史"仍有不小的差距,谢章铤因而感慨:"词与诗同体,粤乱以来,作诗者多,而词颇少见。是当以杜之《北征》《诸将》《陈陶斜》,白之《秦中吟》之法运入减偷,则'诗史'之外,蔚为'词史',不亦词场之大观欤?"④

---

① (清)曹禾等《珂雪词话》,《词话丛编续编》,第 170、189、164 页。

② (清)吴伟业撰《梅村词》,张宏生编《清词珍本丛刊》,凤凰出版社 2007 年版,第 1 册,第 234 页。

③ (清)周济撰《介存斋论词杂著》,《词话丛编》,第 1630 页。

④ (清)谢章铤撰《赌棋山庄词话》续编三"赵起《约园词稿》"条,《词话丛编》,第 3529 页。

但必须要辨明的是,在常州词派的词学体系中,比兴寄托是词体的第一义,而杜陵"诗史"的特点却是"毕陈于诗,推见至隐,殆无遗事"①,这就导致了词学家理想中的"词史"与"诗史"的原生内涵显露出了不同。以谭献为例,虽然他在《箧中词》中频以"词史"评词,但对最善于运用赋笔进行"词史"写作的蒋春霖的评价仍略有保留:"咸丰兵事,天挺此才,为倚声家杜老;而晚唐、两宋一唱三叹之意,则已微矣。"②"一唱三叹"就是要给读者充分的讽咏空间,为"作者之用心未必然,而读者之用心何必不然"③提供可能,在此观念的左右下,"诗史"作品中常见的赋法在"词史"作品只能处于边缘位置。

五、结语

在唐代以后漫长的诗歌史、诗学史中,杜甫及其诗歌堪称是一个取之不尽、用之不竭的宝藏,正像《新唐书·杜甫传》所赞美的那样:"他人不足,甫乃厌余,残膏剩馥,沾丐后人多矣!"④作为历代诗人中"沾丐"词体最著的一位,正视杜甫、杜诗在词学史上的辐射效应,是研究者不可回避的任务,这一论题由于兼有杜诗学与词学的双重意义而显得格外重要,本文的写作即是基于此判断而进行的。总括上文的讨论,我们或可得出以下几点认识:

(一)肇端于北宋后期黄裳、陈师道等人的言论,杜诗(杜甫)开始与词学研究产生联系。这一联系贯穿于整个古典词学的发展历程,并呈现出从偶发、零散转向自觉、深入的趋势,晚期词学史引入杜诗(杜甫)的目的性、理论性显著增强。

(二)词作笺注是杜诗介入词学建设的最浅表、最直接形态。对

① (唐)孟启撰《本事诗》,古典文学出版社 1957 年版,第 17 页。

② (清)谭献编、罗仲鼎等校点《清词一千首(箧中词)》,西泠印社 2007 年版,第 185 页。案:莫崇毅撰《劫后花开寂寞红——论道咸时期的"词史"写作》(《江苏师范大学学报·哲学社会科学版》2015 年第 3 期)对此有讨论,可参。

③ (清)谭献撰《复堂词录序》,《词话丛编补编》,第 1306 页。

④ 《新唐书》卷二百一《杜甫传》,中华书局,1975 年,第 5738 页。

杜诗学概念进行词学转换,是杜诗、杜甫介入词学建设的高级形态,其中两个代表性的例子是"词圣"与"词史"。前者体现出批评家对词体的焦虑意识,具有明确的尊体色彩,但"词"与"圣"的矛盾决定了其人选的不确定性。后者经周济发挥,成为词学尊体论在辨体、破体两条传统路径之外的新突破,其内涵及创作实践与"诗史"同中有异。

(三)古代评论家在具体的杜诗评赏中,提炼出有关诗中句法、字法、章法、寓意的认识,并移之评词,此举丰富了词学批评的方法与内容。在"诗词之辨"论争中,杜诗又以诗歌典范的面貌出现,反衬出词体"别是一家"的体性要求。

(四)杜诗、杜甫与词学结合的特征及紧密程度受到同一时期杜诗学或社会历史背景的横向影响。宋代杜诗学的繁荣是词学领域引入杜诗资源的前提,而是时的涉杜词学评注则体现出某些江西诗派的特点;明清易代剧变与晚清社会危机频现的不同背景,分别导致了词学史上对杜诗"诗史"属性与杜甫忠君爱国品质的不同呼唤。

(西南大学文学院、中国诗学研究中心)

罗根泽的诗话研究[*]

王 波

摘 要：诗话研究是罗根泽文学批评史的
重要一环,有着独特价值,理应得到关注。他对
诗话的渊源、分类及诗话作为文体的独特意义
都有实事求是的分析,与前人或同时期学者相
比,也更多地被后人所接受,尤其是对宋诗话的
总体整理以及对亡佚诗话的辑校与考订有着很
大的贡献。因郭绍虞的诗话研究也颇有成就,
而且二人在宋诗话辑佚方面有一段"公案",故
在论述罗氏之诗话研究时,也较多地涉及到郭
氏,如此比较相衬,二人观点或相得益彰,或各
有特点,同时也可看出二人之间或显或隐的学
术对话。

关键词：罗根泽 诗话研究 诗话理论
辑校

---

* 本文系国家社科基金青年项目"中国文学批评史的发生和演进研究(1920—
1960)"(编号：16CZW004)的阶段性成果。

Luo Genze's Study of the Poetry Talk

Wang Bo

Abstract: The study of the poetry talk is an important part of Luo Genze's History of Literature Criticism, which has its unique value and deserves attention. His analysis of the poetry talk's origin, classification and stylistic meaning is in line with the facts, compared with the predecessors or contemporaries which is recognized by successors to a greater extent. Especially, he has a great contribution on overall arrangement of the poetry talk and collection and correction of the lost poetry talk. Because Guo Shaoyu's study of the poetry talk is also quite successful and they have a "case" in the collection of the poetry talk in Song Dynasty, when the paper discourses Luo Genze's study of the poetry talk, it also involves in Guo Shaoyu's study of the poetry talk. By such comparison, their ideas complement each other or highlight respective characteristics, and the explicit or implicit academic dialogue between them is visible.

Key Words: Luo Genze　the study of the poetry talk　the theory of the poetry talk　collecting and proofreading

  1937 年 2 月 9 日,罗根泽送给郭绍虞一份刊于《师大月刊》第 30 期的《两宋诗话存佚残辑年代表》。郭绍虞大出意外,没想到有人与自己做同样的工作,遂在《宋诗话辑佚序》中解释道:"罗君此表,经始于民国二十四年秋,我的旧稿,则在二十一年已经印出,虽则排比的方法各人不同,而内容多不谋而合。到现在,我公开的发表似乎反在罗君之后,这反似我犯了嫌疑,所以我不能不声明",并且详细列举了罗氏辑他不辑、他辑罗氏未辑的例子。[①] 在陈述整理诗话的几种工作

---

  ① 郭绍虞《序》,《宋诗话辑佚》,哈佛燕京学社,1937 年,第 9、10 页。此部分内容 1980 年中华书局重版时删去。

时，郭氏对上述"旧稿"有所描述："曾将宋人诗话之存残佚各种，分别立表，注明卷数、撰人、版本及诸家著录与诸书称引之处，也列目说明，最后再附加案语。此部分曾编入讲义，友朋中亦多见之者。"①这里的讲义就是《宋代诗论史》。1937 年 8 月，郭绍虞的《宋诗话辑佚》作为《燕京学报》专号之十四由哈佛燕京学社出版。同年的《燕京学报》第 22 期《国内学术界消息》一览，肖甫刊文介绍该书，并为同事抱不平："自序末颇惧此书出版于罗根泽君《两宋诗话存残辑年代表》之后，或被他人疑为有剿袭罗作之嫌；然余昔曾见此书之最初稿《两宋诗论史》讲义，与罗表相比较，似罗表之作即为此讲义所引起者，则不惟此书绝无剿袭之嫌，而罗作似转借此书之初稿为先导也。"②罗根泽不只有《年代表》，也有《两宋诗话辑校》一书，只是没有出版，仅把论述"各书之采辑依据，作者略历，诗学见解"的《叙录》发表出来。郭绍虞研究文学批评史比罗根泽早，自然也更早地注意到诗话，其早期讲义罗根泽或许阅览过，但应该不存在剿袭的情况。罗氏自述辑较诗话过程："暇与曼澌（罗夫人——引者注）依据《苕溪隐居丛话》《诗话总龟》《诗人玉屑》《诗林广记》《草堂诗话》、元板《修辞鉴衡》等书所胪举，益以笔记小说所援引，参伍校核，删汰复重，辑得已佚诗话三十一种，题曰《两宋诗话辑较》。"③可见，罗根泽与郭绍虞是不谋而合，分头工作。郭氏先后又有《北宋诗话考》《四库著录南宋诗话提要评述》，在二文基础上成《宋诗话考》一书（1979），另外注释或集解《沧浪诗话》（1961）、《诗品》及《续诗品》（1963），编辑《清诗话续编》（1983），诗话研究的总体成就超过罗根泽，但也不应该忽略罗根泽研究诗话的成绩。因此本文论述罗氏之诗话研究时，也较多涉及到郭氏，如此比较相衬，二人观点或相得益彰，或各有特点，同时也可看出二人之间或显或隐的学术对话。

---

① 郭绍虞《序》，《宋诗话辑佚》，哈佛燕京学社，1937 年，第 1 页。
② 肖甫《燕京学报社最近刊行专号二种》，《燕京学报》，1937 年第 22 期。肖甫（1902—1989），原名赵贞信，此时是燕京大学引得编纂处编辑。
③ 罗根泽《两宋诗话辑较叙录》，《文哲月刊》，1937 年第 1 卷第 10 期。

一、诗话理论

研究诗话,必先明其定义范围,始可或蒐罗文献,或定其分类。对于诗话源于何时及何谓诗话,在罗根泽之前,大体有三种流传较广的说法。一是何文焕之说:"诗话于何昉乎?赓歌记于《虞书》,'六义'详于古《序》,孔孟论言,别申远旨;《春秋》赋答,都属断章。"[1]可见,何氏不局限于"诗话"之名,认为先秦即有诗话。把钟嵘《诗品》、皎然《诗式》也收入《历代诗话》中。何说影响甚大。徐英在《诗话学发凡》中说:"诗话之学,厥源远矣。披叶寻根,则肇始虞夏。"[2]陈一炎把诗话分为三个时期,太古至汉初是第一期。[3] 二是章学诚之说:"诗话之源,本于钟嵘《诗品》。"[4]后世认同章氏之说的也不在少数。李详在《历代诗话续编序》中认为:"诗话之兴,源于作者渐夥,弟靡无制,遂昧流别。若防讹滥,必判雅郑,摄之检括,统为一书,则钟仲伟《诗品》是已。"[5]赵景深把诗话分为诗歌原理与诗歌史及批评两类,罗列的著作最早的也是钟嵘《诗品》。[6] 徐中玉亦认为,钟嵘《诗品》"开后来诗话勒为成书之先声"。[7] 其实二种说法只是源自时期不同,其诗话范围大体不差,不仅包括自欧阳修后出现的以诗话为名的著作,也涵盖钟嵘《诗品》以及隋唐五代时期的诗格、诗句图、本事诗等。三是郭绍虞之说,他认为诗话自欧阳修始,因为"唐人论诗之著多论诗格与诗法,或则摘为句图,这些都与宋人诗话不同"。[8] 至此,诗话才与诗格之类的著作区别开来,获得独立的文体地位。不过,郭绍虞并不

---

① (清)何文焕《序》,《历代诗话》,中华书局,2004年,第3页。

② 徐英《诗话学发凡》,《安徽大学季刊》,1936年第1卷第2期。

③ 参见陈一炎《诗话研究》,《天籁季刊》,1935年第24卷第1号。

④ (清)章学诚著、叶瑛校注《文史通义校注》,中华书局,1985年,第559页。

⑤ 李详《序》,丁福保辑《历代诗话续编》,中华书局,2006年,第3页。

⑥ 参见赵景深《历代诗话读法》,《文艺月刊》第2卷第1期。

⑦ 徐中玉《论诗话之起源》,《徐中玉文集》第4卷,华东师范大学出版社,2013年,第1134页。

⑧ 郭绍虞《序》,《宋诗话辑佚》,哈佛燕京学社,1937年,第2页。

是一开始便有如此认识。1928 年,他写作《诗话丛话》时,就把诗话分为广、狭二义,为了"见其共同的性质",便采取广义:"只须凡涉论诗,即是诗话之体。"①其论述的对象包含论诗诗、选集、诗评、诗谱等。1933 年,他续写《诗话丛话》,以书为纲,主要的论述对象是钟嵘《诗品》、皎然《诗式》及唐人诗格诗例之著。直至他辑宋诗话时,才发见诗话之体的独特性,实不可与唐人论诗之著混同。

　　罗根泽研究诗话之始便认定诗话始自欧阳修,同时廓清前人的说法,认为"三代的说法坠于玄渺",《诗品》虽是勒成专书的初祖,"但不即是宋人诗话本源",因为"早期的诗话止是在记事以资闲谈,和《诗品》的'第作者甲乙而溯厥师承'(四库提要语),并不相同。"②不仅如此,晚唐五代的诗格也与诗话不同:"诗格也不是诗话,虽则都在说诗,但前者偏于立格说势,后者偏于记事评诗;前者在晚唐五代已很发达,后者到宋代方才兴起。"③而且他还认为,宋初欧阳修等改革诗体反对的就是五代前后的诗格:"五代前后的诗学书率名为'诗格',欧阳修以后的诗学书率名为'诗话',也显然的说明了'诗话'是对于'诗格'的革命。所以诗话的兴起,就是诗格的衰灭,后世论诗学者,往往混为一谈,最为错误。"④诗话兴起之前,除了《诗品》,还有诗格、诗句图、本事诗三类论诗之著。在罗氏看来,诗句图更是与诗话性质旨趣不同,只有本事诗是诗话的"前身",而本事诗的来源则与笔记小说有关:"唐代有大批的记录遗事的笔记小说,对诗人的遗事,自然也在记录之列。……由这种笔记的转入纯粹的记录诗人遗事,便是本事诗。我们知道了'诗话'出于本事诗,本事诗出于笔记小说,则'诗话'的偏于探求诗本事,毫不奇怪了。"⑤在此,罗根泽建立了"笔记小说——本事诗——诗话"的演变线索,恐怕比何文焕源自三代之说和

　　①　郭绍虞《诗话丛话》,《照隅室杂著》,上海古籍出版社,2009 年,第 230 页。
　　②　罗根泽《中国文学批评史》(三),中华书局,1961 年,第 220 页。
　　③　罗根泽《两宋诗话存佚残辑年代表》,《师大月刊》,1936 年第 30 期。
　　④　罗根泽《晚唐五代文学批评史》,重庆商务印书馆,1945 年,第 47 页。
　　⑤　罗根泽《晚唐五代文学批评史》,重庆商务印书馆,1945 年,第 68 页。

章学诚本于钟嵘之说更加符合历史的真实情况。罗氏此点也基本上被后人接受。①

对于诗话的分类，较多人接受章学诚"论诗及事""论诗及辞"的说法，特别是郭绍虞对此甚为赞叹。罗根泽从诗话的功能入手，区分道："诗话有两种作用，一为记事，一为评诗。记事贵实事求是，评诗贵阐发诗理；前者为客观之记述，后者乃主观之意见。"这基本上也是延续章学诚之说，记事是"论诗及事"，评诗是"论诗及辞"。此外，罗根泽引用许彦周之言："诗话者，辨句法，备古今，记盛德，录异事，正讹误也"，再加上作《巩溪诗话》的黄彻"辅名教""论当否"之说，认为诗话的功能主要在于上述几项。记盛德和录异事主要是记事，占诗话的大部分，但批评鉴赏的色彩很淡，辨句法、备古今、正讹误、辅名教、论当否主要是评诗，具体而言，辨句法是诗学方法，备古今是诗学源流，正讹误和论当否是诗学利病，辅名教是诗学观念，都是重要的文学批评。故此，罗根泽在"文学批评"眼光的参考下，不太重视诗话论事的部分，而重视评诗的部分，其文学批评史除了名家所作的《六一诗话》《后山诗话》《诚斋诗话》与《后村诗话》外，只论述了《潜溪诗眼》《许彦周诗话》《岁寒堂诗话》《白石道人诗说》《沧浪诗话》《林下偶谈》六种。这是用"文学批评"筛选诗文评材料的必然结果，就如朱自清所说："诗文评里有一部分与文学批评无干，得清算出去，这是将文学批评还给文学批评"②，在这里清算的就是诗话中的"记事"成分。郭绍虞也是如此，其早期写作《诗话丛话》时，"重在批评"，清除了诗话论诗及事的部分。③

---

① 参见蔡镇楚《中国诗话史》，湖南文艺出版社，1988 年，第 13、14 页；刘德重、张寅彭《诗话概说》，安徽教育出版社，2009 年，第 10 页；张伯伟《中国古代文学批评方法研究》外篇第五章《诗话论》，中华书局，2002 年，第 463—465 页。

② 朱自清《诗文评的发展》，《朱自清全集》第 3 卷，江苏教育出版社，1997 年，第 25 页。

③ 参见郭绍虞《诗话丛话》，《照隅室杂著》，上海古籍出版社，2009 年，第 231 页。

二、整理与辑校

除了对于何谓诗话及诗话分类等基本理论的研究外,罗根泽贡献更大的是对于诗话的史料蒐罗。他的《两宋诗话存佚残辑年代表》罗列诗话 129 种,除了重复的 11 种,后人节辑的 3 种,笺注的 3 种,还余 112 种,其中确定亡佚的 23 种,未详的 4 种,残辑存者 95 种。在表中,罗根泽分书名、作者及年代、存佚残辑、版本、考证五项分别予以说明。考证一项内容大体可分如下几类:一、说明诗话名称。早期诗话作者并非有意著述,其目的是"以资闲谈"(欧阳修语),故名称淆乱。罗根泽对于多个名称者都一一说明,如欧阳修《诗话》:"后人或称《六一诗话》,《六一居士诗话》,《欧公诗话》,《欧阳文忠公诗话》";《中山诗话》:"或称《刘贡夫诗话》,《刘攽诗话》";《王直方诗话》:"或作《归叟诗话》,《诗文发源》。"二、指出原书卷数。"书名"一栏在书名后已附带卷数,但只是现存或所辑的卷数,至于诗话原卷数在"备注"栏多有说明。如《古今诗话》六卷附录一卷:"《宋志》著李颀《古今诗话》录七十卷";《艺苑雌黄》一卷:"《宋志》、《陈录》、《通考》俱作二十卷"。① 三、指出后人所辑诗话来源。如佚名辑《玉壶诗话》:"就《玉壶野史》(即《玉壶清话》)中,辑其论诗之语";日人近藤元粹辑《六一诗话》:"就欧公试笔及归田录二书,抄出其似诗话者";罗根泽辑《李希声诗话》:"据玉屑、诗林、鉴衡等书辑"。四、考证诗话作者及年代。如《垂虹诗话》:"宋志谓不知作者,考周辉《清波杂志》卷八云'从叔知和,尝尉吴江,作《垂虹诗话》'";《青琐诗话》:"原题元刘斧,误。《宋志》、晁《志》俱载所作《青琐高议》,此即从中采辑者。晁《志》成于绍兴二十年,此在前无疑。"五、简述诗话内容提要。如《沧浪诗话》"内分诗辩、诗体、诗法、诗评、考证五种,末附《答吴景仙书》";《浩

---

① 罗根泽表中版本俱是简称,陈《录》指陈振孙《指斋书录解题》,下引玉屑指《诗人玉屑》、《诗林》指《诗林广记》、《鉴衡》指《修辞鉴衡》、晁《志》指晁公武《郡斋读书志》。

然斋雅谈》:"上卷考证经史,评论文章,中卷诗话,下卷词话。"①

在罗根泽之前,郭绍虞虽然也针对宋诗话存残辑佚的情况编有表格,但只是编入讲义《宋代诗论史》中,并未流传下来,其具体情形不得而知。不过,其后他撰写的《北宋诗话考》(1937)录有存残佚辑的诗话 36 种,并在《四库著录南宋诗话提要述评》(1939)中说道:"逮入南宋作者益众,钩稽所得,不下三百余种,即摒弃诗格诗例以及诗评句图之属亦有一百余种,可谓盛矣。"②如此推测,当时他考察的宋诗话大约有 130 余种。后来完成的《宋诗话考》(1979)录存世的诗话 42 种,残辑的 46 种,亡佚的 51 种,共 139 种。罗根泽《年代表》录存残辑佚的诗话 112 种,表末还列有《松江诗话》《李君翁诗话》等因零星断璧、不知是否成为专书不录的 11 种。如此算来,即使至 70 年代,郭氏考证的诗话也仅比罗氏当初多十几种,而且这十几种大部分皆亡佚,其中如《公晦诗评》、《诗话□家乘》等既不见著录书目,也未见他书称引。90 年代吴文治主编的十卷本《宋诗话全编》虽号称录有宋诗话 562 家,但原有诗话专著的也仅有 170 余种,其余的近 400 家只是今人搜集"散见于诗文集、随笔、史书和类书等诸书中的论诗之语(包括论诗诗、诗歌评点等)"③而成的辑本,而且 170 余种专著中还包括文彧《诗格》、梅尧臣《续金针诗格》等诗格诗式体例的著作。由此可见,30 年代罗根泽对于宋诗话的整理与搜罗已达到很高的水平。

罗根泽辑校宋代已佚诗话 31 种,虽然未公开出版,但说明"各书之采辑依据,作者略历,诗学见解"的《叙录》曾于 1937 年发表于《文哲月刊》第 1 卷第 10 期,我们可以大体窥其《两宋诗话辑校》面目。郭绍虞的《宋诗话辑佚》也出版于 1937 年,为使二人的辑佚情况一目了然,现列表如下:

---

① 以上所引俱出罗根泽《两宋诗话存佚残辑年代表》,《师大月刊》,1936 年第 30 期。
② 郭绍虞《四库著录南宋诗话提要述评》,《燕京学报》,1939 年第 26 期。
③ 《凡例》,吴文治主编《宋诗话全编》,江苏古籍出版社,1998 年,第 1 页。

诗话	罗根泽(31种)	郭绍虞(33种)
《郡阁雅谈》	从《诗话总龟》前集辑 37 条	不辑
《雅言系述》	从《诗话总龟》前集辑 29 条	不辑
《雅言杂载》	从《诗话总龟》前集辑 34 条	不辑
《东坡诗话》	从《说郛》《诗话总龟》辑 44 条	不辑
《百斛明珠》	从《诗话总龟》前集辑 71 条	不辑
《纪诗》	从《诗话总龟》前集辑 9 条	从《诗话总龟》前集辑 6 条
《玉局文》	从《诗话总龟》前集辑 32 条	不辑
《蔡宽夫诗话》	从《诗话总龟》前后集辑 85 条	从《诗话总龟》前后集辑 85 条,从他书征引辑 3 条
《西清诗话》	从《苕溪渔隐丛话》《诗人玉屑》《诗林广记》等辑 107 条	从《苕溪渔隐丛话》《诗林广记》《类说》等辑 112 条
《陈辅之诗话》	从《说郛》《苕溪渔隐丛话》辑 17 条	从《说郛》《类说》辑 24 条
《王直方诗话》	从《苕溪渔隐丛话》《诗话总龟》《诗人玉屑》《诗林广记》等辑 282 条	从《类说》《苕溪渔隐丛话》《诗话总龟》《山谷诗内集注》等辑 305 条
《洪驹夫诗话》	从《苕溪渔隐丛话》《诗林广记》《诗话总龟》等 26 条	从《苕溪渔隐丛话》等辑 22 条
《潘子真诗话》	从《苕溪渔隐丛话》《诗人玉屑》《说郛》等辑 35 条	从《苕溪渔隐丛话》《诗人玉屑》《说郛》等辑 37 条
《李希声诗话》	从《诗学规范》《诗林广记》等辑 4 条	从《诗林广记》《王直方诗话》等辑 10 条
《潜溪诗眼》	从《苕溪渔隐丛话》《诗话总龟》《竹庄诗话》等辑 27 条	从《苕溪渔隐丛话》《诗学规范》等辑 29 条

诗话	罗根泽(31 种)	郭绍虞(33 种)
《古今诗话》	从《诗话总龟》《诗人玉屑》等辑394 条	从《诗话总龟》《修辞鉴衡》等辑443 条
《高斋诗话》	从《苕溪渔隐丛话》辑23 条	从《苕溪渔隐丛话》《王荆文公诗笺注》辑25 条
《蔡宽夫诗史》	从《苕溪渔隐丛话》辑112 条	从《苕溪渔隐丛话》《诗话总龟》辑125 条
《艺苑雌黄》	从《苕溪渔隐丛话》《诗人玉屑》等辑81 条	从《苕溪渔隐丛话》《诗林广记》等辑84 条
《漫叟诗话》	从《说郛》《苕溪渔隐丛话》辑61 条	从《说郛》《苕溪渔隐丛话》辑61 条
《诗说隽永》	从《苕溪渔隐丛话》《诗话总龟》等辑22 条	从《苕溪渔隐丛话》《诗话总龟》辑20 条
《瑶溪集》	从《苕溪渔隐丛话》《能改斋漫录》辑3 条	不辑
《汉皋诗话》	从《说郛》《野客丛书》等辑13 条	从《说郛》《野客丛书》等辑15 条
《桐江诗话》	从《苕溪渔隐丛话》《诗人玉屑》《诗林广记》等辑22 条	从《苕溪渔隐丛话》《说郛》辑23 条
《休斋诗话》	从《诗人玉屑》辑8 条	从《诗人玉屑》辑8 条
《赵威伯诗余话》	从《诗人玉屑》辑25 条	不辑
《玉林中兴诗话补遗》	从《诗人玉屑》辑33 条《诗林广记》辑5 条	从《诗人玉屑》辑29 条

诗话	罗根泽（31种）	郭绍虞（33种）
《藜藿野人诗话》	从《诗人玉屑》辑2条	从《诗人玉屑》辑2条
《谢叠山诗话》	从《诗林广记》辑21条	不辑
《胡氏评诗》	从《诗话总龟》后集辑2条	从《诗话总龟》后集辑2条
《法藏碎金》	从《苕溪渔隐丛话》后集辑12条	不辑
《垂虹诗话》	不辑	从《山谷年谱》《山谷诗外集》辑2条
《诗学规范》	不辑	从《仕学规范》《诗学指南》辑40条
《三莲诗话》	不辑	从《梅磵诗话》辑1条
《李辰翁诗话》	不辑	从《西溪丛语》辑1条
《松江诗话》	不辑	从《野客丛书》辑3条
《茅斋诗话》	不辑	从《山谷诗别集》辑1条
《闲居诗话》	不辑	从《诗话总龟》前集辑12条
《雪溪诗话》	不辑	从《诗林广记》辑1条
《碧溪诗话》	不辑	从《诗林广记》、《历代诗话》等辑3条
《粟斋诗话》	不辑	从《豹隐纪谈》辑1条
《诗事》	不辑	从《竹庄诗话》、《能改斋漫录》辑14条
《童蒙诗训》	不辑	从《苕溪渔隐丛话》、《仕学规范》辑75条

从表格中看出,罗根泽辑佚宋诗话 31 种,郭绍虞辑佚 33 种,二人重复 21 种,罗辑郭未辑 10 种,郭辑罗未辑 12 种。分析二人具有如此分歧之原因,可以看出他们各自对于诗话的观点差异。

罗辑郭未辑的 10 种,有以下几种原因:一、郭绍虞在《宋诗话辑佚序》中所列五种工作之一是辑诗话新编,即从昔人笔记小说中汇辑论诗之语成编,故关于笔记小说之类的书不辑,比如归入《宋史·艺文志》子部小说类的《郡阁雅谈》《雅言系述》,归于《宋志》子部道家附释氏神仙类的《法藏碎金》,郭氏皆不辑。而罗根泽认为:"诗话的体裁出于笔记小说,因此有许多的名为诗话的书,被目录家列入子部小说家,同时也有许多的笔记小说,事实就是诗话。"[1]故他辑这几种书也就不足为奇。二、罗根泽失考的几处。郭绍虞考证,《赵威伯诗余话》的作者赵威伯即赵与虤,且其书全文与《娱书堂诗话》同,故《赵威伯诗余话》只是最初名称,自然没有必要重辑。另,《诗林广记》所引大部分依据的是谢叠山的《注解章泉涧二先生选唐诗》,不能以诗话称,故郭氏不辑。三、郭氏因宋人辑的《东坡诗话》多与《东坡志林》《东坡题跋》内容相同故不辑。[2] 自然,郭氏也不辑与《东坡志林》《东坡题跋》多有重复的《百斛明珠》《玉局文》。

郭辑罗未辑的 12 种,除《诗学规范》《闲居诗话》《诗事》《童蒙诗训》外,全部仅是 1 至 3 条,罗根泽并不是没有注意到,其在《叙录》末尾《余记》中指出,还有不少零珪断壁不成卷帙者,其中就有《松江诗话》《李君翁诗话》等,此外还提到《抒情诗话》《芥室诗话》等。因《诗话总龟》所引《闲居诗话》11 条与司马光《续诗话》重者 5 条,与《中山诗话》重者 2 条,罗根泽怀疑其是《续诗话》之别名,故不辑。《诗学规范》《童蒙诗训》近于唐代诗格,《诗事》近于本事诗,罗根泽强调宋诗话与唐代诗格之类的著作之差别,故也不辑。

此外,在二人同辑的 21 种中,基本上所辑数量相差无几。不过,

---

① 罗根泽《两宋诗话存佚残辑年代表》,《师大月刊》,1936 年第 30 期。
② 参见郭绍虞《序》,《宋诗话辑佚》,中华书局,1980 年,第 9、10 页。

时常郭绍虞比罗根泽多辑几条。郭氏从 1927 年搜辑文学批评史材料时即注意到诗话，到《宋诗话辑佚》出版时已有 10 年，而且其相信："此类工作，搜集的时间愈长，编愈可期其完备"①。然而，罗根泽"造端于二十四年秋，写迄于二十五年夏"，仅两年，自然不如郭氏所辑完备。此外，曾慥《类说》六十卷，有不少《诗话总龟》《苕溪渔隐丛话》等书所未引的诗话材料，当时北平图书馆藏有抄本，但罗根泽一直无从翻阅，故在《叙录》纳入文学批评史时特意提出，而郭绍虞有幸翻阅，《陈辅之诗话》《王直方诗话》比罗氏多辑的几条俱出此抄本。

罗、郭二人发表《叙录》《辑佚》后，皆有所修正，而且对于对方的意见也有所采纳。罗氏《中国文学批评史》（三）出版时，曾把《叙录》附录于后，虽然该书出版于其去世之后，但重新写的《叙录》前标记时间是 1943 年 12 月 27 日，说明 40 年代第三册批评史已大体编毕。此版《叙录》与 1937 年版《叙录》相比，删去诗话 10 种，分别是《郡阁雅谈》《雅言系述》《雅言杂载》《百斛明珠》《玉局文》《赵威伯诗余话》《藜藿野人诗话》《谢叠山诗话》《胡氏评诗》《法藏碎金》。其中多种都是郭绍虞在《宋诗话辑佚序》中所质疑的，罗根泽应该是看到郭文后，同意其观点，故在重新整理时删去。《藜藿野人诗话》《胡氏评诗》二种仅各有两条，重版时也删掉，归于《余记》中的"零珪断壁不成卷帙者"。《宋诗话辑佚》在 1979 年重版时，郭绍虞删去《西清诗话》《碧溪诗话》二种，增添《唐宋名贤诗话》《瑶溪集》《潜夫诗话》《诗宪》四种。其中，《瑶溪集》就是最初罗辑郭未辑的一种。

罗根泽《叙录》除了说明采辑依据、作者略历，对于诗话中的诗学见解也常有述及，如言《蔡宽夫诗话》"反对诗格""慎于用事""盖惩于晚唐五代以来之究心诗格诗法而力主自然者也"；言《西清诗话》："对于诗之主张，似与苏轼相似，主变化自得。"言《玉林中兴诗话补遗》：

---

① 郭绍虞《序》，《宋诗话辑佚》，中华书局，1980 年，第 10 页。

"除即人品述外,颇讨论蹈袭。"①皆三言两语把其中诗学观点提炼出来,可谓要言不烦,切中肯綮。

三、对几种代表诗话的研究

上文已经指出,罗根泽把诗话分为记事和评诗两种,认为记事闲谈的诗话文学批评的色彩太淡,故对于绝大多数诗话基本上没有论述,只把《六一诗话》《后山诗话》《诚斋诗话》《后村诗话》在叙述作者本人诗论时提及而已。但他特意提出《潜溪诗眼》《许彦周诗话》《岁寒堂诗话》《白石道人诗说》《沧浪诗话》《林下偶谈》六种,认为其是"辨句法,备古今,正讹误,辅名教而有见解之作"②,故对于其中的文学批评一一抽绎,予以叙说。

罗根泽把范温《潜溪诗眼》、姜夔《白石道人诗说》放入第六篇第七章"江西派的诗文方法"。他认为,范温所谓"诗眼"是指"句中字眼"和"篇中意言",二者均出于黄庭坚。"字眼"出于黄庭坚之"拾遗句中有眼"(《赠高子勉》),"意眼"出于黄庭坚之"立意",与苏轼的"述意"不同:"述意是先有意然后借文抒述,立意是先有题而后立意制作。"③如此则把范温论诗本于黄庭坚之处提炼出来了。罗氏注重文学批评的根本观念,不重具体批评,对于诗话,重其诗学见解,于是对范温论杜诗、义山诗及刘子厚诗只字未提。这点朱东润论述较全面。④

姜夔论诗重活法,罗根泽认为,虽然其不同于吕本中、杨万里的活法,但仍是江西派一路。吕本中的活法是"圆转""变化",杨万里的活法是"优游厌饫",而姜夔的活法是"轻松圆活"。"轻松圆活"是方法,所要达到的意境是高妙深远。虽然罗根泽指出姜夔谓"高妙深

---

① 罗根泽《两宋诗话辑校叙录》,《中国文学批评史》(三)附录,中华书局,1961年,第267、269、281页。

② 罗根泽《中国文学批评史》(三),中华书局,1961年,第241页。

③ 罗根泽《中国文学批评史》(三),中华书局,1961年,,第148页。

④ 参见朱东润《中国文学批评史大纲》,上海古籍出版社,2001年,第144—148页。

远",但并没有深入阐发,使得姜夔诗说似乎仍停留在江西派的阶段。其实,他是"从江西入而不从江西出"。郭绍虞对此有辩证的论述:"他是从江西派解放出来,而悟到学即是病,因此,作诗不泥于诗法。他又是从道学家转变过来,而只就诗论诗,因此,读诗不仅是感发善心,而更重在领略余味";"他从活法进一步而指出超于法的境,他从兴再深一层而讲到韵味,这样,所以与沧浪所论很相类似了。"①因此,《渔洋诗话》称,"白石论诗未到严沧浪,颇亦足参微言"。

　　罗根泽把《许彦周诗话》《岁寒堂诗话》《沧浪诗话》放在第十一章"诗话、词话、文话、诗文评点"论述。许彦周虽然指出诗话辨句法、备古今、正讹误的批评倾向,但其诗话涉及文学批评者并不太多。罗根泽只拈出其描写与用事两条,谓其描写人物重在恰如其分,用事最忌直填。对于《岁寒堂诗话》,罗根泽紧紧抓住张戒标举"言志咏物"而论其诗学旨趣:言志是诗人的本意,咏物是诗人的余事,二者可以兼而有之,但须以言志为主,不可专意咏物,否则则失去诗人之本旨。接着,他指出,张戒把诗歌分为数等:国风离骚不必论,陶、阮、建安、两汉为最高,国朝诸人为最低,因为陶、阮以前专以言志,并兼咏物,而苏、黄专以议论为诗,失掉言志咏物的旨趣,堕入用事押韵之途。同时指出,国风之所以"不必论",是因其"思无邪"。"言志""思无邪"都是前人旧诂,张戒何以焕发新意?罗根泽对于这个问题有专门回答:"'言志'是旧话,但张戒说言志可以兼咏物之工,专意咏物则流于雕镌刻镂,寖假而至于用事押韵,补缀奇字,沦为诗人中一害,遂成为新说。'思无邪'也是旧话,但张戒说韵度矜持,冶容太甚也是邪思,进而据以分别杜黄,遂成为新解。"②

　　罗根泽认为,《沧浪诗话》的新说有四点:禅悟说、四唐说、上学说、兴趣说。罗氏不仅对于严羽诗说的渊源有所分析,而且指出它的影响所及,同时把它放在文学批评史中评判以示其价值地位。比如,

---

① 郭绍虞《中国文学批评史》(下),商务印书馆,1947年,第60、61页。

② 罗根泽《中国文学批评史》(三),中华书局,1961年,第245页。

严羽的妙悟说出于韩驹、吕本中,兴趣说出于司空图,这是溯其源;明人高棅撰《唐诗品汇》,分唐诗为初、盛、中、晚四期,穷源索本,始于严羽,这是追其流;江西派始祖黄庭坚学杜,陈师道以学黄庭坚为学杜阶梯,江西末流更是以稍前的江西诸子为学黄、陈阶梯,愈流愈下,即使是矫正江西派的四灵也只是学晚唐,皆是学下之法,而严羽直溯盛唐,其上学法是直截本源,这是评判其批评史地位。

值得一说的是,罗根泽还单列一节"词话"。他考察唐圭章《词话丛编》所收的七种宋人词话:《能改斋漫录》《浩然斋雅谈》是笔记,《苕溪渔隐词话》《魏庆之词话》俱从诗话中辑出,故只论述有新见解的《碧鸡漫志》《词源》《乐府指迷》三种。郭绍虞文学批评史囿于传统文学观念不录词论词话、戏曲小说批评而为人诟病,罗根泽列两节专谈宋代的"词论""词话"。虽然他的文学批评史只写到两宋,但他的文学史类编计划包括词、戏曲、小说三类文体,可以推测,若他续写元明清文学批评史,应会把词论词话、戏曲小说批评纳入其中。

此外,罗根泽还有两篇考证性质的文章《阮阅〈诗总〉考辨》《跋陈眉公集〈古今诗话〉》。前文考证,阮阅卒于《苕溪渔隐丛话序》之前,明宗室月窗道人刊本《后集》引《苕溪渔隐丛话》四十余条,故不可能出于阮阅,辑者是月窗道人。[①] 后文是作者考证从琉璃厂所得陈眉公集《古今诗话》7 卷 79 种,俱见《说郛》《续说郛》,故出于浅妄渔利之手,所谓"陈眉公集"亦是伪托。[②]

总体而言,罗根泽只具体叙述上述几种诗话的诗学观念,对于魏泰《临汉隐居诗话》、叶梦得《石林诗话》等不少具有理论价值的诗话不提,不免狭隘。而且在论述上述几种诗话时,因其注重文学批评的

---

① 参见罗根泽《阮阅〈诗总〉考辨》,《师大月刊》第 26 期。不过,《海外新发现永乐大典十七卷》出版后(上海辞书出版社,2003 年),张健根据其中卷八〇三至八〇六四卷为后窗本后集第二十卷"句法门"至卷末的内容推断,后集在明初以前就已存在,故罗根泽的推断难以成立。参见张健《从新发现〈永乐大典〉看〈诗话总龟〉的版本及增补问题》,《北京大学学报》,2006 年第 5 期。

② 参见罗根泽《跋陈眉公集〈古今诗话〉》,《益世报·人文周刊》1937 年第 7 期。

根本观念,对一些具体的诗人诗作的精彩批评没有涉及,也有欠全面。不过,罗根泽编纂的是文学批评史,毕竟不是诗话史,故必须对于材料有所筛选,同时在"文学批评"的眼光下,也只能挑拣诗话中"论诗及辞"的部分,而忽略大量的"论诗及事"的诗话。更重要的是,他对于诗话的渊源以及诗话作为文体的独特意义都有实事求是的分析研究,特别是其对诗话的总体整理以及对于亡佚诗话的辑校与考订有着很大的贡献。当然,罗氏资料搜罗不能说完备无遗。对于范温最具理论价值的论韵的一段材料,郭、罗二人都没有辑到,后经钱锺书从《永乐大典》卷八〇七中辑出,并指出:"吾国首拈'韵'以通论书画诗文者,北宋范温其人也。"①今人始知其在宋代文学批评史中的重要地位。② 但是,对于诗话资料的搜集、梳理与考订,他们毕竟有着筚路蓝缕之功,而且有些方面今人仍未作出更大的成绩。比如,郭绍虞制定计划有辑专家诗话一项:"此仿《苕溪渔隐丛话》之例,把各种诗话或笔记中论及某人诗文之处,以人为纲,以作品为目,分别排比,以便检索。"③虽然只有《陶渊明诗话》一种粗具规模,且未正式出版,但却指出一条整理诗话的阳关大道。朱自清和浦江清以及几位学生也有整理《诗话人系》的计划,方法与郭氏如出一辙:"将各家诗话分人剪贴一处,这就是所谓'人系';无人可系的,另归总论及杂类。"④他们经过不懈努力对何文焕编《历代诗话》、丁福保编《历代诗话续编》基本整理完毕。⑤ 朱自清计划继续对《诗话总龟》《苕溪渔隐丛话》《诗

---

① 钱锺书《管锥编》(四),北京三联书店,2001 年,第 246 页。

② 参见张海明《范温〈潜溪诗眼〉论韵》,《北京师范大学学报》,1994 年第 3 期。

③ 《陶渊明诗话》当时应该有印本,朱自清 1937 年 10 月 20 日给妻子陈竹隐写信,让她邮寄书籍,其中就有该书。参见《朱自清全集》第 11 卷,江苏教育出版社,1997 年,第 87 页。

④ 朱自清《〈诗话人系〉稿本》,《朱自清全集》第 11 卷,江苏教育出版社,1997 年,第 305 页。

⑤ 此稿本约 30 万字,最初存清华大学图书馆,后余冠英借出,交中国社会科学院文学研究所资料室保存。见朱自清《〈诗话人系〉稿本》编者注释,《朱自清全集》第 11 卷,江苏教育出版社,1997 年,第 305 页。

人玉屑》加以整理，成一部完备的《宋代诗话人系》，不过可惜未成。专人诗话或诗话人系可算是一种文学史资料长编，对于专人研究极其有用。时至今日，郭绍虞、朱自清等人整理专家诗话、"诗话人系"的道路仍值得研究者继续走下去。

（解放军艺术学院学报编辑部）

传统批评视野下的咏物词创作[*]
——论咏物词写作的先天困境及对策

蔡 雯

内容摘要：鉴于咏物题旨和词体体制的双重制约，古代论者认为咏物词创作存在一种先天困境，传统批评视野下的与咏物词相关的理论亦多围绕这一主题展开：在择调层面，古人一方面认为《沁园春》这一词牌适合咏物，另一方面又将其斥为不可填之调。与之相应，咏物词也往往被认为难作，或可以不作。面对困境，古人渐渐发现比兴寄托的创作手法可有效化解这一困境，为词搭建双重建构，创作出优秀的咏物词作，而与其他位置相比，结尾处含兴寄更易事半功倍。本文在梳理总结上述相关理论和经验之后，分析古今咏物观念所存在的差别，并试图充分强调这些创作理论的词史价值和现实意义。同时，比兴寄托在咏物词创作中的意义也在这一梳理过程中清晰地显现出来。

关键词：咏物词 《沁园春》 比兴寄托 双重结构

---

* 该文为国家社科基金一般青年项目《物质文化与清代咏物词研究》（批准文号：16CZW035）的阶段性成果。

The Creation of Ci Poems on Objects from the Point of View of Traditional Criticism

——On the Innate Plight and Countermeasures of the Creation

Cai Wen

Abstract: In view of the double restriction on the creation of Ci poems on Objects of the meaning of the title of an article and the Ci style, the ancient theorists thought there was an innate predicament in the creating Ci Poems on Objects. The related theory of Ci Poems on Objects in the terms of traditional criticism also most revolves around this topic: on one hand, they thought the CiPai qinyuanchun suited to chanting things. On the other hand, they dismissed it as the tune of Ci that could not composed poem to. With corresponding, Ci Poems on Objects also was considered hard to or would not have to be created. Through the efforts, the ancients soon found the writing technique of BiXing could solve the dilemma effectively, thus made excellent works by build a dual structure of the Ci poetry. And the technique of indication at the end of a Ci poetry was effective. The article try to stress the history value and real meaning of the above-mentioned creation theory by summarizes the related theory and experience, and analysis the differences of the chanting concept in ancient and modern times. At the same time, the significance of the technique of BiXing in creating Ci Poems on Objects would be clear to reveal in this progress.

Keywords: Ci Poems on Objects Qinyuanchun BiXing Dual structure

  咏物作为重要的题材类型,不仅是最早产生的词的题材之一,而且从古至今一直深受词作家的青睐。咏物词不仅数量繁多,而且不乏名作。尽管如此,与咏物词创作的繁荣景况相对应,古代词论家对咏物词的理论研讨却总是围绕着一个主题,即在创作论的范畴内,否定咏物词存在的必要性。

　　一种深受作家喜爱的题材类型，何以被诸多论者（也是词作家）认为"不作可也"？本文拟在传统批评视野下，以咏物词为对象，梳理散见于各种词话著作中的理论与观点，以期将古代词论对咏物词的主要认识清晰地梳理呈现出来，纠正我们此前的错误印象，并分析古今咏物词观念巨大差异的成因。

一、咏物词的选调和用韵

　　中国古代词话中保存着十分丰富的咏物词理论，基本隶属于创作论的范畴。鉴于填词首先应该择调和选韵，本文试以此为行文的逻辑起点。

　　在择调时，作者应充分考虑不同词牌所具有的先天复杂个性。一个词牌在词谱中出现，字有定数，韵有定声，它的音乐基调和句式之长短、韵位之疏密、平仄之韵格皆已法定。它已展现出其作为一种词调的个性气质和胜场所在，即它呼唤何种笔法，适宜表现何种律动。因此，咏物词的选调更易从咏物内容的一般规定性出发，选择适合运用赋笔的词牌作为载体。

　　鉴于这种特性，古人将目光投向《沁园春》一调。《莲子居词话》的作者吴衡照即认为："《念奴娇》之览古，《沁园春》之体物，易地而为之，未有能工焉者矣。"[①]特别提出除了《沁园春》一调，运用其他牌调为咏物载体，便极难工稳，俨然一副"非他不可"的姿态；谢章铤随后支持吴衡照的论点："填词亦宜选调，能为作者增色，如咏物宜《沁园春》，叙事宜《贺新郎》，怀古宜《望海潮》，言情宜《摸鱼儿》《长亭怨》等类，各取其与题相称，辄觉辞笔兼美，虽难拘以一律，然此亦倚声家一作巧处也。"[②]谢章铤作为词论大家，在分析了诸多词调的特点后，也

---

　　① （清）吴衡照《莲子居词话》卷三，《词话丛编》第三册，中华书局，2005 年，第 2454 页。

　　② （清）谢章铤《赌棋山庄词话》卷三，《词话丛编》第四册，第 3360 页。

认为以《沁园春》咏物可视为创作的捷径。试看《沁园春》定格：

中仄平平（句）仄仄平平（句）仄仄仄平（韵）仄中平中仄
（句）中平中仄（句）中平中仄（句）中仄平平（韵）中仄平平
（句）中平中仄（句）中仄平平中仄平（韵）平平仄（句）仄中平
中仄（句）中仄平平（韵）　平平中仄平平（韵）仄中仄平平中
仄平（韵）仄中平中仄（句）中平中仄（句）中平中仄（句）中仄
平平（韵）中仄平平（句）中平中仄（句）中仄平平中仄平（韵）
平平仄（句）仄中平中仄（句）中仄平平（韵）①

《沁园春》这一牌调具有如下特点：从声韵来看，它是平韵格词，通篇押平韵，较为和谐舒缓、从容悠扬；除过片两韵连押外，其余都是三到四句一韵，韵位疏而不密；它的句式以四言偶句为主，且对偶排比较多，适宜铺陈笔法的运用。龙榆生先生在《论句度长短与表情关系》一文中特别谈到《沁园春》调，即认为："至于适宜铺张排比、显示宽宏气宇或雍容气度的慢曲长调，常是多用四言偶句作成对称格局，并于落脚字递换平仄作为协调音节的主要手段。这该以《沁园春》作为最好范例。"在具体分析《沁园春》的句式之后又说："《沁园春》长调格局恢张，饶有雍容气象。"②可见，《沁园春》这一词牌本身即长于赋法铺排，而以恢弘或雍容构成该词调的主要气质。《沁园春》所召唤的赋笔天然适合描摹咏物。用《沁园春》来创作咏物词，更容易穷形尽相地勾画外物。在创作领域，敏感的作家总能凭借直觉洞察先机。自南宋词人刘过开创了用《沁园春》咏美人指甲、美人足的先例后，清代此风大畅，浙西宗主朱彝尊用此调吟咏美人肢体的十二个部位，美人及其肢体各部位也成为顺康词坛最为高频的咏物题材。而这种咏物风尚持续了漫长的有清一代。除具体事物外，清代词人也尝试吟咏一些较为抽象的事物，如声、影、心、魂等。

---

　①　龙榆生《唐宋词格律》，上海古籍出版社，2007年，第55页。
　②　龙榆生《论句度长短与表情关系》，《词学十讲》，北京出版社，2005年，第57—58页。

相比于择调，选韵受到包括择调在内的更多具体问题的制约，往往要视具体情况而定。因此，古代论者并未聚焦于某一韵来立论，而多是从宏观层面提出禁忌，主要集中在：一、创作咏物词不宜和韵，尤不宜和名作之韵。如李佳在《左庵词话》中云："凡前人名作，无论咏古咏物，既经脍炙人口，便不宜作和韵，适落窠臼。"①脍炙人口即强调作品一旦被经典化，为了规避风险，便不宜赓和；二、强调咏物词创作不能凑韵就韵，应谨慎择韵。况周颐在《蕙风词话》中即言："作咏物咏事词，须先选韵。选韵未审，虽有绝佳之意，恰合之典，欲用而不能。用其不必用，不甚合者以就韵，乃至涉尖新，近牵强，损风格，其弊与强和人韵者同。"②其实谨慎选韵无论是对于咏物词，还是对其他题材、甚至体裁的韵文具有普适性。况氏作为词学大家，特别提出咏物词的选韵问题，且无新见，实际上体现出其内心的忧虑：咏物词难作，所以尤须审慎，不涉险招。

古代论者对咏物词的择韵并未提出建设性意见，而宜用《沁园春》咏物这一结论堪称得到理论和创作的双向支持，可以视为古人的重要创作经验。但是，经过进一步考察，我们却发现古代论者对适宜咏物的《沁园春》多持批判态度，每每认为它是俗调、难填之调，甚至不可填之调：邓廷桢在《双砚斋词话》中对这一牌调进行了激烈的批评："若《沁园春》两两排比，取便优俳，自有此名，更无佳制，宜从菅蒉，毋乱笙钟。"③干脆认为以《沁园春》为载体，从未产生过任何佳作，其存在败坏了音乐的体制；孙麟趾《词径》亦言："作词须择调，如《满江红》《沁园春》《水调歌头》《西江月》等调，必不可染指，以其音调粗率板滞，必不细腻活脱也。"④认为《沁园春》音调既粗鲁又呆板，应与之划清界限；蒋兆兰的意见虽语调和缓，但意思却颇为相类："调如《贺新郎》《沁园春》《满江红》《水调歌头》等曲，皆不易填，意谓其易涉

---

① （清）李佳《左庵词话》卷下，《词话丛编》第四册，第 3163 页。
② 况周颐《蕙风词话》卷五，《词话丛编》第五册，第 4416—4417 页。
③ （清）邓廷桢《双砚斋词话》，《词话丛编》第三册，第 2534 页。
④ （清）孙麟趾《词径》，《词话丛编》第三册，第 2553 页。

粗豪也。"①如果说婉约与豪放的不同风格还曾在词史上引起过真实而激烈的争论，论家对于《沁园春》的批评态度却显得颇为默契。程洪《词洁》中所言，似为能够找到的唯一反面意见："《满江红》《沁园春》，词家相戒以为俗调，不宜复填。予谓有俗词无俗调。若咏物写景，非苦心人不辨，固当择调。至于即事即地高会言情，使人入耳赏心，词工足矣，虽俗调又何害焉。"②程洪认为只有俗词没有俗调，只要词工，俗调亦无妨。相比于诸论者的针锋相对，矛头直指《沁园春》调，程氏的反对意见显得颇为温和，他希望词家消除对俗调的心理戒备，实质上只是展示出一种融通的认知姿态。对《沁园春》调，也只见包容，未见褒扬，言语之间，似也认同《沁园春》应归为俗调。而王国维在《人间词话》中以词体和近体诗体制相比，认为："近体诗体制，以五七言绝句为最尊，律诗次之，排律最下。盖此体于寄兴言情，两无所当，殆有韵之骈体文耳。词中小令如绝句，长调似律诗，若长调之《百字令》《沁园春》等，则近于排律矣。"③认为近体诗的体制中，五、七言绝句最为尊，律诗等而下之，而排律由于不适合寄兴言情，像是有韵的骈文，所以只能屈居末流。而对比词体，小令如绝句，长调像律诗，长调中的《沁园春》等调，就近于排律了，将适于咏物的《沁园春》置于词调中最下等之位。王氏此论，实际上是从文学本位的角度，为词体细分等级的行为，由于《沁园春》所体现的体制特征，较为远离词体、甚至是文学重视抒情言志的内涵特征，所以理应被边缘化。

二、咏物词创作的先天困境

既然《沁园春》两两铺排、从容坦荡，偏于阳性的气魄适合咏物，却与词体"要眇宜修"、婉转幽微的核心内涵相背，以之填词不易成功。那是不是说明，古人在总结创作经验时发现：咏物的内容原本

---

① 蒋兆兰《词说》，《词话丛编》第五册，第4638页。
② （清）先著、程洪著，胡念贻辑《词洁辑评》卷三，《词话丛编》第二册，第1355页。
③ 王国维《人间词话》，《词话丛编》第五册，第4253页。

不宜以词体的形式呈现？与古代论者对《沁园春》这一词牌的批评相仿，他们对咏物词也施以口诛笔伐：许昂霄在《词综偶评》中评价张炎《探春》一词"才放些睛意"四句时说："可谓笔如其手，手如口矣，不意于咏物题得之。"[①]词家咏物能有好句，令论者始料不及；丁绍仪在《听秋声馆词话》中评价王梅溪咏海棠的词作时也说："寓意微婉，不当仅作咏物词读。"[②]可见二人将咏物词定义为单纯描摹外物的一类词作。

理解这一界定，我们较容易理解为什么词论家一方面认为《沁园春》调适合咏物，更易工稳；一方面又认为其是俗调、甚至不可填之调，鲜有佳制。赋笔描摹是咏物所需，也使《沁园春》两两排比的形式大有用武之地，这种呼应和吻合虽然让词家每每用《沁园春》来铺排咏物，但与此同时，他们发现这种纯用赋笔、专主描摹的作品与词体本身擅于言情的特质相悖愈远。《沁园春》作为一种词调的尴尬存在暗示出咏物词创作的先天困境，词的文体特征和咏物的题材限定风马牛不相及。换言之，词本不宜咏物，或者说，单纯咏物难以生成佳作。所以，咏物词要摆脱这种"原罪"，就必须是咏物词，又不仅仅是咏物词，兼具抒情词的特点，必须呼唤和亟需"双重结构"。

这种先天困境，源于咏物内容和词体形式的双向制约，让咏物词的抒写变得并不容易。古代词论家大多同时是词人，他们反复在论著中抒发咏物词难作的感慨：张炎在《词源》中说："诗难于咏物，词为尤难。体认稍真，则拘而不畅，模写差远，则晦而不明。"[③]张炎认为，咏物题材一进入抒情文学领域，就显现出自身存在的尴尬。鉴于词和诗的抒情指向不同，所以咏物词比诗更为难作，如果拘泥于咏物，往往缺少高远流畅的意境，如放开笔来，又容易背离咏物之旨。后世论者也常反复重申这一感慨，如刘体仁在《七颂堂词绎》中说：

---

① （清）许昂霄《词综偶评》，《词话丛编》第二册，第1566页。
② （清）丁绍仪《听秋声馆词话》卷一，《词话丛编》第三册，第2587页。
③ （宋）张炎《词源》卷下，《词话丛编》第一册，第261—262页。

"咏物至词,更难于诗。"并认为即使是姜夔的咏梅名作"昭君不惯胡沙远,但暗忆、江南江北"亦费解①,《疏影》以王昭君的典故来咏梅,笔墨荡开,与咏梅主题的关系晦暗不明,有晦涩难懂之嫌。吴衡照《莲子居词话》言:"咏物虽小题,然极难作。"②蒋敦复则云:"咏物作题外取神最妙,亦最难。"③认为咏物词不可拘泥本题,应题外取神方可做好,同时也认为这是极高的要求。感慨之余,似隐约显现出其为咏物词创作寻找一条可行的出路的努力。

从这一角度出发,我们就可以清晰洞见论者对待咏物词的两难态度,明晰谢章铤在《赌棋山庄词话》中为何一方面认为"咏物词虽不作可也",却同时肯定东坡、白石别有寄托的咏物词作是"最善矣"的作品。且看《赌棋山庄词话》卷二中这段精彩的论述:

> 咏物词虽不作可也,别有寄托如东坡之咏雁,独写哀怨如白石之咏蟋蟀,斯最善矣。至如史邦卿之咏燕,刘龙洲之咏指足,纵工摹绘,已落言诠。今日则虽欲为刘、史奴隶,恐二公亦不屑也。彼演肤辞,此征僻典,夸富矜多,味同嚼蜡。夫咏物之诗,古来汗牛充栋,然佳者亦甚寥寥,况词之体又微与诗异乎。作之不已,多者百篇,少亦不下廿卅篇,此如咏梅花者,累代不能得数语。而逐臭之夫,或百咏,或五十咏,是徒使开府汗颜,逋仙冷齿矣。且竹垞咏猫,武曾咏笋,辄胪故实,亦载鄙谚,偶一为之,亦才人忍俊不禁之故态。究之,《静志居》《秋锦山房》之联踪二宋,弁冕六家者,区区在此,谅不其然,顾奈何以佛色撝称为能事乎。④

在这段议论中,谢章铤将咏物词分为三个等级:最优秀的作品一定是别有寄托的;等而下之的是工于描绘的作品,如史达祖《双双燕》咏燕,刘过的《沁园春》咏美人指、足;最不堪的是当下的作品,征用僻

①　(清)刘体仁《七颂堂词绎》,《词话丛编》第一册,第621页。
②　(清)吴衡照《莲子居词话》,《词话丛编》第三册,第2417页。
③　(清)蒋敦复《芬陀利室词话》,《词话丛编》第四册,第3656页。
④　(清)谢章铤《赌棋山庄词话》卷二,《词话丛编》第四册,第3343页。

典，连篇累牍，兴味索然。谢章铤多次批评浙派咏物作品即本于此，如卷五云："至今日浙派盛行，专以咏物为能事，胪列故实，铺张鄙谚，词之真种子，殆将湮没。"①卷七又云："余尝怪今之学金风亭长者，置《静志居琴趣》《江湖载酒集》于不讲，而心摹手追，独在《茶烟阁体物》卷中，则何也。夫咏物南宋最盛，亦南宋最工。然倘无白石高致，梅溪绮思，第取《乐府补题》而尽和之，是方物略耳，是群芳谱耳，便谓超凡入圣，雄长词坛，其不然欤。"②对清代浙西词派渐失性情，一味铺排典故，甚至征用僻典，运用俗语的咏物宗风提出了尖锐的批评。

只有"最善"的作品，方可谓突破了咏物词创作的先天困境。谢氏明确表态：最优秀的咏物词一定是别有寄托的。有寄托的咏物词一定同时具有咏物的表层结构和抒情寄托的深层结构。表层结构用于满足咏物命题的要求，而深层结构则贴合词体的需要。咏物词只有同时满足这双重的要求，才能成为佳作。只有表层结构则不如不作；只有深层结构则不合题旨。在这一反思的过程中，论者每每认为也许没有必要去面对并解决咏物词创作的先天困境，只要作品成功即可，何必执着于是否咏物，即对咏物词存在的必要性提出质疑。但是，这种反思并不能制止，甚至不能影响咏物词不断涌现，其不仅作为宋词创作的第二大题材③为数甚巨，至清代数量更是远迈前代，直到当今词坛，咏物词依旧是词作者最钟爱的题材之一，其"原罪"似已被忽视。而且历代选本之中，咏物词不乏其数，佳作不胜枚举。这说明中国古代文人不独钟爱词体，亦钟爱以词咏物的表达方式。一方面，单纯咏物的作品虽然因抒情性不足等原因难以跻身优秀文学作品之列，但在其产生的如集社、唱酬等背景之下，亦不乏其他社会价值；另一方面，古代作家在咏物词创作实践中，已经摸索出突破这一困境，创作优秀咏物词的方法和出路。

---

① （清）谢章铤《赌棋山庄词话》卷五，《词话丛编》第四册，第3387页。
② （清）谢章铤《赌棋山庄词话》卷七，《词话丛编》第四册，第3415页。
③ 据许伯卿统计，《全宋词》中咏物词共计3011首，占全宋词总数的14.2%（《宋词题材研究》，第37页）。

三、咏物词的创作方法

这种方法和出路，正是巧建双重结构，寓寄托于咏物，这也是古人在咏物词创作时往往特别强调寄托的原因。宋季著名词人王沂孙正是个中典范。陈廷焯即认为："咏物词至王碧山，可谓空绝古今。"①所谓"空绝古今"，颇有"咏物词第一人"的意思。王沂孙《花外集》中多为咏物之作，以咏物名家，正如陈氏所言："碧山咏物诸篇，固是君国之忧。时时寄托，却无一笔犯复，字字贴切故也。就题论题，亦觉踌躇满志。"②王词的明显特征是：句句咏物，而句句饱含寄托，表层的咏物结构和深层的寄托结构都较为完整。而王沂孙凭借创作咏物词，被认为："王碧山词，品最高，味最厚，意境最深，力量最重。感时伤世之言，而出以缠绵忠爱。诗中之曹子建、杜子美也。词人有此，庶几无憾。"③王沂孙的创作实践，足见所有的挑战同时也是机遇。词人满怀深情而规避直接的表达，以咏物出之，反而使词境更加婉转含蓄，有不尽之意。这也说明，优秀的作家总能化被动为主动，转劣势为优势，不仅跳出咏物词的先天困境，而且超越一般作品，获得境界的升华，满足咏物题材和词体体裁的双重要求。

王沂孙成功的关键在于寄托。谢章铤在《赌棋山庄词话》中云："宋人咏物，高者摹神，次者赋形，而题中有寄托，题外有感慨，虽词，实无愧于六义焉。"④蒋敦复即认为："词原于诗，即小小咏物，亦贵得风人比兴之旨。"⑤都肯定了寄托的必要性。蒋氏简略地梳理了咏物词史，认为唐、五代、北宋人词，很少有严格意义上的咏物词，而南宋咏物词大多有所寄托。他标举王沂孙、周密等宋季遗民

---

① （清）陈廷焯《白雨斋词话》卷七，《词话丛编》第四册，第 3937 页。

② （清）陈廷焯《白雨斋词话》卷二，《词话丛编》第四册，第 3809 页。

③ （清）陈廷焯《白雨斋词话》卷二，《词话丛编》第四册，第 3808 页。

④ （清）谢章铤《赌棋山庄词话》，《词话丛编》第四册，第 3443 页。

⑤ （清）蒋敦复《芬陀利室词话》卷三，《词话丛编》第四册，第 3675 页。

创作的《乐府补题》，不仅仅是咏物词，而且蕴藏无尽家国兴亡之感，而否定清代以来遗神取貌、单纯赋物的唱和行为。蔡嵩云也认为："咏物词，贵有寓意，方合比兴之义。"并列举苏轼、吴文英、姜夔的名作，认为："大都双管齐下，手写此而目注彼，信为当行名作。此虽意别有在，然莫不抱定题目立言。"①这些作品以双重结构既符合咏物题旨，满足词体抒情的需要。历代论者对比兴寄托的评赏方法虽然毁誉不一，但是对于这种写作手法却"只见有人提倡，不闻有人菲薄"②。

以王沂孙为代表的咏物词，固然因结构清晰，而可以视为学习咏物词创作方法的门径，但古人也强调其"身世之感使然，后人不能强求也。"③即内心如无真情实感，也不可无中生有，咏物词中的寄托情感往往和其创作背景密切相关。张炎在感慨咏物词难作后，即以史达祖、姜夔为榜样，认为其佳作"所咏了然在目，且不留滞于物。"④肯定优秀咏物词应该既具有"所咏了然在目"的一面，又具有"不留滞于物"的一面。刘熙载《词概》表达相似的意思，他列举苏轼作品并评论说："东坡《水龙吟》起云'似花还似非花'此句可作全词评语，盖不离不即也。时有举史梅溪《双双燕》咏燕，姜白石《齐天乐》赋蟋蟀，令作评语者，亦曰'似花还似非花'。"⑤"似"即"了然在目"，"非"即"不留滞于物"，只有这样，才能同时满足咏物和词体的要求，达致"不即不离，自无呆相"⑥的境界。

至于几分即，几分离，几分似，几分非，即寄托之法应用的分寸，却可以因人而异，颇为灵活。邹祗谟《远志斋词衷》进一步建议："咏

---

① 蔡嵩云《柯亭词论》，《词话丛编》第五册，第4907页。
② 沈祖棻《关于清代词论家的比兴说》，文学研究，1957年第2期，第54—65页。
③ （清）陈廷焯《白雨斋词话》卷七，《词话丛编》第四册，第3937页。
④ （宋）张炎《词源》卷下，《词话丛编》第一册，第261—262页。
⑤ （清）刘熙载《词概》，《词话丛编》第四册，第3704—3705页。
⑥ （清）李佳《左庵词话》，《词话丛编》第四册，第3136页。

物固不可不似,尤忌刻意太似。取形不如取神,用事不若用意。"①强调需在咏物与兴寄之间达到一个平衡,而对于"取神"和"用意"的强调实则暗示创作者"尤忌刻意太似"。王士禛、沈雄皆列举具体作品,引用邹说而加以肯定②,认为咏物词不应如工笔画般刻字镂句、描摹刻画,片面追求形似,而应追求神似,发挥文学在写意上的优势。沈雄《古今词话》引用《吹剑录》评语,批评秦观《如梦令》中的词句"莺嘴啄花红溜,燕尾点波绿皱",认为"咏物形似而少生动,与'红杏枝头'费如许气力。"③以秦观词句作为反面教材,认为他因片面追求咏物形似,致使作品显得刻意、着力而不成功。同时又引用周密之语在正面树立典范:"张功甫,西秦人,"月洗高梧"一阕,乃咏物之入神者,此白石论邦卿词而及之。"④赞扬了张功甫咏物神似的功力。姜夔作为词坛方家,实曾传授心法说:"牛峤《望江南》,一咏燕,一咏鸳鸯,是咏物而不滞于物者也,词家当法此。"⑤姜夔将牛峤的咏物词作为学习的榜样,颇为有趣。以咏鸳鸯一首为例,牛峤借描写鸳鸯成双成对的习性,表现女主人公闺中独处之幽怨。换言之,作家只是选取物象特征中能够引起作者共鸣的部分,稍加点染,然后借此抒发内心的情志,很有"兴"的意味。《望江南》二阕对所咏之物只是点到为止,却被姜夔奉为典范。实则暗示如果要在赋物与兴寄之间作以取舍,不妨在"似"的前提下,最大限度地减少赋物之笔而增加兴寄之情。和王沂孙句句赋物,又句句兴寄相比,这样的咏物词赋物的表层结构和兴寄的深层结构都是不完整的。

有论者给出更为易行的建议,即在创作咏物词时,结尾略有寄托。张炎在《词源》中已特别强调尾结的重要性:"一段意思,全在结

---

① (清)邹祗谟《远志斋词衷》,《词话丛编》第一册,第653页。
② 分别见王士禛:《花草蒙拾》,《词话丛编》第一册,第683页;沈雄:《古今词话·词品》上卷,《词话丛编》第一册,第847页。
③ (清)沈雄《古今词话·词品》下卷,《词话丛编》第一册,第870页。
④ (清)沈雄《古今词话·词评》上卷,《词话丛编》第一册,第999页。
⑤ (清)沈雄《古今词话·词评》上卷,《词话丛编》第一册,第971页。

句,斯为绝妙。"①以其《南浦·春水》②为代表,张炎因这一名作被时人唤为"张春水",这首词运用侧笔,写出中国文化传统中水之形神,而在结处以"茂陵"句点染寄托之意,又用"刘郎"之典加以关合。综合全篇来看,寄托若有若无。由于这种创作策略简单易行,也使咏物词创作形成一种寄托形式化的倾向。有论者进一步发展这一观点,认为整个词的后段,都应以寄托之笔荡开。蒋敦复即对周济所论表示赞同:"善乎保绪先生之言曰:'凡词后段,须拓开说去。'此可为咏物指南。"③将之奉为填写咏物词的指南。也有论者一方面肯定:"此论亦确当。"一方面则举出反例:"然如碧山咏物诸篇,则大矣化矣。又不仅在结尾寓意也。"④指出形式化的大可不必。总之,诸论提示后世创作者,词的结尾处施以寄托之笔,能起到事半功倍的效果。

四、古今咏物词观念之别

古人在对咏物词的创作实践进行总结的过程中,发现由于咏物题旨和词体体制的双向制约,使咏物词创作存在一种先天困境,适合铺排赋物的《沁园春》这一词牌在抒情言志层面也显现出劣势。如果要创作优秀的咏物词作品,词人必须寓寄托于咏物:或通篇在表层赋物,深层兴寄;或行文以兴寄为主,赋物为辅。而在形式层面,则应特别注重结尾处兴寄之笔的应用。

这与当今学界及诗词创作领域对咏物词的印象并不一致:一方面,今人往往更关注古人突破咏物词创作困境的成果,而非过程。既然已经有比兴寄托的创作手法来解决咏物词创作中的困境,就没有

---

① (宋)张炎《词源》卷下,《词话丛编》第一册,第 261 页。

② 《南浦·春水》:"波暖绿粼粼,燕飞来、好是苏堤才晓。鱼没浪痕圆,流红去、翻笑东风难扫。荒桥断浦,柳荫撑出扁舟小。回首池塘青欲遍,绝似梦中芳草。 和云流出空山,甚年年、净洗花香不了。新绿乍生时,孤村路、犹忆那回曾到。余情渺渺。茂林觞咏如今悄。前度刘郎归去后,溪上碧桃多少。"

③ (清)蒋敦复《芬陀利室词话》卷三,《词话丛编》第四册,第 3675 页。

④ (清)陈廷焯《白雨斋词话》卷八,《词话丛编》第四册,第 3973 页。

必要否定业已存在的咏物词体制的合法性；另一方面，今人的观念比之于古人更为通达，古代论者常从创作的角度，站在文学本位的立场来立论，否定单纯赋物的作品可能具有的认识价值、社交价值，当今的研究则更倾向于从多方面来认识咏物词的价值。

因此，关于咏物词创作先天困境及对策的讨论是咏物词创作和理论探讨的必然经历，具有重要的词史意义。今天细致地呈现这一过程仍具有多方面的价值：一方面，还原历史情境，明确古人对咏物词创作困境的认识过程及解决方案；另一方面，无论是在解读古人作品时，还是在进行新一轮创作时，都提示今人充分重视并恰当处理咏物题旨和词体体制之间的矛盾，提高对咏物词的理解深度或创作水平。

（首都师范大学文学院）

典中有典*

——陈寅恪挽曾昭燏诗隐含的思想追问

项念东

内容摘要：中国旧体诗好用典，寒柳堂诗尤然，此已世所熟知。然其挽故南京博物院院长曾昭燏诗中"白璧青蝇"与"烦冤夜哭"二语，更属一种"典中有典"，实取自吴梅村《悲歌赠吴季子》诗。其致哀于曾氏的同时，亦隐含一段特别的思想追问。此一点，不仅可见陈寅恪用典思想，亦可反观其诗歌释证方法在当下中国诗研究中的特别要义。

关键词：陈寅恪　曾昭燏　白璧青蝇　《悲歌赠吴季子》

Allusions implied allusions

——The implied meaning in the lament for Zeng Zhaoyu written by Chen Yinque

Xiang Niandong

Abstract：Chen Yinque is famous for using allusions in poetic writing. In

---

* 基金项目：本文系国家社科基金项目"20世纪诗学考据学史"（12CZW021）阶段性成果。

the lament for Zeng Zhaoyu, Chen Yinque used two unique phrases, "Bai Bi Qing Ying" and "Fan Yuan Ye Ku". They form an implicit meaning point. This usage belongs to allusions implied allusions. It comes from wu Meicun's poems,"Bei Ge Zeng Wu Jizi". It expresses Chen Yinque's condolences to Zeng Zhaoyu, and implies criticism to social reality at that time.

Key words：Chen Yinque　Zeng Zhaoyu "Bai Bi Qing Ying" "Bei Ge Zeng Wu Jizi"

一

　　1964 年 12 月 22 日,南京博物院院长曾昭燏跳南京紫金山灵谷塔自尽。次年 2 月 14 日,陈寅恪作挽诗一首,题为《乙巳元夕前二日始闻南京博物院院长曾昭燏君逝世于灵谷寺追挽一律》。此诗流传有文字不同的两种稿本:

　　　　论交三世旧通家,初见长安岁月赊。何待济尼知道韫,
　　未闻徐女配秦嘉。

　　　　高才短命人谁惜,白璧青蝇事可嗟。灵谷烦冤应夜哭,
　　天阴雨湿隔天涯。

　　　　【多才短命人咸惜,一念轻生事可嗟。灵谷年年薰宝
　　级,更应留恨到天涯。】①

　　前四句相同。首二句回忆与曾昭燏的通家之谊及昔日交往,次二句由东晋才女谢道韫事及东汉秦嘉、徐淑夫妇借赠答寄情之故实,点出曾氏虽才华横溢然终身未嫁于今而亡的可叹遭际。② 至于后四句,其不同处可直观感受到两点:第一,两稿均表达了作者对逝者的哀惋,但前稿于哀痛之余更多一份怨愤。这明显的体现于前稿第五

---

　　① "【】"内为另稿后四句。详见《陈寅恪集·诗集》,三联书店,2001 年,第 165 页。
　　② 参见胡文辉《陈寅恪诗笺释》对出典之解释,广东人民出版社,2008 年,第 1271—1273 页。曾陈交谊及曾氏生平,另见李粤江《曾昭燏与陈寅恪》、张蔚星《南京博物院藏曾昭燏师友书札考略》、徐雁平《旧世家、新女性——以湘乡曾昭燏为例》等文,均收入南京博物院编《曾昭燏纪念》,江苏人民出版社,2009 年。

句"人谁惜"一反问语的出现,与后稿"人咸惜"不过一字之别,但诘问中显带怨愤。第二,前稿比后稿用典成分更多。后稿第六句"一念轻生"虽点出曾氏系自尽而亡,但前稿用"白璧青蝇"典更清晰化了曾氏自尽的原因;且"嗟"有痛惜义(《集韵》)[1],紧承"人谁惜"一语,意谓曾氏之"可嗟"不仅在于"轻生",更在于其悲剧乃缘于"青蝇"之扰,故至可痛惜且又极令人愤怒。至于末二句,后稿虽在第七句用了"薰宝级"这一僻典,而前稿则整体上化用了杜甫《兵车行》"新鬼烦冤旧鬼哭,天阴雨湿声啾啾"一联,字面直截然寓意深沉。

就上述两点不同来看,其用典应与哀痛背后隐含的怨愤之情有所关联。而中国诗用典素来讲究"自出己意,借事以相发明"[2],故典语的出处及意涵乃是理解诗意的关键。因此,理解陈寅恪此诗,就绝不应忽略前稿中嵌入的熟典"白璧青蝇"与杜诗。

"青蝇"一典最早出自《诗·小雅·青蝇》:"营营青蝇,止于樊,岂弟君子,无信谗言。"刘向《九叹·怨思》"若青蝇之伪质兮,晋骊姬之反情"二句,又用晋献公宠姬骊姬谗害太子申生事,具象化了"青蝇"与进谗者之间的隐喻关系,从而凸显屈原"忠而被谤"(《史记·屈原列传》)的生命遭际。故王逸注曰:"言谗人若青蝇变转其语,以善为恶,若晋骊姬以申生之孝,反为悖逆也。"[3]此后唐人诗中用"青蝇"典者颇多[4],然若论"白璧青蝇"四字完整的出典,应以陈子昂《宴胡楚真禁所》诗"青绳一相点,白璧遂成冤"为早,继之者则有李白,凡三见:"楚国青蝇何太多,连城白璧遭谗毁"(《鞠歌行》),"白璧何辜,青蝇屡前"(《雪谗诗赠友人》),"白璧竟何辜,青蝇遂成冤"(《书情题蔡舍人雄》)。

---

① 汉语大词典编纂整理处:《康熙字典》,汉语大词典出版社,2002年,第131页。

② 《蔡宽夫诗话》所载王安石语,见(宋)胡仔《苕溪渔隐丛话》后集卷二五,第179页,人民文学出版社,1962。

③ (宋)洪兴祖《楚辞补注》(四部备要影宋本),第499页,中华书局,1957年。

④ 如杜诗"青蝇纷营营,风雨秋一叶"(《八哀诗·故司徒李公光弼》)、"江湖多白鸟,天地有青蝇"(《寄刘峡州伯华使君四十韵》),刘禹锡"何人为吊客,唯是有青蝇"(《伤丘中丞》),孟郊诗"君子勿郁郁,听我青蝇歌"(《君子勿郁郁士有谤毁者作诗以赠之》),元稹诗"非白又非黑,谁能点青蝇"(《秋堂夕》)等。

一般情况下，"青蝇"抑或"白璧青蝇"典不过是指因谗被冤及对进谗者的贬斥，但倘注意到陈寅恪此诗用"白璧青蝇"与末二句化用杜诗存在内在关联——即导致"烦冤夜哭"的直接原因就在于"白璧青蝇"，则可发现其用此二明典之后尚有一暗典——吴梅村《悲歌赠吴季子》诗。该诗不仅同样有"白璧青蝇见排诋"的典语字面，末联也暗用杜诗《兵车行》典以寓含一份特别的思想批判，且诗末塑造的"仓颉夜哭"一意象更与陈诗"烦冤夜哭"极为相类。二者遣词造语的相似性，远不同于一般的"白璧青蝇"典。

　　吴诗见《梅村家藏稿》卷十《悲歌赠吴季子》：

> 人生千里与万里，黯然销魂别而已。
> 君独何为至于此？
> 山非山兮水非水，生非生兮死非死。
> 十三学经并学史，生在江南长纨绮。
> 词赋翩翩众莫比，白璧青蝇见排诋。
> 一朝束缚去，上书难自理。
> 绝塞千山断行李。
> 送吏泪不止，流人复何倚？
> 彼尚愁不归，我行定已矣！
> 八月龙沙雪花起，橐驼垂腰马没耳。
> 白骨皑皑经战垒，黑河无船渡者几？
> 前忧猛虎后苍兕，土穴偷生若蝼蚁。
> 大鱼如山不见尾，张鬐为风沫为雨。
> 日月倒行入海底，白昼相逢半人鬼。
> 噫嘻乎悲哉！
> 生男聪明慎莫喜，仓颉夜哭良有以。
> 受患只从读书始，君不见，吴季子！[1]

---

　　① 影印宣统三年武进董氏诵芬室刊本《梅村家藏稿》台湾学生书局，1975年第一册，第223—224页。

诗题下有作者自注："松陵人，字汉槎。"吴季子，即清初诗人吴兆骞，字汉槎，季子系兄弟排行，顺治十五年(1658)因丁酉(1657)科场案被流放宁古塔(今黑龙江省宁安县西)。其子吴桭臣跋其《秋笳集》曰：

> 先君少负大名，登顺治丁酉贤书，为仇家所中，遂至遣戍宁古。①

另据顾师轼《吴梅村先生年谱》卷四"(顺治)十五年戊戌五十岁"条：

> 科场事发，吴汉槎兆骞、孙赤崖旸、陆子元庆曾俱贷死戍边，有《悲歌赠吴季子》《赠陆生》《吾谷行》。程穆衡《鞏悦卮谈》：同时如吴江吴汉槎兆骞、常熟孙赤崖旸、长洲潘逸民隐如、桐城方与三育盛，皆有高才盛名，同以科场事贷死戍边。②

"黯然销魂别而已"。全诗以江淹《别赋》成句起笔，故应即吴伟业送别吴兆骞之作。该诗在有清一代甚有名，孟森《科场案》一文提到：

> 丁酉科场案，向来以吴兆骞之名而脍炙于世人之口。兆骞固才士，然《秋笳集》亦非有绝特足以不朽者在，其时以文字为吴增重者，实缘梅村一诗、顾梁汾两词耳。梅村于科场案中，赠陆庆曾有诗，赠孙承恩而及其弟旸亦有诗，顾皆不及其《悲歌赠吴季子》一首，尤为绝唱。兆骞得此，乃其不朽之第一步。③

《梅村家藏稿》乃陈寅恪1963年已完稿之《柳如是别传》最主要的引述文献之一，丁酉科场案又"蔓延几及全国"④，亦清初知识分子集体遭遇的重大事件，故陈寅恪对梅村此诗必不陌生。之所以认为陈寅恪诗取典于此，表面原因即上文所说遣词造语的相似性，根本原

---

① (清)吴兆骞《秋笳集》(丛书集成初编本)，中华书局，1985年，第151页。
② "北京图书馆藏珍本年谱丛刊"第69册，北京图书馆出版社，1999年，第341—343页。
③ 《孟森著作集·心史丛刊》一集，中华书局，2006年，第68页。
④ 《孟森著作集·心史丛刊》一集，中华书局，2006年，第34页。

因还在于如下两点：第一，二者借"白璧青蝇"所隐喻的生活情境具有高度类似性；第二，二者同样暗用杜诗传达对"白璧青蝇"所特别隐喻者的极大思想批判。这两点，皆非寻常"青蝇"典可比。

二

有关吴兆骞之遭谗被流放，其子吴桭臣指出"为仇家所中"（见前引《秋笳集》跋），有学者更明白指出是"由于同声社章在兹、王发的告发"[1]，但从实际情形看，《清史稿·吴兆骞传》所谓"以科场蜚语逮系，遣戍宁古塔"[2]的含糊其辞，或更近情实。《清实录·世祖实录》载：

> （顺治十四年丁酉十一月）癸亥，工科给事中阴应节参奏江南主考方猷等弊窦多端，物议沸腾……（十五年二月庚午）掌河南道御史上官铉劾奏江南省同考官舒城县知县龚勋……（三月）庚戌，上亲覆试丁酉科江南举人……（十一月）辛酉，刑部鞫实江南乡试作弊一案……方章钺、张明荐……吴兆骞、钱威，俱著责四十板，家产籍没入官，父母兄弟妻子并流徙宁古塔。[3]

另据孟森所引《研堂见闻杂记》：

> 南场（笔者按：即吴兆骞所应考之江南闱）发榜后，众大哗，好事者为诗为文，为传奇、杂剧，极其丑诋。两座师（笔者按：即主考方猷、钱开宗）……士子随舟唾骂，至欲投砖掷瓽。桐城方姓者，冠族也，祸先发，于是连逮十八房官及两主司。总督郎公又采访举子之显有情弊者八人，上之于朝，其八人即于京师就缉，同主司严讯，凡南北举子皆另覆试。

以及戴璐《石鼓斋杂录》：

---

① 叶君远选注《吴伟业诗选·悲歌赠吴季子》注释六，人民文学出版社，2000年，第258—259页。

② 《清史稿》卷四八四，中华书局，1977年，第13337—13338页。

③ 影印《清实录》第三册《世祖实录》，中华书局，1985年，第884、896、901、941—942页。

顺治科场丁酉大狱,相传因尤侗著《钧天乐》而起。时尤侗、汤传楹高才不第,隐姓名为沈白、杨云,描写主考何图,尽态极妍,三鼎甲贾斯文、程不识、魏无知,亦穷形尽相。科臣阴应节纠参,殿廷覆试之日,不完卷者锒铛下狱,吴汉槎兆骞,本知名士,战栗不能握笔,审无情弊,流尚阳堡。(笔者按:孟森于此段引文按语中已指出吴兆骞流宁古塔而非尚阳堡。)

　　又引李延年《鹤征录》及王应奎《柳南随笔》有关南闱覆试之记载,指出:

　　　　据上二则,覆试时既威之以锒铛、夹棍、腰刀,又每一举人以两持刀之护军夹之。护军即《北闱记略》之所谓满兵,既语言不通,又持刀恐吓于旁,其不能下笔宜矣。观此乃知吴兆骞等所以曳白之故。①

　　由此可知,导致江南科场案发生的流言原本针对主考方猷、钱开宗以及"显有情弊者",而吴兆骞最终被流放的直接原因,乃在于其覆试时因考场氛围之严酷以至于临场曳白。亦即,吴兆骞既已参加覆试,则梅村诗中的"白璧青蝇"就不应是指具体人为构陷而言,而是喻指导致江南科场案发生的这一蜚语流言横出的非常环境。因此,"白璧青蝇见排诋"一句所表达的同情与嗟叹,实在于吴兆骞以"词赋翩翩众莫比"之才最终因此大变故导致考场曳白,以至于对其舞弊之嫌百口莫辩。就此而言,梅村诗中的"白璧青蝇"典,非指一二具体鼓唇摇舌之人,亦非仅泛泛而言因谗被祸,而实喻指当日蜚语流言横出的一种非常环境可知矣。此一点看似与寻常"青蝇"典差别不大,但若与其诗末数句借取典杜诗所隐含的思想批判联系起来看,此一"环境"之喻指就有了极为特殊的内涵,这恰是陈寅恪所欲"借"之以发明自家心事者。

---

　　① 《孟森著作集·心史丛刊》一集,中华书局 2006 年,第 60—62、65 页。按:引文中着重号皆笔者所加。

且看梅村诗末数句,及与杜诗的联系:

　　噫嘻乎悲哉!

　　生男聪明慎莫喜,仓颉夜哭良有以。

　　受患只从读书始,君不见,吴季子!

前此注释者以为"生男"一句典出陈琳《饮马长城窟行》。[①] 此虽较早典源,但未及杜甫《兵车行》恰切。陈琳诗末"生男慎莫举,生女哺用脯"一句,虽点出当日主政者穷兵黩武之恶,但结句却归于夫妇同心之情。[②] 这与梅村此下情境极不合。而杜诗虽典出陈琳诗,其诗意主旨却在备言征戍之苦与兵祸之虐,从而寓含其对"役夫敢申恨"之惨酷现实的批判:

　　信知生男恶,反是生女好。

　　生女犹得嫁比邻,生男埋没随百草。

　　君不见,青海头,古来白骨无人收。

　　新鬼烦冤旧鬼哭,天阴雨湿声啾啾。

钱谦益笺杜甫此诗,有如下数语极可注意,此亦梅村取典于此的重要原因:

　　此诗序南征之苦,设为役夫问答之词。君不闻已下,言征戍之苦,海内驿骚,不独南征一役为然,故曰役夫敢申恨也……君不见已下,举青海之故,以明征南之必不返也……曰君不闻、君不见,有诗人呼祈父之意焉。是时国忠方贵盛,未敢斥言之,杂举河陇之事,错牙其词,若不为南诏而发者,此作者之深意也。[③]

正因为"征南之必不返也",故杜诗曰"信知生男恶"。而梅村曰

---

　　① 高章采选注《吴伟业诗选注》,上海古籍出版社,1986年,第99页。另见叶君远选注《吴伟业诗选》,第259页。

　　② 陈琳诗末云:"生男慎莫举,生女哺用脯。君独不见长城下,死人骸骨相撑拄。结发行事君,慊慊心意关。明知边地苦,贱妾何能久自全?"逯钦立辑校《先秦汉魏南北朝诗》魏诗卷三,中华书局,1983年,第367页。

　　③ (清)钱谦益《钱注杜诗》,上海古籍出版社,1979年,第9—10页。

"生男聪明慎莫喜",实亦悲叹吴兆骞此行一如征南之役夫,难有生还之望。梅村诗起首五句,用江淹《别赋》成句点明赠别之意及对友人今日遭际的无限同情,然《别赋》云"别"有"暂离之状"与"永诀之情"二端,"至如一赴绝国,诅相见期。视乔木兮故里,决北梁兮永辞",远不同一般的"割慈忍爱,离邦去里",实乃"抆血相视"之"永诀"。① 梅村用意端在于此。流放乃重刑,而吴兆骞被流放之宁古塔虽是满人发祥之地,但在当日社会一般认识中乃属东北极寒荒漠之地,无异人间地狱、有死无生之所在。孟森引《研堂见闻杂记》就提到:

> 按宁古塔在辽东极北,去京七八千里,其地重冰积雪,非复世界,中国人亦无至其地者。诸流人虽各拟遣,而说者谓至半道,为虎狼所食,猿狄所攫,或饥人所啖,无得生也。向来流人俱徙尚阳堡,地去京师三千里,犹有屋宇可居,至者尚得活,至此则望尚阳如天上矣。②

另据丁酉案同被流放的方章钺之父方拱乾(因其子章钺而株连及之)赎归后所撰《宁古塔志》,其书《弁言》曰:"宁古何地,无往理亦无还理。老夫既往而复还,岂非天哉!"③由此可见一斑。因此,梅村"生非生兮死非死"一句,不仅是说宁古塔生存环境之恶劣,更实有此送别无异送之赴死之意。故紧随其后又借押解差官与流人的一段问答,以及对流放之地的险恶予以接连十句不乏想象夸张的描叙之词,目的正在点明吴兆骞"彼尚愁不归,我行定已矣"的可悲前景。就此而言,吴兆骞之"北流",正同于杜诗笔下役夫"必不返"之南征,此其用杜诗典的第一重原因。

其次,又因为"海内驿骚,不独南征一役为然",但此"呼祈父之意"④

---

① 《文选》,上海古籍出版社,1986年,第750—756页。

② 《孟森著作集·心史丛刊》一集,第61页。

③ 转引自《孟森著作集·心史丛刊》一集,第66页。

④ "祈父",典出《诗·小雅·祈父》。毛传曰"刺宣王也",郑玄笺"刺其用祈父不得其人也",此诗实意在讥刺穷兵黩武之恶。阮元校刻《十三经注疏·毛诗正义》卷十一,中华书局,1980年,第433页。

又"未敢斥言之",故杜诗"君不闻、君不见"实指涉"役夫敢申恨"的可悲现实,亦即埋藏有藉此"南征一役"而尽写天下所有征夫有恨难申之惨酷命运的"深意"。而梅村诗末所写"受患只从读书始,君不见,吴季子!"目的亦在表明不仅吴兆骞之被祸一如杜甫笔下之"役夫",有怨难申,有口难辩其考场曳白背后的舞弊之嫌;且"蜚语牵连竟配边"(吴梅村《赠陆生》)的遭遇,原亦非吴兆骞一人为然,实乃当日诸多举子共同之命运。一如汪琬《尧峰文钞》所说:"……科场之议日以益炽,其端发于是科而其祸及于丁酉,士大夫大糜烂溃裂者殆不可胜计。"①此其用杜诗"生男"典的第二重原因,也是更为深层的原因。

丁酉科场一案乃清初江南士人遭遇的一场莫大之劫难,也可谓当日知识人心目中难以抚平的莫大隐痛。然面对此一隐痛,梅村显然难以"斥言之",故只能隐含于"生男"一联的下半句"仓颉夜哭"这一奇特意象上。

《淮南子·本经》:"昔者仓颉作书而天雨粟、鬼夜哭。"高诱注:"仓颉始视鸟迹之文造书契则诈伪萌生,诈伪萌生则去本逐末,弃耕作之业而务锥刀之利,天知其将饿,故为雨粟,鬼恐为书文所劾,故夜哭也。"②仓颉乃传说中汉字的造作者,实也象征自古以来以思想启蒙民众的知识人,因其盗火者般所为,"鬼恐为书文所劾",故有"鬼夜哭"或"鬼夜泣"之说。古来诗语多有运用此典者,然一般多用其原意——即仓圣造字而鬼夜哭。③梅村变换此典为"仓颉夜哭",即"读

---

① 转引自顾师轼《吴梅村先生年谱》,"北京图书馆藏珍本年谱丛刊"第69册,第342—343页。

② 何宁集释《淮南子集释》,中华书局,1998年,第571页。

③ 素来诗语运用此典者,一般多用其原意。如:(元)陆文圭《壬申冬晦叔译史归别小诗奉饯》:苍颉制字传羲皇,**鬼神夜哭**殊仓黄。(元)钱惟善《篆冢歌》:包羲卦画龟龙出,颉俑造书**鬼夜泣**。(明)刘基《上云乐》:仓颉制文字,**鬼母夜哭**声哀哀。(清)戴亨《题聂松厓印谱》:天不雨金**鬼夜哭**,魂招斯籀来奔谒。(清)江汝式《雨花台》:吁嗟雨花不雨粟,空使台城**鬼夜哭**。(清)龚自珍《己亥杂诗》之六二:古人制字**鬼夜泣**,后人识字百忧集。(清)黄遵宪《杂感》:造字**鬼夜哭**,所以示悲悯。(清)连横《圆山贝冢》:仓颉制奇书,天愁**鬼夜哭**。周作人《丁亥暑中杂诗·鬼夜哭》:仓颉造文字,其时天雨粟。**亦有南山鬼,夜半号眦哭**。

书人夜哭"之意,实喻指当日特殊思想气候下天下读书之人的吞声而哭。亦即是说,"生男聪明慎莫喜,仓颉夜哭良有以"一联,梅村变《淮南子》古典为"仓颉夜哭",从而与杜诗"生男"之典的"深意"相结合,实有由吴兆骞一人之冤而尽写当日所有含冤举子之意,从而表达其不仅为吴兆骞而哭,更为所有具智性但却因此遭受操弄权柄之人轻鄙、敌视乃至扼杀而哭的心事。"受患只从读书始。君不见,吴季子!"一句,正用杜诗"君不见"呼告句式,此一"吴季子"实亦当日科场案发所有无辜牵连被逮者的化身。

孟森在详细考论"蔓延几及全国"的丁酉科场案时曾指出:

> 专制国之用人,铨选与科举等耳……至清代乃兴科场大案,草菅人命,甚至弟兄叔侄,连坐而同科,罪有甚于大逆。无非重加其罔民之力,束缚而驰骤之。[①]

就此而言,梅村诗以"白璧青蝇"典所喻指的当日谗语流言横出的非常环境,同时也就是"仓颉夜哭"的环境,一种知识分子无端横遭扼杀且有怨难申的惨酷时代氛围。故此,梅村正是借哭赠吴兆骞之诗,以"仓颉夜哭"一新造之典寄寓其对"受患只从读书始"之现实的强烈思想批判。惟此,全诗末联"受患只从读书始"一语,不仅在诗意表达上有了实际的照应,且相较"人生识字忧患始"(苏轼《石苍舒醉墨堂》)这句早已有之的成言,更多了一份现实的指谓与深切的感喟。

陈寅恪挽曾昭燏诗取典于梅村诗的用意,正在于此。

三

曾昭燏乃 20 世纪中国杰出的女考古学家、博物馆学家,其自尽而亡的史实至今令人唏嘘。尽管其悲剧并非缘于直接的政治流言,但确与当日类似梅村笔下"白璧青蝇"所隐喻的非常思想环境有着莫大关联。曾氏自尽,在 1964 年 12 月 22 日。发起于 1962 年底的农村"四清"运动,此时已成为"必须进行到底"的"全党全民的社会主义

[①] 《孟森著作集·心史丛刊》一集,第 34 页。

教育运动"①。曾氏逝前一日刚刚召开的第三届全国人大第一次会议上的《政府工作报告》还提到:

> 目前正在农村和城市中进行的社会主义教育运动……现在我们通称四清运动,这就是:根据社会主义的彻底革命的原则,在政治、经济、思想和组织这四个方面进行清理和基本建设。

而这项以清政治、清经济、清思想、清组织为中心的"社教运动"的核心,就是"要使广大干部和人民群众受到一次深刻的阶级教育和社会主义教育""认真解决社会主义和资本主义两条道路问题"②。其中,甄别知识分子的阶级出身、考察其历史问题,无疑正属于清政治、清思想的工作范围。而自"反右"以来,揭批阶级出身、历史问题乃至思想、生活诸端,正是蜚语流言最易诞生之处。尽管当日"组织上没有给她过直接的压力"③,但不代表没出现某些流言④,尤其是关于其1948年作为中央博物院总干事最终未能阻止院中文物运台的问题,乃是曾昭燏自解放以后直至逝世始终难以释怀的一件大事。1955年9月12日,其为思想改造运动所写补充材料事致函江苏省委统战部副部长叶胥朝时就提到:

> 您知道,一个人怀着一种待罪的心情来工作,是非常痛苦的事。南京解放后不久,我即决定将此事向党交代清楚。那时博物院的军事代表是赵卓同志,我几次引他,要和他谈

---

① 见1964年3月20日《中共中央关于在全党组织干部宣讲队伍,把全党全民的社会主义教育运动进行到底的指示》,中共中央文献研究室编《建国以来重要文献选编》(第十八册),第331页,中央文献出版社,1998。

② 中共中央文献研究室编《建国以来重要文献选编》(第十九册),中央文献出版社,1998年,第505—506页。

③ 原常州博物馆馆长、研究员陈晶与曾昭燏晚年曾有过较密切接触,此其《岁月留痕》一文转述1965年曾氏自杀后听江苏省妇联干部汤若瑜所言。曾昭燏生前曾任江苏省妇联副主席。南京博物院编:《曾昭燏纪念》,第432页。

④ 《曾昭燏年谱》编订者张蔚星在《考古先驱　书林女杰——曾昭燏先生书法艺术略说》一文中提到,1964年城市"四清运动"开始以后,曾氏友人杨宪益说"已经有人开始对她在运到台湾的南迁文物的责任,开始清算"。南京博物院编《曾昭燏纪念》,第410页。

此事，而他避而不谈。①

因此，虽然从今日所见其旧日书信、遗留日记以及当日诸多同事、友朋回忆文章等材料来看，曾氏直至去世之前并未因文物运台事受到直接的冲击，但联系其致叶氏函，则如果当日确又出现与此相关之流言，其所面临的精神危机该何等严重。

更何况，其出身曾国藩家族这一"阶级出身"与"历史问题"，在这一特殊历史时期更是其无法摆脱的一个巨大精神包袱。作为晚清名臣曾国藩胞弟曾国潢的曾孙女，曾昭燏直至 1963 年(亦即去世前一年)9 月 24 日为劳改放归的侄儿曾宪洛工作事致函当时主政江苏的彭冲还提到："我们家族本是个很坏的家族，社会关系尤其复杂。"②在那样一个人人争取与"旧式封建家庭"划清界限的年代，此一语包含着怎样的无奈与危机感！而现实中，曾任高教部副部长的堂兄曾昭抡 1957 年被打成右派，最亲密的侄儿曾宪洛于肃反运动时被勒令退党，后成右派、遣送劳改，谗言罹祸固然有之，然与家世背景亦并非没有关联。至如其去世前连续数年申请入党而并无回应等，更可见上述一语背后其一直饱受的精神压力。③ 毕竟，当日接收新党员的首要标准就是"成分好、阶级觉悟高、政治历史清楚"。④

背负如此精神包袱，而现实世界又不时"提醒"她所思所困之问题的存在，更是一无形的精神牢笼。其 1964 年 5 月 6 日日记载：

八时半军区政治部王启明同志以车来迎，相送至江苏

---

① 南京博物院编《曾昭燏文集·日记书信卷》，文物出版社，2013 年，第 533 页。
② 南京博物院编《曾昭燏文集·日记书信卷》，文物出版社，2013 年，第 564 页。
③ 与曾昭燏晚年有过较密切联系的许复超《文如其人　字如其人——怀一代学人曾昭燏先生》一文回忆："在从先生读《通鉴》后期(笔者按——据曾氏日记，在 1961 年下半年)，先生曾对我说起，自己近年有入党的强烈愿望，打了入党申请报告，也向领导同志直接表示过，但没有结果。也说起，宪洛劳教出来以后，闲在家中，不能发挥所长，很可惜，为他找了整理文史资料的工作，以便维持生活，也向领导同志说过，希望能适当给予照顾，没有结果。"南京博物院编《曾昭燏纪念》，文物出版社，2013 年，第 407 页。
④ 见 1964 年 4 月 26 日《中共中央关于有领导有控制有重点地接收新党员的指示》，中共中央文献研究室编《建国以来重要文献选编》(第十八册)，第 434 页。

医院看陈方恪,并问明九小姐来信事,以告王启明同志,十时半归。①

陈方恪即陈寅恪之弟,故此"九小姐",应即寅恪、方恪之妹,侄辈所称之"九姑"陈新午,时任台湾"国防部长"的俞大维之妻。而俞大维之母曾广珊又是曾昭燏的姑母,故此一"复杂的社会关系"也使得此番调查与曾氏或多或少有所关联。至于所问何事今不得而知,不过于此可见当日"清政治"审查之一斑。此外,其4月19日日记提及自疗养院回家"看院中阶级斗争展览",5月31日读冯其庸此前一年所发表之《彻底批判封建道德》,6月8日"读特纳·古纳瓦达纳所著《赫鲁晓夫主义》"②,凡此种种,亦均可见"社教运动"在曾氏人生最后时期的投影。1965年11月13日,中共中央批转《中央统战部关于召开各省市自治区党委统战部部长座谈会情况的报告》中有如下一段话:

> 近年来,由于社会主义革命和阶级斗争不断深入发展,城乡"四清"运动、备战,特别是文化战线上的教育革命、文化革命、学术思想批判,以及知识分子革命化、劳动化等许多方面汇在一起,对他们的资产阶级世界观形成了强大的冲击力量,高级知识分子感到形势逼人,不跟不行,但又感到跟不上,思想紧张,压力很大。……高级知识分子们仿徨更甚,苦闷更甚,不能适应形势,认为比五八年的教改来得"更狠",整个状态是紧张、仿徨。③

从报告中的"近年来"一语,可见当日"曾昭燏们"精神生活之一斑。

对于陈寅恪而言,曾昭燏不仅于1963年初南下广州之际曾与之面谈,自该年陈方恪病情沉重之后更多有通信,且陈寅恪得知曾昭燏自尽的消息又来自曾氏晚年联系最紧密的亲人侄儿曾宪洛④,故对曾

---

① 南京博物院编《曾昭燏文集·日记书信卷》,文物出版社,2013年,第498页。
② 南京博物院编《曾昭燏文集·日记书信卷》,文物出版社,2013年,第497、500页。
③ 转引自陆键东《陈寅恪的最后20年》,三联书店,1995年,第462—463页。
④ 见张蔚星《南京博物院藏曾昭燏师友书札考略》文,南京博物院编《曾昭燏纪念》,第355页。

氏人生最后时期之实际遭际必有所知。与此同时,现实生活中所亲历实感者更让其早有感慨,"留命任教加白眼"(1961)、"剩有文章供笑骂"(1962)、"涉世久经刀刺舌"(1963)、"任他蜚语满羊城"(1964)等诸多诗句在在可见,其1964年11月18日所撰《论再生缘校补记后序》更明确提到因撰此书导致"传播中外,议论纷纭"的现状。① 因此,曾昭燏虽非直接死于流言蜚语但却亡于各种对"资产阶级知识分子"的流言蜚语所构筑的肃杀时代氛围,陈寅恪必有"同情之了解"。就此而言,其引吴梅村诗"白璧青蝇"为典源,二者所隐喻生活情境的高度相似性,为其盘桓于胸的思想批判提供了一个看似平常却极具针对性的靶子。"高才短命人谁惜,白璧青蝇事可嗟。"如果说前一句还是为曾氏之逝尽抒其痛惜哀挽之情,则后一句中的"可嗟"就不仅是痛惜,更有对这一"青蝇"横飞时代的怨与怒。

　　且看尾联"灵谷烦冤应夜哭,天阴雨湿隔天涯"。表面上与杜诗"新鬼烦冤旧鬼哭,天阴雨湿声啾啾"一联极相似,"灵谷烦冤",字面义应指蒙受不白之冤而跳灵谷塔自尽的曾昭燏。然正如前文已提到的,曾昭燏当日虽可能受到某些政治流言的侵扰,但非因此"含冤"而逝。当然,陈寅恪此语有可能是指因为曾氏自杀所导致的某种隐而未发的政治批评。南京博物院研究员庄天明《身边的伟人——曾昭燏》一文就提到:"曾昭燏的死亡是非正常死亡——跳塔自绝。这突如其来的'死讯'让上级领导颇费心思,南京博物院等了很长时间等来了三点指示:一、不发讣告;二、不开追悼会;三、由家属自行料理。一句话,冷处理。"②至文革中,曾昭燏墓被砸且遭抄家之祸③,或也与此有关。但至少在曾氏逝前,此类隐而未发的批评毕竟尚未爆发。

---

① 《陈寅恪集·寒柳堂集》,三联书店,2001年,第107页。

② 据庄氏文中自述,此文所撰基于大量走访及曾氏遗文的调阅,应具较高可信度。详见南京博物院编《曾昭燏纪念》,第415页。另参曹清、张蔚星编撰《曾昭燏年谱(征求意见稿)》,南京博物院,2009年。

③ 此一点,见曾宁(曾昭燏之侄曾宪洛之子)《忆爷爷曾昭燏》,南京博物院编《曾昭燏纪念》,第437页。

因此,陈寅恪于此所要表达的真正"心事"可能还在于"烦冤夜哭"这一与梅村诗"仓颉夜哭"极相似的意象上。

如前所述,杜诗中的"烦冤"乃指那些有怨难申的役夫之怨,梅村诗"仓颉夜哭"意象中的"仓颉"系由吴季子而引申为天下读书人。因此,陈寅恪此一"烦冤夜哭"意象,实糅合杜诗现成词语"烦冤"与梅村诗"仓颉夜哭"之"深意"而成的重要隐喻:特殊思想气候下读书人的吞声而哭。其潜在之意就是:当此白璧青蝇时时可见,高才短命无人怜惜的时代,不仅已逝之灵谷英魂"应哭",片言罹祸且一如"役夫敢申恨"的天下读书人"应哭",而身处同一时代、面临同一境遇的诗人更会为此时代、为"受患只从读书始"的所有知识人而痛哭。尽管此一啾啾哭声,已逝之人因人天两隔无法再听见。

如此解读并非无因。陈氏挽诗另一稿最末一句正是"更应留恨到天涯",字面指曾氏之恨,内底何尝不是诗人之恨。其1964年6月——亦即挽曾昭燏诗写作的半年之前,所撰《赠蒋秉南序》中就有如下数语:

> 清光绪之季年,寅恪家居白下,一日偶检架上旧书,见有易堂九子集,取而读之,不甚喜其文,唯深羡其事。以为魏丘诸子值明清嬗娩之际,犹能兄弟戚友保聚一地,相与从容讲文论学于乾撼坤岌之际,不谓为天下至乐大幸,不可也。①

"从容讲文论学",无疑可谓"独立之精神,自由之思想"的另一写法,故其昔日所羡,仍可谓"白璧青蝇"横飞的思想气候中所尤属望者。其同月14日于校订《李德裕贬死年月及归葬传说辨证》一文所写之"附记"中,曾附录40年代所作诗一首,其中正有"读书久识人生苦"一句。② 诗虽旧日所作,但附录于此的目的显然是为表见其当下之心情,此亦其晚年著作之通例。就此而言,即便其引录"读书久识人生苦"诗句,未必直接针对"社教运动"导致知识分子的艰难生存境

---

① 《陈寅恪集·寒柳堂集》,第182页。
② 《陈寅恪集·金明馆丛稿二编》,三联书店,2001年,第56页。

遇而发,但 1965 年 2 月 14 日写作挽曾昭燏诗时,则必已对此日益严酷的思想气候感同身受。1965 年 1 月 14 日,中央发布《农村社会主义教育运动中目前提出的一些问题》(亦称《二十三条》);20 日,发布《关于宣传〈二十三条〉的通知》,并要求在点上和面上都进行一次广泛的宣传。虽然时任北京市委书记的彭真在对中央各部门在京蹲点干部作政策宣讲中强调"学校不要搞唯成分论""知识分子中不要划阶级",但正如后来部分高校自查此前问题时所提到的,对甄辨阶级出身和历史问题"看得过重"。① 曾昭燏所工作之南京博物院与陈寅恪所生活之中山大学虽远隔千里,但同样必遭受此"社教运动"所谓的"阶级成分"甄别与"历史问题"交代。因此,陈寅恪挽曾昭燏诗中的"烦冤夜哭"意象,也就不仅是为灵谷英魂而哭,而更是为当此"受患只从读书始"时代的天下读书人之生存境遇而哭。或许正因为有此"心事",故诗稿留有陈寅恪当日之附言:"请转交向觉明先生一览,聊表哀思,但不可传播也。"②

这里还可提供一则参证。曾昭燏逝后,友人、考古学家常任侠曾于 1965 年 8、9 月间作《投阁》诗怀之:

> 投阁扬雄宁有道,沉沙屈子亦何因。途穷行迈悲摇落,谁识悠悠同路心。③

诗以首句首二字为题,亦一篇出典之关键。扬雄投阁,典出《汉书·扬雄传赞》:

> 王莽时,刘歆、甄丰皆为上公,莽既以符命自立,即位之后,欲绝其原以神前事,而丰子寻、歆子棻复献之。莽诛丰

---

① 参见郭德宏、林小波《四清运动实录》,浙江人民出版社,2005 年,第 286、294 页。

② 《陈寅恪集·诗集》,第 165 页。

③ 常任侠《红百合诗集》,学习出版社,1994 年,第 173 页。常氏此集共收《钟山集》《樱花集》《战云集》《金帆集》《感旧集》《燕市集》七集,集与集之间及每集之内皆按年月次序编排,《投阁》编于 1965 年《八月十二日上玉华山庄》与《一九六五年九月十三日赴邢台皇寺》之间,应作于此时。然郭淑芬等编《常任侠文集》卷五《红百合诗集》录此诗于 1968 年末,题曰《投阁 有怀曾昭燏》,安徽教育出版社,2002 年,第 156 页。未知何据,今从前者。

父子,投萩四裔,辞所连及,便收不请。时,雄校书天禄阁上,治狱使者来,欲收雄,雄恐不能自免,乃从阁上自投下,几死。莽闻之曰:"雄素不与事,何故在此?"间请问其故,乃刘萩尝从雄学作奇字,雄不知情。有诏勿问。然京师为之语曰:"惟寂寞,自投阁;爱清静,作符命。"[①]

由前所述可知,扬雄之惧恰与曾氏当日高度精神危机相类似,而世人于曾氏亡后也多有以"寂寞"释之者[②],复与扬雄之遭际相同,故常氏以扬雄投阁典隐喻曾氏之逝最得情实。其要义,端在于宋人陈师道《秋怀》诗所言:"识字即投阁,贵者须食肉。"[③]亦即对天下读书人坎坷命运的莫大愤慨,以及对扼杀知识、扼杀知识人自由思想之权利的强烈批判。就此来看,常诗与陈寅恪诗虽造语不同,然思旨情致恰有同情共命之感,"谁识悠悠同路心"于此或可得一转语。

四

所有诗典皆隐喻。不论是从追求言简义丰的表达艺术考虑,还是出于"微言寄讽"的政治策略,作者命意与所用典语意涵关联性愈强、愈隐秘,则破解此一典语后所能获知的作者之心事愈充分、愈可靠,由此所展现的诗人思致之精巧绝妙才愈明显。陈寅恪在《读哀江南赋》一文中即有提示:

> 兰成作赋,用古典以述今事。古事今情,虽不同物,若于异中求同,同中见异,融会异同,混合古今,别造一同异俱

① 《汉书》卷八七《扬雄传赞》,中华书局,1962年,第3584页。
② 曾昭燏逝后,友人、著名学者、女词人沈祖棻60年代后期曾撰《屡得故人书问,因念子雍、淑娟之逝,悲不自胜》组诗,各以三首怀曾昭燏、杭淑娟。按程千帆先生笺语,杭氏逝于"文革"中,则沈氏此三首应写于1966年后。1974年,沈氏复撰《岁暮怀人并序》四十二首,其四即怀"曾子雍"。程千帆先生于前一组诗后笺曰:"子雍长南京博物院,位高心寂,鲜友朋之乐,无室家之好,幽忧憔悴。"即以"寂寞"释曾氏之亡。凡此可见一斑。沈祖棻著、程千帆笺、张春晓编:《涉江诗词集》,河北教育出版社,2000年,第169—170、171—173页。本文所引常任侠、沈祖棻诗,其线索来自胡文辉先生书,特此说明。
③ 冒广生笺注《后山诗注补笺》,中华书局,1995年,第477页。

冥,今古合流之幻觉,斯实文章之绝诣,而作者之能事也。①

这段话可视为陈寅恪的用典法则。用"古典"述"今事"(亦即抒"今情")的基础,并不仅仅在于作为艺术表达符号的"古典"与作者当下所欲言传之情事之间有其内在相通性,而更在于二者的关联具有某种隐秘性或陌生化效果,亦即宋人"借事以相发明"一语中的"借"应极巧妙,是谓异中"求"同。而"同中见异",则是指作者于取用"古典"之际能"自出己意",不仅自家心事的言述别致新颖,且能于"古典"义之外增值一种"当下义",从而表见作者诗意表达的艺术独创性。这也就意味着,越是高明的用典,越会追求"同异俱冥,今古合流之幻觉",其典语的隐喻性愈强,诗意表达也愈新鲜。

就此而言,中国诗典语破解的关键,乃在于破其"当下义"所"借"古典的巧妙性,亦即追问最恰切的、真正切合作者写作动机的典语之出处及其用典缘由,从而由典语字面义与作者隐含义最隐秘、最恰切的联系,考见作者著笔为文的诗思情致以及遣词命意的艺术精妙之所在。一如陈寅恪自己所说:

> 凡诠释诗句,要在确能指出作者所依据以构思之古书,并须说明其所以依据此书,而不依据他书之故。若仅泛泛标举,则纵能指出最初之出处,或同时之史事,其实无当于第一义谛也。②

> 解释古典故实自当引用最初出处,然最初出处实不足以尽之,更须引其他非最初而有关者以补足之,始能通解作者遣辞用意之妙。③

缘此,破解陈寅恪此诗的关键既不在世人熟知的"白璧青蝇"典,亦非杜诗经典《兵车行》,而恰在这两个"熟典"相呼应所指向的"典中之典"——吴梅村诗。陈寅恪的目的,就是要在其普通面目之后借梅

---

① 陈寅恪《陈寅恪集·金明馆丛稿初编》,三联书店,2001年,第234页。

① 陈寅恪《陈寅恪集·金明馆丛稿初编》,三联书店,2001年,第234页。
② 陈寅恪《陈寅恪集·元白诗笺证稿》,三联书店,2001年,第135页。
③ 陈寅恪《陈寅恪集·柳如是别传》,三联书店,2001年,第11页。

村诗的思想批判指向,曲折表达其极为相类的隐秘心事,一如列奥·施特劳斯所说的"字里行间的写作方式(Writing between the lines)"。其遣词命意之妙,就在于借助"古典"与其原有文本的互文关系,将其隐秘心事曲折寓含于看似"熟典"而实具特殊命意的文本之中,进而将作为"古典"出处的文本本身作为隐喻现实的"新典"。此一"典中有典"的写作手法,再次提示中国诗典故考释的真正关键乃在于诠解"古典"与"今情"的细密扣合如何构成,亦即陈寅恪所说"所以依据此书而不依据他书之故"。电子古籍时代,此一点尤可反观陈寅恪的诗歌释证方法在当下中国诗研究中的特别要义。

同时,如果说用典构成了中国微言诗传统最重要的写作手法的话①,那么陈寅恪诗堪谓此一传统在现代绳绳相续的明证,值得深长思之。马一浮尝言,中国诗的本质在于一个"感"字,然"言乎其感,有史有玄。得失之迹为史,感之所由兴也……",又说"史者,事之著""史以通讽喻"(《蠲戏斋诗自序》)②。由此观之,借力典语、"以微言相感"(《汉书·艺文志》)的写作背后,实埋藏着中国诗合诗情史笔为一体、"诗中有史"这一固有的思想传统。唱叹生情的同时,诗更可"主文谲谏""借隐语传心曲",甚而"补史之阙",特别是当不正常的思想气候出现的时候。当然,这已是另一篇文章的话题了。

(安徽师范大学中国诗学研究中心)

---

① 关于微言诗及其用典问题,参见邓小军《魏晋宋微言政治抒情诗之演进——以曹植、阮籍、陶渊明为中心》,《中国文化》,2010年2期。

② 丁敬涵编《马一浮集》第三册,浙江古籍出版社、浙江教育出版社,1996年,第180页。

李渔戏剧理论的继承与创新[*]

——以词曲部为核心

盛志梅

内容摘要：在中国古代戏剧史上，李渔的戏剧成就和理论可谓别树一帜。他充分尊重、利用小说戏曲的娱乐化俗功能，并用一种商业运作的眼光进行创作与传播。这是对传统文学观念的一次空前挑战。其行为本身就意味着他已经成为一个文人的"异类"。在创作主体观念上，他对当时文坛上流行的几个重要命题如本色论、情欲论、虚实论、"自然"、"趣味"等，都有卓越的见解。这些观点是对李贽、金圣叹、张竹坡以来的人情物理观的继承和发展。在创作本体论上，李渔主张创新，提出戏剧的"结构第一"，强调提炼宾白。他提出填词作要"依样画葫芦"的创作理念，这是对明代"汤沈之争"论题的继承与发展。李渔首次提出小说与戏曲之间的异体同质关系。他标示小说乃"无声戏"，打破了这两种俗文学文体之间由来已久的隔阂，这是俗文学创作的一大改革和创新。

* 本文为教育部人文社会科学研究规划基金项目（15YJA751023）、天津市艺术科学研究规划项目（B12034）相关内容。

总之,李渔的戏剧理论对中国古典戏剧的创作与
传播具有重要的指导意义和启示作用。

关键词:李渔 戏剧理论 创新 传承

The Inheritance and Innovation of Li Yu's
(李渔) Dramatic Theory

——To the lyrics department as the core

Sheng Zhimei

Abstract: In the history of Chinese ancient drama, Li Yu's (李渔) dramatic achievements and theories can be described as different. He fully respected the use of novels and operas of the entertainment of vulgar function, and with a commercial operation of the vision of creation and dissemination. This is an unprecedented challenge to the concept of traditional literature. The act itself means that he has become a scholar of the "heterogeneous." On the subject of creation, he has outstanding opinions on several important propositions popular in the literary world, such as the theory of color, the theory of lust, the theory of virtual reality, the nature and the taste. These points of view are the inheritance and development of the humanistic view of physics since Li Zhi, Jin Shengtan and Zhang Zhupo. On the creation of ontology, Li Yu advocated innovation, put forward the "structure first", emphasizing the refining of the object. He proposed to compose lyrics to "follow suit" creation idea, this is the Ming Dynasty "Tang Shen dispute" issue of inheritance and development. Li Yu first proposed the heterogeneity homogeneity relation between the novel and the opera. He marked the novel is "silent play", breaking the long-standing gap between the two popular literary style, which is a popular literature creation of a major reform and innovation. In short, Li Yu's theory of drama plays an important role in guiding the creation and dissemination of Chinese classical drama.

Key words：Li Yu（李渔） dramatic theory innovation inheritance

一、另类文人——李渔

李渔（1611—1680）的戏剧成就和理论在明末清初的戏剧家中可以说是别树一帜，但同时也充满了争议。他既是剧作家，又是小说作家，既是班主，又是导演，既是文人，又是帮闲，由于他的身份和参与事情的复杂性，使得历来对他的评价毁誉参半。尤其是他以文人身份厕身市井，为一家生计而奔走东西，胁肩谄笑于豪门达人，卖欢追笑于勾栏瓦肆，甚至不惜斯文扫地，沿门托钵，锱铢必较有甚于市井无赖。这样的人生经历，使得他在明末清初那个以感伤与孤傲情绪为时尚的士人圈子中多少有些不协调，被人鄙薄也是在意料之中的。当时很多人对李渔的为人处世方式都是极为反感的，赵函谓其"性龌龊，善逢迎……其行甚秽，真士林所不齿者也"（王灏《娜如山房说尤》卷下），甚至"人以俳优目之"。（《四库全书总目提要》卷二一）。之后的评论，也多是沿着这样一个路子下来的，即把李渔放在士人圈子中，以士人的忧国忧民的情怀去匡衡他的所作所为，以儒家的修齐治平的社会责任感和君子乐贫的人身修养去要求他，这种苛求的眼光从评判他的为人到评判的作文，认为他处在清初那样一个感伤情绪汹涌的年代，作为明遗民，不去殉国报主也就算了，怎么可能还一味的谄媚于市井，奔走于豪门。清朝子民如孔尚任都喊出了"国在哪里家在哪里"的悲愤呼声，他李渔怎么就写不出一部略带忧伤的，略有怀旧色彩的作品来！[①] 由人及文，对李渔作品充满了"娱乐"精神，并以之为谋生手段的行为甚是不解，甚至有些反感。这样的批判归根到底还是儒家的兴观群怨的文艺观在作祟。认为一个文人所作的文

---

① 钟明奇《人格嬗变与审美选择——论李渔及其小说戏剧创作》，《中国文学研究》2014年第3期。

章，首先是要教化众生，为社会和国家尽一份教化、启蒙的责任。

当然，一片谴责、鄙夷声中，也还是有巨眼知己在，撇却对其人格品质的传统品评，着眼于其剧作的独特成就和价值，称"笠翁十种曲，鄙俚无文，直拙可笑，意在通俗，故命意、遣词力求浅显。流布梨园者在此，贻笑大雅者亦在此。究之：位置、脚色之工，开合、排场之妙，科白，打诨之宛转入神，不独时贤罕与颉颃，即元明人亦所不及，宜其享重名也。"①

不得不说，历来的批评家们都高看了李渔，误解了李渔。李渔虽然"童时以《五经》受知学使者，补博士子弟员。"（清光绪《兰溪县志》《文学门·李渔传》）读过儒书，中过秀才，并且有过"五经童子"的殊荣，但接下来两次举人应试败北对他打击甚大。虽然一度有"姓名千古刘蕡在，比拟登科似觉高"的离骚之志，也曾经写过"婺城攻陷西南角，三日人头如雨落"的悲愤之诗，但不久即对现实屈服，绝意仕途，对政治不再关心，对功名不再热衷。"封侯事，且休提起""人泪桃花都是血，纸钱心事共成灰。"

其实，李渔的人生选择，在当年科考失利之后，即已转向，他自称"识字农"，即表明他放弃了儒生的身份认同，从此以卖文为生，只以农人的生命追求来安顿自己，这种转型本身所经历的内心挣扎恐怕也是一种痛苦的过程吧，用他自己的话说就是"另洗就一幅肝肠"。既然已经彻底化蛹成蝶，李渔完全换了一副眼光看世界，讨生活。他有商人的头脑，帮闲的嘴脸，优人的伎俩……读书人的行事准则几乎都被他抛诸脑后，唯独没有抛下的是儒家所要求读书人的最底线：齐家。他对家庭的责任感还在，非常精准的把握到了当时社会对文化娱乐的需求。"砚田耒耕，止靠一人"来支撑"数十口之家"，其生计之艰难可想而知。所以"每到一方，必先量其地之所入，足供游人之所出，又可分余惠以及妻孥，斯无内顾而可久。"（《李渔随笔全集》"复

---

① （清）杨恩寿《词余丛话》，见《中国古典戏曲论著集成》（九），中国戏剧出版社，1959年，第265页。

柯岸初掌科")

明中叶以后,家班演剧盛行一时,很多江南望族、富商,大都蓄有家庭戏班,自编、自导、自演,乃寻常之事。至明末,宴饮观曲、家有优人竟成一般士绅之家"俗所通用"惯例。明清鼎革,此风依旧延续。康熙初年之后,江南一带的家庭戏班逐渐增多,民谚有云:"芝麻官,养戏班"。著名的如皋冒家班,海宁的查家班,都曾名噪一时。而此时的民间观戏之风盛行,戏班也在逐渐增多,"时(康熙)郡城(苏州)之优部以千计"。① 李渔看到了民间对戏曲巨大的需求,也看到了这个需求之下的巨大商机。因此,他不但勤奋写剧,自号"词奴",而且组织家庭戏班,亲自导演,"日食五侯之鲭,夜宴三公之府",以博得他们的赏识何赏赐为生活之资。(《李渔随笔全集》"复柯岸初掌科"),"二十年来负笈四方,三分天下几遍其二",最远到过陕西,甘肃。晚年的李渔已经纯然是一冲州撞府的戏班班主,同时也已完全蜕变成一个熟谙江湖规则、熟悉江湖文化的市井帮闲。在那封著名的《上都门故人述旧状》的书信中,李渔将文人的廉耻节操彻底放下,只要能够得到对方的怜悯资助,无所不用其极。因此,可以说,无论在生活准则还是创作追求上,完全是一个文人圈子里的异类了。对他文学、理论成就的评价,传统的"知人论世"方法有些不太适用了。

二、李渔关于创作主体观念上的继承与发展

清初,由于市井经济的繁荣,市民阶层的扩大,小说、戏曲的市场也日益扩大起来。在李渔去世后不久,康熙二十六年(1687年)刑科给事中刘楷请求"除淫书"称:"……自皇上严诛邪教,异端屏息,但淫词小说,犹流布坊间,有从前曾禁而公然复行者,有刻于禁后而诞妄殊甚者。臣见一二书肆刊单出赁小说,上列一百五十余种,……贩买于一二小店如此,其余尚不知几何……。"② 由此可反证李渔在世期

---

① (清)焦循《剧说》卷六,古典文学出版社,1957年,第128页。
② 王晓传辑录《元明清三代禁毁小说、戏曲资料》,作家出版社,1958年,第21页。

间,坊间小说市场之火爆。李渔看得很清楚,曾不无感慨的说:"今人喜读闲书,购新剧者十人而九,名人诗集,问者寥寥。"从商业操作的角度看,这是一条绝好的谋生之道。李渔对俗文学消费市场的这些看法,都体现在他的创作观念上。

首先,关于创作的价值取向问题。

李渔的生存压力和危机感特别强,在他的论述中,时常可以看到"伤哉贫也""救饥有暇,当即拈毫"(《闲情偶寄·词曲部》"音律第三")、"然谋生不给,遑论其他"(《闲情偶寄·词曲部》"变旧成新")"终岁饥驱"等无可奈何的自叹。因此他非常重视小说、戏剧的商业消费功能,把写作当成一种谋生手段,曾坦承"不肖砚田糊口,原非发愤而著书"。(《曲部誓词》)黄鹤山农在《玉搔头序》也说他:"挟策走吴越间,卖赋以糊其口。"①李渔对于小说戏曲的娱乐功能和媚俗特质,把握利用的非常到位,而且以之作为自己的创作追求。《风筝误》第三十场下场诗云:"传奇原为消愁设,费尽杖头歌一阕;何事将钱买哭声,反会变喜成悲咽。唯我填词不卖愁,一夫不笑是吾忧。"因此,在创作上,李渔将作品的消费群定位在"读书与不读书之人","不读书之妇人小儿"(《闲情偶寄·词曲部》"戒浮泛"),主张作文"忌填塞","贵浅不贵深"(《闲情偶寄·词曲部》"忌填塞")。但他进一步又说,这些写给大众的戏曲、小说与才子的著书作传一样都是"古今来绝大文章",不应"小视其道。"在李渔的文艺观中,虽然很少强调高台教化,但从内心深处,他还是没有忘记文人"三不朽"的梦想,他强调"能于浅处见才,方是文章高手"。他有利用戏曲教化众人,"举世尽成弥勒佛,度人秃笔始堪投"的救世理想。对于戏文的"命题",他强调作家要澄怀格物,秉持公心。任何私心"讽刺"都是要不得的。换句话说,要端正写作态度,传播正能量。

在《词曲部》"戒讽刺"中说:"凡作传奇者,先要涤去此种肺肠,务

---

① (清)黄鹤山农《玉搔头·序》,见蔡毅编著《中国古典戏曲序跋汇编》,齐鲁书社,1989年,第1505页。

存忠厚之心,勿为残毒之事。以之报恩则可,以之报怨则不可;以之劝善惩恶则可,以之欺善作恶则不可。""凡作传世之文者,必先有可以传世之心……传非文字之传,一念之正气使传也。"(《闲情偶寄·词曲部》"戒讽刺")虽然存此"正气",但考虑到戏曲的娱乐功能,他并不主张板起脸来作"太史公曰"式的教训,而是用诙谐、机趣的语言,正话反说,让读者在会心一笑中体会作者辛辣的批判、鞭挞。如在戏剧《连城璧》卷二《老星家戏改八字 穷皂隶陡发万金》,作者借剧中人讽刺穷皂隶不会勒索钱财,揭露了衙门中人昧却良心的伤天害理行径:"要进衙门,先要吃一付洗心汤,把良心洗去。还要烧一份告天纸,把天理告辞。然后吃得这碗饭。"对于衙门滥用刑法,作者又借剧中知府二次给蒋瑜用夹棍议论道:"看官,你道夹棍是什么东西,可以受两次的……从古来这两块无情之木,不知屈死了多少良民。做官的人少用它一次,积一次阴功,多用一番,损一番阴德,不是什么家常日用的家伙,离他不得的。"

其次,关于情欲问题的讨论与继承。

自从晚明心学兴起,情、欲之争从来没有离开过文人的创作视野。从汤显祖到冯梦龙,从杜丽娘到冯小青,还有明末清初的才子佳人小说中大量的才子、佳人,孰为情种,孰为色鬼,众说纷纭,争论不休。汤显祖提出来"情不知所起,一往而深,生不可与死,死不可复生者,皆非情之至也。"也即坚持情从欲中生,又从欲中升华的观点。汤显祖的情欲观可谓是一石激起千层浪,影响所及,至后来的《长生殿》《桃花扇》《红楼梦》,作者们都试图解释情与欲的关系。道光年间的文论家刘熙载在他的《艺概》中的总结似乎可以为这一场争论划个句号了:他说"词家要先辨得情字。《诗序》言'发乎情',《文赋》言'诗言情',《文赋》言'诗缘情,所贵于情者,为得其正也。忠臣孝子,义夫节妇,皆世间极有情之人,流俗误以欲为情,欲长情消,患在世道。"①前者乃性情上所起的"真情",后者乃不为人齿的皮肤之"滥淫"。

---

① (清)刘熙载撰,袁津琥校注《艺概注稿》,中华书局,2009年,第577页。

对这个问题,李渔的情欲观基本是承汤显祖的"情至论"而来,但也有自己的看法,不过,他的解释更通俗、浅显。他借《怜香伴·缄愁》剧中曹语花对丫鬟的话说:"呆丫头,你只晓得'相思'二字的来由,却不晓得'情欲'二字的分辨。从肝膈上起见的,叫做情,从衽席上起见的,叫做欲。若定为衽席私情才害相思,就害死了,也只叫做个欲鬼,叫不得个情痴,从来只有杜丽娘才说得个'情'字。"对源于情爱而生的"欲"的力量之大,他也有很清醒、深刻的认识:"天地间越礼犯分之事件件可以消除,独有男女相慕之情,枕席交欢之谊,只除非禁于未发之先。若到那男子妇人动了念头之后,莫道家法无所施,官威不能摄,就使玉皇大帝下了诛夷之诏,阎罗天子出了缉获的牌,山川草木尽作刀兵,日月星辰皆为矢石,他总是拼了一死,定要去遂心了愿。觉得此愿不了,就活了几千岁然后飞升,究竟是个鳏寡神仙,此心一遂,就死上一万年不得转世,也还是个风流鬼魅。到了这怨生慕死的地步,你说还有什么法则可以防御得他?"(《合影楼》第一回)李渔的这一情欲观在他的很多传奇小说、戏剧中都有所体现,如《合影楼》。贵家子弟珍生与闺中小姐玉娟从小青梅竹马,后来因为两家大人的种种隔阂而不能相见,竟然利用池中的倒影来谈情说爱,借水上荷叶而通消递息。对于这样的影里情郎、画中爱宠的浪漫故事,其结局大多应该是杜丽娘式的死后相逢了。然而作者却坚持让他们活着结了夫妻,让人真切地感受到了爱情足以绝处逢生、化不可能为可能的的神奇力量。

第三,在俗文学发展史上,李渔是第一个提出小说与戏曲之间的异体同质关系。[①] 他石破天惊的标示小说乃"无声戏",打破了这两种俗文学文体之间由来已久的隔阂。无论小说还是戏曲,对受众而言,都是接受其符合人情物理之事,关注其合情合理之人物。事件和人

---

① 意识到小说与戏曲具有相类似的功能与特点,并非自李渔始,在他之前有很多人已经意识到这一点了。详细论述请参阅钟明奇《试论李渔"无声戏"小说创作思想之发生》,明清小说研究,1996年第2期。

物永远都是最关键的,而情节的生活化、逻辑化,也即艺术的真实性,是这两类艺术体裁的共性。但艺术真实与生活真实完全是两码事,这个问题早在李渔之前就已经有人反复提及,如谢肇淛曾说"凡为小说及杂剧,戏文,须是虚实相半,方为游戏三昧之笔"(谢肇淛《五杂组》卷十五)。张无咎也认识到"小说家以真为正,以幻为奇"是创作基本原则(张无咎《三遂平妖传叙》)。熟谙艺术创作三昧的李渔也明确提出"传奇无实,大半皆寓言耳"。他举例说明"欲劝人为孝,则举一孝子出名,但有一行可纪,则不必尽有其事,凡属孝亲所应有者,悉取而加之,亦犹纣之不善不如是之甚也。"因此,"凡阅传奇而必考其事从何来,人居何地者,皆说梦之痴。"(《闲情偶寄·词曲部》"审虚实")

李渔所论,其实就是如何塑造艺术作品中的"这一个"的问题,他的方法,诚如鲁迅先生关于"典型"的名言:"杂取种种,合成一个",是契合文学作品的创作规律的。巴尔扎克曾经说过"文学是一个庄严的谎言",谈的就是艺术真实性问题。文学艺术,无论是戏曲,还是小说,他们最终都是要面向受众,在受众的消费中完成其最后的生产链条。这一过程能否顺利完成,关键看作家的"谎话"是否说得圆。只有在"寓言""幻"事达到高度的艺术真实时,才能打动读者、观众。李渔认为,艺术真实、逻辑真实是小说、戏曲的生命底线:"凡说人情物理者,千古相传;凡涉荒唐怪异者,当日即朽。""王道本乎人情,凡作传奇,只当求于耳目之前,不当索诸闻见之外。""世间奇事无多,常事为多,物理易尽,人情难尽。""赏极新艳之词,而竟忘其为极腐极陈之事者,此为最上乘。"(《闲情偶寄·词曲部》"戒荒唐")这些观点其实是对李贽、金圣叹、张竹坡以来的人情物理观的继承和发展。

如何能够做到真实感人,对创作者而言,既是技巧也是功力。李渔提出了"虚则虚到底""实则实到底"的艺术创作规范。"若用古事为题,以一古人出名,则满场角色皆用古人,捏一姓名不得;其人所行之事,又必本于载籍,班班可考,创一事实不得……"(《闲情偶寄·词曲部》"审虚实"),也即做到艺术的真实。李渔的这一创作主张,对当时及后世的小说戏曲创作都有极大的影响。孔尚任的《桃花扇》即是"本于载籍,班班可考"的典范,而曹雪芹的《红楼梦》则是"虚则虚到底"的楷模,其人物原型、故事背景,直到今天,还是一团迷雾,没有一个明确的结论。

第四,为了有良好的市场效益,李渔非常注重创新。尝自称"渔自解觅梨枣以来,谬以作者自诩,鸿文大篇,非吾敢道,若诗歌词曲及稗官野史,实有微长,不效美妇一颦,不拾名流一唾,当世耳目,为我一新。"《李渔随笔全集》"与陈学山少宰》其作品一个主要特色是力避俗套,着意翻奇出新。如写爱情戏,自《西厢记》以来,戏剧中梅香的传书不可少,自《三言》以来,小说中老姬的引线情节亦成俗套,而男女双方的私会、赠物等更是传统爱情戏里的主要情节。李渔则统统不要,他让他的主人公在戏里谈情、假戏真做,如谭楚玉与刘藐姑(《比目鱼》);影里说爱、流水传情,如珍生与玉娟(《合影楼》)。甚至一反男追女的俗套,来了一曲《凰求风》;在处理家庭夫妻"娶小"的问题上,一反老公娶妾怕老婆的"常规",让老婆千方百计劝服老公,为了自己而娶小。(《怜香伴》)。诸如此类的"新鲜事",在李渔的小说戏曲中数不胜数。

为了追求剧作的轻喜剧的媚俗效果,李渔还常常要在情节上下工夫,如误会、巧合、将错就错等,让人在错愕惊奇中得到一种放松和愉快的享受。如《风筝误》,戏中以风筝为砌末,以韩世勋两度题诗,一为丑男戚施利用,一为丑女詹爱娟利用,而佳人詹淑娟却因为二丑的搅和而蒙受不白之冤。后来经过若干的误打误撞,经过许多的无巧不成书,终于配成了才子佳人的美满婚姻,而詹爱娟与戚施为得到各自垂涎的才子与佳人费尽心机,最终还是把自己算计了进去,丑女配了劣货。这是一出典型的滑稽剧,甚至有些闹剧成分。这出戏情节跌宕,阴错阳差,人物语言滑稽、口语很多,语言本色自然,但也有许多的插科打诨太过污秽,有刻意撩逗观众之痕迹,由此降低了作品的艺术品位。

李渔的戏剧作品在当时很受观众读者及演员的欢迎,"每成一剧,才落毫端,即为坊人攫去,下半犹未脱稿,上半业已灾梨,非止灾梨,彼伶工之捷足者,又复灾其肺肠,灾其唇舌"。当然,这样的作品在思想性、艺术性绝对达不到他所推崇的元曲之本色,自然的境界,与他所追慕的"经典"之作《牡丹亭》也相去甚远。对此,李渔自己也很明白,在与友人的信中,曾自嘲是"多买胭脂绘牡丹"(《复尤展成先后五札》之五)。

三、李渔在戏曲创作本体论上的创新

戏剧史上一般把李渔的作品归为风流派,原因在于李渔的戏剧作品多才子佳人的风流韵事,而且往往是道学、风流两兼之。在幽默诙谐、误会、巧合中,上演一场场庄谐并重的轻喜剧,如《风筝误》。对于如何创作戏曲,在戏剧的语言、宾白、结构以及导演等方面,李渔都有一套自己的理论和看法。

总结起来看,其首要的创新在于打破"填词首重音律"的习惯,提出"结构第一"。在此基础上,进一步从艺术创作的细节出发,讨论如何立主脑、脱窠臼、密针线……只有框架搭好了,命题定下来了,整个篇章故事前后一气,了无断续之痕,这样再来推敲音律,步韵填词,才能一气呵成,内外兼美。在这里,他提出了"才人""艺士"的概念。"文词稍胜者,即号'才人',音律极精者,终为'艺士'",真正的戏曲创作者需要二者"兼美",不可偏废。这其实还是文人做八股的套路。

其次,强调重视曲文与宾白的关系,增加了宾白的分量。

戏曲由曲文与宾白组成,在今天,这应该是常识。我们观剧时,常常为剧中人物的宾白逗乐,对于一部戏剧而言,好的宾白与好的曲文相互生发,浑然天成。宾白对于戏文、舞台演出的重要性,恰如李渔所说:"尝谓曲之有白,就文字论之,则犹经文之于传注;就物理论之,则如栋梁之于榱桷;就人身论之,则如肢体之于血脉,非但不可相轻,且觉稍有不称,即因此贱彼,竟作无用观者。故知宾白一道,当与曲文等视,有最得意之曲文,即当有最得意之宾白,但使笔酣墨饱,其势自能相生。常有因得一句好白,而引起无限曲情,又有因填一首好词,而生出无穷话柄者。"①但在清初的戏曲演出中,"自来作传奇者,止重填词,视宾白为末着"竟是常事。究其原因,并不是如李渔所认为的"在元人,则以当时所重不在于此,是以轻之。后来之人,又谓元人尚在不重,我辈工此何为? 遂不觉日轻一日,而竟置此道于不讲也。"(《闲情偶寄·词曲部》"宾白第四")从根本上来说,戏曲的这个缺陷应该是先天性的。

宋(金)末元初,诸宫调衰微,元剧兴起。元剧在唱词方面、演出体制方面都直接承诸宫调而来,因此不免要带些"胎记"。后期的诸宫调基本曲化了,唱词很多,词牌很多,且多半阙,但说白越来越少,甚至没有。这个特征从《天宝遗事诸宫调》中即可看到。元杂剧基本全盘照收了诸宫调的演唱、唱词模式,并成定制,因此就出现了李渔颇以为怪的情况。但戏剧发展至明末清初,已经在舞台上搬演了几百年的历史了。期间,随着舞台表演经验的成熟,原来的那套模式越来越不适合舞台演出了,宾白太少就是缺陷之一。

因此,增加宾白,注意提炼宾白,是李渔于戏剧创作的一大改革和创新,他为此从各个角度,不同层面提出了一系列的理论,如"声务铿锵","语求肖似","词别繁减""字分南北""文贵洁净""意取尖新""少用方言"……等,来指导如何写好宾白,可谓是用心良苦。在他的戏剧创作中,宾白与插科打诨常常相辅相成,并与他力戒板腐,"离合悲欢嘻笑怒骂无一语一字不带机趣"的语言风格相配合,给人以非常深刻的印象。如在《风筝误》"惊丑"一场,写才子韩世勋和丑女詹爱娟夜里相会的情景:

　　生:小姐,小生后来一首拙作,可曾赐和么?

　　丑:你那首拙作,我已经赐和过了。

　　生(惊介)这等小姐的佳篇,请念一念。

　　丑:我的佳篇,一时忘了。

---

① (清)李渔《闲情偶寄·词曲部》"宾白第四",见《中国古典戏曲论著集成》(七)中国戏剧出版社,1959 年,第 51 页。

生(又惊介)自己做的诗,只隔得半日,怎么就忘了？还
求记一记。

丑：一心想着你,把诗都忘了。待我想来(想介)记
着了。

生：请教。

丑：云淡风轻近午天,傍花随柳过前川……

　　剧中的詹爱娟是个丑角,她不学无术、相貌丑陋,却一心想夺走
妹妹的才子快婿。因为平日不读书,所以不明白读书人之间的礼节,
连谦词"拙作""赐和"都不懂,更不用说写诗了。所以被逼得急了,只
好拿那从小就会背且人人皆知的《千家诗》来冒充自己的佳作,自然
会让人捧腹不已。詹爱娟的这一连串的出丑,却不是作者故意拿捏
出来的,而是非常符合人物的身份性格。她不读书,却嫉妒心奇强,
自不量力冒充才女与才子约会,结果只能是笑话百出。

　　第三,针对文坛创作的不良倾向,提出作曲填词一定要遵守曲谱
音韵,提出"依样画葫芦"的创作理念,制定了衡量曲文创作高低好坏
的标准。

　　清初,戏剧创作出现了不遵曲谱,不合韵辙,乱造曲牌名的一种
怪风气,与李渔同时代的黄周星(1611—1680),在其戏剧理论文章
《制曲枝语》中就说："余最恨今之制曲者,一折之中,一调或杂数调,
一韵或杂数韵,不问而陋劣可知。……至于次曲换头,无端增减数
字,亦复何奇……余尤恨今之割凑曲名以求新异者,或割二为一,或
凑三为一,如【朱奴插芙蓉】【梁溪刘大娘】之类。"[①]可见这种现象在当
时是比较普遍的。李渔针对创作上出现的这种不良风气,虽然言辞
没有黄周星那样情绪化,但也是很严肃认真的。他提出填词作曲要
尊重"曲"之特色,一要恪守词韵,二要"凛遵曲谱"。指出"一出用一
韵到底,半字不容出入","词家绳墨,只在谱、韵二书。合谱合韵,方

---

① 　(清)黄周星《制曲枝语》,见《中国古典戏曲论著集成》(七),中国戏剧出版社,1959
年,第117页。

可言才"，"曲谱者，填词之粉本，尤妇人刺绣之花样也"，"'依样画葫芦'一语，竟似为填词而发。妙在妙在依样之中，别出，稍有一线之出入，则葫芦体样不圆。"(《闲情偶寄·词曲部》"凛遵曲谱")这些主张是综合了明代以来汤沈之争的结果而有所延展，可以说是个集大成的主张。他认为一部好的戏曲，对于曲谱、词韵，都要严格切合，不怕曲谱旧，"只求文字好，音律正"。指出词人好奇、嗜巧，想出些新样子，无可厚非，曲谱既不能变，就在词牌名上变些花样也是可以理解和接受的。但前提是要音调和协，文理贯通，如"金锁挂梧桐""倾杯玉芙蓉"等，才可不被歌者揶揄。不然徒惹烦恼，像那些莫名其妙的组合，"不顾文义之通塞，事理之有无，生扭数字作曲名"，(《闲情偶寄·词曲部》"凛遵曲谱")是最不可取的。他提出来如果想在曲牌上有些新意，莫如学习古人以【犯】字、【摊破】开头的曲牌，如【三犯集贤宾】【摊破锦地花】等，既雅致，又可藏拙。李渔所针对的问题，在当时是有普遍性的。这实际是对汤沈之争的回应，同时也为后来者指明了方向。而且李渔以身作则，示范性的戏剧创作，在当时是很有影响力的，得到了时人的一致认同。黄周星就直言不讳的赞美道："近日如李笠翁十种，情文具妙，允称当行"。[①]

余　　论

对于在明末清初，俗文学领域的几个重要论题，如本色论、"自然"、"趣味"，李渔在他的词曲部中都有所涉及，并作出了详细的、卓越的分析。此外，在词曲部中，李渔不止一次的追慕元人本色，主张学习经典、保留经典，不要轻易改动经典。但他并不泥古，学习的同时还保持对经典如《琵琶记》《牡丹亭》《西厢记》等的理性的批判眼光，甚至动手修改经典剧本，使之更合乎人情物理。总之，李渔在戏剧本体论上的高明见识，确实是行家里手之言。

---

① 　(清)黄周星《制曲枝语》，《中国古典戏曲论著集成》(七)，中国戏剧出版社，1959年，第121页。

李渔是一个非常敬业的戏剧家,他的创作经验和创作理论,在当时是有着风向标的示范作用的,而他的作品,由于特有的通俗性和娱乐性,在当时的民间流传很广,以至于"天下妇人孺子无不知有湖上笠翁。"(包璇《李先生〈一家言〉叙》)李渔的作品很早就传到了日本,并成为一位深受读者喜爱的中国戏剧作家。近代日本学者青木正儿在其《中国近世戏曲史》中称"李渔之作,以平易易入于俗,故十种曲之书,遍行坊间,即流入日本者亦多,德川时代之人,苟言及中国戏曲,无有不立举湖上笠翁者。"①19世纪末,李渔的作品也传到了欧洲,曾被翻译成法文、德文、英文、拉丁文等。后世翻刻、改编李渔作品的小说、戏曲也很多,清末民初的京剧及川剧、越剧、晋剧等的舞台上都在改编演出《风筝误》《比目鱼》等传奇。

对于李渔作品的文学成就,在当时及后来的评论界都曾颇有微词,梁廷楠对李渔的作品评价一般,不置可否:"笠翁十种,曲、白自俱近平妥,行世已久,姑免置喙。近人唯绵州李太史调元最深喜之,谓'如景星庆云,先观为快'。"②吴梅的评价尚算平和:"李笠翁渔十种曲,传播词场久矣。其科白排场之工,为当世词人所共认,惟词曲则间有市井谑浪之习而已。"青木正儿虽然也赞同学界对李渔的"定评",但他更多地看到了其作为职业俗文学作家的价值和地位:"诸作概为轻佻之滑稽剧或风情剧,遂不免肤浅之讥,目之为'平俗'者,盖古来之定评也。然其既以戏曲为终身事业,而系时常留意于实演方面之行家,于制剧之技巧上,或有不许他人追从之处。"③学界对李渔的评价之所以会有如此的龃龉,归根到底还在于李渔的"变异"。作为一个士大夫文人,李渔显然是一个异端,但作为一个时代的大众通俗作家,李渔又是成功的、超前的,现行的文艺批评理论已经不足以

---

① [日]青木正儿撰,王古鲁译,《中国近世戏曲史》(上),作家出版社,1958年,第334页。

② (清)梁廷楠《曲话》卷三,见《中国古典戏曲论著集成》(八),中国戏剧出版社,1959年,第267页。

③ 吴梅《顾曲麈谈》,岳麓书社,1998年,第316页。

匡衡他的作品了。

　　概言之,将俗文学看作大众的娱乐要求与消费品,用一种商业运作的眼光进行俗文学的创作与销售,讲究实践性、实用性,是李渔对历来文学观念的一次空前挑战。这个行为本身就意味着他已经超越了他所属的时代,超越了他的阶级,成为一个真正俗化了的文人作家。我们不能因为他的人品微瑕来贬低其文学艺术成就在俗文学史上的价值和影响力。

　　　　　　　　　　　　　　　　(天津师范大学文学院)

《水浒传》的暴力描写与美学转换

竺洪波

内容摘要：关于《水浒传》的暴力描写，学界多有评论，然而究其判断却存在岐见，因而有待进一步分析，作出尽可能客观、公正之评价。本文从现代暴力美学的角度，重点思考、阐释以下问题：一、《水浒传》为什么要描写暴力？二、暴力如何转换为美感要素，也即"暴力美"如何成为可能？

关键词：《水浒传》 暴力描写 美学转换 暴力美

The descriptions of violence and aesthetic transformation in *The Marshes of Mount Liang*

Zhu Hongbo

Abstract：There are many reviews in the academia about the descriptions of violence in *The Marshes of Mount Liang*. Though there still exist disagreements, so we need further analysis in order to get objective and fair evaluation. From the perspective of modern Violence Aesthetic, we focus on thinking and explain the following questions：First, why *The Marshes of Mount Liang* describe violence? Second, how violence transforms into aesthetic elements, in other words, how to make the violence beauty possible?

Keywords：*The Marshes of Mount Liang*　descriptions of violence aesthetic transformatio　violence beauty

一

20世纪80年代,针对当代电影作品愈演愈烈的"杀戮与暴力"倾向,学界从现代自由人性和审美趣味的角度进行反思、批评,"暴力美学"应运而生,并且,这种学说逐渐演化为普遍之方法应用到文艺学研究之中。

《水浒传》再现古代草莽英雄奋斗(行侠仗义)、抗争(即鲁迅所谓"反抗政府")的艰难历程,难免暴力和杀戮。但由于文学以语言(文字)为媒介,具有形象的间接性特征,这一杀戮与暴力主题的血腥气、野蛮性受到读者心理的过滤和稀释,并未引起强烈的关注。杨柳写于20世纪50年代的专著《水浒人物论》指出武松在"血溅鸳鸯楼"中滥杀无辜,源于其"性格偏激","是旧社会沾染给他的流气"的表现。[1]李希凡也认为杨雄"碎割潘巧云""过于狠毒",尤其是表现出"对待妇女的恶毒与残酷"。[2] 两人对个别水浒人物的暴力、嗜杀行为作了谴责,但并没有从美学视角对《水浒传》的暴力描写进行剖析。近年来,始有学者开始对此现象作文化批判。如颜翔林《第二批判:〈水浒传〉的美学批判》认定《水浒传》"推崇原始暴力与非理性本能冲动","充斥着古代恐怖主义的主体意识","是一部体现思维暴力和暴力美学的流俗作品"。[3] 刘再复《双典批判》中称《水浒传》以暴力与杀戮"危害中国世道人心"五百年,罪莫大焉,"批判"尤为激烈。[4] 还有学

---

[1]　杨柳《水浒人物论》,自由出版社,1955年,第151页。
[2]　李希凡《〈水浒〉的细节描写与性格》,《文艺学习》,1955年第4期。
[3]　颜翔林《第二批判:〈水浒传〉的美学批判》,《浙江社会科学》,2009年第3期。
[4]　刘再复《双典批判》,北京三联书店,2010年,第5页。

者指出,中学语文课本选取《鲁提辖拳打镇关西》一节,过于血腥和暴力,应该予以删除。当然,也有学者对《水浒传》的暴力描写和杀戮主题作正面维护,认为看待这一问题,不能离开《水浒传》的特殊语境,不能简单地以现代人的道德观念代替古典小说的审美评价,作品中的暴力描写是"真、蛮、趣"的混合体,具有特殊的美感价值,使读者感觉不到暴力的血腥。① 看来,对于《水浒传》的"暴力神话",学界存有两歧意见,因而有待进一步分析,作尽可能客观、公正之评价。我们要重点思考的问题在于:一、《水浒传》为什么要描写暴力? 二、暴力如何转换为美感要素也即"暴力美"如何成为可能?

二

必须承认,《水浒传》存在大量的暴力描写。这里的暴力并非一般意义上的"强制的力量"和"非理性、超人的力量",而是直接指向杀人的野蛮性手段,所以暴力描写就是杀人描写。诸如"鲁智深倒拔垂杨柳""武松景阳冈打虎"虽然显示出非同常人的力量,暴则暴矣,但均不在其列。《水浒传》充斥暴力,飘溢着血腥气,这与作品的对象性特征相吻合,所谓"月黑杀人夜,风高纵火天""说时杀气侵肌冷,讲处悲风透骨寒""钢刀响处人头滚,宝剑挥时热血流"。水浒英雄是打家劫舍、"以武犯禁"的"强盗",性格粗豪,性嗜杀戮,他们不杀人不抢劫还是梁山好汉吗?《水浒传》不写暴力,还能写什么?

《水浒传》的暴力描写大致可分为两大类:一类是在战场上的拼杀和武士间的斗杀;另一类是梁山英雄对弱者(仅指武功和力量而言)的肆意杀戮。显然,战场上你死我活,自古就是"狭路相逢勇者胜",战争——即使伏尸百万,血流漂橹的战争——其根源非"暴力"一词能够解释。李华《吊古战场文》"往往鬼哭,天阴则闻"之句,其重点不在战争的残暴,而是在对战争的反思,展示的是一种深沉的"非

---

① 参见齐裕焜《对〈水浒传〉中血腥、暴力问题的思考》,《明清小说研究》2011 年第 2 期。

战"思想和历史感。所以,梁山英雄在"三败高俅""二赢童贯",以及征辽、征王庆田虎、征方腊的战争中,甚至是在三打祝家庄、夜袭曾头市、攻陷大名府一类局部性军事行动中,虽然都是杀人无数,却还不能算是真正的暴力描写。武士间的斗杀也可作如是观。"文无第一,武无第二",要争武功高下,自然是于刀枪、拳脚下见真章,所谓"文斗"反而有软弱或奸诈之嫌,殊死搏杀,本无"理性"可言。可见,我们要重点关注的是第二类暴力描写,不管是什么原因,只要是对弱者施以暴力,并由此剥夺其生命,这就是纯粹的暴力事件。对暴力事件进行细致、具体和全过程的描写构成暴力描写。

在《水浒传》中,这样的暴力描写又可以分为两种类型:一类是暴力所施的对象是坏人,甚至十恶不赦,他们死有余辜;另一类弱者则是无辜的牺牲者。面对这两类不同的暴力描写,读者产生的心理效应是不同的,其美学转换也有不同的机制和途径。当然,还有一种人,处在该杀与不该杀之间,或者说有罪但罪不至死,一时难下定论,比如百般纠缠、侮辱杨志的地痞牛二、仗势抢夺柴进祖传庄园的恶少殷天锡、背叛宋江与外人通奸又以通匪罪要挟宋江的阎婆惜、与奸夫密谋设毒计陷害并欲置卢俊义于死地的贾氏等等,但他们或者更接近该杀一类,或者更接近于不该杀一类,不必分拆另类论述。

《水浒传》的暴力描写充斥全书,不胜枚举,究其突出、典型者集中在以下五人。

李逵是《水浒传》中的第一杀手,号称天杀星,"黑旋风"一般杀人如麻。且看《水浒传》第四十回"梁山泊好汉劫法场":

> 却见十字路口茶坊楼上一个虎形黑大汉,脱得赤条条的,两只手握两把板斧,大吼一声,却似半天起个霹雳,从半空中跳将下来。手起斧落,早砍翻了两个行刑的刽子,便望监斩官马前砍将来。众士兵急待把枪去搠时,那里拦挡得住……

> 只见那人丛里那个黑大汉,抢两把板斧,一味地砍将来,晁盖等却不认得,只见他第一个出力,杀人最多。晁盖

猛然省起来：戴宗曾说一个黑旋风李逵,和宋三郎最好,是个莽撞之人。晁盖便叫道:"前面好汉,莫不是黑旋风?"那汉那里肯应,火杂杂地抡着大斧,只顾砍人。

由于其嗜杀成性,时常会在倏忽间斗死人命,如在高唐州打死抢夺柴进庄园的恶霸殷天锡,"三打祝家庄"时滥杀扈成一家。在梁山也常充当杀人先锋和工具,如宋江为报朱仝"义释"之恩,计赚他上梁山,便着李逵杀死济州知府小衙内断其后路,上演了一幕"为一雄士,苦一幼儿,李逵铁心,鹤泪猿悲"①的惨剧。

武松"血溅鸳鸯楼",杀死仇人张都监、张团练、蒋门神三人,在白粉壁上大写八个血字:"杀人者打虎武松也"。光明正大,豪气冲天,张都监一干歹徒受诛伏法,大快人心。可惜武松杀性未止,又滥杀张都监夫人、丫鬟一干无辜之人,场面惨烈,无以复加:

> 夫人问道:"楼上怎地大惊小怪?"武松抢到房前,夫人见条大汉入来,兀自问道:"是谁?"武松的刀早飞起,劈面门剁着,倒在房前声唤。武松按住,将去割头时,刀切不入。武松心疑,就月光下看那刀时,已自都砍缺了。武松道:"可知割不下头来。"便抽身去厨房下,拿取朴刀,丢了缺刀,翻身再入楼下来。

对此,明代《水浒传》容与堂本即有批语指出:"只合杀三个止身,其余都是多杀的。"②再看他为兄报仇,怒杀潘金莲:

> 拖过这妇人来,跪在灵前,喝那老狗(王婆)也跪在灵前。洒泪道:"哥哥灵魂不远,今日兄弟与你报仇雪恨!"叫士兵把纸钱点着。那妇人见势头不好,却待要叫,被武松揪倒来,两只脚踏住她两只胳膊,扯开胸脯衣裳。说时迟,那时快,把尖刀去胸前只一剜,口里衔着刀,双手去挖开胸脯,

---

① 余象斗《京本增补校正全像忠义水浒志传评林》第五十回夹批。《水浒传会评本》,北京大学出版社,1981年,第945页。

② (明)李贽《李卓吾先生批评忠义水浒传》第三一回眉批,《水浒传会评本》,北京大学出版社,1981年,第574页。

抠出心肝五脏，供养在灵前。喀嚓一刀，便割下那妇人头来，血流满地。

虽然潘金莲犯有谋害亲夫的死罪，但其时是弱女子一个，再三求饶，楚楚可怜，相当于战场上放下武器的俘虏，武松斗杀西门庆，自然大快人心，然拿她出气，并且挖心、割头，手段如此残忍，明显过分。

鲁智深（其时名唤鲁达）是急公好义、路见不平便要拔刀相助的真豪杰，铲除豪强自然要以"暴"制暴。请看"鲁提辖拳打镇关西"：

> 鲁提辖就势按住左手，赶将入去，望小腹上只一脚，腾地踢到在当街上。鲁达再入一步，踏住胸脯，提着那醋钵儿大小拳头，看着这郑屠道："洒家始投老种经略相公，做到关西五路廉访使，也不枉叫做镇关西！你是个卖肉的操刀屠夫，狗一般人，也叫做镇关西！你如何强骗了金翠莲？"扑的只一拳，正打在鼻子上，打得鲜血迸流，鼻子歪在半边，却便似开了个酱油铺：咸的、酸的、辣的一发都滚出来。郑屠挣不起来，那把尖刀也丢在一边，口里只叫："打得好！"鲁达骂道："直娘贼！还敢应口！"提起拳头来就眼眶际眉梢只一拳，打得眼棱缝裂，乌珠迸出，也似开了个彩帛铺的：红的、黑的、紫的，都绽将出来。郑屠当不过，讨饶。鲁达喝道："咄！你是个破落户！若是和俺硬到底，洒家倒饶你！你如今对俺讨饶，洒家偏不饶你！"又只一拳，太阳上正着，却似做了一个全堂水陆道场：磬儿、钹儿、铙儿，一齐响。鲁达看时，只见郑屠挺在地下，口里只有出的气，没了入的气，动弹不得。

病关索杨雄虽无十分本领，心意犹豫不定，但杀人手段却不逊色，《水浒传》第四六回"病关索大闹翠屏山"描写杨雄在石秀的安排、诱导下，于翠屏山连杀潘巧云、迎儿主仆两人：

> 杨雄手起一刀，（将迎儿）挥作两段。那妇人在树上叫道："叔叔劝一劝！"石秀道："嫂嫂，不是我。"杨雄向前，把刀先挖出舌头，一刀便割了，且教那妇人叫不得。杨雄却指着

骂道:"你这贼贱人!我一时间误听不明,险些被你瞒过了。一者坏了我兄弟情分,二乃久后必然被你害了性命。我想你这婆娘心肝五脏怎地生着?我且看一看!"一刀从心窝里直割到小肚子下,取出心肝五脏,挂在松树上。

其人品气度方之武松远矣,然而杀人之残暴可比"武松杀嫂"。

林冲受高俅陷害,逆来顺受,节节退让,在退无可退、危及生命的最后关头顿起血性,手刃仇人:

> 林冲骂道:"奸贼,我与你自幼相交,今日倒来害我,怎不敢干你事?且吃我一刀。"把陆谦上身衣服扯开,把尖刀向心窝里只一剜,七窍迸出血来,将心肝提在手里。回头看时,差拨正爬将起来要走。林冲按住喝道"你这厮原来也恁的歹毒!且吃我一刀!"又早把头割下来,挑在枪上。回来,把富安、陆谦头都割下来。把尖刀插了,将三个人头发结做一起,提入庙里来,都摆在山神面前供桌上。

陆谦、富安和差拨等高俅爪牙恶贯满盈,死有余辜。如果要按上"画外音",那一定是叫好声一片。再如他在梁山泊火并王伦:

> 林冲把桌子只一脚,踢在一边;抢起身来,衣襟低下掣出一把明晃晃刀来。……拿住王伦骂道:"你是一个村野穷儒,亏了杜千得到这里。柴大官人这等资助你,稠给盘缠,与你相交,举荐我来,尚且许多推却。今日众豪杰特来相聚,又要发付他下山去。这梁山泊便是你的!你这嫉贤妒能的贼,不杀了,要你何用!你也无大量大才,也做不得山寨之主!"……去心窝里只一刀,卡嚓地搠倒在亭上。林冲早把王伦首级割下来,提在手里,吓得那杜千、宋万、朱贵都跪下说道:"愿随哥哥执鞭坠镫!"
>
> ……

上述胪列的暴力描写,鲁智深、林冲属一类,李逵、武松、杨雄属一类。对于鲁智深、林冲的杀戮行为,读者从来没有异议。反而有大快人心、酣畅淋漓之感。鲁智深维护正义、惩处恶霸,三拳致命,何其潇洒，金圣叹赞扬鲁达为"阔人"。就"拳打镇关西"一节专门批曰："鲁达阔绰，打人亦打得阔绰"，鲁达为人"一片热血直喷出来"，令读者不禁有"深愧虚生世上，不曾为人出力"之叹。[1] 袁无涯刻本李贽评指出：(鲁达)"英雄愤躁"源出"菩萨慈悲"。[2]——何来暴力一说！林冲是英雄失路、"官逼民反"的典型，终于在生死关头、忍无可忍之际绝地反击，粉碎奸人毒计，"一炬徒劳，三头已落"，引起后人击节长叹。王伦虽无必死之罪，但胸襟褊狭，心术不正，不利于梁山事业的发展，林冲审时度势，果断锄奸，不愧为英雄本色。正如金圣叹所评："林冲火并王伦"不失为《水浒》一书大题目，是"林冲一生大胸襟"，这一段不乏血腥的描写却"写得豪杰有泰山岩岩之象"，令人不觉"读之神旺"。[3] 人们欢心雀跃犹恐不足，又怎么会去非议其中所谓的暴力描写呢？即是说，这种"暴力描写"因完全符合人类道德、伦理法则，在阅读中可以顺向地、自然而然地转化为审美效应。

三

看来，令当今一些学者不能释怀的是李逵、武松、杨雄们的暴力杀戮。鲁迅评论《水浒传》有句名言，说："李逵劫法场时，抡起板斧来排头砍去，而所砍的都是看客。"[4]虽然说的是李逵，但完全符合这一类滥杀无辜的情形。

然而，在实际的欣赏中，历代读者却依然"感觉不到暴力的血腥"，并不厌恶、甚至是由衷喜爱这些描写，喜欢这些英雄。李贽称李逵为"第一尊活佛"，金圣叹评价更高，他说：

---

① （清）金圣叹《第五才子书施耐庵水浒传》第二回回评，《水浒传会评本》，北京大学出版社，1981年，第81页。

② （明）李贽《出像评点忠义水浒全传》第二回眉批，《水浒传会评本》，北京大学出版社，1981年，第88页。

③ 参见（清）金圣叹《第五才子书施耐庵水浒传》第十九回夹批，《水浒传会评本》，北京大学出版社，1981年，第362页。

④ 鲁迅《流氓的变迁》，引自周锡山《中国小说史略汇编释评》，上海书店出版社，2015年，第496页。

李逵是上上人物,写得真是一片天真烂漫到底,看他意思,便是山泊中一百七人,无一个人入得他眼。《孟子》"富贵不能淫,贫贱不能移,威武不能屈",正是他好批语。①

李贽、金圣叹是才识卓越的批评家,其理性思维能力是断然不亚于如今一些大咖批评家的,怎么就没有看到《水浒传》的暴力描写呢?其实,即或鲁迅所论,本意也是在指出梁山好汉"他们所反对的可是奸臣,而非天子,他们所打劫的是老百姓,而不是将相官僚"这一政治弱点和历史局限性,又何曾批评过《水浒传》的暴力描写。② 那么,我们今天又怎么来认识《水浒传》"以暴力为美"的审美价值取向呢?它果真是《水浒传》的一个美学误区而需要作"现代批判"?

这是一个复杂的问题,涉及社会、历史、心理以及美学分析,尤其是需要由此来揭示其中的美学转换——审美心理效应的生成。

首先考察《水浒传》的大旨和对象形态。胡适《〈水浒传〉考证》指出:

> (《水浒》)故事的发生与流传久远,决非无因。大概有几种原因:(1)宋江等确有可以流传民间的事迹与威名;(2)南宋偏安,中原失陷在异族手里,故当事人有想望英雄的心理;(3)南宋政治腐败,奸臣暴政使百姓怨恨,北方在异族统治下受的痛苦更深,故南北民间都养成一种痛恨恶政治恶官吏的心理,由这种心理上生出崇拜草泽英雄的心理。③

这里包含几点意思:1.《水浒传》写的是宋江起义事实;2.揭示南宋偏安的历史现实和社会恶政;3.通过描写英雄事迹传达英雄情结即"崇拜草泽英雄的心理"。所以,就反映主体而言,《水浒传》是

---

① (清)金圣叹《读第五才子书法》,《水浒传会评本》,北京大学出版社,1981年,第18页。

② 参见鲁迅《流氓的变迁》。

③ 胡适《〈水浒传〉考证》,《胡适古典文学研究论集》,上海古籍出版社,1988年,第752页。

"英雄传奇",就欣赏主体而言,它是一则"底层民众生存的神话"。

这就形成了一种牢不可破的心理认知模式:作品是歌颂梁山草泽英雄的,大至啸聚绿林,反抗朝廷,小至喝酒吃肉,分赃赌博,当然也包括抢劫杀人,都是值得肯定和称颂的,所谓"无美不归绿林"。而且这种心理认知在艺术结构上是先验性的,无需辨析、论证。只要是被梁山英雄所杀,他们就是英雄的反面,就是天理和道义的敌对,那就是该杀。《水浒传》正是通过杀戮各色人士来彰显英雄理念:鲁智深为解救金翠莲打死郑屠是主持正义,林冲手刃陆谦更在惩罚对"总角之交"(儿时友谊)的背叛,武松斗杀西门庆为兄报仇是宣扬亲情至理,李逵"排头砍人"首要针对的必是官府中人——扫除刀下救人的障碍。至于潘金莲、阎婆惜、潘巧云、贾氏四大淫妇以最歹毒的方式直接给梁山英雄抹黑,有损英雄的人格尊严,这在作者和读者都是绝不容许的,罪在必诛。诚如王望如所言:"自古杀人之名正言顺,理直气壮,无如杀奸夫淫妇。"[1]更有甚者,有人还嫌杨雄心存妇人之仁,杀人意志不坚,英雄气短:"翠屏山上杨雄犹无主意,终赖石秀做得一个烈丈夫。"[2]其实,这种先验性的认知模式和结构模式在中国小说中是常见的。比如,《西游记》写唐僧赴西天取经,各路妖精是作为九九八十一难——也即取经人的心路魔障——而预设的,孙悟空常把它们打成肉饼,烧为灰烬,其中的一些妖魔并未谋害唐僧性命,罪不至死,但很少有人视为暴力描写,反而歌颂为"金猴奋起千钧棒,玉宇澄清万里埃"。如用现代自由人性和法制观念来观察《水浒传》此类暴力杀人,难免方枘圆凿,无的放矢。如果要求水浒英雄放弃暴力,等于取消了《水浒传》的艺术本体,要求施耐庵放弃暴力描写,则等于取消了《水浒传》作为"英雄传奇"的阳刚风格。

其次,从美学和艺术理论上看,存在美丑转换的辩证法。

---

① 王望如《评论出像水浒传》第四五回回评,《水浒传会评本》,北京大学出版社,1981年,第 867 页。

② (明)李贽《出像评点忠义水浒全传》第四十五回夹批,《水浒传会评本》,北京大学出版社,1981 年,第 861 页。

诚然，暴力通常源于个人欲望，触犯理性规范和公众秩序，对社会是有危害的，属于丑的范畴。但作为一种审美对象，却有其不可忽略的审美价值。一方面，从历史实践看，丑是历史发展的基本动力，社会形态的遽变常依赖于暴力。恩格斯说过以下名言：

> 在黑格尔那里，恶是历史发展的动力借以表现出来的形式。这里有双重的意思，一方面，每一种新的进步都必须表现为对某一神圣事物的亵渎，表现为对陈旧的、日渐衰亡的、但为习惯所崇奉的秩序的叛逆，另一方面，自从阶级对立产生以来，正是人的恶劣的情欲——贪欲和权势欲成了历史发展的杠杆。①

恩格斯从"恶的必需"说明历史发展的必然性，从而也说明了恶的审美价值。这里的恶，无疑也包含暴力。李泽厚曾精辟地分析过奴隶制时代的"狞厉之美"，可以说是对这一马克思主义历史观的具体论述。所谓"狞厉之美"，就在于表现奴隶主阶级在漫长的社会斗争中的胜利感、自豪感，象征它的威严和雄伟。从现代文明观念来看，它无疑是残酷、野蛮的，但从审美文化看，却有着巨大的美学魅力，这是一种崇尚感性雄伟、战无不胜的美："在那看来狞厉可畏的威吓神秘中，积淀着一股深沉的历史力量。他的神秘恐怖正是与这种无可阻挡的巨大历史力量相结合，才成为美——崇高的。"奴隶制社会正是以其残忍、野蛮，所谓"血与火的洗礼"来推动社会历史的前进。②《水浒传》中的暴力描写，其实质是以暴制暴，除暴安良，替天行道，即或存在"以武犯禁"、挑战既有法规的一面，也从根本上符合人类理性法则和人民的感性期待，即它正是在历史发展的意义上实现从恐怖到"狞厉之美"——也即感性雄伟之崇高美的。

另一方面，从艺术表现的辩证法来看，艺术从来不拒绝表现恶与丑。暴力描写的目的不在展示暴力，而在表现暴力背后的深层意蕴，

---

① [德]恩格斯《费尔巴哈与德国古典哲学的终结》，人民出版社，1972年，第28页。
② 参见李泽厚《美的历程》，天津社会科学出版社，2001年，第58页。

如果说暴力和血腥属于丑的范畴,那么,其背后的深层意蕴却有可能构成美——暴力美。波特莱尔的名篇《恶之花》,其立意不在展览"恶",而在揭示"恶之花"——病态、罪恶的时代生活。他宣称:

> 正是恶魔,拿住操纵我们的钱,
>
> 我们从可憎的物体上发现魅力;
>
> 我们一天天坠入地狱,每天每日,
>
> 没有恐惧,穿过发出臭气的黑暗。

非常形象地说明了艺术上美丑包容、相互依存和转化的辩证法和美学精神。《水浒传》中暴力描写的美感效应,首先源于其背后的"观念力量",如上文已经说过的正义、亲情、友谊、人格尊严、反抗官府(腐败政府)等,其次则在于这些暴力描写中所体现出的艺术追求和美学取向。这种"有意味的形式"最突出的当推性格美和"载体——形式美"。

刻画人物性格是《水浒传》最大的特点和成就。金圣叹反复说:"别一部书,看过一遍即休,独有《水浒传》,只是看不厌,无非为他把一百零八个人性格都写出来。""《水浒传》写一百八个人性格,真是一百八样。若前一部书,任他写一千个人,也只是一样。便只写得两个人,也只是一样。"[①]而暴力情节与暴力描写恰是展现性格的主要途径。可以杨志与林冲作比较:

杨志落魄卖刀与林冲夜奔,都突出了一个"忍"字,但"忍"的方法不一样,两人的性格也就迥然有别。在杨志,是流落外乡,因盘缠短缺权且卖刀接济,所以面对牛二的再三纠缠、挑衅,他是一忍再忍,只求得过且过。这般"虎落平阳被犬欺,龙搁浅滩遭虾戏",引得金圣叹两度评点:"英雄可怜。"牛二欺其软弱,得寸进尺,不仅抢夺宝刀,而且钻入杨志怀里厮打。这时,作者写道:

> 杨志霍地躲过,拿着刀抢入来,一时性气,望牛二颡根

---

① (清)金圣叹《读第五才子书法》,《水浒传会评本》,北京大学出版社,1981年,第17页。

上搠个正着,扑地倒了。杨志赶入去,把牛二胸脯上又连搠了两刀,血流满地,死在地上。

有人说杨志起先是误杀,或者说是"正当防卫",后来就是蓄意杀人,而且手段残暴,属于暴力描写。然而,没有后续的杀人手段,就显不出杨志的英雄气概,就把杨志对等于牛二了,他忍无可忍,"不唯半日积愤,连高太尉积愤亦发出来"。非如此,不见英雄失路;非如此,何言英雄本色。

再看林冲的"忍"。林冲无辜(误入白虎堂)受到高俅迫害后,采取了逆来顺受、一味忍让的态度,因为他有太多的眷恋:眷恋着美貌恩爱的娇妻,眷恋着八十万禁军教头的官场前程,总之是怀有消弭"罪孽"、重铸辉煌的梦想。严峻的现实在教育他,使他的英雄本性慢慢地复苏:高衙内觊觎林娘子美色志在必得,高俅的迫害手段连绵不绝而且越来越歹毒,总角好友背叛友谊成为敌人帮凶,最后还要置他于死地斩草除根……幻想一旦破灭,英雄血性骤起,于是手刃仇人,题诗明志,英雄形象大放异彩。

对两人由"忍"而爆发,直至暴力杀人,金圣叹有精辟评论:

> 两位豪杰,两口宝刀,接连而来,对插而起,用笔至此奇险极矣,即欲不谓之非常,而英英之色,千人万人,莫不共见,其又畴得而不谓之非常乎?又一个买刀,一个卖刀,分镳各骋,互不相犯,固也;然使于赞叹处,痛悼处,稍稍有一句、二句乃至一字、二字偶然相同,即亦岂见作者之手法乎?今两刀连接,一字不犯,乃至譬如东泰西华,各有争奇。乌呼!特铤而走险,以自表其六辔如组,两骖如舞之能,才子之称,岂虚誉哉!①

《水浒传》的"载体—形式美",主要源于作为小说形式载体即媒介——语言的美感。"字字珠玑,篇篇锦绣",追求小说的语言美是历

---

① (清)金圣叹《第五才子书施耐庵水浒传》第十一回回评,《水浒传会评本》,北京大学出版社,1981年,第232页。

代作家的共识，但通过暴力描写展现语言美，营造《水浒传》特有的神奇意境——"暴力美"，却是施耐庵的天才创造。其特点有二：一是主人公都是边骂边打（杀），声情并茂，而且充分显示出正义性、合理性。如鲁达打郑屠时骂道："洒家始投老种经略相公，做到关西五路廉访使，也不枉叫做镇关西！你是个卖肉的操刀屠夫，狗一般的人，也叫做镇关西！你如何强骗了金翠莲？"林冲杀陆谦时骂道："奸贼，我与你自幼相交，今日倒来害我，怎不敢干你事？且吃我一刀。"杨雄却指着骂道："你这贼贱人！我一时误听不明，险些被你瞒过了。一者坏了我兄弟情分，二乃久后必然被你害了性命。我想你这婆娘心肝五脏怎地生着？我且看一看！"一个个都是义正词严，极具感染力。二是追求"暴力"描写的神奇色彩和惊愕感。如"鲁达拳打镇关西"分写三拳："扑的只一拳""只一拳""又只一拳"，细腻地描绘出不同的效果，其中视觉、味觉、听觉交融、通感，令人读之就像听交响曲一般美不可言。再如武松"血溅鸳鸯楼"一节，武松杀人无数，乃至刀口卷起，割头不下，作者竟悠然插写一句"武松心疑，就月光下看那刀时，已自都砍缺了。"还兀自让武松自言自语道："可知割不下头来。"忙里偷闲，举重若轻。将杀戮这样沉重的主题，写得如此飘逸、潇洒、惊愕之余，不能不说是一种特殊的美感。"不读《水浒》，不知天下之奇。"[①]是金圣叹的感叹，也是读者大众的感叹。

再次，《水浒传》暴力描写的美学转换，还有赖于读者的心理因素。

西方美学中有一种"性恶"学说，认为人类由动物进化而来，残留着野蛮、凶残等兽性：当然，人类早已进入文明时代，具有了高度的理性，这种兽性只是一种潜伏的倾向。许多人不会自己去实施暴力，制造悲剧，但都有幸灾乐祸的心理，希望看到暴力事件的发生，以打破平凡、寂静的心理秩序，满足自己性恶的心理本能需要。事实上，

---

① （清）金圣叹：《第五才子书施耐庵水浒传》第二十五回回评，《水浒传会评本》，北京大学出版社，1981年，第485页。

一些反映战争和灾难的作品总会引起人们最狂热的关注，甚至令人如痴如狂。弗洛伊德进一步指出艺术的价值在于人的欲望（原始荷尔蒙、暴力倾向性、侵犯性生物本能等）的"替代性满足"，消解或减轻了这种心理的犯罪感，也使"性恶"说更趋合理。暴力以侵害他人（甚至剥夺他人生命）为手段，迫使对方屈从于自己的权威。但这种暴力如果出现在艺术的虚幻世界里，其丑陋的本质就会得到过滤，最终转化为美感。"暴力美学"是对现代电影审美取向的概括，其实质是"把暴力或血腥的东西变成纯粹的形式美感"，这种形式美感运用现代方法（如高科技特技镜头）可以达到"令人刺激、难以忍受的程度"，同时也是"美丽炫目的程度"。[①] 所以。艺术大师罗丹就说，艺术是魔杖，艺术家有点金术，在艺术里可以"化丑为美"。

四

回到《水浒传》。无论是鲁智深、林冲一类正义行为，还是李逵、武松、杨雄一类相对超越正义的行为，场面都十分血腥。但归根结底，它发生在小说这一虚拟世界里，现代西方美学称之为"纸上的建筑群"[②]，读者的感受有"隔靴"效应，"感觉不到暴力的血腥"，即使有所感觉，也不致真正受到伤害。而一旦以自觉的游戏的心态来观看，他们看到的便只是正义，英雄，以及精致的游戏形式，暴力的血腥也就转化为美了。这符合"距离产生美"的美感法则。

（华东师范大学中文系）

---

① 参见郝建《"暴力美学"的形式感营造及其心理机制和社会认识》，《北京电影学院学报》，2005 年第 4 期。

② ［法］布尔迪厄《艺术的法则》，转引自赵一凡等主编《西方文论关键词》，外语教学与研究出版社，2006 年，第 582 页。

词轨辑评

（清）杨希闵　撰　孙克强　辑录整理

内容摘要：杨希闵是清代中晚期的诗学家、词学家，其《词轨》为大型词选，正编选录唐五代、两宋、元、明、清词人 51 家，词作 730 首。补录选词人 260 家，词作 422 首。《词轨》书前有序、总论，各卷之前各有题识，词下录有评论资料，既有前人词话、笔记、序跋，亦有时人评论文字，并以"闵案"标识，录有编者杨希闵的评点，乃词学批评的宝贵文献资料，本编加以辑录标点整理，以便于研习词学者利用。

关键词：杨希闵　词轨　评语　词学文献

The collection of comments on *Ci Gui*

（Qing Dynasty）Written by Yang Ximin　Edited by Sun Keqiang

Abstract：*Ci Gui*, compiled by a Ci-poetry critic Yang Ximin of the middle and late Qing Dynasty, is a large-scale anthology. The first edition of *Ci Gui* selected 51 Ci-poets with their 730 pieces of work, which covered from Tang and Five Dynasties to the Qing Dynasty. Then the supplement added 260 Ci-poets with 422 pieces of work. There're prefaces and summaries in front of the book，and every volume has it prefatory remark. The comments which attached to Ci-poetries are not only including Ci Hua，notes，prefaces and postscripts left over by predecessors，but also the reviews written by contemporaries and the editor himself. All of these are precious literature of Ci-criticism，and the collect，punctuate work of this book will be helpful for the scholars.

Keywords：Yang Ximin *Ci Gui*   comments   literature of Ci-criticism

　　杨希闵(1806—1882)，字铁佣，号卧云，又号息齐。新城樟村(今江西省黎川县樟溪乡)人。道光十七年(1837)拔贡，候选内阁中书。咸丰六年(1867)杨希闵举家流落到福建邵武，后迁福州。同治九年(1870)东渡台湾，在海东书院主讲 11 年。杨希闵以撰写年谱而闻名，诗学亦颇有建树，有《诗轨》《江西诗话》若干卷，并著有《退憩山房诗》《痛饮词》《过存草》《覆瓿草》《诗権》《绝句诗选》等。《词轨》编成于同治二年(1863)。正编八卷，补录六卷。选录唐五代、两宋、元、明、清人词，其中正编选词人 51 家，词作 730 首；补录选词人 260 家，词作 422 首。《词轨》为稿本，今藏国家图书馆。《词轨》书前有序、总论，各卷之前各有题识，词下录有评论资料，既有前人词话、笔记、序跋，亦有时人评论文字，并以"闵案"标识，录有编者杨希闵的评点。《词轨》虽流传不广，却亦曾受到学界关注，丁绍仪《听秋声馆词话》卷十称："新城杨卧云中翰(希闵)，好聚书。手选历朝诗词为《诗轨》《词轨》，加以评断，用力可谓勤矣。"屈兴国教授编《词话丛编二编》，收录有"《词轨》一卷"，内容为《词轨》之序、总论、正编八卷题识(有遗漏)，而将《补录》六卷题识及全书词作评点弃而不录。兹将《词轨》中序、总论、各卷题识、词作评点加以辑录标点整理，以便研习词学者了解《词轨》及杨希闵的词学批评理论主张。其无关评点者，则不录。

词轨序

书家学真书，必从篆隶入，乃高胜。吾谓词家，亦当从汉魏六朝乐府入，而以温、韦为宗，二晏、秦、贺为嫡裔，欧、苏、黄则如光武崛起，别为世庙。如此则有祖有祢，而后乃有子有孙。彼截从南宋梦窗、玉田入者，不啻生于空桑矣。故伐材近而创意浅，雕琢文句以自饰，心力瘁于词，词外无事在，而词亦卒不高胜也。吾有鉴于是，为兹选以正途辙。义例详《总论》中，各家旨趣，又缀论各卷之端焉。

同治二年重阳前五日，江右新城杨希闵铁佣。

总论

《四库全书提要·词曲类》云：词曲二种，在文章、技艺之间，厥品颇卑，作者弗贵。特才华之士，以绮语相高耳。然《三百篇》变而古诗，古诗变而近体，近体变而词，词变而曲，层累而降，莫知其然。究厥渊源，实亦乐府之余音，风人之末派。其于文苑，尚属附庸，未可全斥为俳优也。

又曰：陆游《花间集》二跋，一称：斯时天下岌岌，士大夫乃流宕如此，或者出于无聊。不知惟士大夫流宕如此，天下所以岌岌，游未反思其本耳。二称：唐季五代，诗愈卑而倚声辄简古可爱。能此不能彼，未易以理推也。不知文之体格有高卑，人之学力有强弱，学力不足副其体格，则举之不足；学力足以副其体格，则举之有余。律诗降于古诗，故中晚唐古诗多不工，而律诗时有佳作。词又降于律诗，故五季人诗不及唐，词乃独胜。此何不可以理推乎。（见《花间集提要》）

又曰：考梁代吴声歌曲，句有长短，音多柔曼，已渐近小词。唐初作者云兴，诗道复振，故将变而不能变。迨其中叶，杂体日增，于是〔竹枝〕〔柳枝〕之类，先变其声；〔望江南〕〔调笑令〕〔宫中三台〕之类，遂变其调。然犹载之诗集中，不别为一体。泪乎五季，词格乃成。其歧为别集，始于冯延巳之《阳春词》；其歧为总集，始于赵崇祚之《花间

集》。(见《御定历代诗余提要》)

又曰:《三百篇》余音,至汉变为乐府,至唐变为歌诗,及其中叶,词亦萌芽。至宋而歌诗之法渐绝,词乃大盛。其时士大夫多娴音律,往往自制新声,渐增旧谱。故一调或至数体,一体或有数名,其目几不可碑举,又非唐及五代之古法。迨金元院本既出,并歌词之法亦亡。文士所作,仅能按旧曲平仄,循声填字。自明以来,遂变为文章之事,非复律吕之事。并是编所论宫调,亦莫解其说矣。(见《碧鸡漫志提要》)

又曰:唐宋两代皆无词谱。元以来南北曲行,歌词之法遂绝。姜夔《白石词》中,间有旁记节拍,如西域梵书状者,亦无人能通其说。今之词谱,皆取唐宋旧词,以调名相同者,互校以求其句法字数;取句法字数相同者,互校以求其平仄。其句法字数有异同者,则据而注为又一体。其平仄有异同者,则据而注为可平可仄。自《啸余谱》皆以此法推究,得其崖略,定为科律而已。然见闻未博,考证未精,又或参以臆断,无稽之说往往不合于古法。惟近时万树作《词律》,析疑辨误,所得为多,而仍不免于舛漏。(见《钦定词谱提要》)

又曰:万树《词律》多纠正诸家舛异。如旧谱以五十八字以内为小令,五十九字至九十字为中调,九十一字以外为长调。树则但列诸调,而不立三等之名。又旧谱十一调而长短异者,定为第一、第二体。树则谓调有异同,体无先后,故但以字数多寡为序,而不立名目,精确不刊。其最入微者,一为旧谱不分句读,往往据平仄混填。树则谓七字有上三下四句,如〔唐多令〕"燕辞归,客尚淹留"之类。五字有上一下四句,如〔桂华明〕"遇广寒仙女"之类。四字有横担之句,如〔风流子〕"倚阑干处""上琴台去"之类。一为词字平仄,旧谱但据字而填。树则谓上声去声,有时可以代平,而名词转折跌宕处,多用去声。一为旧谱五七字之句,所注可平可仄,多改为诗句。树则谓古词抑扬顿挫,多在拗字,其论最为细密。(见《词律提要》)

又曰:自五代至宋,诗降而为词。自宋至元,词降而为曲。文人学士,往往以是擅长,如关汉卿、马致远之类,皆借以知名于世,可谓

敝精神于无用。然其抒情写景，亦时能得乐府之遗，小道可观，遂亦不能尽废。（见《张小山小令提要》）

又曰：杂曲小令，论其体格，于文章为最下，而入格乃复至难。然以士大夫而殚力于此，与伶官歌妓校短长，虽穷极窈眇，是亦不可以已乎。（见王九思《碧山乐府提要》）

毛大可《鸡园词序》曰：往予尝与华亭蒋生搜讨唐词，谓小词者实词所自始。夫第曰词，则曼体不可少也。其后迦陵陈君，偏欲取南渡以后、元明以前，与竹垞朱君作《乐府补遗》诸倡和，而词体遂变。若夫声，则虽万君红友著《词律》二十卷，其于句读平陂则得矣，然而与律吕何当焉？

又《倚玉词序》曰：予乡曩时，有创为西蜀、南唐之音者，华亭蒋大鸿也。有创为德祐、景炎之音者，禾中朱竹垞也。竹垞客予郡，觅予郡之景炎处士所称菊山唐珏、蘋洲周密、后村、仇远辈，而效其倡和，相率为怨急偪剥之词，而人卒局步而不敢前。

陆朗甫《红栏书屋乐府序》云：词之未兴，惟诗行于世，而其用在歌。歌有抗坠抑扬，故文有长短申缩。《三百篇》虽多四字为句，而其中自两字至八字，间出不拘。汉五言诗，已为文人所作，不尽可歌；乐府篇章，则无不参差其字句。自近体兴而诗家以五言七言为正格，长短之句，仅施于歌行，而古诗遗音，乃独留于词之一派。作之者又以体别于诗，竞奉柳屯田为正宗，斥苏玉局为旁门，于是诗与词不可复合。至若声以韵谐，四声通用，考诸汉魏，亦无不然。然则今诗之用韵，又与古诗相戾，而词则与古无以异。又诗则文成而声应，词则调设而文从，以此弥分疆域。或律以宗子之法，词犹为古诗之弱嫡，近体乃古诗之强支耳。

希闵案：长短句为诗之余，然则诗源而词委也。源不远，委何能长？温、韦、二晏、秦、贺皆能诗，欧、苏、黄尤卓卓。姜、辛诗亦工，安身立命不在词，故溢为词，复绝也。屯田、清真、梅溪、梦窗、碧山、玉田诸子，藉词藩身，它文翰一无可见。有委无源，故绣缋字句、排比长调以自饰。夫文章本于性情，济以问学，二者交至，下笔遣词，自有天放。长篇短幅，无定也；清空质实，亦无定也。《史》不同《骚》，《骚》不同《庄》，《公》《榖》不同《左》《国》，安可印定一说乎？《孔雀东南》，长固善矣；"清晨陇首""春草池塘"，短亦妙也。彼沾沾以长调矜诩，殆自忘为陋，中实枵然。若坡、谷之〔水调歌头〕〔念奴娇〕，又可得乎？或者又以词贵意内言外，明之者少。不知意内言外，凡文章造微者皆然，不独词。词之拙者，流于曲诨，乃异是耳。以拙者之异是，标为元钥，欺骇流俗而已。吾谓词学当从汉魏六朝乐府入，而以温、韦、二晏、秦、贺为正宗，欧、苏、黄为大家此仿明高廷礼论定唐诗之说，屯田诸子为附庸，则途辙不谬矣。欧、苏、黄似为词之一变。此如近体原于六朝，唐初皆沿之，李、杜数公出，摧破壁垒，旗帜改观，变而得正。后世为近体者，转不能舍李、杜数公，专尚六朝矣。欧、苏、黄于词亦然，跌宕潇洒，轩豁雄奇，一洗绮罗之旧，此正变而正得正者，奈何断断奉《花间》为职志乎？吾今以《金荃》为一宗，晚唐五季为一宗，二晏为一宗，欧、苏、黄为一宗，秦、贺为一宗，石帚一宗，稼轩一宗。同时名家以次附列，嗣后作者，准是而为衡焉。寸珠片玉不可遗者，别为《补录》缀后。至于辨宫羽，考叠徧，此必自能按歌始彻。五季、两宋人，大抵能自歌，即坡、谷亦妙解丝肉。吾不能得古人歌法，斤斤抉剔于平陂阴阳，以为细密，安在为细密也？且古诗皆入乐，后来诗不入乐者甚多，仍不害为佳诗，但自然之音节，则不可失耳。词亦犹是也，能歌固善，不能歌庸讵非辞人？乐云乐云，钟鼓云乎哉？姜白石词，自载有谱，今人视之，亦昧昧。万红友《词律》，亦第依古人旧调推寻为之，是为竭力于腔调异同、字句增减、音韵平仄之委流，而于诗乐之大源，丝毫无补。吾故不暇为之也。

　　吾选诗，求之风与比兴及音节者为多，词亦犹是。美人香草，必原骚怨之由；濮上桑间，亦严郑卫之辨。庶别裁有体，而小道可观也。

　　邹吁士病北宋诸家长篇不足，正如嘉州、右丞，不能为工部之五七排体，此梦呓也。近体者，古诗之靡，长排又近体之靡。嘉州、右丞古体长歌，如何力量，岂不能为长排者？风气未开，则阙之尔。且工部亦非专以此擅场，遗山所谓"少陵自有连城璧，争奈微之识碔砆"

也。词之长调，始于柳永，以前惟小令。（见宋翔凤说，详三卷中）。若坡、谷之〔水调歌头〕〔念奴娇〕，绝迹飞行，何不能为长篇之有？彼邹吁士第知买菜求益耳，词中微妙，概乎未闻。国初诸老才学非不富，大半为此等謷说所锢。竹垞、迦陵，犹是坐破蒲团，未证圆觉。《词综》一编，局域才人心眼不少，惟衍波、河右、饮水，远溯握兰，近挹湘真，元箸超超，斯为宗乘龙象也。

自康熙至乾隆，为词学者，多为竹垞《词综》所锢。嘉道间，常州张皋文，乃上溯《金荃》，参以南渡，运心思于幽邃窈折之路，情寄骚雅，词兼比兴，遂又别开境界。但六一、坡、谷一途，游屐尚多未历，世有豪杰，必不惮问津。彼词为教坊雷大使等语者，安识魏公妩媚哉？存吾此论，以俟解人。

词轨卷一

题识

选唐代词为一卷，一以长短句为主。〔竹枝〕〔柳枝〕可入七绝者，吾《诗轨》已选入乐府，今不更录。

唐人长短句，托始太白，此非也，晚唐人伪为耳。辨已见《诗轨》卷三十二。

此篇大概与《诗轨》复出，然彼是究诗之委，此是溯词之原，缘起所关，不得不尔。

顷阅李小湖联琇《好云楼集》，有《浣月词序》云：〔菩萨蛮〕之名，由大中初女蛮入贡，其国人危髻金冠，璎珞被体，因之优伶制为曲，而文士遂声其词。若太白之时未有也。至〔忆秦娥〕，尤似晚唐人笔。且二词得之鼎州沧水驿楼，古本《太白集》无之，显为嫁名，安能与〔望江南〕媲。

李白

〔忆秦娥〕"箫声咽"

陈广夫云：太白未有词，传者皆晚唐人作，误名耳。凡钞十余首，曾有一字是太白口吻？又云：此首身世之悲，似昭宗在凤翔时语,并恐是五代人作也。

〔菩萨蛮〕"平林漠漠烟如织"

陈广夫云：如此首以为太白，则低微；以为晚唐，则高妙。其气象定非磊落人。其声音已是亡国之音。闵案：《尊前集》刻李词，混入韦庄作者甚多，如"游人尽道江南好""举头忽见衡阳雁"之类，皆是也。又〔桂殿秋〕二首，乃李卫公作，吴虎臣谓见石刻乃太白词，岂其然乎？吾友陈广夫于气象声音决之，可谓悬解。

〔清平乐令〕"禁闱秋夜月"

闵案：太白词皆依托。以自来相传久，姑录三首于此。

张志和

〔渔歌子〕"西塞山前白鹭飞""松江蟹舍主人欢"二首

陈懿叔云：唐代独绝之词，为北宋所未有。

刘禹锡

〔潇湘袖〕"斑竹枝"二首

《古今词话》云：此即〔捣练子〕也。唐词本无换头，〔捣练子〕本无双调，但为迎神送神之词耳。

刘长卿

〔谪仙怨〕"晴川落日初低"

闵案：此首集作六言律诗，题云"苕溪酬梁耿别后见寄"。玩音节是词，非六言诗，集题误也。又云窦宏余《广谪仙怨序》亦及此作，知有此词。

词轨卷二

题识

选唐末五代词为一卷。周稚圭题温尉词云："方山憔悴彼何人？《兰畹》《金荃》托兴新。绝代风流《乾膜子》，前生合是楚灵均。"其赏叹如此。近张皋文《词选》亦谓温词一一皆有寄托，赏叹与周同。吾今却不加笺，存其说，令人自领。

二主词，读之使人悄怆失志，亡国之响也。然真意流露，音节凄婉,善学者宜得意于形迹之外。陈大尊、王阮亭真是解人,能转法华,不为法华转也。

周稚圭题韦端己词云:"浣花集写浣花笺,消得孤篷听雨眠。顾曲临川还草草,负他春水碧于天。"昔汤义仍评韦词"春水碧于天"二句云:"江南好只如此耶?"此当是谐戏之言,未可为典要。韦词佳处不能识,尚足为义仍耶?

周稚圭又题李德润词云:"杂传纷纷定几人?秀才高节抗峨岷。扣舷自唱南乡子,翻是波斯有逸民。"考《十国春秋》,珣本波斯之种,故周诗云尔。其《琼瑶集》,足与《浣花》雁行,声情凄丽,令人回肠荡气也。

《古今词话》云:孙孟文遭兵戈之际,以金帛购书数万卷,著《北梦琐言》,多采词家逸事。周稚圭题其词云:"一庭春雨善言愁,佣笔荆台耐薄游。最苦相思留不得,春衫如雪去扬州。"

冯仆射词何减《浣花》《琼瑶》?周稚圭《十六家词》,遗之不选,岂以其人品不端耶?吾则就词论词,不以人废言,仍选为一家。南唐元宗尝因曲宴内殿,从容谓冯:"吹皱一池春水,何干卿事?",冯对曰:"安得如陛下'小楼吹彻玉笙寒'特高妙也?"。国势岌岌,而君臣措意如此,兹可慨也。

南唐后主李煜

〔捣练子〕"云鬟乱"

《词苑辩证》引杨升庵语,见一旧本,二词俱系〔鹧鸪天〕,前各有半阕。"深院静"前半阕云:塘水初澄似玉容,所思还在别离中。谁知九月初三夜,露似真珠月似弓。"云鬟乱"前半阕云:节候虽佳景渐阑,吴绫已暖越罗寒。朱扉日暮随风掩,一树藤花独自看。闵疑此为升庵所续,托云旧本尔。原词故不必有前半阕也。

〔菩萨蛮〕"铜黄韵脆锵寒竹"

陈广夫云:此与前〔子夜啼〕皆为小周后作。

〔应天长〕"一钩初月临妆镜"

闵案:侯文灿《十家词选》以为中主作。

〔浪淘沙〕"帘外雨潺潺"

《西清诗话》云：含思凄婉，未几下世。

〔虞美人〕"风回小院庭芜绿"

闵案：此首不类后主作，更考。

〔临江仙〕"樱桃落尽春归去"

苏子由云：凄凉怨慕，真亡国之音也。

韦常侍庄

〔菩萨蛮〕"红楼别夜堪惆怅"

张皋文云：此盖留蜀后寄意之作。一章言奉使之志本欲还家。

〔菩萨蛮〕"人人尽说江南好"

张皋文云：此章述蜀人劝留之词。

〔菩萨蛮〕"如今却忆江南乐"

张皋文曰：此词其在相蜀时乎。

〔菩萨蛮〕"洛阳城里春光好"

张皋文曰：此章致思唐之意。

〔谒金门〕"空相忆"

《词苑丛谈》：庄寓蜀，有姬善词翰，为王建夺去，作此词。姬闻之，不食死。

〔清平乐〕"春愁南陌"

闵案：冯延巳《阳春集》内一词前半大同，后半小异。今两存之，备考。

〔应天长〕"绿槐荫里黄鹂语"

闵案：《十家词选》入冯延巳，今从《兰畹》及《全唐诗》。

李宾客珣

〔南乡子〕十一首

闵案：此十一首比于〔竹枝〕，咏风土之遗，故从宽录之也。

〔酒泉子〕"秋雨连绵声散"等三首

闵案：此首二句只六字，挪一字就下句又一体。

词轨卷三

题识

选晏元献父子词为一卷，而附张都官、柳员外二家。《四库全书提要》云：殊赋性刚峻，而词特婉丽。刘攽《中山诗话》云："元献喜冯延巳歌词，其所自作，亦不减延巳云。"而吾友陈广夫则谓："元献立朝，了无建明，而处诸公之上。家国盛时，每有此一种人，譬如冠玉弁璙，虽无用，亦不可少。"合二论观之，《珠玉词》之真面见矣。

元献立朝，虽无大建白，而清贫如寒士，又未尝为子弟求恩泽。一时贤士，如范文正、欧阳文忠诸公，皆出门下。择婿得富弼、杨察，其识鉴有过人者，亦不可谓非升平贤宰相也。

《龙川志》云：章懿之崩，李淑护葬，元献撰志文。言生女一人，早卒，无子。仁宗恨之。及亲政，内出志文以示宰相曰："先后诞育朕躬，殊为臣子，安得不知？乃言生一公主，又不育，此何意也？"吕文靖曰："殊固有罪，然宫省事秘，臣备位宰相，是时虽略知之，而不得其详。殊之不审，理容有之。然方章献临御，若明言先后实生圣躬，事得安否？"上默然。良久，命出殊守金陵。明日以为远，改守南郡。及殊作相，八大王疾革，上亲往问疾。王曰："叔久不见官家，今谁作相？"上曰："晏殊。"王曰："名在图谶，胡为用之？"上归，阅视图谶，得成败之语，并记志文事，欲重黜之。宋祁为学士，当草白麻，争之，乃降二官，知颍州。词曰："广营产以植资，多役兵而规利，以它罪罗致之。"殊免深谴，宋祁之力也。闵案：子京亦晏公门下士，其草制词，适与元献平日行事相反。不知者谓其待师之薄，或反执词语为真有其事，而岂知别有隐衷也？古今似此者甚多，不遇解人，永无昭雪之日。太史公所以有慨乎好学深思、心知其意者也，因论词及之。

山谷序《小山词》云：其乐府可谓狭邪之大雅，豪士之鼓吹。其合者《高唐》《神女》之流，其下者岂减《桃叶》《团扇》哉？叔原自序云：往者浮沉酒中，病世之歌词，不足以析酲解愠。试读南部诸贤余绪，作五七字之语，期以自娱。不独叙其所怀，兼写一时杯酒间闻见，所同游者意中事。尝思感物之情，古今不易，窃以篇中昔人所不遗，第于今无传尔。时沈十二廉叔、陈十君宠，家有莲、鸿、苹、云，品清讴娱客。每得一解，即草授诸儿。吾三人者听之，为一笑乐。已而君宠疾废卧家，廉叔下世，昔之狂篇醉句，逐与两家歌儿酒使，俱流转于人间。考篇中所纪悲欢合离之事，如幻如电，如昨梦前尘。但能掩卷怃然，感光阴之易迁，叹境缘之无实也。此序甚有佳致。其词亦以南部诸贤为宗，而才华富丽，不为所缚，故又自成一家。

晏丞相殊

〔更漏子〕"塞鸿高"

闵案：磅礴痛快，与稼轩率直者大别。

〔踏莎行〕"细草愁烟"

闵案："穿帘句"，六一〔蝶恋花〕词亦袭用之。

〔踏莎行〕"小径红稀"

张皋文曰：此词亦有所兴，其欧公〔蝶恋花〕之流乎？

晏监镇几道

〔生查子〕"轻匀两脸花"

闵案：此等只是真，真便扑不破。

〔生查子〕"关山魂梦长"

闵案：遏拶得不容不说妙，妙直而仍曲。

〔生查子〕"一分残酒霞"

闵案：末句急词谓更无别人可恨也。

〔浣溪纱〕"家近旗亭酒易酤"

闵案：换头二语用韩翃句。

〔鹧鸪天〕"采袖殷勤捧玉钟"

苕溪云：词情婉丽。晁补之云：玩三四语，知此人必不生于三家村中。刘公勇云：老杜"夜阑更秉烛，相对如梦寐"，叔原则"今宵"云云，此诗与词之分也。

〔鹧鸪天〕"小令尊前见玉箫"

闵案：《脞说》谓伊川闻人诵末二语，意亦赏之，知情至者自动人。

〔玉楼春〕"当年信道情无价"

郭频伽云：真能委曲言情。

〔临江仙〕"梦后楼台高锁"

闵案："落花"二语，杨诚斋尝谓："可为好色而不淫。"

〔蝶恋花〕"卷絮风头寒欲尽"

陈广夫云：风流宛约。

附录二家题识

子野词，见赏欧、苏诸公。毛氏《汲古阁》刻诸名家词，独遗子野。今从鲍氏《知不足斋丛书》录入名章隽句，殊觉不乏也。

子野词有"隔墙送过秋千影"，又有"无数杨花过无影"，又有"云破月来花弄影"之句，盛名于时，当日谓之"张三影"。欧阳公又赏其"不如桃杏，还解嫁东风"之句，戏谓为"桃杏嫁东风郎中"。北宋盛时，胜流韵事，令人想见。

《四库全书·安陆集提要》云：仁宗时有两张先，皆字子野。其一博州人，枢密副使张逊之孙。天圣三年进士，官至知亳州，卒于宝元二年，欧阳修为作墓志者是也。其一乌程人，天圣八年进士，官至都官郎中，即作此集者是也。《道山清话》竟以博州张先为此张先，误之甚矣。

柳屯田词极为世称，至谓"有井水吃处，皆知歌柳郎词"，盛行如此。其实佳作甚少，不过谐俗，便歌唱耳。大概《乐章》一集，吾选数首外，遗珠罕矣。

昔东坡问一伶曰："吾词何如柳耆卿？"对曰："柳词宜十七、八女郎，按红牙拍，唱'杨柳岸，晓风残月'。学士词须铜将军、铁绰板，唱'大江东去'。"此伶盖谓柳词柔婉，苏词雄豪耳，意亦无轩轾。或乃谓言外褒弹，恐非此伶本意。吾并疑并非事实，乃文人托伶言耳。

宋翔凤于庭云："耆卿蹉跎于仁宗朝，及第已老，其年辈当在东坡前。"又云："柳之前作词者惟小令，六一间有长调。罗长源谓多杂入柳词,则慢调当始者卿也。"

张都官_先

〔一丛花令〕"伤春怀远几时穷"

闵案：此词一刻永叔，语句亦有同异。今酌定之。又案：范公偁《过庭录》云：永叔初爱此词，恨不识其人，后子野至都谒永叔，阍者以通，遽倒履迎之曰：此乃桃杏嫁东风郎中耶？据此则词入子野集为是。

柳员外_永

〔八声甘州〕"对潇潇暮雨洒江天"

《侯鲭录》：东坡云：世言柳词俗，非也，如"霜风"十二字，此语于诗句不减唐人高处。

词轨卷四

题识

选欧、苏、黄词为一卷，附以王介甫词。罗泌序《六一词》谓："公性至刚，而与物有情，盖尝致意于诗，为之《本义》，温柔敦厚，所得深矣。"又谓："公词有甚浅近者，刘辉伪作也。"《西清诗话》云："元丰中，崔公度跋冯延巳《阳春词》，谓其间有入《六一词》者。今柳三变词，亦有杂入《平山堂集》者，则知浮艳者皆非公作也。"《词苑》云："公知贡举，为下第举人所忌，作〔醉蓬莱〕〔望江南〕词以诬之。"又云："欧公小词多有与《阳春》《花间》相混者，近有《醉翁琴趣外篇》，凡六卷，二百余首，鄙亵之语，往往而是。前题东坡序，词气卑陋，不类坡作，益可以证词之伪。"合诸说观之，词失真者甚夥，然劣者可辨，混入冯延巳及二晏、淮海者难辨，今虽细为核实，恐仍相混，必载出今从某本以明之。

吾友陈广敷云："词中六一是金碧山水，子瞻是淡墨烟云。金碧山水非富丽之为尚，正贵其妍妙耳。"又评六一〔阮郎归〕词云："此人眷属，四时太平，字句间了无感怨，然其音节，仍不免令人回愁引思，

盖六 虽富贵人杰，而一生多难，其发也不期然而然。声音之道，与政通，信哉。"又评其〔渔家傲〕词云："一幅绝妙冬闺图，王仇画所不到，全是解悟笔墨，此解悟是菩萨知觉。持校少游〔满庭芳〕，贺方回〔浣溪纱〕，便知彼落色界天中。"闵案：陈评微妙之至，一隅可以三反也。

胡五峰曰："词至东坡，一洗绮罗香泽之态，使人登高望远，举首浩歌，超乎尘垢之外，于是《花间》为皂隶，柳氏为舆台矣。"张玉田云："东坡词极丽雅舒徐，高出人表，周、秦诸人所不能到。"闵案：二说评坡词甚谛。陆放翁云："世言东坡不能歌，所作词多不协律。晁以道言：昔与坡别汴上，酒酣自歌《阳关曲》。则非不能歌，但豪放不喜翦裁，以就声律耳。试取坡诸词歌之，曲终，觉天风海雨逼人。"

陈后山《诗话》有云："坡词如教坊雷大使舞，极天下之工，而终非本色。"《四库书目提要》云："案：蔡絛《铁围山丛谈》称，雷万庆宣和中以善舞隶教坊，坡卒于建中靖国元年六月，后山亦卒于是年十一月，安能预知宣和中有雷大使？借为譬况，其出于依托，不问可知矣。"

陈广夫云："北宋作者，当时推秦七、黄九。（陈后山云：今代词手，惟秦七、黄九耳，余人不逮也。）今之言词，论及山谷，辄加丑诋，渠侬焉识魏公妩媚耶？山谷称叔原词，精壮顿挫，时寓以诗人句法，叔原犹未逮也，正山谷自谓耳。"闵案：陈评山谷精当。晁无咎谓："鲁直词固高妙，然不是当行家语，是著腔子诗"，直是瞎话。无咎涵濡坡、谷间，词殊人解，后人一例吠声，可叹。近周稚圭题《淮海词》云："淮海风流旧有名，红梅香韵本天成。痴人不解陈无己，黄九如何得抗衡。"此正陈广夫所谓不识魏公妩媚者。无己举山谷词："春未透，花枝瘦。正是愁时候。"谓峭健非秦所能作，此可以痴人相讥词乎？周君殊失言也。

山谷词，如"宜州见梅"之〔虞美人〕、"七夕"之〔鹊桥仙〕、"丙子中秋"之〔减兰〕，顿挫潺湲，如读伯玉《曲江感遇》，令人不复思徐、庾矣。苏、黄自词家杰出，后人无其才，时取法清真、玉田，此亦何害。必谓苏、黄非词家正格，习气太重，真识蒙矣。

欧阳参政修

〔采桑子〕

闵案：此十三首未免过存，尚可去五六，吾爱其兴趣横逸，乃一概存之。

〔采桑子〕"轻舟短棹西湖好"

闵案：此颍州西湖也，公知颍州日，民物恬熙，如此兹可知其政也，词亦既和且平。

〔朝中措〕"平山阑槛倚晴空"

《词苑丛谈》：刘原父出守扬州，公作〔朝中措〕钱之。《老学庵笔记》云："水流天地外，山色有无中"，王维诗也。公但以此句施于平山堂为宜，初不自谓工。

〔少年游〕"阑干十二独凭"

《能改斋漫录》云：不惟君复、圣俞二词，求诸唐人温、李集中，殆与之为一矣。案：此词汲古本《六一词》无之。

〔南歌子〕"凤髻金泥带"

闵案：此词亦不类公作，姑依汲古本。

〔浪淘沙〕"五岭麦秋残"

闵案：上二首是惜别，此首是咏荔支，非一时作，然皆意味深长也。

〔临江仙〕"柳外轻雷池上雨"

《尧山堂外记》：钱文僖公宴客后园，一官妓与永叔后至，诘之，妓云：中暑往凉亭瞬，觉失金钗，犹未见。钱曰：乞得欧阳推官词当即偿汝。永叔即席赋〔临江仙〕云云，坐皆击节，令妓满斝送欧，而令公库偿钱。《野客丛书》云：此词起句用李义山"芙蓉塘外有轻雷"语，"好风微动帘旗"用唐《花间集》中语，末用义山《偶题诗》"小亭间眠微醉消，石榴梅柏枝相交。水纹簟工琥珀枕，旁有堕钗双翠翘。"闵案：前说或附会，且存疑，后说却见公酝酿之工。

〔渔家傲〕"十月小春梅蕊绽"

陈广夫云："羞"字应作"朝"。又云：前半了过本事，后半是意兴佳致。

苏学士_轼

〔生查子〕"三度别君来"

陈广夫云：凄淡顿挫，语尽声歇而情未已。

〔点绛唇〕"不用悲秋"

楼敬思云：起二句翻老杜"老去悲秋强自宽，明年此会知谁健"句也。换头使汉武横汾事，兼用李峤诗，亦能变化，其妙在"尚想"二字，"空有"二字，便是化实为虚。

〔点绛唇〕"莫唱阳关"

陈广夫云：三词皆奇肆雄宕。

〔浣溪纱〕"风卷珠帘自上钩"

陈广夫云：此为纳朝云作，他人不知。须几许妮妮，子瞻只在有意无意间，当求之清都绛阙上，虽然戒比丘，已再误三误矣。

〔浣溪纱〕"轻汗微微透碧纨"

陈广夫云：才情富有。

〔浣溪纱〕"花满银塘水漫流"

陈广夫云：铜簧韵脆，锵寒竹玉

〔浣溪纱〕"道字娇讹苦未成"

王元美云：东坡不多作丽语，而亦有之。如"采索"云云，胜人百倍。

〔减字木兰花〕"春庭月干"

闵案：旧说坡公知颍州，日适正月，堂前梅花大开，月色鲜霁。王夫人曰："春月色胜于秋月色，秋月令人惨凄，春月令人和悦。何如召赵德麟辈饮此花下？"坡大喜，曰："吾不知汝能诗耶？此真诗家话耳。"遂召赵饮，即用是语作小词云。

〔卜算子〕"缺月挂疏桐"

山谷云：东坡在黄州作此词，语意高妙，似非吃烟火食人语。自非胸中有万卷书，笔下无半尘俗气，孰能到此。闵案：此词自借雁寄慨耳。旧说为惠州温都监女作，山谷明云在黄州作此词，附会可笑。或又谓同《考盘》意者，亦过求解，失之。

〔阮郎归〕“绿槐高柳咽新蝉”

《古今词话》：观者叹其八句收八景，音律一同，殊不散乱。

〔西江月〕“三过平山堂下”

陈广夫云：末语直追到醉翁当日。

〔西江月〕“照野弥弥浅浪横”

闵案：陈广夫以此词如右军书简妙绝胜。

〔西江月〕“玉骨那愁瘴雾冰”

陈广夫云：此悼朝云作，用意卓绝。《芥隐笔记》：词末盖用王建《梦中梨花云诗》、王昌龄《梅花诗》“落落寞寞路不分，梦中唤作梨花云”，坡用此语。

〔南乡子〕“霜降水痕收”

闵案：此词旧题云“重九涵辉楼呈徐君猷”。考坡集《与王定国简》云：“重九登栖霞望君，凄然歌〔千秋岁〕，满座识与不识皆怀君，遂作此词”云云。其卒章则《徐州逍遥堂中夜与君和诗》也，据此则一本题为“重九寄王定国”者，是也。

〔虞美人〕“波声拍枕长淮晓”

陈广夫云：无情二语，又妙于少游“郴江幸自绕郴州”二句，少游终落情障耳。闵案：此词一刻山谷及淮海、方回、小山，皆非也。山谷云：大观中在金陵见坡亲笔，实坡作也。

〔虞美人〕“落花已作风前舞”

陈广夫云：雄宕。案：此词一刻周美成，一刻叶石林。

〔临江仙〕“细马远驮双侍女”

闵案：此止序事耳，而音节锵洋，笔踪起落，自非少游辈所能。

〔蝶恋花〕“花褪残红青杏小”

《冷斋夜话》：东坡渡海，惟朝云、王氏随行，日诵“柳绵”二句，为之流泪，病极犹不释。王阮亭云：“枝上柳绵”，恐屯田缘情绮靡不能过，孰谓坡但能解作“大江东去”耶，髯直是轶偏绝群。闵案：项平甫谓：此词与“乳燕飞华屋”词有《离骚经》之遗，兴寄最深，“柳工”“柳绵”二句，意犹深切，予尝作《送春诗》曰：“堕红一片已堪疑，吹到杨花事可知。借问春归谁与伴，泪痕都付石榴枝。"盖兼用两词之意，书生此念，千载一辙也。右见项氏《家说》。

〔蝶恋花〕"春事阑珊芳草歇"

王阮亭云：字字惊心动魄，"只为一声何满子，下泉须吊孟才人"，无此魂消也。

〔行香子〕"北望平川"

陈广夫云：超逸绝尘，萧散简远，读梅溪〔沁园春〕词，如游懒瓒狮子林，寻丈之地，岩磴道三十二曲，措思之灵，极尽能事，然人工而已。及此则登高览远，超然与造物者为人。太白云："平明登日观，举手开云关。精神四飞扬，如出天地间。"此瞬息顷正得其意。

〔江神子〕"凤凰山下雨初晴"

陈广夫云：如迦陵仙音遍十方界，可以唤醒渴睡汉矣。

〔水调歌头〕"明月几时有"

《坡集外纪》云：神宗读至"琼楼玉宇"二句，乃叹谓："苏轼终是爱君"，即量移汝州。

〔念奴娇〕"大江东去"

陈广夫云：开口早自黯然，然后再点逗十三字，字字伤心，结五句是作意。闵案：竹垞《词综》援《容斋随笔》改此词数字，殊不佳。洪谓得山谷手书本，吾不谓然。

〔念奴娇〕"凭高眺远"

焦弱侯云：坡公襟怀洒落，与上下同流，故其吐词清雅飘逸，至今诵之，令人翩翩然，有羽化登仙之想。

〔贺新郎〕"乳燕飞华屋"

苕溪渔隐云：东坡此词，冠绝古今，托意高远，乃杨湜《词话》谓为营妓秀兰而作。野哉湜言，真可入笑林矣。又云："帘外谁来推绣户"及"又却是风敲竹"，盖用唐人"帘开风动竹，疑是故人来"，变化入妙。又"石榴半吐"至"千重似束"等句，因初夏花事将阑，榴花独吐，因以红巾拂取，写其幽闲之意。项平甫《家说》云：此词兴寄最深，有《离骚经》之遗意。盖以兴君臣遇合之难，殆不止三致意焉。瑶台之梦,主恩之难常也,幽独之情,臣心之不变也。恐西风之惊绿,忧谗之深也。冀君来而共泣,忠爱之至也,其首尾布置,全类《邶·柏舟》,或者不察其意,多疑。末章专赋石榴,似与上章不属,而不知此篇意最融贯也。

黄太史庭坚

〔采桑子〕"夜来酒醒清无梦"

闵案:山谷作香词绝隽婉,却异少游堕落情障中。

〔好事近〕"一弄醒心弦"

闵案:此以磅礴之笔作香词,何尝不一往情深。

〔江城子〕"画台高会酒阑珊"

陈广夫云:宕逸。

〔蓦山溪〕"鸳鸯翡翠"

陈广夫云:艳词乃尔超逸绝尘,措词、遣锋、托慨,三者并极微妙。此非恋恋陈湘也,解人定不当,因指而失月。"春未透"三句,笔下潇散飙回。

〔水调歌头〕"瑶草一何碧"

陈广夫云:意度风格自得于尘埃之外。

附录一家

王丞相安石

介甫诗文高出流辈,生平相业,为人掎摭,平论者少,独其文章不能抹杀。词亦峭劲,如冬岭孤松,远霄唳鹤,取附欧、苏之卷,欲以存其真也。

〔菩萨蛮〕"数间茅屋闲临水"

《能改斋漫录》:王荆公筑草堂于半山,引八公德水作小港,其上叠石作桥,为集句作〔菩萨蛮〕云云。

〔渔家傲〕"平岸小桥千嶂抱"

陈广夫云:前首如橄榄佳茗,别是一般风味,此首淡而峭,只起十四字便了过无数笔墨,"忽忆故人"以下,此种却不是道情,其辨甚微。

〔**渔家傲**〕"灯火已收正月半"

闵案：此即《六一词》"爱惜芳时，莫待无花空折枝"之意。措语却恣肆。

〔**寿楼春**〕"登临送目"

《古今词话》："金陵怀古"作〔桂枝香〕者三十余家，独介甫为绝唱，东坡见之叹曰："此老乃野狐精也。"

〔**甘露歌**〕"折得一枝香在手"

闵案：此词《花草粹编》作三首，《乐府雅词》作三段，《钦定词谱》亦作三段，今从《词谱》。

词轨卷五

题识

选秦、贺词为一卷，附以清真词。释觉范云："少游小词奇丽，想见其神情在道山绛阙之间。"

吾友陈广夫云："秦七词风流隽朗，其弊则伤剽荡。（天年亦不永。）盖其人意气才华之士，实用根柢，自非坡、谷之比，故虽等为不遇，而千载下凛凛之思，相去悬绝，此亦可于声音中得之。"又跋其〔临江仙〕词云："少游之词，率落情障中，故易入人。赏之者，或在苏、黄之上，（毛晋跋语即谓然。）此大不然。其句意之工，自不愧才人风味，而音响凄切，亦复脆纤，要是不享年之征耳！岂可与苏之'铁板铜琶'、黄之'霜笛月笛'比乎？"闵案：自来论欧、苏、黄、秦词，精妙谛当者，无如陈广夫。词虽小道，要具微解，乃得。范石湖《莺花亭诗序》云：秦少游"水边沙外"之词，盖在括苍监征税时所作。（闵案：据吴虎臣《能改斋漫录》，则此词在衡阳作。其集中又注云：在虔州作。以孔毅甫和词核之，吴说为是。石湖又谓在括苍作，不知何本。）予至郡，徐子礼按部来迎，初予作小亭，记少游旧事，又取词中语名之曰"莺花亭"，赋诗六绝而去。明年亭成，次韵寄之。诗曰："滩长石出水平堤，城郭西头旧小溪。游子断魂招不得，秋来春草更萋萋。""愁边逢酒却成憎,衣带宽来不自胜。烟水苍茫沙外路,东风何处挂枯藤。"
"垆下三年世路穷,蚁封盘马正难工。千山虽隔日边梦,犹到平阳池馆中。""文章光焰照金闺,岂是遭逢乏圣时。纵有百身那可赎,琳琅空见万篇垂。""山碧丛丛四打围,烦将旧恨访黄鹂。缬林霜后黄鹂少,须是愁红万点时。""古藤阴下醉中休,谁与低眉唱此愁? 团扇他年书好句,平生知己识儋州。"案:此六诗,低徊感喟,录之以当少游题词。

张文潜序贺方回《东山词》云:"予友贺方回,博学业文,而乐府之词,高绝一世。携一编示予,余大抵倚声而为之,词皆可歌也。"又云:"其盛丽如游金、张之堂,而妖冶如揽嫱、施之祛,幽洁如屈、宋,悲壮如苏、李。览者自知之,盖有不可胜言者矣。"文梦云:三子溢美,至倚声可歌,北宋人多能之,南宋惟姜白石略存其谱,嗣后似皆为能歌,遂流变而为元人之曲也矣。

山谷诗云:"少游醉卧古藤下,谁与愁眉唱一杯。解作人间肠断句,只今惟有贺方回。"盖谓贺足媲秦也。周稚圭题方回词云:"雕琼镂玉出新裁,屈宋嫱施众妙该。他日四明工琢句,瓣香应自庆湖来。"此又谓方回之词,下开梦窗也。然第以雕琼镂玉赏之,犹是皮相。山谷守当涂,方回过之,作〔临江仙〕词,有"人归落雁后,思发在花前"之句,山谷剧爱之,名之曰"雁后归"。故知山谷识真,远在周上。

陆放翁《老学庵笔记》云:方回状貌奇丑,喜校书,朱黄未尝去手。诗文皆高,不独工长短句也。有二子,曰房、曰廪。于文,房从方,廪从回,盖寓父字于二子名也。

秦秘书_观

〔如梦令〕"门外鸦啼杨柳"

《艺苑雌黄》:尝读李义山《效徐陵体赠更衣》云:"轻寒衣省夜,金斗熨沉香",乃知少游词"睡起熨沉香"云云本此。名人必无杜撰语。

〔好事近〕"春路雨添花"

《冷斋夜话》云:少游既谪归,常于梦中作〔好事近〕,有"醉卧古藤"云云,果至藤州,方醉起,一笑而逝。

〔南歌子〕"玉漏迢迢尽"

《高斋词话》:末句寓"心"字也。

〔踏莎行〕"雾失楼台"

东坡极爱末二句,书于扇上,缀曰:"少游已矣,百死何赎。"释天隐云:末二句从"沅湘日夜东流去,不为愁人住少时"变化来。山谷跋此篇末云:少游发郴州回横州,有所属而作,语意极似刘梦得,楚蜀间诗也。闵案:山谷爱赏如此,乃《直方诗话》谓山谷惜此词"斜阳暮"意重,欲易之云云,当是传误。山谷何至如此? 今观所跋,益可知其伪也。又案:项安世《家说》云:少游原词本作"杜鹃声里斜阳衬",宣和中歌者避英宗嫌名改为"暮"。世则直方云云,多事也。

〔千秋岁〕"水边沙外"

陈广夫云:遣锋恣肆,行气起落,少游诸词,此独沉著痛快。闵案:《能改斋漫录》云,山谷守当涂,郭功甫尝寓焉,一日过山谷论文,山谷诵少游〔千秋岁〕,叹其句意之善,欲和之,而"海"字难押,功甫连举数"海"字,如孔北海之类。山谷颇生厌,而未有以却之。次日又过山谷问焉,山谷答曰:"羞煞人也爷娘海",自是功甫不复论文于山谷矣。

〔八六子〕"倚危亭"

《容斋四笔》云:"片片"云云,语句清峭,唐杜牧词亦有云"正销魂梧桐又移翠阴",少游盖本之。

〔满庭芳〕"天抹微云"

晁无咎云:"斜阳外"三句,虽不识字人,亦知为天生好句。

贺通判铸

〔浣溪纱〕"楼角红绡一缕霞"

《词品》云:句句绮丽,字字清新,当时赏之以为《花间》《兰畹》不及,依然。

〔临江仙〕"巧翦合欢罗胜子"

《复斋漫录》:山谷守当涂,方回过之,人日席上作,山谷末句名之曰"雁后归"。闵案：末二句亦见隋薛道衡《人日诗》。

〔薄幸〕"淡妆多态"

闵案：此词各本字多同，实各取其善者。

附录一家题识

周待制邦彦

毛子晋云：美成于徽宗时，提举大晟乐府，故其词盛传于世。予家藏凡三本，一名《清真词》，一名《美成长短句》，皆不满百阕。最后得宋刻《片玉集》二卷，计调百八十有奇，晋阳强焕为叙，间有遗漏，予又为《补遗》一卷，美成之集，庶无遗憾云。又考强焕序："美成元祐、癸酉间，尝为溧水邑长，其政敬简，民有余爱。邑人不忘其政，故益爱其词。"云云。然则美成亦能政事，不徒词学见也。闵案：《宋史·文苑传》称："邦彦疏隽少检，不为州里推重。好音乐，能自度曲，制乐府长短句，词韵清蔚"云云。不载其能政事，恐强焕序，文人溢美之常谈也。

美成乐府盛传当世，东楚方千里、乐安杨泽民，至有全和清真词各一卷，合为《三英集》，其焜耀如此。然音律妙谐，精华有限，未足与秦、贺方也，故以附列。千里、泽民和章，益无足取。

周稚圭题美成词云："宫调精研字字珠，开山妙手岂容诬？后生学语矜南渡，牙慧能知协律无？"此诗论美成允当。

〔鹤瑞仙〕"悄郊原带郭"

《玉照新志》谓此系豫梦之作，后来遇方腊之乱由两浙奔南京，一一与词语验，此等未可全信，且阙疑。

〔霜叶飞〕"雾迷衰草"

周稚圭云：首句，草句起韵，宋名作皆然。《词律》以图谱注韵为误，殆不可解，词谱固陋，书不足道，然以此訾之，则过矣。

词轨卷六

题识

选石帚、稼轩词各若干首为一卷。二家不同类，数少，故合之。

附以史梅溪以下五家，又附以元代二家。黄叔旸题《白石词》云："姜词极精妙，高处有美成所不及。"近人宋翔风于庭至谓："词家有石帚，犹诗家之有少陵，继往开来，文中关键。其流落江湖，不忘君国，皆借托比兴，于长短句寄之。如〔齐天乐〕伤二帝北狩也，〔扬州慢〕惜无意恢复也，〔暗香〕〔疏影〕恨偏安也。盖意愈切，则词愈微，屈宋之心，谁能见之？乃长短句中，复能有白石道人也"云云。赏叹可谓致至。要之白石词，南宋无出其右者，玉田、梦窗诸君，皆附庸也。

周稚圭题白石词云："洞天山水写清音，千古词坛合铸金。怪底纤儿诮生硬，野云无迹本难寻。"按：沈伯时谓："姜白石清劲知音，亦未免有生硬处"。张叔夏则谓："词要清空，不宜质实。清空则古雅峭拔，质实则凝涩晦昧。姜白石如野云孤飞，去留无迹"云云。周诗盖本此为说。

《乐府指迷》云："白石词如〔疏影〕〔暗香〕〔扬州慢〕〔一萼红〕〔琵琶仙〕〔探春慢〕〔淡黄柳〕等曲，不惟清虚，且又骚雅，读之使人神观飞远。"又云："〔暗香〕〔疏影〕二曲，前无古人，后无来者，自立新意，真为绝唱。"

朱竹垞《黑蝶斋诗余序》云："词莫善于姜夔，宗之者张辑、卢祖皋、史达祖、吴文英、蒋捷、王沂孙、张炎、周密、陈允平、张翥、杨基，皆具夔之一体。《白石词》凡五卷，世已无传，传者惟《中兴绝妙词选》所录，仅数十首耳。"

毛子晋云："词家争斗秾纤，而稼轩率多抚时感世之作，磊砢英多，绝不作妮子态。宋人以东坡为词诗，稼轩为词论，善评也。"闵案：子晋于词盖无所解，以争斗秾纤为尚，五、六百年痼疾也，奈何不知反哉？稼轩为词论，其说近是。东坡为词诗，则大非。

昔人以稼轩配苏，未合。苏如诗家太白，非辛可觊。惟辛有一段耿耿不忘恢复之思，校放翁、石湖，反觉热腾腾地。其见于词者，不可没也，吾故特取为一家。

辛词不善学之，流入粗犷。吾取其寄兴深远者。

王阮亭云：石勒云："大丈夫磊磊落落，终不学曹孟德、司马仲达狐媚。"读稼轩词，当作如是观。

姜处士_夔

〔鹧鸪天〕"一昨天街预贺时"

闵案：此白石抱疴时作也。

〔琵琶仙〕"双桨来时"

张叔夏云：情景交炼，得言外意。又云：白石〔疏影〕〔暗香〕〔扬州慢〕〔一萼红〕〔琵琶仙〕〔淡黄柳〕等曲，不惟清虚，且又骚雅，读之使人神观飞越。

〔霓裳中序第一〕"亭皋正望极"

周稚圭云：此调虽非白石自制，词则别自白石。《词律》引姜个翁、周密等词为式，个翁谬制，不足数，周密差近，疏误亦多。且旁注可平可仄等字，又皆以意为之，不免隔膜，由万氏未见白石词集，故少把握耳。

〔湘月〕"五湖旧约"

周稚圭云：《词律》谓今人不知鬲指为何义，填〔湘月〕仍是填〔念奴娇〕，故不另别一体，予谓此论未确。今之吹笛者，六孔并用，即成北曲。隔第五孔吹之，便成南曲。鬲指、过腔，义或如是。况此词与〔念奴娇〕句读声响，皆有不同，审音者当能辨之。

〔角招〕"为春瘦"

周稚圭云："障袖"，"袖"字非韵，"一叶"句，"缈"字是借叶。

〔暗香〕"旧时月色"

张皋文曰：题曰石湖咏梅，此为石湖作也。时石湖盖有隐遁之志，故作此二词以沮之。首章言已当有用世之志，今老无能，但望之石湖也。下章更以二帝之愤发之，故有"昭君"之句。

〔疏影〕"苔枝缀玉"

张叔夏云：白石〔暗香〕〔疏影〕二曲，前无古人后无来者，自立新意，真为绝唱。〔疏影〕前段用少陵诗，后段用寿阳事，此皆用事不为事使。

辛安抚_{弃疾}

〔菩萨蛮〕"郁孤台下清江水"

《鹤林玉露》云：南渡之初，金人追隆佑太后御舟至造口，不及而还,幼安因此起兴。"鹧鸪"之句,谓恢复行不得也。

〔清平乐〕"绕床饥鼠"

闵案:前段情景不堪,后段身世不堪。

〔鹧鸪天〕"晚日寒鸦一片愁"

闵案:末二语亦是浮云蔽日之托慨。

〔鹧鸪天〕"陌上柔桑破嫩芽"

闵案:上段喻时当衰晚,下段喻群小得意。

〔鹧鸪天〕"枕簟溪堂冷欲秋"

闵案:此首有髀里肉生之慨。

〔蝶恋花〕"谁向椒盘簪彩胜"

陈广夫云:稼轩毕生长恨在恢复不遂,此题要说又说不得,而此一段意思,却恨恨不能自己,只托在老而无欢上说,郁伊多感,惟恐乐事难凭,屈子所谓"不忍此心之常愁",此吃紧不能自已处也。凡诗文必因一吃紧不能自已之意,才有诗文,此词意思只在"往日"二句中缝里,前后笔墨,皆自此生出。末句是本意内衍出正意,却先用"早晚"二句,空中顿挫,便将正意闪在客意内,作拖笔弄姿,此又遣锋变化之妙。词人大概是叹老嗟卑,老已无可叹,何况嗟卑。假若叹老者尽如幼安,此词本意,则虽嗟卑亦可。

〔祝英台近〕"宝钗分"

闵案:《贵耳集》谓此词为吕婆而作,殊觉附会不可信,玩词意乃离乱身世之感。

〔汉宫春〕"春已归来"

闵案:此词分明有托慨,大抵前段是伤南渡怀安,忘却恢复,诸事粉饰而已。后段又伤既不念恢复,却文钩党事、兴土木种种不当人意,结语唤醒忘了五国城事。

〔汉宫春〕"野塘花落"

闵案:风景依然,情事非昔,岁月空长,头颅已白,中含无限悲痛,非徒为伤今叹老也。

〔永遇乐〕"千古江山"

《鹤林玉露》曰：此词隽壮可喜。

〔摸鱼儿〕"更能消几番风雨"

《鹤林玉露》云：幼安〔摸鱼儿〕词，意殊怨，"斜阳烟柳"之句，比之"未须愁日暮，天际是轻阴"者异矣，使在汉唐时，能不贾种豆、种桃之祸哉。愚闻寿皇见此词，颇不悦，然终不加罪，可谓盛德矣。

〔贺新郎〕"绿树听啼鴂"

陈叔安云：前段北都旧恨，后段南都新恨。

〔贺新郎〕"凤尾龙香拨"

陈叔安云：前段言谪逐正人以致离乱，后段言晏安江沱不复北望。

附录五家题识　又附元二家

姜尧章评梅溪词云："奇秀清逸，盖能融情景于一家，会句意于两得。"其倾倒如此，然考叶绍翁《四朝闻见录》，韩侂胄为平章，专倚省吏史达祖，奉行文字，拟帖拟旨，俱出其手，侍从简札，至用申呈。韩败，遂黥焉。梅溪人品如此，华士信无足取。核其全稿，佳作正寥寥，未可与冯仆射一例也。周稚圭题梅溪词云："长安索米漫欷歔，秘省申呈不负渠。泉底织绡尘去眼，当时侍从校何如？"又黄承吉《春谷诗》云："窗前燕子觅巢时，正忆梅溪一卷词。为有回环清韵在，持将比似右丞诗。"盖专取其词之工也，然亦有溢美。

梦窗词，分甲、乙、丙、丁四目，山阴尹焕序之谓："求词于吾宋，前有清真，后有梦窗，此非焕之言，四海之公言也。"闵绎其稿，雕琢绮密，信乎瓣香庆湖。然有人工，而乏天放，校庆湖犹差一尘，未论秦、贺也。张叔夏评梦窗词："如七宝楼台，眩人眼目。折碎下来，不成片段。"此评甚当。而周稚圭题梦窗词云："月斧吴刚最上层，天机独茧自缫冰。世人耳食张春水，七宝楼台见未曾？"又反张所评，好尚各别如此。

周保绪云：碧山胸次恬淡，故黍离麦秀之感，止以倡叹出之，无剑拔弩张习气。

周稚圭题碧山词云："碧山才调剧翩翩，风格鄱阳好并肩。姜史姜张饶品目，人间别有藐姑仙。"此论允惬。碧山佳处，欲出梅溪、玉田上，但不多耳。

毛子晋跋竹山词云："语语纤巧，真世说靡也。字字妍倩，真六朝喻也。"犹外面品目语。周稚圭题其词，校为得真，诗云："阳羡鹅笼涕泪多，清词一卷黍离歌。红牙彩扇开元句，故国凄凉唤奈何？"

周保绪云：竹山有俗骨，然思力沉透处，可以起懦。

乐笑翁词，亦楚楚有致，然心力瘁于词中，无域外旷观之妙。摘其佳句，殊堪讽玩也。

元代词无大家，取蜕严、草窗以附诸公之后，它若道园、松雪、伯雨诸家，非无佳作，尽入《补录》卷中，兹不备也。

<h2 style="text-align:center">史省吏_{达祖}</h2>

〔双双燕〕"过春社了"

闵案：此是咏燕，即调即题，然寄意在结末四语也。

<h2 style="text-align:center">吴处士_{文英}</h2>

〔唐多令〕"何处合成愁"

许昂霄蒿庐云：第二句如诗中离合体，亦从少游"一钩残月带三星"得来，起句合字读古沓切。

〔惜秋华〕"思渺西风"

周稚圭曰：旧刻"露黄"下多一"把"字，盖后来俗手所增，去之恰得梦窗真面目。

<h2 style="text-align:center">王处士_{沂孙}</h2>

〔扫花游〕"小庭荫碧"

周保绪云："一别"句，本应五字，减一字耳。红友《词律》未及是误，忘检核也。案：此类甚多，若依红友例，即当另列一体矣。

〔齐天乐〕"绿槐千树西窗悄"

陈叔安云：此身世之感。

〔齐天乐〕"一襟余恨宫魂断"

陈叔安云：此家国之感。

蒋处士捷

〔一翦梅〕"一片春愁带酒浇"

闵案：此词清脆，杨升庵剧赏之。

张处士炎

〔清平乐〕"候蛩凄断"

许昂霄蒿庐云：淡语能腴，常语有致，惟玉田为然。闵案：据《珊瑚网》云，元姑苏汾湖居士陆行直辅之，有家妓名卿卿，以才色见称。友人张叔夏为作〔清平乐〕赠之云："候虫凄断，人语西风岸。月落沙平流水漫，惊见芦花来雁。可怜瘦损兰成，多情应为卿卿。只有一枝梧叶，不知多少秋声"云云。词句与集载小异，或后改润，未可知。今互载于此，然考陆行直知此词韵，则依原作为是，见《补录》卷三。

〔高阳台〕"接叶巢莺"

周稚圭云：词人用韵，自毛泽民辈以乡音为之。南渡后沿讹踵谬，玉田、草窗亦复不免，学者贪图便易，靡然从风，真青互施，先覃并用，其甚者以鱼叶支，以歌叶虞，从此词遂无不可通用之韵，可叹也。予于《山中白云》别择綦慎，非敢刻求前人，特不欲乐笑佳制，少留瑕玷耳。篇中帘字喋口韵，似亦小疵，以此句本可不叶，故存之。

〔水龙吟〕"笑东风难扫"

闵案：乐笑翁词，隽语甚多，如《咏孤雁》云："写不成书，只寄得相思一点"，甚妙，全体却弛佚之。又摘录其佳语于此："随花甃石，就泉通沼。""断碧分山，空帘剩月。""晴光转树，晓气分岚。""鸿响天高，水流花净。""款竹门深，移花槛小。""扫花寻径，拨叶通池。""开帘过雨，隔水呼灯。""浪卷天浮，山邀云去。""岸角冲波，篱根聚叶。""因花整帽，惜柳移船。""倚槛调莺，卷帘收燕。""燕子人家，夕阳巷陌。"

张承旨翥

〔玉漏迟〕"病怀因酒"

周稚圭云：末句"月"字乃入作平。

〔陌上苑〕"关山梦里"

周稚圭：各本以"香"字连上"酒"字,作六字句,"痕凝"至"相半"作九字句。又他刻脱去"香"字以"满罗衫"为一句,是"酒痕凝处"为一句,皆不可从。

〔水龙吟〕"春风琼树香中"

周稚圭云：秦少游〔水龙吟〕云："念多情,但有当时皓月,照人依旧。"杨升庵谓当于"皓月照"一拍,作为两三字句,谬矣。而《词律》于坡公词,又以"细看不是"为句,似亦欠稳。古人词有十数字一气贯,句投稍异,而声律无舛者,未可拘也。至末句四字,"必中"二字相连,方为合格,蜕岩诸作皆然,可谓精而更密矣。

词轨卷七

题识

选明代杨、陈词,合以国朝阮亭、西河、容若词为一卷,附朱、陈二家于后。明代词成家绝少,义仍院本妙古今,而词乃不逮,岂致力有专否耶？前惟升庵,后则大樽,足以追配古作者。而《升庵词》二卷,箧中未携,各选本则禾莠不分,末由多录。昆山片玉,宝贵亦不在多尔。

升庵信豪杰,其诗学六朝,能自成其体,前后七子,牢笼不住,故吾《诗轨》特录为一家。词亦从《金荃》《浣花》出,一洗尖仄之陋习也。

王渔洋云：大樽诸词,神韵天然,风味不尽。《湘真》一刻,晚年所作,寄意更绵邈凄恻。闳案：《湘真词》,悱恻苍凉,不减南唐二主。而才华富丽,意气倜傥,却与彼泪流洗面者大别。故知声情视乎所感,骨干存乎其人。小山、淮海、石帚而后,斩新开一生面,卓乎杰哉。

国朝词家蔚起,梅村、东塘、稗畦皆工院本,而词皆中驷。羡门、延露、园次、艺香,虽觉入流,亦有利钝。求其足以名家者,阮亭、西河、容若三子,其翘楚也。同时竹垞以玉田为尚,倡于禾中；迦陵以稼轩为宗,鸣于阳羡。天下风靡,不出二家,而彼三子者反为所掩,鄙人不徇众趋,独有偏嗜,以三子为正轨,而置朱、陈于附录。太史公有云："此可为知者道，难与俗人言也。"

邹程村云：阮亭《衍波词》，小令极哀艳之深情，穷倩盼之逸趣。其〔浣溪纱〕诸阕，不减南唐二主也。又云：昔俞子和以"蜡炬短烧红""风雨落花红""两岸夕阳红"名"三红"，今阮亭有"春水平帆绿""梦里江南绿""新妇矶头烟水绿"，不将更称"三绿"耶？人遂有"王三绿"之目。李雨村云：渔洋有〔卜算子〕，起句云"天气近清明，尔定成行否"用晋帖语入妙。以上所引，尚有未选入者，附记此。

李丹壑云：初晴词极艳，而情甚悱恻，古所称"哀艳"二字，初晴有之。姜汝长云：河右词温丽其体，精深其旨，此真靡曼之玮词，夫岂纤庸之逸调。合二说，可以知西河矣。

容若生长华族，出任边塞，以《金荃》之才华，逐鞸刀之武士。声情噭嘻，不任悲凉。联镳衍波，把袂河右，无愧色也。

容若为徐健庵弟子，《通志堂经解》是其所刻，己亦有经学书数种甚佳。其志事本溢于词之外，而词乃特工。

杨修撰 慎

〔清平乐〕"君王未起"

闵案：温厚得风人之旨。

〔鹧鸪天〕"秋水澄清胜酒醅"

《词苑丛谈》云：禽石山和尚即山鹊也。滇中有虫名水秀才。此词用字新隽。

陈给事 子龙

〔浣溪沙〕"百尺章台撩乱吹"

王渔洋云：不著形相，咏物神境。

〔诉衷情〕"小桃枝下试罗裳"

王渔洋云：弇州谓清真能作景语不能作情语，至大樽而情景相生，令人有后来之叹。

〔谒金门〕"莺啼处"

邹吁士云：缥缈淡宕，全见用笔之妙。

〔清平乐〕"绣帘花散"

王渔洋云：此从瑶台金屋中阅历得来，非漫作者。

〔画堂春〕"轻阴池馆水平桥"

王渔洋云：嫣然欲绝。

〔南柯子〕"澹澹花梢去"

邹吁士云：如此咏月，那数珠斗斓斑，银河清浅也。

〔双调望江南〕"思往事"

王渔洋云：神韵天然，风味不尽，如瑶台仙子独立却扇时。

〔小重山〕"晓日重帘挂玉钩"

胡允瑗云：先生词凄恻徘徊，感旧诸作，可方李后主。然以彼之流泪洗面视先生之洒血埋魂，犹应颜颊。

〔蝶恋花〕"雨外黄昏花外晓"

《梅墩词话》云：末七字与〔浣溪纱〕"愁时""如梦"二语，皆黄门意到之句。

国朝

王尚书士正

〔点绛唇〕"水满春塘"

原注："黄丝"用乐府语古诗《折梅下西洲》。又评：何其苕艳。

〔浣溪纱〕"柳暖花寒雨似酥"

原评："朱"字妙，镜中朱更妙。

〔减字木兰花〕"离愁满眼"

原评：有甚干涉，妙绝在此。

〔虞美人〕"杜鹃啼彻春将老"

原评："潇""湘"字破用，亦惟吾阮亭能之。又云：隽学思回，如"去路游丝，悠扬空际。"

毛检讨奇龄

〔潇湘神〕"丛峰迷"

李雨村云：不减刘宾客。

〔少年游〕"看看又是"

《西河词话》云：予旧在真州度七夕，颇有邂逅，得词十六首，名"银河词"，末二语指此。

〔少年游〕"行来但觅"

陈梓湘曰：初晴出走时，徘徊淮阴，尝曰"淮上吾故乡"。故此词多流连鸣咽之音。

〔虞美人〕"龙山秋曙官亭冷"

闵案："落帽"事，用在"辽东皂帽"句，真是滚雪飞花，无点滞迹。

〔小重山〕"花底重寻赵璧弹"

闵案：此词风流跌宕，才人韵味。

〔满庭芳〕"石氏悬楼"

闵案：此等词亦是融情景于一家，会句意于双得，非才调富有不能。

成侍卫德（后改名性德）

〔浣溪纱〕"无恙年年汴水流"

闵案：换头第二句一本作"绿杨清瘦至今愁"，此从改本。

〔浪淘沙〕"闲自剔残灯"

闵案：《瑶华集》刻此词，换头全别，此当是改定本。

〔临江仙〕"带得些儿前夜雪"等二词

闵案：二词托驿柳以寓意，其音凄唳，荡气回肠。

附录二家题识

竹垞词，以南宋玉田辈为尚，取径不高，故无超诣。可惜才气、学力远出玉田辈上，为所宥而不觉，古人所以贵于悬解也。竹垞《蕃锦集》，极才人之能事，兹取二首以见一斑。

其年词，豪迈矣，而乏韵味。兹取其深远一二。

朱检讨彝尊

〔解佩令〕"十年磨剑"

闵案：前段第三句"都"字衍，自来各家无作五字句者。

陈检讨维崧

〔虞美人〕"香奁凉鉴蟠金兽"

蒋京少曰：横波夫人读末二语，呜咽久之。

词轨卷八

国朝二

题识

选茗柯、稚圭、莲生三家词为一卷，附以戴、刘、郭三家。乾嘉以后，词学杂出。王兰泉《续词综》，意在与竹垞代兴，而识择弥下，涂辙淆矣。一二鸿骏之士，侈事征典，长调累累，略乏性真，徒掉书袋，钝章笨句，碍人眼目，究厥弊原，要是为竹垞所锢也。豪杰崛起，不为词宥者，有张皋文，宗尚得正。不偭前规者，则周稚圭。最后又得项莲生，浮沉下僚，饶有握兰风味。此吾所以独有取于三家也。避乱海滨，书贾罕至，尚有佳词未经吾所见者，不敢谓近代词家毕此数也，聊就见者定之耳。

张皋文论词极严，语意必有寄托，而思力镵峭，相逐于幽邃窈折之路，此境亦前人所无。

皋文《词选》，自唐至今代，甄录才百十首，笺释极细，然亦有凿解者，未必作者本意也。

稚圭侍郎殚力词学，少即与陶凫乡诸公，词坛掉鞅。钱唐龚定庵先生寡许可，独许同调。尝诵其"城头一角晋阳山，怪他青到无人处"之句，以为妙绝。

程春海侍郎题《金梁梦月词》："高才延巳追端己，小令中唐溢晚唐。更用骚心为乐府，漫天哀艳李重光。""涩体清真掩抑弦，飞腾石帚五通仙。君能并作洪垆铸，更把余金范玉田。""镂云缝月具心裁，不是庄严七宝台。竹屋梅溪都抹倒，故应平睨贺方回。"

周侍郎《爱日斋十六家词选》，别择甚慎，温庭筠　李后主　韦庄　李珣　孙光宪　晏几道　秦观　贺铸　周邦彦　姜夔　史达祖　吴文英　王沂孙　蒋捷　张

炎 张翥十六家。家各题诗一绝，佳者已分摘入各卷中。

黄韵甫《词综续编》云：《梦月词》浑融深厚，语语藏锋，北宋瓣香，于斯未坠。

项莲生《忆云词》仿梦窗以甲乙丙丁为目，丙丁集概系拟古之作，与梦窗小异。词笔隽永，揖《衍波》而侣《饮水》也。

《忆云词》如"斜阳一树待鸦归，乱莺声里过花朝"之类，真足追配古人。又自弁其集有云："不为无益之事，何以遣有涯之生。"此语绝痛，所唱伤心人别有怀抱也。

吴仲云《杭郡诗续辑》云：莲生喜填词，尤工小令，每自度一阕，即付姬人歌之。其风流自赏如此。尝语人曰，余词可与时贤角，诗不足存。家不戒于火，乃奉母北行，中途又遇水厄，母与侄俱殁。号僻旋里，幽忧之疾益深，而词益工。既领乡荐，再上春官，不第，归即病不起，自定义甲乙丙丁稾。

黄韵甫《词综续编》云：忆云词古艳哀怨不胜情，猿啼断肠，鹃泪成血，不知其所以然也。怀才抑郁，以一第终，悲哉！惜哉！

张编修惠言

〔水调歌头〕"东风无一事"等四首

闵案：此四首盖借以论学，都是比兴，故高妙而不入腐。

周侍郎之琦

〔浪淘沙〕"雉堞几凭栏"

闵案：用事杳然无迹，只觉清空超妙。

〔鹧鸪天〕"腊雪春霖报岁丰"

闵案：越作达，越可怜。

〔思佳客〕"帕上新题间旧题"

闵案：同床尚各梦，况不同床者耶？

项齯尹鸿祚

〔浣溪沙〕"浅幭凉尊事已非"

闵案："斜阳"七字，可配近人王汉舒"落花小院夕阳黄"之句，令人凄然。

附录三家题识

尚书性情孤冷,亦尚朴学。词殊娟丽可诵,当世知者或少,故附入之。

编修文笔秀茜,虽未绝特,故是雅音,词之以天姿胜者。

频伽《蘅梦词》亦秀致,然门庭小,可取在无尘埃气。

戴尚书敦元

〔酷相思〕"梦短天长寻得未"

闵案:如此咏柳,所谓情景一家,句意双得。

〔水调歌头〕"湖水嫩于染"

闵案:起四句凄黯伤神。

词轨补录卷一

唐末五代

唐庄宗

〔如梦令〕"曾宴桃源深洞"

《渔隐丛话》云:东坡言〔如梦曲〕本唐庄宗制,一名〔忆仙姿〕,嫌不雅,改云〔如梦曲〕。

韩偓致尧、冬郎

〔生查子〕"侍女动妆奁"

闵案:此与下数首皆惋慨时艰,殷慝不豫之寄托也。

张泌字子澄,小字阿灰

〔江城子〕"碧阑干外小庭中"

闵案:此敬姜所谓逸则生淫。

〔江城子〕"浣花溪上见卿卿"

闵案:此亦国风之伊其相谑也。

〔浣溪纱〕"枕障烟炉隔绣帏"

闵案:此悼亡之词。

毛文锡 司徒

〔醉花间〕"休相问"

闵案：可以人而不如鸟乎？

牛希济 学士

〔生查子〕"春山烟欲收"

陈广夫云：前面六句已了，末二翻笔瞥下，如掠波新燕。

阎选 处士

〔浣溪纱〕"寂寞流苏冷绣茵"

闵案：此有所托慨，非欢词也。

宋

钱惟演 思公

〔玉楼春〕"城上风光莺语乱"

黄叔旸云：思公暮年作，词极凄惋。

寇准 平仲、莱公

〔点绛唇〕"小陌轻寒"

陈广夫云：晚唐词自〔河传〕迎神而外，十八九皆道女儿情事，北宋初年故犹尔尔，至欧阳公乃有丈夫语，寇公此阕亦尚是晚唐声度。

范仲淹 希文、文正

〔苏幕遮〕"碧云天"

陈广夫云："秋色"九字有峭茜青葱间意。张皋文云：此去国之情。

〔御街行〕"纷纷坠叶飘香砌"

陈广夫云：范公一生矻矻，故其音响如此。

林逋 君复、和靖

〔点绛唇〕"金谷年年"

查初白云：言短意长所以为佳，若徒称其长篇不出一草字，此儿童之见。又云：唐人草诗，《金谷园应没》末三句，见淮南《招隐》。陈广夫云：风味不浅。

司马光君实、温公

〔阮郎归〕"渔舟容易入深山"

《古今词话》云：此盖〔阮郎归〕本意也。

郑獬毅夫

〔好事近〕"江上探春回"

陈广夫云：甚豪。

宋祁子京、景文

〔玉楼春〕"东城渐觉风光好"

闵案：此词，张子野所称"红杏尚书"者也。陈广夫云：亦浪得名耳。又云："绿杨"十四字自工。

王安国平甫

〔减字木兰花〕"画桥流水"

陈广夫云：如云母屏风，宥映轻奇。

周紫芝少隐、竹坡

〔鹧鸪天〕"一点残红欲尽时"

闵案：词无深意，取其音节娿(左女右便)娟。

赵令畤德麟

〔清平乐〕"春风依旧"

《词苑丛谈》谓：赵此词为刘弇丧爱妾作，此语不堪多诵。

刘颉吉甫

〔满庭芳〕"莺老梅黄"

《阳春白雪》云：此词宛有淮海风味。

李之仪姑溪

〔卜算子〕"我住长江头"

毛子晋云：前四句是古乐府俊语。闵案：结句多一字，今去之。

舒亶信道

〔菩萨蛮〕"画船挝鼓催君去"

黄花庵云：此词极有味。

〔菩萨蛮〕"江梅未放枝头结"

《词苑丛谈》云：王阮亭极赏此词。

张舜民 芸窗

〔卖花声〕"木叶下君山"

《梁溪漫志》云：白乐天《岳阳楼诗》"春岸绿时连梦泽，夕阳红处是长安"，芸窗用此换骨也。

毛滂 泽民、东堂

〔惜分飞〕"泪湿阑干花着露"

周辉云：语尽而意不尽，意尽而情不尽。

何大圭 晋之

〔小重山〕"绿树莺啼春正浓"

高耻庵云：玉船句造化之巧非人琢也。

朱翌 新仲

〔点绛唇〕"流水泠泠"

《词苑丛谈》云：新仲尝雪中至西湖看梅作此词。西湖咏梅者多矣，而不为雕琢、自然大雅首推此词。

陈克 子高

〔菩萨蛮〕"赤阑桥尽香街直"

张皋文云：此刺时也。

〔菩萨蛮〕"绿芜墙绕青苔院"

闵案：此亦刺时，宴安佚乐而不恤国事也。

〔谒金门〕"柳丝碧"

闵案：子高词甚有晏叔原风味。

陈瓘 莹中

〔卜算子〕"只解劝人归"

闵案：此意只换头高，其余能摆脱，不是道情。

李清照 易安

〔念奴娇〕"萧条庭院"

案：易安居士李清照，宋济南人。父格非，母王状元拱辰孙女，皆工文章。居历城之西南柳絮泉上。易安幼有才藻，元符二年，年十八，适太学生诸城赵明诚。明诚父挺之，徽宗时官政府，夫妇衣食有余。及明诚起知青、莱二州，靖康二年春，奔母丧于金陵。十二月，金人陷青州。建炎二年，明诚起复知江宁府，易安随任。三年，明诚罢，将家于赣水。四月诏明诚知湖州，明诚赴行在。八月至建康，病卒。易安既彝明诚，欲往洪州依学士张飞卿。或言：赵、张有馈璧北朝事，将置狱，中书綦崇礼左右之，事得解，遂往台州依其弟敕局删定官李远。绍兴元年之越，二年之杭，年五十有一矣。或曰后依弟远老于金华。李心传《建炎以来系年要录》采各家小说，有易安改嫁张汝舟之说，实影附张飞卿事，妄加污蔑也。雅雨堂刻《金石录序》，以情度易安，不当有此事。今考绍兴十一年，綦崇礼婿阳夏谢伋，自序《四六谈麈》，时易安年已六十，伋尚称为赵令人李。小说谓綦为处张汝舟婚事，伋亲其婿，不容不知。又下至淳祐元年，时及百年，张端义作《贵耳集》，亦称易安居士赵明诚妻。其为鏊章章矣。小说改易安谢綦启，有"桑榆末景，驵侩下才"语，又有"取自宸衷，付之廷尉"语，轻薄可恨，亟宜辨雪。右节俞理初《易安事辑》。

词轨补录卷二

南宋
朱子

〔水调歌头〕"不见严夫子"

闵案：此词卓杰，载朱子集中，不欲自名，托云见石刻，忘姓字，实朱子自作也。

赵鼎 元镇、忠简

〔点绛唇〕"香冷金炉"

花荐云：婉媚不减《花间》。

岳飞 鹏举、忠武

〔小重山〕"昨夜寒蛩不住鸣"

闵案：词意孤立，不欲主和议也。哀而不怨。

陆游 放翁、剑南

〔鹊桥仙〕"华灯纵博"

杨升庵云：英气可掬，流落亦可惜。

吴琚 居父、云壑

〔浪淘沙〕"岸柳可藏鸦"

《景定建康志》：野亭跋此词后云：秦淮海之词，独擅一时，字未闻。米宝晋善诗，然终不及字。若公可谓兼之矣。卒酉季春，承议郎充江南东路转运司总管文，字马之纯书。

刘过 改之、龙洲

〔唐多令〕"芦叶满汀洲"

《龙洲词》自注云：安远楼小集，侑觞歌板之妓黄其姓者，乞词于龙洲道人，为赋此〔唐多令〕，同柳阜之、刘去非、石民瞻、周嘉仲、陈孟参、孟客，时八月五日也。陈广夫云：读此词令人悲从中来。阮公诗：生命几何时，慷慨各努力。又云：刘郎才气自是一时之俊，然何所就哉？又云：改之粗豪，他词皆不入个中，此篇则豪而有韵，音响亦妙。

陈与义 去非、简斋

〔临江仙〕"忆昔午桥桥上饮"

苕溪渔隐云：清婉奇丽。

卢祖皋 申之、蒲江

〔谒金门〕"闲庭宇"

毛子晋云："花片"七字，古乐府佳句也。

孙惟信 季蕃、花翁

〔醉思凡〕"吹箫跨鸾"

刘后村作《花翁墓志》谓：其少受祖泽，不乐仕进，躬爨而食。书无乞米之帖，文无逐贪之赋，所谈非山水风月一不挂口，长身缊袍意度疏旷，见者疑异人。

刘镇 叔安、随如

〔玉楼春〕"泠泠水向桥东去"

闵案："最是"起二句摄起全神妙。

张辑宗瑞、东泽

〔祝英台近〕“竹间棋”

闵案：此送别耳，而往复低徊，令人雒诵黯然也。

王藻身甫、瓦全

〔霜天晓角〕“疏明瘦直”

闵案：此词寓身世之感。

萧泰来则阳、小山

〔霜天晓角〕“千霜万雪”

《庶斋老学丛谈》云：此作与王瓦全作，措词、命意略相似。

楼盘考甫、曲涧

〔霜天晓角〕“月澹风轻”

闵案：此亦当和瓦全作，而各有其妙。

翁元龙时可、处静

〔鹊桥仙〕“天长地久”

闵案：甚刻划，却自然。

黄公绍直翁

〔青玉案〕“年年社日停针线”

《词筌》：语淡而情浓，事浅而言深，真得词家三昧，非鄙俚者可比。

王武子

〔木兰花〕“红楼十二春寒侧”

闵案：前半黍离之感，后半关山之怨。

刘学箕习之、子翚

〔乌夜啼〕“长亭急管生愁”

闵案：此词有寄托，前段言江山寥落无人杰也，后段言当路者高居深拱不恤国乱民散也。

〔惜分飞〕“池上楼台堤上路”

闵案：此亦有寄托，前段言其得时得势，后段言其怙势婴网罗。

<h2 style="text-align:center">张元幹<small>仲宗、芦川</small></h2>

〔踏莎行〕"芳草平沙"

毛子晋云：换头起二句，见白香山诗。

<h2 style="text-align:center">康与之<small>伯可</small></h2>

〔长相思〕"南高峰"

《西湖志》：九里松在行春桥西达灵竺路。《词品》：此效和靖"吴山青"之调也，二词可谓敌手。

<h2 style="text-align:center">黄公度<small>师宪、知稼翁</small></h2>

〔卜算子〕"薄宦各东西"

闵案：此词前段末句多一字，殆又一体。

<h2 style="text-align:center">葛立方<small>常之</small></h2>

〔卜算子〕"袅袅水"

《草窗词评》：用十八迭字妙手无痕。

<h2 style="text-align:center">薛泳<small>沂叔</small></h2>

〔青玉案〕"一盘消夜江南果"

闵案：此近唱道情矣，非词家高品，以有意趣存之。

<h1 style="text-align:center">词轨补录卷三</h1>

<h2 style="text-align:center">金</h2>

<h2 style="text-align:center">吴激<small>彦高</small></h2>

〔人月圆〕"南朝千古伤心地"

《容斋题跋》：先公在燕山，赴北人张总侍御家集，出侍儿佐酒。中有一人意状摧抑可怜，叩其故，乃宣和殿小宫姬也。坐客翰林直学士吴激，赋长短句纪之，闻者挥涕。闵案：彦高乃米元章壻，使金被留，官至知深州，卒，有《东山集》。

〔春从天上来〕"海角飘零"

黄花庵云：二词精妙凄惋。

刘迎_{无党}

〔乌夜啼〕"离恨远萦杨柳"

《词苑丛谈》云：《中州乐府》多深裘大马之风，惟此词仿佛谢无逸风调。

赵秉文_{周臣}

〔念奴娇〕"清光一片"

《词苑丛谈》云：雄壮震动，有渴骥怒猊之势，视坡词信在伯仲间。闵案：据阮文达《石渠随笔》卷二云：此词是闲闲题朱锐《赤壁图卷》作。

元好问_{裕之、遗山}

〔清平乐〕"离肠宛转"

许蒿芦云："飞去"二语可匹冯延巳"双燕来时，陌上相逢否"二语。

李俊民_{用章、庄靖}

〔点绛唇〕"秋树风高"

闵案：末句用李易安语，恰合。

无名氏

〔减字木兰花〕"并州霜早"

《浩然斋雅谈》云：金贞祐中，太原已受兵，人情汹汹，府治宣诏，亭忽有此词，盖鬼词也。闵案：何必鬼词耶。

元

倪瓒_{元镇、云林}

〔人月圆〕"惊回一枕当年梦"

《词苑》云：词意高洁。

陆辅之_{行直}

〔清平乐〕"楚天云断"

闵案：此是和张叔夏作，盖二十一载张曾赋一词，迨张下世久，行直作《碧梧苍石图卷》，书张词于卷端，因更和之，详见《珊瑚网》。

明

聂大年寿乡、东轩

〔卜算子〕"杨柳小蛮腰"

闵案：寿乡词殊有才人风味。

汤显祖义仍、玉茗

〔好事近〕"帘外雨丝丝"

闵案：玉茗院本妙绝古今，而长短句可选甚少。此词亦见院本《牡丹亭》中，而《词综》又特选此词，然不见于集中耶。客中无可查，姑依《词综》。

李日华君宝

〔玉楼春〕"轻暖轻寒无意绪"

闵案：刻画待字，极深秀。

夏完醇存古、节愍

〔卜算子〕"秋色到空闺"

王渔洋云：寓意即工，自是再来人。

归庄元恭

〔朝中措〕"山连霄汉草连空"

王渔洋云：元恭为太仆文孙，诗歌、行草无不遒丽卓绝。此词流快，直逼六一原韵。

计南阳子山

〔花非花〕"同心花"

王渔洋云：可作古乐府读。

词轨补录卷四

国朝

魏际瑞善伯

〔木兰花令〕"青天明月愁生晕"

自注原词云：五岁各看云外晕，月自高寒人自韵。多情不忍耐余寒,情多情少浑难问。清光细细分窗进,疑是霜华侵人鬓。可怜峰上可怜人,此际空怜明月近。跋云:善伯诗词有"翠微峰上人知否"并"故乡今夜月,五岁不曾看"句,然常宿青楼,或此间乐不思蜀也。

吴伟业骏公、梅村

〔浪淘沙〕"上苑落金丸"

靳价人云:工于赋物。

陈孝逸少游

〔虞美人〕"春风夜月年年度"

闵案:少游临川人,陈大士之子,诗文词皆追古。

史鉴宗远公

〔鹧鸪天〕"何处行春不可怜"

闵案:前段写正面沉著,后段参活尤妙。

王时翔抱翼、小山

〔采桑子〕"梨花小院东风谢"

闵案:小山自跋云:词至南宋称极盛,然笃而论之,细丽密切无如南宋,而格韵高远、以少可胜多,北宋诸公往往高拔南宋之上云云。观此则此公宗法故自高胜。

潘奕隽榕皋

〔菩萨蛮〕"何人种出相思草"

闵案:咏烟草词自樊榭以来十数家皆吃力,无佳胜处,惟此作高雅合题。

王朗

〔浪淘沙〕"疏雨滴青签"

朗又有句云"学绣青衣间绿风。自把金针,代补翎毛空",亦殊为精绝。

词轨补录卷五

严元照修能

〔生查子〕"珠帘一半垂"

简塘云:结语从少陵"天寒翠袖"翻出新意。

〔西江月〕"杨柳已知秋晚"

简塘云：本色语,清艳娟然。

词轨补录卷六

王效成 约甫

〔清平乐〕"绿杨庭户"

闵案：约甫盱眙人,有《伊蒿室词》一卷,盖沉慝埋照之士,与李申耆有往还。

〔长亭怨〕"记曾入"

闵案：题情题神,刻画尽致。

严保庸 问樵

〔卖花声〕"花月压轻舟"

闵案：末寓点化,意故佳。

关达源 海云

〔临江仙〕"江上鸥盟易散"

闵案：此壬子为咸丰二年,正粤寇披猖楚吴之地。词为避乱做,故有西风落叶之喻。

陈宇 叔安

〔南歌子〕"裁竹为如意"

闵案：叔安番阳人,有《翦梅阁词》。与兄□海伯游,侨家金陵,为时贤契赏,其词学于春水翁,周保绪称入室。

〔蝶恋花〕"谁劈云根通岭路"

闵案：此叔安先生始宦粤东作也,即境托意,妙如水中盐味。

谢堃 佩禾

〔浪淘沙〕"匹马渡滹沱"

闵案：佩禾甘泉人,著有《春草堂集》,中有《黄河远上》等传奇四种,校尤西堂《黑白卫》等四种尚隔数尘,无论明以上也。此二词微有风致。

庄盘珠

〔探芳信〕"冷消息"

闵案：庄号莲佩，有《秋水轩词》，其〔醉花阴〕云"荡破斜阳，响落风筝影"。又〔满宫花〕云"天吷一帘花影"。又〔卜算子〕云"一路垂杨到画桥，过尽春衫影"。三押"影"字皆妙，亦何减"张三影"耶？

无名氏

〔贺圣朝〕"老莺瑟瑟啼长昼"等八词

闵案：以上八词见近代闽人《因话录》，谓是邵武人降乩，自言：妾邵武良家女，姓柳名依依，字灵和，适某秀才，顺治丁丑值乡里寇乱，为所掠，不屈而死。此乃自录其平日作也。其降坛又有一绝句云："归去虚空踏月行，冰绡衣重白云轻。三秋曾饮银河水，唾向长江一色清。"又案：唐赵璘亦有《因话录》与此词。又案：柳依依名不他见，疑文人托词，故□其说于此，而仍著以无名氏。又案：近阅吾友丁杏舲绍仪所著《听秋声馆词话》载"月里繁愁"一词，止上半，以为单调作者亦是柳依依，而应是江都人方瑸宝，顺治初遇乱被掳，抗节而殒。与《因话录》所载不同，传闻之异，只好阙□□□著。

无名氏

〔浪淘沙〕"云散楚天遥"

闵案：八首从建阳徐经《氅坪诗话》录出，云"于友人扇面上见此八词，不知谁作，爱而录之。"

（南开大学文学院）

高塘《题体类说》整理（上）

（清）高　塘　著　孔　哲　整理

内容摘要：《题体类说》是高塘《高梅亭读书丛抄·论文集钞》的专题之一，将八股文命题分成 48 种不同题型，概说各类题型特点，并论述作法，既引用前人说法，又时有新见，是一篇具有原创性和极高理论水平的八股文写作理论文章。本文依据《华东师范大学图书馆藏稀见丛书汇刊》第 24 册整理《题体类说》的前半部分，共 15 题。

关键词：高塘　《题体类说》　八股文题型

Sayings On Eight-Legged Essay Types Written By Gao Tang（First Half）

（Qing Dynasty）Written by Gao Tang　Edited by Kong Zhe

Abstract：*Sayings on Eight-Legged Essay Types* is one of the reports on *Paper Collection* in *Collection of Learning Tips By Reading written by Gao Tang*. There are 48 different kinds of Eight-Legged Essay types summarized their features and discussed the writing in it. The author quoted the previous statement and proposed his new view which made it an original and high theoretical paper on writing theory of eight-legged essay. This article edits the first half of *Sayings on Eight-Legged Essay Types* according to the 24 volume of *Rare Series Transactions Collected in the East China Normal University Library* which includes 15 kinds of Eight-Legged Essay types.

Key words: Gao Tang *Sayings on Eight-Legged Essay Types* Eight-Legged Essay types

　　高塘(1734—1790)，直隶顺德府南和县孔村(今河北邢台南和县河郭乡孔村)人。其生平资料存于史籍者较少。近年来，高塘墓表《四川酉阳牧高公墓表》于网上公布，才得以窥见其生平梗概。据《墓表》，高塘又名崿，字镇澧，号梅亭。年十二，父丧，事祖母、母亲至孝。家世儒学，年十六补弟子员，十七食饩。乾隆庚辰(1760)中举人，时年二十七。丙戌(1766)会试落第，即入吏部候选。历任沁源县、猗氏县、临汾县知县，后任崇州知州、江津令、酉阳州直隶州知州。乾隆五十五年(1790)，病逝于龙潭(今属重庆酉阳县)。所任职低位卑，却多有政绩。生平嗜读书，常以书簏自随。有《高梅亭读书丛钞》存世，包括《左传钞》《公羊传钞》《穀梁传钞》《国语钞》《国策钞》《史记钞》《前汉书钞》《后汉书钞》《蜀汉文钞》《唐宋八家钞》《归余钞》《嘉懿集初钞》《嘉懿集续钞》《论文集钞》《明文钞》《国朝文钞》等十数种著作。《丛钞》有清乾隆五十三年(1788)广郡永邑培元堂杨氏刊本，现有《华东师范大学图书馆藏稀见丛书汇刊》影印本。

　　《题体类说》是《论文集钞》的专题之一，将八股文命题分成不同题型，概说各类题型特点，既而论述作法。文中多有援引他人说法者，多是佐证一己观点，且多有辨正。由此，《题体类说》是一篇颇具原创性的八股文写作理论文章。其价值在于以下数端：第一，其八股文题目分类细致而全面，共计48种。个别题型是高塘自己总结得出，如"三折题"。第二，多引前人说法，客观上保留了前人文献。第三,高塘精研古文、时文写作,《题体类说》有着极高理论水平。王凯符《八股文概说》一书中列举了明清讲解八股文作法的名著六部,其中便有《论文集钞》,并言及《题体类说》,足见其理论价值。惜未见有整理者。

本文整理《题体类说》见于《华东师范大学图书馆藏稀见丛书汇刊》第 24 册,版本特点如下:半页九行,行二十五字,四周双边,白口,单鱼尾,版心题"题体""论文集钞"。正文有圈点,双行小字注,亦偶将注写于天头。本文的整理原则如下:正文文字一依《汇刊》原文,加现代标点,并根据内容适当分段;双行小字注,位置不变,以较小字体单行为之;写于天头处之注移于页面底端,以〇编号;因无有他本可校,遇有疑问处,用脚注加以说明。

题体类说

读文分类,前人久著成法。有当从义理分类者,如天文地理、朝聘兵农等类是也;有当从体格分类者,如单句虚冒、一滚两截等类是也。然余以为,学人果能沉浸于古籍,自能通晓大义、博稽典故,否则挂一漏万,摭拾字句,亦未见其能融贯也。至各题分位不一,体制迥殊,即才充学博而欲舍法律以为之,未有能工者,是体格之分类,较之义理之分类,为尤切也。李九我曰:"经书题目千变万化,虽不可胜纪,然以规矩约之,不外二三十个样子。规矩熟而方圆不可胜用矣。所谓'愚者劳而罔功,智者逸而有成也。'"黄际飞亦云:"子舆氏言:'能与人规矩,不能使人巧。'今欲使之巧,而合规矩以求之,无是事也。"兹为酌从前分类各选本,略为增补,详列于后。至诸论中有不著姓氏,皆本前人之意而融会出之,非敢谬持己见也。愿阅者悉焉。

单句题

单题语气完全,义理充足。束发为文,即从此始。然学之白首,而未能究其精妙者,易作而难工也。前辈云:"单题诸体俱备。其中有一滚,如'是礼也''又闻君子之远其子也'。有两截,如'天下有道则见''君子笃恭而天下平'。有挨讲,如'色难',有色而后有难;'郑声淫',有郑声而后有淫。有逆提,如

'一匡天下'，须先说天下不正，然后可以转落'一匡'。有段落。如'夫子温良恭'句、'舜有臣五人'句，作法与长题段落相似。能工此，则诸体无不工。譬如学书者，不工于楷，未有能工于行草者也。"

第一要层次清楚，步骤秩然，而篇法之起伏照应、提掇收缴，股法之反正开合，虚实浅深因之，层层衔接，相生不断，方有篇如股、股如句之妙。若首尾横决，次第凌杂，血脉焉得贯通。郭青螺云："前不突，后不竭，最为切要。"袁了凡云："文有推原法、有游衍法、有衬贴法、有涵咏法、有缴足法、有进步法，俱属行文秘钥。而于单题，尤为金针之度。不解此法，一两句将题目说完，以下便难措手。不是篇法架叠，即是股法重复。"

第二尤要一"切"字。黄际飞曰："单题须走窄路。盖一题自有一题切意，其理直凑单微。认真切意所在，则一切题中阔义，无处着脚，言言皆擂鼓心。自尔蚕丛独辟，此所谓窄路也。非窄也，切也。"前人云："实字观义理，虚字审精神。二语虽属行文大凡，而于单题尤要。然虚神必从实理中描写，其神始真；实理必在虚神中发挥，其理始切。斯谓神理两合，虚实并到。"《筌蹄》云："单题全篇作法，不外以实字作骨，虚字斡旋"。郭青螺云："单题间字最重"，正同此意。

凡单题之义，有当然一层，有所以然一层。当然是题之皮毛，所以然乃题之精髓。作文者，贵抉其所以然，不贵衍其所当然。陆稼书先生云："化治以前之文，叙题面处多，发所以然处少，而题义已显然于题面之中。化治以后之文，发所以处多，叙题面处少，而题意亦跃然于题面之内。盖长题宜多发题面，不发题面，则眉目不清。单题尽力洗发题面，不过数语，其义已完。惟多发所以然，便有无穷义理，无穷境界也。"《筌蹄》曰："单题向有反正、虚实、顺逆、宾主之说，然其最得力全在一起。起处得手，以后势如破竹。"又云："善作者，起处多用反照之法发意。"如以是照非，以有照无；借宾形主，题意自醒。此谓反照也。单题宜将题目拆开，逐层阐发，不惟局势宽展，而字义亦能出落清醒，即篇法、股法亦因之不凌不复。单题章法，能参以活局更妙。股中加段，或在前，或在中，或在后，最为出色。或于起股下开出波阔，间以宾主、开合,亦觉局势一活。若只用六股、八股,板板冠裳,恐不得力。前辈云:"单题须立柱子,然最忌陈腐。亦必一意到底,不可夹杂别意"。单题格云:实字作开,虚字作合,两仪会局,前用浑冒,后用收缴。浑冒似覆,收缴似载。故云。一气相生。

按:实开实虚之说,始于泰山赵仁圃。开合二字,不单指反正,兼虚实言也。开者必实,合者必虚。拈题中实字作开,则开处不空;扣题中虚字作合,则合处不泛。盖单句题中,纲领必在实字,主意必在虚字。实开虚合之法,以之为小讲,则能生根发脉;以之运全局,则能神理一片。以小讲言,前数句拈实字作开,后数句扣虚字作合。开处提一篇之纲领,合处含一篇之主意,故能生根发脉。以全局言,擒处、起处、顿处,俱拈实字作开;浑冒、正疏、收缴,俱扣虚字作合。开处照主意,提清纲领;合处从纲领疏出主意,故能神理一片。赵仁圃云:"题中死字为实,活字为虚。不着力字为死,着力字为活。究而论之,即一字之题,亦有虚实。如《论语》首章第一'学'字,从学之理,所以然处说起,是实开也。说到'学'字当然正面,是虚合也。又有字处为实,无字处为虚。如说'学'字正面,是实开,说到《注》中'既'字,方是虚合也。以此类推,虚实之理,靡题不有,靡字不有。"

单题体无不备,法无不通,所论虽单题之要诀,亦诸体之纲领也。阅者可以反隅。

虚冒题

虚冒与截下不同,截下语气直趋下文,虚冒则本句语势完足。只是冒下并非趋下,全章全节之意,已于本句括起。盖必先有下文之意在先,而后有此句也。作此等,贵于虚能含下,实不占下,尤要不失开端浑举语气为妙。作法与单题同。本句虚实字义,皆可逐层梳栉,不宜放过。其含下之法,用正、用反、用衬,俱可。须相题为之。

截上题

截上题,题之根株在上文者也。不跟定上文,则题之神理不贯;不割截上文,则题之分位不清。跟上而不连上,割上而不脱上,题理、题位,两得之矣。其法要熔铸上文之意贯入本句中,只从本位倒入,不从上文顺起耳。然又不可说似本题在上,而上文在下。黄际飞曰:

"倒捺上文,忌累赘,要轻便;忌生硬,要融化。然最忌者重复。自承、破、小讲,或六股,或八股,共十余处,须处处变换。或反从本位入,或正从本位入,或旁面衬入,或对面衬入,或浅一层,或深一层,或进一步,或退一步。有明有暗,以意思运之,以议论出之,不徒空捺入上文,遂称能事也。"《张太史塾课》曰:"截上题,人皆知'不粘不脱'四字,究竟只解开首擒本题说入,即转合上文顺下,自喜合律,不知早已粘着矣。病坐不晓从股末倒抱。倒抱之法,只一语而神理已透,粘脱二者之患亡矣。又有于领脉下,即靠着本题发挥,绝不粘带。乃细按其神理,则字字从上文影出,至结尾始点明上句,此上乘也。"前辈云:"截上题,每患撇上不清。其法须于开讲下即全点题面,或半点题面。一二股,亦须截发题中实字。诸股首皆宜先发本句,中间略带上意,转出本位收住。"又云:"截上题前幅即实发本位,方能截清上文。"愚按:即发本面,亦须相题为之,要必于领处急出题中字面为妙。

按:虚字冠首截上题,如"而非邦也者""非其财者也"。虚字神情,全从上文来,且与上句相呼应,必须加一番腾那斡旋之法。若不从上文领取,必不能夹出神情,然领上语意不可多,多则是连上文皆来者也。其题首虚字,能于反面、侧面、对面借势点出,则不妨点出。或股中作一势,于语助词中乘势借点亦可。若不能,则蓄其神情,则竟于末幅点出,未尝不可。

按:镕上、撇上之法,当于义理神气之间求之,方得融贯。若徒粘本句装头,硬将上文填入,未为得法。

截下题

截下题,题之归宿在下文者也。针锋不对下意,是神不行;语意少侵下意,是官不止。官自止也,神自行也,题神题位,不失分寸,斯称妙手。其法有透起下文,如题勒住者;有反逼下文,如题收住者。处处于本位中,将下文消息安根伏线,要以理解议论出之,若只取窥探伎俩,吃喝滑套,最是陋法,不足言文。汪武曹曰:"截下题,须于题前取势逆笼下意,一入题之正位,急宜扣住。若顺添一语,即犯下文。不特此也,即题前虚笼下意,亦须用侧面、对面、反笔、衬笔,始无弊。

若用一顺笔，即犯下矣。"又曰："顾有常云：'截下题，既说到题之正位，此下若用顺接、正接，则易侵下。须用逆接、反接法，乃无弊。'此言最为妙解。"唐翼修云："反接、逆接之外，或用古人往事及经史作衬，亦可免侵下之病。"须不可隔断下文语脉。

作文须辨字义虚实，以为出落先后。实字为死，虚字为活。死字先出，活字后出。最死者最先出，最活者最后出。凡题类然，截下尤要。总之，前幅要步步放开，后幅要步步收拢，处处要截住下文，又处处令下文可接。卢孝徵曰："凡题有神气，有部位。截下题亦然。处处逆取下意，缩入本位，虽作本句，而下意已在即离隐跃之间，是谓有神气。及归到本句，却只就虚位勒住，是谓有部位。大约此等题，有紧要字居多。其要字正于下文针对，扼住要字以作顿宕，下意自不吸而起矣。"王巳山曰："缩脚题，须在题前作意，如题而止。若一落题后，直下则泄露春光，旁涉则隔断语脉，均为所忌。至从题之反面、侧面着笔，皆妙法也。"储同人曰："前辈于虚缩题，只将本句靠实发挥。本句之量既满，下意不击自动。不解今人何故好用吆喝之陋法。"又曰："虚题善取下文，只要不放过本题。"《张太史塾课》曰："截下题即半句题之谓。凡半句题，必须倒影下句在前，乃能迸出神理，所谓'手挥''目送'是也。'采菊东篱下，悠然见南山'二语，乃半句题三昧。化治正嘉诸老，拈此种题者绝少。间有一二首，唯将本句靠实发挥，绝不吆喝下句。然本句之量既满，则下句自来。此法今久不讲，亦万不能有此力量矣。降及隆万天崇诸公，则备极巧妙，有倒摄者，有旁渲者，有反逼者。三者中，唯反逼之法尤便于初学，如'三仕为令尹'题，须说得极熟闹。'三已'之题，须说得极凄凉。又如'齐景公有马千驷'及'伯夷叔齐饿于首阳之下'二题，亦类是。要须极力翻衬，步步与下文反照，于本题既有情景，有波澜，而下意亦不击自动。其他倒摄、旁渲二法，则所谓匣剑帷灯，若隐若现者。自非手腕灵敏，易至俯侵，惟在神而明之可也。"

按：虚字贯首截下题，如"安见方六七十，如五六十""未有府库财"之类。虚字神情全与下句相激射，若能逆起下意，即是题首虚字神情，则不必于虚字上求肖题貌也。但以文中之虚字针锋激射之,若前半能于反面、侧面、对面见其虚字,或助语词中见其虚字,皆谓之借点,更属灵巧。若不能,但于后幅中点出可也。顾赞"未有府库财"原评云:"'未有'二字,只好映借,正点不得。"又吴荆山评此题云:"凡题句未完,与下相连者,如此题及'曾谓泰山'、'安见方六十七'等题,其虚字须用反点、借点法,方不窘困。"皆可参阅。

截上下题①

此等题,神气全在上下文,于上宜不粘不脱,于下宜能照能留。斯上句之经脉不断,下句之神气可通,而本句之界限亦清。其纳上吸下之法,与单截上、单截下亦同。然纳上即所以吸下,更无两层。盖本句神情注下,其实全从上文一气逼出。或从上转下,则上文已为下文安根伏线,故善纳上文,即能打通下文矣。截上下题,宜题前作势,反取下意。又宜急见题中字眼,撇清上文为要。凡股头俱宜从本面起,股尾俱宜从本面住。承上逼下,或详或略,俱宜在股之中间,而两头必以题为起止,斯不致连上侵下之病矣。然尤必处处有变换,方不犯复。前半宜急以擒题,则上文截得清;后半宜宽以展局,则下文留得住。

结上题

《筌蹄》曰:"结上者,上文详详说过,此处用一语结醒是也。"其法脱上意不得,若多扯了,又似作上文。须要于起讲后接题处,紧将结上字面现出,方不走作。前面顺铺,后面倒跌,此大略也。又有顺题逆做,逆题顺做,缓题急做,急题缓做。熟于他法,自然有得。结上与截上不同,截上题中字皆本题所自具,特其根株在上文。结上题中义皆上文所已言,特其归宿在本题,法当镕上文之义理,归本题之面目。结上题约有三种,有结通章者,有结一节及数句者,有反结者,皆宜于小讲下急现出本题字面文义,醒清眉目以后,镕铸上文还他现成指点神理,方不是合做上文。结通章者,照通章立论;结一节及数句者,照

---

① 语半而势全,面侧而神正,截下题也。语半而理全,面侧而意正,截上题也。

一节数句立论;反结者,要如题还他反说语气;又有结一节兼结通章者,须先照近脉,后照远脉。唐翼修曰:"题首有虚字者,有顺疏、逆疏、顺逆疏三法。如借势将虚字点于讲下,又或冠于股首,顺题面发挥,此顺疏法也。如前幅只发实字,将虚字煞于股尾,此逆疏法也。又如通篇皆逆疏,惟讲下先见其虚字,题首虚字既顺见于前,又倒煞于后,此兼顺逆疏法也。"

过脉题

过脉题,其字面皆上文说过,此覆理上文,正以引起下文也。当在题前翻弄以作势,不得实发正面,正面只可略加描写,即其描写处亦当作现成上说,方与上文有别。卢孝徵曰:"凡题皆可先反,惟过脉题不可先反,谓不可呆反,于题前作翻跌、翻折之势,未为不可。盖一先反,则已占在上文之前,即正写亦在正文中矣。"法在小讲之中先取题神,然后倒找上文。小讲之下,紧贴本位作冀幸语,顿宕以蓄势,然后拍合本位,还他覆理现成语气。且拍合本位处,再作追忆语,为纵笔则文势不板,而语意亦不混入上文甲里矣。唐翼修曰:"须从题前翻折而入,又须用对面、旁衬诸法佐助之。"

按:此等题,虽属复举,然既此句承上启下,自确有语气神理之所在。若将本句只滑口读过,作窥探吆喝伎俩,适成陋法,何以言文。况此等题,多是上文虚,本句实。能文者确审其语气神理之间,以全力赴之,恰好截清上文,引动下文,合本句转折覆举之位,何必拘陈说不得实发正面之语,遂作油滑丑态耶。

覆述题

陈法子曰:"前已说过,至此又覆述一番,其意非有所疑,必有所未尽。意有疑而覆述者,宜在题前作势顿宕;意未尽而覆述者,宜在题后极力翻腾。总不得呆讲正面也。至于上正文而下覆述,正文轻,覆述重,止宜少发正文,详发覆述。若正文说透,必犯覆述地,故正文必先虚虚叙过,留个不尽,方不失轻重体裁也"。

愚按:覆述题与过脉题作法相似,均宜确审其语气神理之间,以大力赴之,万不可少涉油滑,致堕陋习。

关动题

关动者，本文两语相关，两意相应，题只出得一半是也。如"一则以喜""君子者乎""深则厉"之类。前人亦谓之"半面题"。此等题，前幅须用全冒侧落之法，中后须用对面写照之法，句句发挥本文，句句关会下句，所谓击东应西，呼此观彼也。若只呆抒本句，不特无下文，本句先无神气矣。凌文起曰："题半面，文露全体，是失题面也。题半面而文不见全神，是失题意也。以全者运意，以半者运笔，如人之五官百骸，运一体而全神注之，斯极虚题之妙矣。"

按：此等题与截下不同，截下意全语半，此则语全意半，而作法相通。"手挥五弦""目送飞鸿"二语，深得其中三昧。

口气题

口气题者，题之有口吻，有神情，所当模拟恰肖者也。如"孔子曰：'知礼'""孔子曰：'诺'""公曰：'告夫三子'""公曰：'诺'""庾公之斯也"之类。何义门曰："口气题，贵肖题神，不贵肖题貌。拘貌肖题，不免浅露。"王虎文曰："口气题有挑拨题中虚字，使口气活动者，是明取口气法。有不剔题中虚字，而口气浑然在中者，是暗取口气法。夫明取易，暗取难，明取不如暗取之高也。"又曰："股末不点虚字，如书家藏锋法，金正希好用之。"《今文商》内列"写照题"一门云："如孔子之于颜子，辞若有憾，实乃深喜。齐王之留孟子，口中极恭，意中却慢。憾与喜、恭与慢，写一面而两面之神俱活，乃为入神。皆口气题之类也。"口气题神情不在实字而在虚字，不在有字句处，而在无字句处。沈虹台论文云："文要模写"，皆此意也。《张太史塾课》曰："有缓颊者；有急口者；嬉者笑者；怒者骂者；冷言而刺者；正色而谈者；欲吐还吞者；痴子之或喜，或惊、或呆、或强作解事者；又有目觑着上文，冲口即出者；有意藏着下文，突如其来者；有言在此而指在彼者。夫口之有气，犹目之有睛。目无睛则弗能转，口无气则弗能活，故曰吹气欲活，谓此志也。解事者要须设以身，揣其事，想见当时心目间，神情光景，代为曲曲描出，总不走却些子题气，方称酷肖。隆万诸公，雅擅斯长，后来唯正希先生得其神解，而腕力复惊矫奇宕，遂成独绝。如'康子曰：夫如是'，及'何以报德''以为贤乎'二句,诸篇可按也。初学未敢遽望正希,当先求之隆万诸公门户,择其体认之工、临摹之似者,细加揣摩,期于恰肖而后已。然又须取泽于古籍,佐以书券,方不失之俳。不然,只卖弄些小聪明,竟有流为传奇声口而不觉者。故隆万诸公文以后,不可不即继以正希小品,使归于正大也。"

记言题

记言者,下列其言,此或记或引,凡题有"曰"字截住者,统谓之记言。如"颜渊喟然叹曰""周公谓鲁公曰""舅犯曰"《泰誓》曰"之类。作法宜逆探下意生发,以见发言之所以然。如嘉谷初生,先结虚房,虚房中便包涵全体生意。或多请陪客,总要于下意关会,而本题字面亦不可放过。如"周公谓鲁公曰","周"字、"鲁"字,可以生情,"周公""鲁公"身上,可以着想。"舅犯曰","舅"字"犯"字,皆可生发。"《泰誓》曰","泰"字"誓"字,皆可发论。至"曰"字,虽有声无词,亦当扣定,不可脱略也。若连所记所引之言在内者,则又当列入别体矣。

记事题

记事题原无口气,地步较宽展,但此是案而不断之体。不对针下文生意,则为支离;若横发议论,不留下文论断地步,则又溢出题界矣。总以恰合本句起案之体,能留下文论断之地,乃为如法。如董文敏"代字诀",代他口气,说他心事,则题中意义既搜括得尽,而下文论断仍自无碍,此最妙也。亦有用夹叙夹议体者,或多从反面、旁面及空中起论,总不得少碍下文地步。至"子钓而不纲""子之燕居"及《乡党篇》,下文无论断者,则可任我发挥。然体贴亦当精细,不可粗豪,致涉论题。其中单句滚截之法,亦与诸法相通。若连下文论断在内者,记事处宜轻点,论断处宜重发。若记事处说得详,亦碍论断之地,便失轻重也。

叙事题

叙事与记事不同,记事据事直书,无口气,有定情;叙事称引他事,有口气,无定情。故只此事也,自叙者说来,自有叙者口气、神情。黄际飞曰:"或其事本小也,而张之以为大;或其事本是也,而辩之为非;或其事本非也,而原之以为是;或其事本诞也,而述之以为真。事虽一定，而序者之情不定，则须各视其人以起义，与记事题事之一定者，微有分别。如'棼荡舟'，此一定事也，序者之意，则为其有力无德，与躬稼反对。如'桓公杀公子纠'，此事宜坐狱桓公也，序者之意，则在管仲。'管叔以殷畔'，此事宜坐罪管叔也，序者之意，则在周公之使之。'父母使舜完廪''五羊之皮食牛'，本无此事也，序者之意，则认以为真。序者异而其事变矣。其法亦多是'代字诀'，得力不可径下论断，此则与记事题不异也。"又曰："叙事多而全者，与全章长题可通。截其数句者，与割截不全长题无异。其单句截上截下，亦与诸法同，但其所以叙此一事，必有主意，是为骊珠须从颔下领之。"

　　叙事题有论断在下文者，切不可横发议论，以至占下论断地步。其法于记事立案题同。若有论断在上文者，<small>如"奔而殿"数句是也。</small>必将上文论断之意镕纳于中，方为合旨。其夹叙夹议之法，叙事与记事皆可通用，但须于反面、侧面、对面翻空出奇，方合体裁。[1]叙事中有原叙题，因彼事而追及此事也。彼事是主，此事是实。作者须口说此事，而意注彼事，方为得法。如"武王未受命"，意不在武王而在周公。"桓公杀公子纠"，意不在桓公而在管仲是也。叙事题，若连论断全出，或先叙事而后论断者，<small>如《先进章》。</small>与倒纲题同。或先论断而后叙事者，<small>如"孟之反不伐"章。</small>与立纲发明题同，皆须以论断为主。

援引题

　　引《诗》，引《书》，引古语、谚语、成语，皆援引也。大抵皆断章取义，其本语或不为此理此事而发，我引之则为此理此事之证佐，故不当以彼之原意为主，而当以我所引之之意为主也。[2]有先援引而后断制者；有先断制而后援引者；有援引见志，即引为断，不复加己语者；有随断随引，既引复断，参差间出者。书法不同，题体亦别。其所引

---

　　① 赵仁圃曰："记当用代，则议论皆在题中。叙当用衬，则议论皆在题前。若预透下意，则侵占。别发议论，则离宗。参用此二法，则可免。"张太史曰："大要叙事题，总于闲处着笔，闲且松漫之谓，或题前，或题缝，或题之侧面、反面、对面，只闲闲着一二语，自能使通身筋脉灵活。"

　　② 若援引《诗》《书》，其《诗》《书》本义有可关合本旨者，借作议论波澜，亦不害为住。

所断一总出者,若先断制而后援引。此种题少。当以断制为主,援引不过是证佐耳。作文须前路预埋,至后说出,始不突如也。若先援引而后断制,此种题多。援引之语,只宜略叙,以断制解释之义为主也。其援引中截出一句两句者,此种题更多。解释断制在下文,或远不及顾章旨,近未能顺节旨,须于题中觅间生情,求其关合正旨,亦不可穿凿附会。切不可妄发议论,致占下解释论断地步。其中截上、截下、单句诸体,俱与诸法相通。其即引为断者,即当靠着本题,关合正意夹发,以明引此证彼之义。其引断参差间出者,可用夹叙夹议之法,前收后缴,略宾详主,期于轻重合宜,首尾变化,相势点题,只挨次叙去,不用凌驾而中有波澜,亦无重复平衍之弊矣。

黄际飞曰:"凡援引题,起讲须从正意入,方是来路。《筌蹄》已言之。其截出一句二句者,起讲下即可点题。或入其人语气中用代法做去,以避下文断制地步,亦往往有之。"又曰:"援引断制,一总出之题,即倒纲题也。以援引为目,以断制为纲。先辈多直入目,急递倒纲,从无装头作提比者,恐碍后断制地也。今人多不肯直入,小讲中提纲,小讲下又提纲,虽两处提纲,有反正、详略、明暗之不同。其不肯直入所引之辞,或加提比,或加散行,其与前人异则一也。夫前人之直入目、急递倒纲者,将于纲之本位重发纲也。今人之不直入目,多用提挈,然后点目以归到纲者,不待说至纲之本位,早已重发纲也。法虽异而重纲则同,当以直入为正,不直入为变,分别观之,参互两用。"近绝无直入目者,以变为正也。又曰:"所引之辞,有一句两句,多至七八句者。其点法有全点,一字不遗。有凌驾或撮点其大旨,于后断制中补点之,亦一法也。"

有援引极多,不便直点者,须于中间随点随做,随做随点,做完题目,恰好点完。此一法也。又或有援引极多,不妨缓点者,中间行文且于空中摩荡,探取下文直至尽态极妍,然后点出全题。此又一法也。援引语少者,宜于项下直出全题,即欲于提比后方点者,亦整句直出,非比他题,可以零碎出也。若夫语句繁多,则须剪裁包举浑点,不必拘直出之法。赵仁圃曰:"引者,援引也。欲明本旨,而援古人之言以证之。或本旨在言前,如'鬼神'章引'神之格思'是也。或本旨在言中,如'至善'章引'文王敬止'是也。或本旨在言外，如'至善'章引'邦畿'是也。皆引也。释者，解释也，欲明本旨而解前人之言以发之。或直解本旨，所引与本旨原自相合，即以本旨解之。如'道学也'、'自修也'之类。又有所引原有本旨，不过释而明之，如'为力不同科'之类。皆所谓直解也。或借解本旨，如'切磋琢磨'，本非言贫富，而自贡借以为'未若'之解之类是也。或影解本旨，如'父母，其顺矣乎''故有物必有则'，此皆孔子说诗之词，而子思以为'行远自迩'、'登高自卑'之意，孟子以为'即情以证性'之意。皆所谓'影解'也。皆释也。引之宾主须明，凡援引题，小讲以本旨为主，题为宾。入题后以题为主，本旨为宾。方为宾主分明。释之祖宗宜辨。凡释所引言之题，以本旨为远祖，以所引言为近宗。或从祖及宗，顺领而下。或由宗遡祖，逆承而上。必清此两层入题，方有根据。若引言直起，如'射不主皮'章，则无两层矣。有释之引似序，本有释语，而题截出引言者，只有题前题中，须留下文释语地步，故有似于序。无释之引似申，本无释语，如'曾子曰：十目所视'节、'诗云：神之格思'节，但当前跟本旨入，后缴本旨收，中间还题本位，故曰'有似于申'。连引之释似倒纲，轻叙引言，重发释语，与倒纲文体相同。截引之释同断结，先擒本题实字，逆承上文，与断结题相同。言外之引可影射，本旨在言外，如'邦畿千里'节，以本旨影射，其中不为侵乱。借解之释可互发。借所引言以发本旨，如'其斯之谓与'句，可以未若意与'斯'字互发明也。而总归于意面两到，意者，题意本旨是也。面者，题面本位是也。有题意无题面，谓之乱。有题面无题意，谓之死。从题意引出题面，从题面收归题意，所谓意面两到也。则法无余蕴矣。"

比兴题

比兴，诗体六义之二也。兴与比不同，比体说这个即是说那个，以喻代正也；兴体虽说这个，只是引那个，是喻非即正也。比有明暗，暗比者，暗以他事他物，比此事此物，正意虽隐寓于中，却通章不见，如"有美"五章、"岁寒"章、"骥不称其力"、"苗而不秀"等是也。此等题，通篇不可见正意。比意透，则正意自对照而出。若夹入正意一语，便非体矣。明比者，明以此事此物，比彼事彼物，或正意已见于上文，或又微带入本位，如"譬如北辰""仲尼日月也""譬之宫墙""速于置邮而传命""犹水之就下，兽之走圹"等是也。宜正喻夹写法，前幅宜从正意引入，中后宜就喻意写正意，脱却正意便不是。至兴者，先言他事他物，以引起所喻之事与物也。如"工欲善其事"二句、"百工居肆以成其事"、"规矩,方圆之至"等是也。其正意俱在下文,只宜手写此处意注彼处,不可侵犯正意也。至正喻连出之题,或先喻后正,或先正后喻,或正喻相间,总以正意为主。皆须用前后关映及正喻夹写二法,其点逗喻言处,相势行之,不拘一律也。

赵仁圃曰:"质言之曰正,借言之曰喻。理与开合同。有先正而后喻者,如'为政以德'节是也。有先喻而后正者,如'五谷者'节是也。有喻中带正者,如'譬如为山'节是也。有正中带喻者,如'言饱乎仁义也''吾退而寒之者至矣'是也。有单喻而无正者。如'苗而不秀'节是也。先正者同立纲,先喻者同倒纲,单喻之喻同带正,单喻之题,自有正意在言前,与带正之喻相同。带喻之正非单正。带喻之题,其用字属双关,与单正者不同。先正贵于能包,小讲擒正包喻,法同立纲。先喻贵于能提。小讲浑提正意,落出喻意,法同倒纲。带正未尝无正,当以正意作小讲,带喻者亦然。带喻未尝无喻。当以喻意影发其中,不可呆发正意。后喻可以互发,先正后喻者,后半喻处,可以用正意交互发明,如昆湖《为政以德文》后半是也。后正可以影射。先喻后正者,后半正处,亦可以用喻意双关影射,如陆公《五谷文》后半是也。带正不可侵正,带正之题,小讲既擒正意入题,后但当单发题面,末后归结题意可也。若频频牵扯正意,便为侵乱矣。带喻不可犯喻。带喻之题,以喻意影发其中则可,若呆写喻意,又犯添出一层之病矣。在上之正可无喻,下文本有喻,而单出止者,但当实发本题正意,则下意自然包孕。不可预偷下意,恐反抛荒正面,故曰'可无喻也'。若喻在上文者,则不可不照顾矣。在上之喻必有正。下文有正而单出者,当与正意隐隐相关矣。若正意在上文者,更当归根矣。明此数义,则正喻之分殊尽矣。"

《四书》中亦有意非比而字带比者,如"君子不器","器"字、"见贤思齐","齐"字。此种颇多。作者能按此一字,或通篇中得二股、得一段,或股中得数语,皆见出色,亦切题之法也。黄际飞曰:"有一句中有比兴,如'齐国之士',题中'巨擘'字。'言饱乎仁义',题中'饱'字。正宜着眼此等字,使正意从此字中透出,乃见古人用字之妙。文字亦得刻入,不致宽泛矣。"

(华东师范大学中文系)

中国古代文学理论学会
第二十届年会在汕头召开

　　由中国古代文学理论学会主办,汕头大学、韩山师范学院联合承办的中国古代文学理论学会第二十届年会暨古代文学理论学术研讨会,于 2016 年 10 月 14 日至 17 日,在汕头大学召开。来自华东师范大学、复旦大学、中国社会科学院、四川大学、武汉大学、南开大学、吉林大学、暨南大学、云南大学、安徽师范大学、福建师范大学等 50 多家单位近 100 名代表参加。

　　本届年会主议题为:中国智慧与中国文论的再认识。另设四个分论题:文论与文献、历代文论、文论史与学术史、文论史与思想史。与会代表提交会议论文 100 余篇,分三组进行了热烈讨论。

　　会议于 10 月 14 日晚召开中国古代文学理论学会第八届理事会第二次理事会会议。经过理事会讨论通过,增补常务理事 4 名,理事7 名。会议期间,新发展会员 21 人。理事会讨论决定,并提交全体大会同意通过,第二十一届中国古代文学理论学会年会将于 2018 年召开,由河北大学承办。

　　按照学会传统,本届年会全体代表,为去世的文论界前辈学人梅运生先生默哀。梅运生先生系安徽师范大学文学院教授,一生致力于中国古代文论尤其钟嵘《诗品》、刘勰《文心雕龙》、清代词学等具体领域的研究。梅先生的去世,是中国文论界的重大损失。

中国古代文学理论学会
第八届理事会新增理事名单

2016 年 10 月 14 日晚 8 点，在汕头大学召开中国古代文学理论学会第八届理事会第二次理事会会议。会议讨论并一致通过，增补常务理事 4 人，理事 7 人。具体名单如下：

常务理事（按姓氏音序）

陈引驰　复旦大学

丁　放　安徽大学

彭玉平　中山大学

查洪德　南开大学

理事（按姓氏音序）

曹建国　武汉大学

李克和　中山大学南方学院

李　平　安徽师范大学

李　旭　五邑大学

刘绍瑾　暨南大学

张　煜　上海外国语大学

周小艳　河北大学

Contents

《古代文学理论研究》稿约

一、本刊欢迎中国古代文学理论、批评及相关问题的稿件。希望来稿具有一定理论水平、学术水平和问题意识,观点新颖,重点突出,言之有物。

二、请寄纸质文本和电子文本各一份。纸质投稿地址:上海市闵行区东川路 500 号华东师范大学中文系《古代文学理论研究》编辑部,邮编 200241。电子投稿地址:gudaiwenlun1979@126.com。

三、本刊采取匿名评审制度。稿件务必注明全部作者的姓名、工作单位、通讯地址、邮编。在篇首页地脚处作者简介中,注明作者的出生年月,性别,工作单位,职称,学历,研究方向,代表性著作(论文)。寄稿时,请附上手机号码、邮箱地址,以便通知结果。

四、来稿请附内容摘要、关键词,摘要用第三人称撰写,不要进行自我评价。字数在 300 字左右。并附题目、作者姓名、内容摘要、关键词的英译。

五、注释请用脚注,其格式为:作者,书(篇)名,出版地、出版社、出版时间及页码。

六、对采用的稿件,本刊可作技术处理和编辑加工。如不同意,请在投稿时声明。

七、请勿抄袭,文责自负。请勿一稿多投,对因其造成的不良后果,本刊概不负责。

八、来稿一经采用,略付薄酬,请作者提供银行卡相关信息。

图书在版编目(CIP)数据

古代文学理论研究：第四十三辑.中国文论的学术史/胡晓明主编.—上海:华东师范大学出版社,2016
ISBN 978-7-5675-6052-9

Ⅰ.①古…　Ⅱ.①胡…　Ⅲ.①文学理论－中国－古代
Ⅳ.①I206.2

中国版本图书馆 CIP 数据核字(2017)第 003300 号

中国文论的学术史
——古代文学理论研究第四十三辑

主　　编　胡晓明
项目编辑　陈庆生
特约审读　高淑贤
封面设计　高　山

出版发行　华东师范大学出版社
社　　址　上海市中山北路 3663 号　邮编 200062
网　　址　www.ecnupress.com.cn
电　　话　021-60821666　行政传真 021-62572105
客服电话　021-62865537　门市(邮购)电话 021-62869887
地　　址　上海市中山北路 3663 号华东师范大学校内先锋路口
网　　店　http://hdsdcbs.tmall.com

印 刷 者　常熟市文化印刷有限公司
开　　本　890×1240　32 开
印　　张　16
字　　数　440 千字
版　　次　2016 年 12 月第 1 版
印　　次　2016 年 12 月第 1 次
书　　号　ISBN 978-7-5675-6052-9/I·1647
定　　价　50.00 元

出 版 人　王　焰

(如发现本版图书有印订质量问题,请寄回本社客服中心调换或电话 021-62865537 联系)